Tant d'étés perdus

J'AI LU

Madge Swindells

Tant d'étés perdus

traduit de l'anglais par Nicole BENSOUSSAN

Éditions J'ai lu

Partager la joie c'est partager Dieu,
rejeter la joie c'est rejeter Dieu.
Herbert RICHER

Mes remerciements vont à Lawrie Mackintosh, Nellie Swindells, Jeffrey Sharpe, Vivian Moses, Greg Morris et tout particulièrement à Lana Odell pour son aide inappréciable.

Les personnages de ce roman, ainsi que les faits qui s'y déroulent, sont purement imaginaires. Leurs noms et ce qui leur arrive n'ont rien à voir avec des personnages ayant réellement existé; ou alors ce serait pure coïncidence.

Ce roman a paru sous le titre original :

SUMMER HARVEST

PREMIÈRE PARTIE

1

Le cap de Bonne-Espérance, février 1938

La route s'en allait vers l'ouest, longeant le lagon par le sud pour finalement se perdre dans la mer, traversant une zone désertique où le sol était trop pierreux pour la charrue, trop sablonneux pour le blé, où il fallait quatre hectares de brousse pour nourrir un mouton et y laisser vagabonder chèvres et cochons. Tout au bout de la route, se trouvait une ferme, la dernière, du nom de Modderfontein, ce qui signifie « source boueuse ». Ses champs immenses s'étendaient au nord-est jusqu'au lagon et les mouettes faisaient leur nid dans les marais.

De l'autre côté du lagon, on distinguait l'usine baleinière. Quand le noroît soufflait, les effluves nauséabonds de la graisse de baleine en décomposition flottaient sur la lande. Mais aujourd'hui, il n'y avait pas de vent. Il était presque midi. Des moutons engourdis étaient vautrés sous les buissons. Les cris rauques des mouettes avaient cessé.

Cependant, des friselis effleuraient la surface du lagon, tandis qu'un bidon de pétrole vide emporté par le courant, ballotté du nord au sud, d'est en ouest, laissait dans son sillage une traînée d'écume blanche et de reflets irisés.

A l'horizon, un nuage cuivré ternissait le bleu du ciel, et tout en bas, une camionnette déglinguée roulait dans un bruit de ferraille vers l'endroit où le lagon rejoignait presque la route. Arrivée à destination, elle s'arrêta après une dernière embardée et le chauffeur, couvert de poussière, en descendit, s'étira et de ses doigts sales s'essuya les yeux pour tenter d'en ôter la poussière.

C'était un véritable géant. A peine âgé de vingt-quatre ans, il en paraissait beaucoup plus. Il avait le visage buriné par la chaleur sèche du pays et le froid cinglant de l'Antarctique. Il mesurait un mètre quatre-vingt-dix, avait les cheveux d'un roux éclatant, des yeux vert émeraude. Il rit de voir le baril passer au fil de l'eau. Trois jours auparavant, il avait harponné un requin, encore fiché au bidon qui, incapable de plonger, se laissait mourir de faim en basses eaux.

Simon Smit était né à Modderfontein où il avait passé son enfance. Il en avait hérité et depuis lors menait une double existence. De mai à novembre, il plantait et récoltait sa maigre moisson de blé sur le flanc nord des collines au sol moins sablonneux. Après la moisson, il s'engageait comme harponneur et revenait fin avril avec suffisamment d'argent pour acheter des graines et de l'engrais. Cette année, le contremaître étant parti, Simon fut contraint de rester. La récolte avait été plus mauvaise que d'habitude, les pluies inexistantes, et il se demandait avec angoisse comment il allait payer ses dettes.

Modderfontein se trouvait à quinze kilomètres du petit village de Saldanha Bay, lieu perdu aux confins du monde, refuge des chèvres et de quelques fermiers, descendants de colons naufragés.

C'était la fin février 1938, l'année où Hitler prit le commandement militaire suprême de l'Allemagne et entra en Autriche « pour assainir la situation sociale », l'année de l'accord de Munich et de la Nuit de Cristal. Mais tandis qu'un raz de marée de catastrophes allait submerger le monde occidental, pas le moindre remous n'atteignait Saldanha Bay. Là, les calamités se mesuraient en centimètres de pluie et le temps, au rythme des saisons.

Simon grimpa dans sa camionnette et se dirigea vers Le Cap. Deux truies grognaient à l'arrière, sous une charpente en bois montée à la hâte. Dans le coin, séparée des cochons par un rouleau de treillis métallique, était assise une jeune fille de dix-sept ans, un bâton à la main pour fouetter les cochons.

Elle s'appelait Sophie, elle était apeurée. Conçue sur un baleinier en cale sèche, née dans un fossé à Modderfontein, elle ne connaissait ni son père ni sa mère. C'était une métisse. Dans ses veines courait du sang suédois, hottentot, anglais, indien, portugais, russe et chinois. Ce mélange avait produit une jeune fille dont l'extraordinaire beauté s'était vite fanée aux rythmes des durs travaux de la ferme.

Sophie avait été trouvée à sa naissance par la mère de Simon et élevée comme gardeuse de dindes. Jour après jour, année après année, elle avait suivi les troupeaux pour récupérer les œufs.

Un événement important était venu marquer sa vie : la mort de la mère de Simon. A l'époque, Sophie avait quatorze ans. Elle versa bien des larmes lorsqu'on vendit les dindes. Tout dernièrement, elle avait décidé de quitter la ferme pour trouver du travail à la ville et, ce matin-là, elle avait prié son maître de l'emmener.

Après avoir dépassé Malmesbury, Simon freina sous un chêne. Enjambant une haie, il se dirigea vers un petit ruisseau. Soudain, un appel plaintif l'arrêta dans son élan. Son visage se rembrunit.

– Maître! M'oubliez pas, maître.

– Je reviens, Sophie.

Il pressa le pas.

– Maître, j'ai soif.

Sa plainte demeura sans écho.

Quelques minutes plus tard, il la vit arriver en courant derrière lui.

– Fous le camp! grommela-t-il.

Elle bifurqua vers un bouquet près de la rivière.

Après avoir dévalé une pente boueuse, Simon déboucha sur un endroit frais, enchanteur, l'éclat du soleil perçait à travers les feuilles et les buissons remplis de nids d'oiseaux. Avec une pointe de jalousie, il admira le cours rapide du ruisseau, se demandant pourquoi Dieu avait choisi de lui faire subir un tel châtiment, car bien que les pluies aient été rares, une seule région avait été totalement oubliée : la sienne. Tout en plongeant la tête dans l'eau cristalline et en se désaltérant, il ressentait une certaine colère contre Dieu.

Il s'assit sur un rocher, rongeant un bâton de viande desséchée; mais la mauvaise humeur sans public est le comble de la frustration, aussi lorsqu'il entendit Sophie sauter dans l'eau en aval, il se dirigea vers elle. Elle était allongée dans l'eau, sa chevelure ondulant au gré du courant. Seuls le nez, les orteils et deux seins bien ronds affleuraient la surface. Sa poitrine était d'une blancheur insolite, les bouts de seins bruns et droits. Simon se demanda quels parents avaient pu engendrer une fille à la peau si claire.

Ce n'était plus une enfant. Soudain il sentit le désir l'envahir. Le sexe dressé, il luttait contre de violentes pulsions.

Il éprouva de la honte puis de la colère envers Sophie qui faisait naître en lui un sentiment de culpabilité. Voyant les vêtements de Sophie entassés à ses pieds, il les lança dans l'arbre.

Les yeux clos, Sophie chantonnait.

– Sophie, allons-nous-en, cria-t-il, puis, faisant quelques pas en arrière, il s'assit sur un rocher au bord de l'eau.

Elle ouvrit les yeux et se redressa brusquement, se cachant la poitrine de ses mains.

– Ciel, vous m'avez fait peur, maître, dit-elle de son accent chantant.

– Allons, dit-il d'un ton impatient, je ne peux attendre plus longtemps.

– Le maître doit pas regarder pendant qu' j' m'habille, dit-elle, nerveuse.

– Qui veut te regarder? répliqua-t-il avec un petit sourire malicieux en entendant le cri d'angoisse prévu.

– Maître, je trouve plus mes vêtements.

– Tu viens ou tu restes?

Il s'éloigna. Elle arriva en courant et lui saisit le bras.

– Maître, vous allez pas m' laisser ici?

Elle était à la fois timide et désespérée, en proie à des sentiments contradictoires, sa peur l'emportant sur sa pudeur. Simon rougit. Il ressentit un petit pincement au cœur. Jamais il n'avait vu Sophie autrement que couverte de poussière et de saleté. Quelle douceur émanait de sa peau! Elle ressemblait à Janet Gaynor dans le film « Septième ciel »...

Il commençait à regretter d'avoir caché ses vêtements, car le désir supplantait la culpabilité.

– Voilà tes affaires, regarde, dit-il en indiquant le sommet de l'arbre. Un oiseau aura sans doute essayé de les dérober.

Sophie lui lança un regard furieux. Elle détourna le regard. Elle avait trop peur pour se plaindre. Riant sous cape, Simon s'assit et la regarda grimper à l'arbre, le regard concupiscent. S'égratignant, versant des larmes d'humiliation, elle finit par récupérer ses précieux vêtements.

La frustration de Simon était devenue insupportable. Il était prêt à exploser. C'était un péché, tentait-il de se raisonner, mais qui donc était Dieu pour le châtier ainsi, alors que c'était bel et bien *LUI* qui avait omis d'envoyer la pluie?

Sophie descendit de l'arbre. Il la saisit par le bras, la fit basculer et se jeta sur elle.

Elle hurla de douleur en atterrissant dans la boue.

Après un bref moment d'incrédulité, elle se débattit, tel un chat sauvage. D'une main, Simon lui prit les poignets, les maintenant au sol au-dessus de la tête; de l'autre main, il lui saisit les fesses et les souleva, tandis que de ses genoux, il essayait de lui écarter les cuisses. Quand il jouit, quelques secondes plus tard, il hurla de plaisir.

C'était la première fois que Simon prenait une vierge, mais il en avait suffisamment entendu parler pour reconnaître la situation. Ce fut un choc. Frissonnant, il s'enfuit par la colline. Il se retourna. Toujours en larmes, elle se lavait dans l'eau de la rivière. Elle allait certainement lui causer des ennuis. Impulsivement, il courut vers la camionnette, abandonnant Sophie dans les champs couverts de fleurs.

Il conduisit pied au plancher, jetant de temps à autre un regard nerveux par-dessus l'épaule. Ce n'était pas Sophie qu'il craignait, mais la main vengeresse de Dieu. D'instinct il savait qu'une mauvaise graine jetée dans le sol fertile du destin germerait et que la récolte serait désastreuse.

Quatre heures plus tard, Simon livra ses cochons à Stellenbosch. C'était du beau bétail. Il les vendit à bon prix.

Il se sentit mieux une fois sa cargaison bruyante livrée et l'argent en poche. Il décida d'inspecter les fermes locales, passe-temps qui invariablement le déprimait. Il admirait ces troupeaux bien soignés, ces chevaux de race, ces vaches de Jersey aux pis gonflés, ces pâturages verdoyants. Mais par-dessus tout, les vignes le fascinaient, avec leurs belles grappes juteuses. Les somptueuses fermes alentour, les paddocks, les pelouses et les allées bordées de chênes le laissaient rêveur.

Un jour il posséderait une maison semblable! Mais quand? Vingt ans de privations dans l'Antarctique n'arriveraient pas à en payer la moitié.

Se sentant frustré par le destin, Simon se hâta vers le

village. Il s'arrêta devant une ferme magnifique, la plus belle de la région. Sur la pancarte était inscrit : *Fontainebleu*, et au-dessous : *A.T. Van Achtenburgh.* Avec son air d'opulence, la ferme dominait le paysage environnant. Simon soupira puis poursuivit sa route, désabusé.

Il se gara en face du café du village, releva son vieux Stetson et alla s'asseoir près de la fenêtre. Il avait presque terminé son Coca-Cola lorsqu'il entendit un bruit de sabots. Un instant plus tard, une superbe jument arabe passa devant lui au trot. La cavalière était une jeune fille de dix-huit ans en culottes de cheval et blouse de soie blanche. Il remarqua son beau profil, ses cheveux bruns flottant au vent. Un chat traversa la route, la jument fit un écart, oreilles dressées, montrant le blanc de ses yeux. Trop préoccupé pour s'en soucier vraiment, il se demanda si la jeune fille n'allait pas tomber à la renverse. Mais une seconde plus tard, le cheval et sa cavalière disparurent.

– Quelle beauté! dit-il tout haut en sifflant d'admiration.

– Le cheval ou la fille? demanda le patron du café, lui faisant un clin d'œil.

– Le cheval, bien sûr.

Cette remarque l'étonna, mais après réflexion, Simon se posa lui-même la question. Elle avait de la classe. Des pur-sang tous les deux!

– Qui est-ce? demanda-t-il négligemment.

– La fille de Van Achtenburgh. C'est une des familles les plus riches du coin, mais il n'y a qu'une fille, pas de fils.

– Van Achtenburgh de Fontainebleu?

– Vous les connaissez?

– J' leur ai vendu du bétail, dit-il, en mentant.

– Si j'avais leur fortune, je trouverais autre chose à faire que passer mes journées à cheval. Ils ne pensent qu'à cela... les chevaux!

Simon se prit à rêver : Ah! s'il possédait un tel cheval. Sa jument Vixen était probablement la mieux dressée de la province du Cap, mais elle n'était pas belle à regarder. Et s'il était le maître de Fontainebleu! Il revint à la réalité quand un garçon lui tapa sur l'épaule et lui demanda un demi-shilling pour le Coca.

– Vous êtes fermier dans le coin?

– Oui, oui, du côté de Malmesbury.

– J' suppose que vous f'rez comme les autres, vous tenterez vot' chance avec la fille de Van Achtenburgh.

– Pas le temps pour tout ça.

Simon sentit un frisson le parcourir. Dans les centaines de plans ambitieux qu'il avait élaborés durant ses nuits blanches, un mariage intéressé ne lui était jamais venu à l'esprit. Soudain un rêve lui parut possible.

– Vous avez un concours hippique par ici, bientôt? demanda-t-il en lançant une pièce sur le comptoir.

– Le mois prochain. Elle sera là, vous pouvez en être sûr. Elle remporte régulièrement tous les trophées.

2

C'était l'automne. Au Cap, en cette troisième semaine d'un été indien, il faisait une chaleur torride. Les nuits offraient peu de répit car le vent soufflant des montagnes apportait la chaleur étouffante du Karroo et les senteurs irritantes des herbes du Veldt. Le vent calmé, l'air était encore chaud. Quelle nuit délirante et dangereuse!

Simon franchit la haie qui bordait le vignoble. Il se sentait comme enivré et se laissait aller à ses rêves les plus fous. La lune brillait. Les collines, menaçantes, semblaient l'enserrer. Au delà des vignes, le domaine de Fontainebleu étincelait au clair de lune.

Simon, pieds nus, avançait dans le sol fertile. Quelle douceur, quelle sensualité!

Même l'air, ici, était différent! Comme le parfum des roses du jardin! Ils avaient tout ce dont il rêvait : de la terre humide près de la rivière, du chèvrefeuille dans les haies, de l'herbe fraîche. Il respirait avec avidité, emplissant pleinement ses poumons. Il avait l'impression de posséder toutes ces richesses.

Il prit une grappe de raisins, l'écrasa contre sa joue, mit plusieurs grains dans la bouche et mordit avec sensualité. Le jus coula le long de son cou. Oh! Dieu qu'il avait faim! Faim de la vie, de la terre, de l'eau coulant par-dessus les pierres.

Il se pencha et saisit une poignée de terre, la frottant entre ses doigts. Ce n'était pas de la terre mais de la poussière d'or. Etait-ce là que se trouvait la différence entre eux et lui? Etaient-ils supérieurs? Aimaient-ils mieux leur terre? Travaillaient-ils plus dur? Se gelaient-ils les couilles dans la neige quatre mois par an pour payer l'engrais? Non, grand Dieu! La différence, elle était là, dans ses mains. Ce sol. Cette étendue riche et fertile. Tout ce qu'ils avaient, tout sortait de là. La terre coulait à travers ses doigts. Il s'essuya les mains sur son pantalon et s'avança vers la maison.

En approchant du jardin, il tourna à gauche, vers l'aile est, là où les vignes grimpaient jusqu'au balcon. Route familière.

Le chien d'Anna bondit de sa niche et vint lui lécher la main. Ils étaient devenus maintenant de vieux amis. La chambre d'Anna était dans la pénombre. Il caressa le chien et attendit sur la plus haute marche. Les fenêtres de la façade étaient illuminées, mais lui devait rester dans l'ombre, comme un voleur. Il fallait qu'il mette les choses au point avec Anna une fois pour toutes. Elle avait dit qu'elle l'aimait, alors pourquoi avait-elle peur?

Soudain, il remarqua une feuille de papier coincée sur le rebord de la fenêtre, où étaient inscrits quelques mots d'une écriture nette, hardie. Certainement pas celle d'Anna. Et pourtant! Sa mère recevait les Joubert, de vieux amis de la famille. Allait-il attendre?

Il soupira.

Pour un peu, il rentrerait chez lui. Mais non! Restant dans l'ombre, il contourna la maison, Wagter à ses talons.

Le patio était grand et imposant. Des éclats de voix parvenaient à travers les fenêtres ouvertes. La porte de verre, près de lui, s'ouvrit brusquement. Une servante en blouse rayée apparut. Simon se tapit dans l'ombre et se heurta à un tronc d'arbre noueux. Il leva les yeux. Les branches étaient aussi épaisses que son corps. Cet arbre était plus que centenaire.

Il grimpa sur une branche, à quelques mètres seulement de la porte ouverte. Quel spectacle grandiose!

Il en eut le souffle coupé. Il lorgna la longue table en bois exotique chargée d'argenterie et de verres en cristal. Les murs étaient couverts de portraits dans des cadres dorés à la feuille. Des carafons de cristal luisaient d'un éclat de rubis.

La mère d'Anna entra. Simon l'avait rencontrée au concours hippique. Elle se pomponna devant la glace. Quelle femme vaniteuse! Dieu fasse qu'Anna ne lui ressemble pas un jour! Il fallait reconnaître qu'elle était encore belle, avec ses cheveux noirs relevés, ses traits anguleux mais réguliers. La camériste arriva quelques secondes plus tard.

– Le dîner est prêt? demanda Maria Van Achtenburgh.

– Oui, madame.

Elle lança un coup d'œil rapide autour de la pièce et sortit à la hâte.

La servante se dirigea vers le buffet, se versa un

verre de sherry, l'avala d'un trait et fourra le verre dans sa poche.

La famille commençait à arriver dans le patio. Mme Van Achtenburgh avait une bonne tête de plus que son compagnon; c'était un homme trapu, avec un visage rougeaud et des cheveux blancs courts. Sans doute un Joubert! Simon entendit la mère d'Anna dire :

– Ma fille est si douée!

Mais pourquoi une telle procession? se demanda Simon.

Venait ensuite le père d'Anna, avec à son bras une femme d'un certain âge, couverte de bijoux.

– André, avez-vous remarqué quel beau couple ils forment?

Ainsi, ils essayaient de marier Anna à Piet Joubert. Ce dernier se tenait sur le seuil, attendant Anna. Même de loin, il semblait arrogant, sans doute à cause de sa manie de tirer sur son cou comme une tortue. Quel fils de putain sournois avec ses maigres épaules tombantes et ses mollets de coq!

Quand Anna fit irruption, Simon eut la gorge sèche. Il en perdit presque l'équilibre. Ils avaient fait connaissance au concours hippique trois semaines auparavant et, depuis, se voyaient tous les soirs. Il l'avait toujours vue en pantalon ou en culottes de cheval. Ce soir, elle portait une robe longue de soie bleue très décolletée à la jupe évasée, qui révélait toutes les courbes de son corps et des seins bien fermes. Piet ne pouvait détourner son regard. Simon serra les dents. Quelle lavette je suis, se dit-il. Puis il chassa Piet de ses pensées.

Tous pénétrèrent solennellement dans la salle à manger.. André Van Achtenburgh remplit les verres; il sortit une bible du buffet et se dirigea vers l'extrémité de la table.

– Nous allons lire un court passage, dit-il.

« Mes enfants, en obéissant au Seigneur, vous obéissez à vos parents; car là est le Bien. Honore ton père et ta mère, c'est le premier commandement, ainsi tu seras dans le droit chemin... »

Passage familier. Cela rappela des souvenirs à Simon : son père lisait chaque soir un passage de la Bible à sa famille réunie autour de la table de bois brut. Sa mère essayait de raccommoder leurs vêtements à la lueur des bougies, tandis que son père ânonnait.

André Van Achtenburgh lança un rapide coup d'œil alentour. Il connaissait la Bible par cœur, inutile de la lire. Il observait Anna avec perplexité. C'était son unique enfant. Tournée vers la fenêtre, elle avait les yeux dans le vague avec une expression de béatitude.

La jeune fille était brusquement devenue une femme. Il en était effrayé et même bouleversé. Il s'était habitué à son rire d'enfant, ses tresses, ses petits tabliers d'écolière. Cette robe ne lui allait absolument pas. C'était la faute de Maria. Elle avait paré la jeune fille pour la mettre en valeur auprès de leurs amis les plus riches. Maria rêvait. Elle reflétait la fragilité féminine. Ces femmes étaient toutes les mêmes! Elles n'écoutaient jamais les paroles sacrées. Elles ne pensaient qu'à leurs toilettes et leurs emplettes. Anna ne leur ressemblait pas. C'était un garçon manqué. Quant à cette poule mouillée de Piet, au-dessus de son cadavre...

Maria Van Achtenburgh songeait au caractère fantasque de sa fille qui s'était montrée d'une froideur qui frisait l'impolitesse envers leurs invités. Dieu sait qu'elle avait tout essayé avec elle, mais parfois Anna la mettait dans une situation difficile. Elle avait vu sa fille mûrir précocement sous le chaud soleil d'Afrique, atteignant la puberté dès l'âge de onze ans, avec une poitrine naissante et cette attitude pragmatique envers l'amour que les enfants de fermiers acquièrent très tôt. Depuis des années, Maria espérait la voir devenir plus féminine. Elle l'avait envoyée à l'école la plus chic du

Cap. Maintenant, Anna avait terminé ses études secondaires. Son seul plaisir était d'aider son père à diriger la ferme, à panser les chevaux et à enseigner le piano au village. Cependant, récemment elle avait changé. Elle était rêveuse. Quelle enfant stupide, toujours le nez à la fenêtre à observer la lune!

Avec ses beaux traits réguliers, elle ressemblait à sa mère, mais avec une différence, une certaine sensualité. Tout le révélait, son regard, ses lèvres charnues, ses yeux. Il fallait la marier le plus vite possible.

Maria jeta un coup d'œil complice à Louise qui le lui rendit.

Louise savait parfaitement la raison de ce dîner. En fait, elle approuvait de tout cœur le mariage que toutes deux manigançaient sans toutefois l'avoir exprimé.

Anna était volontaire, obstinée. Piet et Anna étaient enfants uniques. Réunies, les deux propriétés vaudraient une fortune.

Simon remarqua que les invités commençaient à s'agiter. Le père d'Anna continuait à lire la Bible. Pourtant, c'était clair, il pensait à autre chose. Comme il s'était montré méchant au concours hippique. Il avait expédié Simon quand il avait essayé d'emmener Anna prendre un hamburger. A eux deux, ils avaient gagné tous les trophées. Il observait maintenant le père d'Anna. Il n'arrivait pas à le haïr. Ce devait être un bon compagnon pour la pêche à la baleine. Coriace et sûr.

Le père arrêta enfin sa lecture. La servante s'avança doucement pour présenter une salade de langouste. Les verres furent de nouveau remplis. La conversation s'anima puis retomba.

Simon regarda avec envie les plats qui défilaient. Le temps avait passé si vite. Il avait eu à peine le temps de dormir et encore moins de se nourrir. Chaque matin, il allait aux champs cultiver la terre bien avant l'aube. Il se ménageait ainsi quelques heures pour rendre visite à Anna. Il revenait en voiture la nuit et quatre heures plus tard, tout recommençait. Quand avait-il mangé pour la dernière fois? Il ne s'en souvenait même pas, mais Anna mangeait assez pour deux.

On changea les assiettes, remplit de nouveau les verres. Le plateau revint, cette fois avec un petit sanglier rôti à point, une pomme dans la bouche. Simon faillit tomber de son perchoir.

– Ma parole, c'est un véritable festin, s'écria Joubert. Je n'ai pas goûté de sanglier depuis dix ans. C'est le mets le plus raffiné que je connaisse.

– Oncle Acker l'a tué pour nous, dit Anna. Nous avons beaucoup de bétail qui vient du Sud-Ouest africain.

– Mon frère élève des agneaux caraculs, expliqua Maria. C'est l'oncle préféré d'Anna. Autrefois, elle passait ses vacances chez lui. L'art de la chasse n'a plus de secret pour elle.

Anna lança un regard irrité vers sa mère. Elle était rouge de confusion, agacée par les habituels propos dithyrambiques à son égard. Elle se tourna vers son père qui lui fit un clin d'œil complice.

J'ai le droit de choisir mes amis, se dit-elle en colère. Où était Simon en ce moment? Ils s'étaient donné rendez-vous dans le vignoble. Sa mère ne lui avait parlé de cette soirée qu'au déjeuner. Quelle surprise désagréable! Anna avait été dans la même école que Piet, mais pas dans la même classe. Il avait quatre ans de plus qu'elle. La dernière année, il avait été chef de classe et depuis, elle le détestait.

Piet décida de rompre un silence gênant.

– Viens, Anna, tu dois me soutenir moralement. Je ne peux convaincre ton père de planter quelques hectares de vignes qui donneront du pinot noir. Il s'en mordra les doigts. Il pense qu'il n'y a pas de marché pour le vin rouge mais il a tort.

Louise regarda son fils d'un œil critique. Il ne savait décidément pas s'y prendre avec les femmes. Pas étonnant qu'il n'ait pas de petite amie.

– Allons, Piet, pourquoi veux-tu qu'une belle jeune fille comme Anna s'intéresse au vin?

– Anna en sait autant que son père, intervint Maria.

– Parle donc à Anna de la piscine que nous faisons construire.

– Oui, maman. (Il toussota.) Elle est en forme de haricot et a cinquante mètres de long...

– Aimez-vous nager, Anna? dit aussitôt Louise.

– Anna a été championne scolaire de plongeon, répliqua Maria.

Anna regardait par la fenêtre d'un air absent. Soudain, elle aperçut le regard de Simon qui la fixait. Il riait. Visage désincarné parmi des feuilles de chêne.

Rougissant, elle sursauta et renversa son verre de vin. La tache rouge s'étendit sur la belle nappe de dentelle.

– Ça ne fait rien, ma chérie, dit Maria les yeux brillants, tout en saupoudrant la nappe de sel.

On débarrassa les restes de sanglier et servit une tarte au fromage, mets préféré de Willem Joubert. Louise cita des extraits de la thèse de Piet entre deux bouchées. Ils avaient tous trop bu et le visage de Piet était rouge et boursouflé. Soudain Anna sentit sa main sur sa cuisse. Elle lui donna un coup de pied sec et, en levant les yeux, aperçut Simon. Il était au supplice. Elle lui adressa un sourire malicieux.

– On organise un petit tournoi de tennis samedi, dit Louise. Est-ce que vous jouez, Anna?

– Oui, j'adorerais venir, dit-elle à la surprise générale.

Elle posa une main sur l'épaule de Piet.

– Joues-tu au tennis, Piet? Magnifique!

Après le dîner, ils allèrent prendre le café dans le patio. La conversation tournait toujours autour des succès universitaires de Piet. Simon avait du mal à rester éveillé. La servante allait et venait, remplissant les tasses. A sa façon de marcher, Simon vit qu'elle s'était servi quelques petits verres de sherry.

Enfin, ce fut l'heure du départ. Les invités prirent leur temps. Les parents rentrèrent dans la maison trop ostensiblement, laissant Piet et Anna quelques instants.

– Ma parole, tu as embelli!

Il prit Anna par les épaules.

– Tu es ravissante.

Il se pencha pour l'embrasser mais sursauta. Un gland lui frappa la joue.

– Les hasards de l'automne, dit-il, intrigué.

Un autre gland lui tomba sur la tête.

– C'est un babouin, lui dit Anna. Il hante ces lieux. J'espère qu'il est dans l'arbre.

Piet, inquiet, leva les yeux.

– Le babouin est un animal dangereux.

– Oh oui, père a l'intention de le tirer à vue.

– La plaisanterie a assez duré! hurla Simon quand Anna le rejoignit peu après dans le vignoble. Je suis saturé de ces manigances idiotes. J'en ai assez de rester dans l'ombre. Si tu crois que je ne suis pas assez bien pour toi, Anna, alors va au diable. Séparons-nous avant qu'il ne soit trop tard.

– Comment peux-tu dire une chose pareille? Hier soir, tu disais que tu m'aimais! Ah! C'était sincère, pour parler de rupture le lendemain!

– Il y a des limites à ma patience. Si tu m'aimes, tu dois parler à tes parents.

– N'est-ce pas plus amusant? C'est notre secret.

– Non! Je suis épuisé, j'ai faim. Ou tu leur parles et je viendrai te voir normalement, ou c'est fini entre nous.

Comme il était vieux jeu parfois! Mais comment pouvait-elle parler à ses parents? Son père avait été furieux au concours hippique. Seulement, elle tenait à Simon et n'envisageait pas de le perdre.

Frissonnant, elle se blottit contre lui.

De ses lèvres, Simon effleura son visage et, d'un coup, plongea sa langue dans sa bouche. Anna ne résistait jamais aux assauts virils de Simon et à la force qui se dégageait de lui. Il était excitant et terrifiant à la fois.

– Si on allait faire du cheval samedi? dit-il en la pressant contre lui.

– Et le tennis?

– Pas question! Samedi ou jamais.

– Pas de cheval, dit-elle, essayant de reprendre l'initiative. On ira faire un tour de voiture. Viens me chercher à deux heures.

Simon était encore furieux. Il l'embrassa et partit.

Anna resta longtemps après son départ assise sur les marches, devant sa chambre. La solitude lui pesait, elle avait envie d'être avec Simon.

Le Berg se remit à souffler, ce vent dont les plaintes incessantes empêchaient de dormir. Les journaliers chantaient encore; les grenouilles coassaient dans la rivière.

Ce n'était pas une nuit à rester seul.

Anna ressentit une agitation insolite. Elle n'avait aucune envie de rentrer.

– Simon, oh! Simon, murmura-t-elle.

Son propre désir était-il aussi intense que le sien?

3

Simon était ennuyé. Sa camionnette déglinguée ne ferait pas grande impression samedi. Il avait jeté son dévolu sur une voiture d'occasion à la coopérative, mais ils en demandaient 50 livres et il ne voyait pas comment il pourrait réunir la somme.

Il eut largement le temps d'y penser durant les cinq heures de voyage jusqu'à Saldanha Bay.

La route du Cap passait par les vignobles de Stellenbosch, le long de vergers où paissaient les belles vaches laitières de Durbanville.

Sept kilomètres avant Le Cap, il prit la route de Malmesbury vers le nord. C'était une région fertile. Une fois de plus, il contempla avec envie les fermes qui bordaient la route.

C'était l'époque de l'agnelage. Des toisons blanches brillaient au clair de lune. Les plantations allaient bientôt commencer; en juillet, les jeunes pousses seraient épaisses et pleines de sève, serrées les unes contre les autres. Cette véritable mer ondoyante de vert rendait Simon fou de convoitise. Les fermes étaient à deux ou trois kilomètres les unes des autres. Fières de leur opulence, elles semblaient regarder avec mépris passer Simon dans son vieux camion pétaradant.

Aux abords de Malmesbury, la route tournait à gauche vers Saldanha Bay. Le sol devenait sablonneux, les moutons étiques. Les fermes avaient moins d'allure. Elles étaient éloignées les unes des autres. Simon laissait son imagination vagabonder. Il se voyait déjà maître de Fontainebleu. Il dépassa le lagon et l'usine baleinière sans même en remarquer l'odeur. Enfin il atteignit Modderfontein où cinq générations de Smit avaient arraché à la terre et à la mer une piteuse existence. Il arrêta la camionnette, ouvrit le portail et fronça les sourcils.

Si les pluies n'arrivaient pas, il lui faudrait mettre les moutons dans les champs de luzerne et ce serait un désastre. Il se rendit en voiture jusqu'au sommet de la première colline et, frappé par l'aspect indigent de sa ferme, blasphéma en silence.

Entre la mer et les terres cultivées, il n'y avait que la brousse, lieu de prédilection des lynx et des troupes de babouins dont les cris résonnaient dans le vent.

S'il en piégeait suffisamment, il pourrait peut-être s'offrir sa camionnette? Habituellement, il les vendait à un laboratoire du Cap 5 livres pièce, mais les bêtes étaient rusées et il n'en trouvait jamais plus d'une dans le même piège. Il n'en avait attrapé que cinq l'année précédente.

Enfin il parvint à la ferme. La camionnette garée dans le hangar, il fit un tour dans la laiterie. Il en émanait une odeur âcre de lait. Jan avait trait les vaches, elles paissaient autour du barrage. Sans s'inquiéter davantage, il rentra dans la maison et, ôtant ses bottes d'un coup de pied, s'affala sur le lit.

Samedi. Comme chaque matin à l'aube, le chant du coq et le meuglement des vaches, impatientes d'être traites, réveillèrent Anna. Pour elle, chaque son avait une signification, comme si les racines de son existence étaient inextricablement liées à ces sons familiers. La prémonition fugitive qu'elle s'éveillerait un matin sans les entendre la fit frissonner dans son lit.

Le bruit familier des pas de Flora et le cliquetis des tasses de café apaisèrent ses craintes.

La matinée s'éternisait. Anna finit par aller tailler les rosiers, une tâche qu'elle remettait depuis des jours.

– Pourquoi veux-tu à tout prix t'abîmer les mains? lui dit sa mère.

– Parce que, moi, je le fais correctement.

– A quelle heure vient Piet?

– Maman, je n'irai pas chez les Joubert. Je sors.

Maria lança un regard soupçonneux à sa fille.

– Je ne sais pas pourquoi tu fais tant de mystère, à moins que tu n'aies honte de toi.

Anna, rougissante, foudroya sa mère du regard.

– Je connais des douzaines d'hommes que j'aime plus que Piet.

– Et celui-ci s'appelle...?

– Simon Smit, laissa-t-elle échapper. Il faut que je me prépare.

Elle se hâta d'entrer dans la maison, honteuse d'être aussi lâche. Maria alla trouver André.

Une heure plus tard, Simon entra à vive allure dans la cour au volant de sa camionnette flambant neuf, effrayant les poulets et le petit paon de Maria.

André faisait les cent pas dans son bureau, se demandant comment aborder le jeune homme. Il ne comprenait pas sa fille. Elle avait le gratin de la société à ses pieds. Evidemment, il ne savait pas grand-chose de ce jeune Smit; peut-être n'était-il pas aussi monstrueux qu'il l'avait imaginé. Quand il vit Wagter remuer la queue, André serra les dents de colère. Ainsi, Simon était déjà venu. Quand? Pas de jour, il l'aurait vu. Pour la première fois, André ressentit un serrement de cœur. Il sortit de la cour, se demandant s'il allait lui serrer la main. Il se ravisa.

– Ah, vous êtes le jeune Smit, n'est-ce pas?

– Nous nous sommes déjà rencontrés, monsieur, au concours hippique.

– Je suis plutôt surpris de vous voir, je serai franc. Bon, puisque vous êtes ici, peut-être accepterez-vous un verre de cidre en attendant Anna. Elle est toujours en retard, voyez-vous. Venez dans mon bureau, mon garçon.

Il ne fallut guère de temps à André pour se rendre compte que Simon était encore moins convenable qu'il ne l'avait craint. Le jeune homme n'était qu'un pauvre Blanc.

Ses parents étaient morts, le laissant sans un sou, lui léguant seulement une ferme improductive qui n'était, semblait-il, bonne qu'à élever quelques moutons mais guère plus. Le jeune homme semblait vivre d'expédients, partant à la chasse à la baleine quatre mois par an pour empêcher la ferme de tomber aux mains des huissiers. Comment lui faire comprendre qu'il était absurde de poursuivre sa fille de ses assiduités? André décida d'éluder la question et de parler d'abord à Anna.

Pendant ce temps, Simon évaluait chaque détail du bureau et s'imaginait à la tête de l'exploitation. Lorsque Anna parut, radieuse dans son pantalon de soie bleue, son chemisier assorti et un sac de paille blanc jeté sur l'épaule, Simon rayonna de joie. André les observa avec inquiétude. Anna était si jeune, si inexpérimentée. Elle serait une proie facile pour tout chasseur de fortune du Cap.

Il demanda à Flora d'appeler Maria.

– Eh bien, c'est un beau gâchis, lui dit-il. Je ne peux m'empêcher de penser qu'elle agit ainsi par esprit de contradiction. Après tout, tu es allée un peu fort, avec ton Piet, non?

Maria était furieuse.

– Puisque tu as décidé de me rendre responsable de ce fiasco, il vaut mieux que tu saches qu'elle voit Simon au village chaque jour depuis qu'elle a fait sa connaissance au concours hippique.

– C'est elle qui te l'a dit?

– J'ai mes sources d'information.

– Très bien, dit-il, l'œil sombre. Je suppose qu'il me faudra voir Smit à son retour. Ah! Il ne remettra pas les pieds ici, crois-moi.

Les pneus de la camionnette crissèrent sur le gravier. Ses deux occupants, embarrassés, ne disaient mot, chacun plongé dans ses pensées.

Simon fulminait parce qu'Anna ne lui avait fait aucun compliment sur sa camionnette. Oubliant ses problèmes, il finit par se détendre.

Il avait décidé qu'ils iraient pique-niquer sur les rives de l'Hex, au pied des montagnes. Il connaissait bien l'endroit, situé sur la ferme d'un ami. Il avait apporté une bouteille thermos de café noir fort et quelques fruits.

Il faisait très chaud. C'était un temps à paresser, à

somnoler. Ils allèrent s'asseoir sur une plage, attentifs au clapotis de l'eau venant mourir sur les rochers moussus, au bourdonnement des insectes, à l'appel des oiseaux.

Ils n'avaient pas grand-chose à se dire. Simon s'approcha d'elle et passa son bras autour de son cou. Elle se sentit merveilleusement heureuse.

– C'est le jour le plus heureux de ma vie, dit enfin Anna.

Elle lui sourit. Il était sous le charme. Il l'attira brusquement contre lui, la pressant très fort contre sa poitrine. Un long moment, ils restèrent silencieux, obsédés par la proximité de leurs corps. Il faisait de plus en plus chaud et l'eau glacée des montagnes était une invitation tentante.

– Si on... dirent-ils de concert.

– Pourrais-tu nager les yeux fermés? murmura-t-elle.

– Naturellement. Je nage toujours les yeux fermés.

Il ôta sa chemise et son pantalon, les paupières closes. Anna resta bouche bée devant la nudité de son corps.

Quelle puissance! Quelle beauté! Sa poitrine musclée était bronzée, mais ses fesses et ses cuisses d'un blanc immaculé. Anna était dévorée de curiosité. Jamais elle n'avait vu d'homme nu.

Simon ouvrit les yeux. Il lui sourit.

– Eh, tu triches! Je vais nager, fais ce que tu veux.

Anna, perplexe, alla se cacher derrière un rocher.

J'y vais? se demanda-t-elle.

Elle jeta un coup d'œil vers Simon qui pataugeait dans l'eau cristalline. Non, dit-elle fermement, mais, comme poussée par une force étrangère, elle enleva ses vêtements un à un. Nue! Quelle sensation étrange mais familière! La brise caressait sa peau! Le soleil pénétrait son corps. Les éléments semblaient être complices pour éveiller ses sens. Elle se sentait vieille, aussi vieille que l'humanité. Il était à elle, elle l'avait choisi. Un point c'est tout.

Simon était allongé sur le dos dans l'eau peu profonde. Anna se pencha sur lui et l'embrassa.

En soupirant, il la repoussa.

– Non, je t'en prie, n'approche pas sinon je vais perdre le contrôle de moi-même.

Il avait une voix inhabituelle.

Simon se redressa et la dévisagea. Elle était à la fois offerte et effrayée. Le désir physique paralysait son esprit. Un jour, il s'était laissé emporter par la passion. L'image de Sophie, en larmes au bord de la rivière, lui revint en mémoire. Le souvenir de sa faute atténua son désir.

Il avait exécré le remords et le dégoût qui avaient suivi son acte. De plus, Sophie n'y avait même pas pris de plaisir. De toute évidence, les femmes n'aimaient pas l'amour. Pourtant Anna semblait différente.

Un sourire éclatant, des yeux verts et le murmure de l'eau tombant sur les pierres. Cet après-midi-là resterait à jamais gravé dans sa mémoire. Etendue, Anna souriait, confiante. C'était comme si elle avait toujours été mariée à Simon et en avait été simplement séparée par quelque hasard de naissance.

L'après-midi fut trop court. Ils restèrent étendus ainsi dans les bras l'un de l'autre. A peine remarquèrent-ils le soleil déclinant derrière les montagnes. Soudain, la nuit tomba. L'idée de partir leur était insupportable.

Le silence qui les enveloppa sur le chemin du retour était lourd de questions et de réponses non formulées.

Il était tard. Anna songea à ses parents. Elle soupira. Simon passa son bras autour de ses épaules, l'attirant contre lui.

– Qu'y a-t-il?

– Oh! Je... je ne sais pas au juste.

Comment lui expliquer le comportement de ses parents? Pourquoi étaient-ils obnubilés par sa camionnette rouge et son horrible coupe de cheveux?

Ils rentrèrent à minuit. Son père faisait les cent pas dans la cour. Simon arriva dans un nuage de poussière et s'arrêta devant la maison.

– Anna, va dans ta chambre, hurla André.

Simon fit le tour de la camionnette, ouvrit la portière et l'aida à descendre.

– Merci pour cette merveilleuse journée, dit-il lentement. A demain.

Jamais elle n'aurait imaginé que son père lui parlerait sur ce ton. Elle était indignée.

– Juste ciel, père, à t'entendre on croirait que je me suis absentée une semaine! Pourquoi me reçois-tu ainsi?

Elle aurait bien voulu discuter mais Simon la prit par le bras et lui dit :

– Ne t'inquiète pas, je vais mettre les choses au point. Je te téléphonerai demain matin.

Anna, indécise, hésita un instant puis alla se coucher.

– Je souhaite vous parler, jeune homme.

André se dirigea, hautain, vers son bureau et s'assit. Il leva les yeux. Simon était là devant lui.

– Asseyez-vous, asseyez-vous, dit-il d'un ton sec. Vous perdez votre temps avec ma fille. Elle n'a que dix-neuf ans. Elle ne sera majeure que dans quatorze mois et je veillerai à ce qu'elle ne vous épouse pas. Il est facile de voir qu'elle est amoureuse de vous, bien qu'à dire vrai, je ne voie pas pourquoi.

Simon tira à lui une chaise, sans répondre. Un instant, les deux hommes gardèrent le silence. André le rompit le premier.

– J'aimerais avoir votre parole que vous ne reverrez pas ma fille.

– Non, monsieur, j'aime Anna et elle m'aime.

Les yeux bleus d'André fixèrent son adversaire. Il se pencha en arrière et se mit à rire.

– Je suis sûr que vous aimeriez épouser Anna. Qui n'aimerait pas? Elle héritera de la presque totalité de ma fortune. Laissez-moi vous dire, jeune homme, j'ai mené ma petite enquête sur vous cet après-midi. Qu'avez-vous sinon quelques dunes de sable et des moutons affamés? Anna, de son côté, est l'une des jeunes femmes les plus recherchées du district et de loin la plus belle. Elle peut espérer un brillant mariage et un avenir à l'abri de tous soucis; c'est en fait ce que j'ai toujours souhaité pour elle.

Simon poussa un soupir de soulagement. Anna épouserait qui bon lui semble. Il n'allait pas s'inquiéter des menaces d'un père furieux qui se comportait comme les babouins qu'il prenait au piège. Avec le temps, il finira par se fatiguer, pensa-t-il.

– Je m'en vais, dit-il en se dirigeant vers la porte, mais il sentit une main sur son bras et remarqua la lueur d'anxiété qui se lisait dans le regard de son adversaire.

André avait la voix rauque tant il se sentait frustré.

– Je vais vous dire une chose, Simon. Si par hasard vous parveniez à épouser Anna, je l'évincerai de mon testament. Ne pensez pas que je céderai car je ne me suis jamais emporté contre un homme en vain. Vous pouvez aller au diable, vous n'aurez pas un sou de moi. Vous croyez avoir gagné, n'est-ce pas? Je le lis dans votre regard. Eh bien, croyez-moi, vous avez perdu, car tous deux vous ne tiendrez pas cinq minutes sur vos dunes de sable à la noix.

Sinistre, il repartit vers son bureau et saisit le journal.

Simon, en bon psychologue, savait qu'André disait vrai. Il arriva chez lui, quelque peu perturbé.

Au petit déjeuner, le matin suivant, Anna se retrouva seule. Sa mère dormait toujours tard et Flora lui dit que son père soignait un cheval malade dans l'écurie.

Anna alla le retrouver.

– Tu veux de l'aide?

André acquiesça sans répondre. Ils passèrent du liniment sur les jarrets raides de Ponty.

– Papa, je veux te parler à propos d'hier soir. C'est la première fois que tu me grondes. Tu te conduis comme si tu étais... enfin comme si j'étais... (Elle s'assit et réfléchit.) Tu te conduis comme si nous n'étions plus des amis. Je ne suis pas une enfant et ce n'est pas la première fois que je rentre à minuit. Pourquoi seulement...

– Anna, Anna, laisse tomber. Les choses sont différentes. Tu es une femme. C'est d'autant plus regrettable. Si cela dépendait de moi, rien ne changerait. (Il soupira.) Tu es une jeune femme maintenant, Anna. Une héritière. Tu as des responsabilités. Tu ne peux sortir avec n'importe qui, simplement parce qu'un Tom, Dick ou Harry te plaît.

Il lui adressa un sourire triste.

– Tu as toujours été brillante, mais peut-être t'avons-nous trop couvée. En plus tu deviens très belle, mais tu n'es pas assez mûre pour te rendre compte de la situation. Quand tu étais enfant, peu nous importait avec qui tu jouais à l'école; riches ou pauvres, ils étaient tous bienvenus ici, mais maintenant, c'est différent. Je sais que tu n'apprécies guère mon discours mais avant que tu ne te ridiculises aux yeux de tous, je veux t'expédier loin d'ici. Aimerais-tu aller à cette école dont vous avez parlé ta mère et toi?

Il tenta d'esquisser un sourire. Elle lui manquerait.

Debout, maussade, elle donnait de petits coups de pied contre le mur.

– C'est l'école secondaire la plus recherchée de Suisse et j'ai entendu dire que l'éducation musicale y est excellente. En fait, je ne sais pas grand-chose, mais ta mère a fait son enquête. Qu'en penses-tu?

André jeta un coup d'œil à sa fille et soupira. Il ne connaissait que trop bien cette expression, la lèvre supérieure pincée, le front plissé.

– Je continuerai à voir Simon.

– Tu n'as pas le choix, je suis désolé, Anna, mais c'est ainsi.

Anna le foudroya du regard.

– Bien sûr que j'ai le choix, je ferai ce que je voudrai.

– Ecoute, Anna, sans mon argent, Simon ne voudra pas t'épouser; c'est ton argent qui l'intéresse, j'en suis persuadé.

– C'est faux, Simon a une ferme.

– Ah! Ah!

– Tu as donc mené ton enquête?

– Evidemment! Il ne te demanderait pas de l'épouser s'il pensait, ne serait-ce qu'un instant, qu'il devrait te faire vivre.

– Ce que tu dis est infâme, fit Anna dont la colère montait. Surtout parce qu'il n'est pas là pour se défendre.

– C'est ce que nous verrons, dit-il au comble de la colère.

Il se leva. Leurs regards se croisèrent.

– Je t'avertis comme je l'ai averti, Anna, et tu sais que je suis un homme de parole, si tu épouses Simon, tu n'obtiendras pas un sou de moi. Aussi, attendons de voir sa réaction.

Comment son père pouvait-il être si aveugle? Elle avait la certitude de voir Simon dans l'après-midi.

Mais Simon ne vint pas. Des jours durant, elle attendit des heures au café où habituellement ils se rencontraient. De gros cernes apparurent sous ses yeux; elle errait, indifférente, emplissant la maison de sa tristesse au point que même Wagter se languissait, la tête basse.

Anna était ébranlée. C'était son premier amour, elle avait aimé avec passion. Maintenant, elle se sentait inutile, personne ne l'aimait.

Au bout de trois semaines, ses parents commencèrent à s'inquiéter.

– Ça lui passera, disait chaque jour André à Maria.

C'était l'automne. Pour Anna, les jours coulaient lentement. Le vent était plus froid, la vie sinistre. L'offre de son père de partir pour une école suisse lui parut plus alléchante. Un matin, elle alla le trouver. Il supervisait la construction d'un nouveau pont près de la rivière.

– Bonjour, tu arrives à temps pour m'aider.

Pendant une heure, ils travaillèrent tous deux comme par le passé. Anna, élevée comme un garçon, savait construire un abri, contrôler la vinification, bref, elle était au courant de tout ce qu'un fermier devait savoir. Sur le chemin du retour, elle lui dit :

– Papa, j'accepte ton offre pour la Suisse.

André fut heureux de la voir enfin recouvrer la raison.

Ce soir-là, Anna ne put dormir. Comment avait-elle pu se laisser ainsi humilier par ce balourd, simplement à cause de la lueur de son regard, de l'éclat de ses cheveux roux? A la simple évocation de Simon, des larmes lui montèrent aux yeux. Elle se leva, s'enveloppa les épaules d'un châle et alla s'asseoir près de la fenêtre. La tempête se prépare, se dit-elle.

Wagter était recroquevillé dans sa niche devant la porte, il balaya paresseusement le sol de sa queue. Anna allait tirer les rideaux lorsque Wagter bondit de sa niche, les crocs en avant, le poil hérissé.

Elle ouvrit la porte.

– Qu'y a-t-il, Wagter?

Le chien remua la queue et détala. Son cœur se mit à battre très fort. Un instant plus tard, elle vit Simon, debout devant elle, le sourire aux lèvres.

Quel niais! En plus, il souriait, comme si rien n'avait changé!

Elle se précipita dans le vignoble et le gifla.

– Cruel, tu es cruel... et... détestable. Je te hais, dit-elle dans un sanglot. Tu t'es moqué de moi en prétendant que tu m'aimais et en partant quand tu as découvert...

Elle s'interrompit, incapable de prononcer les paroles rédhibitoires.

– Ne veux-tu pas savoir où j'étais?

Il la taquinait une fois de plus.

– Non!

– Je voulais t'acheter une bague, dit-il doucement, mais il m'a fallu aller à la pêche pour gagner de l'argent. Je viens de rentrer. Voilà, prends-la si tu la veux, elle ne me sert à rien.

Il jeta la boîte et se mit à arpenter le vignoble, Wagter gémissant de joie sur ses talons.

Anna ramassa la bague et s'enfuit dans sa chambre, claquant la porte derrière elle. Elle était troublée, mais soulagée. Tout ce chagrin pour rien! Elle s'assit sur le lit et ouvrit la boîte. Une améthyste sertie d'argent. De mauvais goût certes, mais elle lui plut.

Quelques minutes plus tard, elle entendit frapper. Simon se glissa dans la chambre.

– Chut... murmura-t-il.

Sur la pointe des pieds, il traversa la pièce, éteignit la lumière et ferma la porte à clé.

Elle l'entendit approcher. Il s'assit sur le lit, près d'elle.

– Puis-je rester un moment? J'aimerais te parler.

– Inutile de parler à voix basse, dit-elle très fort. Tout le monde est couché. Leurs chambres sont en bas, au bout du couloir.

Elle luttait contre le désir qui la submergeait.

– Ce n'est pas la peine non plus d'éteindre la lumière, il n'y a plus personne dans le vignoble à cette heure avancée de la nuit.

– Je ne veux pas prendre le moindre risque, dit Simon à voix basse.

Il passa son bras autour de ses épaules et l'attira contre lui.

– Va-t'en, dit-elle tristement.

– Tu m'as manqué. En mer, j'ai eu le temps de penser à nous. Ton père est monté contre moi. Il nous faudra attendre que tu sois majeure; ce sera long, mais nous serons patients. Tu en vaux la peine.

– Eh bien, je ne suis pas sûre que toi tu en vailles la peine. Enfin, soupira-t-elle, j'ai accepté de partir un an en Suisse.

Il essaya de masquer sa colère. Au bout d'un an à l'étranger, Anna l'oublierait. Cette pensée le glaçait jusqu'à la moelle.

– Tu ne m'aimes pas!

– Oh! Oui, je t'aime, s'écria Anna. Tu le sais, mais cela ne change pas grand-chose.

Il se pencha vers elle, la saisit par les épaules, l'allongea et l'embrassa avec passion.

Il y eut un éclair suivi d'un grondement de tonnerre.

– Ecoute, il se met à pleuvoir, murmura-t-il, remercie Dieu.

– Il faut que tu partes, dit-elle d'un ton pressant.

La pluie se transformait en véritable déluge.

– Puis-je attendre la fin de l'orage?

– Oui.

Elle se sentait coupable mais n'avait pas envie qu'il s'en aille.

– C'est donc notre dernière nuit, murmura-t-il.

Sa main tâtonna sous la chemise de nuit. Il caressa ses bouts de sein.

– Non, arrête.

Elle saisit sa main, essaya de la repousser puis la ramena sur son corps.

Se penchant soudain en avant, il prit son sein dans la bouche et suça lentement, léchant et mordillant le bout.

Elle gémit doucement.

– Simon, c'est de la folie, il faut que tu partes. Je ne peux plus tenir, je vais crier.

– Crie.

Sa bouche erra longuement et descendit le long de son corps. Fébrilement, il lui ôta sa chemise de nuit. Elle se retrouva nue, sous l'édredon.

– Tu m'appartiens, tu ne le vois pas?

Elle haletait, surprise par son propre désir. Passant les bras autour de son cou, elle se blottit contre lui.

– Oh Simon! Aime-moi, aime-moi.

– Oh Jésus! Doux Jésus!

Simon était éberlué de la voir réagir ainsi.

Lui écartant les jambes, il la pénétra. Anna ressentit une douleur intense, mais quelques secondes plus tard, elle répondit au rythme de ses saccades. Oubliant la douleur, elle s'abandonna au plaisir dévorant de l'amour. Quand il jouit, elle hurla de bonheur.

Simon lui plaqua la main sur la bouche. Une porte s'ouvrit puis se referma. Des pas approchèrent dans le couloir.

– Anna?

C'était sa mère. Elle frappa à la porte.

– Anna?

– Oui, maman.

– Tu vas bien?

– Oui, j'ai eu un cauchemar. C'est l'orage. Excuse-moi de t'avoir réveillée. Bonsoir.

Les pas s'éloignèrent. La porte se referma.

– Ouf!

Simon vint se recoucher près d'elle et s'endormit. Anna se mit à pleurer. De longs sanglots silencieux secouaient son corps.

4

Les premières pluies de l'hiver tombèrent dru pendant la nuit. Quand Simon partit à cinq heures, le jour n'était pas encore levé et la pluie ne cessait de marteler le sol. Anna s'endormit. Lorsqu'elle se réveilla, bien plus tard, son café était froid et la pluie en rafales s'écrasait contre les vitres.

Wagter gémissait dans sa niche. Elle ouvrit la porte pour le laisser entrer. Ses pattes couvertes de boue laissèrent des marques sur le tapis. Flora serait furieuse! Elle revint dans son lit sur la pointe des pieds et fut horrifiée de découvrir une tache rouge révélatrice sur les draps. Elle fut prise de panique. Que faire? Elle attendrait que sa mère aille faire ses courses pour changer les draps. Se voyant contrainte à mentir, elle fut remplie d'amertume.

Ce sentiment de culpabilité s'estompa vite. Sa vie redevint ce qu'elle était : une routine rassurante, les courses, les travaux de la ferme, le tennis et les sorties avec ses amis. Anna avait une assez grande connaissance de la ferme pour savoir qu'avec des pluies aussi tardives, Simon devrait semer son blé en un temps record. Elle ne se sentait plus aussi seule. Elle se remit peu à peu, ses joues reprirent des couleurs, les cernes disparurent.

Maria et André se félicitaient d'avoir aussi aisément jugulé la crise.

Ce fut un soulagement pour Anna d'être séparée de Simon quelque temps. Elle s'était plongée d'emblée dans une liaison sans y être préparée. Les jours passaient, le souvenir de leurs ébats nocturnes devint irréel. Mais lors d'une partie de tennis, trois semaines plus tard, elle s'évanouit. On la mena aussitôt chez le pharmacien du coin de la rue. Elle revint à elle sous l'effet des sels qu'on lui fit respirer.

Une semaine plus tard, elle se réveilla avec des nausées. Sans doute était-ce le crabe à la mayonnaise de la veille? Mais les nausées se répétèrent les jours suivants. Elle se rappela des histoircs terrifiantes qu'on lui avait racontées. Plutôt que de demander conseil à sa mère, elle décida d'aller consulter le médecin de famille; dans la salle d'attente, elle prit peur et rentra chez elle sans le voir.

Le matin suivant, elle prit rendez-vous avec un médecin à Paarl, ville suffisamment éloignée pour protéger son secret, si toutefois elle en avait un. Elle emprunta la voiture de sa mère et parcourut les huit kilomètres jusqu'à Paarl, folle d'angoisse.

Le médecin était vieux et paternel. Après un bref examen, il lui annonça qu'elle était enceinte. Elle rentra chez elle, effondrée, incapable d'affronter l'avenir. Pendant des heures, elle se promena dans le jardin. Qu'allait-elle faire? Dans la soirée, elle tenta désespérément de téléphoner à Simon. Avec l'arrivée de son père et de sa mère, il lui fut impossible de téléphoner à nouveau.

Le lendemain, après une nuit sans sommeil, elle se glissa le long du couloir dans le bureau de son père; après avoir refermé la porte, elle fit le numéro de Simon. L'attente semblait interminable. Enfin, elle entendit sa voix et se sentit curieusement rassurée.

– Simon, il est arrivé quelque chose, je dois te voir. C'est très important.

– Qu'y a-t-il?

– Je ne peux pas t'expliquer par téléphone, il faut que tu viennes, Simon.

– J'ai encore un champ à labourer. Ça ne peut pas attendre vingt-quatre heures?

Il semblait exaspéré.

Anna, le cœur serré, se rendit compte pour la première fois combien elle dépendait de lui.

– C'est urgent.

Silence.

– Ça ne peut pas être aussi urgent que mon travail. J'arriverai dès que j'aurai terminé. A tout à l'heure.

Il raccrocha. Elle fut prise d'un sentiment de panique. Anna avait vécu dans un cocon, à l'abri des soucis. Jamais elle n'avait dû puiser dans ses propres réserves ou tester la qualité de sa force. Maintenant qu'elle ne pouvait plus compter sur ses parents, elle se sentait incapable d'affronter la réalité. Elle repartit dans sa chambre. Elle n'avait guère d'alternative, il fallait parler à ses parents. Mais comment s'y prendre?

Comme elle le pressentait, Simon ne vint pas.

Le matin suivant, au petit déjeuner, Maria, d'un ton détaché, suggéra d'inviter les Joubert à une partie de tennis suivie d'un barbecue le dimanche suivant.

– Maman, il est temps que tu capitules, je vais épouser Simon.

Elle attendit l'explosion.

Sa mère, éberluée, porta sa serviette au visage; son père blêmit. Il avait un regard implacable.

– Tu n'épouseras pas Simon. J'ai l'intention d'aller au tribunal pour t'interdire légalement de le fréquenter. Si tu ne veux pas écouter le bon sens, tu t'y soumettras par la force, ma petite.

– Si tu ne veux pas m'accorder ta permission, c'est moi qui ferai appel au tribunal, dit-elle, étonnée de son calme alors qu'elle était en proie à une peur intense.

– Ah! Ah! On aura tout vu!

Il la toisa et brandit son poing.

– Et ta promesse d'aller en Suisse?

– André, laisse Anna tranquille, murmura sa mère.

– Tu ne peux m'accuser d'avoir été injuste envers toi, Anna. Je t'ai dit d'attendre. Ce n'est pas insensé.

Elle avait envie de hurler « papa, je suis enceinte, pour l'amour de Dieu, aide-moi », mais les mots ne sortaient pas.

Son père se tourna vers elle et lui dit d'un ton plus conciliant :

– Anna, sois raisonnable. Le tribunal ne t'accordera pas la permission de l'épouser. Tu n'as que dix-neuf ans, Simon n'a pas le sou et il ne peut subvenir à tes besoins. Je ne l'aime pas et refuse tout simplement de l'entretenir le reste de ma vie.

Il se tut, réfléchit un instant puis éclata.

– Non, sous aucun prétexte!

Anna, la bouche sèche, les mains tremblantes, posa sa cuillère.

– Père, je suis désolée d'avoir à te dire que je dois épouser Simon.

Anna ne s'attendait guère à l'explosion qui s'ensuivit. Maria sanglota, André, dans un accès de fureur, la gifla de toutes ses forces, mugit tel un taureau enragé et sortit de la pièce, suivi de sa femme, laissant Anna, la joue cuisante et se demandant si elle avait un œil au beurre noir.

Un instant plus tard, elle entendit ses parents se disputer dans le bureau. C'était la première fois. Sa mère criait d'une voix qu'elle ne lui connaissait pas. Son père lui répondait en hurlant. Maria éclata en sanglots hystériques. Anna ne broncha pas. Tout semblait irréel, un mauvais rêve qu'elle était forcée de subir.

Le téléphone sonna. Flora entra précipitamment dans sa chambre.

– C'est pour vous, mademoiselle Anna.

C'était Simon. Au son de sa voix, son cœur fit un bond, telle une alouette libérée de sa cage.

– J'ai fini de labourer. Maintenant, prions pour qu'il pleuve. Je viendrai probablement demain.

– Simon, il faut que tu viennes. Je suis enceinte et papa est furieux.

– J'arrive.

Ses parents ne cessèrent de se disputer. Anna se sentait malheureuse et coupable. Elle alla se promener dans le jardin et s'assit près de la fontaine avec un livre. C'est là qu'enfin sa mère la trouva. Maria avait la mine défaite, le teint brouillé, les yeux gonflés. Quelle surprise pour Anna! Sa mère s'était toujours montrée si lointaine.

– André a raison, tout est de ma faute. Je ne t'ai jamais dit... jamais prévenue... que sais-tu des hommes? Ils ne désirent qu'une chose, coucher! Je ne t'ai jamais parlé d'éducation sexuelle, jamais je n'ai pu m'y résoudre. Ce n'est pas un sujet plaisant à aborder. Mais mon Dieu, il faut d'abord une alliance, un contrat, de l'argent, des bijoux... et même...

Elle se tut et se remit à pleurer.

– Tu nous as tous déshonorés et si les serviteurs ont entendu, tout le voisinage sera au courant. Enfin, nous allons partir, toi et moi, en vacances. On va essayer de te faire avorter. Ensuite, nous dirons à ton père que tu es tombée et que tu as fait une fausse-couche.

– Qu'en pense papa?

Maria soupira.

– Il insiste pour que tu ailles à Johannesburg et que tu restes avec tante Cassie. Là, il veut faire adopter l'enfant. Il est parfaitement inflexible sur ce point. Tu as le choix : soit tu fais adopter l'enfant, soit tu es déshéritée.

Anna était incapable de répondre. Elle alla dans sa chambre attendre Simon.

Simon ne vint pas, ni ce jour-là ni les jours suivants. Tout le monde s'affairait dans la maison, chacun faisait semblant d'être absorbé par son travail. Maria se lança dans un vaste nettoyage de printemps. Les servantes y allaient de leurs plumeaux, de leurs balais et de leurs brosses. Jacob fut chargé de nettoyer les vitres. André décida de faire ses comptes, tâche fastidieuse qu'il remettait de jour en jour. Anna errait dans la ferme avec Wagter. Elle se rendait compte combien elle était attachée à cet univers.

En bien des points, elle ressemblait plus à un

homme qu'à une femme, avec son amour de la terre et son sens de la propriété qui lui apportait une certaine assurance et qu'elle ressentait comme un profond besoin émotionnel. Elle avait toujours considéré la ferme comme son bien propre et la menace de son père de la déshériter était un coup qu'elle ressentait vivement, sans toutefois l'admettre.

La ferme s'étendait sur plus de seize cents hectares, les plus fertiles de la région. Les Van Achtenburgh étaient connus pour la qualité de leurs raisins Palomino qui donnaient le meilleur vin blanc du coin. De même, leurs élevages étaient renommés pour leurs juments arabes primées, et leurs vaches de Jersey enlevaient tous les trophées aux concours agricoles chaque année. Anna prenait le plus grand plaisir à aider son père à présenter le bétail. Outre les vignobles, ils avaient seize cents hectares de terres à blé à Malmesbury dirigés par un contremaître, et leurs porcs étaient vendus pour la reproduction aux fermiers locaux.

Les terres des Van Achtenburgh s'étendaient jusqu'à des chênaies plus que centenaires. Ce jour-là, Anna erra pendant des heures au milieu des champs, incapable de se faire à l'idée de quitter son univers à jamais.

Anna n'était pas croyante. Bien qu'elle eût hérité de la religion presbytérienne de ses parents, elle l'acceptait tout comme les lois du pays et les conventions sociales. C'était une nécessité peut-être, mais étrangère à son moi profond. Sa conviction du bien-fondé ou du mal-fondé des choses venait du tréfonds de son âme. Elle n'avait nul besoin de la connaissance de la loi pour savoir que c'était mal de subir un avortement ou de donner à adopter un enfant.

Anna retourna à la ferme au crépuscule; elle se sentait humiliée, elle avait peur. Simon n'était pas venu. Cette nuit-là, elle resta éveillée jusqu'à l'aube. Elle était encore couchée, le matin suivant, quand

Simon arriva à huit heures. Elle entendit sa camionnette s'arrêter devant la maison. Les aboiements de Wagter se transformèrent en jappements de bienvenue. Puis elle perçut la voix de son père, sèche et curieusement aiguë, tandis qu'il sommait Simon de le suivre dans son bureau.

On frappa à la porte. C'était Flora.

– Le patron vous demande de venir immédiatement.

Elle partit en s'esclaffant.

Tout le monde était donc au courant! Devant la glace, Anna se coiffa, remarquant son visage blême, ses cernes sous les yeux, ses cheveux ternes. Elle se rendit au bureau. Simon se tenait debout dans un coin, livide, les lèvres pincées, le regard noir de colère. Il ne fit pas un geste quand il la vit entrer. Il lui lança simplement un coup d'œil impatient.

Anna soutint le défi. Elle ressemblait à son père.

Simon, raide comme la justice, avait l'air ridicule dans son pantalon kaki de fermier déchiré au genou et sa chemise de l'armée trop serrée sur sa poitrine saillante. Plusieurs boutons manquaient. Cependant, de par sa stature colossale et la perfection de ses traits, il ressemblait à un dieu grec coiffé d'une masse de boucles rousses.

– Eh bien, monsieur, demanda André, qu'avez-vous à dire pour votre défense?

Il y eut un long silence.

– Monsieur, la dernière fois que je vous ai vu, je vous ai demandé la permission d'épouser Anna et vous vous êtes montré particulièrement grossier. Depuis, je me suis résigné à votre décision.

– Mais Simon... dit Anna, éberluée.

Simon l'interrompit brusquement.

– Anna, laisse-nous, ton père et moi, aborder ce problème. Tu n'as rien à voir là-dedans.

Anna se tut, profondément humiliée.

– La situation a changé, Simon, et vous en êtes la

cause. Je ne sais quand et comment vous avez trouvé l'occasion de rendre Anna enceinte, mais vous le paierez. Vous avez abusé d'une jeune fille innocente.

Simon luttait pour garder son sang-froid.

– Mettons les choses au clair. Vous ne pouvez me forcer à épouser Anna et je vous assure que je ne l'ai pas violée.

Anna rougit. André était livide.

– Vous allez épouser ma fille immédiatement et vous n'aurez pas un sou. Elle a fait son choix, elle m'a désobéi, a déshonoré mon nom, elle en subira les conséquences.

– Et sa dot?

Simon, les yeux baissés, se refusait obstinément à rencontrer le regard d'Anna.

– Il n'est pas question de dot. Si elle avait attendu comme il se doit, les choses auraient été différentes. Vous vous êtes comportés tous deux comme des porcs en rut.

– Papa!

Anna essaya d'intervenir d'une voix angoissée, mais les deux hommes semblaient avoir oublié sa présence, dressés comme des coqs de combat.

– Une fille de sa condition a toujours une dot, dit Simon avec obstination.

André regarda Maria d'un air significatif, comme pour dire : je t'avais bien dit quel type d'homme c'était, maintenant tu le vois à l'œuvre.

– Pas un sou!

Anna ne put retenir ses sanglots.

– Arrêtez, arrêtez tous les deux, nous ne voulons pas un sou de ton argent, papa.

– Je t'ai dit de ne pas t'en mêler, dit Simon brutalement.

Il sortit du bureau, furieux. La famille consternée vit sa camionnette s'éloigner dans un nuage de poussière. Un long moment, ils restèrent plantés devant la fenêtre, puis son père dit gravement :

– Eh bien, bon débarras, sale ordure! C'est la dernière fois qu'on le voit. Anna, tu peux dire adieu à un mariage dans cette région. Maintenant, tout le monde sera au courant, mais comme tu sembles attirée par les voyous, je suppose que cela ne te gênera pas trop. Quant à toi, Maria, je te tiens pour responsable de cette malencontreuse affaire. Tu n'avais qu'à surveiller ta fille, mais c'est sans doute une tâche trop lourde pour toi, aussi vas-tu en subir les conséquences et aller à Johannesburg avec elle.

Il sortit, furieux. Anna se mordit les lèvres. Jamais elle n'avait vu son père dans cet état.

– Je suis désolée, maman, mais je vais épouser Simon.

Sur ces paroles, elle courut à sa chambre dont elle ferma la porte à clé, ne souhaitant qu'une chose : la paix. Sa mère la suivit aussitôt. A contrecœur, Anna la laissa entrer. Maria essaya vainement de raisonner sa fille. Anna resta inflexible. Sa décision était prise. Malgré la conduite de Simon, elle l'aimait. De plus, elle ne pouvait envisager la perspective d'un avortement ou d'une adoption et savait que la vie en famille serait désormais insupportable.

– Bien, si tu es vraiment décidée à aller au bout de ton projet insensé, je m'arrangerai avec ton père.

S'essuyant les yeux, Maria sortit à la hâte et, le reste de la matinée, Anna entendit des disputes dans le bureau. Puis elle perçut des pas précipités.

– Non, André, je t'en supplie, arrête.

Une seconde plus tard, la porte de sa chambre s'ouvrit brusquement et son père apparut, menaçant. Il paraissait vieilli, le visage décomposé, les yeux injectés de sang; de toute évidence, il était malheureux. Pourtant, à cet instant, Anna éprouva un sentiment de haine.

– Si tu quittes cette maison pour aller retrouver cet homme, c'est pour toujours. Tu ne remettras plus les pieds ici et je refuserai même qu'on prononce ton nom sous mon toit. J'ai interdit à ta mère de te rendre visite, aussi n'essaie pas de l'amadouer quand tu auras des ennuis. Elle m'a persuadé de te donner un peu d'argent, je le ferai, non parce que je te le dois, mais parce que tu en auras besoin.

Il posa une enveloppe sur la commode et sortit.

Sa mère s'assit sur le lit, éberluée.

Anna versa des larmes de rage. Elle saisit l'enveloppe et la jeta sur les genoux de sa mère.

– Redonne-la à papa, je n'en ai pas besoin. Il croit posséder le monde. Tu peux lui dire de ma part que je ne viendrai pas tenter d'amadouer la famille.

Elle faisait un grand effort pour se contrôler. Sa mère se tourna vers elle avec colère.

– Tu es la fille la plus stupide que je connaisse. Il n'y a que 200 livres. J'aimerais t'en donner davantage, mais André contrôle jusqu'au moindre sou, je n'ai même pas de compte bancaire à mon nom. Une grande partie de l'argent est à moi, tu le sais, mais je ne peux en avoir la jouissance. Ton père a tout investi.

Maria sortit de la pièce. Son cœur allait éclater de chagrin. Avec frénésie, elle sortit des draps, des serviettes; plus elle en trouvait pour Anna, moins sa peine était grande. Et les meubles de la chambre de sa fille? Après tout ils lui appartenaient! A midi, elle fit venir un camion pour tout charger. André arriva, furieux, au milieu du déménagement. A quoi donc pensait-elle? Pour la première fois de sa vie, Maria se dressa contre lui.

– Je n'accepterai pas de remontrances de ta part, André, dit-elle sèchement. Je donnerai à Anna exactement ce que je souhaite, n'essaie pas de t'interposer.

André la regarda, stupéfait, et repartit sur-le-champ dans son bureau d'où il espionna la scène. Maria, exténuée, alla s'allonger dans sa chambre. Ces temps-ci, elle s'était sentie lasse. Aujourd'hui, elle était épuisée.

Anna partit à huit heures, le matin suivant, dans la petite camionnette offerte par sa mère. Derrière, il y avait six poules dans un cageot, son chat siamois Ming dans un panier et Wagter qui semblait intrigué. Anna avait refusé d'emmener sa jument car elle savait qu'elle ne pourrait s'en occuper correctement.

– Elle est mieux ici, dit-elle tristement en faisant ses adieux à Jessop.

Son père avait mis son point d'honneur à partir à l'aube pour ne pas lui dire au revoir; seule sa mère était debout dans la cour, un mouchoir à la main.

– Tout ira bien, maman, je te le promets. Simon et moi, nous travaillerons très dur, nous ferons des économies et très vite nous pourrons acheter une ferme dans une région plus fertile.

– Tu ne sais pas de quoi tu parles. On ne sort jamais de la pauvreté.

5

Les paroles de sa mère résonnèrent à ses oreilles pendant les cinq heures de trajet jusqu'à Saldanha Bay. Elle ne pouvait s'empêcher de ressentir une certaine appréhension, mais c'était une belle matinée d'automne et peu à peu son amertume s'atténua.

Quatre heures plus tard, elle atteignit les faubourgs de Malmesbury. Au loin, elle percevait les collines de Riebeek Kasteel. Elle tourna vers Langebaan. Le sol devint de moins en moins fertile, la broussaille plus abondante. Elle sentit l'odeur de la mer. Sur la route de plus en plus accidentée, la camionnette cahotait, essayant d'éviter les profondes ornières. Parfois, Anna jetait un coup d'œil par-dessus son épaule, cherchant la présence rassurante de Jacob et du camion, dernier lien avec son univers.

Il était midi lorsqu'elle atteignit le petit village de Saldanha Bay et se gara devant le seul magasin de l'unique rue.

Sur la pancarte, on pouvait lire : *Chez Gédéon Olivier, la maison du fermier.* Anna jeta un coup d'œil fébrile à l'intérieur tandis que Wagter bondissait de la camionnette et observait la population locale avec méfiance. Ming s'éveilla et poussa un long gémissement. Où donc était la ferme? Pas ici, impossible, le village se trouvait au milieu de terres sablonneuses envahies de broussailles, balayées par le vent, qui s'étendaient à perte de vue. Elle n'apercevait ni la mer ni l'usine baleinière, mais elle sentit une odeur écœurante.

Elle entra précipitamment dans le magasin et demanda la route de Modderfontein.

– Alors vous devez être la demoiselle de Stellenbosch qui vient épouser Simon? dit Olivier. Ah! Il n'y a pas de secret ici quand vous passez par le téléphone. C'est une ligne groupée, voyez-vous, et les gens n'ont rien de mieux à faire que d'écouter les communications.

Remarquant la détresse d'Anna, il ajouta plus aimablement :

– Vous venez de le rater, il est sorti en mer. Ils ont vu une baleine souffler vers l'ouest hier et Simon a eu l'idée folle de partir à sa recherche dans une barque. C'était la seule embarcation disponible, les autres étaient en mer.

D'un ton monocorde, il retraça l'histoire, tandis qu'Anna, profondément déçue, restait abasourdie.

– Combien de temps restera-t-il en mer, à votre avis?

Olivier haussa les épaules.

– Ça dépend. Il est probable qu'ils ne l'attraperont pas, mais s'ils la harponnent, il aura une somme rondelette dans la poche. Peut-être une semaine, qui sait? Si vous voulez mon avis, ma petite, retournez chez vos parents.

– Voulez-vous me montrer la route de Modderfontein?

– C'est facile, vous continuez tout droit. Quand vous ne pourrez plus aller plus loin, vous verrez le portail.

La route se fit de plus en plus mauvaise, la terre était sèche malgré la pluie, des nuages de poussière s'élevaient sur son passage.

Anna suffoquait.

Enfin la route s'arrêta. Elle aperçut un portail. Sur une pancarte récemment peinte, on lisait : *Modderfontein* et dessous : *Simon Smit.*

Elle descendit de la camionnette, s'étira, toussota pour s'éclaircir la voix. Il n'y avait rien d'autre que des collines et des vallées broussailleuses; aucun signe de vie, si ce n'était un tas de fumier avec quelques mouches qui bourdonnaient et un mouton. Eh bien, il y a au moins un mouton, se dit-elle tristement. Tout était aussi désolant que ce que son père avait prédit. Elle grimpa au sommet de la colline la plus proche; de là, elle avait une vaste perspective. Seule une infime partie des terres de Simon était cultivée, environ quatre hectares, le reste était couvert de broussailles. Le sol était aride. Elle comprit pourquoi Simon contemplait Fontainebleu avec convoitise. Le cœur serré, elle redescendit de la colline.

6

Quel cauchemar, cette route! Anna se demandait si elle n'était pas désaffectée, car plus elle avançait, plus le paysage semblait désertique. Si la ferme se trouvait dans les parages, quinze kilomètres au moins la séparaient de son plus proche voisin. Il n'y avait pas d'arbre et, en dehors de quelques moutons, aucun signe de vie. Enfin, à trois kilomètres et demi du portail, elle négocia une courbe dangereuse, gravit une colline et faillit heurter trois porcheries faites de bidons de pétrole déroulés et rassemblés en dépit du bon sens. Elle freina et s'approcha lentement, effrayée par le grognement frénétique des animaux. On était loin de Fontainebleu! Lorsqu'elle jeta un coup d'œil par-dessus le mur, elle fut chargée par une truie exaspérée, veillant sur sa portée; dans la porcherie d'à côté, il y en avait une autre qui semblait avoir la gale. Pas d'eau. Pas de nourriture. Trois porcelets morts gisaient à terre.

Elle recula, choquée, furieuse. Pas de robinet, pas de pâtée. Dans la vallée, elle distinguait quelques toits. Elle alla jusqu'au sommet de la colline. Là, elle aperçut une petite ferme; à côté, un hangar et au delà du kraal, un barrage.

Anna retourna vers son camion et se dirigea vers la vallée. Aucune servante ne vint l'accueillir; nul chien n'aboyait. La ferme était abandonnée. Anna sortit de la camionnette, claqua la portière et attendit, en proie à une vive inquiétude. Jacob arriva et gara le camion à côté. Il avait le visage couvert de sueur.

– La route est bien mauvaise, madame!

Un meuglement venant du kraal se fit entendre. Il ne présageait rien de bon.

– Les vaches paraissent souffrir et l'endroit semble abandonné...

Elle essayait de masquer sa consternation.

L'état de la ferme était encore plus pitoyable. Il y avait dix vaches amorphes, les pis prêts à éclater, la tête inclinée. Elles devaient être là depuis la veille.

– Il ne mérite pas de vivre!

Anna regretta aussitôt ses paroles hâtives que Jacob s'empresserait d'aller répéter.

– Il est allé chasser la baleine, voyez-vous. Il a bien dû confier la ferme à quelqu'un.

Comment pouvait-il agir avec autant de légèreté?

Elle renversa un seau et saisit les mamelles. Le lait jaillit et la vache poussa un grognement de contentement.

– Il y a des priorités, Jacob. Prenez un seau et portez de l'eau aux cochons.

– Mais madame...

– Je sais que c'est loin, Jacob, mais je ne pense pas qu'il y ait un robinet ici.

Jacob s'éloigna tristement.

– Il doit y avoir quelqu'un, dit Anna à voix haute. Il n'a pas pu partir comme ça et tout laisser, on peut voler ses vaches.

Une fois les vaches traites, elle les mena jusqu'au barrage et les laissa paître. Soudain, elle perçut une certaine agitation dans le hangar. Elle entendit Wagter grogner. Elle approcha, le cœur battant. Devant elle se trouvait un ivrogne, affalé au milieu des cageots, essayant de repousser Wagter.

– Grand Dieu! Qui êtes-vous?

– Jan, grommela-t-il.

Elle se pencha sur lui et sentit l'éternelle puanteur des garçons de ferme, une odeur de vin aigre, de tabac, de fumée de bois et de saleté.

Jacob accourut. Anna se sentit rassurée.

– Vous travaillez ici? demanda-t-elle, espérant le contraire.

– J' suis l' contremaître.

Il eut un rictus, révélant une dent noire cariée qui sortait du milieu de sa mâchoire supérieure. Il avait le visage ridé, le teint jaune; sans doute avait-il du sang hottentot et était-il l'un des rares héritiers d'une race presque éteinte.

– Contremaître! C'est une plaisanterie! Plongez-le dans l'eau, Jacob, ça lui éclaircira les idées.

L'ivrogne, malgré ses protestations, fut propulsé en

bas de la colline jusqu'au barrage où il plongea, la tête la première. Au début, il sembla prendre plaisir à s'étendre dans l'eau, mais après réflexion, il sortit bredouillant et couvert de boue, et se précipita furieux vers Jacob. Jacob le leva aussi facilement qu'un chien soulève un lièvre et l'y replongea. La troisième fois, Jan, résigné, sortit dégrisé. Il se dirigea lentement vers sa cabane à l'autre bout du barrage.

Anna retourna vers la camionnette et s'assit à la place du chauffeur, essayant de trouver le courage d'entrer dans la maison. Le vent se levait, la porte, oscillant sous l'effet des courants d'air, grinçait. Il ne devait pas y avoir grand-chose à voler dans la maison, sinon Simon l'aurait fermée à clé. Quand elle vit Jacob descendre la colline, elle entra.

A l'intérieur, l'obscurité contrastait avec l'éclat du soleil. Anna fut surprise, mais ses yeux s'habituèrent peu à peu. Elle découvrit la cabane. En dehors d'un vieux poêle, la pièce était vide, les murs noircis par la fumée, le sol en ciment fissuré. Le plafond était fait de lourds madriers, les murs de boue et de pierres et rongés par des milliers de trous de fourmis. Dans un coin, une poêle noircie et un réchaud. Pas d'étagère ni de placard et, le pire, pas de robinet.

C'était une très vieille chaumière. La moitié de la cuisine avait dû servir autrefois de four à pain car l'énorme cheminée couvrait la moitié du plafond et était grossièrement bloquée par des panneaux de tôle ondulée. Il lui fallut du temps avant de trouver le courage d'explorer le reste de la chaumière. Il y avait deux chambres et un salon, plus une petite pièce près de la cuisine qui autrefois avait dû servir d'office.

Dans une chambre se trouvaient un lit, un matelas et une couverture. A un clou planté dans le mur, un costume. Dans la seconde chambre, deux chemises pendaient à un autre clou, près du téléphone. Pas de toilettes ni de salle de bains, pas d'électricité, pas même un robinet à l'extérieur et, avec tant de vitres brisées, la maison était glaciale.

Anna essaya de se ressaisir. Jacob venait de frapper à la porte.

– Je vais décharger le camion, madame. Il faut que je parte.

La pensée de rester seule dans cette cabane cauchemardesque la remplit de désespoir. Mais c'était désormais son foyer. Le sien et celui de Simon. Il fallait qu'elle le rende habitable. La première chose indispensable était de construire des toilettes. Elle partit à la recherche d'eau.

Elle finit par trouver une pompe actionnée par un moulin à vent, derrière un bosquet d'eucalyptus, à une centaine de mètres de la maison. En dehors du réservoir d'eau au centre de la cour, alimenté par les gouttières des toits environnants, il n'y avait rien.

A la tombée de la nuit, le déménagement était terminé. La chambre inutilisée se retrouva remplie de caisses jusqu'au plafond. Malgré son lit, son armoire, sa commode posée de façon précaire sur le plancher inégal, la chambre ne ressemblait guère à celle qu'elle venait de quitter. Anna disposa les meubles de jardin dans le salon.

Elle était épuisée, elle avait faim.

– Je suppose que vous allez partir maintenant, Jacob. Savez-vous comment on allume ce poêle?

Ce n'était pas difficile, mais il était d'une saleté repoussante. Jacob trouva une lanterne et un marteau dans la laiterie. Il suspendit la lanterne à un crochet au plafond.

– Vous feriez mieux de prendre mes allumettes, dit-il, gêné. Les poulets sont là-haut dans le pigeonnier, n'oubliez pas de les sortir demain matin; votre chat est rentré dans la maison.

Il avait visiblement hâte de partir.

– Oui, merci, Jacob.

Elle s'assit sur un cageot, écoutant le camion s'éloigner. Elle avait froid, mais restait là, figée, trop malheureuse pour faire le moindre mouvement. Mais cela ne pouvait durer. Elle saisit soudain la lanterne, inspecta les lieux plus attentivement et prit une décision. Il fallait d'abord mettre des rideaux aux fenêtres puis trouver le moyen de chauffer la maison.

Un vent glacial se leva, soufflant en rafales à travers les fenêtres brisées. Les lampes vacillèrent, les bougies s'éteignirent. Anna se mit à parler à voix haute pour que sa solitude fût moins pesante.

– La première chose à faire, dit-elle, est de ranger la cuisine, ensuite le reste sera facile.

Sentant sa détresse, Wagter se faufila sous le lit en gémissant tandis qu'Anna ouvrait les caisses.

Il était dix heures passées quand elle entendit du bruit dans le pigeonnier. Les poules caquetaient et battaient des ailes. Des pas lourds résonnaient. Wagter bondit. Anna alla se tapir dans le coin de la cuisine, mais quand elle comprit que l'une de ses précieuses poules se faisait tordre le cou, la crainte fit place à la colère.

Elle se précipita vers le pigeonnier et arriva essoufflée, au moment même où Jan s'éloignait furtivement, une poule morte dans la main.

– Voleur!

Elle se mit à sangloter, tout en saisissant la poule. Elle assena un coup de marteau sur la tête de Jan. Il heurta le sol et dévala l'escalier.

Anna, effondrée, s'assit sur les marches. Jan était le seul être humain à quinze kilomètres à la ronde et elle l'avait tué.

Soudain, elle le vit se redresser, se frotter la nuque et esquisser un sourire diabolique.

– M'am, j'ai fait, gémit-il. N'ayez pas peur. C'était qu' le vieux Jan qui essayait de trouver quèqu'chose à manger.

– Je n'ai pas peur de vous. Wagter, mets-le dehors!

Le chien planta ses crocs dans la jambe de Jan qui se mit à hurler et s'éloigna en clopinant, suivi de Wagter.

De toute évidence, elle n'était pas en sécurité avec ce gredin. Elle se barricada en bloquant la porte avec des troncs d'arbres.

Elle faillit crier de joie lorsqu'elle découvrit un panier rempli de provisions. Il y avait des biscuits pour le chien, une boîte de pâté de poisson pour Ming, mais ce dernier avait disparu.

Vers minuit, le vent de sud-ouest tourna à la tempête, des rafales ébranlèrent la chaumière. Anna percevait le rugissement des brisants; elle essayait de ne pas penser à Simon dans la tempête, au large, chassant la baleine dans une simple barque. Quelle folie! Sa lampe à pétrole vacilla. La flamme s'affaiblit puis s'éteignit. Vide!

Anna éclata en sanglots, tant elle se sentait frustrée. Elle ôta ses chaussures et s'emmitoufla dans une couverture, attendant l'aube avec impatience.

Dans cette solitude terrifiante, des bruits étranges l'empêchaient de dormir. Un agneau bêla. Etait-il perdu?

Elle aussi se sentait totalement abandonnée.

Bien plus tard, elle tomba dans un demi-sommeil agité. Soudain, elle aperçut un visage collé à la fenêtre. Une seconde après, il disparut. C'était Jan. Elle resta immobile, frissonnant, décidée plus que jamais à réparer la fenêtre et à acheter des serrures dès le lendemain matin.

Le vieux Jan s'était réveillé au milieu de la nuit, la gorge en feu. Il avait fait le tour de la maison sur la pointe des pieds, jetant un regard furtif à chaque fenêtre pour voir si la jeune m'am n'avait pas de vin. La maison était remplie d'innombrables objets inutiles, mais pas de vin en vue. Il s'était alors dirigé vers la fontaine et y avait plongé la tête. L'eau scintillait. Les épis de blé brillaient, tels des roseaux d'argent au clair de lune. Il était ébloui devant cette beauté irrésistible.

– Pauvre vieux Jan, marmonna-t-il, rien à manger, rien à boire.

Il se rappela qu'il lui restait dans la poche un mégot de marihuana. Il l'alluma, tira quelques bouffées avec avidité. Sa soif, sa tension peu à peu s'estompèrent. Il ressentit un bien-être apaisant. Son corps renaissait. Il se rappela de vieux airs de sa jeunesse et se mit à chanter et à danser.

Le bruit dérangea un hibou qui, d'un cri perçant, lâcha sa proie pour disparaître dans la nuit. Surpris, Jan perdit l'équilibre. Il se mit à proférer des injures, le poing brandi vers le hibou, présage de mort. Il tirait nerveusement sur sa cigarette. Puis il s'appuya contre un arbre, les yeux clos, un doux sourire aux lèvres. Ses pensées allaient vers la belle jeune dame qui lui rappelait tant sa mère qu'il n'avait jamais vue mais qui, paraît-il, avait été très belle. En imaginant ses grands yeux bleus, sa peau immaculée, il ne ressentait aucune colère pour le coup qu'elle lui avait assené. Après tout, elle a le droit de s'occuper de ses poules. Il se laissa glisser dans un profond sommeil.

Anna fut réveillée bien avant l'aube par un bruit : on frappait dans la chambre d'à côté. Elle bondit de son lit, terrifiée, et chercha à tâtons des allumettes, tandis que Wagter arrivait, les crocs découverts. A la lueur de la flamme, elle vit des yeux verts briller et son chat, l'air féroce, un rat entre les dents. Anna hurla de frayeur et laissa tomber l'allumette. Wagter détala et le chat s'enfuit dans la chambre vide. Elle claqua la porte derrière elle, toujours tremblante, mais cette fois de soulagement. Ming était sauvé. Et il avait dîné, lui. Dans l'obscurité, elle regagna son lit à tâtons, s'enroula dans les couvertures. Impossible de dormir! Elle percevait toujours le faible cri de l'agneau abandonné. Elle désirait le sauver, comme si, étrangement, elle se sauvait elle-même. Elle se leva et partit à sa recherche.

C'était moins effrayant à l'extérieur. Ses craintes s'évanouirent.

Enfin, du sommet de la colline, aux premières lueurs de l'aube, elle vit de vagues formes blanches épaisses sur les terres. Elle entendait maintenant distinctement l'agneau, mais lorsqu'elle s'avança vers le troupeau, les brebis se dispersèrent en bêlant dans la brume matinale. Plus elle se pressait, plus les moutons s'éloignaient. Quête désespérée! Elle s'assit sur un rocher sous un buisson et attendit le lever du jour. Malgré son inquiétude, elle dut somnoler car elle s'éveilla brusquement. A l'est, le ciel s'était éclairci, les champs brillaient d'une clarté lumineuse. La brume flottait au-dessus des vallées et le sommet des collines baignait dans une lueur rosée. Les moutons s'étaient rassemblés. Ils regardaient tous dans la même direction. Elle distinguait parfaitement l'agneau. Il ne devait pas avoir plus de trois jours et était facilement reconnaissable à sa tâche jaune sur la croupe. Il était malingre et avançait d'un pas chancelant, courant d'une brebis à l'autre pour essayer de téter, mais chaque fois, il était gratifié d'un coup de pied. Seul l'agneau semblait insouciant du danger dissimulé dans les buissons, de l'autre côté du troupeau. Anna venait d'apercevoir un lynx, les oreilles aplaties, la queue dressée. Il avançait à petits bonds, tout en restant tapi. Anna fut épouvantée. Que faire? Il était trop tard pour sauver l'agneau. Elle bondit en hurlant, mais fit un faux pas et dévala la colline en criant et en agitant les bras. Le troupeau était sur ses gardes, mais, terrifié par le lynx, restait figé. Une grande confusion régna. Le lynx s'approchait de l'agneau. Anna saisit une pierre et la lui lança, le manquant de peu. L'animal ne bougea pas mais grogna de fureur, incapable de choisir entre la crainte et la faim. Elle ramassa une autre pierre, la lança. Cette fois, elle ne le manqua pas. Le lynx battit en retraite. Elle distinguait ses yeux jaunes mouchetés et ses oreilles dressées. C'était un animal bien nourri et puissant, sans doute repu des agneaux de Modderfontein.

Le lynx fit demi-tour et gravit la colline en toute hâte. Un instant plus tard, il disparut dans les buissons. Anna se jeta sur l'agneau, le saisit par la patte arrière et le prit dans ses bras. L'agneau bêla plaintivement, puis abandonna la lutte et se blottit contre elle, cherchant la chaleur, tétant son doigt avec enthousiasme. Il n'avait plus peur.

Quand elle arriva à la ferme, elle fut surprise de trouver Jan en plein travail, pas du tout handicapé par sa chute. Il avait trait les vaches, écrémé le lait. Anna en versa dans une écuelle pour l'agneau. Il lui fallait trouver un biberon pour l'alimenter. Elle se rendit au village en voiture pour en acheter un. Elle décida également de rendre habitable cette chaumière délabrée. Simon serait si content! Il lui faudrait simplement piocher dans l'argent que sa mère lui avait remis, mais lorsqu'elle dressa la longue liste des achats, elle s'effondra.

Anna ne put s'empêcher de penser avec nostalgie à ce qu'elle avait laissé. En outre ses parents lui manquaient, mais elle se consolait en pensant à l'arrivée du bébé et au retour de Simon qu'elle aimait malgré son étrange comportement. Elle ne le comprenait pas. Pourquoi travaillait-il avec tant d'ardeur pour vivre aussi misérablement?

Inutile de s'attarder sur ce problème. Il fallait parer au plus urgent.

Les deux semaines suivantes, son activité fut intense. Les murs furent nettoyés et peints, le pigeonnier débarrassé des toiles d'araignée, le sol de la cuisine recimenté, les poutres du plafond cirées. Avec des tapis et des rideaux, la chaumière fut miraculeusement transformée. Quand elle eut terminé, Anna se sentit fière de son œuvre.

Avec l'aide de Jan, elle bêcha un champ pour faire un potager et installa une clôture; mais Jan posait un problème quotidien. Il était né à Modderfontein et avant lui sans doute ses parents. On ne savait pas exactement depuis combien de temps sa famille vivait là, arrachant une maigre pitance à la mer et à la terre. On ne lui avait rien appris, il n'était jamais allé à l'école et ne savait même pas conduire un tracteur. C'était un irresponsable qui ne pouvait accomplir que des besognes primaires. Au petit déjeuner, à midi et le soir, il recevait une ration de vin, ce qui le maintenait dans un état permanent de semi-intoxication. Il échangeait son travail contre le droit de vivre sur cette terre dans une cabane qui puait autant que lui. Anna devinait qu'il était payé une misère. A ses yeux, ce système avilissait à la fois l'employeur et l'employé. Elle avait l'intention d'y remédier.

Cependant, malgré sa petite taille et son aspect diabolique, Jan accomplissait très bien sa tâche, mais il sentait si mauvais qu'il était impossible de rester près de lui. Un jour, elle prit son courage à deux mains et lui dit :

– Jan, si je vous achetais de nouvelles chemises et un pantalon, accepteriez-vous de vous laver?

Jan leva les yeux et esquissa son sourire bizarre.

– M'am?

Son visage se plissa; visiblement il essayait de comprendre.

– Jan, vous sentez mauvais. Il faut vous laver.

Il riait, ne comprenant vraiment pas pourquoi elle lui demandait de se laver.

Les Blancs sont fous décidément, se dit-il, mais la pensée qu'elle lui adressait la parole et lui promettait de nouveaux habits le troubla. Il lui sourit de nouveau.

– Oui, m'am.

Au village, elle acheta un pantalon et des chemises kaki puis, remarquant un avis dans la vitrine d'Olivier annonçant la vente de volailles dans les environs, elle s'y rendit et acquit huit dindes, six oies et une douzaine de poules pondeuses à bon prix.

Les jours s'écoulaient, actifs, intenses, mais quand la nuit tombait, les mêmes terreurs l'assaillaient. Où était Simon? Reviendrait-il un jour? Et s'il s'était noyé en mer? Peut-être ne voulait-il plus l'épouser maintenant qu'elle était sans le sou? Qui la voudrait d'ailleurs? Certainement pas ses parents, sa mère n'avait même pas téléphoné! Elle était seule et sans ressources, à des kilomètres du plus proche voisin. Elle entendait des bruits étranges à l'extérieur, des branches craquaient, des feuilles de bosquets d'eucalyptus bougeaient, des babouins criaient.

Anna se sentait seule, rejetée de tous, dans ce dernier rempart de la civilisation.

Le pire, c'était la crainte de l'avenir, car elle devait se rendre à l'évidence : son père avait raison. Cette terre était peu fertile et les hectares de blé que Simon avait plantés étaient clairsemés et en piteux état. Les emplois étaient rares pour les fermiers ruinés. Elle avait dépensé la moitié de son argent et était décidée à garder les cent dernières livres pour le bébé. La bougie éteinte par économie, elle se blottit au fond de son lit et se mit à prier.

Lorsque le travail est le seul refuge contre l'anxiété, on accomplit des prouesses. En un rien de temps, Anna termina les tâches qu'elle s'était assignées et son attention se porta vers les terres. Un matin, elle envoya Jan seller Vixen et partit en exploration. Ce fut une chevauchée déprimante, car en plus de la piteuse qualité du blé, elle compta cinquante carcasses d'agneaux tués par des lynx. Anna décida de rassembler les moutons, de parquer les brebis pleines et de traire dans le champ de luzerne.

Dans la matinée du 30 juillet, à dix heures, le noroît se mit à souffler, signe annonciateur de pluie; au lieu du froid vif de la mer, parvenait l'odeur nauséabonde de l'usine baleinière. Anna en eut la nausée. Ils sont en train de dépecer une baleine, se dit-elle. Elle respira longuement. Simon était de retour! Criant de joie, elle se précipita vers la maison. Aurait-elle le temps de se laver et de se changer avant son arrivée?

Elle alla vite se plonger dans le baquet posé sur le sol de la cuisine, se frottant, s'arrêtant seulement pour s'étonner devant les transformations de son corps, car bien qu'enceinte de trois mois, elle n'avait plus de taille et sa poitrine grossissait à vue d'œil.

Se rappelant la nuit passée avec Simon et ne pensant plus qu'à leurs retrouvailles, elle frissonna de bonheur. Mais quelle allait être sa réaction?

– Simon, oh Simon! dit-elle à haute voix.

Soudain, elle se sentit submergée de désir. Elle imaginait la joie de Simon devant la chaumière transformée et se voyait déjà passant une soirée de bonheur conjugal. Mais que préparer? Il fallait tuer une de ses précieuses poules.

S'enveloppant dans une serviette, elle se précipita dans la chambre et lança un regard anxieux vers la glace. Quelle déception! Elle avait une expression sévère, un visage amaigri, les paupières enflées; les cheveux hirsutes.

En soupirant, elle alla chercher sa plus belle robe bleue, mais elle ne lui allait plus. Avait-elle été aussi mince? Elle passa toutes ses robes mais en vain. Soudain, elle se rappela la malle pleine de vieux vêtements de grossesse que sa mère avait envoyée et l'ouvrit.

A l'heure du déjeuner, tout était prêt : le poulet mijotait sur le réchaud et Anna était tout à fait présentable; elle s'était fait des tresses remontées sur le côté, s'était poudrée et portait une jolie blouse à fleurs.

Mais vint le coucher du soleil. Toujours pas de Simon. Déçue, elle rangea le poulet, fit rentrer les dindes dans la grange, alluma une bougie à table et s'assit dans une chaise longue.

De temps à autre, il lui semblait entendre le bruit d'une camionnette; elle se précipitait vers la porte, mais chaque fois, c'était la même déception. Elle finit par s'endormir et s'éveilla au son de la pluie qui martelait les vitres. Il était minuit. Elle était glacée. Déçue, elle alla se coucher.

Simon ne quitta l'usine baleinière qu'au crépuscule; au moment où il sortit rejoindre sa camionnette, il fut pris dans une bourrasque et entièrement trempé. Il esquissa un sourire à la pensée des 50 livres qui se trouvaient dans sa poche. Il avait la chance de son côté. Avec un minimum de pluie, il montrerait à ce satané directeur de banque que Modderfontein pouvait donner une bonne récolte de blé. Il avait hâte de rentrer chez lui, mais il fallait d'abord penser à Anna. Avec son esprit pratique, André Van Achtenburgh avait dû reconsidérer le problème de la dot; il était sûr que la prochaine entrevue lui serait favorable. Anna devait commencer à prendre des formes; sans doute s'inquiétait-elle à son sujet. Elle devait se demander s'il allait l'épouser. Il sourit de nouveau. Quelle chance il avait eue d'apercevoir cette baleine! Avec l'argent, il pourrait s'offrir une nouvelle camionnette!

Tout au long de la route, il revécut la magnifique chasse au cachalot dans une embarcation pas plus grande que sa proie. Il l'avait poursuivi malgré la tempête et la mer démontée, pendant deux semaines; c'est lui qui avait lancé le harpon, le blessant mortellement du premier coup. Ça, c'était la vie! Il avait bien l'intention de vendre la ferme et d'investir dans la pêche à la baleine. Là, il pourrait gagner de l'argent. Mais qui voudrait de Modderfontein? Cette pensée dégrisante mit un frein à son enthousiasme.

Une fois à Fontainebleu, il gara sa camionnette à l'extrémité de la cour et se glissa vers la fenêtre d'Anna. Il frappa doucement mais n'obtint aucune réponse. Même la niche était vide. Simon, déçu, était intrigué. Il fit demi-tour et frappa très fort à la porte d'entrée. Jacob arriva un instant plus tard, les yeux bouffis de sommeil.

– Je veux parler à Anna, dit Simon d'une façon agressive qui masquait mal son embarras.

Jacob, l'air bourru, le fit entrer dans le salon. Simon prêta l'oreille. Il entendit des murmures étouffés. Quelques minutes plus tard, André traversa le couloir à la hâte et saisit un fusil de chasse qu'il balançait dangereusement.

– Dehors! Sortez de cette maison et ne revenez plus jamais.

Quelle dureté dans son visage! Ses yeux étincelaient dans un visage blême de colère.

Comment un homme aussi implacable pouvait-il avoir une fille comme Anna?

– Il faut que je lui parle.

André le mit en joue. Simon avait les yeux fixés sur le barillet.

– Dehors!

– Où est-elle?

Simon sortit en claquant la porte. Que faire? Jusqu'à présent, il ne s'était pas rendu compte combien Anna lui manquait. Il décida de réveiller les serviteurs pour demander où elle était. Il frappa en vain à la porte. Déçu, il rentra chez lui.

Le désespoir de Simon atteignit des profondeurs abyssales. La pluie qu'il avait souhaitée de tout son cœur était trop drue, trop soudaine. On aurait dit qu'elle se déversait d'un immense réservoir, des trombes d'eau balayant impitoyablement le sol.

– Ah! Merde! hurla-t-il dans la nuit indifférente.

Sa camionnette dérapait en essayant d'éviter les ornières et les crevasses.

Quand Simon atteignit la crête de la colline qui dominait la ferme, il eut un choc. Les porcheries avaient disparu. L'espace d'un instant, il s'imagina stupidement que la pluie les avait balayées. Il freina brusquement et alla vérifier. Aucune trace de cochons ni de porcheries, pas même de fumier. Jan avait-il abandonné la ferme ou vendu les cochons? Peut-être des voleurs avaient-ils fait irruption et s'étaient-ils servis, mais où donc était passé le fumier? Il oublia les cochons, mais il avait le cœur serré en pensant à ses vaches. Il était bouleversé. Après une course effrénée, il appuya sur les freins et se précipita dans l'étable.

Grâce à Dieu, les vaches étaient là; propres, repues, elles ruminaient paisiblement. Il n'était pas dans les habitudes de Jan de faire du travail supplémentaire, surtout lorsque Simon n'était pas là. Quand il arriva à la ferme, il trouva la porte de la cuisine verrouillée. Sa colère montait. Il s'apprêtait à la faire sauter d'un coup de pied lorsqu'il remarqua des rideaux aux fenêtres. Au même instant, il entendit Wagter gémir. Quand il prit soudain conscience de la présence d'Anna, il resta abasourdi.

– Anna! Anna!

Il courut vers la fenêtre de la chambre et frappa très fort.

Il distingua la pâle lueur de la bougie à travers les rideaux.

Anna n'était pas tranquille. Ce devait être Jan. Il se passait quelque chose. Elle songea à Simon, à la triste soirée qu'elle venait de passer et tira les rideaux. Bien sûr, c'était Simon! Mais quelle expression étrange! Où donc était l'épais halo de boucles rousses éclatantes? Ses cheveux mouillés étaient plaqués sur son crâne. Pour la première fois, elle fut frappée par son aspect animal. Son visage semblait plus large, sa tête plus plate; de lui émanait une brutalité qu'elle n'avait jamais remarquée auparavant. Il sourit d'un air stupide. Elle ouvrit la fenêtre.

– Oh, Simon!

Le courant d'air éteignit la bougie, elle alla vite fermer la fenêtre et chercha à tâtons des allumettes. Mille pensées assaillaient son esprit. Qui était cet homme? Elle le connaissait à peine! Quel désir insensé l'avait conduite ici, dans cette étrange chaumière? Une fois sa robe de chambre enfilée, elle se précipita pour lui ouvrir la porte de derrière.

Simon entra et se secoua comme un chien, éclaboussant Anna au passage.

– Oh! Quel froid!

Ils échangèrent un regard embarrassé.

– J'arrive de Fontainebleu, dit Simon.

A la simple évocation de ce nom, Anna tressaillit. Fontainebleu appartenait à un autre monde.

– Qu'a dit maman? balbutia-t-elle.

– Je ne l'ai pas vue. Ton père a failli me tirer dessus.

Il s'approcha d'elle et la saisit brutalement par les épaules. Succombant comme toujours, Anna se sentit irrésistiblement attirée par lui. Elle retrouvait son odeur, sa chaleur, ses mains solides qui la maintenaient tout contre lui.

– Pourquoi es-tu venue?

Anna était en proie à des sentiments confus. Il ne comprenait donc pas?

– Où pouvais-je aller? dit-elle en éclatant en sanglots.

Simon l'étreignit encore plus fort et pressa ses lèvres sur son front.

– Pauvre Anna, pauvre chérie! T'ont-ils mise dehors?

– Non, il me fallait faire un choix, vois-tu?

Comment lui expliquer?

Simon soupira, ôta ses vêtements mouillés, s'arrêtant un instant pour examiner la cuisine et jeter un coup d'œil dans le salon.

– C'est beau.

Anna était un peu déçue, elle s'attendait à une réaction plus chaleureuse.

– Les parquets sont refaits.

– Hum, je vois. Y a-t-il de l'eau chaude?

Elle indiqua le poêle.

– Le pigeonnier est nettoyé.

– Très bien.

– Tu n'aimes pas?

– Oui, mais on verra demain matin.

Quelle déception! La moutarde lui monta au nez.

– Tout est entièrement rénové.

– Ça a dû coûter un paquet, où as-tu trouvé l'argent?

– Mon père m'en a donné un peu.

Pourquoi, après tout, se sentirait-elle coupable?

– Combien?

– 200 livres.

– Ça n'ira pas très loin. Tu as presque tout dépensé?

– Oui, on ne pouvait pas vivre dans une porcherie.

Il y eut un silence. Simon, nu, regardait le plafond dont les poutres cirées brillaient à la lueur des bougies. Puis il haussa les épaules et, prenant le seau d'eau chaude, le versa dans le baquet, éclaboussant le sol. Il était si grand qu'il remplissait la cuisine. Ses larges épaules se balançaient à la lueur de la lampe. Elle se sentait intimidée et en cherchait la raison. Il devrait se montrer reconnaissant, pensait-elle.

– Eh bien, Anna, dit-il, courbé dans le baquet. La vie est rude ici. J'espère que tu es consciente des conséquences de ton acte. Nous n'avons pas d'argent, simplement du blé et des moutons, aussi peux-tu commencer à prier pour qu'il pleuve.

– Tu aurais dû y songer quand tu m'as demandé de t'épouser, répliqua-t-elle avec amertume.

Elle alla tristement se coucher.

Affligée, elle écoutait les bruits qui venaient de la

cuisine. Simon se servait du poulet froid et coupait du pain. Enfin, elle entendit son pas le long du couloir.

– Bon sang, c'était fabuleux!

Il se pencha vers Anna qui faisait semblant de dormir.

– Inutile de te fâcher. Je ne faisais que dire la vérité. Une vie rude t'attend, mais ma mère a survécu, alors j'imagine que c'est possible.

Il lui caressa la joue. Anna leva les yeux, son visage s'était radouci, elle le regardait avec tendresse.

– M'aimes-tu?

– Bien sûr. Je ne pense qu'à toi depuis notre première rencontre.

Simon l'embrassa dans le cou, sur les joues; ses lèvres couraient doucement le long de sa peau satinée. Descendant un peu plus bas, il souleva sa chemise de nuit; Anna la maintenait désespérément autour de ses genoux.

– Non, non, je suis timide.

Elle hésitait entre le rire et les sanglots.

Trop tard pour la timidité!

Il lui ôta sa chemise de nuit. Ses seins prenaient des tons de rose et de blanc à la lueur de la bougie. Il se mit à sucer sa poitrine avec avidité puis ses lèvres descendirent le long de son corps.

Elle soupira. Elle était à lui maintenant, pour le meilleur et pour le pire. Il était à elle, mais à quel prix! Submergée de désir, elle le saisit avec passion et l'attira sur elle, l'embrassant dans le cou, sur le menton, les épaules, tandis qu'il lui faisait l'amour avec douceur et tendresse.

– Je t'aime, je t'aimerai toujours. Tu voulais que je vienne, tu voulais le bébé, n'est-ce pas? Nous serons heureux, dis-moi?

Elle attendit une réponse rassurante, mais aucune parole ne vint apaiser ses craintes.

Simon s'était endormi.

7

Anna s'éveilla tard. Une lumière éclatante filtrait à travers les rideaux. Elle se pelotonna sous les couvertures contre Simon qui lui tournait le dos. Il commença à s'agiter.

– C'est déjà l'heure de se lever! Va faire le café... s'empressa-t-il d'ajouter. Tu veux bien?

Il la caressa avec amour.

Tel était le fossé qui séparait les riches et les pauvres. Les riches peuvent se permettre de mettre les femmes sur un piédestal tandis que les pauvres les transforment en servantes. Elle se leva à contrecœur, enfila sa robe de chambre et alla dans la cuisine.

Elle sortit dans la cour et libéra les poules, les oies et les dindes de leur enclos; Hansi, le petit agneau, la suivit en bêlant.

Simon jeta un coup d'œil par la fenêtre. Il aperçut une grosse fille au visage rubicond, emmitouflée dans une vieille robe de chambre, suivie par un agneau, des dindes, des oies, des poulets et un chien. Il jura à voix basse, tentant d'apaiser son irritation grandissante. Comment avait-il pu séduire la plus belle et plus riche jeune fille du Cap? Tout cela pour un résultat aussi déplorable!

Il enfila ses bottes et sortit dans la cour d'un pas hésitant, se frottant les yeux encore pleins de sommeil.

– N'as-tu jamais gardé de dindes? demanda-t-il sèchement.

– Non, pourquoi?

Elle le regarda en riant ct fut surprise de la dureté de son regard.

– Parce que n'importe quel imbécile sait qu'on n'enferme pas les dindes. Ce sont des oiseaux sauvages. Elles perchent dans les arbres et parcourent la lande à la recherche d'insectes puis vont cacher leurs nids. Je parie que tu leur as même posé des pondoirs.

Il sourit et alla vérifier. Elle l'entendit éclater d'un rire cruel. Il revint, un sourire moqueur aux lèvres. Anna était furieuse, blême de colère.

– Alors, comment attrapes-tu leurs œufs?

– Ah! Ah! C'est le grand problème. La plupart des fermières engagent une jeune fille pour guetter leurs moindres déplacements. Ta mère n'a jamais élevé de dindes?

– Non, dit Anna, bouleversée. Elle n'en avait pas besoin.

– Ma mère avait engagé une petite fille abandonnée qui passait ses journées à suivre les dindes et à ramasser leurs œufs.

Il s'arrêta net en se rappelant sa dernière rencontre avec Sophie. Puis il repartit vers la maison.

Anna le suivit.

– Je ne sais peut-être pas élever des dindes, mais je sais certainement mieux que toi m'occuper de moutons. J'ai trouvé au moins cinquante agneaux morts et j'ai sauvé celui-ci; à une seconde près, il se faisait tuer par un lynx.

– Il vaudrait mieux qu'il soit mort plutôt que de nous foutre ses merdes dans toute la cour.

Ils ne pouvaient tout de même pas se disputer le premier jour, pensa Anna, désespérée. Elle fit un effort pour se dominer.

– J'ai fait rentrer les moutons et les agneaux dans le champ de luzerne, dit-elle calmement.

Simon se tourna vers elle avec un regard méchant.

– Désormais tu t'occuperas de tes affaires. Cantonne-toi à la maison et aux poulets comme les autres femmes, au lieu de fourrer ton nez dans des affaires d'homme.

– Des affaires d'homme? Dieu! Quand je suis arrivée, les pis des vaches allaient éclater, les cochons étaient restés sans nourriture depuis deux jours et Jan était affalé dans le fourrage, ivre mort... Mettons les choses au clair. Je ne me contenterai pas d'une ferme mal entretenue. Je la dirigerai à ma guise quand tu seras en mer; à ton retour, c'est toi qui seras le maître. Si tu n'es pas d'accord, dis-le tout de suite. Nous nous séparerons avant de nous marier.

Il redressa la tête en souriant.

– Tu n'es pas en état de dicter tes conditions. Regarde-toi, le ventre enflé comme une grenade trop mûre. Où irais-tu?

– Je ferai adopter le bébé et je repartirai de zéro, dit-elle d'un ton glacial.

Simon l'observait. Il l'avait sous-estimée. Elle tenait beaucoup de son père. Volonté, obstination, sale caractère. Mais il ne pouvait s'empêcher d'admirer son courage. Oh! Il arriverait bien un jour à arrondir les angles et son père finirait peut-être par s'attendrir et lui offrir un champ ou deux.

– Fais ce que tu veux. Je me suis évertué à rendre la ferme rentable. La luzerne était pour les vaches.

– Plantes-en davantage.

Il se demanda pourquoi il n'avait pas commencé par là.

Anna prit une écuelle de maïs et l'éparpilla dans le champ derrière la cour. Quand les oies et les dindes eurent fini de picorer les derniers grains, les oies partirent vers le barrage et les dindes, à la file, vers les collines. Anna alla préparer le petit déjeuner, des œufs frits de ses poules, d'épaisses tranches de pain et du beurre salé fait par Jan. Elle mit une nappe sur la table du jardin. Simon fut étonné par son sens de l'organisation. Après tout, peut-être se rendrait-elle utile? Il eut soudain envie d'elle et l'attira vers lui.

– Simon, j'ai du travail.

– Ecoute, il pleut. Personne ne travaille dans une ferme quand il pleut.

La lune de miel dura trois jours. Simon devait s'occuper des vaches, un point c'est tout. Aussi errait-il dans la maison, trouvant bon tout prétexte pour attraper Anna au passage et l'amener au lit. Dehors, c'était sinistre. Quel plaisir de plonger sous les couvertures dans leur univers secret! Pelotonnés l'un contre l'autre dans l'obscurité, ils se regardaient avec passion, faisaient des plans pour l'avenir, murmuraient des promesses et des mots d'amour; puis le désir surgissait. Une frénésie d'amour les secouait, tandis qu'au-dehors, des torrents de pluie glacée se déversaient sur le sol déjà boueux. Vaches et moutons, la tête basse, s'enfonçaient dans le bourbier à la recherche de pâturages. Les dindes s'étaient mises à l'abri du déluge sous les branches d'eucalyptus où, maussades, elles cachaient leur tête sous l'aile; Hansi, le petit agneau, bêlait de façon si pitoyable qu'Anna le fit entrer dans l'office. Seules les oies étaient heureuses de folâtrer dans la boue.

Le quatrième jour, quand ils se réveillèrent, les nuages avaient disparu, le ciel était uniformément bleu. Seule la brume s'attardait dans les vallées. Tout étincelait de fraîcheur, des senteurs délicieuses émanaient de la terre humide, de l'herbe fraîche et des feuilles. Les dindes voraces partirent tôt le matin, en rang, loin sur la lande jusqu'aux collines où erraient les babouins. Anna, anxieuse, les observait, se demandant si elles reviendraient indemnes.

Les trois semaines suivantes, elle se retrouva seule. Chaque matin, Simon se levait à cinq heures, s'habillait à demi endormi, prenait une bouteille thermos et des sandwiches dans la cuisine. Elle entendait la porte claquer et le pas de Simon s'éloigner. Puis elle percevait le bruit du tracteur dans le hangar. Des lumières sillonnaient la pièce et Simon, dans sa camionnette, traversait la cour, passait devant le trou de sonde du puits et allait aux collines labourer la lande inculte à environ trois kilomètres de là. Elle se levait alors, vaquait à ses occupations jusqu'à la tombée de la nuit, puis elle préparait le dîner. Bien après le crépuscule, elle distinguait deux points lumineux qui se rapprochaient. Anna s'assurait que l'eau chauffait sur le poêle. Une demi-heure plus tard, Simon arrivait en pétaradant dans la cour, rangeait le tracteur, allait faire un tour dans l'étable et, éreinté, rentrait chez lui. Il se recroquevillait dans le baquet de fer battu sur le sol de la cuisine et lui parlait de la monotonie abrutissante de son travail et de la difficulté de creuser un sillon droit, heure après heure, jour après jour.

Au début du mois d'août, Simon annonça qu'ils se marieraient la semaine suivante. Il se rendit à Bellville pour obtenir l'autorisation du magistrat.

Quand Anna se trouva dans une salle dépouillée, pour une simple cérémonie qui dura trois minutes, avec, comme témoins, deux femmes de service, elle ne put s'empêcher de penser avec nostalgie au passé. Sa mère avait tout envisagé, un mariage en blanc, des milliers d'invités... Mais il valait mieux oublier le passé. C'est ainsi qu'elle unit sa vie à celle de Simon.

Nous voilà mariés, se dit Anna; peut-être nous sentirons-nous ainsi plus près l'un de l'autre...

Mais dès cet instant, Simon se montra froid et distant. Anna ne comprenait pas pourquoi et s'en inquiétait. De toute évidence, elle l'avait déçu, mais qui pouvait lui en vouloir? Elle était devenue si laide, repoussante même, sans taille, le visage rouge, les mains rugueuses. Elle était certaine qu'il avait été attiré par la fortune de son père et maintenant qu'elle était pauvre, c'était un fardeau pour lui. Elle ne cessait de se culpabiliser.

En vérité, pendant la cérémonie, Simon, brusquement conscient de ses responsabilités, fut dévoré d'inquiétude à la fois pour Anna et l'enfant. Qu'adviendrait-il s'il ne pleuvait pas à nouveau? A l'approche de septembre, il n'y avait eu que quatorze jours de pluie; c'était l'hiver le plus sec de mémoire d'homme. Les réservoirs d'eau n'étaient qu'à moitié pleins, le sol desséché, le blé épars. Et si la moisson était mauvaise? Simon ressentit la frustration du petit enfant qui ramasse une belle fleur et la réduit en miettes. Quand il voyait Anna frotter les parquets, vêtue d'une robe de grossesse qui ne lui allait pas, ou plumer un poulet, il mourait de honte.

Oui, c'était elle, Anna Van Achtenburgh, le point de mire de la région, qui aurait pu prétendre à ce qu'il y avait de mieux, plongée jusqu'au coude dans la fiente de poulet et reniflant à cause des plumes. Mais la culpabilité est un sentiment très dur à assumer, elle se mue en colère ou insensibilité. Simon opta pour la colère envers lui-même, envers Anna et par-dessus tout envers Dieu qui ne lui accordait qu'une maigre pitance de pluie.

Une semaine plus tard, Anna s'emporta pour la première fois contre Simon. Il était en retard pour déjeuner, elle partit à sa recherche. Elle le trouva près de l'étable, derrière le kraal; il castrait les jeunes agneaux, sa bouche était ensanglantée. Incrédule, elle le vit saisir les bêtes, leur arracher, avec les dents, les testicules qu'il recrachait par terre. Retournée, elle entra en courant dans la grange et, pendant dix minutes, fut incapable de se tenir debout. Elle se laissa tomber dans la paille en soupirant. Quand Simon la retrouva, elle avait les yeux rouges, le visage blême, le cœur serré.

– Ne me fais jamais plus l'amour, dit-elle en sanglotant; ne me touche jamais plus...

Ses paroles étaient entrecoupées de hoquets.

– Tu ne comprends pas, dit Simon froidement. C'est plus rapide et moins douloureux. Tous les fermiers agissent de même, c'est une pratique qui se fait depuis des générations, et c'est la seule que je connaisse. Mon père me l'a enseignée. Il la tenait du sien.

– C'est répugnant, vous êtes des sauvages.

Elle repartit en courant et alla s'enfermer dans la chambre. Elle vivait avec un sauvage, un balourd, un paysan. Un homme qui n'avait pas plus de sentiments que les babouins sur les collines. Elle sanglota tout l'après-midi, puis s'endormit. Elle s'éveilla tard, les poules et les dindes étaient affamées, l'agneau bêlait lamentablement devant sa fenêtre. Elle se leva pour aller accomplir ses corvées en silence.

Il régna une certaine froideur entre eux, mais nul ne voulait faire le premier pas. Anna se tenait à l'écart. Simon détestait son attitude. Elle lui rappelait constamment son père. Fontainebleu était toujours en arrière-plan. Simon était déprimé. Elle lui faisait sentir sa mauvaise éducation, son ignorance; il redoutait l'heure du repas.

– Il vaut mieux oublier Fontainebleu, grommelait-il souvent.

Mais au fond d'elle-même, elle ne le souhaitait pas.

Simon ne désirait qu'une chose : être aimé, respecté, obéi dans sa propre maison, mais les airs supérieurs d'Anna l'obligeaient à y rôder comme s'il n'avait aucun droit d'être là. Le pire, c'était le silence de sa femme devant les privations qu'elle endurait.

Son chat Ming n'était pas aussi discret. Souvenir vivant de tout ce qu'Anna avait perdu, il avait un air arrogant, avec son regard bleu glacial, sa fourrure beige, ses longues moustaches noires; tout en lui rappelait Fontainebleu et la vie facile.

Au début, Simon essaya de séduire le chat avec des morceaux de fromage, des œufs et même du poulet, mais la bête restait indifférente et lorsque Simon le caressait, il plantait ses griffes dans son bras. C'était son premier échec avec un animal et il le haïssait.

Chaque matin, Ming sautait sur leur lit avant l'aube et miaulait pour avoir son lait, griffant Simon au passage. Lorsque le petit déjeuner arrivait, il n'était jamais à son goût; il reniflait avec dédain, prenait sa place sur le buffet de la cuisine et lançait un regard sinistre vers Simon assis devant son pain et son café. Ses yeux semblaient dire : Ça, c'est très bien pour un plouc comme toi, moi je suis habitué à autre chose.

Un jour, Anna repassait le linge dans la cuisine lorsqu'elle entendit tirer un coup de feu derrière le poulailler; laissant le fer sur le poêle, elle courut voir ce qui était arrivé. Ming se contorsionnait, bien que mort, une balle dans la tête.

Elle se pencha sur la pauvre bête en hurlant.

– Pourquoi? Pourquoi? gémit-elle.

Simon, furieux, lui montra du doigt une poule lacérée à coups de griffes à côté du chat, puis repartit vers la ferme.

Anna refoula ses larmes. Elle prit la pauvre créature dans ses bras et alla l'enterrer.

Quand Simon revint tard, ce soir-là, le dîner n'était pas prêt, il n'y avait pas d'eau sur le poêle pour son bain. Il se doucha à la pompe et revint, bleu de froid et d'une humeur massacrante.

– Où est le dîner?

– Tu n'as qu'à te le préparer.

Simon coupa quelques tranches épaisses de pain qu'il beurra et avala son frugal repas en silence. Puis il regarda Anna calmement, comme si sa colère s'était apaisée.

– C'est différent, ici, vois-tu, ce n'est pas comme chez les riches. Tout le monde travaille. Les chats, les chiens, les femmes. Il y a quelque chose que tu dois te mettre dans la tête, tu n'es plus riche, c'est fini.

Anna, furieuse, alla se coucher mais se rendit compte trop tard qu'elle avait oublié de mettre un verrou à la porte de la chambre; elle ne put donc empêcher Simon d'entrer. Elle fit semblant de dormir quand il vint se coucher.

Simon était agité. Il soupirait. Brusquement il s'approcha d'elle et la fit rouler sur le dos. Elle lui enfonça les coudes dans les côtes. Il grimpa sur elle, lui écartant les jambes de ses genoux.

– Je n'ai pas envie de faire l'amour.

Lui clouant les bras sur l'oreiller, il la pénétra avec violence.

– Non!

Elle poussa un cri de désespoir pour ses illusions perdues, pour sa confiance trompée. Quelque chose de précieux était irrémédiablement gâché. C'était le cri de l'innocence détruite.

8

Le lendemain matin, Anna ne se sentit pas bien. Elle frissonnait. Que faisait donc Simon? Elle ne l'entendait pas.

Elle se leva péniblement et sortit soigner les dindes et les oies qui gloussaient dans la cour. Apercevant Jan, elle l'appela.

– Où est le patron?

– L' patron est parti à la pêche pour deux ou trois semaines. Il m'a dit de le dire à m'am.

Elle eut un pincement au cœur; malgré la haine qu'elle ressentait, les disputes valaient mieux que la solitude.

Les jours suivants furent un supplice. Elle supportait de plus en plus mal sa solitude sans l'espoir qui l'avait soutenue auparavant. Elle n'avait plus de provisions, mais ayant dépensé les cent premières livres que son père lui avait données, elle ne voulait pas entamer le reste. C'était la seule chose qui la préservait du dénuement total. Ne trouvant pas de meilleur endroit, elle cachait son magot sous un pot de farine.

Deux semaines s'écoulèrent; Anna soignait ses

poules, dirigeait la ferme et allait faire de longues promenades sur les collines avec Wagter.

A la fin du mois d'août, il faisait un froid intense. Il n'avait pas plu depuis plus d'un mois. Les fermiers inquiets évoquaient les récoltes désastreuses et le piteux état des moutons affamés lors des années précédentes. Lorsqu'elle rencontrait ses voisins, chez Olivier ou à la coopérative, ils ressassaient leurs malheurs, toujours les mêmes, des dettes, encore des dettes à cause de la sécheresse.

– Où est le jeune Simon? demanda le vieux Mostert à Anna un matin où elle venait chercher de la nourriture pour les cochons à la coopérative.

– A la pêche, répliqua-t-elle, essayant de masquer sa tristesse.

Il secoua la tête.

– Une ferme ne peut prospérer si le fermier est toujours à la pêche; il devrait ratisser les terres en friche comme nous.

Anna cherchait un ouvrier pour conduire le tracteur. M. Mostert accepta de lui prêter le sien pour une semaine.

Le troisième jour, le malheur s'abattit sur eux. Les terres étaient ravinées là où, les années précédentes, les rivières avaient creusé le sol, provoquant d'étroites crevasses de près de trente mètres, masquées par des buissons épais le long des haies. Le conducteur du tracteur ratissa trop près d'un buisson, sa roue arrière glissa dans le ravin; quand il se rendit compte qu'il s'y enfonçait, il sauta et laissa le tracteur se précipiter dans l'abîme.

Le conducteur s'enfuit; on ne le vit plus. Jan revint en clopinant annoncer la nouvelle à Anna. Effondrée, elle l'accompagna sur les lieux. Le tracteur se trouvait à quinze mètres en contrebas, coincé à un mètre du fond, au milieu de quelques flaques stagnantes.

Anna se rendit au village en voiture et donna vingt livres au conducteur de la grue locale pour qu'il vienne l'aider; il eut beau tirer sur le tracteur avec une chaîne pendant plus d'une journée, il ne parvint pas à le bouger.

– Personne ne pourra sortir le tracteur de là, m'dame.

A la fin du mois d'août, Simon revint, d'excellente humeur, avec vingt livres en poche; il semblait avoir oublié la dispute qu'ils avaient eue trois semaines auparavant. Anna alla à sa rencontre dans la cour et lui apprit la nouvelle.

Le châtiment ne se fit pas attendre. D'un coup de poing, il l'envoya se cogner la tête sur le bord du réservoir d'eau. L'espace d'un instant, elle fut trop abasourdie et horrifiée pour faire un geste, mais quand elle se releva et vit Simon penché sur sa camionnette, peu soucieux de savoir s'il l'avait blessée ou non, elle saisit une brique à côté du réservoir et, de toutes ses forces, lui assena un coup sur la tête.

Simon se recroquevilla et tomba face contre terre.

Anna, stupéfaite, se demandait comment elle avait pu l'assommer aussi facilement. Elle le poussa doucement du pied, puis un peu plus fort.

– Debout! Ne te moque pas de moi.

Mais il était toujours là, allongé, immobile. Que faire? Elle se rendit à la cuisine, ferma la porte, prit un seau d'eau et se lava le visage. En se regardant dans la glace, elle remarqua sa joue enflée.

Dix minutes plus tard, Simon arriva, effaré.

– La prochaine fois que tu me frappes, je te tuerai, dit-elle, trop furieuse pour avoir peur.

Simon ressortit sans répondre. Anna sentit qu'elle avait appris une leçon précieuse qui resterait gravée dans sa mémoire.

A la tombée de la nuit, Simon n'était pas rentré. Elle alla s'enquérir auprès de Jan qui nettoyait la laiterie.

– Il est avec le tracteur, m'am.

Anna prit la lanterne et traversa le champ jusqu'au

ravin. Dans l'obscurité, elle faillit le manquer; elle remarqua une lumière en contrebas dans les buissons; s'accrochant avec précaution aux branches, elle jeta un coup d'œil par-dessus la haie. Simon démontait les roues du tracteur; elle n'apercevait que sa belle tignasse rousse car le tracteur était dans une position précaire et Simon était allongé dessous. Et si les parois du ravin cédaient sous le poids? Simon serait certainement tué. Elle faillit crier mais refoula sa peur et fit demi-tour.

Ce soir-là, elle prépara un ragoût de mouton et de potiron et le laissa mijoter sur le poêle. Mais Simon ne vint pas. Elle alla se coucher. Malgré ses craintes, elle plongea dans un profond sommeil sans rêve et ne se réveilla qu'à l'aube. Simon n'était toujours pas là. Elle s'habilla, s'occupa de l'agneau et des poules, et partit vers les collines avec du café chaud et un sac de sandwiches.

Quand elle arriva, elle vit un tas de ferraille sur une bâche de campement; Jan, agile comme un singe, grimpait le long des pentes escarpées, montant une à une les pièces détachées du tracteur que Simon démontait. Elle ne put s'empêcher de les regarder avec admiration car ils avaient travaillé toute la nuit. Se penchant par-dessus la haie, elle s'écria :

– Je t'ai apporté du café et des sandwiches.

– Merci.

– Fais attention.

– ...

Elle se sentit un peu stupide.

– Bon, veux-tu autre chose?

Simon leva les yeux et lui sourit. Submergée de tendresse, elle lui sourit à son tour.

– On déjeunera, hurla-t-il, mais plus tard; pour le moment, apporte-nous du café, beaucoup de café.

Pendant deux jours, Anna fit des aller-retour incessants, portant vivres et boissons à Simon et Jan. Elle s'occupait de la ferme; il fallait traire les vaches, nourrir les cochons. Simon revenait à minuit et repartait à quatre heures du matin. Enfin, le tracteur fut complètement démonté et ramené à la surface. Il rassembla le tout dans le hangar.

– Ce n'est pas trop mal, lui dit-il, on l'a huilé, nettoyé et les quelques pièces en mauvais état ont été remplacées.

Pourquoi se décarcassait-il à rendre la ferme rentable, alors qu'en se spécialisant dans la réparation du matériel agricole, il pouvait largement gagner sa vie?

Les deux semaines suivantes, ils vécurent comme deux étrangers, polis et prudents, chacun vaquant à ses occupations.

Simon se comportait envers Anna avec un respect embarrassé. Il n'avait jamais été proche de sa mère, jamais il n'avait appris à aimer. Sa passion, autant qu'il puisse en avoir une, il la prodiguait à la terre. Cependant, Anna n'était pas le parasite doux et faible qu'il avait imaginé; avec le temps et la patience, il ne désespérait pas d'en faire une bonne épouse de fermier.

Anna éprouvait des sentiments confus envers Simon. Elle était sûre maintenant qu'il ne l'avait jamais aimée. Attiré par la fortune de ses parents, il s'était épris de tout ce qu'elle représentait. Néanmoins, elle le regardait relever les défis avec admiration. Elle savait qu'il préférerait mourir plutôt que de se soustraire à ce dur labeur. Mais qu'il s'y prenait mal!

Anna ne faisait pas grand-chose quand Simon était là. Elle sombrait dans la dépression. Sans sa musique, ses amis, son cheval, elle regrettait sa vie passée. Une mauvaise grippe la confina dans sa chambre. Elle commença à s'agiter parce que les provisions essentielles qu'elle avait achetées s'épuisaient. Un matin, elle demanda fortuitement à Simon de l'argent pour aller faire des courses.

– Il nous manque l'essentiel, dit-elle.

– Par exemple?

– Eh bien, du sucre, de la farine, du savon, du thé, du café, de la poudre de riz...

– De la poudre...

Elle sursauta devant sa réaction.

– Plus le reste.

– Oublie tout ça.

Ils se regardèrent, déconcertés, comme s'ils étaient d'une espèce différente.

– Il me faut ces choses-là, dit-elle d'une voix hésitante.

– C'est dur, j'ai essayé de te le dire, essayé de te prévenir que la vie ici, sans une dot, serait difficile.

– J'ai dépensé pour la maison les cent livres que mon père m'a données. J'ai acheté un treillis métallique, des poêles, de la peinture, des lampes, des vivres, et puis j'ai payé vingt livres pour essayer de sortir le tracteur et l'un dans l'autre...

– Tant pis, parce qu'il n'y aura pas d'argent jusqu'à la moisson.

– Mais on est en novembre! Et tu n'auras rien avant décembre! Comment ferons-nous?

– Comme les autres, dit-il, insensible. De temps à autre, je tuerai un cochon, tu as des œufs, nous avons du lait et du beurre de la laiterie, ça suffit.

– Il faut que tu me donnes de l'argent, dit-elle en colère. Tu n'as qu'à vendre un cochon.

Il donna un coup de poing de toutes ses forces sur la table fragile.

– Pas pour que tu achètes de la poudre!

Anna détourna le regard. Elle capitulait, ne se sentant plus la force d'affronter l'avenir à Modderfontein. Ses douleurs dans le dos et l'estomac empiraient. Elle n'avait personne pouvant lui dire si c'était normal ou pas. La gorge et les oreilles lui faisaient mal. Elle se sentait accablée.

Au cours de la journée, la fièvre grimpa; au crépuscule, elle était brûlante, elle avait les yeux gonflés et douloureux, les lèvres gercées, elle essaya de se lever mais dut se cramponner au montant du lit pour ne pas tomber. Le pire, c'était cette douleur aiguë dans les omoplates.

Quand Simon rentra déjeuner, elle lui confia ses maux.

– Il faut que tu m'emmènes chez le médecin. Simon, je ne me suis jamais sentie aussi mal. Je crois que j'ai une pneumonie.

– Tu dis n'importe quoi, tu as attrapé un rhume, c'est tout; ça passera. Les rhumes se guérissent avec ou sans médecin.

– Eh bien, je préférerais consulter un médecin.

– Je n'ai pas d'argent.

– Inutile de le payer tout de suite, il enverra ses honoraires.

Simon, triste mais implacable, éclata de rire.

– Les gens comme nous n'obtiennent pas de crédit, chérie, il faut payer d'abord.

Il sortit de la cuisine en claquant la porte et Anna repartit se coucher. Elle se sentait horriblement seule. Quand Simon revint plus tard dans l'après-midi, elle lui dit faiblement :

– Simon, j'ai assez d'argent pour payer le médecin; je ne te demande qu'une chose, conduis-moi là-bas.

Il la regarda tristement et s'assit au bord du lit.

– Je vais aller te chercher des médicaments et si tu ne vas pas mieux, demain, je t'amènerai chez le médecin, lui dit-il gentiment. Où est l'argent?

– Je vais le chercher.

Elle se leva et se dirigea d'un pas mal assuré vers la cuisine, prit le pot de farine, sortit deux billets d'une livre et les remit à Simon.

– Voilà, dit-elle, puis elle repartit se coucher.

Simon était parti pour de longues heures. Anna était inquiète. Il lui restait exactement 78 livres qu'elle réservait pour les honoraires des médecins et les besoins du bébé. Elle alla dans la cuisine prendre le pot de farine. Elle sursauta. Elle avait beau chercher, sa main ne trouvait que le fond du pot. Stupidement, à tâtons, elle souleva le pot à riz, celui du sucre, tout en sachant très bien que l'argent ne pouvait s'y trouver. De toute évidence, Simon s'était servi. Des larmes coulèrent le long de ses joues; elle repartit au lit attendre Simon. La nuit tomba; elle s'assoupit; le battement d'ailes des oies et des dindes la fit sursauter. S'enveloppant dans une couverture, elle leur donna leur maïs et appela Jan pour qu'il enferme les volailles dans l'enclos.

Simon, enfin, revint. Anna, blême, l'attendait dans la cuisine.

– Tu as volé mon argent, lui dit-elle aussitôt.

– Volé? (Il la regarda, étonné.) Comment un mari peut-il voler sa femme? Je suis le gardien légal de tout ce que tu possèdes et j'ai décidé que notre argent était mieux investi dans des graines de luzerne. Elles se trouvent dans le camion, si tu veux le savoir. Voilà tes médicaments.

Il avait dû répéter son discours sur le chemin du retour. Il lui tendit un petit paquet qu'elle prit à contrecœur puis elle alla se recoucher.

Le lendemain matin, elle entendit les vaches meugler de l'autre côté du barrage. On aurait dit qu'elles se trouvaient dans le potager. Bondissant du lit, elle jeta un coup d'œil par la fenêtre; oui, les vaches se trouvaient bien dans le champ où elle s'était donné tant de mal pour planter des légumes. Oubliant son état, elle se précipita dans la cour.

– Jan, Jan, les vaches piétinent les plants de légumes, allez les faire sortir.

Jan la regarda tristement. Il arborait son habituel rictus, mais ses yeux brillaient de pitié.

– C'est l' maître qui a mis les vaches là-bas. Le maître a dit qu'il y a pas d'eau pour les légumes.

Anna se sentait vaincue. Quand Simon revint, il la trouva assise sur le lit, le menton sur les genoux, respirant difficilement, une couverture autour des épaules.

– Tu as mis les vaches dans mon jardin!

– Pas le tien, le mien! C'est ma ferme, dit-il en feignant la bonne humeur. Je ne veux pas de légumes ici, ni ailleurs, parce qu'il n'y a pas assez d'eau.

– Ce champ a coûté beaucoup d'argent, dit-elle en sanglotant; les graines, la haie, le temps passé, tout cela pour rien.

– Tu as gaspillé de l'argent. Je m'organise comme je l'entends, mets-toi bien cela dans le crâne.

Anna se mit à trembler; de gros sanglots la secouaient, la faisaient tousser et bafouiller; des larmes coulaient de ses yeux enflés. Simon s'assit près d'elle, passa son bras autour de son cou et l'attira contre lui.

– Anna, quand vas-tu te rendre à l'évidence? Tu es Mme Smit, tu dois t'occuper de la maison, faire le lavage, élever les poulets pour Noël. Bon sang! Je crois que ton père t'a élevée comme un garçon, tu ne te conduis absolument pas comme une femme. Allons, allons.

Il lui caressa maladroitement l'épaule et se glissa dans le lit près d'elle.

– Allons, allons, dit-il encore tandis que les larmes redoublaient. Ta conduite est tellement insolite. Pourquoi as-tu décidé de planter des légumes? C'est mon travail, non? Tout comme les moutons, les vaches, la ferme.

– Mais tu n'es jamais là!

– Tais-toi, ne discute pas; voilà une chose qu'il te faudra apprendre. Les femmes, ici, ne contestent jamais leur mari. Bien sûr, c'est un grand changement pour toi.

Anna se blottit contre lui; ses sanglots peu à peu s'atténuèrent. Une partie d'elle-même avait désespérément besoin de chaleur et d'amour, besoin simplement de quelqu'un qui s'intéresse à elle, mais une autre partie d'elle-même, au tréfonds de son âme, lui disait : *la capitulation totale, voilà la rançon de l'amour.*

– Bon, bon, soupira-t-elle; aime-moi, c'est tout ce que je te demande.

Simon se sentit dans un état second, en proie à un désir soudain. Après, tout, cette femme, secouée de sanglots était la sienne, et elle n'était pas aussi terrifiante qu'il l'avait imaginée.

Anna était persuadée que jamais plus elle ne désirerait faire l'amour. C'était la seule affection qu'elle recherchait. Bien sûr, elle lui accorderait quelques plaisirs furtifs, car Simon ne savait exprimer ses sentiments qu'à travers l'acte sexuel; pour le reste, il prenait ce qu'il désirait et n'en faisait qu'à sa tête.

Anna, atteinte de pleurésie, dut garder la chambre pendant dix jours. Elle avait l'impression d'avoir sombré au plus profond de l'abîme, de n'être qu'une esclave de l'amour ou une bête de somme; elle était une épouse de fermier piétinée, avilie.

Elle se remit lentement. Après mûre réflexion, elle se dit que la faute ne lui incombait pas totalement. Elle avait espéré de l'amour ou tout au moins de l'amitié, et Simon se comportait en maître.

C'était une expérience douloureuse. Elle payait cher sa terrible erreur; mais était-il nécessaire de se laisser glisser sur cette pente dangereuse? Pour la première fois, elle prit conscience de sa passivité et de son acceptation morbide de sa condition désormais humble. Ce matin-là, elle se jura d'y remédier. C'en était fini. Plus jamais elle ne se laisserait avilir ou déposséder. Fini l'amour, puisque cela ne menait qu'au désastre!

Retourner chez ses parents était impensable; elle affronterait le mépris des voisins; quitter Simon représenterait un échec de plus.

L'argent signifiait le pouvoir, l'argent signifiait la liberté et la négation du besoin, l'argent signifiait le respect. Elle se rendait compte maintenant que l'aura qui enveloppait Fontainebleu et ses parents n'était due qu'à lui. La richesse était un tapis rouge perpétuellement déroulé à vos pieds. Elle aussi serait riche!

Anna resta des jours et des jours au lit, à penser, organiser, calculer. Un matin, au réveil, elle s'aperçut que ses plans étaient réglés jusqu'au moindre détail.

Soudain, elle se sentit légère, légère...

9

C'était la mi-septembre, le printemps; l'espoir de voir la pluie tomber s'était évanoui. Un pêcher solitaire fleurit au delà du kraal, des oiseaux firent leurs nids dans les buissons. Les oies sauvages revinrent du nord, volant en formations au-dessus de la ferme, lançant leur étrange cri strangulé et des mouettes se nichèrent par milliers autour du lagon.

Le moment était propice pour mettre son plan à exécution. Pourtant Anna était inquiète. Elle avait peur de faire le premier pas. Pour tromper son inquiétude, elle allait faire de longues promenades dans les champs, sur les collines fleuries, et les babouins, telles des sentinelles, assis sur les rochers, la regardaient passer.

Un jour, elle ressentit un étrange mouvement de vie en elle. C'était une sensation curieuse, comme si un papillon, sorti de son cocon, battait des ailes. Elle resta quelques instants plongée dans une sorte de ravissement; la vie naissait en elle. Son enfant! Elle l'avait senti bouger! Le bébé devint une réalité, une personne autonome. Elle ne se sentit plus seule; le stimulant dont elle avait besoin était là.

Elle appela Jan; ensemble, ils commencèrent à empaqueter ses appareils électriques superflus, ses vêtements, ses bijoux, le linge, les rideaux, les tapis, les meubles de jardin, en fait, tout ce qui était à elle. Tout fut installé dans le camion.

– Il me faudra faire deux voyages; j'aurai besoin d'aide pour les meubles.

Jan semblait abattu. Quand elle grimpa dans sa camionnette, il lui demanda :

– M'am s'en va?

– Non, Jan, je prends un nouveau départ dans la vie. Je serai de retour dans la soirée.

Elle ne pouvait s'empêcher d'éprouver une certaine appréhension en se rendant à la première ferme prospère qu'elle trouva sur la route qui menait de Saldanha Bay à Malmesbury. C'était la ferme des Mostert. Ils possédaient un cheptel impressionnant. Sans doute lui achèteraient-ils quelques objets?

Lorsqu'elle pénétra dans la cour, la servante arriva en courant, suivie de Mme Mostert tout en émoi à l'idée d'être surprise avec ses papillotes sur la tête. Les visiteurs étaient un événement rare.

Anna avait répété son discours, mais elle bredouillait :

– Je n'ai plus besoin de ces affaires, voyez-vous.

De plus en plus de gens se pressaient autour d'elle.

Son embarras grandissait. Elle se tut en entendant des rires. Toute la famille s'était maintenant rassemblée. Il y avait plusieurs petits garçons et deux petites filles aux cheveux blonds et aux yeux d'un bleu vif, une foule de paysans, une vieille dame. Le fermier arriva enfin. Il sauta dans le camion.

– Vous essayez de vendre vos affaires? demanda-t-il gentiment.

– Pas les vendre, expliqua Anna, rouge de confusion. Je veux les troquer contre des poules pondeuses, des poussins, des dindes. J'accepterai tout ce qui pourrait m'être utile dans ce domaine, car voyez-vous, j'ai l'intention de créer une ferme d'élevage.

– Mais, Dieu du ciel, vous êtes enceinte! dit la fermière horrifiée. Vous avez fait tout ce chemin, seule, dans ce camion? Mais à quoi donc pense votre mari?

– Si vous désirez acheter quelque chose...

Anna avait hâte d'en finir.

L'épouse du fermier se présenta avec ses couvées de poussins. Elle s'appelait Fanny, son mari Franz. Elle ne put résister au plaisir de fouiller dans la malle de vêtements; quand elle sortit la magnifique robe de Schiaparelli, les fermiers restèrent bouche bée.

– Ah! Je sais qui vous êtes, la jeune mademoiselle Van Achtenburgh, dit-elle, les yeux soudain brillants.

– Attends, attends une minute, Fanny, lui dit son mari, sentant la détresse d'Anna. Je vais vous dire ce que nous allons faire. Est-ce là tout ce que vous désirez vendre, dit-il en se tournant vers Anna, ou bien y en a-t-il davantage?

– Il y en a davantage, bien davantage, mais je ne pouvais pas bouger les meubles.

– Vous allez vendre tout cela assez facilement, lui dit-il en souriant, mais je ne vais pas vous laisser déambuler ainsi dans la campagne. Laissez-moi tout. Ne vous inquiétez pas, c'est en sécurité; je vais demander à un chauffeur de vous raccompagner pour aller chercher le reste. Soyez ici samedi matin à huit heures précises et nous vendrons tout. Cela vous convient?

Anna balbutia quelques paroles de remerciements, reconnaissante de se débarrasser de cette épreuve gênante. Dans la cuisine, on lui servit une tasse de café et des biscuits. Ils voulaient connaître son plan jusqu'aux moindres détails.

Quand Simon revint tard dans la nuit, un épais ragoût mijotait sur le poêle, mais c'était tout. Pas de chaise, ni d'armoire, de tapis, de commode ni même de lit. Les vêtements d'Anna avaient mystérieusement disparu avec ses meubles; le vieux lit de fer de Simon avait refait son apparition dans la chambre.

Simon était persuadé qu'Anna ne reviendrait pas. Au dîner, elle et lui se retrouvèrent assis tous deux sur des caisses de bois, mais Simon n'eut pas le courage de demander à Anna si elle comptait partir définitivement. Il avait la gorge nouée. Incapable d'avaler! Au bout d'un moment, il repoussa son assiette et partit graisser le tracteur. Il travailla jusqu'à dix heures. Anna ne semblait pas vouloir partir. Enfin il rentra et la trouva endormie sur le vieux lit de fer.

Il soufflait un vent froid. La chaleur de Simon réconforta Anna.

– Tu sais, Anna, quand j'ai vu Jan charger ton lit sur le camion, j'étais persuadé que tu allais me quitter, mais tu es là.

Il fut secoué d'un rire nerveux.

– Je vends mes affaires aux enchères.

– Peut-être ai-je été un peu dur avec toi, Anna. La vérité, c'est que tu m'effraies, toi qui étais si gâtée et habituée à ce qu'il y avait de mieux. Es-tu obligée de vendre tes meubles? Peut-être devrions-nous en parler? Après tout, la pêche fait rentrer de l'argent.

– Je vais acheter des poussins.

Il l'attira contre lui.

– Les ventes aux enchères ne rapportent guère. J'ai peur que tu ne sois un peu déçue. Quand mon père est mort, j'ai emmené tous les meubles au village et acheté de l'engrais avec l'argent obtenu; il n'y en avait pas beaucoup.

La colère qu'Anna ressentait contre lui se transforma en pitié. Elle comprenait son besoin de repousser la pauvreté et de rentabiliser sa ferme. Après tout, elle agissait de même. N'importe quel imbécile se rendrait compte que la terre ne donnerait pas grand-chose, mais Simon refusait la réalité. Il aimait sa terre jusqu'à l'obsession. Elle s'approcha de lui et pressa sa main contre la sienne. Il l'attira vers lui, essaya de faire l'amour, mais les vieux ressorts se mirent à grincer, le lit s'affaissa et Simon se fit une entaille au genou. Finalement, ils firent l'amour par terre.

Malgré l'indifférence qu'il semblait lui montrer, elle l'aimait toujours. Ses mains sur sa peau nue la faisaient tressaillir de bonheur. Elle le désirait plus que jamais. Maintenant, elle le comprenait mieux. Ce n'était malheureusement qu'au lit qu'elle atteignait cette intimité tant souhaitée; là, Simon était vraiment à elle, elle l'aimait avec son corps, avec son esprit. Il ne parlait pas beaucoup certes, mais elle sentait qu'il l'aimait car sa main recherchait toujours la sienne et ses yeux débordaient de tendresse.

– Je t'aime, oh, Simon, je t'aime!

Le matin suivant, Anna se rendit au village voir le directeur de la coopérative locale. Quand elle expliqua son plan, il lui promit tous les produits qu'elle désirait, payables quatre mois plus tard. L'argent qu'elle recevrait de la vente des jeunes coqs amortirait à la fois la nourriture des coqs et des poulets de grain. Ainsi prendrait-elle un nouveau départ.

Elle espérait un gain de 5 livres par mois pour cent poules pondeuses.

– Ça marchera, lui dit-elle.

Devant son charme et son enthousiasme, il accepta de tout lui fournir pendant six mois jusqu'à concurrence de 1 000 livres. Somme inouïe! Anna en fut ravie.

Le samedi matin, elle s'éveilla tôt, folle d'angoisse. Il était trop tard pour changer d'avis, de toute façon elle était décidée. Et si personne ne voulait de ses affaires? Si elle n'obtenait que quelques vieilles poules? Si... De sombres pensées assaillirent son esprit, mais elle se dit : il me faut croire en mon projet, je dois arriver au bout, il y aura des milliers et des milliers de poules partout sur les collines, plein d'œufs à vendre, des milliers et des milliers d'œufs! Devant cette perspective, elle eut le cœur plus léger.

Par un beau matin frisquet de printemps, Anna se rendit chez les Mostert, pleine d'espoir; lorsqu'elle arriva, elle fut stupéfaite de voir tant de camions affluer vers les grilles ornées de drapeaux et de pancartes. La cour était remplie de tréteaux sur lesquels étaient déployés tous ses objets; les meubles étaient empilés au milieu; des serviteurs allaient et venaient, avec des plateaux de biscuits et des cruches de citronnade. Il y avait près de deux cents personnes penchées sur les faïences; Anna avait l'impression d'être en représentation. Elle avait tellement honte qu'elle se glissa dans la cuisine et s'affala sur une chaise d'où elle voyait la cour par une grande fenêtre en saillie.

Franz Mostert grimpa sur une table et demanda le silence.

– Bon, nous savons tous la raison qui nous réunit, aussi ne vais-je pas gaspiller votre temps, nous allons commencer les enchères. Et n'oubliez pas, il n'est pas question d'argent mais de poussins; les livraisons peuvent attendre quatre mois. Nous sommes d'accord?

Il y eut un murmure d'assentiment dans la foule.

– Bien, allons-y.

Il commença par une belle poêle de cuivre.

– Voici un magnifique modèle de l'art des premiers Afrikanders, vieux de cent ans! Ça, je jure que c'est vrai!

Il provoqua quelques rires dans la foule.

– Qui ouvre les enchères?

Une voix féminine aiguë s'éleva dans la foule :

– Cent poussins pour début novembre.

Franz se mit à rire.

– C'est un bon départ, mais cela vaut plus, Henrietta!

Les enchères montèrent. Trois cents! quatre cents, pour atteindre cinq cents poussins livrables le 1er octobre.

Ce fut une véritable frénésie quand la lingerie fut mise à prix.

– Que vais-je demander pour ces draps de soie et cet édredon fait main? Fabriqués en Allemagne, je le lis sur l'étiquette. Quel magnifique duvet!

– Cinquante dindes!

– Trois cents poussins.

– Cinquante coqs Leghorn blancs de quatre mois et demi, dit une voix masculine dans la foule.

– C'est mieux! dit Franz.

Anna crut qu'elle allait défaillir; comment s'en sortir? Elle n'avait aucune idée de ce qui avait été mis à prix. Mostert continuait à harceler les parieurs, faisant monter les enchères. Comment le remercier? Elle vit Fanny faire une offre pour le lit et décida de le lui offrir.

Tout affluait : les poules couveuses, de vieux poulaillers, du bois, des canards, des treillis métalliques, des œufs fécondés, des dindes, des oies; comment serait-elle à la hauteur de la situation? C'était de la pure folie! Et si les animaux mouraient?

Ce fut le tour des bijoux. Anna se boucha les oreilles. Elle ne put s'empêcher de se rappeler l'anniversaire de ses dix-huit ans : ses parents lui avaient acheté un bracelet en or. Il y avait sa bague, une émeraude sertie de platine et le seul diamant que l'oncle Acker ait trouvé autrefois dans le Sud-Ouest africain, monté en pendentif. Envolé! Tout envolé!

La vente arrivée à son terme, les gens commencèrent à partir. Fanny l'appela par son prénom.

– Vous semblez abattue; allons, réjouissez-vous, vous ne vous êtes pas mal débrouillée : deux cents dindes, deux poules couveuses, une série de vieux poulaillers, cinq cents poulets de grain, plusieurs douzaines d'oies, un incubateur et voyons, combien de poussins déjà? Franz, Franz, combien de poussins?

– Dix mille, qui seront livrés en lots tous les quatre mois.

Fanny se tourna vers Anna.

– Eh bien, vous voyez... Mon Dieu! Franz, Franz, viens vite, la pauvre petite s'est évanouie.

10

Les fermiers respectèrent leurs contrats. Pas un jour ne s'écoulait sans qu'arrive un plein panier de poussins. Très vite, les flancs de la colline furent parsemés de poulaillers qui avaient l'air de petits chalets.

Anna commençait ses journées à cinq heures du matin et ne s'arrêtait qu'à la nuit tombée. Avec Jan, elle passait des heures à transporter des seaux d'eau de la pompe aux poulaillers. Septembre s'écoula, les jours s'allongèrent, Anna put travailler davantage.

A la mi-octobre, elle avait cinq mille poussins et la facture de grains s'élevait à des centaines de livres.

Chaque jour, Simon menaçait de liquider le compte. Seule, la perspective de voir cinq mille poussins mourir de faim l'empêcha de tenir parole.

Anna n'avait guère le temps de se préoccuper des états d'âme de Simon. Les mois s'écoulèrent, quatre mille autres poussins arrivèrent. Anna désespérait souvent de leur trouver de la place. Plus d'une fois, elle les abrita dans une dépendance avant de leur construire de nouveaux poulaillers. Les poules pondaient abondamment.

Mais il ne pleuvait toujours pas. Parfois des nuages s'amoncelaient, lourds et menaçants au nord-est, annonciateurs de pluie, mais seul un léger crachin venait humecter les collines comme pour narguer les fermiers au cœur lourd, puis les nuages prenaient la direction du Cap, de Stellenbosch et de Worcester où les moutons pataugeaient dans la boue. Dans la région de Langebaan où avait sévi la sécheresse, les rivières commencèrent à s'assécher, les moutons décharnés erraient çà et là sur le Veldt, à la recherche de pâturages. Les fermiers, abattus, comptaient déjà les pertes de leur future moisson.

– C'est trop tard, maintenant, dit Simon, la récolte ne couvrira même pas les frais d'engrais, sans compter les dettes... Cet endroit est pourri. Si Dieu pouvait m'en débarrasser!

– Je sais, je sais, dit-elle doucement, ressentant un étrange sentiment de pitié pour cet étranger qu'elle avait épousé.

– Non, tu ne sais pas, voilà l'ennui. Tu ne sais pas ce que c'est que de trimer année après année pour essayer de faire prospérer la terre. Tu ne sais pas ce que c'est, là-bas dans l'Antarctique, le travail harassant, le froid et toujours le souci de la ferme. J'ai mis jusqu'au dernier sou dans cet engrais, et regarde! Des millions de fois, j'ai dit que cet endroit n'avait besoin que de deux choses : de l'eau et de l'engrais. Je me tue pour payer l'engrais et la pluie ne vient pas. Voilà! C'est encore pire que l'année dernière. Dieu me punit, dit-il en gémissant.

– Quelle idée bizarre! Pourquoi Dieu désirerait-il te punir, toi en particulier?

– A cause d'une mauvaise action que j'ai commise. Les Van Ahler connaissent une prière pour faire venir la pluie, dit-il comme s'il avait pris une soudaine décision. Tu vas venir avec moi, mais habille-toi correctement.

Il jeta un regard méprisant sur sa blouse à fleurs sale.

– Mais grand Dieu, je ne peux pas laisser les poulets. Il y a tant à faire aujourd'hui.

– Tu vas venir avec moi, répéta-t-il avec obstination. Es-tu trop fière pour te mettre à genoux et prier pour que la pluie vienne?

Ses yeux étincelaient de colère.

– Non, je ne suis pas trop fière, mais je ne crois vraiment pas qu'une prière fasse venir la pluie.

– Si tu ne crois pas en Dieu...

– Bien sûr que j'y crois, mais j'ai peut-être une vision différente.

– Tu es ma femme et il est de ton devoir de me suivre.

– Très bien, si tu le prends comme ça.

Simon était visiblement agacé. Anna, telle une feuille, frissonnait à la moindre brise; on avait l'impression de pouvoir l'écraser mais si on ôtait le pied, elle repoussait deux fois plus grande, et plus forte. Elle était Anna Smit et devrait désormais apprendre à obéir. Il soupira. Elle était tellement plus désirable quand elle était Anna Van Achtenburgh. Il se leva et alla dans la cour.

– Et tâche de prier de toute ton âme, lui cria-t-il; tu ne t'es jamais posé le problème des approvisionnements d'eau quand tu as recouvert les collines de ces satanés poulaillers. Les trous de sonde sèchent régulièrement tous les étés. Que feras-tu alors? Avec un hiver sec comme celui que nous venons de traverser, la pénurie se fera sentir dès décembre.

Anna tremblait. Impossible! Insensé! Pas d'eau? C'était un besoin essentiel, elle n'y avait même pas songé! Toutes ces heures de calcul et de plans en oubliant le principal : l'eau! Mais comment pouvaient-ils manquer d'eau?

Elle était abasourdie par l'ampleur du désastre qu'elle pressentait. Combien de seaux utilisait-elle par jour? Avec Jan, elle passait son temps à monter et descendre la colline avec des seaux. Sans eau, elle était condamnée à vie à être l'épouse avilie du fermier le plus pauvre, sur la ferme la plus minable de la province du Cap. Elle sentit des larmes lui picoter les yeux; seule la crainte du retour de Simon l'empêcha de s'effondrer. D'un seul coup, elle comprit Simon et, de nouveau, elle eut pitié de lui.

– Oh! Je vous en prie, mon Dieu, envoyez-nous la pluie! murmura-t-elle.

Prise à son propre jeu, elle se mit à prier.

– Pardonnez-moi, mon Dieu, je n'avais rien compris jusqu'à présent.

Elle sortit et fixa le ciel avec ardeur. Mais qu'arrivait-il? Non, elle ne pouvait se tromper! C'était bien de l'humidité qu'elle sentait sur son visage! Elle aperçut des nuages gris et épais qui se déplaçaient lentement.

Simon n'essayait-il pas de l'effrayer? Elle alla trouver Jan.

– Jan, avez-vous déjà vu les trous de sonde sécher en été? Je parle de l'eau, Jan, y a-t-il beaucoup d'eau en été?

– Certains étés, y en a plein, quèqu' fois pas du tout.

Il haussa les épaules et leva les mains en signe d'impuissance face au plan impitoyable de la nature.

– Que faites-vous quand il n'y a plus d'eau?

– Eh ben, on s'en passe.

– Et les vaches?

– Y a le barrage.

Bien que ses mots fussent inappropriés, une lueur dans ses yeux montrait qu'il avait compris.

– Y a les réservoirs, dit-il.

Elle repartit pour que Jan ne remarque pas son anxiété. Jésus! Comment avait-elle pu être aussi inconséquente! De toute évidence, il était impossible de transporter l'eau du village à la ferme.

– Simon, il doit y avoir une rivière souterraine dans les parages, lui dit-elle quand ils se rendirent chez les Van Ahler pour les prières en commun. As-tu essayé de creuser des trous de sonde?

– Mon vieux père l'a fait. Il s'était mis dans la tête qu'il pourrait irriguer nos terres. Il a perdu 2 000 livres à sonder. C'est sec comme un désert. Ça l'a pratiquement ruiné.

Simon évita de regarder Anna.

– Mais « Modderfontein » veut bien dire « source boueuse », alors où est la source?

– Peut-être y en avait-il une autrefois, mais elle a dû tarir.

Ils firent le reste du trajet sans se parler. Soudain, Simon lui prit la main; elle se sentit un peu moins seule. Elle avait tant besoin d'un ami.

– Il n'y a pas toujours eu des périodes de sécheresse. Je me rappelle avoir connu cinq années durant des pluies abondantes. Ne te décourage pas. (Il lui sourit.) Prie simplement.

Anna pria. Le prédicateur ânonnait, le sermon s'éternisait.

C'était un véritable cauchemar pour Anna; autour d'elle, il n'y avait que des gens simples suant et priant dans la chaleur d'une salle bondée. Une ou deux femmes sanglotaient, tout en suppliant le Seigneur de leur envoyer de la pluie. Le prédicateur hurlait. C'était une scène primitive, insolite. Anna se sentait transportée dans un univers irréel. Même la vue de son ventre proéminent, de ses mains rougies par les rudes travaux, de ses cheveux ternes et des vêtements étranges qui avaient appartenu à sa mère du temps de sa jeunesse, tout cela était irréel. Où était Anna Van Achtenburgh? Envolée à jamais. Dire qu'elle aurait pu être en Suisse pour suivre des cours de musique! Elle éclata en sanglots et enfouit son visage dans un mouchoir, mais personne ne le remarqua : ils pleuraient aussi en quémandant la pluie.

Le retour fut sinistre. Les nuages s'étaient dissipés pendant les prières; le ciel était d'une clarté cristalline, d'un bleu profond; il faisait plus chaud que jamais.

Cette nuit-là, Anna rêva de pluies, de courants, d'averses, d'inondations, de cascades, de raz de marée submergeant la colline; elle fut éveillée par le vent hurlant dans la cheminée et la pluie martelant le toit de tôle ondulée. Elle bondit de son lit et ouvrit la fenêtre en grand. Aucun signe de pluie dans le ciel impitoyable! Seul le vent tourbillonnant projetait des pierres sur le toit.

Dans les semaines qui suivirent, Simon se montra bourru et boudeur, tour à tour la maltraitant ou la cajolant, mais l'incitant toujours à vendre ses volailles. Le matin, il se plaignait du chant des coqs, des effluves que le vent du sud-ouest apportait, puis il s'en prenait aux dindes qui volaient leur pâture aux moutons. Mais surtout il fulminait contre les factures de plus en plus élevées pour la nourriture des volailles, les palissades et les treillis. Il avait perdu ses illusions sur Anna, car, sous sa douce apparence, se cachait une volonté d'acier qui l'effrayait. Il se sentait toujours inférieur.

Anna, pour sa part, n'avait pas le temps de se préoccuper des états d'âme de Simon et de ses étreintes, car avec un élevage de huit mille poussins et deux mille autres à venir, il y avait beaucoup de travail.

La moisson arriva. Anna en était à son sixième mois de grossesse; les douleurs avaient disparu, tout comme ses nausées.

Elle n'arrêtait pas du matin au soir. C'était un travail pénible. Ses rares moments de liberté, elle les passait à calculer des bénéfices théoriques de futures ventes de jeunes coqs et d'œufs.

Dans un mois, elle vendrait ses premières volailles et paierait comptant à la coopérative. A Noël, les cinq cents premières poules se mettraient à pondre, ce qui devrait lui rapporter plus de 15 shillings par mois; elle souriait à cette pensée.

Les poussins arrivaient chaque jour plus nombreux. Les fermiers, pour l'aider, la surpayaient. Anna jeta un coup d'œil vers la colline; elle était parsemée de deux cents poulaillers, mais Anna en imaginait des milliers.

Son esprit vagabondait. Elle se représentait sa fille Katie, presque une réplique d'elle-même, mais avec des cheveux roux, parcourant les collines derrière elle;

parfois même, elle se tournait et conversait avec son enfant. Le bonheur qu'elle ressentait devant la venue de l'enfant et l'état prospère de ses affaires était en partie gâché par le manque d'eau. Il y en avait eu bien moins que le mois précédent; chaque matin, elle regardait l'eau tomber goutte à goutte du robinet, tandis que Jan remplissait inlassablement les seaux. Son inquiétude grandissait.

– Tu as promis, tu as promis, murmurait-elle au vent, ajoutant : les choses que tu désires, quand tu pries, crois que tu les reçois et tu les recevras.

Peu à peu elle éprouva un sentiment nouveau envers Simon. Elle ressentait son angoisse. Sa pitié avait pris naissance dans la prise de conscience de son terrible combat contre son environnement.

Les collines se couvrirent d'épis de blé; à la mi-décembre, la moisson était terminée. Jan chargea les sacs sur le camion que Simon devait conduire chez les meuniers à Malmesbury. Quand il revint, il prit Anna par la main et l'attira vers lui, puis il posa la tête contre sa poitrine comme un petit enfant.

– Eh bien voilà, 500 livres, c'est la pire récolte qu'on ait connue. J'ai dépensé davantage en engrais, sans compter le grain, les insecticides et la mélasse. Doux Jésus, dit-il en sanglotant, quelle année désastreuse! Encore une comme celle-ci, et je quitte la ferme; nous irons à la ville chercher du travail.

– L'année prochaine sera meilleure, tu verras.

Il but une tasse de café et soupira longuement.

– Je m'engage demain.

– Que veux-tu dire? dit-elle, blême. T'engager où?

– A la chasse à la baleine.

– Tu ne vas pas partir quatre mois dans l'Antarctique?

– Il le faut, ça rapporte plus que cette satanée ferme.

– Combien?

– Ça dépend.

– De quoi?

– De la prise, bien sûr. Regarde, Anna, inutile de te fâcher. Je pars toujours après la moisson, surtout les mauvaises années. Je n'ai pas le choix, vois-tu. Il faut payer les dettes. Tu as fait du beau travail avec tes satanés poulets!

– Je paierai mes propres dépenses. Tu ne peux pas partir, tu sais que le bébé va arriver; qu'adviendra-t-il si j'ai besoin d'aide?

Il eut un rire méprisant.

– Besoin d'aide, toi? Ah! Ah!

Il sortit de la cuisine et se rendit au village; il ne rentra qu'à minuit, ivre mort.

Deux jours exactement après le départ de Simon, le trou de sonde fut à sec; seul un mince filet d'eau filtrait. Anna était soucieuse.

– Prenez l'eau des réservoirs, ordonna-t-elle à Jan d'un ton impérieux.

– Mais m'am...

– Jan, prenez l'eau des réservoirs ou les poulets vont mourir.

Jan était devenu l'esclave dévoué d'Anna, mais là, il lui était difficile d'obéir.

Anna rentra, le cœur lourd.

– Mon Dieu, murmura-t-elle, que vais-je devenir?

Elle était écrasée par le poids de son chagrin.

Elle se rendit au barrage. Les babouins avaient décidé d'assiéger la ferme. Comme s'ils sentaient l'absence de Simon, ils envahissaient ouvertement les terres le jour, glanant des grains de blé et chassant les moutons de leur pâturage; ils arrachaient des poignées de luzerne et tuèrent même une dinde. Anna passa une nuit agitée; le problème de l'eau la tourmentait. Soudain, elle perçut le cri des singes près des poulaillers. Ils cherchaient sans doute les œufs. Elle enfila ses chaussures, saisit le fusil de Simon et grimpa le long de la colline en tirant en l'air. Les babouins s'enfuirent.

Tôt, le matin suivant, elle se rendit chez ses voisins

les plus proches, les Stassen, pour leur demander comment ils éloignaient les babouins de leurs champs.

– Nous n'avons jamais eu d'ennuis de ce côté-là, expliqua Johan Stassen à Anna. Ils se cantonnent autour de la mare, voyez-vous, ils ne vont pas beaucoup plus loin.

– Mais il n'y a pas d'eau à Modderfontein, simplement un trou de sonde qui tarit; il y a des ruisseaux au fond des ravins, bien sûr, ils sont aussi bas que les vôtres, j'en suis sûre. Les babouins restent dans les collines la plupart du temps.

– Réfléchissez, madame Smit, aucune bête ne peut se passer d'eau.

– Le père de mon mari a dépensé une fortune à essayer de trouver une source. Il a creusé huit trous de sonde, mais en vain.

– Il faut croire que les babouins sont plus rusés que le vieux Smit, dit-il en ricanant. (Mais il s'arrêta net devant le regard noir de sa femme.) Je ne voulais pas vous manquer de respect, madame.

Aussitôt arrivée chez elle, Anna enfila ses bottes pour se protéger des serpents, prit un fusil et sortit dans la cour en appelant Wagter. Jan, hébété, regardait le seau se remplir.

– Jan, surveillez la ferme, je vais sur la colline chercher la source des babouins.

– M'am doit pas faire ça!

– Jan, il doit y avoir de l'eau dans les collines, c'est la raison pour laquelle nous avons tant de babouins.

Jan posa le seau et la regarda en sourcillant. Il avait l'air gêné. Il se gratta la tête. Anna se rendit compte qu'il lui cachait quelque chose.

– Jan, dit-elle doucement, si vous ne me trouvez pas l'eau, tous mes poulets vont mourir et je serai très pauvre.

Jan secouait la tête obstinément.

– Pas d'eau, y a pas d'eau, les babouins descendent jusqu'à la rivière.

Il indiqua le lagon où un ruisseau se jetait dans les marécages, de l'autre côté à environ quinze kilomètres de là.

Anna poussa un soupir et partit vers la colline; un instant plus tard, elle perçut le pas précipité de Jan; il arriva à sa hauteur.

– Le vieux Jan sait où se trouve l'eau. J'ai toujours su, j' suppose qu'elle a toujours été là.

Anna était furieuse.

– Mais Jan, vous savez combien nous cherchons désespérément de l'eau, et le père de Simon avant nous! Pourquoi n'avez-vous jamais rien dit?

– Mon père est enterré là, mon oncle aussi.

Anna comprit qu'il s'agissait pour lui d'un endroit sacré qui leur appartenait.

– C'est loin.

Jan ouvrit la route, suivi de Wagter et d'Anna. Ils gravirent péniblement les collines. Quand elle vit les bêtes maigres et décharnées, elle eut le cœur lourd. Ils atteignirent enfin les flancs de la colline où le sol était en friche; les buissons poussaient jusqu'à hauteur d'épaule.

Anna commençait à sentir le poids de son enfant. La végétation devint de plus en plus abondante et les buissons-ardents rendaient le chemin presque impénétrable. Des ronces s'accrochèrent à ses vêtements. Soudain, elle aperçut un cobra qui se faufilait entre les herbes hautes.

– Y a longtemps qu' le vieux Jan est pas v'nu ici, c'est plus très loin maintenant.

Anna était épuisée; elle s'assit sur un rocher et dit à Jan :

– Allez-y, Jan, je me repose un peu.

Jan gravit la colline, tandis qu'Anna écoutait le chant des oiseaux, des criquets, le bourdonnement des insectes et le murmure du vent. Etait-ce l'eau qu'elle entendait sous ses pieds? Etait-ce son vieux rêve enfin matérialisé?

Elle se leva et se fraya un chemin à travers les buissons denses; tout à coup, la terre sembla glisser sous ses pieds; elle roulait, roulait, ne pensant qu'à une chose : protéger Katie dans sa chute. Elle se laissa glisser sur le dos, le long des pentes moussues et se retrouva dans l'eau jusqu'au cou. Bien au-dessus d'elle, le soleil perçait à travers les feuilles; des myriades de nids d'oiseaux étaient suspendus aux branches. Elle se hissa sur la berge et sa joie éclata. Elle but l'eau qui jaillissait du flanc de la montagne. Quelle douceur! Quelle pureté!

Il y avait partout des empreintes de babouins. Quand elle entendit Jan l'appeler, elle se mit à hurler :

– Jan, je suis là, en bas, dans l'eau. Attention, c'est glissant.

Jan sauta de branche en branche, tel un singe.

– Mais d'où vient-elle? Quand on regarde les collines, il n'y a pas la moindre trace d'eau.

Jan se mit à rire.

– Elle sort de terre.

Il la conduisit au sommet du ravin à une cinquantaine de mètres, jusqu'à un trou où l'eau bouillonnait. Du cresson poussait, masqué par des roseaux; à leur approche, un héron et sa compagne s'envolèrent. Anna, béate de bonheur, était incapable de s'arracher à cet endroit merveilleux.

– A-t-elle un jour tari?

– J' crois pas.

– Personne ne connaît son existence?

Jan haussa les épaules.

– Le vieux maître a jamais su et l' jeune patron l'a jamais trouvée.

– Ne jouait-il pas là quand il était enfant?

– Il travaillait tout l' temps, le jeune patron jouait jamais.

– Bon, où va-t-elle?

– Elle doit retourner à la terre.

Malgré son scepticisme, Anna dut se rendre à l'évidence : il avait raison.

– Mon père est enterré là-haut et l'eau est juste au-d'ssous.

Anna retourna à la ferme, le cœur en fête. Mais comment parvenir à payer un trou de sonde et des canalisations?

Le lendemain matin, elle enfila sa plus belle blouse, des gants et la seule paire de bas qui lui restait et alla voir le directeur de la Land Bank. L'entrevue ne dura guère. Anna découvrit qu'elle ne pouvait ni ouvrir un compte, ni emprunter de l'argent, ni même déposer son argent sans le consentement de son mari. Et il se trouvait dans l'Antarctique pour quatre mois! Elle décida d'essayer la coopérative locale.

– Il vous en coûtera au moins 500 livres, lui dit le directeur; je peux vous mettre en relation avec une compagnie de Malmesbury. Ce sont des gars de toute confiance.

– Vont-ils vouloir être payés d'avance? demanda-t-elle timidement.

– Oui, certainement; dans le coin, les fermiers ne sont pas solvables, voyez-vous.

– Oh oui, je sais!

Elle rentra chez elle. 500 livres, c'était bien au-dessus de ses moyens! Sur le long chemin du retour, son esprit fébrile calculait l'argent qu'elle percevrait de la vente de ses volailles. Elle était si accaparée qu'elle remarqua à peine des douleurs naissantes dans le dos et l'estomac. Quand elle atteignit la ferme, elle avait horriblement mal, elle était près de s'évanouir mais savait maintenant comment se procurer les 500 livres.

Jan vint lui ouvrir la portière; au même moment, elle s'évanouit sous la douleur. Quand elle revint à elle, elle se trouva sur son lit, Jan à ses côtés, tout penaud.

– Jan, qu'allons-nous faire? murmura-t-elle, se tenant l'estomac tandis qu'une autre douleur fulgurante déformait son visage.

Elle gémit involontairement, mais la douleur passa.

– Qu'allons-nous faire, Jan, répéta-t-elle, comment peut-on amener l'eau jusqu'aux poulets?

– Laissez le vieux Jan s'en occuper.

Il sortit, apparemment plus préoccupé par les poulets que par elle.

Le matin suivant, elle entendit le pas de Jan dans le couloir.

– M'am, m'am!

– Je suis là, Jan!

– M'am est pas bien? C'est le bébé?

– Non, non, pas encore. Les douleurs s'espacent.

Jan, tout sale, avait l'air hagard.

– Le vieux Jan ne sait pas conduire, mais je peux aller chercher le docteur à pied.

– Non, ce ne sera pas nécessaire, Jan, si j'ai besoin du médecin, je téléphonerai.

Il parut soulagé.

– J'ai déplacé les poulets.

– Que voulez-vous dire, Jan? Les déplacer où?

– Jusqu'à l'eau.

Anna ne comprenait pas mais elle était si éreintée qu'elle plongea dans un profond sommeil.

Quand elle s'éveilla le lendemain, elle entendit les dindes glouglouter et le chien aboyer. Elle ressentait une certaine raideur dans le dos mais les douleurs lancinantes avaient disparu. Quand elle sortit dans la cour et n'aperçut que les poussins et les volailles, elle décida d'aller jeter un coup d'œil sur les collines. Là, des douzaines de jeunes écoliers affairés portaient des seaux d'eau.

– Mais, Jan, dit-elle, effarée, comment vais-je les payer?

– Le vieux Jan les a payés avec des œufs.
– Des œufs? Ce n'est pas encore le moment...
Puis elle se rappela les cinq cents petites poules de la vente.
– Les poules! s'écria-t-elle, elles ont commencé à pondre!
– De petits œufs, oui, mais il y a déjà trois boîtes prêtes pour la coopérative.
– Je vais aller les porter au village, dit-elle, joyeuse. Oh! Jan!

11

Le 20 décembre, Anna vendit ses premiers coqs; comme on approchait de Noël, elle en tira un bon prix. Plusieurs fois par jour, elle examinait son registre étiqueté avec optimisme « Bénéfices anticipés », et vérifiait ses chiffres. Sauf événement imprévu, elle pouvait s'attendre à une moyenne de quatre œufs par semaine et par poule, soit des bénéfices de 5 livres par mois pour cent poules. Avec ces cinq mille poussins, il fallait escompter un bénéfice de 250 livres par mois, somme mirobolante qu'elle réinvestirait dans l'affaire...

Vers Noël, Anna éprouva une certaine nostalgie en se rappelant Fontainebleu en cette période de fêtes : d'immenses tables chargées de mets, de tonneaux de vin de la ferme, une foule d'amis, de fermiers, de membres de la famille et les chants de minuit.

Se rappelant les enfants qui avaient aidé Jan à déplacer les poussins, elle les invita à déjeuner. Le jour de Noël, ce ne fut pas une douzaine, mais une centaine d'enfants qui arrivèrent le long du chemin de la ferme, timides et affamés.

Anna leur donna un peu de pain et les envoya

arroser le poulailler, tandis que Jan faisait rôtir un mouton et des dindes et qu'elle préparait des gâteaux et des douceurs. Ils eurent ainsi leur petite fête de Noël sous les étoiles, autour d'un feu. Puis les enfants rentrèrent chez eux.

Vers la mi-janvier, Anna en était à son neuvième mois de grossesse; malgré son impatience de se débarrasser de son fardeau et de tenir Katie dans les bras, elle avait peur; elle ne pouvait guère se tourner que vers la sage-femme du village, Mme Engelbrecht, surnommée « Angie ».

Une fois par semaine, elle se rendait au village pour consulter le médecin.

Angie, la voyant prendre des formes impressionnantes, la mit en garde contre d'éventuels problèmes à l'accouchement. Anna passait des nuits blanches, tant son inquiétude était grande.

Sa mère lui manquait plus que jamais. Simon la décevait chaque jour davantage. Elle ne lui pardonnerait pas de l'avoir abandonnée au moment où elle serait dans l'incapacité de travailler et devrait laisser ses volailles aux soins de Jan. Dieu sait dans quel état d'ébriété il serait quand elle aurait le dos tourné.

Lorsqu'elle inspectait les volailles, elle scrutait l'horizon, pleine d'appréhension. Que d'incidents pouvaient survenir et briser ses rêves : les lynx, des babouins maraudeurs, la maladie; mais de toutes ces craintes, aucune ne l'obsédait autant que le feu, car sans pluie, les flancs de la montagne recouverts de buissons étaient prêts à s'enflammer à la moindre étincelle et les poules étaient dangereusement près. Mais comment les déplacer?

Elle se jura d'investir ses premiers bénéfices dans un trou de sonde et des canalisations pour amener l'eau des collines.

Son activité redoubla. Elle devait laver et porter au village les œufs une fois par semaine, et inspecter chaque jour la volaille; il y avait également les instants de bonheur quand elle achetait la layette de Katie ou préparait le berceau. Fin janvier, le bébé n'était toujours pas là.

Un jour, ne résistant plus, elle téléphona à Fontainebleu. Une voix étrange répondit.

– J'aimerais parler à Mme Van Achtenburgh, dit-elle timidement.

– M. et Mme Van Achtenburgh sont absents.

– Qui est à l'appareil, s'il vous plaît?

– Dutoit, le métayer.

Anna était trop émue pour parler.

– C'est de la part de qui?

– Je suis une amie... Où sont-ils allés?

– Mme Van Achtenburgh est tombée malade, des ennuis cardiaques puis une pneumonie, aussi sont-ils partis dans une clinique en Suisse. Je dirige la ferme en leur absence.

– Merci.

Tristement, elle reposa le récepteur; ses espoirs s'effondraient; une fois de plus, elle se sentit très seule. L'annonce de la maladie de sa mère l'avait abasourdie; jusqu'à présent, elle n'avait guère pensé à elle. Elle éprouva un sentiment de culpabilité; plus que jamais elle aurait désiré être près d'elle. Pas étonnant que sa mère ne soit pas venue, et comme une imbécile, elle avait été trop fière pour faire le premier pas.

Elle s'appuya contre le mur, près du téléphone; soudain elle ressentit les premières douleurs. C'était une sensation tout à fait nouvelle, une douleur lancinante qui la paralysait. Une seconde plus tard, elle avait disparu; Anna respira longuement et alla se regarder dans la glace. Elle avait l'air normal.

Vingt minutes plus tard, les douleurs recommencèrent. Elle eut la présence d'esprit de téléphoner à la sage-femme; fort heureusement, Angie était là.

– Ce sont des douleurs horribles, lui dit Anna, vous ne pouvez pas savoir; je crois qu'il y a un grave problème.

Mme Engelbrecht la rassura.

– Non, ma petite, c'est le début; ne vous agitez pas, tout ira bien. Allongez-vous, les douleurs seront plus supportables. Inutile d'essayer de les combattre. J'arrive, ne vous inquiétez pas, je serai là dans une heure.

Anna reposa le récepteur. Une heure! Comment pourrait-elle patienter une heure? Elle ressentit une nouvelle douleur. Elle replongea dans cet univers terrifiant où le temps s'arrêtait. La douleur passa, comme les autres.

Quand Mme Engelbrecht arriva, elle trouva Anna figée, les yeux horrifiés fixés au plafond, dans un bain de sueur, trop raidie par la peur et la douleur pour faire le moindre geste.

– Allons, allons, vous n'êtes qu'au début, si vous vous mettez dans cet état maintenant, que ferez-vous quand les véritables douleurs arriveront?

– Les véritables douleurs? Et ça, qu'est-ce que c'est?

– C'est le début; mais ne vous inquiétez pas, tout le monde a des enfants et tout le monde se remet. Demain matin, ce sera oublié. Bon, maintenant arrêtez de bouger, je vais vous changer de vêtements et vous chercher de l'eau.

Anna soupira, redoutant la douleur suivante; elle avait l'impression que son corps était laminé, plongé dans une mer de douleurs qui lentement la submergeait.

A la tombée de la nuit, elle était aussi pâle que la mort, le regard fixe, les cheveux plaqués par la sueur; Mme Engelbrecht n'avait pas encore téléphoné au médecin, les contractions, disait-elle, étant trop espacées. Anna avait perdu la notion du temps; elle était dans un état second, irréel, inhumain.

L'aube arriva; Anna était trop épuisée pour se plaindre; Jan frappait de temps à autre à la porte pour demander comment allait m'am.

Le samedi matin, Mme Engelbrecht téléphona au médecin. Anna sombrait lentement; le monde, pour elle, avait cessé d'exister; son moi s'était désintégré et lorsqu'elle faisait surface, entre les douleurs, c'était pour s'étonner d'être encore en vie.

Le médecin arriva à sept heures du matin; il appela aussitôt une ambulance qui mit deux heures pour arriver.

Une fois à l'hôpital de Malmesbury, ils ne trouvèrent pas de médecin pour faire d'urgence une césarienne; on la transporta à Bellville. Heureusement, elle était inconsciente.

Quand Anna se réveilla, elle éprouva un sentiment extraordinaire de paix et de soulagement. Pourquoi? Elle n'en savait rien. Elle ouvrit les yeux. Elle ne souffrait plus. Son ventre était couvert de pansements. Plus de bébé, Katie n'était plus là. Elle s'endormit.

A son réveil, une infirmière se trouvait près d'elle.

– Ne vous inquiétez pas, madame Smit, tout va bien. Vous devez vous reposer.

– Où est ma fille?

– Votre enfant va bien, maintenant dormez.

Anna, prenant conscience de la fin de son épreuve, éclata en sanglots.

– Pourquoi pleurer? Vous allez mieux et votre bébé est un beau petit gaillard de 4,5 kilos.

– Un garçon? Il doit y avoir une erreur, j'ai eu une fille.

L'infirmière se mit à rire.

– Non, un garçon; reposez-vous un instant, nous allons vous l'amener.

Anna était éberluée. Où était Katie? Katie, qui l'avait suivie sur les collines, rassemblant les moutons et nourrissant les poulets? Où était Katie qui avait la voix la plus douce du monde, qui était d'une intelligence et d'une beauté ensorceleuses? Un fils? Elle ne pouvait se faire à cette idée. Puis elle songea à ses poulets avec inquiétude. Livré à lui-même, Jan s'enivrerait à coup sûr, et privés d'eau, les poulets périraient.

Elle eut un étrange pressentiment. Immobile dans son lit, dans cet état crépusculaire de semi-conscience, elle sentit la fumée, entendit le crépitement du feu dévalant les flancs de la colline. Prise de panique, elle hurla. L'infirmière se précipita.

– Il y a le feu à la ferme!

L'infirmière se moqua d'elle.

– Il y a un feu de Veldt non loin d'ici, c'est pour cela qu'on sent la fumée. Ne pensez pas à la ferme, pensez plutôt à vous remettre.

Anna ferma les yeux, une larme coula le long de sa joue. Elle savait qu'il y avait un incendie à Modderfontein.

Jan était assoupi près du ravin quand il sentit une odeur de fumée venant du haut des collines. Il se redressa, se frotta les yeux.

Il était resté fidèle au souhait d'Anna deux longs jours, mais le troisième, en nourrissant les volailles, l'envie lui vint de tordre le cou à deux coqs. Il alla les échanger au village contre quatre bouteilles de vin.

Jan éprouvait envers Anna une passion puérile. Jamais on ne lui avait témoigné de l'amitié. Il ne se rappelait ni son père ni sa mère; seuls les maîtres lui avaient donné des vivres et un gîte; en retour, il gardait les vaches et les moutons et se contentait de cette situation. Puis Anna était arrivée; il l'avait crainte plus que quiconque, car avec sa frénésie de chasser la saleté de la chaumière, il risquait d'être congédié. Mais ô surprise! Elle lui avait acheté de nouveaux vêtements et préparé ses repas. Maintenant, elle l'avait abandonné et il se sentait rejeté. Néanmoins, même ivre, il lui restait fidèle.

De retour du village, il avait plongé dans un sommeil profond. Deux heures plus tard, il s'était réveillé avec une soif dévorante et des maux de tête épouvantables. Rampant jusqu'au ravin, il s'était laissé glisser le long des pentes jusque dans l'eau.

Il avait la tête lourde. Sa souffrance était si grande, qu'il en oubliait le monde extérieur. Soudain, il se redressa. Le feu! Oui, c'était le feu! Il fallait sauver les poules... mais le sommeil l'engourdissait. Après quelques minutes d'indécision, il rassembla toute son énergie. Parvenu au sommet du ravin, il s'arrêta, incrédule. Quel effroyable spectacle! Les collines étaient la proie des flammes et la chaleur était si intense que chaque buisson s'élevait dans une pluie d'étincelles, de flammes et de crépitements. Le vent soufflait du nord-ouest et la fumée se répandait sur les flancs de la colline, étouffant les poulets qui, pris de panique, se bousculaient et se battaient pour tenter de sortir de leurs cages.

M'am est ruinée se dit Jan. Les poules allaient mourir étouffées. Soudain, une pensée traversa son esprit. M'am ne saura jamais que j'ai négligé sa volaille!

Le bruit du feu était assourdissant; pourtant, Jan ne bougeait pas. Un étrange sentiment s'empara de lui. Etait-ce de l'amour, de la compassion ou de la pitié? Plutôt mourir que de voir disparaître une seule poule de m'am. Il y avait quatre mille cinq cents poussins, trois mille coqs, le champ pouvait à tout moment s'embraser.

Il se mit à courir d'un poulailler à l'autre; d'un geste prompt, il arracha le treillis pour permettre aux animaux de se sauver. Soudain, des douzaines d'ombres fantomatiques sortirent de la nuit et de la fumée pour l'aider.

Avec une cinquantaine de gamins du village, il fut relativement aisé de mettre les cages à poules en sûreté.

12

Anna resta dix jours à l'hôpital. Peu à peu, elle recouvra ses forces. Le 25 au matin, au cours de sa visite, le médecin vint s'asseoir près d'elle.

– En temps normal, je vous laisserais rentrer chez vous, lui dit-il gentiment, mais sachant que vous êtes seule à la ferme, j'ai peur de vous laisser partir. Qui s'occupera de vous pendant que votre mari est en mer? N'y a-t-il vraiment personne?

Anna restait obstinément muette.

Le médecin finit par céder devant son insistance et la renvoya chez elle avec son fils en ambulance.

Anna prit son bébé dans les bras et le serra contre elle.

– Je ne serai pas seule, dit-elle gaiement, j'aurai Acker avec moi.

– Acker? Quel nom étrange, dit le médecin.

– Pas vraiment, c'est un nom allemand. J'ai un oncle dans le Sud-Ouest africain que j'aime beaucoup; il s'appelle Acker.

Le médecin sourit tristement; de toute évidence, elle avait fait un mariage malheureux. Il ne pouvait s'empêcher de compatir. Il ne savait comment lui annoncer la mauvaise nouvelle. Anna semblait si heureuse avec son fils.

– Quel beau bébé! dit Anna avec amour, regardez ses cheveux longs et roux. Il n'est pas du tout fripé comme les autres bébés. J'étais certaine, dit-elle en adressant un sourire au médecin, que j'attendais une fille; je l'avais même prénommée Katherine mais maintenant que j'ai un fils, je l'aime autant. La prochaine fois, j'aurai une fille.

– Je crains qu'il n'y ait pas d'autre fois, nous avons dû pratiquer une hystérectomie.

Anna fut abasourdie. Pas de fille? Pas de Katie? Impossible!

– Madame Smit, n'oubliez pas que vous avez eu beaucoup de chance d'avoir un si beau garçon. Tant de femmes ne peuvent avoir d'enfant et on n'y peut rien. Je suis désolé, nous n'avions pas le choix.

Le trajet fut une source d'émerveillement pour Anna qui portait son bébé dans les bras; mais quand l'ambulance arriva au chemin qui menait à la ferme, elle eut un choc. Par endroits, la terre était calcinée. Dix minutes plus tard, au sommet de la colline, elle vit un spectacle hallucinant. Tout avait brûlé! L'incendie avait tout ravagé. Elle était ruinée. Ses poulaillers avaient dû être détruits, ses précieuses poules cruellement brûlées. Pauvre Acker! Allait-il être un va-nu-pieds?

Cette pensée lui était insupportable; elle pria le conducteur de l'ambulance de s'arrêter et lui dit qu'elle préférait continuer à pied.

Prenant son baluchon et Acker dans ses bras, elle descendit lentement le long de la colline. Ses yeux étaient voilés de larmes. Soudain, elle faillit trébucher sur un coq. Elle essuya ses larmes. Mais... mais... le chemin, les champs, la cour, le toit de la ferme et des dépendances, les abords du réservoir d'eau, les eucalyptus et même les buissons-ardents étaient blancs comme neige! sept mille poulets! Non, il semblait y en avoir des millions!

Anna posa sa valise.

– Jan! Jan!

Elle aurait voulu dévaler la pente, mais elle parvenait à peine à se frayer un chemin à travers les poulets. Dans la cour, elle vit des écoliers attraper les poulets et les fourrer dans des sacs.

– Jan, Jan, dit-elle en riant, que diable faites-vous? Pourquoi les poules sont-elles disséminées?

Jan arbora un humble sourire quand il l'aperçut.

– M’am, Jan a perdu quelques poules, il y a eu un incendie, un affreux incendie.

– Je m’en suis rendu compte; je croyais que toutes les poules avaient péri.

– Ah, non, m’am! Le vieux Jan les a toutes libérées. On n’avait pas l’ temps d’ les attraper, vous savez; les p’tits sont arrivés et on a pu presqu’ toutes les sauver. On les a nourries et ram’nées par p’tits groupes.

– Mais c’est merveilleux. En fait, c’est vous qui êtes merveilleux. Merci, mon vieil ami. Jamais je ne pourrai vous remercier suffisamment.

– J’ai perdu presqu’ tous les œufs, Wagter, c’est un rusé, il aime les œufs.

– Peu importe, on s’arrangera.

Elle souleva le châle du visage d’Acker.

– Regardez mon bébé, Jan. Voici Acker.

Le manque d’enthousiasme du vieil homme frisait la grossièreté.

– Ah! J’ croyais qu’ vous aviez une fille.

– Eh bien, j’avais commis une erreur.

Il fallut deux semaines de travail acharné pour remettre de l’ordre dans la ferme. Anna apprit à porter Acker sur le dos à la manière des Africaines.

Un soir, ne pouvant s’endormir tant elle était inquiète pour sa mère, elle alluma une bougie et lui écrivit; elle déversait dans sa lettre son amour pour Acker, son chagrin de ne pouvoir avoir d’autre enfant, ses espoirs pour la volaille et son souhait de la revoir à son retour de Suisse. *Je me sens responsable de ta maladie et prie pour ton rétablissement*, lui écrivait-elle.

Pour la vente du second lot de coqs, elle reçut 350 livres. Elle ne remit que 50 livres au directeur de la coopérative; le solde servit à cautionner un trou de sonde et une pompe, le tout payable dans les trois mois.

La compagnie ne perdit pas de temps; elle fit creuser un trou de sonde au-dessus de la source; à une profondeur de cent mètres, ils atteignirent une nappe d'eau. L'eau jaillit à un rythme de quatre mille cinq cents litres l'heure!

Ils travaillaient sans interruption. Le temps passa très vite. Anna vivait, dormait, mangeait et s'occupait des poulets. Chaque jour, il fallait peser les œufs, les trier et les nettoyer avec une spatule. Avec l'aide d'une calibreuse, elle put trier cinquante œufs par minute.

Février était le mois des vendanges; Anna avait plus que jamais la nostalgie de Fontainebleu. Après maintes hésitations, elle se rendit un jour chez ses parents avec Acker.

Sur la route, elle aperçut une femme qui avançait lentement; c'était une femme de couleur, maigre et dépenaillée.

Encore une fille de ferme, pensa-t-elle en la voyant approcher, une parmi tant d'autres.

La femme portait, serré contre elle, un bébé enveloppé dans une couverture sale. Le bébé se mit à pleurer.

Anna éprouva du dégoût devant ce visage desséché, ratatiné, meurtri.

– Qu'a donc votre bébé? Il a l'air si malade.

La jeune fille restait immobile, muette.

Elle avait la peau étrangement claire et des traits réguliers. Sa misère la rendait laide.

– Comment vous appelez-vous?

– Sophie, m'am.

– Et que voulez-vous, Sophie?

– Le patron, je cherche le patron.

Elle n'osait pas regarder Anna en face.

– Le patron? Vous voulez dire Simon Smit?

– Oui, m'am, oui.

– Il n'est pas là. Il ne sera pas de retour avant longtemps; il est parti à la pêche à la baleine.

– Oh! gémit la jeune fille. Qui êtes-vous?

– Je suis madame Smit, dit Anna, essayant de refouler un sentiment d'inquiétude.

Soudain, elle tendit son baluchon à Anna qui recula, peu disposée à toucher le bébé sale.

– Aidez-moi, j' vous en supplie, y va mourir, c'est son enfant, vous comprenez?

– L'enfant de qui?

– Le sien.

– Impossible! Vous mentez! Partez ou j'appelle la police.

Anna se dirigea vers la camionnette. Sophie la suivit et la prit par le bras.

– Regardez, dit-elle en soulevant le châle.

Les cheveux du malheureux bébé étaient d'un roux éclatant; sous la saleté, on décelait une peau claire. Anna en eut la nausée. Elle éprouva aussi un sentiment de honte, car le bébé, de toute évidence, était affamé; c'était une petite chose fragile, fripée; Acker était deux fois plus grand.

Quel âge devait-il avoir? Elle ne put se résoudre à poser la question tant sa colère et son amertume étaient grandes.

– J' suis née ici, j'ai grandi ici; j' gardais les dindes et les moutons.

Un souvenir lui revint en mémoire. Simon lui avait parlé de cette fille que sa mère avait élevée puis envoyée travailler dans les champs. Anna éprouva des sentiments contradictoires; elle ressentait à la fois de la pitié et de la colère.

– Rentrez; je vais aller au village acheter des affaires pour le bébé et, à mon retour, nous aurons une conversation.

Le trajet jusqu'au village fut un cauchemar. Des souvenirs l'assaillaient : Simon et ses cheveux roux dans l'éclat du soleil, Simon, nu dans le baquet, avec ses larges et puissantes épaules, ses lèvres sensuelles, son étreinte, Anna l'aimait toujours. Mais à la pensée que lui et cette femme... Elle serra les dents. Le bébé était si petit, de l'âge d'Acker probablement... Quand avait-il fait l'amour avec elle? Peut-être pendant les trois semaines où il avait disparu? Sophie avait-elle vécu avec lui? Elle était peut-être malade, avait des poux?

– Qu'il soit damné, le bâtard! grommela-t-elle; j'espère qu'il va se noyer dans l'Antarctique, qu'il va mourir de froid, qu'il va souffrir.

Ses yeux se voilèrent de larmes; elle rata le virage et le pare-chocs heurta le portail. Elle freina, s'essuya les yeux et jeta un coup d'œil par la portière. Le portail n'était pas trop endommagé mais le pare-chocs était en accordéon.

Elle fit ses achats, l'esprit obnubilé par Sophie et Simon. Elle se demandait si tout le monde au village était au courant. Quelle somme devait-elle donner à Sophie pour ne plus la revoir, elle et son bébé roux? Tout ce que cette fille voulait, c'était de l'argent. Anna était décidée à lui donner une somme confortable pour s'en débarrasser.

Mais lorsque Anna revint à la ferme, Sophie avait disparu. Quel soulagement! Elle avait dû partir parce que Simon était marié. Pauvre bébé! Il ne vivrait pas longtemps.

En donnant le sein à Acker, un peu plus tard dans la soirée, elle entendit des gémissements dans le grenier; posant Acker dans son berceau, elle gravit les marches de pierre, le cœur battant de colère. C'était bien le baluchon sale. Et aucune trace de Sophie!

Le bébé avait le front brûlant. Dieu sait de quoi il souffrait! Elle eut peur de mettre la vie de son fils en danger en prenant cette épave chez elle, mais elle ne pouvait le laisser mourir. Elle le prit dans ses bras et l'emmena dans la cuisine.

Elle stérilisa un biberon et fourra la tétine dans la bouche du bébé.

Le nourrisson semblait trop faible pour téter; après

quelques câlins, il finit par avaler quelques gorgées qu'il vomit peu après.

Anna décida ensuite de le baigner; ne voulant pas utiliser la baignoire d'Acker, elle le mit dans le baquet. Elle défit les langes. C'était une petite fille, fragile et émaciée.

Le médecin refusa de se rendre à la ferme quand il apprit que c'était un bébé abandonné.

– Il y en a tant! Emmenez-la au dispensaire demain... si elle vit encore!

Le bébé vomissait tout ce qu'il avalait. Il allait mourir, cela ne faisait aucun doute. L'inquiétude d'Anna grandissait. Mettant l'enfant dans une caisse à l'arrière de la camionnette, elle se rendit en pleine nuit au village et réveilla le médecin. Il confirma ses craintes. Le bébé avait une pneumonie, était allergique au lait de vache et aux bouillies. Il n'avait pratiquement aucune chance de survivre. Le médecin refusa de l'examiner et, après avoir donné quelques médicaments à Anna, la renvoya chez elle.

Le retour parut très long. Le vent s'était levé. L'enfant poussait de petits cris plaintifs. Anna se sentait cruellement manipulée et dupée, mais combien pire était le destin de cette petite fille agonisant sur le siège. Bien sûr, l'infidélité de Simon laisserait une cicatrice indélébile, mais par ce même acte, un enfant souffrait. Elle se sentait inextricablement liée à lui et sa détermination de sauver l'enfant grandit, comme si c'était là une manière de se protéger.

Plus tard dans la soirée, elle nourrit Acker et le bébé; une fois de plus, le bébé vomit. Désespérée, Anna lui fourra le sein dans la bouche. A sa grande surprise, il se mit à téter. Il ne vomit pas!

– Pauvre petite, murmura-t-elle, en caressant la joue du bébé. Je doute que tu sois en vie demain.

Elle l'emmitoufla chaudement et le déposa dans une caisse matelassée à côté du poêle à charbon.

A une heure du matin, Anna fut éveillée par des

vagissements. Le bébé pleurait; elle le prit dans son lit. Au matin, la petite fille, allongée à ses côtés, tétait d'un air repu; la fièvre avait légèrement baissé.

Anna la soigna pendant deux semaines angoissantes. Tandis que la petite fille luttait pour la vie, Anna se sentait de plus en plus impliquée dans sa destinée et éprouvait pour elle un amour grandissant. Elle était si frêle, si délicate. Lentement, elle recouvra des forces; à la fin du mois de février, elle sembla hors de danger.

Anna s'inquiéta de son avenir. Elle avait la peau si claire. Qui croirait qu'elle était noire? Elle ressemblait un peu à Acker, malgré ses yeux marron; Acker, lui, avait les yeux verts.

L'automne approchait. Il fallait prendre une décision pour le bébé de Sophie. Anna n'avait guère le choix. Légalement, elle ne pourrait élever une enfant noire comme sa fille adoptive. La loi interdisait à un Noir de dormir dans la maison d'un Blanc et de partager ses repas et, bien entendu, elle ne pourrait aller à l'école locale. Elle ne pourrait même pas emmener l'enfant au cinéma avec Acker ou au café prendre une citronnade. Et si elle essayait d'en faire sa servante? Deux petits enfants aux cheveux roux élevés ensemble dans un rapport de maître à serviteur? Impensable!

C'était pourtant la fille de Simon!

Il restait une solution : confier l'enfant à un fermier voisin. N'importe qui l'accueillerait car elle pourrait se rendre utile dès l'âge de six ans.

Anna alla se promener dans le quartier noir et observa les enfants qui jouaient près du lagon. Lorsqu'ils aperçurent Anna, ils formèrent un essaim autour d'elle, quémandant quelques sous. Imaginer sa protégée dans cet environnement lui parut impensable.

Pourquoi ne pas la placer dans un orphelinat?

Elle en trouva un pour enfants noirs au Cap. Il était dirigé par des religieuses.

Le jour suivant, le vent se mit à souffler. Anna vêtit chaudement les bébés et les mit sur le siège avant de la camionnette. Elle éprouvait une certaine tristesse, mais avait pris sa décision; elle n'avait que trop attendu. Elle se sentait également coupable de ne pas avoir déclaré la naissance d'Acker, mais qui pourrait la blâmer? Elle était seule à la ferme.

Elle finit par trouver le foyer, gara la camionnette et, laissant Acker dans le berceau, prit le bébé dans ses bras. Une religieuse vint l'accueillir dans l'entrée principale.

La Mère supérieure arriva; elle paraissait aussi sèche que son environnement; après un bref regard lancé vers Anna, elle la fit entrer dans son bureau.

– J'ai trouvé cette petite fille abandonnée dans mon grenier, dit Anna fébrilement. Personne ne la veut. Je m'occupe d'elle depuis trois mois, depuis que sa mère a disparu, aussi ai-je pensé que peut-être... vous...

– L'orphelinat est complet. Il n'y a vraiment plus de place mais nous ne pouvons rejeter un enfant. Oh! Ces cheveux roux et cette peau claire!

Elle ne perdit pas de temps à écouter l'histoire d'Anna.

– Ainsi vous n'avez pas vraiment envie de voir cette enfant grandir dans un foyer de votre district, dit-elle d'un ton sévère.

– Non, ce n'est pas exact. Elle sera mieux, confiée à vos soins. Elle recevra une bonne éducation.

– Laissez-moi vous faire visiter, dit la Mère tristement. Nous faisons de notre mieux, mais le foyer ne vit que de bonnes œuvres. Les enfants ont besoin de l'amour d'une mère et nous ne sommes pas nombreuses.

Ce fut un spectacle effrayant. Il y avait des arriérés mentaux, des sourds, des estropiés. Tous les inadaptés de la création semblaient s'être donné rendez-vous. Ils étaient rejetés de tous. Leur dortoir sentait l'urine, le vomi et le désinfectant.

– Vous pouvez poser l'enfant ici, dit la Mère supérieure, indiquant un berceau, mais lorsque Anna se pencha pour y déposer l'enfant, elle frissonna.

Ses mains n'obéissaient plus à son esprit; en proie à une lutte intérieure, elle perçut les vagissements du bébé qui, de ses petites mains, s'accrochait désespérément à elle comme s'il comprenait.

– Merci pour votre suggestion; je vais chercher un autre foyer.

Puis elle s'enfuit.

Les nuits suivantes, Anna ne put fermer l'œil. Elle ne parvenait pas à trouver une solution. Si seulement Sophie revenait chercher le bébé!

Comme si elle avait entendu, la jeune femme arriva à la ferme, tôt un matin. Elle était plus sale que jamais, elle avait bu.

– M'am, j' suis v'nue chercher mon bébé.

Son visage trahissait un triomphe secret.

– Je n'ai pas votre enfant, dit Anna, mentant sans l'ombre d'une hésitation. Elle est morte. Qu'espériez-vous en l'abandonnant ainsi sous les toits? Vous n'avez que ce que vous méritez. La police vous recherche, Sophie, c'est un crime d'abandonner un bébé.

– Mon p'tit bébé est mort?

La jeune femme s'effondra, gémissant sur le pas de la porte.

Anna vit Jan sortir en courant de la laiterie. Elle l'avait complètement oublié. Il allait à coup sûr dire la vérité à Sophie.

Un frisson d'horreur parcourut Anna à l'idée de rendre le bébé. Elle se précipita dans la chambre et verrouilla la porte. Les bébés dormaient paisiblement après la tétée; ils se ressemblaient un peu.

Il régnait un calme étrange dehors. Anna se décida à

aller voir ce qui se passait; elle aperçut au loin une petite silhouette s'éloigner.

Jan nettoyait la laiterie.

– Alors? Elle est partie? demanda Anna d'un ton aussi naturel que possible.

– Oui, je lui ai montré la tombe.

Il n'osait pas regarder Anna qui, abasourdie, retenait son souffle. Quel complice imprévu!

Anna se rendit chez le juge à Bellville, tôt le lendemain matin. Après tout, c'était l'enfant de Simon et, sans elle, elle serait morte depuis longtemps. C'était elle qui l'avait ramenée à la vie, personne d'autre n'avait de droit sur cette enfant. De plus, qui pouvait la nourrir?

L'employé lui facilita la tâche.

– Des jumeaux! dit-il avant même qu'elle ait eu le temps de dire un mot. Quelle chance vous avez!

Il appela les substituts qui s'extasièrent devant les enfants.

– La petite fille vous ressemble.

Il ouvrit un dossier.

– Date de naissance?

– 13 janvier 1939.

Anna n'avait aucune idée de la date de naissance de l'enfant de Sophie.

– Mme Smit, vous êtes censée déclarer un enfant juste après la naissance.

Il prit un faux air sévère.

– J'étais malade; je suis seule à la ferme. Mon mari est en mer, à la pêche à la baleine.

– C'est dur. Leurs noms?

Elle n'avait pas du tout pensé à un nom pour la petite fille.

– Mon fils s'appelle Acker André Smit, et ma fille (« ma fille », que c'était étrange! Pourtant c'était bien sa fille maintenant...)... Oui... Elle s'appelle Katie, Katie Maria Smit.

DEUXIÈME PARTIE

13

Simon passait des nuits blanches, peuplées d'images : une robe lamée de soie bleue au clair de lune, des seins blancs, des mains offrant un épi de maïs. Même le jour, scrutant l'horizon à la recherche de baleines, le visage d'Anna le hantait.

Pour la première fois, il se sentait seul, en proie à d'étranges sentiments : du désir lorsqu'il se retrouvait dans son lit, de la compassion quand il se rappelait les craintes d'Anna; de l'agressivité quand il se représentait ce niais de Piet Joubert qui, peut-être, poursuivait encore Anna de ses assiduités et allait à Modderfontein en son absence. Anna était son épouse, elle lui appartenait et désormais il ne la quitterait plus. C'était cela son amour.

Il regretta d'être parti en mer, abandonnant Anna au moment où elle avait besoin de lui. Pauvre Anna! Il se rendait compte qu'il avait fui ses responsabilités.

En guise de châtiment, le voyage fut catastrophique depuis le départ. Les baleines étaient rares, le temps épouvantable; ils perdirent trois hommes au cours d'une tempête qui faillit détruire la baleinière et la moitié de leur prise avait été mangée par les requins. S'il gagnait 400 livres, il aurait de la chance.

– Quel voyage infernal! marmonna-t-il, arpentant le pont de sa prison flottante, alors que Saldanha Bay se profilait à travers la brume matinale.

Lorsque le baleinier accosta, Simon fut le premier à

terre. Les gages pouvaient attendre! Il fonça vers Modderfontein.

Quel spectacle que ces brumes d'automne dans les vallées, ces oiseaux migrateurs et ces brebis prêtes à s'effondrer, mais Simon n'y prêta guère attention. La bouche sèche, les mains moites, il se demandait ce qu'il allait trouver chez lui. Il avait la gorge serrée en pensant à son enfant. Etait-ce un fils? une fillc? Quelle importance! Pourvu qu'il soit en bonne santé. Et Anna?

Anna triait des œufs dans l'office. Presque cinq mille œufs remplissaient la petite pièce!

Quand elle entendit la camionnette de Simon, elle se précipita vers sa chambre, prise d'un sentiment de panique.

Quelle idiote! Après tout, Katie ressemblait à Acker. Elle tira les couvertures; les bébés étaient endormis. Personne ne saurait jamais. Pourtant, elle avait le cœur serré.

La camionnette s'arrêta dans la cour.

– Anna?

Cette voix avait encore le pouvoir de la séduire! Elle s'essuya la joue et courut dans la cuisine. Simon était pâle, mince, encore plus beau. Maudit soit-il! Elle avait le cœur battant. Elle refoula son envie de se jeter dans ses bras, se forçant à ne penser qu'aux souffrances qu'elle avait endurées à cause de lui; il l'avait laissée seule pour la naissance de l'enfant, séduit par la fortune de son père tout en vivant avec une prostituée noire et il lui avait même volé son argent. Ses méfaits étaient infinis. L'aimer, c'était aimer un cobra. Une invitation au désastre.

– Dieu, que tu m'as manqué, oh Anna!

Il la serra fort dans ses bras.

– Jamais plus je ne te quitterai. Tu as l'air en forme!

En vérité, elle avait les traits tirés et semblait épuisée.

– Tout s'est bien passé? Je veux dire... le bébé...
– Oui...
– Un garçon?
– Oui.
– Un garçon! Et toi?
– Je vais bien, comme tu peux voir.
Elle avait un ton implacable. Simon esquissa lentement un sourire.
– Où est mon fils? Mon Simon?
– Acker. Comme l'oncle Acker.
Sa dureté ne présageait rien de bon.
– Où est donc Acker?
– Il dort.
Simon se ressaisit et se précipita dans le couloir; il ouvrit la porte et s'arrêta net.
– Des jumeaux! Anna, des jumeaux!
Katie se mit à pleurer quand Simon prit les bébés dans ses bras.
– Laisse-les, laisse-les.
– Mais il faut... dit-il en refoulant ses larmes... il faut que je les tienne dans mes bras. Des jumeaux. Grand Dieu! Qui l'aurait cru! Ils se ressemblent! Ils me ressemblent! Regarde Anna, l'un a les yeux marron, l'autre verts. Acker et...?
– Katie.
– Une fille! C'est une fille!
Il les promena dans la chambre en leur chantant une vieille berceuse. Les jumeaux cessèrent de pleurer et lui lancèrent un regard soupçonneux.
– Quelle beauté! Regarde leurs yeux, leurs cheveux! Où sont leurs biberons? C'est moi qui vais les leur donner.
Anna éprouva une pointe de jalousie. Quel droit avait-il de venir s'imposer?
– La prochaine tétée est à midi et ils n'ont pas de biberon.
– Tu les nourris? Je n'arrive pas à le croire.
Il s'assit sur le lit et éclata de rire. Katie se mit à

pleurer, Anna se sentit soulagée; Simon se fatiguerait vite.

– Puisque tu es là, autant que tu t'en occupes. On ne peut pas les laisser seuls et j'ai du travail.

Quelle calamité, cet homme! Dès son retour, il fallait qu'il se mêle de tout!

Le petit agneau était affalé en travers de la porte.

Jan récurait la laiterie. Il regardait Anna d'un air étrange; elle aussi se sentait mal à l'aise en sa présence. Jan savait! Mais à coup sûr personne ne le croirait si, dans un de ses accès d'ivrognerie, il révélait la vérité.

– Bonjour, Jan.

– Bonjour, m'am.

– Le patron est de retour.

– Le vieux Jan a vu l' patron.

– Il aime les jumeaux.

Il acquiesça en souriant et sa dent vacilla.

– Il est heureux que j'aie deux bébés.

Jan cherchait un moyen de la rassurer, mais les mots lui manquaient.

– Le vieux Jan a mis une croix sur la tombe.

– Merci, Jan, dit-elle simplement.

Anna jeta un coup d'œil à sa montre. Elle avait perdu trente-cinq minutes. Elle se précipita vers le hangar; les caisses d'œufs étaient pleines à ras bord; les enfants viendraient les chercher après l'école.

Dans une caisse, en boule au milieu des œufs, se trouvait un serpent. Il fallait le tuer. Elle saisit une fourche, et, tremblante de peur, la jeta sur le serpent.

La fourche atterrit sur le cou du reptile, le laissant fiché, impuissant; sa queue fouettait frénétiquement le sol.

Anna, à tâtons, chercha la pique pour lui couper la tête, mais elle ne l'avait pas à portée de la main. Trop tard! Elle était prisonnière, tout comme le serpent; si elle le lâchait, il la mordrait.

Le cobra crachait et sifflait, ses petits yeux jaunes reflétaient la haine. Même un serpent sait haïr, se dit-elle, alors que je continue à aimer ceux qui voulaient me détruire. Elle appuya encore plus fort sur la fourche. Tout en maintenant la fourche avec force, elle sortit de sa poche son couteau et le planta dans le serpent. Le premier coup arracha une partie de la tête, mais l'animal avait la vigueur du désespoir. La seconde fois, son objectif fut atteint. Elle frappa et frappa le serpent bien après qu'il fut mort. Puis elle le saisit par la queue et le jeta à la porte du hangar. Jan l'enterrerait plus tard.

Quand elle revint, elle trouva Simon dans la cuisine, souriant gaiement tout en berçant les bébés endormis.

– Où es-tu allée?

– Au poulailler.

– Il reste des poulets?

– Oui.

– Anna, je suis désolé; je t'aiderai à payer les frais.

– Inutile, merci; je les paierai comme convenu.

Elle n'est pas aussi dure qu'elle veut bien le laisser paraître, se dit Simon. Un brin de cour, un peu d'amour et tout rentrera dans l'ordre.

– Comment feras-tu?

– Comme j'ai acheté les meubles et les vêtements des bébés. Croyais-tu les trouver en haillons? Tu nous as laissés sans un sou, je suis sûre que tu n'as pas oublié.

– Je ne savais pas... Tu as toujours tes parents... Je voulais gagner de l'argent...

Sa froideur effrayait Simon.

– Tu peux tout prendre, il n'y a que 400 livres mais c'est à toi.

– Non, merci, tu en auras probablement besoin pour la ferme. Regarde, dit-elle en ouvrant la porte de l'office, cinq mille œufs; j'en livre autant quatre fois par semaine et j'en tire un bon prix.

Simon n'en revenait pas.

– C'est impossible. Et l'eau? Et la main-d'œuvre?

– J'ai trouvé de l'eau; quant à la main-d'œuvre, les écoliers m'aident l'après-midi et je leur donne des œufs en retour.

Simon était en proie à des sentiments contradictoires : de l'incrédulité, de la joie, de l'envie et de la crainte. Tout y était.

Quel minable! pensa-t-elle avec mépris.

Devant le mépris qui se lisait dans le regard de sa femme, Simon se sentit intimidé. Il avait envie de lui faire l'amour.

– Bon, je suppose que c'est l'heure de la tétée, dit-il en soupirant.

Il lui tendit les bébés un peu gauchement.

Anna avait les seins lourds et douloureux, débordant de lait.

– Il est temps de faire venir les tondeurs, je vais aller examiner les moutons.

– C'est fait, dit-elle sèchement, mercredi dernier.

– Et la laine!

– Livrée; il était inutile de la laisser ici.

– Tu aurais dû m'attendre pour que je la carde, on en aurait tiré un meilleur prix.

– Evidemment, n'importe quel imbécile le sait, aussi l'ai-je fait moi-même.

Il se demandait pourquoi il lui avait confié la ferme. Que faire maintenant?

– Et les vaches?

– Elles se portent bien; j'ai vendu le taureau.

– Ferdinand? Pourquoi as-tu fait cela? dit-il, furieux.

– Il n'avait rien de particulier. Il existe à Elsinore un service d'insémination artificielle, c'est moins cher et nettement mieux.

– Bien sûr...

Il aimait Ferdinand. Il baissa les yeux, ne désirant pas engager la bataille.

– Je vais seller Vixen et vérifier les palissades.

– D'accord.

Elle souhaitait qu'il s'en aille. Les palissades et les grilles avaient été réparées, mais après tout il lui fallait bien faire quelque chose.

Simon traîna dans la propriété; il éprouvait un sentiment d'inutilité. Anna lui rappelait le vieux Van Achtenburgh.

Une jeune fille entra dans la cuisine; elle était noire comme l'ébène, il émanait d'elle grâce et intelligence.

– Es-tu Lena?

– Oui, patron.

– Depuis combien de temps travailles-tu ici?

– Un mois.

– Lena, j'ai faim.

– Je vais préparer à Monsieur quelques sandwiches au poulet.

– Je suppose qu'on n'en manque pas ici!

Après avoir avalé goulûment son sandwich et un café noir fort, il prit la selle et les brides dans le hangar et partit sur les collines à la recherche de Vixen.

Au sommet, il s'arrêta, stupéfait. En contrebas, s'étendaient plusieurs champs verdoyants. Il reconnut des lupins, de l'orge et de la luzerne. Il y avait des centaines de poulaillers, et au delà des champs... était-ce un mirage?... il lui semblait apercevoir un large réservoir d'eau, plusieurs robinets et une longue canalisation qui allait vers la luzerne.

Il se précipita et resta bouche bée devant le spectacle. De l'eau à Modderfontein! Et il avait fallu une Van Achtenburgh pour la trouver!

Il ouvrit un robinet, la puissance du jet le stupéfia. Il les ouvrit tous, gaspillant l'eau qui se déversait sur les flancs de la colline. Chaque robinet coulait avec autant de force.

Il aperçut alors Jan qui creusait un trou pour enterrer un cobra.

Encore ébahi, il demanda :

– Où l'as-tu trouvé?

Jan secoua la tête.

– La m'am, elle l'a tué; m'am est en colère, regardez.

Il souleva la peau trouée pour l'examiner.

– Mon Dieu!

Simon détourna le regard. Un souvenir furtif se dessina dans son esprit : celui d'Anna, fragile, tendre, souriante, telle qu'il l'avait imaginée durant de longs mois en mer. L'image s'évanouit. Irrémédiablement perdue.

– Jan, va chercher Vixen.

Il détournait le regard obstinément.

– Jan doit s'occuper de la nourriture des poulets, les écoliers arrivent.

Du doigt, il montra une file de jeunes qui gravissaient la colline.

Refoulant l'envie de flanquer une taloche à Jan, Simon s'éloigna. Il avait perdu son autorité en laissant la ferme aux mains expertes d'Anna. Il se sentait étranger sur sa propre terre.

Impossible de trouver Vixen. Il siffla. En guise de réponse, un hennissement se fit entendre et Vixen arriva au galop. La jument posa son nez sur son épaule. Au moins y avait-il une créature heureuse de le revoir!

Ce fut une longue journée solitaire à vérifier les palissades, le bétail, les moutons, à marquer les plantations à venir. Mais ce n'était rien à côté des soirées où Anna et Simon se retrouvaient comme deux étrangers, cherchant des mots pour combler les silences insupportables.

Ce n'était guère l'accueil dont Simon avait rêvé durant ses longues nuits solitaires.

Ce soir-là, il s'approcha d'elle; ses mains effleurèrent

lentement son corps. Il essaya de l'embrasser, elle dormait. Furieux, il la secoua.

– Oh! Je suis si lasse, le travail est si dur, je veux dormir.

– C'est ce qu'on va voir; j'ai attendu ce moment toute la journée. Des mois même! Bon sang, Anna, tu es un iceberg! Que t'arrive-t-il?

– Rien, je suis fatiguée.

– Débarrasse-toi de ces poulets, si c'est l'effet que cela te produit.

– Sans poulets, on serait mort de faim; j'ai le droit de faire ce qui me plaît.

– J'ai des droits, moi aussi; tu es ma femme et c'est ton devoir de m'aimer.

Soudain elle bondit. Elle alluma la bougie et se redressa, tel un ange exterminateur.

– Devoir! Devoir!

La bougie s'inclina; de la cire chaude tomba sur la poitrine dénudée de Simon. La douleur, quoique faible, le mit dans une colère noire. Il arracha la bougie, éteignit la flamme de ses doigts et la jeta violemment au sol.

Il la força à écarter les jambes, laissant échapper un long soupir de satisfaction; Anna resta immobile, non concernée; ce fut une bien piètre performance, l'ombre de ce qu'il avait espéré. Il se sentait dupé.

– Tourne-toi maintenant et dors si tu veux.

– Oh! Tu as fini?

– Dieu! Tu me le paieras!

Simon ne savait que trop les raisons du ressentiment d'Anna. Après une douloureuse autocritique, il murmura :

– Anna, je veillerai désormais sur toi et les enfants; excuse-moi, repartons de zéro.

Mais Anna fit semblant de dormir. Qu'importe maintenant, se dit-elle, quoi qu'il fasse, je n'éprouverai plus de sentiments pour lui et le mépriserai à tout jamais.

Elle décida d'acheter des lits jumeaux.

Le matin suivant, Simon s'éveilla le premier, fou de désir. Il caressa Anna, couvrit son cou, ses épaules de baisers langoureux, mais les jumeaux se mirent à crier et Anna, saisissant l'occasion, se leva précipitamment.

Jan avait chargé le camion; Anna posa le berceau sur le siège avant et mit le moteur en marche.

Simon arriva en courant.

– Où vas-tu?

– Livrer les œufs.

– Sans dire au revoir?

– Au revoir.

– Ne puis-je pas t'accompagner? Je pourrais conduire? Avec les jumeaux, ce ne doit pas être très pratique.

– Pas du tout, j'aime bien conduire; et puis ce n'est pas du repos; il faut ramasser l'argent, trouver de nouveaux contrats.

Le camion démarra.

Salope! Elle le traitait comme un idiot. L'idée que ses enfants puissent être victimes d'un accident lui était insupportable. Anna n'avait pas le droit de faire passer ses affaires avant leur bien-être.

Les premières pluies allaient tomber. Simon décida de se rendre au village pour commander des graines, de l'engrais et de la mélasse.

Le directeur de la coopérative se montra particulièrement chaleureux. Il se précipita vers Simon, lui fit une tape amicale sur l'épaule et l'invita à prendre une tasse de café dans son bureau.

Simon découvrit qu'Anna s'était acquittée de la moitié de ses dettes et avait acheté des actions à la coopérative. Si elle avait des économies, elle pourrait l'aider à acheter une nouvelle moissonneuse. Ses propres dettes étaient pratiquement réglées car Anna avait remis la totalité de l'argent obtenu par la vente de Ferdinand.

Simon eut une seconde surprise. Olivier, qui dirigeait sa propre affaire depuis plus de trente ans, avait engagé un directeur.

– Un juif, lui dit Olivier, c'est l'un de ces réfugiés allemands dont on parle dans les journaux. Le pauvre bougre a tout perdu, mais il s'en est sorti; il parle bien l'anglais mais pas le patois hollandais; il s'y mettra vite puisqu'il est allemand. On dirait qu'il ne dort jamais, il travaille ici dix heures par jour et, le soir, fait le tour des fermes pour ramasser les produits. Il faut reconnaître qu'il n'est jamais en retard.

Olivier n'avait pas de garçon, seulement deux filles, rousses comme leur père. Elles étaient célibataires.

– Un de ces jours, il épousera l'une d'elles, lui confia Olivier. Elles hériteront de la moitié du magasin.

C'est peu probable, se dit Simon en l'observant; il ne restera pas longtemps. Dès qu'il aura amassé une somme suffisante, il partira à la ville.

Avant de rentrer, Simon passa à l'usine baleinière chercher ses 384 livres; puis il retourna au village faire la connaissance de Kurt Friedland.

– J'ai entendu dire que vous faisiez le tour des fermes pour acheter des produits; vous allez sans doute vous lancer dans un commerce en gros?

– Si vous avez quelque chose à vendre, je passerai après mon travail.

– Pas moi, ma femme; elle a environ cinq mille pondeuses et c'est elle qui livre les œufs au village.

– Vous aimeriez que je prenne la suite des affaires?

– C'est plus délicat. Elle dirige tout à sa manière. Il vaudrait mieux vous adresser à elle; venez donc dîner chez nous, ainsi nous pourrons en discuter devant un verre de vin.

Un dîner! C'était bien la dernière chose que Kurt désirait. Cela lui faisait perdre la soirée, mais comment l'éviter?

– A sept heures alors, merci, dit-il en s'efforçant de sourire.

Simon fut heureux de son inspiration soudaine. Avec un invité, elle se montrerait sans doute plus chaleureuse.

Anna rentra chez elle, également satisfaite de sa journée de travail. Elle avait livré ses cinq mille œufs, obtenu de nouveaux contrats avec la police et les pompiers, et maintenant se sentait lasse. Ellc était en retard pour la tétée; ses seins étaient durs et douloureux, débordant de lait. Les jumeaux commençaient à pleurer.

En gravissant la colline qui dominait la ferme, elle eut envie de s'arrêter. Elle alla s'asseoir sur l'herbe pour leur donner la tétée, s'abandonnant au plaisir sensuel de voir couler du lait de ses seins. Cette fin d'après-midi était empreinte de sons mélancoliques : le cri des mouettes retournant au marécage près du lagon, le caquetage des poules, le meuglement des vaches de retour des champs pour la traite, le cri des hérons dans leur vol. Les babouins semblaient effrayés. On percevait le moindre bruit. Anna entendait même le clapotis des vagues.

La brume froide d'automne l'enveloppa; elle frissonna. L'hiver s'annonçait.

Ces derniers temps, Anna ressentait un grand vide. Au plus profond d'elle-même, elle savait qu'un élément essentiel lui manquait. La joie! C'était la rançon de la maturité! La joie, tout comme le Père Noël, n'était qu'illusion.

14

Pour Anna, cette invitation lancée par Simon n'était qu'un exemple supplémentaire de sa stupidité. Elle n'avait rien à se mettre; et comment recevoir sans table, sans assiettes, sans vaisselle? Tant pis! Ils feraient un *braaï* sous les arbres, comme pour la réception des enfants à Noël et ils passeraient la soirée dehors, des troncs d'arbre en guise de chaises et une lanterne suspendue aux branches d'eucalyptus. Jan alla couper du bois et allumer le feu, et Lena prépara la chair à saucisse et les côtelettes.

Anna se faisait une piètre opinion de Friedland; pourtant, elle ressentait un certain malaise; sans doute avait-elle honte d'elle-même. Le travail était devenu un refuge. Une pensée la réconfortait : ce n'était pas une soirée mondaine, mais un dîner d'affaires.

Il était en retard. Une chance, car le feu mettrait des heures avant de donner des braises. Enfin elle aperçut des phares lointains approcher lentement à cause de l'état précaire de la route. Anna distingua une vieille camionnette grise. La portière s'ouvrit et il descendit de voiture.

Anna attisait le feu.

– Ici, près de la lanterne, s'écria-t-elle.

Grand, bien habillé, son hôte était vêtu d'un superbe costume gris. Il avait l'air à la fois distingué et déplacé. Il jeta un coup d'œil autour de lui; un je ne sais quoi dans son expression déplut à Anna. On aurait dit qu'il visitait un zoo. Il avait une démarche étrange, donnant l'impression d'être en équilibre sur un mur. Dans ses mains longues et fines, il avait un bouquet de roses rouges défraîchies. Il leur jeta un coup d'œil, haussa les épaules et serra la main d'Anna avec un sourire en guise d'excuse; lorsque leurs regards se croisèrent, son expression changea. Il donnait l'impression de reconnaître une vieille amie.

– Bonsoir, je suis ravie de vous connaître. Nous vous avons préparé un plat sud-africain traditionnel. Nous aimons dîner à la belle étoile, c'est ainsi que dînaient nos ancêtres.

Elle indiqua à Kurt le tronc d'arbre où il était censé s'asseoir; il posa sur Anna un regard insistant qui la fit rougir et détourner la tête.

Pour Kurt, la soirée revêtait un aspect irréel; était-ce un cauchemar ou un conte de fées? Il n'en savait rien. Tout avait commencé dans le magasin où le jeune Simon Smit parlait à voix basse avec Olivier; les mots « juif », « réfugié », « sans le sou » revenaient continuellement. Même si cela était vrai, Kurt se sentait blessé d'être ainsi catalogué.

Kurt n'arrivait pas à se départir de ce sentiment d'irréalité. La réalité ne lui apparaissait que le soir, lorsque affleurait le souvenir de foules déchaînées, de maisons embrasées et du sang de son père figé sur les pavés.

Il était parti d'Allemagne, troquant l'usine familiale de roulements à billes contre un billet aller. L'Europe était condamnée, teintée d'un vernis de civilisation qui pouvait disparaître en quelques secondes. Il fallait aller ailleurs, le plus loin possible. S'il avait pu, il aurait choisi une île déserte ou l'Antarctique, mais son choix s'était finalement limité à l'Australie ou à l'Afrique du Sud. Au Cap, il avait découvert une métropole florissante, mais déprimante, aussi avait-il saisi la première occasion de partir loin de la ville. Ici, à Saldanha Bay, il s'était heurté à des êtres primaires qui parlaient peu. Des gens paisibles, simples, assez bienveillants, contents de leur sort, n'ayant qu'une obsession : le temps et leur moisson.

Mais la solitude ressemblait à un vent humide d'hiver, elle vous pénétrait jusqu'à la moelle, saisissait, engourdissait l'esprit; Kurt découvrit qu'en fait, il était heureux de cette première soirée.

Il était là, vêtu de son unique costume, par une soirée glaciale de la mi-mai. Par habitude, il avait acheté des chocolats; les fleurs avaient été plus difficiles à trouver.

Il s'était débattu plus de vingt minutes sur l'affreuse route couverte d'ornières qui menait à la ferme des Smit, lorsque soudain, à la lumière aveuglante des phares, il avait aperçu en travers de la route un léopard traînant un mouton. L'animal était resté immobile, en arrêt, les crocs sortis, aveuglé par la lumière; c'était une bête énorme. Elle s'était fondue dans la brume, abandonnant le mouton.

Kurt était stupéfait mais fou de joie. Jamais il n'avait vu de bête sauvage en dehors d'un zoo.

Mais que faire? Le mouton était en travers de la route; la politesse envers ses hôtes lui interdisait de l'écraser. Il ne pouvait s'empêcher de sourire devant son invraisemblable dilemme; mais un mouton était pour un fermier un bien précieux, aussi avait-il sauté du camion et, haletant, porté l'animal à l'arrière de la camionnette. Le léopard grognait dans l'ombre.

Dix minutes plus tard, il se garait dans la cour; vivement un verre d'alcool et un bon feu! Il fut de nouveau transporté dans un univers irréel lorsqu'il vit Anna s'avancer vers lui. Elle était d'une beauté parfaite. Incapable de détourner son regard, il la dévisageait. Un nez grec, de grands yeux d'un bleu profond, des cheveux tirés en arrière, formant une tresse. Dieu que cette coiffure lui allait mal! Pourtant, cette femme l'attirait. Elle hait sa beauté et sa féminité, se dit-il.

– Merci de m'avoir invité.

Il lui tendit les roses.

Anna ne disait mot. Kurt Friedland était la personne la plus inattendue dans cet univers.

Heureusement Simon arriva. Il tapa sur l'épaule de Kurt.

– Salut, Kurt, prêt pour les steaks?

– Oh! Bonjour, monsieur Smit. Ma camionnette a dérangé un léopard sur la route. Il vient de tuer un mouton.

Il y eut un silence saisissant, puis Simon éclata de rire.

– Impossible, Kurt, combien de verres avez-vous bus?

Kurt haussa les épaules, un peu offensé.

– Je vous assure...

– C'était peut-être un lynx, dit Anna. Ils se ressemblent beaucoup; bien sûr, un lynx est plus petit, mais la nuit, à la lueur des phares et avec la brume, on peut facilement se tromper. Les lynx nous tuent beaucoup de bêtes.

– Un lynx peut-il tuer un mouton?

– Non, enfin je suppose que c'est possible, mais en général, ils ne le font pas. Ils chassent les agneaux.

– Quoi qu'il en soit, il en portait un dans la gueule aussi facilement que si c'était un lapin.

– Eh bien, dit Simon en riant, si vous ne faites pas la différence entre un agneau et un mouton, il vaudrait mieux que vous ne soyez pas dans la vente en gros.

– Peut-être, répondit Kurt froidement. Allez donc jeter un coup d'œil dans la camionnette et dites donc à vos gars d'enlever le mouton... ou l'agneau...

Simon se dirigea vers la camionnette. Son rire s'évanouit.

– Grand Dieu!

Jan arriva en courant et tira le cadavre déchiqueté; ils se mirent tous les quatre à examiner les blessures.

– Je crois que Simon vous doit des excuses, monsieur Friedland, dit Anna. Voyez-vous, nous n'avons pas vu de léopard depuis des années. On m'a dit que la race était pratiquement éteinte.

– Celui-là ne perpétuera pas la race.

Simon partit aussitôt chercher un fusil et disparut dans la nuit, Jan et Wagter à ses talons.

– Et le *braaï*?

Les paroles d'Anna se perdirent dans la brume.

Il régna un long silence; Anna attisa le feu. Quelle stupidité de la part de Simon! Maintenant, il la laissait se débrouiller seule. Et s'il se mettait à pleuvoir? Ironie du sort, la première goutte tomba et grésilla sur les pierres brûlantes. Anna frissonna.

Kurt se sentit de trop. Mais pourquoi dînaient-ils dehors en cette soirée d'automne froide et humide? N'était-elle pas un peu bizarre? Il avait entendu parler d'elle dans le village : Anna Van Achtenburgh de Stellenbosch, qui avait délaissé une fortune pour épouser son fermier sans le sou et qui, maintenant, s'habillait avec des vêtements d'homme, conduisait un tracteur et un camion, sous le regard horrifié des fermières locales. Certains disaient même qu'elle travaillait le dimanche, ce qui était à leurs yeux le péché suprême.

– Le feu s'est éteint, dit Kurt après un autre silence embarrassant.

– Mais non, voyez-vous, il faut des braises pour faire cuire la viande, sinon elle brûle. Jan allait préparer le dîner, mais je crains qu'ils ne soient de retour à temps. Bon, je vais aller chercher la viande, dit-elle timidement.

Elle se leva à contrecœur.

A son retour, elle posa la viande et les saucisses sur le gril.

– C'est curieux, mais le mouton n'est jamais aussi bon que cuit ainsi.

– Parlez-moi de votre élevage de poules. Cinq mille poules, quel travail!

– Oh, je suis désolée, je crains que vous ne vous soyez dérangé pour rien. Au Cap, j'obtiens les meilleurs prix.

– Ne dites pas cela; c'est la première fois que je suis

invité en Afrique du Sud, et c'est également mon premier *braaï*. Je vous suis reconnaissant.

Anna était au supplice.

– Voulez-vous du vin? Il vient des vignobles de Stellenbosch. Ici, le sol ne convient pas à la vigne.

Elle le servit dans une chope d'étain et rougit en la lui tendant.

Ils restèrent quelques instants silencieux, trop embarrassés pour parler. Anna était submergée de honte; Kurt était sous le charme de cette étrange soirée. Quand ils se décidèrent enfin à parler, ils le firent ensemble, de telle sorte qu'aucun n'entendit ce que dit l'autre.

Ils se turent, puis échangèrent un regard prudent.

– Vous disiez?

– Cet après-midi, les babouins ont fait un de ces chahuts! C'est le léopard qui devait les effrayer. Quelle chance que vous l'ayez vu!

– Oui.

Impulsivement, il se pencha vers elle et lui prit la main.

– Anna, me permettez-vous de vous appeler Anna? Je vous en prie, appelez-moi Kurt. Je veux que vous sachiez que vous n'avez rien à craindre de moi. Je ne sais ce qui vous tracasse, mais ne vous inquiétez pas pour moi.

– Je vis seule ici la plupart du temps; Simon part à la pêche à la baleine et quand il est de retour, il passe ses journées sur son tracteur. Nous n'avons jamais invité quiconque. Nous ne sommes pas particulièrement équipés, voyez-vous.

Les saucisses grésillaient, les dindes glougloutaient, un hibou ululait. Anna but deux chopes de vin et sentit la tête lui tourner.

La viande était cuite; Anna servit Kurt. Des nappes de brume s'étiraient dans le vent. Anna frissonna; elle ajouta du bois dans le feu.

– Féerique, n'est-ce pas?

Lorsqu'elle souriait, elle paraissait encore plus belle. Si j'étais son mari, pensa Kurt, elle rirait de nouveau. Il alla casser une branche.

– Vous avez raison, nous sommes les derniers survivants d'une expédition au pôle Sud. Il ne nous reste plus rien et c'est notre dernier repas. Demain, nous mourrons, mais nous avons planté le drapeau. J'appelle cet endroit Modderfontein.

Il jeta la branche à terre.

Anna se mit à rire. Comme elle paraissait jeune! Il chercha une autre plaisanterie.

– C'est le pôle Sud, grand Dieu, vous devez avoir froid! Il vaut mieux boire un peu de vin.

Il tendit sa chope, Anna la remplit.

– Il est vraiment très mauvais, trop doux; nous le gardons pour Jan.

La brume les enveloppait. Anna retira le reste de la viande avec une longue pique et la posa sur un plat de bois.

– Servez-vous.

– Ne ressentez-vous pas une étrange complicité entre nous?

– C'est la brume et le feu.

– Il me semble que nous sommes tous deux au sein d'une mer de glace, attendant de renaître dans un monde nouveau. Je suis lié à vous à jamais, essentiellement en raison de cette complicité irréelle.

– Soyez donc sérieux; un peu de vin?

– Non, merci, je suis sérieux.

Il coupa un morceau de pain et le tendit à Anna.

– C'est symbolique, Anna. Mangez-le. J'éprouve un sentiment insolite de communion totale avec vous; je n'ai rien à partager sinon mon esprit et mon sens des affaires; accordez-moi votre beauté et vos côtelettes de boers. Si Dieu le veut, vous partagerez votre toit avec moi quand il pleuvra...

– Oh, oh! Il ne pleut jamais ici. Ailleurs, les moutons se vautrent dans la boue, le sol devient un véritable marécage, mais ici, ce n'est que poussière et sécheresse, jamais il ne tombe la moindre goutte de pluie. L'année dernière, nous avons prié. Oh! Comme nous avons prié pour que tombe la pluie, et ce soir, juste quand il fallait qu'il fasse chaud et sec, il pleut.

– Allons, Anna, l'épouse d'un fermier devrait pleurer de joie.

– Bien sûr, à Stellenbosch il a déjà beaucoup plu. Le sol est plus riche, c'est l'idéal pour la saison.

Elle se lança dans un monologue sur la qualité des raisins qui poussaient à Fontainebleu et le vin qu'on en tirait. Elle parlerait toute la nuit s'il le fallait, jusqu'à ce qu'il parte. Tout plutôt que de l'inviter à l'intérieur.

Il y eut une brusque averse; une rafale de vent balaya les arbres; le feu grésilla et crépita. Kurt se leva, saisit les assiettes, le plat de viande, et se précipita à l'intérieur où brillait une faible lumière. La pièce était presque vide; c'était sans doute la cuisine, car il y avait un placard et un poêle à bois dans le coin; près du poêle, deux caisses renversées et derrière, sur un vieux réchaud à pétrole, frémissait de l'eau chaude.

Anna vivait donc là. Il en frémit.

Il revint près du feu; Anna était toujours accroupie près des restes de son *braaï*.

– Ne restez pas là sous la pluie, Anna, c'est ridicule. Regardez, vous êtes trempée.

Il lui prit la main; mais Anna semblait figée par le froid. Il la poussa dans la cuisine.

– Je vais faire du café; voyez-vous, j'ai vendu mes meubles, mes vêtements, tout...

Elle déversa son histoire, la vente, les poulets, l'eau, ses espoirs.

– Alors, pourquoi cet air lugubre? Vous devriez être heureuse!

– Oui, mais je ne comptais pas avoir de visiteurs.

Il esquissa un sourire.

– J'ai l'impression de vous connaître depuis toujours; après tout, nous avons pas mal de points communs; nous sommes tous deux sans le sou mais pleins de projets. Si vous venez chez moi, vous ne trouverez qu'un lit de fer et une table. Il y a un an, nous étions riches, dans un an nous serons à nouveau dans l'opulence. Nous sommes deux aventuriers repartant de zéro, aussi pourquoi ne pas unir nos solitudes?

Elle lui sourit et soudain se sentit plus heureuse.

– Pourriez-vous brosser mon veston? Peut-être séchera-t-il sur le poêle?

– Oh, je vous en prie, donnez-le-moi.

Elle frotta le sang du mouton et les taches avec un chiffon humide.

– Le plus étrange est d'être appelé « réfugié juif »; je ne me suis jamais senti particulièrement juif, quant à réfugié, ce genre de chose arrive aux Polonais, aux Tchèques, pas aux industriels allemands. Nous étions propriétaires d'une usine. Jusqu'à présent, j'ai eu une vie relativement facile. Maintenant, elle me semble irréelle. Je cherche à survivre, à manger, dormir, travailler. Il m'arrive même de faire des projets...

– Les taches ont disparu, je vais chercher un cintre.

– On peut gagner de l'argent dans ce pays si on est prêt à travailler, dans la distribution de produits alimentaires, par exemple. On peut faire fortune avec du travail et de la patience, voilà pourquoi je m'acharne mais je ne cesse de penser : tout cela n'est qu'un rêve. Je me réveillerai un matin en Allemagne, dans mon usine.

Anna monta sur la caisse et décrocha son veston.

– Pourquoi parlez-vous si bien l'anglais? dit-elle pour changer de sujet.

– J'ai passé cinq ans dans une école en Angleterre; en fait, j'y ai fait toutes mes études secondaires, ensuite je suis allé dans une université allemande. Puis-je avoir un peu plus de vin, s'il vous plaît? Il n'est pas si mauvais. Nous entendions des rumeurs, bien sûr, mais personne n'y croyait. Les gens étaient obligés de partir s'installer ailleurs, l'antisémitisme grandissait. Puis un vendredi, après une réunion, une foule innombrable s'est précipitée dans la rue; des gens simples, nous les connaissions assez bien; il y avait le cordonnier, le poissonnier, tous les gens du coin; mais ce n'étaient plus eux; ils étaient devenus une horde de bêtes sauvages dans la grand-rue, une espèce de grand corps rampant le long du trottoir, méconnaissable.

A ces souvenirs, il tressaillit. Soudain, il prit le pichet de vin et remplit de nouveau son verre.

Il va être saoul, se dit Anna.

– Je suis marié. Je devrais dire, j'étais marié, poursuivit-il. Depuis le temps, Madeleine a dû demander le divorce. Sa mère était juive, mais elle reniait sa judéité. Elle me haïssait, me faisait d'éternels reproches; en fait, elle était morte de peur. Elle est partie avec un autre homme.

Anna souhaitait qu'il s'en aille. L'attirance qu'elle ressentait et ce sentiment bizarre de le connaître d'avant l'effrayaient. Elle se sentait lasse; elle n'avait qu'un souhait : dormir.

– Un peu de café?

– Pardonnez-moi, j'avais besoin de parler. Pas de café, merci. Je dois partir. Merci pour cette agréable soirée.

Il était gêné de s'être laissé aller à des confidences.

A cet instant, Wagter pénétra dans la cuisine, mouillé et tout couvert de boue. Il se secoua au milieu de la pièce en les éclaboussant.

– Oh, Wagter, sale chien! s'écria Anna.

Elle le retenait par le collier, tandis que Kurt repartait vers sa camionnette. Il n'avait aucune envie d'attendre le retour de Simon. Il rentra chez lui dans un état second. Anna le subjuguait; c'était une femme difficile à cerner, mais actuellement déprimée, effrayée de ses propres sentiments, rejetant avec force sa féminité. Elle était faite pour le rire et l'amour, pas pour un travail d'homme. Elle réussissait certes, mais à quel prix!

Anna, sur le pas de la porte, regardait s'éloigner la camionnette de Kurt. L'étrange complicité qu'elle avait partagée avec lui la remplissait d'appréhension. Elle décida de ne plus le revoir.

Simon revint, trempé jusqu'aux os, couvert de boue et d'une humeur exécrable.

– Le léopard s'est enfui dans la brousse. Il est peut-être à une trentaine de kilomètres d'ici; c'est un bon chien de chasse qu'il nous faudrait, Wagter ne sert à rien. On ne reverra probablement plus le fauve, mais si cela se produit, j'organiserai une battue avec les voisins.

15

« Arriverai lundi. Affectueusement, oncle Acker », disait le télégramme.

Anna l'avait lu une demi-douzaine de fois. Elle avait été tentée de lui téléphoner dans le Sud-Ouest africain, mais y avait renoncé. Sans aucun doute, l'oncle Acker était envoyé par ses parents qui se trouvaient encore à l'étranger. Eh bien, il penserait ce qu'il voudrait.

Après le fiasco de la soirée, elle avait acheté deux chaises, une table de cuisine et un lit à une personne au centre commercial de Malmesbury; elle n'avait pas revu Kurt et allait faire ses courses à Malmesbury pour éviter de le rencontrer.

Anna rechignait à gaspiller de l'argent pour des meubles. Elle comptait acheter quatre mille autres poulets.

L'oncle Acker n'avait pas précisé par quel moyen de transport il arrivait. S'attendait-il à ce que l'on vienne le chercher? A la gare, on lui avait confirmé qu'il n'y avait des arrivées que le mardi et le jeudi. Le télégramme avait bouleversé sa routine et il lui était difficile de se concentrer. Elle ne cessait d'y penser.

Comme elle avait aimé ses vacances chez l'oncle Acker! Il lui avait appris à chasser, à survivre dans la brousse. Ce qu'elle avait aimé par-dessus tout, c'était nourrir les animaux sauvages qu'il avait sauvés, domptés, des oiseaux, des chevreuils, des lynx et une fois un bébé léopard.

Lorsqu'il était chez lui ou dans la brousse, c'était un homme vif, plaisant, sa timidité disparaissait, il avait le don de communiquer avec tous les animaux. Lors de ses rares visites à Fontainebleu, il devenait un autre homme, gauche, muet; tout semblait lui poser problème. Anna avait toujours éprouvé pour lui une tendre affection.

Aujourd'hui, pour la première fois de sa vie, elle n'avait guère envie de le voir.

Elle avait dit à Lena de préparer une tarte et de faire rôtir un gigot d'agneau.

Toute la journée, elle avait guetté son arrivée; à plusieurs reprises, il lui sembla l'entendre, mais ce n'était que Simon qui labourait le champ de blé avec obstination à deux ou trois kilomètres de là. Quel entêté, quel idiot, ce Simon! Ils avaient longuement peiné à cause du blé cette année. Avec l'eau, ils auraient pu accroître le cheptel, cela rapporterait suffisamment, mais Simon désirait planter du blé, il y avait mis tout son cœur.

Quand elle entendit une voiture arriver, elle retint son souffle; tant de souvenirs l'assaillaient. Avait-il des nouvelles de sa mère? Que disaient d'elle ses parents? Ils devaient certainement s'inquiéter. Anna ne leur avait jamais pardonné de l'avoir abandonnée, et cela plus que tout avait accru son amertume.

La voiture pénétra dans la cour; Anna sortit du hangar à la hâte. C'était Kurt, elle se mordit les lèvres de déception.

– Oh, c'est vous!

Elle traversa la cour à sa rencontre.

– Oui, c'est moi, j'ai reçu de meilleurs accueils.

– Je suis désolée, je croyais que c'était mon oncle. Je ne sais pas quand il va arriver, voyez-vous, vous ne l'avez pas aperçu?

Kurt la regarda avec curiosité. Elle paraissait lasse et inquiète.

– Non, mais je peux aller voir si vous le désirez.

– Non, merci. Voulez-vous du café?

Elle espérait qu'il refuserait. Après leur soirée du mois précédent, elle avait prié Simon de ne plus l'inviter, alléguant qu'elle ne l'aimait pas, mais en vérité, elle avait peur, car instinctivement elle se sentait attirée vers lui. Il était une menace pour le cocon dépourvu de sentiments dans lequel elle s'était enfermée. Il n'y avait guère de place dans sa vie actuelle pour les amis et les plaisirs, seuls comptaient le travail et la prospérité de la ferme. Personne ne devait contrecarrer ses ambitions.

– Ah! une table et des chaises. Les affaires ont l'air d'aller, madame, dit-il en riant, et je sens les œufs au bacon.

– Bravo, dit-elle en souriant malgré elle.

Elle l'observait tout en préparant le petit déjeuner. Curieux! Il s'arrangeait toujours pour avoir une apparence impeccable et pourtant c'était le même costume. Elle craignait fort que ce fût le seul qu'il possédât. C'était un raffiné.

En Allemagne, il avait dû avoir une situation importante. Ici, il détonnait. La plupart des femmes le trouvaient vieux jeu; malgré un regard d'acier et des lèvres trop minces, ses traits virils n'étaient pas dépourvus d'attrait.

– Il va y avoir la guerre, Anna. Les Allemands vont envahir la Pologne et si la Grande-Bretagne vient au secours des Polonais, je vais devoir m'engager.

Il l'observa avec attention, mais le visage de la jeune femme ne révéla aucun signe de regret.

– Quand la guerre sera terminée, je reviendrai.

– Revenir? Pourquoi?

– Je sais que vous éprouvez les mêmes sentiments que moi.

– Ah!

– Je ne peux croire que mes sentiments ne soient pas partagés.

Son regard ne révélait que trop son attirance.

– Nous ne nous sommes vus qu'une fois; nous ne sommes même pas amis et vous oubliez que je suis mariée. Je ne veux plus vous entendre parler ainsi.

– Mais vous ne serez jamais heureuse.

– Cela ne vous regarde pas.

Elle éprouva un sentiment d'impatience et lança un regard furtif à sa montre. Dix heures moins le quart, bon sang. Livrés à eux-mêmes, les deux ouvriers qu'elle avait engagés allaient ralentir leur cadence. Avec sept mille poules pondeuses, le temps devenait une obsession. En moyenne, elle lavait, triait et livrait vingt-huit mille œufs par semaine.

Kurt remarqua son impatience.

– Anna, combien de temps vous faudrait-il pour obtenir un contrat plus intéressant pour vos œufs et vos poulets?

– Oh! Je n'imagine jamais l'impossible.

– Plus d'une heure?

– Et bien évidemment, vous êtes ridicule.

– Alors vous pouvez perdre quelques minutes parce que je vous ai apporté ce contrat. Il est là, c'est un contrat avec l'armée.

– Mais, Kurt, dit-elle soudain repentante, vous vous occupez vous aussi de distribution de denrées. Gardez ce contrat et soyez vous-même leur fournisseur.

– Je ne fournis pas d'œufs et de volailles. De plus, dans quelques semaines, je serai parti.

– Ne prenez pas un ton mélodramatique. La guerre n'a pas encore commencé et sans doute n'aura-t-elle jamais lieu.

– Vous ne voulez pas regarder la vérité en face, n'est-ce pas, Anna? La réalité vous fait peur.

– Ma réalité, ce sont mes enfants, cette ferme et mes volailles.

Kurt ne la quittait pas du regard. Pour rompre ce silence embarrassant, Anna lui dit :

– Simon n'a pas attrapé le léopard. Il n'a pas reparu depuis. Il vagabonde un peu partout, comme vous, je suppose.

Elle lui sourit, mais il parut offensé. Il sortit le contrat de sa poche, le posa sur la table et s'éloigna.

Elle retourna à ses occupations sans même jeter un regard sur le papier. Elle était si absorbée qu'elle n'entendit pas un lourd véhicule arriver. Ce n'est qu'à la dernière minute qu'elle s'en rendit compte; elle se précipita; à son grand étonnement, elle vit le gros camion de son père négocier maladroitement la dernière courbe. Se précipitant dans la cour, elle aperçut l'oncle Acker.

– Oh! c'est si merveilleux de te revoir. Comment vas-tu? Et ma famille?

Lorsqu'il sortit de la camionnette, elle se jeta dans ses bras, mais quelque chose n'allait pas. Il avait toujours été un homme solide, bien bâti; maintenant, il avait la peau ratatinée, les bras décharnés; on ne lui voyait plus que les os. Il avait des cheveux blancs, le visage hagard. Seuls les yeux n'avaient pas changé : des yeux d'un bleu profond débordant d'amour.

– Mon Dieu, que tu es maigre!

Avait-elle oublié son âge? Elle fit un rapide calcul, il n'avait que cinquante-deux ans, mais en paraissait soixante-dix.

– Comment vas-tu? demanda-t-elle fébrilement.

– Chaque chose en son temps, ma petite. Ce n'est pas facile de parvenir jusqu'ici. Ton chemin est impraticable. Il faut le réparer.

Il se passa la main sur le visage, geste qu'elle se rappelait bien. Puis il fronça les sourcils.

– Je m'inquiétais pour ton piano.

– Mon piano?

– Et d'autres bricoles que ta mère m'a prié de t'apporter.

– Elle est de retour, alors?

L'espace d'un instant, Anna ressentit une joie profonde.

– Non, elle m'a écrit, mais cela peut attendre.

La joie du visiteur s'évanouit, son visage s'assombrit quand il vit la table en bois rugueux et les chaises, mais il ne fit aucun commentaire sur cette pauvreté évidente; il lui parla simplement de l'année précédente, tout en dégustant un morceau de tarte et en buvant le café noir d'Anna.

Les jumeaux se réveillèrent et réclamèrent à téter en pleurant. Ils avaient cinq mois, mais n'étaient pas encore sevrés; Anna les présenta fièrement à Acker avant d'aller les nourrir.

Acker sembla heureux d'apprendre que le petit garçon portait son nom, mais il confia :

– Je ne suis pas très attiré par les bébés, mais ils semblent en parfaite santé. Quand ils auront six ou sept ans, ils m'intéresseront. Mais dis-moi, si tu me faisais visiter ta ferme, peut-être aurai-je la chance de rencontrer ton mari?

Ils sortirent sous la pluie et se rendirent dans les champs. Tout en marchant, Anna lui raconta la vente, ses espoirs d'avicultrice et la source qu'elle avait trouvée. Puis elle lui montra les champs de luzerne et d'orge qu'elle avait irrigués et les potagers; au loin, Simon labourait un champ de blé.

– Ce n'est pas un sol à blé!

– Simon pense qu'avec du fumier et une bonne irrigation, il réussira.

– Et toi? Qu'en penses-tu?

Elle haussa les épaules.

– C'est sa ferme.

Au retour, le poêle et la chaleur de la cuisine semblaient deux fois plus accueillants, mais Acker eut peu d'appétit pour l'agneau rôti, le potiron et les patates douces.

– Tu as maigri. Je ne crois pas que tu te nourrisses très bien.

– Quand on vieillit, on n'a guère besoin de manger beaucoup. Mais où est Simon? Ne peut-il m'accorder une heure?

– Il est furieux. Il en a par-dessus la tête de nous tous. Vois-tu, papa n'a pas voulu me donner de dot.

– Ce n'est pas obligatoire. De nos jours, ça se fait rarement.

– Je sais, mais il pensait qu'avec la richesse de papa et sa pauvreté à lui... Oh! tu sais tout, oncle Acker, je ne vais pas encore t'ennuyer avec cette histoire.

– Un homme peut, au moins, être poli.

– En fait, je l'ai déçu. Je ne corresponds pas très bien à son image de la femme. Vois-tu, je gagne déjà ma vie et j'ai des projets pour l'avenir. A dire vrai, je suis la seule ici avec un peu d'argent en poche.

Elle se mit à rire.

Le déjeuner terminé, sentant une ombre imprécise dans le regard de son oncle, elle lui demanda :

– N'as-tu pas de lettre pour moi? Que t'a dit maman?

– Anna, je suis venu t'annoncer une mauvaise nouvelle. Ta mère est morte en Suisse, il y a trois semaines, mais la lettre a mis deux semaines pour arriver; je suis venu aussitôt.

– Morte et enterrée? dit-elle d'un ton glacial.

Au fond d'elle-même, elle pensait : je l'ai tuée. Sans moi, elle serait en vie aujourd'hui.

Acker l'observait; il éprouvait des sentiments confus. Le visage d'Anna ne reflétait aucune émotion; bien plus, on aurait dit une statue, sans expression. Parfois les gens réagissent ainsi devant le chagrin, se dit-il. Ils gardent leur peine au plus profond d'eux-mêmes. Il vaudrait mieux qu'elle pleure. Il soupira et tendit à Anna la lettre de sa mère.

– Je la lirai plus tard, oncle Acker.

– Anna, ne te culpabilise pas. Maria a souffert toute son enfance de fièvres rhumatismales; son cœur en est resté affaibli et tu sais combien de crises d'infarctus elle a eues depuis. Quand tu es partie, elle a eu une nouvelle attaque et ton père a décidé de l'emmener dans une clinique en Suisse; elle y est de nouveau tombée malade, aussi ont-ils prolongé leur séjour. Ta mère m'a écrit, en même temps qu'à toi, me donnant une longue liste de choses à t'apporter, mais je n'ai pas emmené le cheval. J'ai préféré te demander d'abord.

– Comment va Jessop?

– Bien, mais il s'est épaissi, il ne fait pas assez d'exercice. Tu y remédieras bien vite.

– Je n'ai pas le temps, il n'y a pas de loisirs ici, entre les poules et les jumeaux.

– Je comprends.

Acker partit plus tôt que prévu, furieux de n'avoir pas vu Simon.

Tristement, Anna le regarda partir. Cela aurait pu être pire, se dit-elle, en voyant disparaître le camion.

Tard ce soir-là, quand Simon et les jumeaux furent endormis, Anna ouvrit la lettre de sa mère. Elle s'assit devant la table de la cuisine et, à la lueur de la lampe, parcourut l'unique feuille de papier.

Chère Anna,

J'ai beaucoup pensé à toi ces derniers mois et j'en suis venue à la conclusion que la vie est trop courte pour nourrir des ressentiments. Tu as fait un choix délibéré, une triste erreur que, j'en suis sûre, tu as dû bien souvent regretter, aussi, je te pardonne maintenant, tant que je le peux.

Les médecins me prescrivent du repos, mais qui peut rester inactif dans un lieu aussi merveilleux? Je fais de longues promenades en me rappelant celles que nous faisions ensemble.

Avec mon cœur malade, mon avenir est précaire, aussi ai-je pris la précaution de faire un testament. Comme tu le sais, les deux fermes de Malmesbury sont à moi; sur l'une d'elles il y a une petite maison où vit actuellement le contremaître. Il y a une chaumière au village, qui est louée à une famille allemande. Les enfants étaient à l'école avec toi; j'espère que tu te les rappelles. Il y a aussi quelques actions dans la coopérative locale et un champ sur la route de Durbanville. Tous ces biens, je les lègue à tes enfants; je ne sais combien tu en as, mais ils devront tout se partager à leur majorité. Je sais combien tu as besoin d'argent, mais je n'ai jamais fait confiance à ton Simon et je crains d'avoir raison. Au moins tes enfants auront-ils quelque chose à leur majorité; l'usufruit pourra être utilisé pour leur éducation; cela t'aidera un petit peu.

A mon retour, prochain, j'espère, nous rattraperons le temps perdu. J'ai hâte de vous voir, toi et mes petits-enfants.

Au fait, as-tu un garçon? une fille? Je t'en prie, réponds-moi vite.

Très affectueusement.

Anna alluma une bougie et brûla la lettre. C'étaient les plus belles fermes de la région; elles valaient 12 000 livres environ chacune; quand ses enfants en hériteraient, elles vaudraient bien plus. Elle n'en parlerait pas à Simon. Pas maintenant; peut-être jamais. Je réussirai de toute façon, se dit-elle. Elle alla chercher du papier à lettres et écrivit un bref mot de condoléances à son père. Il n'y avait pas grand-chose à dire et elle ne s'attendait pas à une réponse. Elle cacheta l'enveloppe et la mit dans son sac. Puis, tristement, elle alla se coucher.

16

Anna était de plus en plus absorbée par son travail. Elle avait maintenant des milliers d'œufs à ramasser, à transporter, à peser, à empaqueter et à livrer. Il fallait ensuite expédier les factures, plumer et vider les jeunes coqs, désinfecter les cages, ramasser le fumier.

Dès juillet, le temps empira. La production d'œufs chuta. Anna fut incapable d'honorer les contrats.

Simon la trouvait toujours plongée dans ses chiffres d'un air soucieux.

Ce fut une époque d'indécision pour elle. Les factures augmentaient à une vitesse vertigineuse. Avec le froid, les poules dévoraient.

Elle avait de moins en moins de temps à consacrer à Simon.

Il était furibond. Il leur était impossible d'échanger deux paroles sans s'enflammer.

– Que diable as-tu? dit-il un matin.

– Je m'inquiète à cause des poules qui muent.

– Toutes les poules muent en hiver, tout le monde le sait.

– Je ne peux me permettre de nourrir sept mille poules tout l'hiver.

– Pour l'amour de Dieu, Anna, dit-il, fou de rage, tu aurais pu y penser avant.

Anna ne prit de décision qu'à la mi-juillet. Elle se rendit au village et alla trouver Kurt. Quel air déprimé il avait! Un regard triste, des poches sous les yeux.

– Bonjour, Anna, qu'est-ce qui vous amène ici?

Une fois de plus, la même complicité inconsciente resurgit.

– J'ai un problème, Kurt. J'espère que vous ne m'en voulez pas de me tourner vers vous. Je veux vendre quatre mille poules à un bon prix. Avez-vous une idée.

– Vous capitulez?

– Non, bien sûr; c'est simplement parce qu'elles muent.

Kurt ne put s'empêcher de sourire.

– Il paraît que cela arrive aux poules à cette époque de l'année.

– Oui, mais elles mangent deux fois plus. J'arriverai à peine à couvrir les frais avec les œufs de la prochaine saison. Il me semble inutile de toutes les garder après la première ponte; c'est une pratique courante mais stupide.

Il lui sourit avec sympathie.

– Je vous téléphonerai dès que j'aurai trouvé des acheteurs.

– Je vous serais très reconnaissante.

– J'espère que vous ne m'en voulez plus; peut-être pourrions-nous nous revoir... Si vous étiez à Vienne, je vous inviterais à déjeuner, mais hélas... Je ne connais pas de restaurant ici.

– Accepteriez-vous de venir dîner à la maison? Nous ferons un *braaï*. Simon sera si heureux de vous revoir. Demain soir?

– C'est entendu; avec un peu de chance, j'aurai un acheteur pour vous.

Anna était soulagée; ce ne fut pas le cas de Simon. Lorsqu'il apprit la nouvelle, il laissa éclater sa colère.

– Tu ne peux massacrer quatre mille poules qui ont encore trois ans de ponte devant elles!

– Pourquoi pas? Ce sont mes poules.

– Mais c'est cruel.

– Ce sont les affaires.

Anna n'avait aucune patience avec lui.

Cruel, marmonna-t-elle, incrédule. Quel mot étrange dans sa bouche! Lui qui avait tué son chat! A le voir bêtifier avec les jumeaux, on aurait pu croire qu'il débordait de bonté. Simon était une énigme; pourquoi les animaux et les enfants le suivaient-ils comme des moutons? Même Wagter s'était pris d'affection pour lui.

Quand Anna se rappelait le Simon des premiers jours, qui l'attendait fébrilement dans le vignoble, une fissure apparaissait dans la carapace qu'elle s'était forgée et elle ressentait une pointe de nostalgie. Autrefois, elle l'avait aimé. Maintenant, l'amour s'était irrémédiablement envolé. C'était la cause de son désespoir, de tous ses maux.

Anna se réfugiait dans le travail; quand la tristesse s'emparait d'elle, elle se plongeait dans des calculs frénétiques. L'argent était une réalité, l'amour une illusion. Une fois fait le compte de ses profits théoriques, elle calculait ses économies, cachées derrière une brique branlante dans le vieux four à pain. Plus de 300 livres!

Pour Simon, ce fut une époque de longues journées solitaires où le travail ne manquait pas. Il avait plu tout le mois de juin et une bonne partie de juillet. De mémoire de villageois, on n'avait pas connu temps aussi exécrable. Les rivières s'engouffraient dans les ravins, entraînant les branches et les feuilles tombées, soulevant les petits barrages construits pour empêcher l'érosion du sol. Même le trou de sonde près de la ferme renvoyait d'énormes gerbes d'eau; les réservoirs débordaient, inondant la cour. Tout était mouillé, le chaume détrempé, les portes gonflées au point de ne plus fermer.

Simon regardait les moutons patauger dans une boue inhabituelle, dodelinant de la tête, mais vêtus d'une toison plus belle et plus épaisse que les années précédentes, tandis que les brebis et leurs agneaux se cantonnaient dans les champs de luzerne.

Il soupira devant toute cette eau qui inondait les caves; cela ne s'était jamais produit; ses parents et grands-parents s'étaient tués au travail par manque d'eau.

Il avait fallu une Van Achtenburgh pour trouver une source! Qui aurait songé à aller chercher de l'eau là-haut, sur les collines, alors que le bon sens préconisait le contraire?

Une année de sécheresse, son père avait creusé huit trous de sonde, perdu le fruit de trente années de labeur, et tout cela pour rien!

Pourtant, son père avait toujours pensé que l'eau n'était pas loin.

– Il y en a autant qu'on en veut, avait-il coutume de dire, elle attend qu'on la trouve.

Sur le vieux tracteur, jour après jour, assis côte à côte, ils avaient creusé un sillon. Le fils, grand, dégingandé, des cheveux roux en broussaille; le père, les yeux brillants, caressant cet espoir, tel un enfant.

– Un jour, Dieu nous accordera miséricorde! disait-il.

Les voisins étaient venus à cheval, dans des charrettes; tel un troupeau de moutons, ils suivaient le sourcier, les femmes une bible à la main, les hommes la pelle sur l'épaule.

Le coudrier se mit soudain à trembler. Les femmes s'agenouillèrent en criant « Merci, mon Dieu » et « alléluia », tandis que les hommes creusaient avec frénésie; à trois mètres, ils trouvèrent de l'eau. Il y eut une explosion de joie et de sanglots; mais cette eau était saumâtre, de nature à empoisonner les moutons.

– Vous ne trouverez pas d'eau pure dans la région.

Les paroles du sourcier les avaient condamnés à la pauvreté.

Depuis ce jour, son père avait capitulé, laissant la ferme à l'abandon.

Il devait y avoir une raison, se dit Simon. Il cherchait à comprendre les voies insondables de Dieu.

Au crépuscule, Simon se rendit à la laiterie. Jan était devenu d'une efficacité étonnante. Comme toujours, Simon n'éprouvait aucune envie de rentrer chez lui, mais il ne pouvait rester éternellement dehors; il entra dans la cuisine, vide, sombre et lugubre. La lumière filtrait à travers la porte de la chambre d'Anna. Elle devait donner la tétée aux jumeaux; il traversa le couloir sur la pointe des pieds; la porte était verrouillée.

Quelle énigme, ces femmes! Anna, si tendre et si douce avec les enfants, était un dragon le reste du temps; elle était toujours vêtue d'affreux vêtements d'homme mal taillés, les cheveux enroulés en chignon. Il avait envie de pleurer au souvenir d'Anna à Fontainebleu. C'était lui le coupable. Toute sa vie, il avait aspiré à la beauté; enfant, il ramassait des fleurs et s'attristait de les voir se faner. Un jour, on avait offert à sa mère une figurine de porcelaine rose et bleu; Simon l'avait adorée, mais une nuit, sortant furtivement de sa chambre pour la contempler au clair de lune, il la saisit d'une main maladroite et la fit tomber. Elle se brisa. Il avait pleuré toute la journée.

Il ne pouvait s'empêcher de se rappeler la figurine de porcelaine quand il regardait Anna.

Il s'assit près du feu. Des souvenirs confus l'assaillaient. Il désirait ardemment aimer Anna et être aimé d'elle.

Anna vint se coucher très tard; elle se faufila sur la pointe des pieds le long du couloir, puis pénétra dans la chambre. Elle souffla sur la bougie. Simon l'observait à la dérobée. Elle n'apprendrait donc jamais à l'éteindre avec les doigts; ils dormaient toujours avec l'odeur persistante de la mèche qui se consumait. Enfin, le moment tant attendu arriva; mais soudain, il eut peur. Elle avait si froid. Une statue vivante. Il se blottit tout contre elle. Anna faisait semblant de dormir.

– Anna, réveille-toi. Je veux te parler.

– Je suis éveillée.

– Anna, tout ce qu'on a perdu, il faut qu'on le retrouve. Je t'aime toujours, nous avons bien des années devant nous. Sommes-nous condamnés à vivre comme des étrangers?

– Il n'y avait rien à perdre, ce n'était qu'un rêve que nous avions fait un soir au clair de lune.

– Je sais que j'ai eu tort; je n'aurais pas dû te laisser seule, mais c'est fini maintenant; fort heureusement, il n'y a eu aucune conséquence désastreuse. Grâce à Dieu, j'ai mûri.

C'était bien là la vérité. Il se sentait plus vieux de vingt ans.

– N'es-tu pas fatigué? Ne veux-tu pas dormir?

La pièce était plongée dans une totale obscurité.

– Je veux te faire l'amour.

Il releva sa chemise de nuit, découvrant la douceur de ses cuisses blanches. Haletant, tremblant, il la pénétra, le pénis dur, éclatant de désir. Elle resta de glace. Il poussa un soupir. Pourquoi était-elle devenue frigide? Après avoir fait l'amour, il se tourna et s'allongea sur le dos.

L'aube commençait à poindre, le vent se levait. Il aperçut la lune à travers les feuilles d'eucalyptus. Des ombres sur les murs blancs.

Anna avait la mentalité d'un homme. L'intimité et le bonheur ne la concernaient pas. Simon se sentit de trop. Cette prise de conscience soudaine le glaça. Il lui fallait reconnaître qu'Anna s'en tirait fort bien seule. Elle avait engagé un conducteur de tracteur de toute confiance; Simon ne pouvait donc même pas conduire son tracteur à sa guise. Jan s'occupait très bien des vaches et des hordes d'écoliers donnaient à manger aux poulets, fixaient les palissades, réparaient les routes et gardaient les moutons. Dans ces conditions, il était naturel d'éprouver un sentiment d'infériorité.

Mais quelle idée de se substituer à un homme. Il rendait Van Achtenburgh responsable. Enfin, avec de la patience, Anna pourrait se féminiser... C'était un peu comme s'il devait apprivoiser un oiseau des bois; comme le faucon qu'il avait capturé autrefois. Il lui caressa l'épaule, puis le dos, les cheveux. Elle frissonna, il se pencha vers elle.

– Anna, je t'aime; repartons de zéro.

Comme il avait attendu cet instant durant ses longs mois en mer! Des visions de joie et d'abondance; la moisson d'or. Ah! L'abondance! Il s'imaginait sur sa moissonneuse, remplissant un sac après l'autre, tandis qu'Anna parcourait les champs avec des pichets de citronnade. Quel rêve absurde!

– Anna, Anna! murmura-t-il.

Il n'y eut pas de réponse. Il se leva et sur la pointe des pieds fit le tour du lit. Elle avait un visage éthéré au clair de lune.

– Anna qu'y a-t-il?

Elle éclata de rire puis se recroquevilla sous les couvertures.

– Il a cessé de pleuvoir, regarde la lune.

– Je t'en prie, Anna, tu me rends fou. Montre-moi un peu d'affection, pour l'amour du ciel.

– De l'affection? Tu veux dire du désir. Je ne t'ai jamais opposé un refus depuis le jour où tu m'as violée.

Elle écarta les jambes, immobile, frigide mais consentante, le regard accusateur, silencieux, soumis mais pas vaincu.

Simon était au supplice. Il avait envie de lui faire l'amour avec brutalité, de la blesser délibérément, de sentir ses cris de douleur sinon de jouissance. Qu'elle ait une réaction, une seule! La colère et l'humiliation avaient remplacé la passion; elle faisait fi de son orgueil de mâle. Il était fou de rage.

Il fut pris d'une sorte de frénésie, lui fit l'amour sans préparation, avec une violence effrénée. Son désir assouvi, il se sentit plus humilié, plus coupable que jamais. Avait-il seulement un statut d'homme? Anna, pour le moment, le dominait. Ce n'est qu'à l'aube qu'il put s'endormir d'un sommeil agité.

17

Le matin suivant, un soleil rougeoyant se leva dans un ciel clair. C'était l'hiver; mais à neuf heures, la chaleur du soleil avait réchauffé la terre, dégageant un parfum d'herbe humide.

Simon, parti à l'aube, revint chez lui au galop, fou de colère; il avait communiqué sa violence à Vixen qui, en sueur, écumait de rage et roulait de gros yeux.

Après avoir pansé la jument, il rentra chez lui. Anna fit semblant de ne pas remarquer son humeur.

– La pluie a balayé le sommet des collines en emportant le blé, dit-il en remuant le sucre dans son café.

– C'était de la folie de le semer si tôt, maintenant tu as tout perdu.

– Pas tout. Quand une ferme est à forte pente on doit construire une corniche, c'est du bon sens. Ça aurait dû être fait depuis des années. Il suffit de mettre quelques plates-formes autour des pentes et il n'y aura plus d'éboulement.

– Quelle malchance m'a amenée ici, loin de Fontainebleu où un bon terreau rouge attend de nourrir chaque graine! La ferme est bonne pour les pâturages, un point c'est tout.

Simon ne répondit pas. Il beurra une tartine et la fourra dans sa bouche. Quand il eut terminé, il dit d'un ton solennel :

– J'ai besoin de 200 livres pour louer un bulldozer. C'est nécessaire pour construire des corniches. La ferme n'en aura que plus de valeur.

– Ne me regarde pas comme ça. Je n'ai pas 200 livres à jeter pour une telle niaiserie.

– C'est toujours mieux que de les gaspiller en poulets qui se morfondent sous la pluie et mangent notre argent.

Elle le foudroya du regard.

– L'argent vient des poulets.

– Eh bien, il me faut 200 livres.

Il tapa sur la table de son poing, Anna sursauta. Elle laissa tomber le beurrier, ce qui la mit en colère.

– Alors, va les gagner. Vends quelques moutons, va à la pêche. Débrouille-toi, je ne te donnerai pas d'argent pour une telle absurdité. Je paierais volontiers pour un bon bélier ou des vaches, mais pas pour des corniches. Avec tes folies, on sera toujours endetté. Tu es fou.

Elle leva les yeux. Il avait le visage pourpre, crispé; mais quelle étrange expression! Son visage reflétait l'humiliation, la rage, la déception et la compassion. Effrayée, elle faillit lui donner l'argent, mais Simon partit en courant vers sa camionnette.

Dieu sait quelle sera l'ampleur des pertes cet hiver, se dit-elle. Inquiète, elle alla vérifier sous la brique. L'argent y était.

Elle n'avait pas le temps de se préoccuper des états d'âme de Simon. Plus tard dans l'après-midi, le téléphone sonna. C'était Koos, le comptable de l'usine baleinière.

– Simon s'est engagé. Il m'a demandé de vous prévenir et de vous rappeler de ne pas oublier les vaches.

Comme si elle pouvait oublier les vaches! Quel idiot! Elle haussa les épaules et repartit travailler.

Le temps filait lorsqu'elle travaillait; au coucher du soleil, elle était loin d'avoir terminé; elle verrouilla la salle de triage et alla inspecter la laiterie et les vaches dans le kraal. Elle s'y trouvait encore lorsqu'elle entendit une voix appeler.

– Anna! Anna!

– Par ici, Kurt. Grand Dieu, il est sept heures. Je n'ai pas encore commencé. Tant pis, je vais faire griller des côtelettes. Ce ne sera pas long. Comment allez-vous?

– Ne vous inquiétez pas, je n'ai pas faim.

– Vous allez bien manger quelque chose?

Elle lui sourit, mais son sourire s'estompa vite.

– Mon Dieu, vous semblez effondré, Kurt, qu'est-il arrivé?

Elle lui saisit le bras.

Kurt qui avait habituellement un regard rieur, plein d'humour, avait les yeux injectés de sang, les lèvres pincées.

– Rien.

Quel homme étrange, contradictoire!

– Cela ne vous fait rien de vous asseoir dans la cuisine?

– Bien sûr que non.

Elle se lava les mains, suspendit son manteau et prépara le dîner.

– Où est Lena?

– Elle donne le bain aux jumeaux.

– Et Simon?

– A la pêche.

Elle regretta sa réponse hâtive et s'empressa d'ajouter :

– Et les poules?

– Ne vous inquiétez pas, vous avez de la chance, j'ai trouvé un acheteur. Au port, on attend deux courriers postaux maritimes et un bateau de transport, ce mois-ci. Ils prendront le tout.

– Qui?

– La compagnie Apex de Woodstock. Vous pouvez leur téléphoner pour tout organiser.

– Kurt, vous êtes un génie.

Il remarqua ses yeux brillants et pensa avec tristesse qu'il ne gagnerait ses faveurs que par le biais des affaires.

– Comment pourrez-vous plumer et nettoyer cinq mille poules?

– Je m'arrangerai.

– Et après?

Elle sentit que le sujet l'ennuyait; elle haussa les épaules et sourit. Elle pensait utiliser l'argent pour acheter d'autres poules pondeuses.

– Le dîner est prêt. Allons-y.

Kurt hésita sur le pas de la porte.

– Ah, c'est mieux! dit-il, remarquant la table et les chaises qu'Anna avait achetées la veille.

– Je les ai trouvées au centre commercial de Malmesbury; c'est de l'authentique bois de santal. Jan les a nettoyées puis vernies. Maintenant, vous allez me dire ce qui ne va pas, dit-elle après avoir servi le dîner : des côtelettes d'agneau braisées, des pommes de terre nouvelles et des petits pois de la ferme, le tout arrosé d'un vin doux.

Kurt repoussa son assiette et but d'un trait.

– Dans moins d'un mois, nous serons en guerre contre l'Allemagne.

Anna fronça les sourcils, se refusant à parler de cette guerre que chacun évoquait; les troupes allemandes se concentraient le long de la frontière polonaise; la Grande-Bretagne et la France signaient des alliances. Des mots nouveaux surgissaient, les journaux en étaient bourrés : les Alliés, l'Axe, les nazis. Chaque jour, elle lisait les grands titres mais n'achetait jamais le journal. En quoi était-elle concernée? C'était une folie qui appartenait aux hommes et à l'Europe.

– Vous ne faisiez qu'en parler l'autre jour. Vous étiez pressé de vous engager.

Il lui lança un regard furieux puis bredouilla :

– On m'a refusé.

– Qui?

– Tout le monde. J'ai d'abord essayé l'aviation. Je possède une licence de pilote. Puis la marine et enfin l'armée. Tous m'ont rejeté.

Il avait l'air franchement malheureux.

– Pourquoi, Kurt? demanda-t-elle, soulagée.

– Parce que je suis allemand... Incroyable.

– A toute chose, malheur est bon.

– Pourtant...

– Allons manger.

Il saisit une fourchette et piqua une pomme de terre.

– Pensez à l'avenir, Kurt. Allez monter votre affaire en gros. Vous êtes toujours si efficace. Qu'avez-vous?

Soudain, il se mit à rire.

– Je le ferais volontiers pour nous.

– Faites-le pour vous-même. Quand vous serez riche, vous ne vous soucierez plus d'une vieille fermière, trop de jeunes filles s'empresseront autour de vous.

– Vous êtes cynique.

– Non, réaliste.

Kurt s'avança pour remplir les verres. Il se sentait épuisé. Une coquille vide! Quelle différence avec l'homme qu'il avait été! Il s'était débattu comme un forcené pour faire partir sa sœur pour les Etats-Unis après la réquisition de leur usine. Il s'était accroché à la vie dans le simple but de se venger un jour. Maintenant, il n'y pensait même plus. Soudain, il enfouit son visage dans ses mains.

Anna se leva et passa son bras autour de son cou.

– Ça passera, murmura-t-elle. Vous avez tout perdu, mais vous êtes jeune. Assez jeune pour repartir de zéro.

– Ce n'est pas l'argent qui m'intéresse. Je me sens vide. Je suis encore debout, mais nu comme un ver.

Tout le monde finit par s'en sortir, pensa Anna, avec l'innocence de la jeunesse. Une seule chose comptait : survivre.

– Dans un an, vous rirez de vos propos d'aujourd'hui. Ce sont des tripes qu'il vous faut.

– Deux choses m'ont fait du mal et, à ma grande honte, ce n'est pas la mort de mes parents. Madeleine, c'était ma femme. Je ne peux oublier tout ce qu'elle m'a dit lorsque j'ai essayé de lui faire quitter l'Allemagne. Puis il y a eu Gunther, mon ami. Gunther était avec moi à l'Université; quand la compagnie de son père a fermé, je l'ai amené à l'usine. Il était censé s'occuper de la gestion. C'est ce qu'il a fait. Je ne savais pas qu'il était au parti nazi, et pendant ce temps, lui et Madeleine... c'est la première fois que j'en parle. Ce sera la dernière. Promis.

Il esquissa un vague sourire.

– Je suis heureuse que vous ne vous engagiez pas.

Son visage s'éclaira; se penchant, il lui prit la main, la serra dans la sienne.

– Merci de le dire.

La proximité du corps de Kurt donna des frissons à Anna, sa virilité la faisait vibrer. Elle éprouva un désir insensé de se jeter dans ses bras et de sentir son corps contre le sien. Qu'il était beau, grand, fort! Quel regard profond!

– Anna, qu'allons-nous faire? Je vous aime, murmura-t-il en effleurant sa joue de ses lèvres.

– Vous avez trop bu, dit-elle, essayant de le repousser.

Une rafale de vent fit vaciller la flamme de la lampe à huile.

– Bon sang! dit Kurt.

– Le vent s'est levé.

Elle se hâta d'aller chercher une bougie et de trouver un autre manchon pour la lampe.

– Vous n'êtes pas heureuse avec Simon, ne me dites pas le contraire.

– A quoi bon cette conversation inutile? Je ne quitterai ni Simon ni les jumeaux.

– Ce n'est pas vrai.

– Si.

– Anna, si je pensais que vous disiez vrai, je quitterais cette maison pour n'y jamais revenir.

– Alors vous feriez mieux de partir immédiatement, car je dis vrai, Simon est mon mari. Cette conversation n'a que trop duré.

Elle a tort, mais elle a encore gagné, se dit Kurt, en mettant le moteur en marche. Peut-être changerait-elle d'avis? Peut-être viendrait-elle lui faire un petit signe de la main? Mais il aperçut la lumière de la lampe s'éloigner vers la chambre. Un instant plus tard, il prit la route.

Cette nuit-là, il ne put dormir. L'image d'Anna hantait son esprit. C'était une femme étrange, exigeante. Une sensualité sauvage émanait d'elle, mais elle ne s'était pas encore éveillée à sa propre sexualité.

18

Au Cap, le printemps touchait à sa fin. Après les déluges de l'hiver, le blé poussait en abondance dans les vallées, les épis mûrissaient sous le soleil brûlant d'Afrique.

Une fois l'agitation passée, le seul effet de la guerre sur les fermiers fut un léger accroissement du prix des produits; ils se montrèrent relativement satisfaits.

L'armée doubla les commandes de poules et d'œufs. Avec une partie de l'argent Anna acheta cinq mille poussins supplémentaires, dépense qui lui semblait justifiée, en prévision d'une demande croissante. Elle engagea également deux ouvriers agricoles.

Par une matinée particulièrement belle, le facteur arriva. A l'expression de son visage et devant son embarras, Anna sut qu'il apportait de mauvaises nouvelles. C'était un télégramme de Windhoek. L'oncle Acker était mort.

Anna froissa le télégramme dans sa main et retourna tristement au hangar de triage.

Pourquoi n'éprouvait-elle pas de chagrin?

– Pauvre oncle Acker, dit-elle plusieurs fois à voix haute, essayant de dominer son chagrin.

Cependant, elle ne pouvait s'empêcher de remarquer que les œufs étaient inhabituellement gros pour cette époque de l'année et la production meilleure que d'habitude.

Pauvre oncle Acker! Quelle idée de mourir à cinquante-deux ans! La journée s'éternisait, plus ennuyeuse que jamais. Les mouches semblaient plus agressives; le travail des laboureurs plus harassant; ce jour-là, Lena brûla le pain et un cobra tua trois poules. Il n'y avait plus de répit.

Plus tard dans la soirée, après avoir donné la tétée aux jumeaux et les avoir couchés, elle s'assit sur le balcon qui dominait les terres, essayant de se rappeler sa mère et l'oncle Acker lorsqu'ils étaient jeunes et qu'ils vivaient heureux, mais à sa grande stupeur, elle découvrit qu'elle avait effacé cette partie de sa vie. Elle parvenait à se rappeler les dates et les événements, mais les visages et les sentiments lui échappaient. La vie à Fontainebleu semblait aussi irréelle qu'un livre ou une pièce de théâtre. Je suis incapable de ressentir le moindre sentiment, se dit-elle. Sauf envers les jumeaux. Pour le reste, c'était un vide effrayant.

Je suis maudite, pensa-t-elle.

Sa mère et son oncle étaient morts; il ne lui restait pas la moindre larme à verser, pas le moindre souvenir auquel se rattacher. La flamme vacilla puis s'éteignit, la lune se leva, des hiboux ululèrent; Anna, un sentiment de vide au fond du cœur, restait là, immobile.

Kurt fut surpris de trouver la porte ouverte, la maison plongée dans l'obscurité. A la lueur du poêle, la cuisine semblait vide, hormis Wagter qui battait nonchalamment le sol de la queue. Anna ne devait pas être loin.

– Anna?

Quand il vit le dîner intact sur la table, un sentiment d'inquiétude l'envahit. Elle n'était ni dans la chambre, ni dans celle des enfants. Soudain il l'aperçut.

Elle était assise, en transe, devant la porte, le regard fixe, immobile; l'espace d'un instant, il crut qu'elle était morte.

– Anna?

Hébétée, elle le fixait sans répondre, sans même le voir.

Il la secoua. Pas de réponse. Il la gifla, alors elle se blottit contre lui.

– Oh, Kurt. Oh! j'ai si froid. J'ai dû rester là des heures, je ne me rappelle pas. Quelle heure est-il? Que faites-vous ici? Oh, Kurt, j'ai si froid.

– Vous ne pouvez pas continuer ainsi, lui dit-il doucement. Vous êtes épuisée, trempée. L'argent n'en vaut pas la peine, Anna. Allez chercher un tricot. Je vais préparer des œufs. Votre dîner est froid.

Elle alla chercher un pull-over. Elle commençait à se réchauffer.

– C'est drôle de vous voir faire la cuisine.

– Et comment croyez-vous que je fais chaque jour? Je prépare les mets les plus remarquables. J'ai découvert que j'étais doué pour la cuisine.

Qu'il avait l'air sûr de lui! Sa bonne humeur la gagnait; peu à peu Anna se détendit; elle avait certes un peu de vague à l'âme, mais plus de désespoir profond.

Les yeux de Kurt brillaient d'un éclat particulier, il avait un drôle de sourire. Elle se méfiait des hommes trop séduisants, pourtant elle ne pouvait s'empêcher de remarquer sa peau bronzée et son regard d'un bleu profond. C'était un nouveau Kurt, inattendu, désarmant. Il s'amusait d'un rien, n'avait pas hésité à lui emprunter un tablier pour mélanger les oignons, le poivre et les épices dans la poêle.

– J'étais bouleversée par la mort d'oncle Acker. Le télégramme est arrivé aujourd'hui.

Kurt avait le regard perdu dans le vague.

– Kurt, vous ne m'écoutez pas.

– Anna chérie, je jure de vous aimer toujours, d'être votre esclave, de vous demander d'être ma femme, mais je ne peux promettre de toujours vous écouter.

Elle haussa les épaules. Pourquoi l'ennuyer avec ses mauvaises nouvelles et sa tristesse?

– Ne dites pas cela.

– Je ne fais que dire la vérité.

Repoussant la poêle, il saisit Anna et la serra très fort contre lui.

– Où est votre paysan de mari? Encore à la pêche, je suppose? Il vous laisse toute seule. Quelqu'un doit s'occuper de vous, pourquoi pas moi?

– Non, Kurt, arrêtez. Ne soyez pas stupide. Tout ceci est mal.

– Mal? Tout va mal de nos jours. Que vous et moi, nous soyons ici, c'est mal. Vous connaissez mes sentiments à votre égard. Les femmes sont suffisamment intuitives pour s'en rendre compte.

– L'instinct me dit de me méfier des beaux parleurs qui susurrent des mots d'amour simplement parce qu'ils sont seuls.

Il souriait toujours, prêtant peu d'attention à ce qu'elle disait.

– Vous refusez de tenir compte de Simon. C'est comme s'il n'existait pas pour vous.

Ce n'était pas vrai. Simon était inoubliable. La note discordante dans une symphonie par ailleurs parfaite.

– Pourquoi vous accrochez-vous à ce pauvre type? Eprouvez-vous un sentiment ridicule de loyauté? Vous savez très bien qu'il poursuit un but intéressé. Avez-vous peur de divorcer?

– Non, mais j'ai mes raisons.

– Si ce sont les jumeaux, vous savez que je les aimerai comme si c'étaient mes enfants.

Elle soupira. De quel droit voulait-il savoir?

– Désormais, je ne dépendrai plus de personne.

– C'est une vie froide et vide que vous envisagez.

– Lorsque je compte mes économies, je me sens bien. C'est un sentiment délicieux. J'ai 450 livres cachées derrière une brique dans la cuisine.

Elle leva les yeux pour voir s'il écoutait; il cherchait quelque chose dans son sac.

– Votre omelette va refroidir, dit-elle.

– Ne m'attendez pas, j'arrive.

Il revint aussitôt avec deux verres qu'il remplit de vin.

– Oh, Kurt, quel dîner!

– J'en ai assez de vos chopes d'étain.

– A dire vrai, moi aussi.

Elle leva son verre.

– Le vin a une belle couleur. Les affaires doivent être bonnes.

– Oui.

Devait-elle divorcer d'avec Simon? Elle se posait la question. L'oncle Acker le lui avait suggéré également. Mais le simple fait d'y penser lui était pénible. Pourquoi? Elle ne l'aimait pas, elle le détestait même. Etait-elle trop fière pour admettre son erreur? Si cela était, elle et Simon étaient liés l'un à l'autre par l'orgueil. Ou était-ce à cause des jumeaux? Simon les aimait.

– De toute façon, je n'ai aucune raison de divorcer.

– Aucune importance. Si vous partez avec moi, Simon finira par divorcer. Il vous haïra et, débarrassé de vous, en épousera une autre.

Cette pensée la rendit malade.

– Non, dit-elle, trop rapidement.

Une atmosphère pesante régna quelques instants.

Elle alla dans la cuisine préparer le café; Kurt la suivit et soudain l'attira vers lui.

– Anna, si vous ne voulez pas quitter Simon, alors vous devez élargir vos horizons, mettre un peu de détente dans votre vie. Remettez-vous à faire du cheval, à jouer au piano. Vous avez oublié que le bonheur existe.

Le lait déborda.

– Oh zut! gémit-elle, quelle odeur!

– Allons, laissez-moi vous aider.

Kurt épongea le lait qui grésillait sur le poêle. Curieusement, Anna sentit son corps vibrer. Elle résistait difficilement au désir de se laisser aimer. Kurt relâcha son étreinte.

Quand elle revint avec le café, Kurt, assis au piano, massacrait une valse.

– Vous ne savez pas très bien jouer.

– J'essaie, au moins. C'est plus que vous n'en faites.

– Allons, poussez-vous.

Elle s'assit.

Que le clavier lui paraissait familier! Quand elle leva les yeux, elle eut un choc. Où était donc le papier japonais bleu pâle du salon de Fontainebleu? Elle soupira.

Mais où était sa dextérité d'antan? Elle effleura de nouveau le clavier, les notes résonnaient lourdement.

– Oh, mes mains ne sont désormais bonnes qu'à nettoyer les œufs!

Elle entama pourtant le *Sunrise Concerto,* son morceau préféré. Elle l'avait joué au concert de l'école à seize ans. Elle se rappelait sa mère vêtue de bleu et son père raide dans son costume de ville et une chemise blanche amidonnée, assis au premier rang, fiers de la prestation de leur fille.

Comme elle jouait mal! Est-ce que cela reviendrait?

Elle joua des airs simples appris bien auparavant. Elle se laissa emporter dans le tourbillon des souvenirs, oubliant Kurt, oubliant les jumeaux qu'elle risquait de réveiller. La musique semblait émaner non de ses mains et du piano, mais de son cœur, comme le fil diaphane de sa force vitale transposée en musique.

Avec la mélodie, des milliers d'images allaient et venaient. Sa mère dessinant, la voix et le regard vif de son père, l'oncle Acker, grave et bon, bien bâti mais un peu gauche.

Ses pensées ne cessaient d'aller vers son père. Ils s'étaient si bien entendus! Quelle équipe inséparable ils formaient tous deux jusqu'à l'arrivée de Simon!

– Oh, papa! murmura-t-elle.

Deux heures plus tard, elle s'arrêta de jouer, se pencha en arrière comme dans le bon vieux temps, attendant spontanément les applaudissements, mais ce fut le silence. Elle tourna la tête. Kurt dormait sur sa chaise, la bouche ouverte, un sourire stupide aux lèvres. Souriait-il toujours en dormant?

Grand Dieu, il était minuit! Elle jouait depuis des siècles; pas étonnant qu'il se soit endormi! Le silence soudain le réveilla. Il se redressa et sourit.

– Quelle heure est-il?

– Minuit.

– Je suis désolé de m'être endormi au début du second mouvement.

– Je m'attendais à des applaudissements, dit-elle en souriant.

– Des applaudissements? Mon Dieu, c'était affreux. J'ai eu de la chance de m'endormir; vers la fin, il y avait tout de même des progrès.

Elle se leva et ferma le piano.

– Je jouerai chaque jour, le prochain récital vous séduira.

Quel air jeune elle avait lorsqu'elle souriait! Kurt se leva; il n'avait pas envie de la quitter, mais il le fallait. Il partit très vite.

Anna entendit le bruit du moteur s'estomper. Elle éprouvait chaque fois un peu de tristesse. Ce soir, elle ne se sentait pas lasse. Elle sortit et s'assit sur les marches de pierre, près de la route. Le ciel s'était éclairci. C'était une nuit sans lune et les étoiles étaient extraordinairement brillantes. Au loin, la lumière des phares de la camionnette de Kurt disparut. Au fond des vallées étaient nichées quelques fermes isolées. Tous dormaient. Un univers dans un univers. Pourquoi se sentait-elle à part? Un extraterrestre n'aurait pu se sentir plus solitaire. Les serviteurs dans leurs cabanes étaient mieux lotis; ils aimaient, se battaient, haïssaient et peinaient, mais ils n'étaient pas seuls. Même Jan avait une femme, grosse, noire comme l'ébène et puissante comme un taureau.

– Oh! Mon Dieu, gémit-elle, soudain apeurée devant ce grand vide.

Elle était lasse de sa solitude. Elle aurait suivi Kurt s'il n'y avait pas eu les jumeaux. Où était Simon? Ballotté au gré des vagues dans sa barque, ressentait-il parfois cette solitude? Ce fut une nuit agitée. De chaudes brises du nord agitaient les feuilles; les dindes se bousculaient dans un frou-frou d'ailes. On entendait au loin le bêlement des moutons, le cri des babouins. Un hibou traversant la cour l'effleura, poussant comme un cri de souffrance. Quand un hibou traverse votre route, la mort n'est pas loin, dit un dicton populaire noir.

A l'est, il y avait une lueur pourpre. Le globe jaune des phares revenait vers les collines comme un film d'amateur enroulé du mauvais côté.

Cinq minutes plus tard, Kurt pénétra dans la cuisine.

– Vous avez senti que je désirais votre retour.

– J'en ai bien l'impression...

Il la regarda, pensif. Elle avait les larmes aux yeux, le visage blême. Il comprit sa solitude et la crainte qu'il lui inspirait.

Elle esquissa un vague sourire et s'essuya les yeux. Elle se sentait si abandonnée. La compassion et le désir effréné de la posséder naquirent en lui.

– Pourquoi rester seule?

Il effleura son épaule.

– Non, pas ce soir. Une autre fois peut-être, mais pas ce soir, je vous en prie.

Elle leva les yeux; il y avait de la crainte dans son regard suppliant.

Il lui effleura le cou, les cheveux; il la sentit vibrer sous ses caresses. Elle s'approcha, lui saisit la main et la lui serra avec force. Une chose importait : la rassurer. Il lui lança un regard perplexe; le visage baissé, elle frissonnait.

– Si nous allions nous allonger, dit-il d'une voix douce, neutre.

La prenant par le bras, il la mena lentement vers la chambre. Elle lui lança un regard timide mais dépourvu d'émotion.

– Je vais vous déshabiller, dit-il doucement.

Son visage avait la pâleur de la mort, à la lueur vacillante des bougies.

Curieusement docile, elle le laissa lui ôter son pantalon de velours, sa tunique et ses sous-vêtements, frissonnant au contact de sa main sur son corps, de ses caresses habiles. Enfin, il y eut le doux effleurement de ses lèvres.

Il était à la fois tendre et viril, il la souleva avec douceur et l'allongea sur le lit. Il lui caressa le dos, les bras, les seins, le ventre. Les sanglots de tristesse peu à peu ne furent que des cris de plaisir; lorsqu'il lui fit l'amour, elle se laissa faire, sans participer, heureuse tout au fond d'elle-même.

Pourquoi agissait-elle ainsi? Pourquoi ne se sentait-elle pas coupable, mais simplement triste et apaisée? Ce n'était pas Kurt qu'elle désirait avec ardeur, mais l'amour; l'amour de n'importe quel homme; les caresses, le besoin d'être aimée. C'était seulement la seconde fois de sa vie qu'elle jouissait.

Après l'amour, blottie contre son épaule, souriant dans l'obscurité, elle fut surprise de sentir Kurt tendu.

– Kurt? murmura-t-elle.

– Oui?

– Qu'y a-t-il?

Il y eut un long silence.

– Quand vous avez joui, vous avez crié « Simon ». Vous l'aimez encore! Vous l'aimez, bien qu'il vous traite comme une paysanne!

– Comment pouvez-vous dire de telles inepties? Moi, l'aimer? autrefois, peut-être...

Elle se redressa et alluma la bougie; Kurt la vit sourire, sereine et confiante.

– Je vous aime, dit Kurt. Je vous aime profondément. Je vous aimerai toute ma vie.

– ...

– Aimez-vous Simon?

– Non, je le hais.

– Pourquoi? La haine est un sentiment destructeur, Anna.

– Avez-vous faim?

– Oui.

– Je vais chercher des biscuits et préparer du café.

Quand elle revint, elle lui parla de Simon, du concours hippique, de Sophie et de son bébé.

– J'ai placé le bébé dans un orphelinat, dit-elle, commettant un mensonge.

Personne, pas même Kurt, ne découvrirait la vérité à propos de Katie.

– Alors, voyez-vous, comment aimer un tel homme? On ne peut que le haïr.

– Partons.

– Non.

La patience porterait ses fruits; la patience alliée à la monotonie de sa vie la feraient changer d'avis.

Le matin arriva trop vite. Aux premières lueurs de l'aube, Kurt s'en alla.

Anna ne ressentit pas le moindre remords lorsque, trois jours plus tard elle se trouva face à Simon, seulement un vague sentiment de tristesse dont elle n'arrivait pas à se départir.

19

Nous étions en novembre, mois difficile car le grain commence à mûrir au soleil, les fermiers commencent à s'inquiéter, la pluie peut gâcher la moisson. A Modderfontein, la récolte était loin d'être bonne, mais elle était meilleure que d'habitude. Simon passait ses journées à examiner le ciel, l'œil fixé sur la girouette ou à téléphoner au service de la météorologie.

Lorsque l'époque de la moisson fut proche, il partit tôt un matin pour Malmesbury et revint au volant d'une nouvelle moissonneuse, magnifique, rouge vif.

– Avec ce modèle, quel gain de temps! expliqua Simon.

– Comment l'as-tu payée? Où as-tu prélevé l'argent?

– Sur notre compte, lui dit-il.

– Notre compte? dit-elle, incrédule. Ton compte ou le mien?

– Quelle différence? C'est la même ferme, la même famille. Il est stupide d'avoir deux comptes. C'est l'homme qui est responsable. Si tes poulets claquaient, c'est à moi que s'adresseraient les banquiers.

– Mais mon compte était au rouge à cause de l'achat des poussins. Grand Dieu, comment vais-je acheter la nourriture?

Simon restait immobile, l'œil obstinément fixé sur le tableau de bord.

– J'avais l'intention de te parler, Anna. D'accord, tu as acheté les poulets, mais maintenant c'est une affaire trop grande pour une femme seule. Tu négliges les jumeaux. Désormais, c'est moi qui m'occuperai de la volaille, ainsi tu pourras passer plus de temps à la maison. Ne t'inquiète pas, au magasin on nous fera crédit. Les Smit se servent là depuis des générations.

– Tu ne toucheras pas à mes poulets!

– Nos poulets. Je m'en occuperai sacrément mieux que toi qui assassines de jeunes poulets et jettes l'argent par les fenêtres.

Anna tremblait de rage. Elle se rendit à tombeau ouvert à Malmesbury.

– Je ne paierai pas la moissonneuse de Simon, dit-elle au directeur de la coopérative embarrassé. Vous feriez mieux de garder cela en mémoire si vous lui faites crédit.

– Chère madame, vous me mettez dans une situation des plus délicates. J'ai ouvert un compte séparé seulement sur votre insistance, mais en réalité les deux comptes n'ont toujours fait qu'un. Je n'ai pas à vous rappeler, j'espère, que légalement vous partagez tous vos avoirs. Si vous aviez des dettes, Simon aurait à les payer.

Vieux cochon! se dit Anna. A cet instant, elle

éprouva de la haine pour tous les hommes, mais elle se contrôla et dit :

– Monsieur Jensen, quand j'ai acheté les poussins, vous avez augmenté mes facilités de crédit. Maintenant, comment achèterai-je la nourriture?

– Cela ne va pas si mal. Simon a payé 450 livres ce matin. Je suppose qu'il paiera le reste après la moisson.

– 400...

Anna se sentit défaillir; elle s'affala sur la chaise. Où donc Simon avait-il pu trouver tant d'argent? Sous la brique, car c'était la somme exacte qu'elle avait épargnée.

– C'est mon argent. Il l'a volé!

– Madame Smit, dit Jensen, je ne veux pas me mêler de vos querelles de famille, mais je vous rappellerai pour la dernière fois que vous êtes mariés pour le meilleur et pour le pire. Je suis sûr que vous étiez au courant quand vous l'avez épousé.

Elle retourna chez elle furieuse; la prochaine fois, il lui faudrait trouver une meilleure cachette. Dire qu'elle ne pouvait ouvrir de compte en banque sans la permission de Simon! C'était insensé!

Sur la route, Anna doubla la camionnette du facteur; le conducteur klaxonna. Anna s'arrêta sur le bas-côté; quelques minutes plus tard, le facteur arriva, haletant, le long du chemin.

– Merci de vous être arrêtée, cela m'évite un long trajet.

Il lui tendit une lettre épaisse, de l'oncle Acker. Se rappelant sa réaction devant la lettre de sa mère, elle décida de la lire plus tard.

Simon n'avait raison que sur un point : elle négligeait les jumeaux. En les regardant, elle ressentit un profond élan d'amour, teinté de culpabilité. Elle ne pouvait pas leur en vouloir s'ils croyaient que Lena était leur mère, car souvent, c'était elle qui les nourrissait, les baignait et les couchait. Ils ne savaient dire que quelques mots en patois hollandais. Cependant à dix mois, ils étaient merveilleux avec leurs longs cheveux roux et leurs grands yeux intelligents. Katie était plus agitée; Acker, lui, était solide et placide. Ils commençaient à marcher et Anna avait barricadé la porte de la cuisine. Ensemble, ils parcouraient la maison à quatre pattes, s'enfonçant bien souvent des échardes dans les mains et les pieds sur le parquet.

Si seulement je pouvais ralentir mon rythme de travail, je pourrais passer du temps avec eux, se dit-elle, car maintenant elle employait un chauffeur de camion à plein temps et des journaliers. Cependant elle était incapable de se détendre et de moins travailler.

Il fallait à tout prix qu'elle se libère pour les jumeaux. Après le déjeuner, Anna mit les bébés sur son dos et alla se promener sur les collines vers la source. Là, caché parmi les roseaux et les buissons, Jan avait construit un petit barrage.

Les jumeaux étaient lourds. Quand elle arriva, Anna était épuisée. Elle les déshabilla et les assit sur le sable de la rivière pour jouer. Puis elle se dévêtit et s'allongea dans l'eau pure et froide. Pour la première fois depuis des mois, Anna jeta un regard critique sur son corps. Ses bras et ses épaules étaient brunis par le soleil, mais le reste du corps était blanc. Elle était encore mince, mais maintenant qu'elle avait fini d'allaiter, sa poitrine tombait. Qui s'intéresse à moi? pensa-t-elle. Elle n'avait aucun désir de paraître belle.

Elle essaya de se détendre. Au-dessus de sa tête une colonie de tisserands fendillait roseaux et branches. Des tourterelles roucoulaient dans les arbres et des cailles au plumage grivelé remontaient la rivière. Au bout d'un moment, elle revint s'allonger au soleil sous la caresse de la brise. Elle s'abandonna, mais au bout d'une heure, son corps reprit le dessus et elle succomba à un état d'agitation dû à un vague mais persistant désir d'être aimée. Depuis combien de temps n'avait-elle pas fait l'amour avec Simon? Depuis plus de trois mois, car après deux autres tentatives il avait capitulé. Elle le dominait maintenant. De son regard glacial, elle apaisait sa passion. Quand elle nourrissait les jumeaux, elle se sentait comblée, mais maintenant qu'ils étaient sevrés, elle s'était mise à faire des rêves érotiques et c'était Simon, non Kurt qui y figurait.

Le souvenir de Kurt la rembrunit. Elle aimerait bien se débarrasser de lui, car lui seul comprenait ses désirs et ses craintes qu'elle dissimulait aux autres sous son apparence sévère.

Quelques instants plus tard, elle alla se plonger dans la mare pour ôter le sable, puis se sécha et s'habilla. Elle sortit alors la lettre de sa poche. Ce n'était pas de l'oncle Acker, mais d'un notaire. Voici ce qu'elle disait :

Chère Madame Anna Smit,

Veuillez accepter nos sincères condoléances pour la mort de votre oncle, Acker Klaus du Toit, et soyez assurée que nous ferons de notre mieux pour vous agréer, avec le même empressement cordial qui nous a permis de servir votre oncle pendant trente ans.

Anna était intriguée. En quoi aurait-elle besoin d'eux?

Vous savez sans doute que vous êtes la seule bénéficiaire du testament de votre oncle (ci-joint une copie) et donc propriétaire d'une ferme caracul de vingt mille hectares, appelée Bosluis, à plus de trois cents kilomètres au nord de Windhoek, avec plus de cinq mille têtes de bétail, des moutons caraculs et une métairie.

En votre absence, nous avons engagé un métayer, Nick Foley, qui n'est là que temporairement car il est sur le point de monter sa propre ferme.

Avant de décéder, M. du Toit a ouvert un compte à

votre nom et déposé 3 000 livres de liquidités jusqu'à ce que les problèmes soient réglés et que le montant de ses biens soit versé à votre compte. Les droits de succession et les divers frais déduits, nous avons calculé que le solde qui vous reviendra sera approximativement de 5 000 livres. La terre est normalement évaluée à 20 000 livres, et les moutons caraculs à environ 4 000 livres.

Le testament déclare expressément que la ferme et les avoirs vous sont légués en dehors de la communauté de biens, ce qui signifie que vous n'êtes pas obligée d'impliquer votre mari dans les transactions financières concernant ces biens et l'usufruit de ce capital...

Anna relut la lettre, stupéfaite. 8 000 livres! Une fortune! Elle était riche et surtout libre. Elle esquissa un sourire triste. Cher oncle Acker! Elle avait toujours compté sur lui dans sa jeunesse. Il avait pris conscience de la difficulté de sa situation. Curieux! C'était lui et non sa mère qui s'était occupé d'elle et tentait de l'aider. Anna rentra chez elle dans un état second. Elle se sentait légère comme une gazelle.

Puis elle aperçut Simon. Son euphorie s'évanouit. Il lui fit signe de la main. Ah! il n'était pas paresseux, il passait son temps à travailler. Son seul défaut était sa stupidité. Il ne voulait pas se rendre à l'évidence et reconnaître ses erreurs.

Une fois de plus, elle dut refréner une pulsion d'affection; c'était le plus bel homme qu'elle ait jamais vu, perché sur le siège de son nouveau jouet, roi dominant son domaine, riant, ses yeux verts brillant sous un halo digne du Titien. Il arrêta la moissonneuse.

– Viens faire un tour.

– D'accord.

Il s'avança, lui saisit la main et la tira vers lui. Elle s'assit à côté de lui.

– Tu vas te faire mal à porter les bébés dans les champs. Ils sont lourds.

– Nous sommes allés prendre un bain.

Quand la moissonneuse se mit en marche, les jumeaux se mirent à pleurer.

– Je ferais mieux de partir.

– Non, reste, ils s'habitueront au bruit.

– J'ai une bonne nouvelle à t'annoncer. J'ai hérité de la ferme caracul de l'oncle Acker.

Simon essaya d'arrêter la machine. Il y eut un silence.

– Mais ce sont des nouvelles merveilleuses, dit-il, d'un ton solennel. Dans le Sud-Ouest africain?

– Oui.

– Quand part-on?

Elle haussa les épaules.

– On va voir.

Elle sauta à terre avec les jumeaux.

Si seulement c'était aussi facile! se dit-elle tristement sur le chemin du retour. Si seulement elle avait confiance en lui! Elle songea à l'éventualité de vivre là-bas avec Simon. Non, la perspective était intolérable. Tous les deux, seuls, exclus du reste du monde, à plus de trois cents kilomètres du magasin le plus proche. Et puis il n'y avait pas d'école, les enfants devraient être envoyés loin de là. Pourtant les fermes étaient rentables, on pouvait devenir riche après quelques années de dur labeur. Mais à quoi bon être riche, puisque Simon réinvestirait dans la terre? Sa soif de terre était insatiable. Non, se dit-elle. Elle trouverait un métayer; ce serait difficile, mais pas impossible.

La moisson se fit en un temps record. En trois jours, tout fut terminé.

Simon rentra la moissonneuse dans le hangar et alla dans la cuisine prendre un café. Il semblait éreinté; rien d'étonnant puisqu'il avait conduit la moissonneuse d'une seule main, de quatre heures du matin jusqu'à minuit chaque jour.

– Nous fêterons ça demain, Anna. Ce soir j'ai sommeil. C'est une moisson record grâce à cette machine. Nous avons terminé juste à temps. Tu as certainement remarqué que le vent a tourné cette nuit; maintenant c'est le noroît. Il va falloir se dépêcher pour transporter le blé chez les meuniers. De pauvres diables vont avoir leurs récoltes trempées, cette nuit. Grâce à toi, nous avons sauvé la nôtre, dit-il en souriant.

La nôtre! Curieux qu'il puisse encore les considérer comme un couple après tout ce qui s'était passé. Elle n'avait jamais eu l'impression que la ferme fût à elle, en totalité ou en partie. La ferme, le bétail, les moutons et le blé, tout appartenait à Simon. Seuls les poulets étaient à elle, comme la ferme caracul.

En promenant son regard, Anna remarqua les vastes flancs couverts de blé, sous l'éclat d'or du soleil. Elle distingua une voiture qui approchait rapidement dans un nuage de poussière. Une camionnette. Celle de Kurt. Quelle lassitude se lisait sur son visage!

– Entrez, je vais préparer le thé.

– Où est Simon?

Etrange accueil!

– Parti avec le blé jusqu'au moulin.

– Je suis venu vous dire que tout est fini entre nous.

Anna essaya de refouler un sourire.

– Mais ça n'a jamais commencé!

Kurt serra les poings.

– La situation a changé. Je pensais que Madeleine et moi étions divorcés. Maintenant, elle dit qu'elle m'aime. Oh, Dieu!

Anna s'avança et effleura sa main. Elle était glacée.

Soudain, il se mit à hurler.

– Même ici, leur vice peut m'atteindre, me blesser, détruire mon univers.

Il tapa sur la table. Le pot de lait tomba. Le lait dégoulina sur le sol.

– Que le diable les emporte!

Sous le regard horrifié d'Anna, Kurt enfouit son visage dans ses mains et se mit à sangloter : d'âpres sanglots, profonds. Anna était glacée d'embarras, tandis que Wagter léchait le lait sur le sol.

– Et je suis impuissant! On l'a internée et je ne peux rien faire pour l'aider, cette garce; elle mérite les pires châtiments, mais pas celui-ci. Je suis lié à elle tant qu'elle sera dans ce camp, ou du moins tant qu'elle vivra. Vous ne pouvez pas comprendre. Je suis désolé.

– Moi aussi, je suis désolée. Je sais que c'est terrible. Je vous plains.

Il chercha dans son regard un signe de compassion, c'était le néant. Elle avait une beauté indomptée, tout en gardant une féminité sans sentiments apparents. Elle semblait inaccessible. Vélasquez aurait dû la prendre pour modèle. Il aurait fait ressortir la pâleur de son visage sous sa chevelure brune dans l'éclat du soleil. C'était une femme sauvage, cruelle, méfiante. Pourtant, elle l'attirait.

– L'aimez-vous? demanda Anna.

– Non, je croyais la haïr, mais maintenant je ne sais plus. Elle dit que seule la pensée de nous retrouver tous deux après la guerre la maintient en vie.

Il se tut. Comment pouvait-il lui en dire davantage? Il se rappelait sa dernière entrevue avec Madeleine, sa chevelure blond cendré, ses yeux bleus lançant des éclairs. Elle voulait à l'époque refaire sa vie et s'était inscrite au parti nazi.

– Trahie par Gunther, elle a été arrêtée et internée en Pologne, dit-il d'une voix monocorde. Elle est enceinte et prétend que l'enfant est de moi.

– L'est-il?

– Non. Peut-être celui de Gunther ou d'un kapo.

– Comment savez-vous tout cela?

– Elle a réussi à faire passer une lettre à sa mère qui m'a écrit par l'intermédiaire de parents en Suisse. Ils espèrent un miracle, mais je ne peux rien faire. C'est ça le pire, l'impuissance. Je ne m'y fais pas.

Depuis qu'il avait reçu la lettre, trois jours auparavant, il n'avait pu chasser de son esprit la vision de sa femme, sa peau ferme d'une blancheur immaculée, autrefois tant désirée.

– Vous êtes pâle, dit-elle. Sortons au soleil.

Il était difficile d'imaginer l'univers concentrationnaire de l'Allemagne dans la chaleur étouffante d'une ferme d'Afrique du Sud. Il essaya de sourire, s'allongea dans l'herbe et se plongea dans des souvenirs sinistres.

– Voyez-vous, Anna, il me faut attendre. Je ne peux divorcer maintenant qu'elle est internée. Je vais partir.

– Où?

– Je ne sais pas. Si seulement je pouvais trouver une île déserte, loin du monde. Derrière le visage souriant des gens se cachent les pensées les plus machiavéliques.

Elle le regarda soudain avec d'autres yeux. Là se trouvait la solution de ses problèmes. Elle avait envie de crier « J'ai exactement ce qu'il vous faut », mais préféra faire son numéro de charme avant de lui expliquer son projet.

– En ce moment, je suis submergée de problèmes, commença-t-elle.

Une demi-heure plus tard, tout était réglé. Kurt dirigerait la ferme d'Acker; elle en ferait son associé, partageant intégralement les bénéfices.

– C'est à trois cents kilomètres du magasin le plus proche. Il n'y a rien d'autre que du sable et des Bochimans.

Le regard de Kurt brilla.

– Exactement ce que je cherche. Mais... qu'allez-vous dire à Simon?

– Je ne vois pas ce qu'il a à voir dans l'affaire. Je le lui dirai, bien sûr, le moment voulu.

Ce n'était pas aussi simple. Novembre s'écoula, puis décembre, puis ce fut l'orée des années 40, décennie qui allait changer le cours de leur vie de façon dramatique. Elle n'avait toujours pas parlé à Simon.

Pour lui, le début de la nouvelle année était l'époque des bilans et de l'introspection. Pourquoi ne pas voir le bon côté des choses? Partir, c'était une aventure qu'ils pouvaient partager, un nouveau départ. La nuit, dans son petit lit, il s'imaginait avec Anna dans le Sud-Ouest africain, univers d'hommes. Anna compterait sur lui pour sa sécurité et sa survie; à des centaines de kilomètres de Modderfontein, le passé serait vite oublié. Pourtant, quel déchirement de quitter Modderfontein! Que faire de ses chères vaches et de ses chers moutons? Il serait obligé de les vendre et de laisser la terre en friche... Simon n'était pas pressé de partir; il attendit donc qu'Anna fasse le premier pas. Il acheta une grammaire allemande qu'il étudiait le soir.

Lorsque Anna se rendit au village, elle trouva une lettre de Kurt, poste restante.

Chère Anna,

Je vous adresse une lettre d'affaires; comment pourrait-il en être autrement, puisque j'écris à mon associée? Je ne vous ennuierai pas avec mes états d'âme. J'ose à peine vous dire combien vous (et les jumeaux) me manquez, combien la solitude est insupportable, combien je regrette ma folle ambition de me couper de la race humaine. Je remercie simplement Dieu que vous ayez suffisamment de bon sens pour ne pas venir ici avec Simon.

J'aimerais vous donner un conseil : vendez les moutons caraculs et laissez la terre en jachère pour la durée de la guerre. Il n'y a pas de marché pour les peaux de mouton et il n'y en aura probablement pas tant que l'Europe n'aura pas retrouvé son équilibre et sa faculté de dépenser de l'argent pour des articles de luxe. J'ai, pour ma part, l'impression que cela durera au moins dix ans. D'autres, pourtant, ont une opinion différente. La plupart des fermiers pensent que dans un an, nous verrons la fin des hostilités et ils s'accrochent à cette idée. Pour cette raison, les moutons atteignent encore des prix élevés, environ 5 shillings pièce. Ce qui signifie que vous pourriez escompter environ 4 000 livres, car le bétail est excellent et les peaux d'une bonne qualité. Ce capital pourrait être mieux investi dans une affaire de distribution de denrées alimentaires, branche qui, à mon avis, connaîtra un essor extraordinaire dans les années de guerre, ou même dans l'extension de votre ferme d'élevage.

Si vous décidez de continuer à élever des caraculs comme bien d'autres, je resterai dans votre ferme au moins jusqu'à ce que je trouve un contremaître de confiance. Cependant, si vous décidez de suivre mon conseil, ne perdez pas de temps.

Mes amitiés les plus chaleureuses pour vous et les jumeaux.

KURT.

Anna télégraphia : « Vendez immédiatement » et ajouta, après réflexion : « chaleureuses amitiés, Anna ». Elle se demanda combien coûteraient ces deux mots supplémentaires, mais... l'investissement en valait la peine.

20

Le premier de l'an, les Noirs se déchaînèrent dans une orgie de danses, de chants et de beuverie. Un groupe hétérogène se forma : des êtres presque blancs et presque noirs, des musulmans, des chrétiens et des athées, des laboureurs et des professeurs; peu de chose les unissait. Pourtant il y avait un dénominateur commun, l'espoir; et la nouvelle année symbolisait cet espoir d'un an, d'une décennie, voire d'une vie meilleure! Dans les rues, explosaient chants, musique, danses.

Le matin suivant, Sophie s'éveilla dans la maison du gardien de l'usine de conserves, avec une soif dévorante, des maux de tête et le sentiment d'être une martyre. Le pêcheur qui avait partagé son lit avait laissé un peu de vin, mais pas d'argent. Elle but le vin; cela ne changea rien à ses maux de tête ni à sa faim. Succombant au désespoir, maugréant, elle saisit un épi de maïs. C'était Simon qui était la cause de sa chute, lui et sa femme qui avait laissé son bébé mourir. Elevée sans foyer et sans amour, Sophie s'était toujours sentie dépossédée, mais elle n'avait jamais su pourquoi, jusqu'au jour où Simon l'avait violée. Depuis, il était devenu le responsable de tous ses malheurs, la cause de sa solitude et de son dénuement. Sa colère ne fit que croître. Au bout d'un moment, tout en marmonnant, elle se dirigea d'un pas incertain vers le village où elle essaya vainement de mendier une pièce ou un petit déjeuner. Se sentant au bord du gouffre, elle s'arrangea pour être prise en auto-stop jusqu'à la grille de Modderfontein.

Elle arriva à la ferme à midi. Il faisait très chaud. Au bord de l'évanouissement, elle s'appuya contre la porte de la cuisine. Elle avait pensé demander de l'argent, mais lorsqu'elle vit la nourriture sur la table, du canard rôti, des petits pois, des pommes de terre et un énorme faitout de sauce fumante, elle n'eut qu'un désir : dévorer. La faim la tenaillait.

– Le maître est là? demanda-t-elle d'un ton suppliant. M'am est là?

Il n'y eut pas de réponse, mais à l'intérieur, elle distinguait les bébés de la m'am qui marchaient à quatre pattes. Elle s'avança vers eux. Dieu, qu'ils étaient beaux, avec leurs cheveux roux éclatants! Elle ne put s'empêcher de s'approcher. Un désir qui était presque de la convoitise s'empara d'elle. Il fallait qu'elle les touche. Son petit bébé aurait eu le même âge. Mais au moment où elle se pencha vers eux, les enfants eurent peur de cette étrangère qui avait une drôle d'odeur et semblait si différente de Lena ou de leur mère. Ils se mirent à crier.

– Allons, allons, n'ayez pas peur, c'est Sophie.

Elle leur sourit.

Anna qui était allée chercher des tomates dans le hangar se précipita dans la maison et se jeta sur Sophie, la plaquant contre le mur.

– Ne la touchez pas, hurla-t-elle, persuadée que Sophie essayait de lui prendre son enfant.

Entendant du remue-ménage, Simon, qui rentrait pour le déjeuner, courut vers la chaumière et s'arrêta net, horrifié, devant le spectacle de Sophie, éberluée, maudissant Anna qui tenait Katie très fort contre son cœur.

– Doux Jésus, aidez-moi! Sophie, que fais-tu ici? dit-il d'un ton sec, essayant de cacher la peur qui le faisait trembler.

– Je suis venue voir la tombe de mon pauvre petit bébé. Mon bébé que la m'am a laissé mourir. Maintenant, elle essaie de me tuer, dit Sophie en sanglotant.

– Je vous tuerai, je le jure devant Dieu, si vous remettez les pieds ici, dit Anna, soulagée.

– Quel bébé? balbutia Simon, livide.

– Le bébé du maître.

– Elle ment.

– C'était ton bébé, dit Anna avec mépris. Il est mort. Maintenant, mets cette traînée dehors.

Elle jeta un coup d'œil furieux à Sophie.

Simon s'affala sur une chaise et s'enfouit la tête dans les mains.

– Oh! Mon Dieu, mon Dieu, Anna!

Sophie hurla de colère :

– Qui c'est la traînée? Sale menteur.

Elle lui déversa un torrent d'injures.

– Que vais-je faire?

– Rien, il n'y a rien à faire. Il est mort et enterré. Ressaisis-toi et jette-la dehors.

– C'est vrai, il est mort, gémit Sophie. La m'am aurait pu sauver mon bébé, mais elle l'a laissé mourir parce qu'il ressemblait trop au maître avec ses longs cheveux roux. Exactement comme les bébés de m'am.

– Dehors! Foutez le camp! hurla Anna en poussant Sophie vers la porte.

Simon reprit le dessus, raccompagna Sophie jusqu'à la porte et appela Jan.

– Jan, donne à Sophie quelque chose à manger et à boire et dis au chauffeur de l'emmener jusqu'au village. Attends, Sophie.

Il courut dans sa chambre et revint avec 20 livres qu'il lui jeta dans les mains.

– Je t'avertis, Sophie, si tu reviens ici nous causer des ennuis, j'appellerai la police et ils te jetteront en prison.

Sophie s'arrêta de sangloter et esquissa un sourire rusé.

– Sur quelle accusation, maître? Viol?

Puis elle haussa les épaules, soudain lasse des Blancs et de leurs manières étranges et implacables. Elle s'éloigna, satisfaite de l'argent et de la perspective de se restaurer.

Simon rentra dans la maison où Anna, les yeux gonflés de larmes, berçait les jumeaux.

– Oh! Mon Dieu, Anna, quel péché j'ai commis! A cause de moi, un pauvre bébé est mort. Je l'ai tué.

Il se couvrit le visage de ses mains, puis ajouta :

– A-t-il beaucoup souffert?

– Il est mort. Oublions tout cela, dit Anna, embarrassée.

Percevant une pointe de culpabilité dans sa voix, Simon fut intrigué.

– De quoi est-il mort?

– De froid, de faim. Comment le saurais-je?

– Ne t'ont-ils rien dit, à l'hôpital? Tu l'as amené à l'hôpital, n'est-ce pas?

– Oui.

– Anna, il faut que tu comprennes que tout cela est arrivé avant de te connaître. Je jure devant Dieu que cela ne s'est produit qu'une fois.

Il essaya d'expliquer, mais était incapable d'évoquer l'affreuse pulsion physique qui l'avait rendu fou.

– Je ne veux pas savoir. Oublions, dit-elle trop vite.

Anna paraissait coupable. Simon remarqua une lueur d'angoisse. Il n'était pas dans les habitudes d'Anna de lui faire grâce aussi facilement. Il avait commis un crime. Six mois était la peine minimale, mais à son crime légal s'ajoutait le péché commis envers Dieu.

– Ainsi, tu savais tout depuis longtemps. Voilà pourquoi tu me hais.

– Oui.

Mais pourquoi se sentait-elle coupable? Qu'avait-elle fait? Il la regarda avec crainte, se rappelant le serpent décapité.

– A quel hôpital l'as-tu emmené? demanda-t-il, retrouvant son courage.

– La nuit était bien avancée, je suis arrivée tard, je ne savais même pas qu'elle l'avait laissé dans le grenier. Il pleurait, c'est comme ça que je l'ai découvert. Je l'ai emmené chez le médecin du village. Il m'a donné des médicaments. Il a dit qu'il avait une pneumonie, entre autres. Il n'avait aucune chance. Si tu ne me crois pas, va lui demander.

Mais pourquoi toutes ces explications? C'était absurde. C'était lui le coupable.

– Je ne suis pas responsable de tes petits bâtards noirs, s'écria-t-elle. Pourquoi t'en prends-tu à moi? Qu'essaies-tu de prouver?

– Tu mens. Pourquoi mens-tu?

Elle se mordit les lèvres et le regarda droit dans les yeux.

– Mon Dieu, c'est affreux. Tu ne me comprends pas du tout. Tu ne m'as jamais compris. J'aurais certes préféré que le bébé vive. Le scandale, peut-être même la prison, les ennuis, ce n'est rien comparé à une vie. Et il avait des cheveux roux, tout comme Acker?

– Non, non, pas roux. Noirs et crépus.

– Mais Sophie a dit qu'il avait des cheveux roux et tu as acquiescé.

– Oh! Arrête! Arrête! Cesse de me mettre sur la sellette en permanence.

Il se leva.

– Je ne connais aucune femme capable d'accomplir une chose aussi horrible.

Anna était éberluée. Il pensait qu'elle avait laissé mourir le bébé, ou pire... Quel soulagement! Elle éclata de rire et cria, alors qu'il s'éloignait :

– Tu as raison, bien sûr. Je l'ai laissé mourir.

Au bout d'un moment, elle débarrassa la table et rangea les plats dans le garde-manger.

Les jours suivants, Simon et Anna se comportèrent comme deux étrangers; ils s'adressaient à peine la parole et évitaient même de se regarder. Tous deux se rendirent compte qu'ils ne pouvaient continuer indéfiniment ainsi. Anna envisagea le divorce; Simon, lui, qui se sentait désespérément lié à elle, caressait l'espoir d'un nouveau départ dans le Sud-Ouest africain, et à défaut d'autre chose redoublait d'efforts pour apprendre l'allemand.

La situation devenait intolérable. Le lendemain soir, au dîner, il lui dit :

– Il est temps pour nous de déménager. Ce n'est pas rentable de laisser gérer nos biens par des métayers. Qui as-tu mis là-bas?

– De quoi parles-tu?

– De la ferme, bien sûr.

– Oh! Kurt Friedland.

– Friedland? Mais il va te voler.

Le regard d'Anna se figea.

– C'est ce que tu voudrais, mais ce n'est pas le cas, dit-elle d'un ton glacial.

La réponse l'abasourdit. Il s'assit un instant, plongeant les mains dans ses poches, la tête baissée. Puis il leva les yeux vers elle.

– Eh bien, il se retrouvera bientôt sans travail, n'est-ce pas?

Quel minable! se dit-elle, avec sa tête de taureau, ses yeux qui s'enflammaient à la moindre contrariété. Il essayait de rester calme, mais son tic habituel le trahissait.

– Il n'a plus de travail, en ce moment, dit Anna.

– Tu es fâchée avec lui, non ?

– Non, j'ai vendu les caraculs.

– Pourquoi?

– Parce que Kurt a pensé qu'il fallait investir ailleurs.

– Et tu l'as cru?

– Oui.

– As-tu vendu la ferme?

– Non.

Il sembla soulagé.

– Bon, c'est facile de racheter du bétail. Combien as-tu récupéré?

– 4 000 livres.

– Grand Dieu! Mais dis-moi, pourquoi avoir choisi Kurt?

– Parce que c'est mon ami... et surtout parce qu'il a le sens des affaires.

– Crois-tu qu'il soit meilleur que moi pour s'occuper de la ferme?

– Pas exactement. Mais tu fais passer ta passion pour la ferme et la terre avant tout. Tu ne t'intéresses pas aux bénéfices. Tu te contenterais de peu et tu vivrais de cailloux et d'insectes s'il le fallait, simplement pour l'amour de la terre. Moi, je veux gagner de l'argent. Je n'aime pas perdre mon temps. De plus, je n'ai aucune envie de vivre dans un lieu isolé avec toi, et il m'est impossible de laisser les poulets.

– Encore une question. Que vas-tu faire de cet argent?

– Je ne sais pas encore.

– Je vais chercher une ferme plus rentable dans la région de Malmesbury.

– Inutile, Simon, la ferme m'a été léguée hors de la communauté de biens et j'ai l'intention de laisser la terre en friche pour les enfants, si un jour ils désirent s'y installer. J'ai donné à Kurt une procuration pour prendre toute décision à ma place, nous allons probablement nous lancer dans la distribution de denrées alimentaires.

Simon, figé, ne la quittait pas du regard; c'était comme s'il la voyait pour la première fois et ce qu'il découvrait ne lui plaisait guère.

– Pour toi, Anna, la vie est un registre de comptes, tu es tellement aveuglée que tu ne vois pas plus loin que tes chiffres. Crédits, débits! Le bébé de Sophie était dans la mauvaise colonne, comme les poules et les caraculs. Tu es une femme cruelle et stupide.

Il la gifla. Elle tomba contre le piano et sentit le goût amer du sang dans la bouche; elle s'était mordu la langue. Ses oreilles bourdonnaient. Au bout d'un long moment, elle alla s'asperger le visage. Simon n'était plus là. Il avait fait ses valises et était parti.

Le matin suivant, le chef de gare lui téléphona pour lui demander d'envoyer un chauffeur chercher la camionnette. Simon s'était engagé, lui dit-il, une pointe de curiosité dans la voix.

Anna embaucha deux chauffeurs. Elle ne sortit pas de chez elle pendant dix jours, car elle ne voulait pas que les villageois voient son œil au beurre noir.

21

Anna pénétra dans l'imposante entrée de la compagnie d'assurances Table Bay. Elle se trouva transportée dans un univers d'opulence; ses vieilles bottes s'enfonçaient dans l'épaisse moquette. Pour une fois, elle aurait dû s'habiller plus convenablement. Elle se vit dans un miroir doré : l'image parfaite de la fille de ferme! Elle eut un instant de panique en arrivant au quatrième étage, où une standardiste sophistiquée, vêtue d'une stricte robe noire, lui indiqua un siège dans le coin de la salle d'attente jouxtant le bureau du P.-D.G.

Anna était en avance. Plus elle attendait, plus son angoisse grandissait. A quoi bon cette démarche? Elle était vouée à l'échec.

Quand Simon l'avait quittée, Anna avait tourné en rond des jours durant, mais très vite l'absence était devenue pesante : bien que la vie avec lui fût ponctuée de disputes, c'était préférable à la solitude totale. Avait-elle bien fait de lui cacher la vérité au sujet de Katie? Il était illégal pour des Blancs d'élever une enfant noire; si la vérité s'étalait au grand jour, on lui arracherait Katie pour la placer dans une famille noire ou peut-être dans une institution. Sa Katie! Cette pensée la glaçait d'horreur. Bien mieux valait faire croire à Simon qu'elle avait laissé mourir l'enfant. Mais comment pouvait-il se méprendre autant à son sujet? Comment avait-il pu lui assener un coup de poing? Et pourquoi était-il parti? C'était la grande question qui l'obsédait jour et nuit. Etait-ce de la colère, parce qu'il avait été frustré de la ferme, de la jalousie à l'égard de Kurt, ou bien tout simplement en avait-il assez d'elle? Elle cherchait désespérément la réponse. Elle avait épousé un étranger et maintenant, il était parti.

Elle venait de vivre six semaines éprouvantes. Peu après le départ de Simon, elle avait découvert, de façon fortuite, que son père était revenu en Afrique du Sud juste avant le début de la guerre. Un jour, après avoir fait ses achats à Malmesbury, elle déballa ses achats; le visage de son père lui apparut dans le journal qui enveloppait les oignons. Le journal datait d'un mois et disait simplement qu'André Van Achtenburgh était rentré à Fontainebleu après des vacances prolongées en Suisse où sa femme, Maria, était morte. Après avoir défripé le papier, Anna l'avait rangé dans un tiroir. Puisqu'il n'avait pas essayé d'entrer en contact avec elle, il devait probablement encore lui en vouloir, ce qui accentuait son amertume.

A cela s'ajoutait la disparition de Kurt. Dans une lettre, il avait fait état des sommes reçues pour les moutons caraculs. L'argent, une fois sa commission déduite, avait été déposé sur le compte d'Anna. Un mois auparavant! Depuis, pas de nouvelles.

Un jour, se sentant particulièrement déprimée, elle avait essayé de retrouver sa trace. Par les avocats de Windhoek, elle avait obtenu le numéro de téléphone de Nick Foley; il n'avait pas vu Kurt depuis son départ. Les avocats, eux aussi, étaient désorientés. Kurt avait disparu. Ses gages et sa commission lui suffisaient pour s'envoler en Angleterre. Peut-être avait-il réussi à s'engager, après tout. Chaque jour, elle se rendait à la poste, espérant des nouvelles.

Une enquête auprès de l'armée, de la marine et de la force aérienne d'Afrique du Sud n'avait mené à rien. Simon ne s'était pas engagé. Il y avait plusieurs Simon Smit, mais aucun de Saldanha Bay. Il avait lui aussi disparu.

Au bout de trois semaines, Anna sentit la folie la gagner tant sa solitude était grande. Kurt était parti, tant pis, elle ne capitulerait pas, elle lancerait l'affaire seule. Qu'il aille au diable!

Elle explora les fermes environnantes et découvrit que Kurt avait raison, il y avait une fortune à faire.

On pouvait racheter le bétail pour presque rien dans les régions éloignées; les bénéfices seraient considérables. Modderfontein n'était bon que pour l'élevage, non pour les cultures. Elle dirigeait la ferme de Simon à sa place. Elle avait loué plusieurs hectares de bons pâturages dans les plaines du Cap et acheté du bétail.

Faire travailler son capital la rendait plus optimiste.

Anna passa les deux semaines suivantes à parcourir la zone industrielle autour de Woodstock, à la recherche d'entrepôts désaffectés.

Au début mars, des rumeurs lui étaient parvenues selon lesquelles la compagnie d'exportation Aegis Apple était en liquidation. Ils avaient un entrepôt juste à l'extérieur des docks, près d'une station de chemin de fer avec sa propre voie de chargement. Les liquidateurs demandaient le prix exorbitant de 12 000 livres. Si elle achetait ce local, il lui faudrait investir tout l'argent liquide dont elle disposait et il ne lui resterait rien pour financer l'affaire. Une seule solution : obtenir un prêt de 75 % du montant total. Après tout, se dit-elle, le bâtiment et sa ferme dans le Sud-Ouest africain étaient une garantie suffisante. Aussi avait-elle rempli les formulaires requis joints à une lettre expliquant son intention de monter une affaire.

A cet instant, une sonnerie retentit, la standardiste se leva dans un frou-frou de soie et un sillage parfumé. Anna fut introduite dans le bureau. Elle se trouva en face de cinq des directeurs de la société autour d'une grande table d'acajou; elle en connaissait trois, Louis Le Grange, Frikkie Geldenhuys et Cobus Fourie; ils n'étaient pas seulement les directeurs de cette société, mais aussi de riches fermiers et administrateurs de biens. Elle les avait rencontrés à plusieurs reprises avec son père. Ils avaient tous plus de cinquante ans, c'étaient des hommes sérieux, solides; elle se rendit compte qu'elle offrait un bien piètre spectacle. Le Grange présenta Anna aux deux autres, Martin Sommers et Clive Ducan. Ils avaient un visage impassible, un regard d'acier. Ils avaient dû entendre parler du scandale de son mariage. Enfin! Anna n'était pas là pour faire des mondanités. Elle était venue demander 6 000 livres.

– Je possède la somme requise pour acheter l'entrepôt, commença Anna en toute sincérité. Ils en demandent 12 000 livres, mais nous pourrons certainement traiter à 9 000. Cependant, vous savez, messieurs, que ce type d'affaires exige des liquidités assez importantes. J'ai besoin d'un prêt de 6 000 livres. L'entrepôt est bien situé; il possède sa propre voie de chargement et une grande capacité de stockage de produits congelés.

N'obtenant aucune réponse, elle poursuivit :

– Je n'ai pas besoin de vous rappeler, messieurs, que nos alliés et nos forces dépendront des capacités de ravitaillement pour les bateaux ancrés au Cap. Cette route maritime vitale doit également être prête à fournir des fruits frais, des œufs, de la viande et des légumes.

Elle s'arrêta un instant et les dévisagea. A leur impassibilité s'ajoutait maintenant un certain scepticisme.

– Nous avons déjà des contrats avec l'armée, s'empressa de dire Anna. Vous imaginez les bénéfices qu'on peut en tirer; M. Le Grange, ici présent, sait que j'ai, ou plutôt que nous avons des garanties, mais j'ai besoin de liquidités.

Geldenhuys fronçait les sourcils; il s'éclaircit la gorge et dit :

– Madame Smit, pourquoi cette affaire nécessiterait-elle plus d'argent qu'une autre?

Anna connaissait bien le sujet.

– C'est pour pouvoir saisir l'occasion; il s'agit d'acheter au moment propice, quand le bétail arrive sur le marché. Si j'entends parler d'une cargaison de veaux, je peux les avoir à un prix dérisoire si j'ai des disponibilités et puis l'entrepôt doit toujours être plein, on ne sait pas quand les bateaux arrivent pour recharger. Je m'occupe de distribution de denrées depuis plus de deux ans.

Geldenhuys se tourna vers les quatre autres, le regard un peu narquois.

– Chère madame, je n'appellerais pas cela une ferme d'élevage ou de la distribution de denrées. Ce sont de bien grands mots. Très bien, vous parvenez à faire des bénéfices et votre oncle vous a laissé une ferme, mais êtes-vous bien armée pour ce genre d'affaires? Je n'en ai pas l'impression.

– J'ai des garanties : l'entrepôt et la ferme. Peu importe votre opinion sur mes compétences.

Le Grange secoua la tête.

– Chère madame, ce n'est pas cela. Nous ne sommes pas là pour vous prêter de l'argent dans le but de vous prendre par la suite votre entrepôt et votre ferme. Notre but est de vous guider et si nous pensons que vous... enfin, que vous voyez trop grand, alors il est de notre devoir de vous décourager en vous refusant ce prêt.

Anna rougit. Elle avait envie de les envoyer au diable, mais ne pouvait se le permettre.

– Monsieur Le Grange, je vais me lancer dans la

distribution de denrées avec ou sans votre prêt, dit-elle d'un ton glacial. Ne vous préoccupez pas, je vous prie, de savoir si je peux ou non mener cette affaire. Moi je sais que oui. Vous pourrez toujours saisir l'entrepôt, il vaut plus de 6 000 livres.

– Chère madame, acheter et vendre ne nous concerne pas, nous sommes un organisme de prêts. Nous pourrions très bien nous trouver dans une situation embarrassante. La loi est très tolérante envers les femmes dans ce pays. Dans neuf cas sur dix, nous ne pouvons même pas les poursuivre en justice.

Ce n'était pas du tout ce qu'avait envisagé Anna. Vieux grigous stupides! se dit-elle avec mépris. Nés pour la richesse, influents toute leur vie, ils n'ont jamais eu à se battre pour obtenir quelque chose.

– Les hommes aussi font faillite, dit-elle d'un ton narquois.

– Ne vous énervez pas, Anna, lui dit Le Grange. Notre seul souci est l'efficacité de nos prêts.

– Il va y avoir des centaines de bateaux, s'écria-t-elle. Dans les docks et à Simonstown, ils auront tous besoin d'avitailler. C'est une affaire rentable. Les comestibles l'ont toujours été.

– Vous considérez la guerre en termes de profits? demanda Geldenhuys.

Anna rougit et se mordit les lèvres.

– J'ai construit ma ferme d'élevage bien avant le début de la guerre, mais maintenant que c'est une réalité, pourquoi ne lui donnerais-je pas de l'extension?

– Madame Smit, l'interrompit brusquement Fourie, j'ai cru comprendre que votre mari, Simon Smit, s'est engagé. Vous avez des jumeaux qui ont à peine un peu plus de dix-huit mois. Vous dirigez un élevage de volailles et la ferme de votre mari en son absence. Ne pensez-vous pas que cela soit suffisant? Vous dites que vous avez un associé. Où est-il donc?

Ne pas garder son sang-froid signifiait tout perdre. Anna esquissa un sourire enjôleur.

– Je crois me rappeler, monsieur Fourie, que vous avez six enfants, trois fermes dans la région de Stellenbosch, des intérêts dans un négoce de vin local, trois immeubles en ville et, de plus, vous êtes directeur de cette compagnie. Vous a-t-on jamais suggéré que diriger une ferme et être père de six enfants, c'était trop pour vous?

Fourie lui lança un regard incendiaire. Ils avaient tous l'air furieux. Rougissante, elle repoussa sa chaise et se leva.

– Je vous ai tout dit.

Sortant une feuille de papier de son dossier, elle la lança sur la table.

– Voici les chiffres, messieurs, la liste de mes avoirs, l'estimation des locaux et ma garantie. Quant à mon avenir, je m'en chargerai moi-même. Je ne suis pas venue chercher des conseils mais un prêt, et c'est à vous de me l'accorder ou pas.

Le Grange se précipita vers elle.

– Anna, soyez raisonnable. Nous avons un règlement. Votre entreprise me semble hasardeuse et je ne nourris pas beaucoup d'espoir, mais je tiens à vous dire une chose : demandez à votre père de se porter caution, et il n'y aura plus aucun problème.

– Je possède suffisamment de garanties. Il n'y a aucune raison pour que je dérange mon père.

Sept jours plus tard, la lettre tant redoutée arriva; ce ne fut pas une surprise pour Anna d'apprendre que sa demande de prêt avait été rejetée. La lettre déclarait simplement qu'il n'était pas dans les habitudes de la compagnie d'accorder des prêts importants à une femme, à moins qu'un homme influent ne se porte garant.

Elle avait une option de trois jours sur l'entrepôt.

– Nous n'avons pas encore perdu la bataille, se dit-elle le soir, tout en baignant les jumeaux.

Curieux comme ils remplissaient sa vie, lui insufflant le courage de poursuivre sa tâche! Pour eux, elle réussirait; elle remplirait le rôle de mère et de père, elle s'assurerait qu'ils aient ce qu'il y a de plus beau; rien ne viendrait entraver sa route.

– Nous aurons cet entrepôt, leur dit-elle solennellement. Vous pouvez compter sur votre mère.

22

Après dîner, le lendemain soir, une fois les jumeaux couchés et Lena rentrée chez elle, Anna prit son petit carnet et, comme il faisait bon, s'assit sur les marches, dehors, à la lueur d'une lampe.

C'était une merveilleuse soirée d'été. On percevait le cri aigu et strident des cigales; les grenouilles coassaient. Bas dans le ciel, la lune paraissait gigantesque au-dessus des collines. Anna était plongée dans ses chiffres. Que faire? Acheter comptant le bâtiment et rester sans fonds de roulement ou laisser l'occasion lui filer entre les doigts? Comment se procurer plus de liquidités? Si elle vendait la ferme, quel capital réaliserait-elle?

C'était une entreprise hasardeuse; elle avait peur. Des nuits de solitude rongeaient son courage; elle savait que si elle attendait trop, elle serait incapable de repartir de zéro. Mais la seule perspective d'un avenir solitaire à Modderfontein avec les jumeaux et Jan était trop horrible. Elle se sentait condamnée à la réclusion perpétuelle. Elle était certaine de ne plus revoir Simon; d'ailleurs, elle n'en éprouvait même plus l'envie. Son père était de retour; il n'avait même pas essayé de la revoir. Kurt avait disparu. Elle pouvait s'étioler, passer lentement de la jeunesse à la vieillesse sans que nul s'en inquiète.

Mon Dieu, non! s'écriait-elle lorsque ces crises de désespoir s'emparaient d'elle. Il valait mieux tenter sa chance, se jeter à corps perdu dans le changement, l'argent, une vie meilleure. Mais le premier pas, qu'il était dur à franchir! Et si elle échouait? Elle n'avait personne pour l'aider ou la conseiller. Et si les fonds manquaient?

Elle se leva et se mit à faire les cent pas. De toute façon, elle se lancerait dans cette affaire, avec ou sans liquidités, avec ou sans courage. Elle ferait une offre à 9 000 livres, le lendemain, à la première heure.

Tout à coup, elle distingua sur la colline des lumières de phares. Un camion. Non, deux. Qui était-ce à cette heure avancée de la nuit?

Kurt! Quand elle l'aperçut, une colère noire s'empara d'elle.

– Pour l'amour de Dieu, où étiez-vous passé? Pourquoi m'avoir laissée sans nouvelles si longtemps. Vous êtes irréfléchi, cruel, vindicatif, irresponsable.

Puis éclatant en sanglots, elle se précipita dans la cuisine, furieuse mais soulagée.

– Allons, allons, je suis désolé. Tout va bien maintenant, calmez-vous.

– Arrêtez donc, je ne suis pas une enfant.

– Ce n'est pas si évident.

Elle riait et pleurait. Comme par miracle, le poids de sa solitude se dissipa, elle respira longuement et lui sourit.

– Oh, que je suis heureuse de vous voir. Mais pourquoi être resté si longtemps absent? dit-elle en se jetant dans ses bras. Pourquoi deux camions? Que se passe-t-il?

– D'abord, restaurons-nous, ensuite on verra. Nous n'avons rien avalé de la journée.

– Vous avez de la chance. Il y a du ragoût de mouton et de la bière fraîche... Mais où donc étiez-vous passé depuis plus d'un mois. J'ai vainement essayé de vous joindre. J'ai fini par renoncer.

– J'étais sur le chemin du retour, comme convenu.

Anna le trouvait changé : des épaules plus larges, le visage bronzé, mais quelle maigreur!

– J'ai attrapé la malaria. Ensuite, nous avons malencontreusement heurté un buffle qui a cassé l'essieu. Quel voyage! Catastrophe sur catastrophe!

– Vous auriez pu prendre l'avion. Vous ne pouvez pas imaginer à quel point j'étais inquiète.

Il semblait heureux.

– Anna, je ne pouvais pas emporter en avion tous les meubles de votre oncle. Au fait, j'y pense...

Il se leva et se précipita vers le camion. Il ouvrit la portière arrière et siffla.

– Wolfie, viens, viens, mon chien.

– Grand Dieu! Le chien de mon oncle! Qui aurait cru qu'il était encore en vie? Il doit bien avoir douze ans.

Le grison apparut. Wagter alla à sa rencontre. Tous deux se mirent à aboyer et à grogner. Kurt prit Wagter par le collet et lui donna un coup de pied. Les deux chiens se glissèrent dans la cuisine derrière Kurt, où ils restèrent de chaque côté de la pièce, se lançant des regards méfiants.

– Ne vous inquiétez pas, ils se disputeront une ou deux fois et tout finira par s'arranger, dit Anna.

Un petit homme laid et maigre les rejoignit; il devait avoir du sang noir, hottentot et probablement chinois.

– Voici Hennessy, mon chauffeur... notre chauffeur, Anna. Le meilleur chauffeur d'Afrique, dit-il en lui tapant sur l'épaule.

Bien plus tard, après le dîner, Anna le mit au courant des derniers événements : l'entrepôt, sa déception pour le prêt refusé.

– A vous entendre, on a l'impression que c'est un palais.

– Pour nous, ce serait plus utile qu'un palais. Malheureusement, à cause de cinq vieux imbéciles, l'affaire tombe à l'eau.

– Vous êtes stupide. Vous mettez la charrue avant les bœufs. Achetez d'abord le local, ensuite vous ferez une demande de prêt. C'est très simple. Ne vous inquiétez pas, demain nous verrons.

Elle lui parla des terres qu'elle avait louées pour engraisser le bétail, les bœufs et les cochons qu'elle avait achetés et deux mille moutons, ce qui nécessitait plus d'espace.

Kurt ne pouvait s'empêcher d'admirer son courage, mais elle semblait fatiguée, déprimée, elle avait des cernes sous les yeux; il émanait d'elle une tristesse qu'elle n'avait pas auparavant.

– Maintenant que vous m'avez parlé de tous ces petits problèmes, abordons les choses essentielles.

– Comme?

– Simon? Où est Simon?

– Il m'a quittée.

Elle lui expliqua ce qui s'était produit.

– Je ne sais pas si c'est à cause de la ferme, de vous, ou parce qu'il a pensé que j'avais tué le bébé, ou que je l'avais délibérément laissé mourir, ce qui revient au même...

– Je suppose qu'il ne le sait pas lui-même. Qu'est-il arrivé au bébé?

Elle rougit.

– Vous n'allez pas vous y mettre vous aussi!

– Vous êtes une fieffée menteuse.

– Bon, il n'est pas mort, je vous le jure. Sophie n'était pas une mère convenable. Un point c'est tout.

Il leva les mains au ciel.

– Je capitule. Je ne veux pas me disputer, dit-il doucement, pensant qu'elle l'avait confié à un orphelinat.

Soudain, elle éclata en sanglots. Kurt se demandait ce qui avait bien pu provoquer cette explosion. Il s'accroupit près d'elle et passa les bras autour de ses épaules.

– Qu'ai-je fait? Qu'y a-t-il?

Il lui caressa les cheveux, lui essuya les yeux avec un torchon.

– Ne me collez pas ce sale bout de chiffon dans les yeux!

Il le jeta par terre.

– Excusez-moi, dit-elle entre deux sanglots. Pourquoi Simon n'a-t-il pas réagi comme vous? L'affaire se serait terminée là, mais il a toujours une opinion affreuse de moi. Pourquoi la vie est-elle si facile, si calme avec vous et si difficile avec Simon?

– Faites l'échange.

– Je ne sais pas pourquoi je me rends ridicule. Quand il m'a frappée, je n'ai pas pleuré, ni quand il est parti, d'ailleurs. Quand je ne vous ai pas trouvé, je me suis plongée dans le travail, et puis papa est revenu, et puis... et puis... J'étais si calme et maintenant que vous êtes là, je suis ridicule.

Il la porta jusqu'à son lit, ils firent l'amour avec frénésie. Tous les soucis s'évanouirent. Elle leva les yeux vers lui, souriant timidement.

– Maintenant que vous êtes là, c'est vous qui allez prendre tous les problèmes en main.

Quel bonheur, se dit Kurt, de pouvoir se débarrasser de ses problèmes, d'avoir suffisamment confiance en un être pour se décharger de son fardeau. Elle pouvait lui faire confiance. Il la protégerait le reste de sa vie. Comment cette enfant pouvait-elle faire face à la situation sans lui? Après tout, l'idée de venir en Afrique du Sud n'était pas si mauvaise. Réussir en affaires n'était pas difficile; il avait confiance en ses capacités et en son expérience. Avoir envie de réussir avait été son vrai problème. Pour Anna, il était prêt à repartir de zéro. Elle était sa motivation. Il éprouvait pour elle un amour sincère. Avec du temps et de la patience, il était sûr qu'elle finirait par l'aimer.

Il se pencha et effleura son épaule de ses lèvres. Soudain, pour la première fois depuis des mois, il fut submergé de désir. Ses sens s'éveillaient. Ce n'était pas simplement l'envie de faire l'amour, mais bien une résurrection : un besoin de la sentir, de la toucher, de jouir de nouveau de la beauté. Anna était sa vie. Ce n'est qu'auprès d'elle qu'il éprouverait du bonheur.

– J'ai l'impression de ronronner, murmura-t-elle. J'adore être caressée. Si seulement j'étais un chat! T'ai-je dit que Simon a tué mon chat?

– Chut, ne dis rien, ronronne.

Amoureusement, il lui caressa le dos, la poitrine, la peau douce et blanche de ses cuisses. Elle lui inspirait de la pitié sans qu'il sache pourquoi. Il se sentait désarmé devant sa vulnérabilité. Il l'aimerait et la protégerait toute sa vie. Avec lui, elle serait toujours à l'abri.

Il refréna sa passion, lui caressa les bras, le cou, passant lentement sa langue sur tout le corps. Qu'elle était belle, avec sa peau de velours, douce et immaculée, ses yeux sombres à peine ombrés!

Sous ses caresses, ses bouts de seins se raidirent. Elle gémit. Il se laissait aller à ses fantasmes : l'emmener loin d'ici, lui construire une maison au bord de la mer. Il l'imaginait, pieds nus, sur le sable, la chevelure au vent. Une sauvageonne!

Des sentiments contradictoires l'assaillaient; il désirait préserver de toutes ses forces la beauté qu'elle gaspillait; mais une partie de lui désirait la posséder, la séduire, car il était certain de pouvoir éveiller chez elle une sensualité qu'elle ne soupçonnait même pas; alors, elle serait à lui pour toujours.

Elle s'excitait, ouvrait les yeux.

– N'arrête pas, murmurait-elle.

Le désir la submergeait, chassant toute pensée consciente. L'instinct prit le dessus. Il la pénétra. Enfin, elle lui appartenait! Cette jolie femme entêtée, obstinée, l'aimerait un jour autant qu'il l'aimait.

Quelle différence! se dit Anna, le lendemain matin. Ses rêves semblaient plus accessibles, l'avenir moins sombre. Même la chaumière semblait plus douce, plus gaie. Elle ressentait un bien-être réconfortant au plus profond d'elle-même.

Le temps changea durant la nuit; au matin, de lourds nuages et une épaisse brume encombraient le ciel. Quand Anna réveilla Kurt à neuf heures avec une tasse de café, il bruinait déjà.

– Nous avons passé une merveilleuse soirée, lui dit-elle tristement, je crois que je t'aime, mais je ne peux divorcer parce que Simon s'est engagé; toi non plus d'ailleurs, puisque Madeleine est internée, aussi ferions-nous mieux de nous contrôler jusqu'à la fin de la guerre, sinon nous finirons par nous haïr. Ou pis encore, éprouver de la haine envers nous-mêmes.

– Hier soir, c'était un peu particulier. Je n'ai jamais été aussi heureux.

– Kurt, ai-je raison ou tort?

– ...

– Pour l'amour de Dieu, Kurt, souviens-toi du jour où tu es venu à Modderfontein! Où tu avais entendu parler de l'internement de Madeleine! Tu m'avais dit que tu ne pouvais pas m'épouser. C'est encore vrai, n'est-ce pas?

– Grand Dieu! soupira-t-il.

– Il nous faut de la patience. C'est un pacte entre nous, Kurt! Nous modérerons nos sentiments jusqu'à la fin de la guerre, ensuite nous prendrons une décision. Oublie la soirée d'hier. Tu me le promets?

– Nous verrons, nous verrons, dit-il sans cacher sa déception.

Sur le long chemin qui menait au Cap, ils mirent au point leur association. Ils engageraient 5 000 livres chacun. Anna avancerait sa part à Kurt, qui la lui rendrait à raison de 250 livres par mois au taux d'intérêt du marché. C'est un point sur lequel il avait insisté, malgré les protestations d'Anna. Kurt allait diriger les chantiers navals; il recevrait un salaire; Anna s'occuperait du stock, des achats et de l'élevage; elle recevrait également un salaire.

Anna était ravie de leur accord. Elle avait hâte de faire affaire, mais en voyant Kurt examiner les moindres recoins et fissures, le visage de plus en plus sinistre à chaque minute, elle se demandait si cela arriverait un jour. Il était déçu, furieux même et ne s'en cachait pas. L'agent s'énervait. Kurt inspectait le toit, le grenier, les fenêtres, les canalisations, tapait sur les murs et les parquets. Anna avait l'impression qu'il perdait un temps précieux. Il sortit dans la cour, jeta un regard méprisant sur la bâtisse et dit :

– J'ai de meilleurs projets. Ce local nécessite trop de réparations et on a trop peu de temps.

Anna lui lança des regards furieux.

– Je vous comprends parfaitement, monsieur Friedland, dit l'agent immobilier, mais je crois qu'il vous faut réfléchir. Le bâtiment est très solide, vraiment très solide et je suis sûr que mon client serait près à faire un effort pour les travaux. Voyez-vous, les syndics ont hâte d'en finir.

Kurt acquiesça d'un air hautain.

– Ce n'est pas simplement une question d'argent, cher monsieur, mais de temps. Le temps, c'est de l'argent.

– Faites une offre, insista l'agent immobilier. Faites une estimation du coût des travaux et déduisez la somme du prix demandé. Le bâtiment marche mal en ce moment; vous pouvez avoir les meilleurs ouvriers dès demain matin; ils travailleront dans les meilleurs délais.

– S'il ne s'agissait que de cela!

Kurt haussa les épaules.

– Nous avons besoin d'ingénieurs. En trouve-t-on

au Cap, ou dois-je aller en chercher à Johannesburg?

– Inutile, il y en a ici. Je dirais même que je peux vous fournir un spécialiste de la réfrigération pour demain matin huit heures.

Kurt semblait perplexe.

– Eh bien, je ne sais pas... Très bien, je ferai une offre à 7 000, mais attention, pour vingt-quatre heures seulement. En toute honnêteté, je serais soulagé s'ils refusaient. A ce prix, l'affaire est intéressante, je l'avoue, mais elle entraîne bon nombre de problèmes. S'il n'y avait pas la voie de chargement, ça ne m'intéresserait pas du tout.

L'agent immobilier tira fébrilement une feuille de papier.

– Signez simplement ici, dit-il avec déférence.

Kurt hésita puis signa. Il se tourna alors vers Anna.

– Viens, Anna, nous avons quatre autres bâtiments à voir et notre temps est limité.

Anna, bouleversée, repartit vers le camion. Comment osait-il? C'était le seul entrepôt près d'une voie de chargement!

– Tu as tout gâché. 7 000 livres. C'est ridicule, ça en vaut le double!

– Patience!

Ils étaient à peine rentrés à la ferme que le téléphone sonna, événement rare à Modderfontein. Anna saisit l'appareil avec une certaine inquiétude. C'était l'agent qui leur confirmait que leur offre avait été acceptée. Si elle voulait se donner la peine de se déranger et de payer le plus tôt possible, l'entrepôt serait à elle. Elle reposa l'appareil et se tourna vers Kurt, l'air embarrassé.

Il se mit à rire avant même qu'elle ait ouvert la bouche.

– Leçon n° 1, ma chère. Il ne faut pas se fier aux apparences. Maintenant, pour ta seconde leçon concernant le déroulement des affaires, tu retourneras à la compagnie d'assurances Table Bay, et tu feras une demande de prêt de 75 % de la somme demandée. Fais de même avec tous les organismes de prêts et dis-leur que tu prendras la première offre. Il nous faudra prévoir deux camionnettes, parce que je vais examiner la ferme que tu loues.

– Que *nous* louons!

– Mille excuses, dit-il avec un large sourire.

Pour la première fois, le bonheur se lisait dans le regard de Kurt.

– Tu es un génie, lui dit-il le soir au dîner. Tu verras, tous deux nous sommes une équipe redoutable.

Le prêt de 6 000 livres, la somme qu'Anna avait demandée la première fois, arriva dans les dix jours. Anna et Kurt signèrent conjointement et Kurt lui remit 1 000 livres qu'il avait épargnées sur les 5 000 qu'il lui devait.

La tristesse et le désespoir qui avaient pesé si lourdement sur Anna s'envolèrent. Finie la pauvreté, désormais la fortune l'attendait; finie la solitude, Kurt était là. Elle se réveillait de plus en plus tôt chaque matin et bondissait de son lit, le sourire aux lèvres.

Pourquoi le ciel s'éclaircissait-il, pourquoi un jour triste se transformait-il en un panorama aux couleurs subtiles, pourquoi tout travail monotone semblait-il satisfaisant? Le succès leur montait à la tête.

23

Le nouveau bâtiment n'était pas encore totalement rénové que les commandes de viande, d'œufs, de poules affluèrent. Anna engagea un jeune villageois du nom de Hendricks qui venait de terminer ses études.

Leurs réserves diminuèrent rapidement; Anna passait ses journées à se réapprovisionner dans le voisinage. Il fallait souvent payer des prix exorbitants. Kurt l'encourageait dans cette voie, même s'il n'y avait pas toujours de bénéfices.

– La guerre ne fait que commencer, disait-il. De nouveaux bateaux passent par Le Cap; s'ils sont contents de nos services, ils ne s'adresseront plus qu'à nous. Nous devons saisir toutes les occasions.

Anna se levait à cinq heures; après l'inspection de la ferme, elle s'occupait des achats.

Un soir, alors qu'elle rentrait chez elle épuisée, Koos Van Niekerk, le contremaître, l'arrêta.

– Qu'y a-t-il? demanda-t-elle en soupirant.

Il triturait nerveusement son chapeau.

– Eh bien voilà, à l'étranger, ils se servent d'un nouveau système qui permet d'enfermer les poules dans de petites cages d'environ trente centimètres sur trente-cinq, m'am; cela les empêche de trop se déplacer.

– De grosses poules ne pondent pas bien.

– C'est ça le problème, m'am; ils les nourrissent surtout de protéines.

– Pas de maïs?

– Non. Avec ces couveuses artificielles, comme on les appelle, le tri se fait automatiquement. La lumière reste allumée dix heures par jour, ainsi les poules croient que c'est toujours l'été; et puis il y a le chauffage.

– Le chauffage?

– Tout est marqué dans le livre.

Anna prit le magazine avec curiosité.

– Quel serait l'intérêt de ce système, à votre avis?

– M'am, nous pourrions doubler la production avec le même nombre de poules.

– Bon, peut-être pourrions-nous faire un essai?

– Ce n'est pas si facile; les couveuses artificielles

coûtent environ 5 shillings pièce, et puis il y a le problème du hangar, du chauffage, de l'éclairage.

– Alors c'est hors de question, Koos; nous ne pourrions jamais couvrir les frais.

– Je vous demande pardon, m'am, mais vous pensez à court terme. Les couveuses durent au moins quinze ans.

– Oui, bien sûr, je suppose que vous avez raison; laissez-moi quelques jours de réflexion.

Anna se leva, espérant que Koos s'en irait; mais il triturait toujours son chapeau.

– M'am, rendez-vous compte, si vous ne vous adaptez pas à ce nouveau système, d'autres le feront et, au bout du compte, vous ne pourrez pas être compétitive au niveau des prix, surtout l'hiver. Pour nous résumer, il faut choisir entre les couveuses ou la faillite.

Quel culot! Anna s'efforça de sourire. Elle referma brutalement la porte derrière lui, parcourut le fascicule en s'attardant sur les belles illustrations représentant des poules dans leur prison. Quelle idée merveilleuse! Pourquoi n'y avait-elle pas pensé plus tôt? Elle allait faire une offre d'achat à 1 000 livres.

Le matin suivant, Anna téléphona à une ferme située à trois heures de voiture de Saldanha Bay, sur la côte ouest, après Struisbaai. Elle avait entendu dire que la ferme des Van Der Merwe était en vente. Deux années de sécheresse avaient provoqué de grands dégâts.

Mme Van Der Merwe était une petite femme fragile, ratatinée par des années de travail et d'humilité; son mari obèse, le visage rougeaud, accueillit Anna avec le sourire.

– Je pensais qu'ils envoyaient un acheteur de la compagnie de la Croix du Sud.

– Eh bien, c'est moi.

– Pardieu! Je ne traite pas avec des femmes, dit-il en lui tournant le dos.

– Avez-vous eu d'autres propositions, monsieur Van Der Merwe?

Il n'y eut pas de réponse. Quelques secondes plus tard, sa femme revint, portant un plateau avec un verre d'eau, une tasse de café et des biscuits.

– Venez prendre quelque chose dans la cuisine, dit-elle timidement.

Anna mit trois cuillerées de sucre dans l'épaisse infusion noire.

– Avez-vous eu d'autres offres?

– Pas une. Le bétail meurt de faim; il faut engraisser les bêtes, cela prendra des mois.

Elle essuya une larme.

– Allez dire à votre mari que je suis le seul acquéreur éventuel, il fera affaire avec moi ou avec personne. Je lui en donnerai un bon prix.

Le fermier revint au bout d'un moment. Il semblait gêné et confus.

– Je ne voulais pas vous offenser; les temps ont changé, je suppose. Qu'est-ce qu'une femme peut faire dans cette histoire?

Ce fut une longue promenade déprimante à travers des étendues de sable et de maigres pâturages. Les moutons étaient décharnés, les vaches dans un piteux état; elles ne valaient même pas le prix du transport. Quel désastre!

Elle gribouilla quelques chiffres sur son carnet et dit :

– 500 livres pour le tout.

– Mais... mais c'est du vol, madame! Les moutons à eux seuls valent plus; ils ont besoin d'un peu de fourrage, c'est tout.

– Je suis désolée, monsieur Van Der Merwe, je vous ai fait une offre; bien entendu, vous pouvez ne pas l'accepter; peut-être en avez-vous eu de meilleures?

Il secoua la tête en silence, trop accablé et déçu pour parler.

Anna lui tendit sa carte. C'était son procédé habituel.

– Téléphonez-moi, je vous prie, si vous décidez d'accepter mon offre; si je ne suis pas là, laissez un message à Hendricks.

Ils marchèrent en silence. Aux abords de la ferme, le fermier lui dit :

– Vous le savez très bien, il est difficile de vendre en ce moment, aussi accepterai-je à 700 livres.

– Je ne suis pas là pour marchander. Je vous ai offert un bon prix; je dois tenir compte des coûts de transport et du temps qu'il faudra pour engraisser les bêtes. Vous pouvez accepter ou refuser, vous êtes seul juge. Au revoir, monsieur Van Der Merwe.

Elle jeta un coup d'œil à l'intérieur de la ferme pour remercier sa femme et s'éloigna, sûre de sa réussite. Le lendemain, il téléphonerait pour offrir un autre compromis et le jour suivant, il accepterait l'offre.

A quatre heures de l'après-midi, Anna arriva à la septième et dernière ferme de la journée. Elle n'avait guère envie d'aller inspecter les champs. Dans cette ferme, comme dans le reste de la région, le sol était aride, les moutons décharnés. M. Myburgh, le fermier, avait près de soixante-dix ans et sa femme n'était guère plus jeune. Ils attendaient avec impatience une retraite bien méritée et projetaient de vivre avec des parents à Stellenbosch.

Ils évoquèrent l'arbre généalogique d'Anna, remontant à trois générations. C'était toujours un sujet d'étonnement pour Anna de voir les gens se mêler des affaires des autres.

– Nous aurions pu continuer encore un peu, lui dit M. Myburgh, mais nous ne regrettons rien. Le temps suit la même courbe, quelques bonnes années suivies de quelques mauvaises. J'ai envie de me retirer maintenant, avant que la ferme soit totalement improductive comme celles des alentours de Springbok.

Anna tendit l'oreille.

– De la sécheresse trois années de suite! Le bétail est en train de mourir et les fermiers abandonnent leur ferme. Ils partent pour la ville chercher du travail. Ruinés! Si vous cherchez des moutons à engraisser, vous devriez aller faire un tour là-bas, madame Smit. Mais dépêchez-vous si vous voulez les voir vivants.

Pour une fois, son offre fut acceptée d'emblée, car il était heureux de quitter la ferme et de vivre en paix les dernières années qu'il lui restait.

Anna rentra chez elle un peu après vingt heures. Elle se sentait lasse; la chaleur de la cuisine la réconforta. Lena avait préparé un ragoût de mouton et lui servit du vin chaud épicé.

Anna se pencha sur le berceau pour embrasser ses enfants. Tout cela en valait la peine. Elle serait milliardaire avant qu'ils ne quittent l'école.

Deux jours plus tard, Anna partit pour Springbok à quatre heures du matin. Elle n'y arriva qu'à midi. Les champs étaient désertiques après des années d'écrasante sécheresse; ils ressemblaient à de gigantesques jeux de patience. Des corneilles noires tournoyaient au-dessus de la zone sinistrée et se disputaient les cadavres des moutons.

Anna arriva devant une pancarte. *J. H. Firth.* La ferme était abandonnée. Elle descendit de la camionnette, essayant de refouler les sentiments mélancoliques qui l'assaillaient devant un tel spectacle. Tel aurait été son destin si elle n'avait pas trouvé l'eau à Modderfontein. Elle imaginait les enfants vivant de maigres récoltes, un mari à la recherche de petits travaux.

La ferme suivante ne valait guère mieux, mais elle était habitée. Les moutons, tête baissée, côtes saillantes, fouillaient la terre en quête d'un brin d'herbe. Des effluves fétides soulevaient le cœur. Revanche cruelle de la nature!

Le fermier, Willis Grobbelaar, était un jeune

homme aux cheveux blond cendré, au regard amer; sa femme semblait désespérée. Des enfants, répliques des parents, se rongeaient les ongles, l'air méfiant.

Elle faillit rebrousser chemin. Profiter de la misère humaine ne faisait pas partie de son plan. Mais en fait, si elle n'achetait pas leur bétail, ce serait bien pire pour eux.

– Voilà les vautours de la ville qui viennent s'emparer des cadavres. Oui, c'est tout ce que vous trouverez ici, des os.

Mon Dieu, se dit Anna, où donc me suis-je laissé entraîner? Est-ce vraiment la peine?

Mme Grobbelaar, furieuse, interrompit son mari.

– Les affaires sont suffisamment mauvaises, Willis, ce n'est pas la peine de gaspiller ce qui reste.

Elle se retourna d'un air méfiant vers Anna.

– M. Grobbelaar va vous montrer le bétail.

Le même drame pitoyable se déroulait dans chaque ferme. Dans la journée, elle acheta cinq mille moutons.

– Paiement cash, leur disait-elle à tous. Rubis sur l'ongle, dès que les moutons seront chargés dans les camions.

A la nuit tombée, Anna s'enquit d'une chambre pour la nuit.

– Mme Joubert, au bout de la route, loue parfois des chambres, dit Jurgens, le propriétaire du café.

Anna s'y rendit. La maison semblait propre et agréable avec ses murs peints à la chaux, et ses volets d'un vert éclatant.

La propriétaire, ravie d'avoir un hôte, insista pour lui donner sa chambre. Il n'y avait pas de salle de bains. Anna fit sa toilette dans la cuvette et alla dîner. Sa décision était prise, elle achèterait encore deux mille moutons pour Modderfontein. Il lui fallait se mettre en rapport avec Hendricks. Le téléphone le plus proche se trouvait au café. Elle cacha l'argent sous l'oreiller et, son sac de toile en bandoulière, partit dans la nuit.

Le café ne se trouvait pas loin. A mi-chemin, elle eut l'impression d'être suivie. Méfiante, elle s'arrêta et scruta la route. Mille ombres se profilaient, mais aucune ne bougeait.

Elle poursuivit sa route. Soudain elle perçut un craquement puis le bruit d'un pas.

Elle se mit à courir vers le café, encore à trois rues plus loin; mais on lui emboîta le pas; elle sentait qu'on la rattrapait.

Quelqu'un la tira par l'épaule et la fit tomber.

Elle se mit à hurler.

– Au secours! Au secours!

Après lui avoir arraché le sac, son assaillant disparut. Une voiture approcha; elle aperçut une chevelure blond cendré. Les pneus crissèrent sous la pression des freins. Le conducteur vint à sa rescousse, la fit monter dans sa voiture et la mena au café.

– Il n'y a que quelques pièces dans mon sac, expliqua-t-elle, après avoir refusé du brandy et accepté une tasse de café.

– On sait par ici que vous êtes venue acheter les moutons et que vous transportez une fortune en argent liquide, lui dit Jurgens. Lorsqu'un homme est désespéré, on ne sait pas ce qui peut lui passer par la tête. Ce n'est pas du travail de femme, mais si vous êtes contrainte de le faire, prenez un bon chien ou un garde du corps.

Le souvenir des jours qui suivirent devait rester gravé dans sa mémoire : des fermiers aigris, désespérés; des familles entières sans la moindre lueur d'espoir; les moutons puant et expirant; Hennessy, exténué par ses deux voyages quotidiens pour le transport du bétail. Où qu'elle aille, elle sentait la peur.

Cinq jours plus tard, Anna chargea les cinquante derniers moutons dans son camion. Elle était éreintée.

Il ne lui restait plus un sou, elle avait acheté sept mille moutons aux prix les plus bas.

A l'aube, Anna se trouva dans la vallée de l'Hex. Quel endroit merveilleux! Le ciel était d'un bleu pâle diaphane, les flancs de la montagne pourpres sous l'éclat des premiers rayons de soleil, les pâturages verdoyants.

Elle précédait le convoi. Dès son arrivée, elle appela les ouvriers agricoles pour l'aider à faire descendre les moutons et nettoyer le camion. Dans trois mois, les moutons seraient rétablis et les bénéfices considérables.

La camionnette fut lavée de fond en comble en un rien de temps, sans vraiment la débarrasser de l'odeur nauséabonde de carcasses pourries.

Il ne lui restait plus qu'à rentrer chez elle. Elle avait hâte de voir l'expression de Kurt quand elle lui annoncerait l'achat des sept mille moutons. Elle ne l'avait pas vu depuis un mois, un mois dément. Il avait dû terminer les réparations. Etrange! Elle avait vraiment hâte de le voir.

24

Le succès la grisait. Cet entrepôt immense lui appartenait.

Anna lut le nom de la société sur la façade en lettres vert foncé sur fond blanc : *Entrepreneurs de marine de la Croix du Sud.*

Kurt et Anna s'étaient querellés à propos des travaux. Elle avait rechigné devant les 1 000 livres à dépenser simplement pour rendre les lieux convenables.

Kurt fut intraitable sur ce point.

– L'image de marque, ma chère. Il faut toujours y

attacher de l'importance, c'est une chose que tu as tendance à négliger. Elle peut te lancer comme te détruire.

A l'époque, elle s'était emportée, maintenant elle se rendait compte qu'il avait raison.

Soudain, elle aperçut une mince silhouette. Tailleur bleu pâle, blouse à fronces beige, des yeux bleus, une chevelure blond cendré. Probablement la réplique de Madeleine.

– Elles ne sont pas très bien posées, ces tuiles. Je crois que vous devriez vous plaindre.

Prenant conscience de son nouveau statut d'employeur, Anna tendit la main.

– Je suis ravie de faire votre connaissance; je suis madame Van Achtenburgh-Smit.

La jeune fille ne répondit pas. Elle jeta un regard méprisant sur les bottes boueuses et le vieux pantalon d'Anna.

– Que désirez-vous?

La standardiste se précipita derrière son bureau et, d'un doigt bien soigné, pianota sur l'intercom.

– Il y a une étrange femme ici...

Elle s'exprimait avec un léger accent allemand.

– Qu'elle monte.

La voix de Kurt semblait lointaine.

– Premier à gauche, en haut.

Arrivée au premier étage, elle l'entendit dire :

– Il y a la brousse qui débarque.

Anna ouvrit brutalement la porte.

– L'as-tu entendue? Renvoie-la immédiatement.

– Non, viens t'asseoir. J'espère que tes vêtements n'abîmeront pas les chaises.

Anna était partagée entre la colère et la jalousie. Pendant qu'elle s'épuisait à Springbok au milieu des moutons affamés et des familles ruinées, Kurt s'était confortablement installé.

– Bon sang, Kurt, tu as les pieds bien au chaud, toi!

Tout à fait consciente de l'image piteuse qu'elle offrait, Anna fit lentement le tour de la pièce, le regard glacial, les lèvres pincées.

– Toute cette ostentation est superflue.

Elle s'assit, se pencha en avant, les coudes sur les genoux, les jambes écartées. La boue tombait de ses bottes sur le tapis.

– J'ai sept mille moutons à moitié morts de faim, mais je pense en sauver 90 %. Je les ai eus pour une somme dérisoire; dans trois mois, nous en aurons suffisamment pour approvisionner toute la marine britannique.

Kurt, les mains jointes, semblait plongé dans ses pensées.

– Félicitations, Anna.

– C'est tout ce que tu trouves à dire? J'ai travaillé avec acharnement pendant des heures, conduit la nuit, aidé les hommes à faire descendre les moutons du camion, certains étaient si faibles que nous avons dû les porter, et tout ce que tu trouves à dire, c'est « Félicitations »!

– Tu t'attendais à quoi?

– Bon, je suppose que des félicitations suffisent. Peu importe, je suis venue déjeuner avec toi.

Kurt lui lança un regard glacial.

– Pas aujourd'hui, je regrette, Anna, je suis trop occupé.

– J'insiste. Bon sang, Kurt, je n'ai pas fait de repas correct depuis cinq jours. J'ai attendu avec impatience ce jour. Qu'y a-t-il? Allons fêter notre réussite.

– Non, impossible.

Il avait un ton à la fois dur et moqueur.

Anna fit un effort pour se contrôler, mais ses mains tremblaient. De toute évidence, il avait des vues sur la créature détestable d'en bas.

– Tu travailles pour moi et je tiens à ce que nous allions déjeuner ensemble.

– Je ne travaille pas pour toi. Nous sommes associés

et ce que je fais de mon temps libre ne t'intéresse pas.

Quelle expression sur son visage! On y lisait la haine et la violence! Cette absence de féminité le rendait fou. Elle gâchait délibérément ce qu'il aimait.

– Mes invités généralement sentent le parfum, pas le fumier, leur langage, tout comme leurs ongles, est net.

– Comment oses-tu?

– Un garçon vacher ne pue pas autant que toi. Quand vas-tu apprendre à mettre une robe et non un pantalon?

– Je m'habille comme je l'entends.

– J'invite à déjeuner qui bon me semble.

– C'est cette petite putain prétentieuse, je suppose.

– Si j'en ai envie, pourquoi pas? Au moins n'essaie-t-elle pas de ressembler à un homme.

– Bon sang, Kurt, tu n'as pas le droit, non pas le droit. Tu as eu la partie belle pendant que moi je me crevais au travail. Tu es renvoyé! Oui, renvoyé!

Il avait l'impression qu'elle n'était pas dans son état normal. Quelle enfant gâtée! Il avait envie de tout plaquer et de repartir de zéro. Elle ferait faillite en moins d'un mois; mais il se trouvait pris dans un cercle vicieux, victime de son désir et du besoin qu'il avait d'elle. Presque quotidiennement, il se repentait de la stupidité d'une collaboration bâtie sur les sentiments. Néanmoins, il tiendrait le coup, ferait prospérer les affaires et la traînerait comme un boulet.

Elle remarqua son bureau bien ordonné et intentionnellement y posa les pieds; du fumier tomba sur ses dossiers.

– Va chercher du travail ailleurs et emmène ta sale petite secrétaire avec toi.

Ce ne furent pas ces paroles mais le fumier sur ses précieux contrats qui transformèrent la mauvaise humeur latente de Kurt en un accès de fureur. Il souleva Anna, ouvrit brutalement la porte de la salle de bains et, la jetant dans la baignoire, ouvrit à fond le robinet d'eau froide de la douche.

Anna haletait, cherchant sa respiration. Ses cris se transformèrent en gémissements.

Il la tira de l'eau. Son visage était déformé par la rage.

– Je te revaudrai ça.

La replongeant dans la baignoire, il ouvrit le robinet d'eau chaude. Sa colère s'apaisa devant le spectacle qu'offrait une Anna trempée mais toujours furieuse.

– Fous le camp, hurla-t-elle.

– Tu ne peux pas me mettre dehors, Anna, il t'en coûterait trop cher, certainement plus que tu ne possèdes.

Elle se jeta sur lui, lui assena un coup de poing et, de ses ongles, lui lacéra les joues. Kurt eut le visage ensanglanté.

– Je devrais te donner une raclée, grommela-t-il en la secouant.

Anna se débattit. Il la maintenait fermement.

– Tu ne bougeras pas d'ici tant que tu pueras et que ta colère ne sera pas apaisée.

– Tu te crois tout-puissant, Kurt. Qui diable penses-tu être?

– Et toi? Tu t'enlaidis à plaisir, je ne peux pas te laisser faire.

– Ne me touche pas.

– Allons, Anna, ne joue pas les vierges pudiques maintenant que tu as fini de jouer les vachers.

Il lui arracha sa chemise et son soutien-gorge; elle tenta de riposter.

– On peut jouer à deux à ce petit jeu.

Les boutons volèrent en éclats.

– Ma chemise! Regarde dans quel état elle est!

– Ce n'est qu'un commencement, dit-elle en ricanant.

Elle se jeta sur lui. Kurt glissa et tomba à la renverse sur le sol mouillé.

– Salope! Regarde mon costume.

– Si tu veux te déshabiller, ne te gêne pas pour moi.

Elle saisit la chaussure de Kurt et la lança par la porte ouverte; elle atterrit sur son bureau.

– Comment oses-tu?

Il attrapa le pantalon d'Anna et le baissa d'un coup.

Anna était nue. Sa colère empira. Se précipitant vers lui, elle lui mordit le cou à pleines dents. Ils se débattaient à terre, haletants. Mais, soudain, surgit la passion. Anna prit conscience de la nudité du corps de son adversaire, un ardent désir la prit. Elle le saisit avec force et l'attira sur elle.

– Viens, viens, murmura-t-elle, viole-moi.

– Te violer? Grand Dieu, jamais de la vie!

Il se redressa. Anna, ne lâchant pas prise, fut soulevée en même temps. Elle s'assit à califourchon et eut un sourire triomphal en sentant son pénis la pénétrer.

– Tu prétends toujours que tu ne me désires pas?

Elle pressa ses lèvres contre les siennes. Ses seins, raidis de plaisir, étaient plaqués contre lui.

Il la dévisageait, partagé entre la colère et le désir.

– Je t'aime quand tu es en colère, lui dit-elle en pressant sa poitrine contre lui.

Soudain il se leva, la saisit brutalement et l'allongea sur le bureau au milieu des dossiers.

– Ta sale petite secrétaire devra tout retaper, murmura-t-elle en s'abandonnant sans honte à la joie totale du plaisir physique.

Kurt lança un coup d'œil dégoûté à son bureau.

– Tant pis, est-ce que tu m'aimes?

– Anna, j'aime tout en toi, sauf toi.

– Quelle horreur!

– J'aime ton visage, ton incroyable beauté, ton esprit. Mais toi, tu m'affliges.

Il prit une serviette et la frotta.

– Anna, si seulement tu voulais bien cesser de te punir, de te châtier. Mets-toi à l'équitation, jouis de la vie, aime-toi.

– Tu es ridicule. On avait besoin des moutons, on n'en avait pratiquement plus.

– Pourquoi ne pas avoir pris ou loué un avion? Pourquoi être restée cinq jours, avoir aidé à transporter ces bêtes puantes et t'être infligé le retour en voiture? C'était inutile et insensé!

– Tu ne comprends rien. Ils tombaient les uns après les autres. C'est un miracle qu'autant d'entre eux aient survécu.

– As-tu déjà entendu parler de délégation? Cela signifie qu'on paie d'autres personnes pour faire le sale travail. Pour l'amour de Dieu, Anna, apprends à te faire seconder.

– Oh, Kurt! Faisons une trêve. Cesse de me narguer, je suis si lasse, j'ai besoin de dormir.

– Je croyais que tu voulais aller dîner.

– Je veux tout. Un steak ou un poisson succulent, un bon vin, peut-être des huîtres et... du crabe. Que vais-je mettre? Mes vêtements sont trempés, tout cela par ta faute.

– Nous irons dîner plus tard; maintenant, j'ai un rendez-vous.

– Promis?

– Promis. Je vais verrouiller la porte, Anna. Dors jusqu'à mon retour. J'irai te chercher des vêtements, ne t'inquiète pas.

Il s'habilla, ouvrit un plaçard et en sortit un oreiller et une couverture.

– Je passe souvent la nuit ici quand j'attends un bateau.

Kurt revint à six heures trente; Anna dormait toujours. Qu'elle était belle, avec ses joues roses, ses boucles brunes emmêlées!

Ses dossiers étaient salis; il les secoua en maugréant. Quel gâchis!

Anna entendit du bruit, bâilla et sourit.
– Quelle heure est-il?
– Six heures trente.
– Mm... c'est la première fois que j'ai le plaisir d'apprécier la douceur de tes tapis.
– Regarde, je t'ai acheté une robe.
Il ouvrit gauchement la boîte.
– Oh, Kurt!
Elle écarquilla les yeux en voyant une robe bleu pâle moulante, en cachemire.
– Tu as dû la payer cher.
– Oui; tu ne devrais porter que de belles robes.
– Quelle taille as-tu pris?
– 42.
– C'était ma taille avant. Mais Kurt, une robe, ce n'est pas suffisant; il faut des bas, des chaussures, un soutien-gorge.
Il sortit un sac.
– J'ai raconté à la vendeuse que ma femme était tombée à l'eau et m'attendait avec un trousseau complet. C'est moi qui ai choisi la robe. Pour le reste, il faut espérer que ça ira.
– Et les chaussures?
Sous le regard étonné d'Anna, il sortit des bottes en daim beige à fermeture éclair et talons hauts. Elle les enfila; elles allaient parfaitement.
– Kurt, tu es merveilleux.
– Oui, je le reconnais, mais je dois t'avouer que j'ai pris tes bottes sales pour vérifier la taille.
Ils allèrent manger des fruits de mer dans un restaurant de la côte. Anna commanda des huîtres, des calmars et du crabe.
– Je n'ai pas fait de repas correct depuis cinq jours.
Pourquoi l'attirait-elle? Peut-être étaient-ce ces lueurs de passion dans son regard, suivies immédiatement d'éclairs de cruauté; sa bouche était attirante un jour, implacable le lendemain. Elle était l'inconnu,

l'imprévisible... Il saisit son verre et le tendit vers elle.

– *Prosit!*

– A ta santé.

– Quelle journée inoubliable nous avons passée!

Il essayait désespérément de prolonger cet instant, car elle lui avait appartenu totalement et avait même semblé l'aimer.

– Pourquoi parles-tu au passé? C'est une soirée inoubliable.

– Oui, bien sûr.

– Voilà l'ennui avec les hommes. Ils pensent que le sexe est le fin du fin; moi, j'aime satisfaire tous mes sens. C'est ça le bonheur. Cette soirée est merveilleuse parce que le crabe est délicieux, le vin exquis, le restaurant parfait. Et puis il y a l'odeur de la mer, la chaleur du feu, l'assoupissement et l'amour... Je me sens heureuse.

– Tu me vois réjoui de savoir que je t'ai donné autant de plaisir qu'un crabe, dit Kurt, blessé.

– Oh, mon Dieu! Tu ne vas pas recommencer.

– D'accord, mais il manque deux sens. Et le toucher?

– Ah! J'ai bonne mémoire.

– Et la vue?

– Eh bien, je te regarde et je me dis que tu es le plus bel homme que je connaisse.

– Tu as tellement d'objets de comparaison?

Il plaisantait gaiement.

– Oui, Simon.

Le sourire s'estompa.

Ils restèrent silencieux quelques instants, puis Kurt rompit le silence.

– Tu sais que je t'aime; promets-moi qu'un jour tu divorceras et tu m'épouseras.

Anna saisit son verre et but d'un trait. Epouser Kurt? Impensable! Elle l'aimait ainsi, en admiration devant elle, travaillant pour elle, s'acharnant à mettre l'affaire sur pied. Il était brillant mais si imprévisible! Quelle idiote d'avoir fait l'amour avec lui. Elle ne pouvait guère se permettre de le perdre.

Elle reposa son verre.

– Kurt, nous n'avons pas le droit de penser à tout cela; Simon est à la guerre, et Madeleine... Enfin, espérons qu'elle survivra. Désormais il faudra nous cantonner à nos rôles respectifs. Fini l'amour, restons amis.

La guerre peut durer des années, pensa-t-elle.

– Veux-tu un autre crabe?

Kurt éprouvait un sentiment de haine.

– Non, laisse-moi finir celui-ci. Qu'y a-t-il, Kurt? Tu as l'air malheureux alors que tu devrais bondir de joie.

– Pourquoi donc? Quel avenir avons-nous? Des années vides, stériles.

– Tu sais très bien ce que je veux dire; l'amour! Simplement l'amour. Nous allons tout faire ensemble, diriger l'affaire, faire fortune et nous serons des amis. Pourquoi notre existence ne connaîtrait-elle que des heures vides et stériles? En vérité, je n'ai pas de patience avec les hommes. Le centre de leur être pend entre leurs jambes.

– J'ai horreur de la grossièreté.

Il fit signe au garçon.

– Je ne suis pas grossière, je dis la vérité. Kurt, nous allons faire fortune. Nous serons milliardaires. Je le sens, je le sais. Nous formons une équipe redoutable.

Sa puérilité irritait Kurt plus encore que sa cruauté enfantine.

– Je doute que tu sois à la hauteur de la situation. Que ferais-tu, Anna, si tu avais un milliard? Tu n'aurais pas la moindre idée sur la façon de le dépenser. Dépenser de l'argent est un art. Apprécier l'argent est un don que tu ne possèdes pas.

Anna ne disait mot, l'œil fixé sur son verre de vin.

Que ferait-elle d'une fortune? Il ne lui venait qu'une chose à l'esprit : acheter Fontainebleu.

– Quelle importance?

– Pour moi, c'est important. J'attache une grande valeur à ce que je possède.

– Et à ce que tu ne possèdes pas... Sais-tu que je sais lire les lignes de la main?

– Ah oui? Alors, lis dans les miennes.

– Je vois Anna Smit se lançant dans une quête insatiable d'argent, elle n'en a jamais assez, n'est jamais satisfaite, ne dépense rien et devient vieille et aigrie.

Elle retira sa main et le foudroya du regard.

– Ne dis pas de sottises, surtout quand tu n'as pas la moindre idée de ce que tu dis.

– C'est vrai, je suis désolé. Pardonne-moi.

Tard dans la nuit, quand Anna se retrouva seule dans son lit à Modderfontein, elle ne put s'empêcher de se rappeler ces paroles et se dit : et s'il avait raison? Et si sa prophétie se réalisait? Frissonnant, elle alla préparer une tasse de thé. Les paroles de Kurt avaient gâché la soirée. Elle avait oublié la chaleur, l'amour, l'intimité et même le triomphe de voir les bâtiments de leur société offerts à l'admiration de tous. Seule restait gravée dans son esprit la prophétie de Kurt. Ses mots lui martelaient les tempes, résonnaient de façon discordante.

25

C'était une lettre officielle. Anna hésita avant de l'ouvrir. Elle ne connaissait personne en Grande-Bretagne; pourtant la lettre était bien adressée à Mme Anna Smit; en haut, était inscrit : *Au Service de Sa Majesté.*

Le sang lui monta au visage en lisant les trois premiers mots. C'était Simon. Elle était au comble du bonheur, mais sa joie s'évanouit aussitôt. La note était brève. Il avait travaillé pour payer son voyage jusqu'en Angleterre et s'était engagé dans l'armée pour lui épargner l'embarras de tomber sur lui lors d'une permission. A la fin seulement, il avait ajouté : « je pense souvent à toi, Simon ».

Elle s'arrêta trois fois sur le trajet du retour pour relire la lettre, essayant vainement de déceler quelque affection dans ce message laconique.

– On a reçu une lettre de papa, dit-elle aux jumeaux en arrivant.

– Papa, papa, dit Acker, mais il ne leva même pas les yeux de son train.

– J'ai perdu ma poupée, s'écria Katie.

Simon n'était parti que depuis dix-huit mois et les jumeaux se souvenaient à peine de lui. Elle les prit tristement dans ses bras.

Après avoir reçu la lettre, Anna pensa de plus en plus à Simon. Elle se rappelait les bons moments et censurait les autres. Simon n'avait jamais connu l'amour. Au lieu de l'aider, elle l'avait repoussé. S'il se faisait tuer, elle se sentirait responsable. N'avait-elle pas tout fait pour le détruire? Elle repensait aux vaines tentatives de réconciliation de Simon et à son sentiment croissant d'infériorité. Elle se comparait au scorpion qui peu à peu détruit son compagnon. Seul le travail atténuait ses remords. Anna s'y adonna avec fougue, se levant à cinq heures et ne s'arrêtant qu'à la tombée de la nuit. Les jours, les semaines, les mois se fondaient en une ronde continue. S'arrêter, c'était rendre la solitude et le sentiment de culpabilité insupportables.

Il lui arrivait, le soir, de confier les jumeaux à Lena et de se rendre au village ou à Malmesbury, simplement pour le plaisir de voir les fenêtres ornées de rideaux, des lumières, d'entendre des voix, de la musique. Elle se mit à perdre du poids et sa maigreur devint inquiétante. Ses traits se durcirent, des rides apparurent aux commissures de ses lèvres.

Kurt essayait de la séduire. Il arrivait avec des billets de théâtre ou de concert; parfois elle l'accompagnait. Mais elle restait inaccessible. Depuis le dernier incident dans le bureau, elle avait gardé ses distances et il n'avait pas réussi à rompre la glace. Anna avait pris la décision de s'isoler et regrettait sa courte aventure avec lui. Elle se contentait de leur association.

Il faut lui laisser le temps, pensait-il. Mais une année s'écoula, puis une autre. Elle restait toujours lointaine, suffisante, inaccessible. Grand Dieu! Qu'attendait-elle? Elle exécrait Simon pourtant quand ce dernier était là.

Anna allait devenir une recluse, vivant en autarcie sur ses terres. Si seulement il pouvait la réconcilier avec son père! Il essaya, mais échoua chaque fois. Elle était inflexible.

Les motivations de Kurt n'étaient pas totalement altruistes; il mettait toutes ses espérances dans le retour de Simon. Quand le héros redeviendrait ce qu'il était, un fermier têtu comme un mulet, Anna chercherait une autre compagnie et lui, Kurt, serait là. A Stellenbosch, la mésalliance n'en serait que plus évidente.

De plus, il savait qu'Anna ressentait sa solitude; lui, la comprenait. Bien qu'entouré de nouvelles connaissances, de fournisseurs, de clients, de nouveaux amis, il avait envie de créer un foyer. Il s'était plus vite adapté qu'Anna à cette nouvelle vie, sans doute parce que le changement n'avait pas été aussi total. Il avait trouvé sa place dans une société nouvelle; il était encore Kurt Friedland, homme d'affaires prospère. Anna, elle, était devenue une créature impopulaire, une femme d'affaires riche mais détestée. Ses amies d'antan menaient une vie différente, accaparées par un mari et des enfants. Il ne lui restait qu'une solution : se réconcilier avec son père. La persuasion de Kurt n'avait pas suffi.

Pourtant ils travaillaient, luttaient ensemble avec les mêmes préoccupations, les mêmes projets. Leur affaire prospérait. En 1943, ils possédaient les chantiers navals les plus importants du Cap et contrôlaient plus d'une douzaine de sociétés.

Au début du mois d'avril 1943, la veille du jour de son rendez-vous avec Anna pour faire le bilan annuel, Kurt ouvrit le journal. Surprise! En première page, figurait la photo de son rival accompagnée d'un article de l'agence Reuters de Londres.

Un marin sud-africain décoré de la D.S.O. (1) *pour son courage au combat. Le lieutenant Simon Smit, ex-fermier dans la province du Cap en Afrique du Sud, qui s'est engagé dans la marine britannique au début de la guerre, a reçu la D.S.O., lors d'une cérémonie à Buckingham Palace, hier, pour son courage au combat en dehors des exigences du service. Tandis que son navire essuyait de lourds bombardements et qu'une partie des munitions avait pris feu, le lieutenant Smit a mis à l'abri le reste de celles-ci et, malgré sa blessure, a réussi à sauver un camarade du feu. Smit est sorti de l'hôpital avant la cérémonie et a maintenant rejoint son bâtiment.*

Anna arriva le lendemain matin, fraîche, les joues roses, une lueur de bonheur dans les yeux. Inutile de demander si elle avait pris connaissance de l'article.

– Savais-tu que Simon était à l'hôpital? Tu n'as reçu aucune lettre?

– Non.

Elle esquissa un faible sourire tout en refoulant une

(1) *N.d.T.* D.S.O. : *Distinguished Service Order*, la plus importante décoration militaire récompensant un haut fait de guerre.

larme. Elle ne se laisse pas abattre, se dit Kurt, furieux. Il était jaloux, mais se consolait en pensant qu'Anna vivait dans un rêve. Quand ce plouc reviendrait, elle se rendrait vite compte du fossé qui les séparait. Elle ne le supporterait même pas un jour.

Tout ce qu'ils touchaient semblait prendre racine et se multiplier. Bien sûr, ils avaient des problèmes de liquidités, mais le directeur de la banque s'était montré beaucoup plus compréhensif ces derniers temps. Ils étaient en train d'amasser une fortune.

Oncle Acker aurait dû partager tout cela, se dit Anna en songeant à leur dernière rencontre. Elle fut ramenée à la réalité par le comptable qui toussotait impatiemment. Elle mit les registres de côté.

– Si nous allions fêter notre succès au restaurant?

Kurt souriait comme un adolescent.

– Notre réussite dépasse nos espérances, avoua-t-elle.

Anna se leva et s'approcha de la fenêtre d'où elle voyait les navires entrer et sortir du port.

– Une autre fois, je t'en prie, Kurt.

– Tu as raison.

Impatient et quelque peu froissé, il lui effleura le bras.

Anna rentra chez elle. Elle ressentait un sentiment étrange. L'examen du bilan annuel, bien que palpitant, avait accru son sentiment de culpabilité.

A Modderfontein, elle examina la ferme d'un œil critique, elle n'éprouvait plus son habituelle satisfaction devant le fruit de son travail : la large route refaite bordée d'arbres, les moutons bien gras, la laiterie avec cinquante vaches, le barrage rempli à ras bord grâce à de nouvelles canalisations installées sur les collines. Qu'importait tout cela! Pendant qu'elle amassait une fortune, Simon risquait sa vie à la guerre.

Les jumeaux, maintenant âgés de quatre ans, traversèrent la cour et se jetèrent dans ses bras. Quels enfants merveilleux! Acker était la réplique de son père avec ses grands yeux verts qui ne reflétaient que de l'amour. Pourtant c'était Katie qui attirait tous les regards avec ses longs cheveux et ses beaux yeux noisette.

Le dernier numéro du journal des fermiers était arrivé. Comme à son habitude, Anna l'examina pour les ventes de bétail. En parcourant les colonnes, elle apprit que douze béliers du fameux cheptel de Sainte-Croix étaient mis en vente le mercredi suivant. Sainte-Croix était l'un des meilleurs amis de son père, un vieil aristocrate au nez aquilin et aux cheveux blancs. Dans sa ferme de Bredasdorp, il élevait les meilleurs mérinos du pays. Il mettait en vente douze béliers. Anna décida de les acheter pour Simon. Elle se demandait quel prix ils atteindraient. Très certainement une fortune! Mais avec eux, elle doublerait la production de laine de Modderfontein.

Elle songea à Simon. Quelle joie il éprouverait à son retour! Ce jour arriverait-il? En deux ans, elle n'avait reçu que deux lettres, brèves et sèches.

A maintes reprises, Anna avait essayé de lui parler de sa solitude, de ses souhaits, de son rêve de repartir de zéro; mais le désir et les regrets s'évanouissaient devant la feuille blanche de papier à lettres. En désespoir de cause, elle écrivait : « Tu me manques. Les enfants vont bien. »

Le mercredi approchait. Sa décision d'acquérir les béliers n'avait d'égale que sa crainte d'apparaître aux concours du comice agricole de Stellenbosch. Tous les amis de sa famille seraient là. Insupportable! L'espace d'un instant, elle pensa envoyer Kurt, mais il ne distinguait pas un agneau d'un mouton. C'étaient, de toute évidence, les plus beaux mérinos du pays, issus du cheptel importé avant l'embargo sur l'exportation en Australie de 1929. La lutte serait sans merci; Anna songeait emmener 3 000 livres.

La vente devait avoir lieu à dix heures du matin. Elle arriva bien avant, avec les jumeaux; tous trois étaient vêtus de neuf. Au moment où ils descendaient de voiture, ils tombèrent nez à nez avec Piet Joubert qu'elle n'avait pas revu depuis son départ de chez elle. Elle fit un petit signe discret et s'éloigna. Elle déambula au milieu des regards narquois, des chuchotements. Qu'ils aillent au diable! Elle était venue acheter les béliers et, devant Dieu, elle jurait de les acquérir. C'était sa façon d'avoir sa revanche en leur montrant qu'elle avait fait fortune.

Lorsqu'on fit entrer les deux premières bêtes, un murmure d'admiration parcourut la foule. C'étaient les plus beaux d'Afrique du Sud, l'orgueil du vieux Sainte-Croix.

Le commissaire-priseur les vendait séparément; les enchères s'ouvrirent brusquement à 100 livres et montèrent à 400.

Anna savait reconnaître les acheteurs déterminés car elle connaissait la plupart d'entre eux. Le vieux Viljoen qui avait trois fermes d'élevage à Malmesbury et un vignoble à Stellenbosch; Cronje de Bredasdorp; Joubert; tous, de grands exploitants.

En un rien de temps, les enchères atteignirent 700 livres, prix exorbitant pour deux béliers! En même temps, avec l'embargo de l'Australie, la chance d'acquérir des mérinos de cette qualité ne se représenterait pas. Elle éprouva cependant une certaine inquiétude : avec les 3 000 livres, elle ne pourrait tous se les procurer. Les offres se calmèrent quelque peu et le commissaire-priseur sonda les regards. Anna décida d'entrer dans la course et cria d'une voix claire :

– 800 livres.

Il y eut un brusque silence. Le commissaire-priseur se retourna, son visage s'éclaira.

– Eh bien, c'est la jeune mademoiselle Van Achtenburgh! Bienvenue au pays, mademoiselle, 800 livres... qui dit mieux?

Tout le monde se tut. Puis une voix bien connue, autrefois aimée, s'exclama :

– 900.

Il y eut des exclamations de surprise. Père et fille s'affrontaient. Anna, apercevant son père pour la première fois depuis près de cinq ans, sentit au fond d'elle-même une profonde blessure. Son propre père se dressait contre elle. Elle eut envie d'éclater en sanglots. Il avait vieilli, minci et paraissait assez fragile. Mais il était là, l'affrontant en ennemi et, comble de l'humiliation, tous leurs vieux amis s'étaient rassemblés autour de l'enclos pour voir la querelle de famille éclater enfin au grand jour.

Elle allait lui montrer de quoi elle était capable!

– 1 000 livres, s'écria-t-elle.

– 1 100.

Le calme de sa voix la transperça comme une épée. Sous le coup, elle faillit crier « papa », mais, la gorge nouée, elle se tut.

– 1 200.

– 1 500.

– 1 700, hurla-t-elle, furieuse.

Le silence régna de nouveau. Il y eut quelques exclamations de surprise et des rires sous cape. Même le commissaire-priseur semblait éberlué.

– Vous ai-je bien entendue, Anna? Vous avez bien dit 1 700 livres pour les deux béliers?

– Oui.

Enfin! Elle avait gagné! C'était payé cher; les béliers valaient bien 1 200 livres, mais pas plus. Elle avait gaspillé 500 livres pour la joie indicible de battre son père en public.

Le commissaire-priseur allait adjuger l'enchère lorsque la voix d'André Van Achtenburgh retentit, claire et incisive.

– 2 000 livres!

Quel cauchemar! Jamais, dans ses envolées de vanité les plus effrénées, elle n'avait imaginé payer 1 000 livres un bélier pour le simple plaisir de donner une leçon à son père. Non, il lui faudrait se retirer vaincue. Sam, le commissaire-priseur, n'était que trop heureux de mettre un terme à la lutte.

– Adjugé à M. Van Achtenburgh de Fontainebleu!

Il restait toujours dix autres béliers! Elle mit ses lunettes de soleil pour qu'on ne remarque pas à quel point elle était bouleversée. Elle se rabattrait sur les dix autres... Mais dès que les trois suivants furent mis aux enchères, son père s'écria :

– 600 livres.

Anna se sentait parfaitement incapable d'affronter une autre compétition. Elle attendit le lot suivant. Mais son père l'acquit pour 1 000 livres.

Après tout, qu'il les prenne tous, se dit-elle tristement. Elle se sentait deux fois rejetée et humiliée. Quelle amertume avait poussé son père à la ridiculiser en public en l'empêchant d'acquérir des béliers qu'elle convoitait ardemment? Dieu sait qu'il n'en avait pas besoin! Jamais plus de ma vie, je ne lui adresserai la parole, se jura-t-elle. Jamais, au grand jamais! Quand il mourra, je n'irai pas à son enterrement. Tout est fini entre nous.

Les sept derniers furent enfin mis aux enchères. D'une voix tremblante, Anna murmura :

– 1 000 livres.

Il était absurde de commencer plus bas; la même voix imperturbable répondit :

– 1 300.

Si Anna avait eu son père à portée de la main, elle lui aurait écrasé le marteau sur la tête. Elle était au comble de la fureur. Dans ses rêves les plus fous, elle avait cru qu'il l'aimait toujours. Mais il la haïssait. C'était clair. Il était prêt à tout pour l'humilier; sachant combien il aimait l'argent, ce devait être un réel sacrifice. Elle le lui ferait payer.

– 1 500.

– 1 600.

– 1 800.

– 2 000 livres, s'écria-t-elle.

Leurs regards se croisèrent. Oh! Et puis à quoi bon? Il avait plus d'argent qu'elle et ne savait qu'en faire. A 3 000 livres, elle abandonna, saisit ses enfants par la main et traversa la pelouse avant de se diriger vers le parking.

– Pourquoi on s'en va, maman? On ne veut pas partir. Et les tours de balançoire? Tu nous avais promis des glaces.

Des visages maussades, des pleurnicheries! Une journée gâchée!

Quelle revanche cruelle! Pire encore, en apercevant son père, tous ses souvenirs d'enfance avaient surgi. Impossible de les chasser. A ce même concours, ils avaient exhibé ensemble leur bétail primé, partagé les trophées et les triomphes. Ils avaient lutté, passant parfois la nuit auprès d'un cheval malade ou d'une vache qui mettait bas. Tous ces souvenirs s'estompaient devant la manifestation de son mépris. Elle refoula des sanglots.

Une fois arrivée à Modderfontein, elle confia les jumeaux à Lena et alla se jeter sur son lit.

A l'heure du thé, elle plongea son visage dans l'eau glacée. Elle s'était ridiculisée.

Les jumeaux jouaient gaiement près du barrage avec Lena qui avait préparé un pique-nique. Anna s'assit auprès d'eux. Soudain elle perçut le ronflement d'un moteur. C'était un gros camion qui approchait de la ferme. Qui pouvait venir à cette heure? Quand le véhicule arriva au sommet de la colline, Anna, le cœur battant, reconnut la couleur verte familière de Fontainebleu, étincelant au soleil. Quelle nouvelle blessure s'annonçait?

Laissant les jumeaux avec Lena, elle se précipita chez elle, au moment où le camion pénétrait dans la cour dans un nuage de poussière.

Elle ne connaissait pas le chauffeur. Il ôta sa casquette.

– Je cherche Mme Anna Van Achtenburgh-Smit.

Van Achtenburgh-Smit? Cela ne sonnait pas mal.

– Je suis la fille de M. Van Achtenburgh.

– Je viens livrer du bétail, madame. Douze béliers et deux poneys.

Anna n'osait espérer. Ils ne pouvaient certainement pas... Non, non bien sûr, c'était impossible. Mon Dieu, son père venait de payer 5 000 livres pour ces béliers. Ce devait être une erreur.

– Etes-vous sûr que ce soit pour ici?

– Modderfontein, madame.

Elle avait peur d'espérer. Elle saisit le registre. Il y était inscrit : « 12 béliers mérinos, 2 poneys Shetland, pour Mme Anna Van Achtenburgh-Smit, Modderfontein ».

Soudain, elle se précipita vers l'arrière de la camionnette et ouvrit les lourdes portières, les mains tremblantes.

Anna grimpa dans le camion; devant elle se trouvaient les douze béliers mérinos! Cadeau de son père! Elle n'arrivait pas à le croire. Derrière, était assis un jeune garçon entre deux poneys Shetland magnifiques; ils étaient tout petits, pie, avec une longue crinière blanche.

– Papa, oh! papa! murmura-t-elle, merci.

Sautant du camion, elle hurla :

– Jan, Jan, venez m'aider.

Percevant une intonation joyeuse dans sa voix, Jan arriva tant bien que mal. Avec l'aide de Wagter, il parqua les béliers dans le champ de luzerne.

Lorsque Kurt arriva le lendemain après-midi, il trouva les jumeaux avec Lena à dos de poney.

Quand ils aperçurent Kurt, ils sautèrent de leur poney.

– Regarde ce que nous avons, s'écria Acker, viens voir.

– Le mien s'appelle Samson, dit Katie.

– Le mien est le plus beau. Il a une étoile sur la tête. Il s'appelle Pluton.

– C'est le mien le plus beau, dit Katie, furieuse. Regarde, oncle Kurt, il a la plus longue crinière.

Anna fit descendre Katie. En un clin d'œil les jumeaux se retrouvèrent par terre, se griffant et se donnant des coups de pied. Lena vint les séparer.

– Oh, patron, ils sont si diables; si vous vous battez à cause de ces poneys, votre maman va vous les supprimer.

– Ils sont très beaux, dit Kurt. Qui vous les a donnés?

– Grand-père, dirent-ils solennellement.

– Ah! dit-il, stupéfait; où est votre mère?

– Au champ de luzerne, patron; vous voulez une tasse de thé?

– Plus tard, Lena, merci; je vais aller chercher Mme Smit.

Anna était perchée au sommet d'une branche fourchue d'eucalyptus qui dominait le champ, le regard éclatant de bonheur. Elle était plus belle que jamais. De grands yeux ardents, aux lèvres un sourire de ravissement.

– Hé! Qu'est-ce qui arrive? Pourquoi as-tu couvert les moutons de teinture?

Anna éclata de rire.

– Ah, bon! Tu ne connais vraiment rien aux problèmes de la ferme. Si on ne barbouille pas les béliers de teinture, on ne peut distinguer les moutons et ils se taperont les mêmes vieilles brebis.

Elle se mit à rire de bon cœur.

Kurt était au supplice. Il avait horreur de la grossièreté chez les femmes.

L'une des brebis s'éloigna en remuant la queue, toute barbouillée de teinture rouge; les jeunes garçons la chassèrent du champ.

– Ah! dit Anna, dire que ces bêtes à pedigree vont se taper les sales brebis décharnées de Simon!

– Anna, je rentre à la maison. Lena prépare le thé.

Elle éclata de rire en le voyant s'éloigner, la tête engoncée dans les épaules. Quelle pruderie! Elle se tourna vers les béliers, stupéfaite de leur extraordinaire virilité.

Lorsqu'elle rejoignit Kurt à la ferme, elle trouva les jumeaux exhibant leurs poneys et Kurt étendu au soleil.

– Regarde comme ils sont beaux!

Il crut qu'elle parlait des poneys.

– Ils ont le plus beau pedigree du pays. Dans quelques années, le cheptel sera transformé.

Kurt éprouva une pointe de jalousie devant sa voix chaleureuse.

– Quel changement depuis ton arrivée ici!

– Oui, mais Simon n'avait pas d'argent. On est en train de s'enrichir pendant qu'il est à la guerre.

– Ce n'est pas ma faute, Anna. Dieu sait que j'ai tout fait pour m'engager.

– Je ne t'en veux pas, Kurt, dit-elle doucement, puis elle lui raconta la vente aux enchères et lui parla du cadeau de son père.

– Mais pourquoi es-tu encore là? Tu aurais dû immédiatement aller le remercier.

Elle détourna le regard.

– C'est difficile, Kurt. Tant d'années, tant de ressentiments, cela ne s'oublie pas facilement. Je me sens responsable de la mort de maman. J'ai décidé de lui écrire pour le remercier.

– Oh, non! Tu iras le voir, sinon je t'y traînerai.

– Regarde, papa a envoyé les moutons. Il n'est pas venu; il est donc normal que je lui adresse une lettre de remerciements; je lui dirai combien je suis reconnaissante. Je vais lui envoyer des photos.

– Anna, je te connais, tu es dure, parfois insensible, mais jamais je n'aurais pensé que tu puisses être aussi cruelle. La vie se chargera de te rendre la monnaie de ta pièce.

– Je ne suis pas cruelle, je suis morte de peur, si tu veux savoir.

Elle soupira. Pourquoi perdre son temps à se disputer avec Kurt? Elle savait très bien qu'elle finirait par y aller.

Un beau matin d'automne, Anna partit pour Fontainebleu. Arrivée au lagon, elle se gara et fit quelques pas avec les jumeaux. Cinq ans! Des années difficiles, mais extraordinaires. Elle contempla cette grande étendue d'azur, se rappelant la première fois qu'elle l'avait découverte, effrayée, enceinte et amoureuse. Elle murmura :

– Je ne regrette rien. Si c'était à refaire, j'agirais de même. J'ai mes enfants et quand Simon reviendra, ce sera différent; et puis j'ai Kurt, mon très cher ami, et mes affaires.

Brusquement, elle éprouva une certaine impatience à partir. Quand ils atteignirent les abords de Stellenbosch, Anna eut la gorge serrée. Elle pouvait à peine respirer. Elle avait les mains moites, le volant était glissant. J'aurais dû téléphoner, se dit-elle. Et s'il n'est pas là? Et s'il ne veut pas me parler? Elle songea aux béliers. Aucun doute, son père désirait la voir. Elle avait oublié la beauté de Fontainebleu. Des hectares de vignes, des fleurs, de vastes pelouses, la longue allée bordée de chênes, la demeure imposante aux portes et aux volets sculptés, le merveilleux dallage de la cour et la splendeur des vieux arbres.

Elle pouvait à peine parler, tant elle était émue. Les enfants poussaient des cris d'admiration. Un palais ne les aurait pas davantage impressionnés. Elle avança, incertaine, vers la porte d'entrée, suivie des enfants soudain intimidés. Elle perçut une ombre derrière les rideaux du bureau de son père. Quelques secondes plus tard, il était là, debout, sur le seuil.

Un long moment, père et fille restèrent figés, l'un en face de l'autre. Les Van Achtenburgh étaient de la même race; ils se laissaient difficilement attendrir, étant longs à pardonner, méfiants et introvertis. Anna cherchait des signes de reproche, une lueur de colère ou de mépris, mais dans le regard de son père, elle lut de l'amour et, en filigrane, le pardon. André, lui, cherchait de l'arrogance chez sa fille qui avait trouvé sa place dans le monde des affaires, mais il ne voyait que sa chère Anna, confiante, en quête d'amour. Soudain, elle se jeta dans ses bras.

Les jumeaux tiraient les pans de sa jupe en geignant.

– Mon Dieu, ils sont jaloux. Voici Acker, et voici Katie. Acker, Katie, dites bonjour à grand-père. Et...

Elle leva le regard vers l'imposante demeure.

– ... et... voilà... notre maison.

TROISIÈME PARTIE

26

Février 1946

Apparemment détachée, mais tremblant intérieurement, Anna se tenait sur le quai, au milieu d'une foule de personnalités et d'amis rassemblés à la hâte, dont le maire et André Van Achtenburgh. Malgré sa fragilité, ce dernier avait une allure très distinguée. Ce n'est pas si mal pour n'avoir été prévenu que cinq heures plus tôt, se disait-elle.

Son père avait insisté pour accueillir Simon comme un héros.

– Simon va avoir du mal à s'adapter; il a gagné la D.S.O. sans ton aide, aussi faut-il l'encourager...

Le maire sortit sa chaîne d'or et regarda sa montre.

– Le train a une demi-heure de retard, comme d'habitude. Je crois qu'on va répéter encore une fois.

Il se tourna vers l'orchestre; tous étaient vêtus de rouge et d'or. Pour la troisième fois, ils entamèrent l'hymne sud-africain. Une cacophonie! Le trombone avait une mesure de retard. Toute conversation était impossible. L'idéal!

Elle jeta un coup d'œil furtif vers Kurt. Il semblait bouleversé; elle connaissait la raison. Anna, elle aussi, était nerveuse. Tant d'années s'étaient écoulées depuis une séparation explosive.

– Madame Van Achtenburgh-Smit?

Anna se retourna. Un jeune homme boutonneux, un carnet et un crayon à la main, se tenait devant elle.

– William Rose, du *Stellenbosch Star*. Pourriez-vous me dire quelques mots sur la décoration qu'a reçue votre mari?

– Vous le lui demanderez directement.

Anna n'avait aucune envie de voir son ignorance révélée dans les colonnes du journal local.

– Pourriez-vous ajouter quelques commentaires sur cet article?

Anna, embarrassée, parcourut la feuille dactylographiée.

Aujourd'hui, la crème de la société de Stellenbosch est venue saluer son héros. Simon Smit, qui vient de passer cinq ans dans la Marine de Sa Majesté, élevé au grade de lieutenant de vaisseau D.S.O., a été accueilli pour la première fois par son beau-père, André Van Achtenburgh, mettant ainsi un terme à une querelle familiale de longue date qui avait ému toute la population de Stellenbosch, sept ans auparavant, lorsque Anna s'enfuit avec son jeune fermier sans le sou.

– Comment osez-vous?

Anna chiffonna la feuille de papier.

– Il n'y a aucune querelle familiale. Il n'y en a jamais eu. Refaites votre article, monsieur Rose.

Se tournant vers son père, elle dit à voix haute :

– Comment le *Star* peut-il employer un tel idiot?

Mais la musique s'arrêta au milieu de sa phrase et tout le monde l'entendit. Rougissante, elle baissa les yeux.

André était contrarié. Pourquoi Anna avait-elle invité Kurt à venir à la gare? Elle aurait dû se montrer plus sensée. Simon ne serait pas long à saisir la situation. Non pas que sa fille ait une liaison avec

Kurt; il savait très bien que ce n'était pas le cas. Mais elle lui donnait assez d'espoir pour qu'il reste dans les parages. Il était facile de lire dans ses pensées. Il imaginait qu'Anna divorcerait pour l'épouser. André soupira. Il n'aimait pas Kurt et pourtant, il ne pouvait s'empêcher de l'admirer. Il avait un remarquable sens des affaires tout en étant très cultivé. Peut-être n'était-il après tout que trop parfait?

Kurt se fraya un chemin dans la foule et prit Anna par le bras. Elle le repoussa d'un geste d'impatience. Elle était lasse des questions et des prières incessantes qu'elle lisait dans son regard. Le retour de Simon posait un problème. Elle avait l'intention de divorcer, mais qu'en penserait son mari? Elle devrait certainement lui verser de l'argent pour qu'il s'en aille; et qu'adviendrait-il par la suite? Kurt la harcèlerait de questions. Quelle plaie, les hommes!

A cet instant, ils entendirent le train approcher. Des nuages de fumée s'élevaient à travers les arbres. Les bruits, les toussotements, les conversations cessèrent. Les musiciens se préparèrent. Le chef d'orchestre avait les mains figées. Seul le train avançait inexorablement. Soudain la baguette du chef d'orchestre s'abattit.

Après cinq années passées principalement en mer du Nord, le lieutenant de vaisseau Simon Smit D.S.O. dégoulinait de sueur à cause de la chaleur et du désir intense de retrouver son foyer. Quelle journée éprouvante! Arrivé à Johannesburg à l'aube, il avait téléphoné à Modderfontein. Quelle ne fut pas sa surprise d'apprendre qu'Anna avait engagé un métayer et habitait Fontainebleu. Il était déçu. Maintenant qu'il était de retour, tout rentrerait dans l'ordre.

Après avoir prié le métayer de prévenir Anna, il avait passé une heure à arpenter la grande salle de l'aéroport, ébloui devant le vaste horizon qui s'offrait à lui, le sentiment d'une liberté toute nouvelle, le ciel clair dépourvu de nuages, des visages amis. Au Cap, il avait pris le premier train pour Stellenbosch.

Submergé de joie, Simon était penché à la fenêtre. Ah! si seulement Otto était là! Qu'il serait heureux de voir ces montagnes, ces vignobles, ces couleurs. Ce fou d'Otto! Simon ne put s'empêcher de sourire en se rappelant la soirée où Otto avait gagné son surnom. C'était dans un pub à Plymouth. Six d'entre eux avaient démoli une bande de Marines américains. Une éducation bourgeoise en Angleterre n'avait pu atténuer la nature sauvage d'Otto et son caractère emporté, hérité de sa mère danoise, tout comme ses cheveux blonds et ses yeux bleu clair. Simon avait passé la plupart de ses permissions à terre avec Otto Tenwick et sa femme Edwina. Comme ils l'avaient taquiné quand il avait essayé d'évoquer la beauté et la puissance de son pays. Personne ne l'avait cru.

Maintenant, il avait le cœur serré. Combien de fois avait-il imaginé son retour vers les collines dépouillées de Saldanha Bay et le lagon, entendu les babouins. C'était curieux, même les babouins lui avaient manqué. Il s'était juré de ne plus jamais les piéger. Simon avait été le témoin de tant d'atrocités, tant de mutilations. Cinq années à se languir de sa maison. Cinq années en mer à frôler la mort avaient permis à Simon de cerner les problèmes et d'atteindre à l'essentiel. Ce n'était pas la richesse qu'il recherchait mais le bonheur auprès d'une femme aimante et de ses enfants, et une chance de bien gagner sa vie.

Le train était presque arrêté. Il y avait une foule considérable sur le quai. On attendait sans doute quelqu'un d'important. Simon ajusta sa tenue. Vivement son short et sa chemise à col ouvert! Il se sentait mal à l'aise en uniforme.

Il descendit. Devant lui, se trouvait une énorme pancarte : « Bienvenue au lieutenant de vaisseau Simon Smit D.S.O. »

– Comment l'ont-ils appris?

Quand elle l'aperçut, Anna faillit tomber à la renverse; elle fut éblouie par sa beauté. Quelle allure dans son uniforme! Il avait les traits plus fins, le regard brillant d'intelligence et de gaieté, une bonne coupe de cheveux.

Anna se retrouva sous l'emprise de son charme et de son magnétisme irrésistibles. Oh! non, se dit-elle, ça ne va pas recommencer! L'amour, c'est pour les imbéciles. Les lèvres pincées, elle tenta de se maîtriser. Toute perspective de divorce s'évanouit. Elle serait le point de mire de tout le voisinage. La richesse et Simon!

Simon était embarrassé; il lui fallait endurer cette stupide mascarade. Anna l'observait. Kurt également. Qu'est-ce que ce sale type venait faire ici? Simon serrait la main à des centaines de personnes qu'il n'avait jamais vues de sa vie; l'orchestre jouait si faux que, dans la marine britannique, ils auraient attrapé vingt jours d'arrêt.

Anna lui dit quelques mots mais il n'entendait rien. Alors elle le prit par les épaules, se hissa sur la pointe des pieds et hurla :

– Bienvenue au pays!

Elle était dans un état de fébrilité intense.

Le maire prononça un petit discours et tapa sur l'épaule de Simon. Au son de l'orchestre qui continuait de jouer, la foule se dispersa.

Quand enfin il put se faire entendre, Simon lui demanda :

– Où sont les jumeaux? Où sont les bébés?

– Eh bien, ce ne sont plus vraiment des bébés. Ils étaient là.

Encore sous le choc, elle les avait complètement oubliés.

A cet instant, Acker sortit en courant de la salle d'attente, une barre de chocolat à la main. Il semblait bouleversé.

– Dis bonjour à ton père.

– Bienvenue au pays, monsieur.

– Monsieur?

Simon fit grimper Acker sur ses épaules.

– Je ne suis pas un monsieur, je suis ton papa. Dis papa.

– Papa, murmura-t-il doucement.

– Tu sais à quoi sert un papa?

– Non, monsieur papa.

– C'est fait pour aller chasser, pêcher, faire du bateau. On va tout faire ensemble maintenant, Acker.

– Tu as un cheval, papa? demanda soudain Acker souriant et serrant les mains de cet étranger.

– Bien sûr, et je vais t'apprendre à le dresser. Tu es presque un homme. Où est ta sœur?

– Elle s'est pris les doigts dans la machine à sous, monsieur, euh... papa.

– Mon Dieu, s'exclama Anna.

Toute la famille se précipita dans la salle d'attente. Katie, figée, essayait de masquer sa douleur. Simon fit descendre Acker de ses épaules. En un clin d'œil, il lui extirpa le doigt de la machine. Il s'accroupit et le lui frotta.

– Tu as de la chance, ce n'est rien, Katie. La prochaine fois que tu voudras une barre de chocolat, tu mettras une pièce.

Il fouilla dans sa poche, sortit quelques sous et les mit dans la machine. Puis il tendit aux enfants une poignée de chocolats.

A Fontainebleu, les tables étaient couvertes de mets délicieux; des moutons rôtissaient; le vin coulait à flots; il y avait des montagnes de raisins, de salades, de viandes froides, des plats locaux. Tout Stellenbosch semblait être venu l'accueillir. Devant tant d'opulence, il fut affligé. Il y en avait assez pour nourrir une école ou un village en Angleterre. Il ne pouvait en vouloir à Anna de désirer revenir chez elle. Sans doute s'attendait-on à le voir s'installer à Fontainebleu, car André l'avait très chaleureusement accueilli.

Son attention fut attirée par des chants. Un groupe

de Noirs fit irruption. Ils battaient dans leurs mains et se tortillaient au son des guitares.

– Grand Dieu, je rêve ou c'est le vieux Jan! Vivant dans le luxe et saoul comme un Polonais!

Il tapa sur l'épaule de Jan.

Le vieil homme lui adressa un sourire édenté innocent.

– Soyez l' bienvenu, patron.

– Tu auras la gueule de bois demain, Jan. Arrête de boire.

– Tu ne manges rien? lui dit Anna lorsque enfin elle se retrouva seule avec lui.

Il la prit par le bras et l'attira dans un coin isolé.

– Anna, j'ai hâte de revoir la maison.

– Modderfontein?

– Oui.

Anna rougit.

– Simon, je suis désolée de ne pas t'avoir prévenu de notre déménagement, mais c'est difficile à expliquer par lettre. Je ne crois pas avoir de talents épistolaires et, de plus, tu n'as jamais répondu. C'est ici qu'on habite maintenant. Vois-tu, après la mort de maman, papa avait besoin de moi; et pour les jumeaux, c'est tellement mieux.

– Bien sûr, Modderfontein n'est pas l'idéal.

Et voilà! Une fois de plus, elle s'était montrée maladroite.

– Je crois que tu trouveras bien des changements agréables.

– Si on y allait?

– Mais Simon, c'est impossible. Tous nos invités sont venus pour toi.

Devant l'insistance de Simon, elle acquiesça.

– Très bien, je t'accompagne.

– Je suppose que ma camionnette est fichue?

– En fait, Simon, je l'ai remplacée. Il y en a une nouvelle, ou plutôt deux. C'est difficile à expliquer mais, durant ton absence, j'ai beaucoup travaillé. Tu sais comment évoluent les choses, surtout en période de guerre.

Elle le conduisit vers une Jaguar blanche et ouvrit la portière.

– Dieu qu'elle est belle! A qui appartient-elle? A ton père?

– Non, à moi... à nous. Tu l'aimes?

– Bien sûr. Je suppose que c'est ton père qui te l'a offerte.

– Non, je l'ai achetée moi-même.

Il y eut un long silence. Simon se sentait déprimé. Il se demandait comment il avait pu vivre si loin de la réalité pendant la guerre. Il n'y avait aucune douceur, aucune tendresse chez Anna. Il l'avait aimée autrefois, mais s'en était aperçu trop tard. Il ne la reconnaissait plus. Elle semblait dure, implacable.

– J'ai chaud dans ce satané uniforme. Sais-tu où sont mes affaires?

– Simon, tu as laissé une vieille chemise trouée, un short et un costume affreux.

– Je pensais à mon short.

– J'ai tout jeté, mais ne t'inquiète pas, j'irai renouveler tes affaires demain.

– J'irai moi, dit-il de façon brutale.

– Oh! Peu importe, toi ou moi. On ne manque pas d'argent ici.

– Anna, tu vas peut-être avoir de la difficulté à me croire, mais je ne compte pas vivre à tes crochets.

– Qui te l'a demandé? dit-elle sur la défensive. Ton compte en banque est plein. Tu as exactement 6 250 livres, 15 shillings.

Simon était abasourdi. Il se redressa, l'air soupçonneux.

– Mais dis-moi, comment as-tu réuni une pareille somme, Anna?

– Eh bien, la ferme a une rentabilité d'environ 2 000 livres par an. Ce n'est pas beaucoup, mais j'ai pratiquement tout épargné.

– Et l'entretien? Les clôtures? Les réparations? Les routes? L'engrais?

– Tout est à jour, et bien entendu je paie un loyer pour les poulets.

– Grand Dieu, Anna! Une femme ne paie pas de loyer à son mari pour élever des poulets, ni pour vivre sur ses terres; c'est le devoir d'un mari de donner un toit à sa femme... et à ses poulets.

Il lui sourit. Le visage d'Anna était grave.

– Oui, habituellement, mais en période de guerre, tant de femmes sont retournées dans leur famille. Je ne pense pas que papa puisse se passer de nous maintenant.

Lorsqu'ils arrivèrent à Modderfontein, Simon fut étonné de découvrir un portail neuf, un porche magnifique et au delà, la route large et goudronnée.

– Modderfontein est devenue une vraie ferme, dit-il en riant.

– Attends de voir les moutons. Tu possèdes un troupeau magnifique, maintenant.

– Il l'a toujours été.

– Oui, mais attends.

Au sommet de la colline qui dominait la ferme, Anna gara la voiture. Simon admira la perspective vers le nord avec des rangées de poulaillers, des hangars abritant des batteries et des couveuses électriques; vers l'est, les porcheries où se trouvaient les truies Landrace primées qu'ils élevaient et derrière, des champs de luzerne et d'orge. Il fut stupéfait par l'aspect verdoyant des prés.

Il apercevait des moutons, plus gros, plus laineux. En voyant les béliers dans le champ, il se précipita.

Anna ôta ses bottes et le suivit. Simon était fasciné par les béliers. Il palpa leur toison, leurs cornes, effleura leur arrière-train.

– Ils ont dû coûter une fortune!

– Oui, ce sont les plus beaux du pays.

– Où as-tu trouvé l'argent?

– En fait, c'est un cadeau de papa.

– Ah!

Ses tics d'antan revenaient. Anna lui raconta la vente tandis qu'ils se dirigeaient vers la laiterie. Là, Simon resta muet d'admiration.

– Tu dois passer une grande partie de ton temps à la ferme.

– Koos la dirige. C'est un homme de confiance; je n'inspecte les lieux qu'une fois par semaine, sauf en période de tonte où je reste continuellement.

– On dirait qu'il ne me reste plus rien à faire.

– Oh, ne sois pas bête, c'est ta ferme, tu feras ce que tu voudras.

Simon restait pensif : elle n'a pas vraiment le sens de l'humour, se dit-il. Il va me falloir être prudent.

Sur le chemin du retour, il lui prit la main.

– C'était mon lieu de prédilection lorsque j'étais enfant, le seul endroit d'où l'on aperçoit la mer. Je rêvais alors d'être marin. Je ne regrette pas certes de m'être engagé, mais ce n'est pas pour moi; j'ai besoin de la terre. Regarde! D'ici on voit de merveilleux couchers de soleil.

Anna lança un regard impatient à sa montre. Les couchers de soleil, c'est beau sur un tableau, surtout si le peintre est célèbre et ses tableaux cotés, autrement ils se ressemblent tous, se dit-elle. Son père devait se demander où ils étaient passés et les invités commencer à partir. Dieu sait combien ce satané rocher abîmait sa robe.

Elle ressentait de nouveau cette attirance irrésistible pour cet homme incroyablement viril qu'elle avait épousé. Mais c'en était fini de la petite fille impressionnable, elle avait payé assez cher ses erreurs passées. L'amour, c'était pour les imbéciles. Elle prendrait son plaisir quand ça lui plairait, mais jamais elle ne retomberait sous son charme. Maintenant, elle lui tenait la dragée haute et ne comptait certes pas changer d'attitude.

– En mer, j'ai découvert combien la terre me manquait. De nos jours, les gens sont loin de la nature. Ils parlent de l'environnement comme si c'était quelque chose de différent, d'étranger. Nous sommes, nous aussi, un produit de la terre et de l'air.

– Il faut qu'on s'en aille, Simon, dit Anna.

La fête n'était pas terminée lorsqu'ils revinrent à Fontainebleu. On entendait la musique depuis la grande grille. Lena avait couché les enfants, mais ils s'étaient échappés en pyjama.

Simon était captivé par eux. Ce n'était guère étonnant, ils étaient beaux et intelligents. Ils s'étaient pris d'affection pour leur père instantanément, ce qui surprit Anna car ils n'avaient jamais été proches de Kurt. Katie surtout était toujours dans les bras de son père, visiblement fascinée. Eberluée, Anna était consciente de la jalousie qu'elle éprouvait. Elle s'était habituée à l'adoration que ressentait Acker pour André, mais jusqu'à présent, Katie et elle avaient été inséparables. Enfin! Il était temps qu'ils aillent au lit. Anna les conduisit dans leur chambre, malgré leurs protestations. Quand elle revint, elle aperçut Simon entouré de femmes. Elle admirait sa nouvelle assurance en société. Néanmoins, plus la soirée avançait, plus elle avait les joues brûlantes, les mains moites à la perspective de passer la nuit avec lui.

Elle mit du temps avant d'aller le rejoindre dans la chambre. Lorsqu'elle se glissa dans le lit, elle trouva Simon nu, profondément endormi. Dans le dos, il avait une grande cicatrice pourpre. Elle s'attarda dans la salle de bains, mais Simon ne se réveilla pas.

Sept heures! Le réveil se mit à sonner, les tirant tous deux d'un profond sommeil. Anna se redressa, bâilla et se leva aussitôt. Simon l'observait. Les souvenirs de la veille l'assaillaient. Il était de retour. Il s'approcha d'elle, elle sursauta. Un flot de désir le submergea.

Il hésita. Il s'était juré de ne plus lui faire l'amour

qu'avec son consentement. Jamais plus il n'exprimerait sa passion. Jamais plus il ne la violerait. Cela s'était révélé catastrophique, car Anna évaluait chacune de ses faiblesses et s'en servait.

Depuis combien de temps n'avaient-ils pas fait l'amour? Anna avait envie de lui mais n'en disait mot. Elle l'observait avec attention, une lueur de malice dans le regard. Elle se dirigea lentement vers la salle de bains.

Lorsqu'elle revint, Simon, appuyé sur un coude, la regardait. Sa blessure l'avait peut-être rendu impuissant!

– Anna, viens ici.

Elle vint s'asseoir auprès de lui. Simon lui prit la main et la glissa sous les couvertures.

– Tu vois, je te désire. Dieu sait que j'ai envie de toi, mais pas comme avant. Jamais plus. Il faut que toi aussi tu me désires...

– Je veux que tu me fasses l'amour.

Il soupira.

– Nous avons le temps.

Mais non, Anna ne l'entendait pas ainsi. Elle ne désirait faire l'amour qu'épisodiquement, simplement pour garder son emprise sur ce bel étranger qui était de nouveau rentré dans sa vie.

Elle avait oublié son odeur attirante, la douceur de sa peau ferme et musclée, sa virilité irrésistible. Elle l'attira à elle avec ardeur. Elle avait l'impression de faire l'amour avec un étranger. Le charme serait rompu quand il retrouverait son identité, son esprit propre, ses exigences, ses sautes d'humeur. Si seulement elle pouvait trouver un homme comme lui et ne jamais avoir à connaître son nom. A une autre époque, elle se serait offert un esclave. L'idéal! Elle imaginait Simon enchaîné à la colonne du lit, tremblant, disponible nuit et jour, humble adorateur! Cette pensée l'excita.

A huit heures, Anna était prête. Simon était encore

au lit avec ses souvenirs. Anna était trop calculatrice, trop belle. Elle avait confondu amour et désir, tendresse et volupté. Il se sentait manipulé et dupé, plongé dans un étrange renversement des rôles sexuels. Elle avait prétendu être sous l'emprise de l'amour et de la passion, mais à huit heures moins le quart, avec une lucidité déconcertante, elle avait jeté un regard à sa montre Piaget, relique du temps passé, et s'était levée pour aller travailler.

– Puis-je t'accompagner?

– Ce serait merveilleux, Simon; prends vite ton petit déjeuner.

Avait-il remarqué son mouvement de recul? Oui, mais il n'en avait soufflé mot.

Il y avait plusieurs fermes à inspecter. Comme il se faisait tard, elle partit jeter un coup d'œil à ses nouvelles acquisitions dans les plaines du Cap. Là, se trouvaient également des terres qu'elle espérait acheter. Elle se rendit au bureau central pour en parler à Kurt.

Quand Simon aperçut le bâtiment derrière les docks, il eut du mal à refouler une exclamation de surprise. Etre le mari d'une femme d'affaires n'était pas enviable. Anna était intelligente, résolue, obstinée et riche. Il pouvait l'aimer ou l'abandonner, de toute façon, elle survivrait.

Dans les jours qui suivirent, tout le monde remarqua la fâcheuse position de Simon. Il n'avait rien à faire, alors qu'il avait désespérément besoin de se plonger dans une activité.

Quand il visita Modderfontein, Koos ne cacha pas sa jalousie et sa nervosité devant cette intrusion sur son territoire. Pourtant Simon désirait ardemment revenir chez lui. Un jour, il aborda le sujet avec Anna.

– Anna, tu as accompli un travail extraordinaire à Modderfontein. Maintenant que la guerre est finie, j'aimerais qu'on revienne à la maison avec les enfants.

– Mais c'est absurde; où vivrait Koos?

– Je ne sais pas, je suppose qu'il lui sera facile de trouver un autre emploi.

– Qui s'occupera des poules?

Il leva les yeux, mais devant le mépris qu'il lut sur son visage, il détourna le regard.

– C'est chez moi, Anna; ici, je me sens inutile.

– Réfléchis, et tu t'apercevras que c'est une idée parfaitement ridicule. Pense à moi, aux enfants, à Koos et à papa; quant à toi, tu te places tout de même plus haut qu'un contremaître, j'espère.

Sur ces paroles, elle se rendit à son travail.

Simon était perplexe. Après tout, peut-être avait-elle raison? A Fontainebleu, les enfants ne manquaient de rien.

Après cet incident, il décida de partir chaque matin pour Modderfontein et de revenir le soir; mais Koos avait la situation bien en main. Alors il s'occupa des enfants; ensemble, ils allaient faire de longues randonnées à cheval, pêcher, nager; mais les vacances se terminèrent et les jumeaux retournèrent à l'école.

Contrairement à lui, Anna n'avait pas un instant de répit. En dehors des affaires, il y avait d'incessantes activités mondaines, des parties de tennis, des concours hippiques, des concerts. Anna Van Achtenburgh-Smit, comme on l'appelait maintenant, était de tous les comités, de toutes les réceptions.

André Van Achtenburgh remarqua l'embarras de Simon. Il en fut désolé.

Un matin où Anna était partie acheter du bétail, il alla trouver Simon à l'écurie où, comme à son habitude, il pansait Vixen.

– C'est une belle jument, mais elle a fait son temps, dit André en lui caressant les naseaux.

– Elle est vieille, c'est vrai, mais en matière de dressage, elle est inégalable.

– Simon, j'aimerais mettre les choses au point entre nous. Allons prendre un café.

André le prit par le bras.

– Je vous ai mal jugé, j'espère que vous m'avez pardonné. J'étais certain que seul l'héritage d'Anna vous intéressait; j'aimerais vous parler. Soyons amis. J'ai une proposition à vous faire.

– Monsieur Van Achtenburgh, dit Simon froidement, je vous crois fin psychologue; à l'époque, vous aviez parfaitement raison. La dot d'Anna m'attirait, bien que votre fille fût également belle et désirable. Après avoir épousé Anna, je suis tombé amoureux d'elle, mais un événement s'est produit et je me suis engagé. Il n'est rien de mieux qu'une guerre pour vous mettre face à vous-même : votre unique espoir alors est de rester en vie et vous prenez conscience de l'essentiel. Ce n'était pas Fontainebleu que je désirais, c'était une femme aimante, une ferme bien à moi où je planterais ce que bon me semble.

– Vous ne vous sentez pas chez vous ici, n'est-ce pas, Simon?

– Non, mais c'est probablement ma faute.

– Quoi qu'il en soit, cette ferme sera un jour à vous.

– Non, à Anna.

– Je n'ai nullement l'intention de lui laisser la ferme en dehors de la communauté de biens. Regardez les choses en face. Elle est très riche et cela ne va que croître.

– Vous ne comprenez pas. Je ne veux pas de la fortune d'Anna, je m'en sortirai seul.

Flora vint poser le plateau puis repartit.

– Simon, vous êtes impulsif et borné. Pardonnez-moi de vous parler ainsi. Vous venez d'arriver, vous avez trouvé du changement. Je ne peux plus diriger la ferme seul; vos enfants ont besoin de vous, Anna aussi. Non, ne secouez pas la tête; c'est vrai, elle ne montre jamais ses sentiments. Donnez-lui une chance; je veux que vous preniez la direction de la ferme. Après tout, elle sera à vous un jour, tout comme le reste, Fontainebleu, les champs de blé de Malmesbury et bien d'autres domaines.

Simon détourna le regard. Il essayait de trouver une façon polie de refuser.

– Vous êtes admirable, mon garçon, ne laissez jamais personne vous abattre. Vous êtes mon gendre et je vous demande d'accepter. Faites-le pour moi et pour vos enfants. Faites un essai de six mois, ensuite, c'est vous qui déciderez.

– Dans ces conditions, il m'est difficile de refuser.

27

Depuis le retour de Simon, la vie d'Anna était devenue un calvaire. Elle ne cessait de le comparer à Kurt, pesant le pour et le contre, désirant être aimée, désirée, mais incapable d'offrir son amour. Elle se partageait entre eux mais n'en contentait aucun. Les deux lui étaient indispensables, les deux avaient un rôle à jouer.

Simon vaquait à ses occupations en silence. Il parlait peu. Souvent Anna surprenait son regard attentif.

Kurt alternait entre la mauvaise humeur et le profond désespoir. Parfois même, il refusait de lui adresser la parole. Un jour, alors qu'ils vérifiaient les comptes dans le bureau, il lui dit :

– Anna, laisse ces registres, je veux te parler.

Il plia les feuilles et les rangea méticuleusement dans un dossier. Anna fulminait.

– Anna, je t'ai toujours aimée. Nous avons tant de points communs; nous avons accompli tant de choses ensemble; nous formons une équipe indissociable. Je suis sûr que tu comprends... Toutes ces années de guerre... Seule la perspective de t'avoir à moi m'a fait vivre.

Il ne lui laissa pas le temps de protester.

– Mais voilà, je ne peux continuer ainsi à travailler, en sachant que toi et Simon... non, c'est impossible. La tension..

– L'amour non payé de retour?

– Tu aimes faire croire que tu es un iceberg, mais je sais que c'est faux. On s'en est tenu à notre pacte, mais maintenant Simon est de retour et la guerre est finie... Tu dois divorcer.

– Et quand j'aurai divorcé, as-tu l'intention de m'épouser?

– Oui.

– N'as-tu pas oublié Madeleine? Tu m'avais dit qu'elle était prisonnière de ta conscience. C'était beau! Tu m'avais impressionnée à l'époque.

– L'Allemagne a capitulé depuis plus d'un an et je n'ai eu aucune nouvelle. Elle a dû mourir. Comme les autres. Rares sont les survivants des camps. J'ai dépensé une fortune à essayer de retrouver sa trace, j'ai fait appel à une douzaine d'agences. Si elle est vivante, pourquoi ne m'a-t-elle pas donné signe de vie?

– Six mois, c'est peu, Kurt. Des gens reparaissent sans arrêt. C'est ce qu'on lit quotidiennement dans les journaux.

– Si je suis libre, m'épouseras-tu?

Anna détourna le regard.

– Je ne sais pas, je ne crois pas. Pourquoi me pousser à faire un choix quand toi-même tu es indécis.

– Très bien, je suis désolé. Je n'ai pas le droit mais, Anna, je ne peux attendre éternellement.

Il la saisit brutalement. Anna, furieuse, le repoussa.

– Je n'ai jamais fait de promesse.

Il s'efforça de sourire. Bien sûr elle l'aimait, mais elle aimait Simon également, dans la mesure où elle était capable d'aimer. Comment une femme pouvait-elle aimer deux hommes? Elle n'éprouvait aucune passion pour Kurt; elle avait confiance en lui, elle avait besoin de lui, elle se sentait sécurisée. Ils vivaient en symbiose. Pourtant la pensée de vivre avec Kurt la remplissait de désespoir, tout comme l'éventualité de voir Madeleine faire irruption dans sa vie lui était insupportable. Elle voulait savoir si oui ou non Madeleine était vivante. Chaque fois qu'elle voyait Kurt, elle tentait de le persuader de partir à sa recherche. Seule la mort de Madeleine la rassurerait.

D'autre part, la belle silhouette de Simon, sa virilité l'attiraient. Pourtant, depuis le premier matin de son arrivée, elle n'avait plus succombé à ses désirs. Il lui était impossible d'ouvrir son cœur ou de se donner, et encore moins de vivre dans un état de dépendance. Quand ils faisaient l'amour, seul Simon exultait de plaisir. Elle restait insatisfaite. Dépendre de Simon était une invite à la douleur physique et morale. Quelle désillusion! Mais elle avait une nature passionnée. Un simple regard, une simple caresse la laissaient brûlante de désir. Elle s'efforçait alors d'éteindre sa passion, de se défendre contre lui. Elle n'avait trouvé qu'un rempart : le mépris. Dès lors, il devint son arme favorite.

Devant l'insistance d'Anna, Kurt accepta de partir pour l'Allemagne et de rechercher Madeleine dans tous les camps de prisonniers.

Plus l'heure du départ approchait, plus Anna devenait nerveuse. Cela se traduisit par une mauvaise humeur permanente qu'elle déversait sur sa famille. Elle décida de partir, de s'isoler quelque temps. Peu avant le départ de Kurt, elle annonça qu'elle allait partir pour le Sud-Ouest africain visiter la ferme de l'oncle Acker et examiner la possibilité de se réapprovisionner en caraculs et d'engager un contremaître. A force d'inventer des histoires, elle s'habitua à cette idée qui ne lui parut pas si mauvaise. Elle regretta même de ne pas s'y être rendue plus tôt.

Simon, qui comprenait son anxiété, ne lui offrit pas de l'accompagner. Si c'était là son désir, elle le lui demanderait bien assez tôt.

– Veux-tu que je supervise la ferme en ton absence? lui demanda Simon au moment du départ.

– En fait... l'assistant de Kurt, Hans Lombard s'occupe de tout, mais si tu veux bien lui téléphoner, dis-lui qu'il peut compter sur toi.

Quelle aide croyait-il apporter?

Elle lui tendit les clés de la Jaguar. Elle avait insisté pour conduire elle-même. Après l'avoir embrassé, elle s'éloigna vers la piste.

Simon la regarda partir dans son pantalon beige et sa tunique de coton, un bandeau sur la tête et un sac kaki jeté sur l'épaule. Il savait qu'elle y avait mis un revolver. Elle restait pourtant féminine et désirable. Plus elle refoulait sa sensualité, plus cette dernière émanait d'elle avec force.

A Windhoek, Anna prit un charter pour Grootfontein. La Land Rover qu'elle avait louée au garage local l'attendait. Anna partit pour la ferme.

Ce n'est qu'à minuit qu'elle atteignit la bifurcation qui menait à Bosluis. La route était désaffectée. Soudain, loin, elle aperçut une faible lumière à l'intérieur de la maison. Elle freina brusquement.

Des squatters! Dans cette région? Certainement pas des Ovambos; ils préféraient leurs cabanes. Des vagabonds? Impossible. Il n'y avait jamais de vagabonds dans ce territoire inhospitalier. Les Bochimans du coin préféreraient mourir plutôt que de dormir prisonniers entre quatre murs. Peut-être des Noirs ou des Ovambos chassés de leurs tribus?

Elle sortit son revolver, cacha les clés de la voiture derrière le tableau de bord et se glissa vers la maison.

Soudain, une silhouette apparut sur le seuil. Elle alluma sa torche.

– Kurt! Mon Dieu! Tu as failli te faire tuer.

Le soulagement fit place à la colère.

– Que diable fais-tu ici?

– Je t'attendais, bien sûr. Veux-tu boire quelque chose? Tu m'as l'air d'en avoir besoin.

– Tu es bien équipé.

Anna remarqua la bouteille de scotch et une caisse de provisions.

– Quel désordre!

Kurt lui tendit un verre de whisky.

– J'ai décidé de passer quelques jours ici pour t'aider à chercher des caraculs. En fait, je suis mort de peur à l'idée de partir pour l'Allemagne. J'ai besoin de faire le point.

Elle l'observa sans mot dire.

– C'est affreux ici, dit-elle en promenant sa lampe autour de la pièce. Tout est délabré.

– ...

Anna s'avança vers lui.

– Je suis terrifié à l'idée que Madeleine ait pu survivre. Peut-être la retrouverai-je avec un fils... celui de Gunther. La haine est une calamité, je l'ai vue à l'œuvre en Allemagne. C'est contagieux.

– Parfois tu déraisonnes.

– Anna, je la hais, c'est plus fort que moi. La haine tue.

– Si nous parlions de choses plus gaies.

– Très bien, parlons de nous. Jure-moi que tu divorceras quand je serai libre.

– Oh non! Je ne te promettrai jamais rien de semblable. Mais dis-moi, comment un homme peut-il abandonner une femme qui a été en camp de concentration?

– Tu es puérile, parfois. Si vraiment tu me désirais, tu te moquerais pas mal de ce qui est juste ou non. Tu te jetterais dans mes bras.

– Alors, disons que je n'en ai pas envie.

– Pourquoi m'as-tu fait croire que tu m'aimais pendant toutes ces années de guerre, qu'il nous suffisait d'attendre, pourquoi m'as-tu promis de divorcer?

– J'ai changé d'avis.

Il s'avança vers elle et la serra contre lui.

– Il faut que tu m'aimes. Pour l'amour de Dieu, aime-moi.

Il plaqua sa bouche contre la sienne et l'embrassa avec passion. Anna resta de glace, laissant passer l'orage.

Devant l'indifférence d'Anna, Kurt eut un mouvement de recul.

– Ne me regarde pas ainsi, dit-elle, inquiète.

– Pourquoi pas? Penses-tu seulement à moi quand, le soir, tu le retrouves au lit?

– Ce ne sont pas tes affaires. C'est mon mari.

– Tu crois ça. N'oublie pas que c'est moi qui t'ai faite, moi qui t'ai redonné confiance. Je t'aime, je t'attends depuis des années et tu m'as laissé espérer.

– Tu es surmené. Cesse de te conduire comme un imbécile.

– Sale putain!

D'un main, il la saisit à la gorge. Elle suffoqua. Puis il la repoussa avec violence. Elle s'affala sur le sol. Kurt lui arracha son pantalon. Elle se débattit en hurlant, mais personne ne pouvait l'entendre à une centaine de kilomètres à la ronde.

Kurt fulminait.

– Il faut que tu m'aimes. Tu ne sais pas combien j'ai attendu. Depuis dix ans, je te désire avec passion. Salope, tu t'en moquais, tu faisais semblant de m'aimer.

Quelle force il déployait! Ils se battaient à même le sol.

– Kurt, laisse-moi partir, tu me fais mal.

Elle fut prise de panique.

Il lui maintenait de force les poignets au-dessus de la tête.

Anna lui enfonça les genoux dans les côtes, mais Kurt l'écrasait de tout son poids à tel point qu'elle pouvait à peine respirer. Il essayait d'entrouvrir ses cuisses.

Anna se débattait. Il est devenu fou, se disait-elle. Elle leva un peu la tête et lui mordit la joue de toutes ses forces. Elle sentit une saveur aigre-douce. Du sang!

Kurt détourna son visage lacéré; il lui martela la tête contre le sol.

Anna vit des étoiles et s'évanouit. Elle gisait, les jambes écartées. Kurt la pénétra bestialement. Jamais auparavant il ne s'était conduit ainsi.

– Que le diable emporte Simon! Tu es à moi, pas à lui. Tu as toujours été à moi. Comment fait-il l'amour? Mieux que ça? Qu'a-t-il donc de particulier? C'est impossible que tu restes enchaînée à ce paysan.

Il la labourait de plus en plus fort. Elle tressaillit de douleur.

Anna était submergée par un sentiment de répugnance physique, non pas envers Kurt mais envers elle-même. Elle se sentait prisonnière de sa nature. C'était un sentiment qui confinait au plaisir. Elle avait le visage cuisant, les membres lourds.

Au moment où Kurt jouit, elle détourna la tête et se mit à vomir. Il eut un mouvement de recul.

– Mon Dieu! Je voulais te forcer à m'aimer et tu vomis.

Anna se leva lentement. Des coups lui martelaient le crâne. Des cercles de lumière défilaient devant ses yeux. Elle ressentait une douleur lancinante au ventre.

– Tu m'as fait mal, dit-elle doucement.

Elle alla dans la salle de bains, ouvrit le robinet. Pas d'eau. Quelle idiote! Elle avait oublié où elle se trouvait. Elle vomit de nouveau dans les toilettes. Là non plus, il n'y avait pas d'eau.

Elle se fraya un chemin à tâtons dans l'obscurité, chercha son sac et saisit le revolver.

Elle revint sur ses pas; Kurt, assis par terre, les bras autour de ses jambes, sanglotait.

Elle leva son revolver et le pointa vers lui. Après une seconde d'hésitation, elle se dit : à quoi bon le tuer? Elle remit le revolver dans sa poche.

– Je suis désolé, je suis désolé. Il y a si longtemps que nous n'avons pas fait l'amour. Je t'ai attendue des années, des années, tu m'avais promis. J'ai pensé qu'en faisant l'amour, tu reviendrais vers moi... et tu as vomi. Oh! Mon Dieu! As-tu jamais pensé à l'épreuve que j'endure?

– Kurt, je t'ai aimé, mais peut-être pas de la façon que tu désirais. Je ne pense plus pouvoir aimer ainsi. C'est vrai, Simon m'attire, mais lorsque nous faisons l'amour...

– Tais-toi, je ne veux pas savoir. Je suis désolé, beaucoup plus désolé que tu ne le penses.

– Kurt, va chercher un seau d'eau à la pompe. Il faut que je me lave et que je nettoie toutes ces cochonneries.

Anna s'assit par terre, plus déprimée que jamais.

Elle n'éprouvait de sentiment profond pour personne, elle avait simplement besoin des gens. Encore plus déprimant était son manque de plaisir quand elle faisait l'amour. C'était comme si son corps vivait en léthargie.

Elle quitta furtivement Bosluis avant l'aube. Kurt dormait toujours.

A Fontainebleu, Simon se demandait combien de temps il supporterait d'être humilié. Les gens de la ferme faisaient peu de cas de lui. Leurs réflexions le blessaient sans cesse. C'étaient des :

– Alors, vous venez nous aider à la ferme, monsieur Van Achtenburgh?

ou bien :

– Je suis sûr qu'Anna est heureuse d'avoir une aide de plus.

Même quand il n'y avait pas d'arrière-pensées, Simon en voyait; il les lisait sur leur visage. Chacun le méprisait, puisqu'il dépendait de sa femme.

Sentant la détresse de Simon, André lui confia la direction de la ferme. Simon s'installa dans le bureau de son beau-père qu'il avait convoité six ans plus tôt. Le travail était absorbant, mais Simon ne trouva aucun plaisir dans ces richesses non gagnées, aucun plaisir à tirer profit d'une récolte qu'il n'avait pas plantée. La richesse, qu'il avait désirée de tout son cœur, avait un goût amer et il lui était presque impossible de dépenser un sou.

En se rendant au village le lendemain du départ d'Anna, Simon décida d'aller à la coopérative commander des graines et de l'engrais.

Simon passa la commande, augmentant la quantité d'engrais et de graines de lupin, car il envisageait d'autres plantations sur les terres de Malmesbury.

Simon retourna à Fontainebleu et téléphona à Hans.

– Je voulais simplement vous dire que je suis à votre disposition, si vous avez besoin d'aide.

– Ce ne sera pas nécessaire, monsieur; merci quand même.

– Tout va bien?

– Mieux que d'habitude. Nous venons de recevoir un contrat pour approvisionner les paquebots Castle. M. Friedland essaie de l'obtenir depuis des années. J'ai envoyé un câble, mais il ne l'aura pas avant la semaine prochaine, à son arrivée à Francfort.

– La semaine prochaine? Je pensais qu'il y serait ce soir.

– Non, il reste à Bosluis quelques jours.

Simon reposa l'appareil. Il ne lui était jamais venu à l'idée qu'Anna puisse le tromper. La journée fut interminable. Enfin, ce fut l'heure d'aller chercher les jumeaux à l'école. Aux yeux seuls de Katie, il était quelqu'un.

28

Après le voyage d'Anna dans le Sud-Ouest africain, Simon devint de plus en plus distant. Il souffrait au plus profond de son âme, mais il le cachait. A son désespoir et au sentiment d'infériorité qu'il éprouvait à Fontainebleu, s'ajoutait une immense impression de solitude. Pendant la guerre, il s'était fait de vrais amis qui avaient partagé ses épreuves. Cette camaraderie lui manquait, il ne pouvait s'empêcher de se rappeler les permissions à terre : des maisons jumelées, paisibles, des pubs, les jeux de fléchettes. Certains avaient d'autres priorités que le profit, mais ici, dans son univers, l'argent passait avant tout.

André Van Achtenburgh perçut le changement chez Simon, sa pâleur, les cernes sous les yeux, mais ne dit mot. Pendant les deux mois de l'absence de Kurt, Anna se plongea dans le travail, peu soucieuse de Simon.

Il passait nuit blanche sur nuit blanche, se demandant quelle attitude adopter. Pendant la guerre, il avait projeté de revenir à Modderfontein faire prospérer la ferme et élever ses enfants avec Anna. Quelle dérision! Otto, de son côté, avait l'intention de monter une affaire d'appareils de renflouage. Ses lettres reflétaient une certaine lassitude de l'austérité d'après-guerre en Grande-Bretagne et du manque d'occasions.

Simon lui écrivit.

Une semaine plus tard, il reçut un appel téléphonique d'Otto, ravi de quitter l'Angleterre et de repartir de zéro.

Simon chercha un local convenable et finit par trouver un bâtiment désaffecté, construit par les forces de défense pendant la guerre. C'était l'idéal pour un entrepôt ou de petits bureaux.

– Où trouverez-vous des liquidités? lui demanda André quand Simon lui fit part de ses plans.

C'était la faille. Simon en était conscient. Il avait quelques économies, sa prime de démobilisation et l'intention de vendre Modderfontein. Avec un peu de chance, il récupérerait 30 000 livres; avec les 10 000 d'Otto, l'affaire pouvait démarrer.

– Le manque d'argent frais a provoqué nombre de faillites, lui dit André. J'aimerais vous prêter l'argent avec un contrat de cinq ans. Naturellement, cela doit rester confidentiel. Même Anna ne doit rien savoir.

– Non, merci, monsieur, dit Simon, rougissant. Soyez assuré que j'apprécie votre geste; je vous avais promis de faire un essai de six mois à Fontainebleu, mais je n'arrive pas à m'adapter.

André le comprenait. Sa fille était devenue terriblement indépendante.

– Oui, dit-il tristement, je le conçois, mon garçon. Qu'adviendra-t-il des poules si vous vendez Modderfontein?

Simon se leva et se mit à arpenter le petit bureau.

– C'est là mon problème. Vous savez sans doute qu'une partie des poules se trouve dans des couveuses artificielles dans les plaines du Cap. Je crois qu'elle n'a gardé les autres que pour payer le personnel de la ferme.

– Oui, vous avez probablement raison, je compatis. Si j'étais à votre place, je vendrais Modderfontein, c'est une source d'ennuis. Je déguerpirais à jamais de Saldanha Bay.

Le matin suivant, lorsque Simon fit part à sa femme de ses projets avec Otto, la colère d'Anna fut presque incontrôlable. Elle hurla, passant des larmes et de la fureur aux supplications. Simon, quoique choqué, ne céda pas.

– Tu m'as traité comme une merde, dit-il d'une voix calme; c'était ce que je méritais. Bien, n'en parlons plus.

– Si tu m'aimais, tu t'intéresserais à Fontainebleu.

– Et pourquoi, Anna? Tu n'as fait que me mépriser en me traitant comme une lavette. D'après toi, était-ce le sort que je méritais?

– C'est faux, s'écria-t-elle, consciente de son mensonge.

– Tu te sers des autres, Anna. Peut-être n'as-tu pas toujours été ainsi? Peut-être suis-je en partie responsable? Quand je t'ai rencontrée... tu étais si confiante, si vulnérable. Tout cela est du passé et la faute m'en incombe. Voilà pourquoi je ne te critique pas et ne t'ai pas encore dit quel monstre tu es devenue, mais je pense qu'il est temps de te le dire.

L'incrédulité et la peur se lisaient sur le visage d'Anna.

– Tu veux dire que tu me quittes?

Simon fut surpris par la sincérité de sa détresse.

– Peut-être pas pour toujours, mais pour l'instant... oui.

Simon s'assit sur le lit et la regarda tristement.

– Je tiens à ce que ma femme ait de la considération pour moi, je veux que mes enfants me regardent avec fierté et le seul moyen d'y parvenir dans ce monde insensé est d'être riche. Ça, tu peux le comprendre.

– Non, je ne comprends pas.

Assise près de lui, elle se mit à sangloter.

– Pourquoi n'élèves-tu pas des cochons, ne fais-tu pas du vin ou ce qui te passe par la tête? Pourquoi faut-il qu'il y ait toujours des rapports de force entre nous?

Simon se leva et se dirigea vers la fenêtre. Devant lui, s'étendaient à perte de vue des vignobles, spectacle qu'il exécrait.

– Sais-tu depuis combien de temps nous n'avons pas fait l'amour?

– Sans doute depuis trop longtemps.

Elle esquissa timidement un sourire.

– Depuis deux mois! Pourquoi, à ton avis? Y as-tu seulement songé?

– Non, le sexe n'est pas l'unique but de ma vie, je t'assure.

– Je doute que tu y attaches la moindre parcelle d'intérêt. Comment comparer le plaisir de l'amour à celui d'acquérir une laiterie?

– Oh, arrête, arrête! J'admets mes torts. Je suis obsédée par les affaires, c'est vrai, mais tu peux tout de même essayer de me comprendre, non? Kurt est à l'étranger; c'est une grande responsabilité; il faut que je m'occupe de tout.

– Il reviendra bientôt, probablement avec Madeleine.

Un frisson la parcourut. Elle se leva brusquement, se précipita dans la salle de bains et se maquilla à la hâte. C'était une routine; d'abord l'ombre à paupières, puis le rimmel, le rouge à lèvres, le fard. Elle se regarda dans le miroir. Elle vit l'image d'une femme arrogante, décidée, belle mais d'une froideur de marbre.

– Autrefois, tu me disais que j'étais belle, le penses-tu toujours?

– Oui, mais parfois tu as une expression cruelle. Quand on vieillit on ressemble à ce qu'on est vraiment. La véritable beauté peut naître même de la laideur. Si j'étais toi, Anna, je me méfierais.

Elle perdait. Simon était implacable. Anna s'inquiéta.

– Comment vas-tu trouver le capital nécessaire?

– Je vais vendre Modderfontein.

– Impossible! C'est autant à toi qu'à moi.

– Anna, mettons un terme à cette mascarade. Je dois vendre Modderfontein, c'est le souvenir permanent de mon échec.

– J'en ai besoin pour mes poules.

C'était un mensonge.

– Je t'ai entendue dire à Kurt que tu ne déplaçais pas les poulets parce que « le pauvre Simon avait besoin des loyers ». Ce sont exactement tes paroles.

– Tu es toujours là à espionner tout le monde.

– Parfois peut-être; je sais que tu as rejoint Kurt dans la ferme de ton oncle.

Bouche bée, elle se retourna, pâle d'effroi.

– Ce n'est pas vrai.

– Ne mens pas.

Elle se cacha le visage dans les mains et poussa un long soupir.

– Non, je ne suis pas allée le rejoindre; je croyais qu'il était en Europe, mais quand je suis arrivée, il m'attendait. Il voulait me parler avant d'aller chercher Madeleine.

– Vous avez dû vous payer du bon temps pendant mon absence.

– C'est faux.

Soudain, elle se jeta à son cou.

– Je veux tout te dire, je veux que tu saches la vérité.

– Je ne veux rien savoir, dit-il en la repoussant brutalement. J'ai fui mes responsabilités, donc je mérite mon sort. Je ne veux pas entendre un mot de plus.

Il fouilla dans l'armoire et tira sa vieille valise.

– Mon Dieu, ne me dis pas que tu as encore cette vieillerie. Prends la mienne.

– Tu as raté le coche.

Anna saisit son manteau et courut vers la voiture.

– Maman! Maman!

Elle entendit les jumeaux arriver en courant.

Elle allait partir sans dire au revoir. Elle avait envie de hurler.

– Va dire à grand-père que je ne serai pas là pour déjeuner, je serai de retour pour dîner. Je vous lirai une histoire ce soir, aussi soyez gentils.

– Qu'y a-t-il? Pourquoi pleures-tu? demanda Katie.

– Je ne pleure pas, j'ai le rhume des foins. Allez, partez faire la commission à grand-père.

La joie se transforma en incertitude et en doute.

C'est sa faute, pensa-t-elle, refoulant ses larmes. Bon sang, il brise notre famille. Il ne sait pas ce qu'il fait. Puis, prise de panique, elle se dit que c'était peut-être la faute de cette putain de femme. Comment s'appelait-elle déjà?... Edwina!

Soudain, elle fit demi-tour, se précipita vers la maison, entra, faillit renverser la domestique et, ouvrant brusquement la porte de la chambre, lui cria :

– Ne t'en va pas, tu ne sais pas ce que tu fais; tu vas briser notre vie, Simon.

– Il le faut, Anna. Réfléchis et tu comprendras.

Les enfants firent irruption en pleurant.

– Pourquoi papa fait-il ses valises? Où vas-tu, papa?

– Dites-lui de ne pas partir, dit-elle, s'affalant sur le lit en éclatant en sanglots.

– Bon Dieu, Anna, tu es une égoïste; pourquoi faut-il que tu mêles les enfants? Peu importe qui tu manipules pourvu que tu arrives à tes fins.

– Arrête!

Katie se jeta à son cou.

– Si tu es méchant avec maman, je ne t'aimerai pas. Ne pleure pas, maman.

Simon s'assit en maugréant sur le lit.

– Je ne m'en vais pas, dit-il aux jumeaux, tout au moins pas très loin. Je pars simplement au Cap monter une affaire et gagner de l'argent. Je vous verrai le week-end.

– On a suffisamment d'argent, dit Katie, d'un air sérieux. Maman en gagne assez.

– Peut-être que papa veut gagner le sien, ajouta Acker.

Simon était stupéfait de la précocité de ses enfants. A sept ans, il n'aurait pas compris un mot de tout cela. Et eux, petites personnes solennelles, ils donnaient leur avis sur la situation. Il poussa un soupir.

– Si vous avez besoin de moi, c'est simple, vous décrochez le téléphone et j'arriverai immédiatement.

C'était là le pire. Il aimait ses enfants. Ils allaient lui manquer.

Mettant ses lunettes de soleil, Anna leur dit :

– Bon, les enfants, je m'en vais mais je reviendrai vite.

Elle ne put s'empêcher de penser à Modderfontein en se rendant à la ville. Son premier et unique foyer bien à elle. Elle se rappelait l'état dans lequel elle l'avait trouvé à son arrivée; ses précieuses livres qui étaient passées dans l'achat de peintures et la rénovation des planchers; elle irait récupérer les meubles de l'oncle Acker. Puis elle songea au problème de l'eau qui leur avait tant fait défaut, aux hérons et aux tisserands, aux palissades qu'elle avait montées le jour où elle avait acquis les béliers. Soudain, une idée traversa son esprit : elle allait acheter Modderfontein. Du bureau, elle téléphona au directeur de la banque à Malmesbury.

– Trouvez-moi un prête-nom et achetez. Je ne veux pas que Simon le sache.

– Jusqu'où peut-on aller?

– Vous avez carte blanche.

29

Vienne. Août 1946

Kurt passait le plus clair de son temps dans une pièce dépouillée de l'une des rares maisons encore intactes où il était logé à contrecœur dans une famille autrichienne.

Il semblait sortir d'un rêve de huit ans, depuis qu'il était arrivé en Europe. L'amertume et la colère accumulées le consumaient. La haine le submergeait, excluant toute pensée rationnelle. Six millions de juifs rayés de la carte, mais nul témoignage de ceux qui, ayant survécu, n'étaient, au tréfonds de leur âme, que des morts vivants. Kurt était l'un d'eux, il en avait conscience. Il savait que sa haine et son amertume finiraient par le détruire; il essayait d'avoir une vue objective de ce qui n'était plus qu'un événement historique. Mais en vain.

Ses visites dans les camps de personnes déplacées furent déprimantes. Des centaines de milliers d'indésirables, épaves sur les flots de l'histoire. Il se rendit à la maison familiale. La demeure lugubre abritait des troupes; l'usine de roulements à billes avait été détruite par les bombardements.

On avait averti Kurt. Sa recherche était sans espoir. Chaque personne avait été répertoriée; les parents avaient été prévenus. Si le nom de Madeleine ne figurait pas sur la liste, il n'y avait nul espoir de la retrouver. Des millions de gens avaient disparu. Il se heurta à des haussements d'épaules.

Kurt était stupéfait de ses propres réactions. Plus les semaines passaient, diminuant les chances de retrouver Madeleine, plus il se sentait soulagé. Cette tâche abominable dans l'histoire de l'humanité avait été accomplie par des gens ordinaires qui avaient fait fi des valeurs vieilles de 3 000 ans, en obéissant aveuglément aux ordres. Madeleine en faisait partie; il la haïssait, comme il haïssait les autres. Il souhaitait sa mort. Plus il en prenait conscience, plus il se méprisait. Son activité redoublait alors par une sorte de compensation. Il se força à enquêter dans les moindres détails, dans les annonces de la presse, dans la ville natale de Madeleine; il entra même en contact avec la famille de Gunther. Mais Gunther avait été tué dans le blitz.

Depuis deux jours, il attendait une ultime possibilité. Un train arrivait de Budapest. Personne ne savait s'il s'agissait de prisonniers de guerre ou de personnes déplacées.

Il attendait le train, décidé ensuite à arrêter ses recherches; il prendrait le premier avion pour l'Afrique du Sud. Jamais plus de sa vie, il ne remettrait les pieds en Allemagne.

Quel spectacle, le lendemain à la gare! Chacun semblait avoir perdu un parent; tous espéraient. Kurt, qui avait un laissez-passer pour le quai, eut du mal pour y accéder. Le train avait six heures de retard; des infirmières, des médecins, des ambulanciers, des officiels de la Croix-Rouge attendaient patiemment avec la police militaire américaine.

Un désordre indescriptible régna quand le train entra en gare. Les cris de bienvenue cessèrent rapidement, car la plupart des passagers avaient besoin d'aide pour descendre. Il n'y avait qu'infirmes, blessés, aveugles, tous exigeant des soins urgents dans les hôpitaux.

– Les Russes n'en voulaient pas, murmura l'infirmier de la Croix-Rouge en se précipitant à leur aide.

La gare principale avait été transformée en centre d'information. Les passagers y étaient accompagnés ou portés. Ceux qui avaient besoin d'être hospitalisés d'urgence étaient évacués les premiers.

Kurt errait comme un fou. Il en avait la nausée. Soudain il aperçut Bud Collier de la Croix-Rouge qu'il avait connu lors de ses recherches.

Collier parcourut la liste des F et des G.

– Non, il n'y a rien, pas la moindre trace; mais ne désespérez pas encore.

Kurt finit par se rendre à l'évidence. Inutile d'insister. Il alla attendre près du bureau d'information de la Croix-Rouge. C'est là que Collier le trouva.

– Hé, Kurt Friedland! Par ici; au bout de la rangée, il y a une femme qui prétend s'appeler Madeleine Friedland. Elle a un petit garçon avec elle. J'ai bien peur qu'il soit sourd-muet. J'ai pensé qu'il valait mieux vous prévenir. Ne vous inquiétez pas, je vais m'occuper de vous, dit-il avec un sourire compatissant.

Kurt se dirigea vers le bout de l'allée, les genoux tremblants, la bouche sèche, haletant, essayant d'oublier le spectacle hideux qui s'offrait à lui. Comment Madeleine pouvait-elle se trouver parmi eux? Impossible! Insensé même!

Bud indiqua une femme assise dans un coin : mince mais pas émaciée, des cheveux gris ébouriffés, emmitouflée dans un manteau de la Croix-Rouge. On aurait dit une petite vieille. Serré contre elle, se trouvait un petit garçon décharné, le crâne rasé, de grands yeux marron qui reflétaient tous les maux de l'humanité.

– Madeleine?

Elle avait l'air si étrange!

Elle leva les yeux.

– Kurt! Mon Dieu, Kurt, dit-elle en allemand.

Puis elle eut un rire bizarre.

– Je vois que la guerre n'a pas été trop dure pour toi.

Il la reconnaissait mieux.

– Sois la bienvenue.

– Je te présente Paul, dit-elle en poussant le petit garçon devant elle.

Apeuré, hostile, l'enfant détourna le regard.

Elle haussa les épaules.

– Il est sourd-muet, dit-elle sans la moindre émotion.

Kurt remarqua les dents jaunes abîmées de l'enfant.

A cet instant, une sirène retentit. Le petit garçon se recroquevilla sur le banc.

Muet peut-être mais pas sourd, se dit Kurt. Il se tourna vers Collier.

– Je n'ai pas l'esprit clair. Pour l'amour de Dieu, aidez-moi. Je veux les sortir d'Allemagne et les envoyer en Suisse dans un sanatorium.

Les deux jours qui suivirent, ce furent des queues incessantes, des formulaires à remplir, des déclarations, des dépositions. Finalement, Madeleine obtint un permis de résident permanent en Afrique du Sud et deux photos furent ajoutées au passeport de Kurt. Deux étrangers désormais dépendaient de lui. Le lendemain matin, ils quittèrent l'Allemagne pour une maison de convalescence en Suisse. Madeleine essaya de téléphoner à sa mère dès son arrivée, mais elle était morte pendant la guerre.

Dans les semaines qui suivirent, Madeleine recouvra ses forces. Avec une nourriture riche, le bon air suisse, de l'exercice et des vitamines, ses joues se remplirent, son visage s'épanouit et son regard retrouva l'expression d'antan.

Kurt ne lui refusait rien. Elle demandait sans cesse de l'argent pour acheter des vêtements ou aller chez le coiffeur. Il lui avait acheté des vêtements sport : pull-overs classiques, chaussures à talons plats et bas en fil d'Ecosse.

En fait, Kurt l'aimait telle qu'elle était, dépourvue d'élégance, de beauté, peu sûre d'elle. Il se comportait plutôt comme un général victorieux, décidé à laisser l'ennemi écrasé à jamais. Elle n'était plus une menace. Pitoyablement, Madeleine essayait de faire renaître sa passion, mais chaque fois, elle se heurtait à un refus.

Un soir où Kurt sommeillait, elle se glissa nue dans son lit. Elle lui caressa le dos, cherchant à l'exciter; ses mains erraient le long de son corps.

Il s'éveilla, la verge tendue, et alluma la lumière.

– Madeleine, la guerre est finie. Inutile de continuer à jouer ton rôle de putain, dit-il cruellement.

Frissonnant, elle détourna la tête, essayant de cacher ses larmes.

– Je voulais simplement que tu m'aimes.

– De la seule façon que tu connais.

Il prit entre ses doigts la maigre chair des cuisses de Madeleine et pinça fort.

– Combien d'hommes, Madeleine, combien?

– Arrête, arrête, dit-elle en sanglotant.

– Pauvre chair, lasse, broyée.

Levant la lampe, il observa les transformations apportées par la guerre.

– Jamais, dit-il, parcouru d'un frisson d'horreur.

Un mois après leur arrivée en Suisse, la lettre d'Australie tant attendue arriva, expédiée par les avocats de la mère de Madeleine; à l'intérieur se trouvait un mandat de 2000 livres et on l'informait qu'elle recevrait une petite rente de 100 livres par mois léguée par sa mère.

Madeleine disparut toute la journée; le soir, elle revint les cheveux blond cendré, coupés à la dernière mode. Les semaines qui suivirent, elle se fit couronner les dents par le meilleur dentiste suisse, et ainsi, retrouva un certain éclat. Kurt, furieux, annonça qu'ils retournaient immédiatement en Afrique du Sud.

– Elle est encore loin de la guérison totale, lui dit son analyste. Apparemment, elle a l'air bien, mais nous n'arrivons pas à aborder ses expériences de la guerre. Elle a enfoui ses blessures au plus profond d'elle-même. Gare au réveil! Il faut qu'elle dédramatise, qu'elle parle de ses problèmes.

Kurt répéta la conversation à Madeleine, mais elle se contenta de dire :

– La guerre est finie, ne la prolongeons pas par des paroles inutiles.

Pour Paul, c'était une autre affaire. Impossible de le faire parler. Pourtant des spécialistes affirmaient que ses cordes vocales n'étaient pas atteintes.

– C'est le choc. Nous ne saurons probablement jamais ce qui l'a provoqué.

Ils questionnèrent Madeleine. Elle fit remarquer qu'elle avait été séparée de lui en permanence.

– Ramenez-le chez vous, lui dit le spécialiste, nous ne pouvons rien faire de plus. Peut-être avec de l'amour et de la patience, une vie stable... Qui sait, avec le temps...

Kurt scruta le visage de Paul. Les yeux de Gunther! Tout le comportement de l'enfant lui rappelait Gunther... et la traîtrise de Madeleine. Il les haïssait tous les deux, ensemble et séparément.

30

C'était la fin du mois de septembre, le printemps. Il soufflait un vent du sud-est de force 10, avec des rafales de plus de cent trente kilomètres à l'heure. Les bateaux ne pouvaient ni rentrer ni sortir du port. Le paquebot resta immobilisé vingt-quatre heures, ballotté comme un bouchon, à Table Bay.

Les immigrants les plus courageux se pressaient contre le bastingage, admirant Table Mountain à demi masquée par d'épais nuages, mais la plupart des passagers restaient dans leur cabine. Edwina avait le mal de mer depuis le jour où elle avait mis les pieds sur le paquebot dans les docks de Southampton; ce fut de mal en pis durant les dix jours passés en mer. En outre, elle avait une grossesse difficile : le visage bouffi, taché, les yeux cernés.

Elle avait peu vu Otto ces deux dernières semaines. Elle s'était effacée, ne voulant pas être une charge pour lui. Chaque matin, il venait chercher leur fille qui avait deux ans et ne la ramenait que le soir. Elle se sentait tellement diminuée. Comme pour accentuer son supplice, Otto n'avait jamais paru aussi resplendissant. Pendant la traversée, il avait bronzé, ses grands yeux bleus brillaient d'un éclat insolent. Edwina aimait Otto, mais avec quelques réserves. Elle était inconditionnellement anglaise et la perspective d'émigrer avait failli détruire leur ménage. Sa grossesse l'avait fait capituler. Mais elle redoutait les changements. Elle frémissait à l'idée de se retrouver seule dans un pays étranger avec deux petits enfants, sans ses parents, et de dépendre totalement d'Otto.

Quand le vent s'apaisa le jour suivant, ils pénétrèrent dans le port au milieu des hurlements des sirènes et des cris de joie des passagers. Il fallut aider Edwina à monter sur le pont. Ceux qui partageaient sa cabine l'aidèrent à faire ses valises.

Il faisait beau. Les nuages avaient disparu, le soleil brillait avec éclat, la mer était d'huile. Des phoques s'égaillaient dans le port, des Noirs vociféraient sur le quai. Edwina frissonna. Ce pays étranger ne deviendrait jamais un univers familier.

Simon vint les chercher. Bouleversé par l'état déplorable d'Edwina, il les emmena aussitôt à l'hôtel Ritz où, en tant qu'immigrants, ils devaient séjourner deux semaines aux frais de l'Etat. En quelques jours, elle recouvra la santé, mais pas ses esprits. Elle haïssait ce pays et son désespoir ne faisait que croître.

Madeleine eut sa première vision du Cap à vingt mille pieds d'altitude. Elle avait le cœur qui battait à la vue des montagnes et de la mer. Cette immensité l'impressionnait : des kilomètres de plages, des chaînes de montagnes, de vastes barrages, des terres fertiles. Un nouveau monde!

Après une nuit blanche et un voyage interminable, Kurt était à cran. Madeleine, elle, semblait épanouie, le regard étincelant de curiosité.

Ils atterrirent. Madeleine promena son regard le long de ces étendues recouvertes d'herbes sèches, bordées de montagnes lointaines dans le bleu uniforme de l'horizon.

– Ah! Ce n'est pas Vienne. Nous sommes aux confins du monde, lui dit Kurt.

– J'aime déjà ce pays.

Kurt frissonna. Le petit garçon s'accrochait à son veston. Kurt fit un effort pour ne pas le repousser. Le séjour en Suisse n'avait pas été bénéfique à l'enfant; il n'avait pas d'appétit, ne manifestait aucune joie. Il suivait Kurt pas à pas. Comprenait-il ce qu'on lui disait? Kurt avait honte de cet enfant chétif et handicapé. Il racontait son histoire à tous ceux qu'il rencontrait, même à des inconnus.

Dans la salle d'attente de l'aéroport, Anna redoutait le pire. Elle se demandait si elle ne devait pas demander un fauteuil roulant. Elle n'avait reçu qu'une lettre de Kurt, une lettre affreuse qu'elle avait brûlée. Il y avait déversé sa détresse de trouver Madeleine en vie, dans un état déplorable et affublée d'un enfant infirme. Comment la quitter dans ces conditions? Depuis, elle n'avait reçu qu'un télégramme indiquant l'heure d'arrivée et lui demandant de réserver une chambre à l'hôtel. Bien entendu, c'était hors de question. Elle fit quelques transformations dans l'aile est de Fontainebleu, pour qu'ils aient un coin séparé.

Anna avait préparé la venue de Madeleine, oubliant ainsi sa propre solitude. Elle ne comprenait pas le sentiment de responsabilité qu'éprouvait Kurt envers cette femme qui l'avait quitté avant la guerre. Pourquoi ne pas la mettre dans un sanatorium? Pourquoi se sentir lié?

Elle sut la raison quelques minutes plus tard, lorsque Madeleine fit irruption dans la salle de l'aéroport, drapée d'un superbe manteau de laine gris qui faisait ressortir ses grands yeux bleus étincelants. Une belle femme, à l'allure de mannequin! Encore heureux qu'elle n'ait pas apporté le fauteuil roulant! Refoulant sa déception, elle se ressaisit pour l'accueillir.

– Je suis si heureuse de faire la connaissance de la meilleure amie de Kurt, s'écria Madeleine.

Elle se pencha spontanément vers Anna et l'embrassa. Elle avait la voix altérée par l'émotion, une fausse assurance.

Elle a de l'allure, se dit Anna. Elle se tourna vers Paul. Quelle catastrophe! Il avait de grands pieds, un long nez, une tête disproportionnée. Affreusement chétif, on aurait dit un épouvantail à moineaux avec ses vêtements qui pendaient. Il avait une étrange façon de traîner les pieds, comme s'il avait peur d'avancer et préférait rester là où il se sentait en sécurité. Avec en plus son infirmité, quelle créature pitoyable! Pourtant, ses grands yeux vifs, observateurs, brillaient d'une lueur particulière. Il avait un regard méprisant envers Madeleine. Malgré sa timidité maladive, il essayait de préserver sa dignité, froidement indifférent aux avances des enfants et refusant de prendre la main d'Anna. Muet ou pas, ce gosse a des tripes, se dit Anna. Elle se sentit spontanément attirée vers lui. Kurt n'aimait pas l'enfant, c'était évident, et Madeleine s'en désintéressait. Anna ne les comprenait pas.

A Fontainebleu, Madeleine s'extasia devant tout; Kurt restait à l'écart.

– Elle n'a jamais rien vu, cette femme! dit Anna en colère. Quelle exubérance!

Quand Madeleine exprimait le désir de voir les chevaux, elle trouvait toujours quelqu'un pour l'accompagner. Elle en caressait un négligemment, tout en décrivant la mode en Europe, dans son anglais saccadé. Paul la suivait, craintivement accroché à sa robe.

– Il nous faut une nurse, dit Madeleine.

– J'en trouverai une, lui dit Anna avec impatience. Prenant Paul par la main, elle se précipita dans le paddock.

Jan s'occupait des animaux. Quand il vit Paul, il ôta son chapeau et se gratta la tête, perplexe.

– Il a bien b'soin d' grossir, c' petit, dit-il, l'air bouleversé.

Les enfants arrivèrent en courant; ils demandèrent à Jan de seller les poneys immédiatement. Ils voulaient exhiber leurs talents devant Paul.

– Allez d'abord vous changer, s'écria Anna; apportez des affaires pour Paul; peut-être voudra-t-il monter lui aussi?

Ils repartirent en courant; ils étaient beaux, arrogants, trop gâtés sans doute, mais tels qu'elle les désirait. Le contraste était choquant; Paul était seul, méfiant.

– Veux-tu essayer de monter un cheval? lui demanda-t-elle, sachant qu'il ne comprenait pas l'anglais et que de toute façon, il était sourd-muet.

Il l'observait, hostile.

Anna le mena à l'écurie; elle souleva Paul pour qu'il puisse caresser les chevaux. Il ne montrait aucune appréhension. Bon signe!

Les enfants arrivèrent avec Lena. Paul les regarda sauter sur leur poney et faire le tour du paddock.

– On va jusqu'à la rivière.

– Non, vous allez rester avec Paul, dit Anna.

– Il peut venir.

– Ne soyez pas ridicules, il n'est jamais monté à cheval auparavant.

– Selle Jamie, dit Acker à Jan. Nous allons lui faire faire le tour du paddock, maman.

– Peut-être n'en a-t-il pas envie?

– Bien sûr que oui!

Acker descendit de son poney et s'approcha de Paul d'un air décidé. Le saisissant par le bras, il le poussa vers l'écurie.

Agissait-elle bien? Elle se le demandait. Après tout, Paul était assez grand pour réagir. Il revint dix minutes plus tard, monté sur Dobbins, l'air épanoui.

– Redresse-toi, dit-elle d'un ton sec.

Elle grimpa sur la palissade et donna sa première leçon avec des gestes.

Comme il avait l'air plus mûr que les jumeaux! Bien sûr, il était plus maigre. Anna était intriguée par l'enfant.

Elle alla s'asseoir sur un tronc d'arbre. Acker mit son cheval au trot; Jamie le suivit sans difficulté mais Paul lâcha prise et tomba à la renverse. Il se releva aussitôt, esquissa un sourire. Anna lui fit signe, mais il secoua la tête et remonta à cheval.

Elle les laissa sous la garde de Lena.

– Ne sortez pas du paddock, leur dit-elle avant de rentrer.

Si on laissait Paul ici, il se remettrait vite, pensa-t-elle.

Un délicieux arôme de canard rôti s'exhalait de la cuisine. Elle entendit des éclats de voix dans l'aile est. Une porte claqua. Des pas approchèrent. Kurt?

Anna soupira. Elle ne l'avait pas revu depuis Bosluis. Un instant plus tard, elle le trouva devant elle, fébrile, la mine renfrognée.

– Quelle ordure! dit-il en claquant la porte derrière lui.

Il alla s'affaler sur une chaise près du lit d'Anna.

– Nous n'aurions pas dû venir ici; c'était très gentil de ta part, surtout après...

– C'est du passé, n'en parlons plus.

– Où est Simon?

– Il m'a quittée.

Où était Simon? Elle se le demandait.

Kurt s'approcha et lui passa les bras autour du cou.

– Quel gâchis!

– Où est Madeleine?

– Dans sa chambre. Vraiment, Anna, ces appartements sont magnifiques. Je t'en suis très reconnaissant, mais nous aurions dû aller à l'hôtel.

– La maison est vide. Kurt, pourquoi m'as-tu fait croire que c'était une invalide? J'ai failli louer un fauteuil roulant.

– Le rétablissement de Madeleine est un véritable miracle; ne te conduis pas comme une étrangère, je t'en prie, Anna. Je suis vraiment désolé, tu sais que je t'aime. M'en veux-tu encore?

– Pas pour ce que tu crois. Simon a découvert que nous étions là-bas ensemble.

– C'est toi qui le lui as dit?

– Non, Hans Lombard.

– Je suis navré, mais c'est aussi bien. Divorce et épouse-moi.

Ah! L'arrogance masculine!

– Non!

Tout en maugréant, il ôta son veston, le suspendit derrière la porte et s'assit sur le lit.

– Je te jure que je n'ai pas touché Madeleine. Tu es la seule femme que j'aime.

Anna se lissa les cheveux. Elle ne craignait pas Madeleine; elle n'éprouvait tout simplement aucun désir, aucune passion. Mais après tout, pourquoi pas? Elle avait besoin d'un triomphe même dérisoire sur cette femme provocante; faire fi de ce sentiment de solitude qui lui pesait tant! Voilà ce qu'Anna désirait! Elle prendrait ainsi sa revanche sur Simon. Si elle rejetait Kurt, il se tournerait vers Madeleine; sans doute partiraient-ils ensemble. Kurt faisait partie de sa vie, il lui était nécessaire, indispensable. Avec son sens inné des affaires, il cherchait toujours à faire prospérer sa fortune.

Fixant Kurt avec ce qu'elle espérait être un regard voluptueux, elle déboutonna lentement sa blouse.

Kurt la saisit par le bras et la poussa vers le lit. Elle se sentait impuissante, victime de sa solitude. Elle se laissait faire. Elle tournoyait, tournoyait, telle une feuille au gré du vent. Kurt ôta son pantalon et s'abattit sur elle comme un oiseau de proie.

En tournant brusquement la tête, elle aperçut dans la glace des fesses blanches s'agiter dans un mouvement saccadé de va-et-vient, à un rythme agressif. Pourquoi n'avait-il pas enlevé ses chaussettes? Une peau blanche et une laine noire! Elle ferma les yeux, essayant d'oublier cette vision. Elle se mit à gémir de dégoût; Kurt, prenant cela pour de la passion, intensifia ses efforts.

Bien après son départ, elle resta blottie sous les couvertures. Elle se sentait lasse, avilie. Elle se haïssait.

Une fois seule, Madeleine jeta un regard par la fenêtre; sa chambre donnait sur les vignobles qui s'étendaient à perte de vue. Quelle joie elle aurait éprouvée d'aller s'y promener! Mais Anna la terrifiait. Elle ressemblait à une gitane, cruelle ou bonne selon son humeur, pleine de contradictions.

Madeleine se sentait vulnérable, désarmée dans un territoire ennemi. Si seulement elle pouvait jouir de la paix qui régnait à Fontainebleu, mais lorsqu'elle fermait les yeux, devant elle se dressait le visage d'Anna. Des images obsédantes l'assaillaient. Parfois, elle avait l'impression de devenir folle. Ce regard terrible, implacable! Anna pourtant changeait. Madeleine étouffa un cri et courut vers le balcon. Il n'y avait personne. Frissonnant, elle respira longuement.

Elle se demandait où était Paul, sans toutefois s'en inquiéter. Bizarre, l'attachement d'Anna pour cet enfant. Elle le serrait dans ses bras comme si elle l'avait toujours connu. Madeleine ignorait ces élans.

Pourquoi était-elle différente des autres femmes? Elle ne détestait pas les enfants, certes, mais n'éprouvait aucun sentiment maternel. Paul serait heureux ici. Il avait une passion pour les chevaux.

Réticente à l'idée de s'aventurer seule dehors, Madeleine décida de défaire les valises. Dans la poche latérale de celle de Kurt, elle trouva un coffret à bijoux de velours bleu nuit contenant un bracelet de diamants et d'or ciselé. Quelle finesse! Lui était-il destiné? Sûrement pas. Avec précaution elle replaça le coffret dans la valise et se leva. Kurt aimait-il Anna?

Malgré la froideur que lui avait témoignée son mari ces dernières semaines, elle était convaincue qu'il l'aimait encore. Pourquoi serait-il parti à sa recherche, autrement? Elle se rappelait leur mariage tel qu'il fut réellement, non tel qu'elle l'avait rêvé durant les longues années de guerre. La vérité était trop affreuse. Avec du temps et de la patience, elle regagnerait son amour.

Kurt revint quelques minutes plus tard; elle se coiffait devant la glace. Il ne prêta guère attention à elle.

– Tu devrais tout de même t'occuper de Paul, dit-il en colère.

Culpabilisée, elle sortit.

Paul était dans le paddock avec les jumeaux. Il semblait heureux. Tout sauf les camps, se dit-elle, alors, à quoi bon se sentir coupable?

Ce soir-là, au dîner, Anna porta le bracelet de diamants. Madeleine eut du mal à se contenir. Elle s'assit sans mot dire à côté d'André. Elle perçut une lueur malicieuse dans le regard d'Anna et le sourire complice de Kurt. Elle avait l'impression d'être une intruse indésirable. Pourquoi donc avait-il fait une enquête si longue et si difficile pour la retrouver? La vérité sautait aux yeux, elle l'atteignit de plein fouet : parce qu'il voulait la preuve de sa mort.

Ce fut une soirée pénible pour tous. André finit par dire à sa fille :

– Anna, joue du piano, ma chérie, tu n'as pas joué depuis des mois.

Elle acquiesça à contrecœur et, se tournant vers Madeleine, lui dit froidement :

– N'êtes-vous pas chanteuse, Madeleine? Il me semble que Kurt l'a mentionné une fois.

– Oui, je l'étais autrefois, j'ai l'impression qu'il y a un siècle.

Elle allait se lancer dans une longue explication, mais Kurt l'interrompit.

– Epargne-nous cette épreuve, je t'en prie.

Quelle cruauté! Qu'il était loin le jeune homme tendre et vulnérable d'antan!

– Je ne connais que des chants allemands.

Anna entama les premières notes de *Heidenröslein*.

Pourquoi avoir choisi cet air? Madeleine s'éclaircit la gorge et s'élança. Elle se retrouva plongée au club Europe, en Allemagne en 1939. Elle avait chanté cette chanson quand les nazis étaient venus la chercher. Elle ferma les yeux. Elle était partie sans bruit, en leur disant :

– Vous faites erreur, je ne suis pas juive.

– Vous niez?

Ils lui avaient jeté une lettre à la figure, signée par Gunther; son extrait de naissance y était épinglé.

Trahison! C'est ce qui l'obséda le plus durant les jours de cauchemar qui suivirent. On l'avait emmenée dans une grande salle où elle attendit toute une journée avec une centaine d'autres juifs. Puis on avait parqué les femmes dans une salle d'attente où un homme brun en uniforme, assis à une table à tréteaux, délivrait des laissez-passer. Il avait fixé Madeleine d'un regard impitoyable.

– Age?

– Vingt et un.

– Profession?
– Chanteuse.

On lui accorda ainsi qu'à cinq autres femmes des laissez-passer officiels et on leur fit traverser en camion la frontière hongroise pour les remettre à un régiment allemand. Aucune d'entre elles ne savait à quoi s'en tenir jusqu'au moment où on les fit pénétrer dans le mess des officiers. Dès lors, tout devint clair.

– Je suis chanteuse, avait-elle crié quand on lui donna l'ordre de monter sur la table et de se déshabiller.

– Ah! Chanteuse, très bien! Alors chantez en nous faisant un numéro de strip-tease, ma chère, lui avait dit le colonel.

Elle tenta de chasser ces souvenirs. Dans son subconscient se mêlaient de terrifiantes visions, des fœtus arrachés vivants du sein de leur mère, des femmes battues, des troupes revenant du front russe.

Elle leva les yeux. André était penché sur elle avec un verre de brandy.

– Vous avez eu un malaise; je vous en prie, buvez, vous êtes loin d'être guérie.

Elle avait un je ne sais quoi de tragique. Elle était trop confiante dans ses amitiés, tel un papillon de nuit attiré vers la flamme. Elle se brûlerait les ailes auprès d'Anna, se dit André.

Madeleine alla se coucher tôt; en traversant le bureau, elle aperçut le beau châle de cachemire d'Anna posé négligemment sur une chaise. Elle le prit. Qu'il était beau! Quelle douceur! Il en émanait le parfum d'Anna. Elle l'emporta dans sa chambre et le cacha dans l'armoire, derrière ses vêtements.

31

Otto et Simon travaillaient nuit et jour, assurant la rotation des bateaux en un temps record.

Grâce aux relations de Simon avec la population locale et ses affinités avec les équipes de travail, alliées à l'expérience d'Otto en matière de navigation, ils formaient une association idéale. De plus, tous deux étaient beaux, imposants, avaient un palmarès de guerre à leur actif et une solide connaissance de la navigation. Les contrats se mirent à affluer.

Le travail devint très vite hautement spécialisé; ils engagèrent deux contremaîtres noirs.

En décembre, ils obtinrent leur premier contrat, trop important pour l'équipement et la main-d'œuvre dont ils disposaient. Ils se dirent que c'était là une chance à ne pas rater et investirent le reste de leur capital dans l'achat de compresseurs à air et d'équipement de peinture au pistolet. Maintenant ils dépendaient de leurs débiteurs et de leur ponctualité dans les paiements pour couvrir les salaires hebdomadaires. Peu de temps après, Simon demanda un découvert de 5 000 livres. Les 6 000 livres de la vente de Modderfontein n'avaient pas fait long feu. Au fur et à mesure qu'il dépensait l'argent de son héritage, Simon sentait croître sa culpabilité.

Le manque de liquidités les inquiétait. Ils avaient remis des chèques trimestriels postdatés pour acheter du matériel de bureau mais des dizaines de dépenses inattendues affluaient.

Néanmoins, l'affaire prospérait et enregistrait des bénéfices. Tous deux étaient impressionnés par le nombre de commandes. Debout à cinq heures du matin, ils travaillaient jusqu'au soir, parfois toute la nuit, avec seulement un sandwich ou une assiette de poisson-frites achetés au café portugais dans les docks.

Edwina était lasse d'être seule. Elle n'avait pas grand-chose à faire. Elle avait la nostalgie des douces collines et des vallées d'Angleterre, des champs clos bien ordonnés, des promenades dans les chemins de campagne, des rencontres avec les paysans.

Dans ce pays rude et effrayant, elle n'avait pas d'amis. Les immigrants venaient de divers pays d'Europe; ils n'avaient en commun que leur désir d'amasser de l'argent rapidement.

Même le climat était dur. C'était un pays démentiel, cruel, sauvage, terrible où nul n'était en sécurité.

Comme pour confirmer ses craintes, un soir où elle se promenait avec Margaret le long de la plage, deux hommes surgirent de l'ombre. L'un d'eux lui mit un couteau sous la gorge, tandis que l'autre, sans un mot, lui arrachait son sac, son collier de perles, ses bagues, sa montre et même ses chaussures. Ce souvenir terrifiant l'obséda longtemps.

Après cet incident, Edwina ne s'aventura plus loin de chez elle. Mais sa maison, c'était quoi? Deux pièces nues louées à une veuve dans une petite maison, à deux pas du front de mer. Elle partageait la cuisine et la salle de bains. Elle déambulait dans les rues, traînant Margaret derrière elle, mais même là, la vue d'un mendiant boiteux ou aveugle, d'un petit Noir abandonné, la remplissait de désespoir.

– N'ont-ils pas de sécurité sociale? N'y a-t-il pas de foyers pour enfants? disait-elle.

La réponse était toujours négative.

– Jamais on ne permettrait cela en Angleterre, se plaignait-elle à tous ceux qu'elle rencontrait.

C'était chez elle un leitmotiv. Les semaines s'écoulèrent; on ne l'appela plus que « la dame anglaise ».

L'amitié entre Simon et Edwina ne fit que grandir. Il avait toujours eu de l'affection pour elle et il ne comprenait pas pourquoi Otto la délaissait. Parfois

Edwina amenait Margaret aux docks en bus, épreuve qui exigeait beaucoup de courage. Elle s'asseyait ou préparait le thé; puis l'un ou l'autre la ramenait chez elle. Généralement c'était Simon. Si elle devait faire des courses ou aller à la clinique, Simon était toujours là pour l'aider.

Simon regrettait amèrement son échec avec Anna; il pensait souvent à ses enfants, aussi éprouvait-il de la reconnaissance envers Otto qui prenait sa place pour ces tâches mineures. Il se sentait flatté d'être tenu en aussi haute considération par une femme. Avec Anna, il avait tout raté. Durant ses visites à Fontainebleu, le week-end, il avait l'impression de changer d'identité. Le regard d'Anna lui renvoyait une image cruelle : celle d'un homme qui faisait passer ses ambitions égoïstes avant le bonheur de sa famille, celle d'un homme qui ne connaissait que l'échec. Seul le regard d'Edwina lui renvoyait une image flatteuse.

La veille de Noël, Otto amena Edwina en toute hâte à la maternité. Elle donna naissance à une fille qu'ils prénommèrent Rosemary. Un mois plus tard, Edwina retrouvait ses tâches routinières : le nettoyage des deux pièces et les promenades dans les rues. Seule différence, maintenant elle poussait un landau et Margaret suivait d'un pas hésitant.

A Noël, Anna se sentit seule, bien que la maison fût pleine d'invités. Simon était en retard pour le déjeuner, les jumeaux étaient déçus.

A une heure, toute la famille était rassemblée autour de l'arbre. On avait permis aux enfants de prendre un peu de vin. Le personnel s'agitait dans la cuisine; Jacob jouait de la guitare et Nella, la cuisinière, chantait gaiement. Jan soignait ses maux de tête, séquelles de la soirée de la veille organisée pour les ouvriers agricoles.

– On aura de la chance s'ils arrivent à nous préparer

quelques plats avant de trépasser, murmura Anna à André.

– Eh! Regardez le petit, dit Flora en se moquant de Paul.

– Chut, lui dit Anna. Ce n'est pas parce qu'il ne parle pas qu'il ne comprend pas.

– Oh, il me comprend parfaitement, dit-elle entre deux hoquets.

L'attitude curieuse de Paul posait un problème à tous, mais surtout au personnel car c'était à Flora qu'incombait la tâche de nettoyer les saletés de Paul : les miettes de pain moisi cachées dans le tiroir, du chocolat fondu dans la voiture, les gâteaux laissés dans l'écurie; il lui fallait aussi calmer Lena quand le rôti disparaissait.

– Où est Madeleine? demanda Anna.

– Dans sa chambre. Où donc pourrait-elle être? répondit Kurt d'un ton cruel.

Le téléphone sonna. C'était Simon, se confondant en excuses.

– Il y a urgence dans les docks, dit-il à Anna, j'aurai fini vers trois heures; après, il faut que j'aille à l'hôpital rendre visite à quelqu'un; j'arriverai donc en retard. Dis aux enfants que je pense à eux, j'essaierai d'être là pour le dîner.

Exaspérée, Anna raccrocha violemment.

Les enfants furent déçus. Acker grogna et Katie éclata en sanglots.

Elle alla chercher Madeleine. Kurt arriva en courant derrière elle.

– Anna, je ne peux rester ici plus longtemps; la maison est prête depuis plusieurs semaines. Je redoute ce départ, il va me falloir emmener ma famille.

Kurt avait acheté une vieille ferme à Constance, avec un hectare et demi de terrain dominant False Bay. Il y avait apporté de grosses transformations.

– Mais, Kurt, tu ne penses pas réellement emmener Paul?

– Bien sûr que oui. Tu ne vas pas éternellement te charger de tous mes problèmes.

– Paul n'est tout de même pas un problème, répliqua Anna, blessée.

– Allons, Anna, c'est un gosse impossible. Toutes ces séances chez l'analyste ne semblent pas l'aider. Il continue à voler, à cacher de la nourriture. Et puis, de toute façon, c'est le fils de Madeleine.

– Elle se moque pas mal de lui.

– Oui, mais c'est mon problème, pas le tien. Légalement, c'est mon fils.

– Mais il est mieux avec les jumeaux.

– Peut-être, mais il n'est pas souhaitable qu'il s'habitue à cette vie-là.

Anna ne tenait pas à révéler ses sentiments à l'égard de Paul. Durant ces trois derniers mois, elle s'était attachée à lui et le comprenait. Qui d'autre avait remarqué son courage quand il avait appris à sauter à cheval, qui d'autre se rendait compte du désespoir qui l'étreignait quand il essayait de parler ou de sa joie de vivre à Fontainebleu?

– Tu n'as qu'un désir, le punir, simplement pour te venger de Gunther. Pourquoi ne le laisses-tu pas où il est heureux?

– Parce que dans la vie, la question n'est pas de faire ce qui vous rend heureux, dit-il froidement. Tu te méprends totalement sur mes intentions.

Anna entendit des pas approcher.

– C'est Madeleine, murmura-t-elle.

Kurt la saisit et la poussa contre le mur, plaquant sa bouche contre la sienne.

Elle se débattit, le repoussa. Madeleine passa devant eux en courant. Elle détourna la tête.

– Tu l'avais entendue, tu n'es pas sourd, tu l'as fait exprès.

– Et alors? Elle l'a bien mérité!

– Si tu la hais à ce point, pourquoi ne divorces-tu pas? Je suis sûre qu'elle serait d'accord.

– Je n'ai aucune envie d'en discuter.

– Eh bien moi, si.

Elle le regarda droit dans les yeux un long moment. Puis elle s'avança vers lui et le gifla.

– Comment oses-tu m'utiliser pour la punir? Te rappelles-tu ce que tu m'as dit à Bosluis? « La haine détruit. » Tu avais raison.

Kurt s'éloigna.

Soudain, elle entendit la voix d'André dans la salle à manger.

– Anna, Anna, le déjeuner va être froid.

Elle entra, évitant le regard de chien battu de Madeleine.

– Kurt est dans le jardin.

– Ah bon?

André alla le chercher. Il revint quelques minutes plus tard et leva son verre.

– Joyeux Noël à tous!

Anna et Kurt s'évitèrent les semaines suivantes, bien que les réunions d'affaires hebdomadaires fussent indispensables et embarrassantes. Vers la fin janvier, Kurt emmena Madeleine et Paul dans leur nouvelle maison de Constance. Anna fit envoyer un poney. Qu'ils aillent au diable tous les deux! Ils pouvaient bien s'en occuper.

A minuit, Kurt lui téléphona.

– Je te tiens responsable de cet acte, Anna.

Dans sa rage, il tombait dans l'incohérence.

– De quoi parles-tu?

– De ce putain de cheval que tu as envoyé. Je t'ai dit que je n'en voulais pas.

– Tu as un champ près de chez toi, tu as même des écuries.

– Paul s'est enfui avec le cheval. S'il se tue, tu l'auras sur la conscience.

Anna était stupéfaite. Et si Paul avait un accident,

ou pire? Il ne pourrait même pas appeler au secours.

– C'est ta faute! Tu savais qu'il voulait rester ici.

Anna se ressaisit.

– Quand est-il parti?

– Je ne sais pas; probablement après être monté se coucher. J'ai entendu du bruit, la nuit; je me suis rendu dans sa chambre, elle était vide. J'ai pensé qu'il dormait dans l'écurie, mais il n'y avait plus de cheval ni de selle. Il a dû passer sous une voiture ou se faire assassiner, c'est plus vraisemblable. Imagine, un petit enfant errant seul la nuit dans ce pays.

– Paul est excellent cavalier, tu ne t'en rends pas compte.

– A huit ans? dit-il d'un ton sarcastique.

– Oui. As-tu prévenu la police?

– Bien sûr.

Anna reposa le récepteur. Devait-elle partir à sa recherche? Impossible dans l'obscurité!

– Mon Dieu! Pourvu qu'il ne lui arrive rien.

Cinq heures. Anna et André, assis sur les marches, regardaient le jour se lever. Anna avait loué un avion. Le pilote décollerait dès l'aube.

Jan sortit avec un thermos de café et deux tasses. Il avait veillé avec eux presque toute la nuit. En voyant les lumières allumées, il était venu aux nouvelles. Bizarrement, c'étaient les paroles de Jan qui la réconfortaient le plus.

– Paul n'est pas comme les autres; il est dur au mal, lui avait-il dit.

– Oh, papa! Jamais une nuit ne m'a paru aussi longue, il est comme mon fils.

– Ce n'est qu'à quarante-cinq kilomètres à vol d'oiseau, ce qui fait environ six kilomètres à l'heure. Je serais étonné qu'il pousse son poney. Avec ces jumelles, on voit jusqu'au village.

Une demi-heure plus tard, ils le virent arriver sur son poney, un sac sur l'épaule.

– C'est lui, dit-elle en passant les jumelles à son père.

Elle poussa un soupir de soulagement.

– Je pars à sa rencontre.

– Non, surtout pas. Il va bien. Il n'a même pas l'air fatigué. Tout cela est de son fait, laisse-le aller jusqu'au bout. Va lui préparer le petit déjeuner.

Anna revint quelques minutes plus tard.

– Tu sais, c'est étrange, dit André, mais je jurerais qu'il parle à son cheval. Regarde.

Quand Paul arriva au petit trot dans l'allée, il trouva André et Anna assis sur les marches, avec du café et des toasts.

– Sois le bienvenu, mon garçon, dit André, je suis heureux de te voir sain et sauf; ce n'est pas bien de ta part, c'est une région dangereuse, surtout la nuit.

Paul lui décocha un regard méprisant.

Anna, trop soulagée, ne disait mot.

– Bon, prends ton petit déjeuner; je vais téléphoner pour annuler l'avion et prévenir la police. Il me faut aussi appeler Kurt.

Paul refusa d'aller se coucher avant d'avoir pansé son cheval. Anna réussit à convaincre Kurt de le laisser quelques jours avec eux.

Une fois l'enfant endormi, Anna fit venir les jumeaux dans son bureau.

– Je crois que Paul parlait à son cheval. L'avez-vous entendu parler?

Ils détournèrent le regard, visiblement très embarrassés.

Plus tard dans la journée, pendant qu'Acker était sorti avec André, Katie se faufila dans le bureau.

– Si je te révèle un secret, maman, tu me promets de ne pas le dire à Kurt?

– D'accord.

Elle fit la moue, puis dans un murmure théâtral, lui confia :

– Paul a toujours parlé et sais-tu ce qu'il nous a dit? Il n'est pas du tout le fils de tante Madeleine; sa mère est morte, tout comme son père. Les Allemands les ont pendus. Comme ça!

Elle se contorsionna, roula les yeux dans tous les sens et tira la langue.

– Arrête, Katie! Qui t'a dit cela?

– Paul, bien sûr, on les a pendus parce qu'ils étaient juifs.

Anna étouffa un cri.

– S'il n'est pas le fils de Madeleine, expliqua-t-elle à Kurt le lendemain, il n'est pas non plus celui de Gunther, et tu peux cesser de le haïr. Nous ne pouvons le laisser vivre ainsi, tout doit éclater au grand jour.

– Je vais mettre les choses au clair avec Madeleine.

Kurt accepta de laisser Paul. L'enfant se mit à parler normalement, sans le moindre accent. Il prit rapidement des forces, sa carrure s'élargit, mais Kurt et Madeleine décidèrent de le mettre en pension. Il reviendrait à Constance pour les vacances.

Paul se morfondait, tout comme Anna. Elle lui promit de s'occuper de son poney et de persuader Madeleine de le laisser passer une partie des vacances à Fontainebleau.

Après le départ de Paul, il y eut un autre vide dans la maison. Il manqua terriblement à Anna, beaucoup plus qu'elle ne l'aurait pensé.

32

C'était l'anniversaire des jumeaux. Ils avaient huit ans. Katie jouait du piano et chantait. Elle était extrêmement douée.

A son âge on se croit le centre de l'univers. Si quelque chose allait mal, elle le prenait à son compte. Pour elle, son père avait quitté le domicile conjugal par sa faute. Elle ne savait pas exactement la nature de son crime qui avait provoqué son départ, mais elle était la seule à pouvoir le faire revenir.

Elle s'habillait avec soin, se brossait les cheveux, passait des heures devant la glace; le reste du temps, elle jouait du piano.

– Rien à faire, disait Anna à André, c'est une perfectionniste.

Le week-end, quand Simon arrivait, Katie le menait dans le salon de musique où elle chantait et jouait pour lui sa dernière chanson.

Ensuite, invariablement elle lui posait la même question :

– Tu restes avec nous ce week-end, papa?

La réponse ne variait pas non plus.

– Non, pas cette fois, Katie, j'ai trop de travail.

Elle s'éloignait alors pour cacher sa déception.

Le jour de son anniversaire, elle répéta durant deux heures le même morceau au point d'exaspérer Anna. Simon était en retard pour le déjeuner. Inutile d'attendre, elle le savait. Très déçue, Anna se mit à table avec les jumeaux.

Peu de temps après, Simon arriva.

– Katie! Acker!

Katie bondit, cognant sa chaise contre le mur, laissant tomber sa fourchette par terre. Elle se précipita dans les bras de son père.

Anna observa Acker. Il posa sa fourchette calmement et se leva.

– Salut, papa. Ça marche les affaires?

Anna se pencha en arrière et respira longuement. Malgré la séparation, Simon et les jumeaux étaient les meilleurs amis du monde.

Acker était réservé; cet enfant observateur parlait peu. Il était conscient du chagrin que sa mère essayait de masquer. Il avait souvent vu son regard s'éclairer quand elle entendait le bruit de la voiture de Simon, mais ses espoirs étaient vite déçus, car il venait seulement chercher les enfants. Généralement Acker restait avec Anna; il ne voulait pas la laisser seule. Il avait une excuse, la ferme; il y avait toujours un travail urgent à faire avec André. Il était indépendant, obstiné. C'était la réplique de son père; tout comme lui, quand il avait pris une décision, il était difficile de l'influencer.

Katie, elle, partait triomphalement sur les épaules de Simon, sa chevelure auburn éblouissante sous l'éclat du soleil, le regard débordant de bonheur.

Aujourd'hui, elle semblait abattue.

– Tu as oublié, dit-elle d'un air maussade.

– Oublié quoi?

– Tu devrais le savoir.

– Je ne vois pas, dit-il, feignant l'ignorance.

– Papa te taquine, dit Acker.

Le visage d'Anna s'éclaira.

Pourquoi fallait-il que Simon plaisante toujours?

Ils terminèrent le repas. Simon les emmena dans la cour et leur souhaita un joyeux anniversaire d'un air solennel. Il leur offrit deux bicyclettes, puis il passa deux heures avec eux dans la cour à leur apprendre à tenir en équilibre.

Katie était folle de joie. Son héros restait pour le week-end. Simon ne fut que trop heureux de s'amuser avec les jumeaux, d'écouter chanter Katie, d'aider

Acker à panser son cheval. Ce soir-là, il leur lut des histoires jusqu'à ce qu'ils s'endorment.

Si seulement il pouvait vivre avec les enfants! Mais ici, il se sentait un intrus, à peine mieux qu'un clochard ayant le gîte et le couvert. Il savait combien Katie appréciait sa présence, mais c'était là une occasion exceptionnelle : leur anniversaire. Un jour il réussirait! Alors il pourrait affronter sa redoutable épouse.

Après le dîner, il se retrouva seul avec Anna. Situation embarrassante. Dès que les jumeaux allèrent se coucher, il se mit à bâiller et se plaignit de son manque de sommeil, puis il se rendit dans l'aile est où Flora lui avait préparé une chambre.

Assise sur le balcon, Anna ressentit un sentiment de haine. Pour la première fois, elle envisagea le divorce. A quoi bon gâcher le reste de leur vie? Simon n'était plus qu'un étranger depuis son retour de la guerre. Il était froid, réservé, toujours prêt à la critiquer.

Elle se rendait compte qu'il était essentiellement un homme simple, sans nuances. Pour lui, il y avait deux sortes de femmes, les bonnes et les mauvaises. Il l'avait placée dans la seconde catégorie une fois pour toutes; ses fautes et ses erreurs ne venaient que confirmer cette opinion. Quant à ses qualités, il les ignorait.

Ce soir, elle supportait mal la solitude. C'était déjà pénible quand il travaillait, mais maintenant qu'il était revenu... Sentant la nécessité d'une conversation, elle alla dans la chambre de Simon.

Elle frappa à la porte. Aucune réponse. Elle entra. Simon dormait nu, comme à son habitude, les couvertures à terre, les rideaux ouverts sur le clair de lune. Elle s'approcha du lit. Il ne bougea pas.

Et si elle se glissait près de lui? Plus elle le regardait, plus l'idée la séduisait. Elle se déshabilla et se blottit contre lui.

D'abord, il ne fit pas le moindre geste. Elle le

caressa. Son désir, purement physique, se réveilla. Il grogna, se tourna et la prit dans ses bras.

– Anna?

Elle se pelotonna contre lui. Intimidée, elle lui caressa lentement la poitrine.

Il tourna la tête et ouvrit les yeux.

– Anna, pourquoi agis-tu ainsi?

– C'est une attitude normale chez une épouse. Je veux être aimée. Je sais que tu ne vas pas me croire, mais tu m'as manqué.

– C'est nouveau! Pourquoi pas avant, lorsque j'avais besoin de toi?

– Repartons de zéro.

Il soupira, les yeux clos, et l'attira contre lui. Pourquoi ferme-t-il les yeux? se demanda-t-elle. Il agit par devoir, non par amour. Il n'y avait aucune trace de l'ancienne passion qui le laissait haletant de désir. Elle avait horriblement honte, elle se sentait gauche.

– Je veux que tu me désires.

– Alors, ne sois pas frigide.

Ses paroles la glacèrent au fond de son cœur. Si seulement elle pouvait ressentir la moindre étincelle, quel bonheur! Mais comme toujours, elle n'éprouvait rien. De la torpeur, peut-être.

Elle se jeta à son cou et murmura :

– Je t'aime.

– On ne le dirait pas!

Simon lui fit pourtant l'amour.

– As-tu joui?

– Non, je suis désolée.

– Ne t'excuse pas. Ça t'arrive?

– Parfois.

– Avec Kurt?

– Arrête!

– Réponds-moi doucement.

– En dehors du matin de ton retour, je n'ai pas connu le plaisir depuis sept ans.

– Grand Dieu!

L'air songeur, il se tut. Elle n'a pas envie de moi, se dit-il, ni de personne. Elle est frigide, une seule chose l'intéresse : me dominer.

– Ce n'est plus pareil, Anna, il n'y a plus rien entre nous; je veux que nous divorcions.

Surprise, elle se mit à sangloter.

– Quelle attitude cruelle! Faire l'amour et ensuite demander le divorce, comme ça, sans crier gare.

Elle bondit du lit et s'habilla à la hâte.

– Jamais! Jamais! Même si tu me suppliais pendant cinquante ans, jamais je ne t'accorderais le divorce.

Elle sortit en claquant la porte et alla s'enfermer dans sa chambre, prétextant une forte migraine.

33

Impossible de ne pas voir la pancarte sur la porte du réfectoire. Les enfants avaient inscrit sur un carton : *Juifs interdits* et dessous, *Juden verboten. Par ordre du Führer.* Elle était collée à la porte avec quatre morceaux de chewing-gum. Deux garçons de la classe faisaient le guet dans le couloir au cas où un maître passerait.

Paul était à l'école depuis trois mois. Il ne s'était fait aucun ami. Il se tenait à l'écart et commettait le péché impardonnable d'apprendre ses leçons et d'être le premier en mathématiques. Mais sa faim incessante et sa passion pour la nourriture l'empêchaient de s'intégrer; il reçut les surnoms de « petit cochon » et de « sale cochon juif ». A midi, il mangeait peu, mais enveloppait dans son mouchoir un morceau de pain ou de viande et le cachait dans le dortoir. La gouvernante trouvait toujours des miettes de pain et s'en affligeait. A deux reprises, il avait été pris la main dans le sac dans la cuisine, s'étant habitué à flâner dans l'annexe de la cantine après les heures normales. Au début, les maîtres s'intéressèrent à lui et montrèrent de la patience; mais Paul n'était pas un enfant attachant. Ils finirent par capituler et l'ignorer.

Paul traversa le couloir et se dirigea vers le réfectoire. Il n'avait pas vraiment faim; parce qu'il ressentait une insatisfaction permanente, il se rabattait sur la nourriture. C'est alors qu'il aperçut la pancarte. Il s'arrêta net, releva ses chaussettes pour se donner le temps de réfléchir. Elle lui était destinée, il était le seul juif de l'école. C'était là une de leurs plaisanteries.

Des milliers d'images assaillirent son esprit, des sentiments plutôt que des pensées. Ces mots cruels écrits en allemand lui rappelaient la violence destructrice.

Il était en retard. Le directeur entra, suivi du reste du personnel. Il lança un regard furieux vers Paul.

– Venez ici, Paul, reprenez votre place, je vous prie.

Il y eut des murmures au moment où Paul regagna sa chaise et resta debout devant sa table. Il tenait à la main la pancarte bien en évidence. Un ou deux élèves essayèrent de s'en emparer, mais soudain, ils restèrent figés.

Paul n'avait pas vraiment conscience du problème. Il savait seulement que ces insultes lui étaient destinées. Il lui fallait rendre la pareille. Œil pour œil, dent pour dent. Les garçons restèrent éberlués. De l'urine éclaboussait la nappe, dégoulinant sur les chaises, arrosait les élèves, mouillait les assiettes.

Ce fut alors un désordre indescriptible. Des cris de fureur des maîtres, des cris de joie des enfants qui, en reculant, renversèrent les chaises. Il était impossible d'attraper le scélérat. Paul ressentit une brusque tension en se rebiffant pour la première fois de sa vie. Se tournant avec un cri de triomphe, il arrosa les élèves et les maîtres qui se mirent hors d'atteinte jusqu'à épuisement des munitions.

Anna s'entretenait avec Kurt dans le bureau quand le téléphone sonna. C'était le directeur.

– C'est la conduite la plus odieuse qu'il m'ait été donné de voir en trente ans de carrière. Ce garçon est fou. Reprenez-le et faites-le soigner. Jamais nous n'aurions dû l'accepter, connaissant ses antécédents.

– C'est ta faute, hurla Anna, tu n'avais pas le droit de l'envoyer en pension; je te l'avais dit.

– On a dû le provoquer, dit Kurt, se demandant pourquoi il se sentait obligé de défendre l'enfant.

– J'irai moi-même le chercher.

Le directeur attendait dans son bureau. Il était fou de rage.

– Si on recherche les parents, il y aura enquête. Ma chère madame Van Achtenburgh, Paul a besoin d'un traitement psychiatrique; je crois que Valkenburg est tout indiqué.

Paul était assis au bord de son lit tout habillé, prêt à partir, sa valise près de lui.

– Paul, pourquoi as-tu fait cela?

– ...

Quelle absurdité! se dit Anna en voyant la pièce austère avec ses dix lits de fer, ses rideaux tirés pour la nuit. Neuf têtes étaient tournées vers elle, le regard étincelant de joie refoulée.

Paul prit sa valise.

– Sale pisseur! s'écria l'un des enfants.

Ils traversèrent le couloir. Soudain ils entendirent des petits pas derrière eux. Anna se retourna. Elle aperçut un petit garçon, le visage couvert de taches de rousseur.

– Madame, madame, je suis Rodney.

– Oui, Rodney?

– J'aimerais vous dire que je suis désolé, madame.

– Désolé de quoi, Rodney?

– Nous avons collé une pancarte où nous avions écrit « Juifs interdits » sur la porte du réfectoire.

Il éclata de rire.

– Il a mis la pancarte sur la table et...
– Où est la pancarte?
– Le directeur l'a prise, il l'a brûlée.
– Merci, Rodney, j'accepte vos excuses, mais ce n'était vraiment pas une chose à faire.
– Oui, madame.

Deux minutes plus tard, Anna retourna au bureau du directeur.

– Il est hors de question de renvoyer Paul; je le ramène avec moi en attendant vos excuses écrites; j'évoquerai ce cas flagrant d'antisémitisme devant le conseil.

– Parfaitement inutile, ce n'est qu'une plaisanterie d'enfants, je vous assure.

Anna se montra implacable. Inutile de lutter avec Mme Van Achtenburgh-Smit, le directeur la connaissait de réputation.

– Paul, je veux que tu saches que je suis fière de toi; tu as bien fait de te défendre, lui dit Anna sur le chemin du retour, ta méthode était plutôt insolite mais efficace, il faut le reconnaître.

Elle sentit une petite main saisir la sienne.

34

Au printemps suivant, environ un an après le retour à Fontainebleu de la famille de Kurt, une catastrophe s'abattit à la fois sur les Friedland et les Van Achtenburgh. André s'éveilla une nuit en proie à une douleur violente. A midi, il était à l'agonie. Ne voulant déranger personne, il demanda à Jacob de le conduire chez le médecin. Acker, qui était un enfant sensible et perspicace, perçut une certaine appréhension chez son grand-père et insista pour l'accompagner. Après un bref examen, le médecin envoya André aux urgences à l'hôpital de Bellville où, dit-il, il subirait des examens plus approfondis.

Acker s'assit près d'André à l'arrière de la voiture et lui prit la main. A huit ans, il avait conscience de ses responsabilités. De plus, sur qui d'autre compter? Sa mère était en voyage d'affaires; Katie, elle, était frivole comme toutes les filles.

Acker attendit deux heures à la porte du cabinet de consultation. Puis il suivit son grand-père, emmené sur un brancard au service d'urologie. André demanda à Jacob de reconduire l'enfant chez lui.

Tôt le matin suivant, Anna et Acker retournèrent à l'hôpital; André se trouvait au bloc opératoire.

– Votre père a une tumeur que nous avons enlevée il y a une demi-heure, dit le médecin à Anna après une longue attente. Ne vous inquiétez pas, tout ira bien. Dans quelques jours il pourra rentrer chez lui.

– Une tumeur? Pas maligne, n'est-ce pas?

– Les analyses le diront, répondit le médecin de façon évasive.

Cinq jours plus tard, Anna fut conduite dans le bureau du professeur. Son père avait un cancer de la prostate.

– Ne vous inquiétez pas, nous avons enlevé la tumeur; il va se remettre. Il a bien dix ans devant lui.

– Sans parler vraiment d'argent, y a-t-il un moyen de guérir le cancer?

Le médecin esquissa un sourire triste.

– Nous pouvons le stabiliser, pas le guérir; hélas, nous ne pouvons rien faire d'autre.

Anna prit la main d'Acker. Son univers s'écroulait.

Une semaine plus tard, ils ramenèrent André à Fontainebleu. Très vite, l'opération ne fut qu'un mauvais souvenir. André refit des randonnées à cheval avec Acker et invita même à plusieurs reprises une voisine au théâtre.

Chez les Friedland, les événements furent plutôt embarrassants. Ils avaient passé la journée à Fontainebleu. Au retour, Kurt remarqua que Madeleine portait la montre d'Anna. Il la connaissait d'autant mieux que c'était lui qui la lui avait offerte pour ses vingt-cinq ans pendant la guerre.

– Oh! quelle imbécile! Je me suis trompée, j'aidais Anna à la cuisine, je l'ai prise par mégarde, dit Madeleine.

La montre fut renvoyée avec une lettre d'excuse. Anna passa la journée à chercher vainement celle de Madeleine. Elle était intriguée car elle avait laissé la sienne sur sa commode.

Après cet incident, la chambre de Madeleine se remplit de gants trop grands pour elle, de boîtes à couture, bien qu'elle ne sache pas coudre, de foulards de soie, de colliers. Une semaine plus tard, elle fut arrêtée pour vol à l'étalage. Les craintes de Kurt étaient fondées.

Il ne fut pas difficile de faire relâcher Madeleine. Kurt remboursa, soudoya le directeur du magasin et essaya de persuader Madeleine de se rendre chez un psychiatre. Une affaire bien plus grave éclata. Madeleine vola un manteau de vison appartenant à l'épouse d'un célèbre entraîneur. Elle fut libérée sous caution. Anna alla rendre visite à la victime un après-midi. Elle la connaissait pour l'avoir rencontrée une ou deux fois. Quelle satisfaction de jouer les bons samaritains! Ni l'une ni l'autre n'aimaient Madeleine. Anna la persuada d'entrer en contact avec Kurt et de ne pas porter plainte si Madeleine entrait en observation dans une clinique psychiatrique.

Anna prit le chemin du retour, satisfaite d'avoir trouvé une solution qui convenait à tous et surtout à elle-même. Mais son plaisir s'évanouit lorsqu'elle aperçut la voiture de Simon dans la cour.

Le sang lui monta au visage. Elle se précipita dans la maison, les larmes au bord des yeux.

– Où est Simon? demanda-t-elle à André assis sous la véranda.

Il l'observa avec compassion.

– Au kraal avec Acker, il est venu chercher les enfants pour le week-end.

Se maîtrisant difficilement, elle courut vers le kraal; Simon aidait Acker à panser son poney.

– Salut, Anna.

Il esquissa un sourire indifférent.

Sa chemise était ouverte, révélant les boucles rousses sur sa poitrine. Son irrésistible virilité l'atteignit de plein fouet.

– Vas-tu passer le week-end avec nous?

– Non, je suis venu chercher les jumeaux.

– Tu sais, je crois que tu ne devrais pas les séparer de Paul. C'est un petit garçon solitaire, il a besoin d'eux. Il vient de rentrer de l'école; reste donc ici, nous serions heureux.

– Non, mais si cela pose des problèmes, je peux les laisser.

– Maman, je t'en prie, on peut y aller?

C'était Katie.

– Mais bien sûr, ma chérie, dit-elle, la gorge serrée.

Ce fut un week-end pénible pour Anna. Elle fit une randonnée à cheval avec Paul et l'emmena se baigner dans la rivière. Ce n'était qu'un week-end de plus qu'ils passaient seuls tous les deux. Dans la journée, Anna s'occupa de Paul. C'était une tâche absorbante. Elle lui enseignait maintes choses, mais le plus difficile était de lui apprendre à être heureux.

La nuit, il lui fallait une heure ou deux pour refouler ses craintes, et son sentiment d'échec et de solitude. Elle y parvenait un instant, mais une fois Paul couché et André endormi, elle traversait furtivement le salon et sortait. Au loin, les lumières de Stellenbosch scintillaient. Parfois, une voiture passait, le crissement des pneus sur l'asphalte était un soudain réconfort qui la laissait deux fois plus solitaire dans le silence qui s'ensuivait. Elle percevait alors la réalité de cette planète lancée dans l'espace, la fragilité de l'atmosphère qui l'enveloppait et sauvegardait la vie; au delà, c'était le néant. Elle en arrivait à percevoir le mouvement de la terre autour du soleil! Ses pieds étaient accrochés au sol, le reste de son corps s'étirait vers un autre univers. Rien ne la séparait du vide infini. Comme l'humanité, l'air, la terre sont éphémères! Quel plan cruel a accordé à chacun une lueur de vie, un sentiment d'immortalité entre deux néants?

Elle finissait par succomber à ses craintes. A portée de la main, dans son sac, il y avait toujours des tranquillisants. Elle avalait une capsule avec un verre de whisky sec.

Six heures d'oubli. Inestimable.

Madeleine fut admise à sa demande à la clinique Alphen, à la sortie du Cap, la semaine suivante. Kurt l'accompagna. Intriguée, déprimée, elle se retrouva dans une pièce austère. Deux jours plus tard, elle eut un accès de dépression. Kurt fut appelé par le Dr George Warring. L'entretien fut traumatisant.

– Je ne peux comprendre, lui dit le médecin, qu'un homme aussi intelligent que vous ait laissé cette pauvre femme sans soins après cinq années passées dans un camp de concentration.

– Je ne me rendais pas compte de son état.

– Et cet enfant? Paul, je crois? Vous m'avez bien dit qu'elle prétendait que c'était son fils? Cela ne vous a pas mis la puce à l'oreille?

– Non, dit Kurt furieux; voyez-vous, on donne la priorité aux femmes avec enfants, surtout invalides, et elle cherchait désespérément à repasser à l'Ouest. Madeleine est l'une des rares survivantes.

Le médecin, sceptique, l'observait.

– Dans bien des cas, les gens qui volent, particulièrement les femmes, dérobent les symboles de ce dont ils ont vraiment besoin mais sont incapables d'obtenir, tel l'amour ou la sécurité. A votre avis, votre femme manque-t-elle d'amour?

Kurt lui lança un regard furieux.

– Pourquoi me poser la question? C'est vous le psychiatre.

35

C'était la fin janvier. Le suroît était tombé le soir précédent, les docks étaient étouffants. Simon était dans son bureau quand le courrier arriva. Il aperçut l'enveloppe de la banque; sa main tremblait tellement qu'il n'arrivait pas à l'ouvrir. Son avenir en dépendait. A l'intérieur se trouvait une condamnation à mort ou un sursis.

Ils avaient lancé l'affaire un an auparavant. Les premiers mois, ils furent comblés. Mais une expansion trop rapide leur causa vite des problèmes : ils se rendirent compte qu'il leur fallait un meilleur équipement et plus de main-d'œuvre. Les salaires grevaient une grosse partie de leur budget, les notes de peinture augmentaient. Ils devaient payer à trente jours, alors que les compagnies maritimes ne réglaient souvent qu'à cent vingt jours. Presque tout leur équipement avait été acheté à crédit et les traites étaient une charge que l'affaire pouvait à peine supporter.

Simon passait des nuits blanches, surtout la veille de la paie des ouvriers. Vers la fin du mois de novembre, il avait fait à la banque une demande de prêt à long terme.

Depuis lors, il avait maigri tant il s'inquiétait. Il voulait à tout prix réussir.

Il avait la lettre à la main. Ils en avaient mis du temps à répondre! Il déchira l'enveloppe et sortit la précieuse feuille. Son regard parcourut le message dactylographié. On leur accordait 5 000 livres, le quart de leurs besoins. Ça irait un certain temps, mais après?

Ce soir-là, le rendez-vous hebdomadaire d'Otto et de Simon fut sinistre. Les 5 000 livres épongeraient les dettes du moment. C'était tout.

Otto songea à une solution. S'ils lançaient une société de renflouage? Ils avaient une partie de l'équipement; bien sûr, il en faudrait davantage, mais le prêt de la banque servirait à acheter un bateau, une pompe à air, du matériel de plongée et le salaire des plongeurs serait assuré pendant plusieurs mois. Ils iraient à la recherche des butins enfouis sous les eaux le long de la côte et, à la fin de l'année, le renflouage leur rapporterait suffisamment pour financer l'autre affaire.

Simon était réticent. C'était un pari dangereux.

– D'accord, c'est un pari, mais ce sont les affaires. En une seule opération, on peut se sortir de la merde.

A une heure du matin, Simon finit par accepter, à condition qu'ils obtiennent un contrat pour le renflouage et qu'il aille inspecter lui-même les lieux avant d'investir dans du matériel de plongée.

Tandis que Simon continuait à s'occuper de l'entretien des bateaux, Otto cherchait des contrats. Il en trouva un des plus prometteurs : le *George M. Livranos* avait sombré au large du phare de Mouille Point et avait répandu trois mille tonnes de nickel d'une valeur d'un demi-million de livres dans l'océan. La Lloyd's avait fait une offre de 5 000 livres.

– C'est un travail facile, lui assura Otto; c'est à peine à plus de deux cents mètres du rivage.

– Si c'est aussi facile, grommela Simon, comment se fait-il que personne n'en ait eu l'idée?

Le matin suivant, à l'aube, ils partirent dans leur

chaloupe. Ils virent une colonie de phoques nageant paresseusement dans le port. Après avoir contourné la jetée, ils se lancèrent en pleine mer. Frôlant les rochers à fleur d'eau, ils se dirigèrent vers le phare de Mouille Point où se trouvait l'épave.

Ils jetèrent l'ancre à quatre cents mètres du rivage. Otto se pencha par-dessus bord. Il faisait un temps splendide. Des algues se balançaient au gré des vaguelettes.

Simon avait une connaissance parfaite de la mer. Instinctivement il sentit que ce serait plus difficile que prévu. L'endroit était dangereux. Au moins une douzaine d'épaves récentes gisaient au fond de l'eau. Les rochers étaient affleurants et le vent du sud-est pouvait se lever en quelques minutes et balayer la baie. Le reflux dans cette zone était particulièrement puissant et de gigantesques champs d'algues limitaient la visibilité dans les fonds. C'était donc un handicap pour les recherches.

Otto lutta contre la panique qui s'était emparée de lui en voyant Simon revêtir tranquillement le scaphandre. Il avait eu maintes occasions de plonger du temps où son père tenait une affaire de renflouage, mais il n'avait reçu qu'un entraînement purement théorique et souffrait de claustrophobie. Chaque fois qu'il avait essayé, il avait été saisi de panique et était remonté aussitôt à la surface au prix d'efforts désespérés. Il avait la gorge sèche, les mains moites. Il détourna le regard pour que Simon ne remarque rien.

– Partageons-nous les tâches, dit Simon; je m'occuperai de l'épave, toi du nickel.

Il remarqua l'expression angoissée d'Otto.

– Si tu préfères, attends-moi près de l'épave.

Ajustant son masque, il plongea par-dessus bord et disparut. Otto vit une grande forme sombre s'enfoncer dans un enchevêtrement d'algues.

Le fond de la mer était jonché de plaques de nickel éparpillées au milieu des rochers. Simon remonta le courant vers le nord. Les lingots gisaient à des centaines de mètres du lieu supposé de l'épave. Avec une équipe de plongeurs noirs, le travail serait terminé en quelques mois; mais personne n'était disponible et avec un seul plongeur, Dieu sait combien de temps il faudrait! Il pressentit un malheur en revenant vers l'épave. Elle correspondait à la description qu'en avaient faite les plongeurs locaux : empalée sur un monticule rocheux, penchée sur le flanc avec un trou béant dans la coque. Il ne restait pas grand-chose du cargo grec. On distinguait à peine la coque verte couverte d'anatifes. Dessous pourtant, il y avait les traces d'une épave plus ancienne. Il fit demi-tour et remonta lentement à la surface.

Otto n'osait bouger, tapi au fond de la mer. Il luttait contre la nausée, s'efforçant désespérément de se maîtriser. La peur, tel un brouillard opaque, l'enveloppait; peur de l'inconnu; peur d'une mort glaciale dans un univers étranger; peur des requins et de la suffocation. Comme pour répondre à sa crainte, une longue forme grise vint se faufiler parmi les rochers et les algues. Elle approchait prudemment. Otto sortit son couteau; à trois mètres de lui, le requin fit demi-tour et se propulsa à la surface de l'onde argentée. Otto s'assit une fois encore et finit par retourner au bateau. Quelques secondes plus tard, haletant, il se hissa à bord.

– Pour l'amour de Dieu, dit Simon, qu'est-ce qui t'a pris?

– Un requin...

– A cette température, il n'y a pas le moindre danger; l'eau est trop froide, mon vieux, et puis regarde tous ces phoques!

Otto essayait de retrouver son souffle.

– Grand Dieu, c'est cauchemardesque là-dessous. Il y a de grands rochers proéminents, des ombres qui se profilent, d'énormes algues. Pouah...

– Allons, Otto, ce n'est pas la première fois que tu plonges?

– Non.

Otto se secoua comme un chien mouillé.

– C'est différent en Angleterre.

Mais ce n'était qu'un mensonge.

– Ce ne sera pas aussi facile que tu le pensais, lui dit Simon quand ils se retrouvèrent dans le bureau; il y a un terrible reflux; il peut envoyer le bateau se fracasser sur les rochers. C'est la raison pour laquelle le nickel est répandu à un kilomètre à la ronde. On aura de la chance si on en récupère la moitié; on ne pourra plonger que par mer d'huile.

– Eh bien, il faudra faire avec; avec la moitié seulement, on sera riches!

Simon haussa les épaules.

– Je suis partant si vraiment tu le désires; c'est une bonne occasion mais il nous faut un plongeur professionnel.

– J'en connais un. Jim Perry. Il a travaillé avec mon père, je crois qu'il se trouve dans les parages en ce moment; il fait des petits travaux aux docks de Port Elizabeth.

– Que fait-il ici? S'il est vraiment bon, c'est étonnant!

– Il est venu jeter un coup d'œil à l'épave échouée près de Durban qui est censée être bourrée de trésors. L'affaire est tombée à l'eau, mais il est resté pour le plaisir. Il aime cet endroit et a trouvé un emploi de docker.

Ce soir-là, les associés travaillèrent jusqu'à une heure avancée de la nuit. Ils firent une estimation du coût probable du matériel, du plongeur, du lignard et des aides, du scaphandre, des pompes, des tuyaux et d'une autre chaloupe plus solide. Ils appelèrent leur nouvelle société *Table Bay Renflouage*.

36

– Pourquoi ne rends-tu pas visite à Madeleine? suggéra André, un matin au petit déjeuner, quand Anna annonça qu'elle allait se rendre au bureau examiner le bilan. C'est presque sur ton chemin. Elle est là-bas depuis des mois. Ne crois-tu pas que tu devrais lui demander si elle désire voir Paul?

– Paul veut-il la voir? répondit Anna sur la défensive.

Elle observa les enfants par la fenêtre. Ils galopaient sur leur poney dans le paddock, tandis que Katie les regardait, assise sur la palissade.

En proie à des sentiments confus, elle se rendit à la clinique où Madeleine était internée depuis quatre mois. Kurt avait changé, ses yeux avaient retrouvé leur éclat; il avait retrouvé son sens de l'humour. Anna, qui n'était pas hypocrite, ne cachait pas sa haine pour Madeleine et n'était pas pressée de la voir se rétablir.

Quand elle se trouva en sa présence, une demi-heure plus tard, elle ne put s'empêcher de pousser un soupir de satisfaction. Madeleine n'était plus une menace. Simplement une pauvre femme aux ongles sales, aux cheveux gris, ternes, au regard indifférent, toujours fixé vers la fenêtre. Avait-elle été belle? Gaie?

Souillon, tel était le terme qui venait à l'esprit maintenant.

– Maintenant vous avez Kurt et Paul pour vous toute seule. J'espère que vous êtes heureuse.

La tristesse se mua en haine. Anna sursauta.

– Non, non, il ne faut pas dire cela, c'est...

– Savez-vous à qui vous me faites penser? A la reine des abeilles, entourée de ses travailleuses.

– Vous êtes folle. Regardez-vous. Tout le monde

sait que vous divaguez. Je ne vous amènerai pas Paul tant que vous n'irez pas mieux, et j'ai l'impression que ça prendra du temps.

Elle sortit en courant, se bouchant les oreilles pour ne pas entendre les éclats de rire déments.

Kurt fut heureux d'apprendre qu'Anna avait rendu visite à Madeleine. Il voulait savoir comment elle allait.

– Oh! comme elle peut.

– Est-ce qu'elle va mieux?

– En fait, non, pas vraiment. Elle a l'air complètement folle.

– C'est peut-être moi qui suis fou, mais c'est tout de même un châtiment trop dur.

– Elle est soignée, pas punie.

– Je me demande si je ne devrais pas la faire sortir?

Kurt se leva et lança un regard triste à Anna.

– Tu n'as pas le droit de faire cela, Kurt. Laisse-la où elle est.

Peu après, les comptables arrivèrent : ils examinèrent ensemble les registres. Sur le papier, ils étaient milliardaires, car ils avaient ajouté plusieurs sociétés au groupe depuis la fin de la guerre : un service de pièces détachées pour les moteurs de bateaux, la Laiterie impériale, depuis longtemps convoitée; une entreprise de transports à laquelle ils avaient fait appel bien des fois et une ferme d'élevage rivale. Cette année, le groupe avait fait un bénéfice de 200 000 livres hors taxes et avait un actif de deux millions de livres.

– On va aller fêter ça au restaurant, on le mérite, non?

Anna enfila ses gants. Elle se demandait pourquoi Kurt tirait tant de satisfaction de ses affaires, alors que celles-ci lui en procuraient si peu! Elle travaillait autant que lui, mais l'argent ne la comblait pas. Au fond de son cœur, c'était le néant.

– Qu'y a-t-il? dit Kurt.

– Rien, sais-tu ce que j'aimerais? Aller à ce vieux café portugais sur les docks où ils ont ces délicieux fruits de mer. Existe-t-il encore?

– Bien sûr. J'y vais parfois. Ne veux-tu pas aller dans un endroit plus à la mode?

– Non, j'en ai envie. Ça t'ennuie?

Il esquissa un sourire.

– Tu apprends que tu es milliardaire, alors tu veux te mêler aux matelots. C'est d'une logique!...

Ils choisirent une table isolée. Anna s'assit, le dos appuyé contre le mur. De là, elle voyait le café se remplir de marins et de pêcheurs bruyants et au delà, à travers la baie vitrée, le quai animé où étaient amarrés les bateaux de pêche.

Ils prirent des huîtres, des calmars, des langoustes grillées, des crevettes. Kurt commanda du saumon fumé. Il restait mince et musclé grâce à une heure de gymnastique quotidienne. Il venait d'avoir quarante ans. Ses cheveux blanchissaient, il avait le visage marqué mais son regard n'avait pas changé, un regard vif, calculateur. Un je ne sais quoi dans sa bouche la bouleversait.

Si je devais prédire son avenir à Kurt, se dit Anna, je dirais qu'il a obtenu le superflu et qu'il est passé à côté de l'essentiel. L'espace d'un instant, elle se sentit coupable. Elle se rabattit sur la nourriture et avala un plateau de fruits de mer gigantesque avec du vin portugais glacé. Elle n'avait pas de problème de régime, sans doute à cause de son activité intense.

Elle somnolait un peu sous l'effet du vin, lorsqu'elle vit la porte s'ouvrir. Simon se tenait devant elle. Son visage s'illumina de joie en l'apercevant. Mais il faisait signe à une jeune femme blonde, pâle, aux cheveux longs épais, au regard myope. Anna resta pétrifiée, la bouche ouverte, trop bouleversée pour détourner le regard.

Kurt observait la scène. Il lui prit la main.

– Ignorons-les, tu veux bien?

Ce fut un cauchemar. Anna parlait trop vite et trop fort, de tout et de rien. Voilà pourquoi il veut divorcer, se dit-elle. Maudit soit-il! Elle avait deviné que c'était Edwina. Simon avait passé ses permissions avec les Tenwick. Ce n'était pas étonnant qu'il soit devenu si distant. Maintenant elle comprenait sa froideur. Elle attribua aussitôt sa solitude et son humiliation à cette jeune femme quelconque.

Simon ne se montrait pas très généreux. Ils commandèrent deux Coca-Cola; lui, une portion de frites et de poisson, elle, une gibelotte et de la purée. Apparemment, ce n'était pas une occasion spéciale, mais une routine. Ils devaient venir là chaque jour.

Elle est mal habillée! se dit Anna avec satisfaction. Pourtant, elle n'était pas dénuée de classe.

– Oublie-la, veux-tu? dit Kurt, ennuyé.

Il avait quelque chose d'important à dire à Anna. Pourquoi avait-elle choisi ce restaurant?

Anna était devenue si étrange ces derniers temps. Elle avait un caractère emporté, surtout quand elle n'arrivait pas à ses fins; il appréhendait sa réaction devant cette nouvelle qu'il avait à lui communiquer.

– Anna, dit-il en lui prenant la main, j'aimerais te remercier pour ton attitude envers Paul.

– Ne me remercie pas. Je le considère comme mon fils.

En fait, il était tellement plus proche d'elle que son propre fils qu'elle se culpabilisait. Acker était un enfant étrange, indépendant, observateur, trop mûr pour son âge. Elle n'avait aucune influence sur lui. Paul était différent. Il s'accrochait à elle; il lui donnait l'impression d'être une mère. Avec Acker, elle avait l'impression d'être un tuteur temporaire.

Kurt parlait. Elle décelait chez lui une certaine inquiétude.

– Que disais-tu?

– Que c'était d'autant plus louable, ma chérie, que ce n'est pas ton fils.

– Ni le tien. Dieu sait qui sont ses parents.

– Des martyrs juifs.

– Enfin... Paul est heureux maintenant, là où il est.

– C'est de cela que je veux te parler. J'ai engagé une jeune femme à plein temps pour s'en occuper. Elle m'a été recommandée par le rabbin. Elle a un diplôme de psychologie et est spécialiste des enfants surdoués. Nous savons tous deux que Paul est particulièrement en avance.

– Elle ne remplacera jamais une mère!

– On peut toujours essayer. Anna, tu as été si bonne.

Ça recommence, se dit-elle. Elle eut envie d'éclater de rire devant les efforts maladroits de Kurt pour atténuer la peine qu'il lui causait, devant l'air protecteur de Simon, qui ne lui allait pas du tout, devant sa compagne, béate devant lui. Les rapports traditionnels homme-femme, quelle sacrée farce!

– Ah! dit-elle, trop fort, en tapant sur la table.

Un verre roula et se brisa. Quelques clients se retournèrent. Simon aussi. Rougissant, il appela le garçon et s'en alla. Edwina parut surprise de cette sortie précipitée.

Kurt se comportait comme si elle avait fait du strip-tease en public. Qu'ils soient maudits, lui et Simon!

– Montre-moi un homme, un vrai, et je me conduirai comme une dame.

– Anna, tu as trop bu. Enfin, c'était exceptionnel. Ce n'est pas tous les jours qu'on devient milliardaire.

Il demanda l'addition. Elle remarqua que plus il devenait riche, plus ses pourboires diminuaient.

37

L'opération de renflouage commença en mai. En juillet, les lingots de nickel s'empilaient. La première tonne rapporta 186 livres. C'était trop beau pour être vrai! Simon et Otto étaient plus optimistes maintenant qu'ils payaient comptant à la banque. Ils paraissaient plus détendus; il leur arrivait même de sourire. Mais le temps changea. La plongée devint dangereuse. Néanmoins, les trois premiers mois, ils ne perdirent que dix-neuf jours de travail. Ce n'était pas si mal pour l'hiver.

Le printemps arriva et avec lui les tempêtes du sud-est qui rassemblaient leur force d'Antarctique et balayaient la pointe septentrionale de l'Afrique avec violence. Les arbres ployaient sous la force du vent, d'énormes brisants venaient se fracasser sur la route de la plage, les plaines étaient recouvertes d'embruns. Les bateaux mouillaient alors au large, incapables d'entrer dans le port ou d'en sortir. Pendant quatorze jours, ils ne purent plonger. Jim faisait le tour des pubs, agité et furieux, espérant travailler le lendemain. Le quinzième jour, le vent tomba et les habitants du Cap s'éveillèrent dans l'air vif d'un beau matin de printemps.

Otto et Jim avaient hâte de reprendre le travail. Quand Simon arriva à six heures, ils étaient affairés sur le bateau.

– Hé! Pas si vite. La tempête n'est pas terminée. Vous voyez les nuages sur Table Mountain, cela signifie que le vent du sud-est va se relever et ça ne va pas être du gâteau.

– Je n'ai jamais rien vu d'aussi confus que les

prédictions météorologiques dans ce pays, lui dit Otto.

– C'est la vérité, mon vieux, répliqua Simon; en temps normal, je me moquerais éperdument que tu te laisses prendre dans une tempête, mais avec tout notre équipement à bord, il est hors de question que tu y ailles.

– Qu'en dis-tu, Perry? C'est la journée la plus belle qu'on ait eue depuis des semaines. Crois-tu qu'il ait raison? A ton avis, le vent va revenir?

– Je ne vois pas pourquoi il s'inquiète. Nous ne sommes qu'à dix minutes du port et, au pire, on pourrait rentrer à Three Anchor Bay en une minute.

– Idiots! grommela Simon quand il vit le bateau glisser sur les eaux calmes du port avec Otto, Jim, Tom, leurs poseurs de lignes et deux xhosas.

Il eut envie d'aller les chercher, mais cela le retarderait.

Vers midi, au moment où Simon faisait ses valises, il y eut soudain une puissante rafale; c'était pire que d'habitude. En moins de cinq minutes, ils furent confrontés à un vent de force 10. D'énormes vagues venaient se fracasser sur la jetée. Aucun espoir de faire rentrer le paquebot *Château* à temps. Il songea à Otto. S'ils étaient sensés, ils devraient être sur le chemin du retour.

A cinq cents mètres du phare de Mouille Point, Otto, Tom et les xhosas se cramponnaient, tandis que sous la chaloupe filaient des brisants de huit mètres de haut. Il fallut mettre le moteur à fond pour garder le cap et éviter les rochers effilés comme des lames de rasoir masqués maintenant par une écume bouillonnante.

– On va atterrir sur les rochers! s'écria Otto angoissé.

Mais à quoi donc jouait Perry? Ils lui avaient fait un signal quand la première rafale avait soulevé le bateau. Il avait répondu par un coup sur la corde de sauvetage, mais Perry n'était pas remonté à la surface. Ils avaient fait deux fois le signal. Toujours rien.

– Dans cinq minutes, dit Otto au poseur de lignes, nous le tirerons.

Il hésitait à prendre le risque; si le tuyau se coinçait sous un rocher, Perry suffoquerait. Cependant, si le bateau sombrait, il n'y avait aucun espoir pour Perry. Sa vie dépendait d'un cordon ombilical de caoutchouc qui tirait de l'air de la pompe du bateau.

Les xhosas écopaient désespérément tandis que les vagues, l'une après l'autre, s'écrasaient sur le plat-bord. La mer était un chaudron d'écume bouillante; de gigantesques algues ressemblant à des arbrisseaux déracinés par la force de l'eau étaient projetées en l'air.

– Trois coups! Trois coups! je les ai sentis, hurla le poseur de lignes.

Il tira aussitôt la corde de sauvetage. Les xhosas accoururent à l'aide.

Un scaphandre dansait sur l'eau à une trentaine de mètres du bateau; au sommet d'une vague, ils aperçurent Perry flottant comme un cadavre.

– Tirez-le, hurla Otto.

Pourquoi diable s'est-il propulsé à la surface! L'imbécile se serait brisé le cou s'il s'était cogné contre le bateau.

Trois d'entre eux tirèrent sur la corde jusqu'au flanc du bateau. Perry flottait comme une baleine gonflée. Ils faillirent tomber par-dessus bord, tandis qu'Otto tentait désespérément de contrôler le bateau qui plongeait profondément au creux des vagues. On ne distinguait plus alors le phare. Au sommet des vagues, ils apercevaient les déferlantes qui passaient par-dessus la jetée du front de mer.

– Tu n'y arriveras pas, dit le poseur de lignes.

Il effleurait la paroi de glace du scaphandre de Perry, sans pouvoir l'attraper.

– Dépêche-toi. Continue à pomper, cria Otto au xhosa qui avait laissé sauter la pompe. Remplace-moi, dit-il au poseur de lignes. Mets le cap sur Three Anchor Bay. Jamais nous n'atteindrons le port.

Une seconde plus tard, Otto parvint à dévisser le scaphandre. Perry était à moitié inconscient. Otto le libéra; cherchant un flacon de brandy dans le sac, il le déversa entre ses lèvres bleues.

Perry suffoquait; il ouvrit les yeux.

– Ne vous inquiétez pas, je vais bien. On va s'en sortir?

– Evidemment. Nous mettons le cap sur la baie. Que t'est-il arrivé? Tu as mis un temps fou.

– J'ai été projeté.

– Tu n'aurais pas dû te propulser à la surface, Perry. J'ai vu des plongeurs venir se fracasser sous la quille du bateau.

– Je n'avais pas le choix, mon vieux.

Son visage se crispa, tandis qu'une autre vague les submergeait.

– Viens ici, Otto, aide-moi à manœuvrer ce putain de gouvernail. Si le bateau sombre, je sombre avec lui et je n'ai pas envie de crever.

– Chaque fois que j'approchais du bateau, j'étais rejeté. Au fond, il y a une sacrée houle! poursuivit Perry tandis qu'Otto lui ôtait ses lourdes bottes et sa combinaison.

– C'est du suicide. Jamais je ne replongerai... aussi longtemps que je vivrai.

Il s'interrompit tandis que la chaloupe s'élançait sur une crête. Ils restèrent en équilibre, le moteur hors-bord sorti de l'eau. Le bateau oscillait dangereusement au gré de la houle.

– Fais-lui faire demi-tour.

Otto saisit le gouvernail et mit le cap sur le rivage tandis qu'une autre vague les faisait gîter.

– C'est comme un tourbillon qui t'aspire par les pieds, hurla Perry. J'étais attiré à la surface, les pieds devant, m'attendant à être fracassé contre ces satanés rochers. Vous auriez dû me tirer plus tôt.

– Tu n'as pas donné le signal.
– Mais si. Sans arrêt. La houle vous empêchait de le percevoir. Mon Dieu, j'ai cru ma dernière heure arrivée.
Soudain, il vomit par-dessus le bastingage.
L'un des xhosas hurlait dans le vent.
– On est dans la mauvaise direction, patron!
– Sais-tu où se trouvent les rochers? hurla Otto.
L'étroite ouverture de la baie était à tribord, mais les rochers étaient masqués par le ressac bouillonnant. Soudain un énorme rouleau les frappa de plein fouet. L'espace d'un instant, bref, terrifiant, il leur sembla être soulevés en l'air par une main gigantesque. Le bateau accosta sur le sable dans un vacarme épouvantable, sous une plate-forme de ciment.
Ils restèrent abasourdis. Otto se leva, essuyant la sueur de son front.
– Nous voilà sains et saufs... et au sec. Rien de perdu?
– Non, patron.
– Tu vas bien, Perry?
Perry luttait contre la douleur qui l'envahissait. Il sortait peu à peu de son engourdissement, mais au fur et à mesure, la souffrance s'installait. Toute la peau était arrachée; il avait les mains ensanglantées et plusieurs doigts fracturés.
– Donnez-lui un peu plus de cognac, dit Otto.
Perry avait le corps bleu-noir.
– Ce ne sont que des ecchymoses. Il n'y a rien de cassé en dehors des doigts.
Mais Perry suait. Il poussait de profonds gémissements, tel un animal aux abois.
– On va t'amener chez un médecin, lui dit Otto.
– Ce n'est pas d'un foutu médecin que j'ai besoin, mais d'une putain de boisson. Allez, bâtard, sors ce sale alcool avant que je ne t'arrache la tête.
Perry déversait un torrent d'injures tout en luttant contre la douleur.

– Je vais rentrer en Angleterre, leur dit Perry le soir même, dans le pub où sains et saufs ils fêtèrent leur retour.

» Vous pouvez vous accrocher à votre soleil et votre alcool bon marché! De retour au pays, j'ai des chances de vivre vieux.

Ils essayèrent de le faire changer d'avis tout en cherchant un remplaçant, mais Perry avait pris sa décision. Il partit sur le premier bateau de la Compagnie Castle. Il n'y avait pas d'autre plongeur expérimenté dans tout le sud de l'équateur.

Anna se trouvait dans le paddock avec les enfants lorsque Vera Mankowitz vint chercher Paul pour l'emmener à Constance. Anna ne s'attendait pas à la voir.

La jeune femme, à l'aspect plutôt ingrat, se pencha par-dessus la palissade et fit un signe de la main. Une autre ennemie! décréta Anna. Mais sans envergure. Anna aimait Paul autant que ses enfants. Elle comprenait son ambition farouche de gagner à tout prix. Comme elle, il lui fallait lutter pour survivre.

Quelle cruauté de la part de Kurt de l'emmener!

– Aimeriez-vous faire une promenade à cheval? demanda-t-elle hypocritement à Vera.

– Malheureusement, je ne sais pas monter.

– Ah bon? Quel dommage, Paul adore le cheval.

– Peut-être m'apprendra-t-il, dit la jeune fille en riant.

Anna, contrariée, vit Paul lui sourire.

– Quel gâchis! Toutes ces écuries à Constance, toutes ces étendues de terre et pas d'animaux!

– Paul peut emmener son poney, ses chiens et tout ce qu'il aime, n'est-ce pas, Paul?

– L'ennui, c'est qu'il faut quelqu'un pour s'en occuper.

– Eh bien, si Paul ne sait pas s'occuper de ses bêtes, il ne mérite pas d'en avoir.

– Mais je sais.
– M'apprendras-tu, Paul? Je n'ai jamais eu de cheval ni de chien.
Paul, parfaitement calme, dévisageait Vera. Anna lui avait parlé d'elle. Il s'attendait à quelqu'un de bien plus âgé, du style institutrice. Pas cette femme dodue, boutonneuse, avec ses grosses lunettes aux montures d'acier. Elle avait un air appliqué, le regard d'une intellectuelle. Paul se sentait très mûr, plus mûr que les jumeaux, plus mûr que tous ses camarades de classe. Il se rebiffait toujours lorsqu'on essayait de briser ses défenses. Seule Anna avait réussi à l'amadouer, parce qu'elle était dure, sévère, tout en étant parfois chaleureuse.
La guerre l'avait traumatisé. Tout était enfoui au tréfonds de son âme. Il refusait systématiquement toute offre d'amitié. Vera était une femme simple, la tête pleine de connaissances théoriques qu'elle voulait expérimenter sur lui. Il avait l'impression d'être un rat de laboratoire. Elle ne représentait pas de menace. Ce n'est pas l'amitié de Paul qu'elle recherchait mais sa propre réussite.
Paul se tourna et partit au petit galop vers l'autre extrémité du paddock où ils avaient posé des barrières pour faire sauter les chevaux. Les jumeaux le suivirent.
Pourquoi voulait-il toujours lui en remontrer? se demandait Anna.
– Rentrons prendre le thé.
– Merci, dit Vera en souriant, mais je veux observer Paul d'abord, ensuite je vous rejoindrai.
Anna rentra, intriguée. Kurt avait gagné.

Dimanche soir. Comme d'habitude, Otto et Simon, dans leur bureau, organisaient le planning de la semaine.
– Inutile de remettre sans cesse au lendemain, dit Otto brusquement. Il nous faut remonter ce nickel. Te

rends-tu compte? Il est là, au fond de l'eau, qui nous attend. Bon Dieu, si Perry a pu le faire, moi aussi je peux.

– Ce serait très bien si tu ne souffrais pas de claustrophobie.

Otto le foudroya du regard.

– C'est un mensonge.

– Ça suffit, Otto, pourquoi te moquer de moi? J'ai vu ton expression quand tu es remonté.

Simon versa de la bière.

– Tu as raison, ce nickel est à nous et nous avons besoin d'argent liquide, mais c'est moi qui plongerai. J'ai l'habitude. Je plonge depuis que je suis enfant. Ma mère m'envoyait pêcher des crustacés pour le dîner et je n'avais pas le droit de revenir les mains vides. Dieu que l'eau était froide... A vrai dire je ne connais pas grand-chose aux combinaisons pressurisées, mais j'apprendrai.

Otto soupira en secouant la tête.

– Ça ne me dit rien de bon. Je ne connais rien aux moteurs, tu es un génie en mécanique. Nous ferons faillite en un rien de temps si je devais diriger ce groupe de paysans noirs qui mangent grâce à toi... Non, impossible. C'est moi qui dois plonger tant que nous n'aurons pas remplacé Perry.

Simon ne disait mot. Il n'avait aucune idée de l'épreuve qu'avait traversée Otto, sous l'eau, mais ses paroles étaient pleines de bon sens.

– Très bien, mais promets-moi de m'écouter pour les prévisions météorologiques. Je connais la mer et les marées dans cette région.

Après tout, Otto ne risquait pas grand-chose dans une eau aussi peu profonde.

Edwina avait discrètement laissé une pile de factures sur la table. Otto éprouva un sentiment de honte en voyant son air malheureux. Depuis des mois, sa famille était privée du superflu et parfois de l'essentiel.

Il savait qu'elle ne sortait les factures qu'en dernière extrémité. Elle cachait la plupart d'entre elles. Il se leva et posa la main sur son épaule.

– Ne t'inquiète pas, mon amour, tout s'arrange. Dans deux ans nous récolterons le fruit de tout ce travail.

Elle sourit, pâle et triste. Elle avait essayé de mettre ses filles à l'école pour pouvoir travailler. Mais il n'y avait de place nulle part. D'autres femmes confiaient leurs enfants à des nounous noires, mais Edwina refusa cette solution. Rosemary avait dix-huit mois, Margaret trois ans et demi. Il était impossible de les laisser à des gens inexpérimentés.

– On va remonter le nickel dès demain si le temps le permet. Tout ira bien.

Il s'attendait à des questions, mais Edwina n'en posa aucune.

Cela ne peut être pire que dans mon esprit, se dit Otto quand il alla se coucher. Dans quelques jours, j'en aurai pris l'habitude.

Il avait tort. C'était bien pire que ce qu'il avait imaginé. Quel sentiment terrible d'isolement et d'impuissance dans ce carcan embarrassant d'où il ne pouvait s'extraire sans aide. Prisonnier! Quand on lui posa le scaphandre sur la tête et que l'on commença à visser la plaque de verre, il faillit les supplier d'arrêter, mais n'en fit rien.

Il se leva, traînant lourdement les pieds dans sa combinaison. Tom le rassurait tandis que le bateau prenait de la gîte. Il voulait parler mais ne le pouvait. Son univers était réduit à une vision confuse à travers la vitre sale et la communication à une corde.

Ses oreilles douloureuses bourdonnaient à cause de la pression. Il s'arrêta un instant pour ajuster la valve. Avec un effort de volonté surhumain, il lâcha l'échelle et regarda la surface, plafond blanc bouillonnant, lentement s'éloigner. Il arriva au fond, fit un pas en avant et tomba sur les mains. Le sable s'éleva autour de lui dans un épais nuage et lentement retomba. Le bruit de l'air sifflant à ses oreilles le rendait fou; la puanteur était insupportable. Grand Dieu! Comme Perry avait dû souffrir; jamais il ne l'avait laissé paraître. La prochaine fois, les satanés paysans devront prendre un bain avant de tirer sur la pompe à air. Il y avait une odeur atroce de sueur. Ses mains commençaient à brûler car les courants de l'Antarctique étaient glacés, été comme hiver. Très vite, elles seraient engourdies.

La peur empirait. Suant et tremblant, il voyait les tonnes d'eau au-dessus de sa tête, prêtes à l'engloutir; il était conscient des dangers qui le guettaient. L'envie de remonter à la surface était presque irrésistible.

– Mon Dieu, donnez-moi la force de tenir bon.

Il se força à penser à Edwina et aux enfants qui lui faisaient confiance. Sans ce nickel, nous sommes cuits, se dit-il.

Lentement il fit le tour, le regard fixé sur son tuyau d'air, un tube de caoutchouc épais, renforcé par des mailles d'acier, qui lentement voguait au gré des courants. Il lui fallait faire attention à ne pas le coincer. La corde était attachée à sa taille. Sa corde de sauvetage! Trois coups secs et on le remonterait immédiatement à la surface. Cette pensée le réconfortait. Il jeta un coup d'œil à ses mains. Si blanches, si vulnérables! Proie idéale pour requins fugitifs! Impossible de reculer maintenant! Ses genoux tremblants, il croyait défaillir à chaque pas. La peur le paralysait; se ressaisissant, il partit à la recherche du nickel.

Il en trouva très vite. Il donna aussitôt un coup sec sur la corde et attendit. La quille du bateau, énorme forme sombre, s'avança lentement, guidée par les bulles de son scaphandre. Les avirons montaient et replongeaient dans l'eau. Le panier redescendit. Otto le remplit de nickel et le regarda remonter à la surface. La fois suivante, il ramassa les plaques de nickel, si légères dans l'eau, et les posa dans le panier. Le nickel fut vite ramassé et il en chercha d'autre. Il se dirigea vers l'immense affleurement de rochers où devait se trouver l'épave. Mais c'était au-dessus de ses forces. Il tourna vers le sud et cinq minutes plus tard trouva un amoncellement de nickel; une fois de plus, le bateau passa au-dessus de sa tête et le panier redescendit.

La journée passa lentement. Otto priait que ça se termine vite. Il avait hâte d'être à l'air libre, pourtant il semblait avoir surmonté sa claustrophobie.

A trois heures exactement, il rabattit la valve et l'air emmagasiné le fit remonter lentement à la surface. Quelques secondes plus tard, il grimpa à bord du bateau; Tom lui ôta le scaphandre.

– Mon Dieu, j'ai réussi, j'ai réussi! dit Otto en respirant l'air frais à pleins poumons.

» Tom, à l'avenir choisis mieux celui qui sera chargé de la pompe à air. L'odeur nauséabonde m'a presque fait défaillir.

Il lança un juron à la grande surprise de Tom. Otto n'avait jamais juré auparavant.

– Il me faut de l'air propre.

Tom le regarda, étonné.

– Je n'y ai jamais pensé. Perry ne s'est jamais plaint.

Le contrecoup ne se fit pas attendre. Otto se mit à trembler. Il avait les mains engourdies, meurtries, égratignées. Quand le sang afflua dans ses doigts, la douleur fut atroce. Toutes ses terminaisons nerveuses étaient à vif.

Simon revint du dock de carénage.

– Grand Dieu! Quelle tête tu fais! Abandonne, pour l'amour de Dieu.

Il lui tendit la bouteille d'alcool. Otto but une grande gorgée. Quel soulagement! Il se versa un autre verre.

Edwina fut surprise de voir son mari rentrer si tôt.

– Qu'y a-t-il? Qu'est-il arrivé?

– Rien. Tout va pour le mieux.

– Mais qu'as-tu?

– Bon sang, arrête de gémir.

Il ne lui avait jamais parlé sur ce ton. Elle alla coucher les enfants.

Quand elle retourna au salon, Otto avait un verre de whisky à la main. A voir le niveau de la bouteille, il avait dû en boire une certaine quantité. Cela ne lui ressemblait guère.

– Tu vas te rendre malade à boire l'estomac vide. Veux-tu des œufs au plat? Je suis désolée, c'est tout ce que j'ai. Ou une omelette?

– Ne t'excuse pas. Tu ne sais faire que ça. Pourquoi ne me dis-tu pas les choses en face? « Nous n'avons que des œufs parce que tu ne me donnes pas assez d'argent. »

– Je ne me plains pas.

– Eh bien, plains-toi, merde, hurla-t-il.

Il se versa un autre verre mais Edwina le lui arracha.

– Mange d'abord, ensuite tu te saouleras, si c'est là ton plaisir. Quels que soient tes problèmes, ce n'est pas avec de l'alcool que tu les résoudras.

– Tu te trompes.

Son corps était engourdi et il ne ressentait presque plus ses douleurs. Il commençait à se détendre. Il savait qu'il était ivre, mais préférait l'ivresse à la peur. Jour après jour, il lui faudrait passer huit heures sous l'eau, quatre cent quatre-vingts minutes, l'éternité! Il lui faudrait plonger jusqu'à la dernière plaque de nickel.

– Je voudrais être mort.

Soudain, il jeta son verre contre le mur. Sans rien dire, Edwina prit un balai, une pelle et ramassa les débris.

– Oh! non, je t'en prie, je t'en prie, ne fais pas ça.

Il lui arracha le balai, ramassa les morceaux mais se coupa.

Edwina perdit le contrôle d'elle-même.

– Pour l'amour de Dieu, Otto, tu es ivre, dit-elle en sanglotant. Ne touche rien. Je ne me plains pas. Laisse-moi faire, mais je t'en supplie, dis-moi ce qui ne va pas.

Otto alla se coucher et s'endormit aussitôt.

La vie était devenue pour lui un cauchemar, mais il avait tellement honte qu'il ne l'aurait avoué à personne, encore moins à Edwina et Simon. Comment un adulte pouvait-il avoir peur de l'eau? Un marin, qui plus est! Il préférerait affronter une douzaine de sous-marins plutôt que de passer un jour de plus dans cette combinaison de plongée tant redoutée. Mais aucun plongeur ne désirait venir en Afrique du Sud, et sans le nickel, c'était la faillite.

Le matin suivant, Otto descendit dans les fonds marins. Au moment où il touchait le fond, un requin le frôla, le frappant à l'épaule et le laissant tourbillonner dans un remous. Il tomba à genoux et sortit son couteau. Le requin fit demi-tour et se mit à faire des cercles autour de lui sans s'approcher. L'eau était d'une transparence inhabituelle. Otto remplit plusieurs paniers de nickel avant de s'aventurer vers la crête des rochers. Le bateau suivait, guidé par les bulles. Otto se dirigea vers la petite crête. Il escalada les premiers rochers vers l'endroit où se trouvait l'épave.

La coque était penchée, coincée au milieu d'un affleurement rocheux. Au-dessous, se trouvaient les restes d'une épave bien plus ancienne. Il y avait une ouverture profonde dans la coque, mais la poupe était intacte. Le reste du cargo avait été brisé et détruit par la force des courants. Lentement, il se fraya un chemin à travers l'épave couverte d'anatifes. Le nickel était là, éparpillé, il n'en restait pas beaucoup. Quelques jours de travail devraient suffire. Le reste devait être au fond de la cale. Il s'approcha de l'ouverture béante et s'y infiltra à contrecœur. Soudain, un énorme nuage de sable s'éleva, voilant totalement sa vision. Il marcha sur quelque chose d'épais qui se tortillait sous ses pieds.

Quand le fond s'éclaira, il aperçut des douzaines d'anguilles qui se faufilaient entre les débris. En devinant la raison, il eut un haut-le-cœur. Il fit le signal pour qu'on remonte le panier et grimpa sur les rochers. Quand le panier redescendit, il pénétra de nouveau dans l'épave et le remplit rapidement.

Les requins continuaient leur ronde comme s'ils guettaient leur proie, tels des vautours tournoyant autour d'un moribond.

Au bout du troisième panier, il perdit le contrôle de lui-même et, fermant la valve, se propulsa à la surface. Bras et jambes écartés, il heurta la proue de la chaloupe, se blessant et se démettant presque l'épaule. Ils le hissèrent à bord avec difficulté.

– Qu'est-ce qui arrive? demanda Tom, une fois ôté le scaphandre.

– Des requins, dit Otto, et des anguilles, des centaines d'anguilles.

– Les requins n'attaquent jamais les plongeurs. Ils ont trop peur des bulles, mais il faut faire attention aux doigts avec les anguilles.

– Oui, dit Otto en frissonnant.

– Bon, je crois que ça doit te suffire pour aujourd'hui, non? dit Tom, mais Otto, confus, insista pour replonger.

Il n'y avait plus de trace de requins, mais la deuxième descente fut pire que la première. Il se força à pénétrer dans l'épave et à remplir plusieurs paniers de nickel. Une fois de plus, les anguilles fourmillaient à ses pieds.

Ce soir-là, Otto se mit à boire dès qu'il rentra chez lui. Avant même de dire bonjour aux enfants et à Edwina, il se versa un verre de whisky sec et le but d'un trait. Il ne cessa de boire jusqu'au coucher. Les yeux lourds, bredouillant, il leur souhaita une bonne nuit. Les cauchemars l'assaillirent aussitôt. Il gémit, se tourna et se retourna, il frappa même Edwina, comme s'il chassait des attaquants invisibles.

En désespoir de cause, le lendemain, Edwina se débarrassa de toutes les bouteilles qu'ils avaient dans la maison. Quand Otto revint, il trouva le placard vide.

– J'ai tout jeté. Il n'y aura plus jamais d'alcool ici. Tu es un ivrogne.

Otto lui lança un long regard désespéré. Ne comprenait-elle donc pas qu'il était difficile de survivre jusqu'à la fin des opérations? Non, jamais elle ne comprendrait. Il tourna les talons et sortit sans un mot. Il ne revint qu'à minuit. Chaque soir, il alla s'enivrer dans le bar le plus proche.

38

Elle se trouvait dans un long tunnel, un long tunnel gris et solitaire à travers lequel elle devait marcher seule, peut-être pendant des années, et elle était lasse de la solitude. Elle se mit à pleurer.

Une infirmière passa devant elle.

– Allons, madame Friedland, réjouissez-vous, votre santé s'améliore, vous le savez, n'est-ce pas?

Quelle plaisanterie! se dit-elle. Son état empirait chaque jour. Elle alla se regarder dans la glace. Quel spectacle! Des cheveux ébouriffés, décolorés, un regard triste, sans éclat, des paupières tombantes. Si cela s'appelait aller mieux! Elle poussa un soupir, alla chercher un peigne et essaya de démêler ses cheveux. Puis elle retourna au lit.

Sur la table de chevet elle avait plusieurs livres que

Kurt lui avait apportés. Il se montrait d'une grande gentillesse. Il lui offrait tout ce qu'elle demandait, mais hélas, pas ce qu'elle désirait le plus au monde : l'amour. Les ouvrages révélaient les incroyables arcanes qu'elle avait traversés depuis son arrivée ici. *Une juive et sa maison*; *Les devoirs d'un chrétien*; *Le français en dix leçons*; *Apprenez seul la sténo!*

Il lui semblait que les médecins, les infirmières, Anna et Kurt conspiraient pour la détruire. Ils avaient réussi leur traitement de choc. Cependant, au fond d'elle-même, bien au delà des traumatismes et des troubles psychiques, un je ne sais quoi lui disait que rien ne pouvait la détruire. Ils avaient détruit Madeleine Grass, la belle et insouciante jeune socialiste viennoise; ils avaient aussi détruit Mimi, chanteuse et prostituée qui avait soutenu le moral des troupes revenant du front de l'Est; peut-être avaient-ils aussi détruit Maria Grass.

Elle resta allongée un instant, le regard fixé au plafond, songeant à Madeleine Friedland née Grass. Elle la détestait depuis le jour où elle l'avait créée. Auparavant, elle était Maria Grass, une petite bonne femme rondelette, toujours mal coiffée. Elle avait quinze ans, était vulnérable, sensible, peu sûre d'elle. Elle avait passé la journée dans le salon à écouter sa mère converser avec une voisine.

– C'est une telle déception pour moi, avait dit sa mère. Elle n'a aucune ambition, aucune allure, aucune intelligence. Elle aura de la chance si elle trouve un mari. Réussir dans la vie est hors de question. Qui voudrait d'elle? L'ennui, c'est qu'elle tient de son père. Quand il est parti, j'ai dit « bon débarras », mais je me suis trouvée affublée d'une fille!

Maria était adulte lorsqu'elle prit conscience de l'échec qu'elle représentait aux yeux de sa mère. La prise de conscience ne fut pas soudaine, elle s'infiltra lentement dans son esprit. C'est ainsi qu'un jour elle décida de changer. Elle se rendit chez le coiffeur où elle se fit teindre les cheveux en blond platine. Ça lui allait bien et les garçons à l'école commencèrent à la remarquer. Pour la première fois, on lui donna rendez-vous. En moins de trois mois, elle perdit dix kilos et l'année suivante gagna un concours de beauté. Il fut impossible, dès lors, de la retenir. Elle traita sa mère sans ménagement jusqu'à la guerre.

Avec le temps, Madeleine se rendit compte qu'elle n'était pas dans un tunnel mais dans un cocon, à mi-chemin entre le passé et l'avenir. L'éternité!

Lentement sa dépression s'atténua. Elle élabora des plans pour l'avenir, mais l'avenir la terrifiait encore.

– Vous allez mieux, Madeleine, lui disait le Dr Warring. On ne peut pas faire grand-chose de plus pour vous.

Elle se mit à rire. Ces dernières semaines, son rire était différent. Elle était plus directe; pourtant la peur se reflétait sur son visage et elle occultait encore pas mal de choses. Après toutes les horreurs de la guerre qu'elle avait racontées avec mille détails, le Dr Warring ne pouvait imaginer qu'elle refoulait encore des expériences plus atroces. Par quel miracle elle n'était pas devenue complètement folle, il se le demandait. Une fois de plus, il s'émerveilla devant sa résistance. Elle finirait par arriver au sommet, mais pas en côtoyant ceux qui la détestaient.

Cet après-midi-là, elle était assise dans le jardin lorsqu'un garçon vint lui apporter une tasse de thé. Il n'avait rien d'effrayant, pourtant une lueur dans son regard la fit sursauter. Il était bizarre avec des yeux cruels de lynx. Elle vit son visage se transformer. Une corneille noire! Le bec s'ouvrit et il poussa un cri rauque tandis que ses mains passaient le sucre.

Madeleine refoula un cri; elle se força à le regarder tel qu'il était. Je ne suis pas folle, se dit-elle. Ce n'est que mon imagination qui crée des hallucinations, je peux effacer ces images. Elle décida d'aborder le problème avec le Dr Warring.

– Les visages semblent des masques derrière lesquels se cachent les gens. Quand je les regarde, les masques fondent et je vois d'horribles choses, des expressions cruelles, parfois des animaux... Je n'en ai jamais parlé à personne auparavant.
– Dessinez-les. Exposez-les au grand jour.

Simon n'appréciait guère la façon dont Otto traitait Edwina. N'avait-il pas commis la même erreur avec Anna avant la guerre? Ce n'étaient pas ses affaires, mais il éprouvait une certaine sympathie pour elle. A l'occasion, il essaierait de vanter ses mérites à Otto. Il les aidait, leur apportant des produits de la ferme, du raisin, parfois un petit cochon de lait et des douzaines d'œufs. Il prélevait le strict minimum dans l'affaire pour qu'Otto puisse prendre tout l'argent disponible. C'était son meilleur ami, et il estimait Edwina, peut-être parce que c'était l'épouse d'Otto. Les voir tous deux se haïr, sans illusion aucune, lui faisait mal.

Depuis qu'Edwina avait versé dans l'évier tout l'alcool, Otto rentrait rarement chez lui, le soir. Elle supportait cette trahison ultime avec un masque d'indifférence stoïque, l'ignorant quand elle le voyait, vaquant en permanence les yeux rougis, apeurée à l'idée de demander de l'argent; pourtant, elle en avait désespérément besoin.

– Je ne le reconnais plus, confia-t-elle à Simon. Ce n'est plus l'homme que j'ai épousé. J'ai l'impression de vivre avec un étranger qui me hait.

Elle ne mentionna pas ses excès de boisson, espérant que personne ne s'en rendrait compte.

Le temps passait. L'amitié entre Simon et Edwina grandissait. Elle avait besoin de quelqu'un pour l'épauler et il était ravi de ce rôle. Il appréciait sa douceur, son besoin d'être secondée, sa dépendance.

La nouvelle année annonçait un temps superbe. Une semaine avant l'anniversaire d'Edwina, une vague de chaleur dura plusieurs jours. Le vent de la montagne balaya la lande, embaumant l'air du parfum des herbes et des fleurs. Edwina passait des journées à la plage. Elle et ses enfants étaient dorés. Au crépuscule, les Noirs se baladaient sur le front de mer, grattant leur guitare, fredonnant d'étranges chants obsédants. Soirées voluptueuses! Nuits sans sommeil! Edwina, fleur diaphane venue de rivages plus froids, se mit à trembler; elle devint la victime de désirs cachés, mais Otto n'était jamais chez lui. Elle décida de fêter son anniversaire. Elle soudoya la vieille dame pour disposer de la cuisine, l'après-midi. A sept heures, les enfants étaient au lit. Simon et Edwina attendaient Otto.

Simon décida d'aller le chercher, mais Edwina, éclatant en sanglots, refusa. Simon la prit dans ses bras pour la réconforter.

– Fais-moi l'amour, murmura-t-elle, je t'en prie, je t'en prie, Simon. J'attends depuis si longtemps. Otto ne me fait jamais l'amour. C'est fini depuis des mois. Je veux simplement qu'on m'aime.

Simon lui caressa doucement les cheveux, essuya ses larmes. Il était au pied du mur. Pas une fois il n'avait désiré Edwina. C'était l'épouse d'Otto, il la considérait comme une sœur. Mais voilà qu'elle se déshabillait, ôtant sa robe, son soutien-gorge avec la plus grande assurance. Refuser serait une insulte. Devant ses seins si blancs, il sentit son désir s'éveiller. Elle avait les jambes légèrement arquées, mais ses défauts ne la rendaient que plus attrayante. Elle était vulnérable. Lorsqu'elle ôta ses lunettes, il remarqua ses grands yeux innocents.

Il lui fit l'amour, doucement d'abord. Elle était offerte, mais passivement; seuls de petits gémissements indiquaient qu'elle prenait du plaisir. Au bout d'un moment, il lui demanda :

– Tu as joui?

– Oui, bien sûr, dit-elle en souriant. Tu ne t'en es pas rendu compte?

– Non.

Les paupières closes, il la saisit avec violence, tout en s'imaginant faire l'amour avec Anna. Il se rappelait la jeune fille d'avant la guerre, sa poitrine contre la sienne, les seins fermes, les yeux d'un bleu profond. Oh, Dieu! Il cria, secoué de frissons de volupté. Quelle angoisse! Au diable Anna! Ce n'était pas un gigolo ni un étalon. Si elle ne voulait pas de lui comme mari, c'était sans espoir.

Il était au comble de la jouissance. Il sentait Edwina vibrer, les yeux ouverts d'un air interrogateur.

Il l'aimait en un sens. Il se sentait protecteur, fraternel; oui, c'était là le terme exact. Oh! Dieu, il n'y arriverait jamais!

Il ferma les yeux et se rappela Anna, des années auparavant, près de la rivière, folle de désir, exigeant plus qu'il ne pouvait donner. Quel imbécile! Il aurait dû la satisfaire, la jeter sur le sable et la faire hurler de plaisir! Elle était alors si belle, si désirable, si passionnée, nue près de la rivière. Jamais il n'oublierait ce jour-là.

Lorsque enfin il jouit, il enfouit son visage dans l'oreiller, refusant de regarder la vérité en face.

– Grand Dieu, tu es un as! lui dit Edwina.

Simon se fatigua vite de sa liaison avec Edwina qui devenait fastidieuse. Il n'arrivait jamais à satisfaire ses besoins de joie, d'amour et surtout de confiance en elle-même. Edwina était si exigeante. C'était un torrent de larmes quand il était en retard pour dîner, des accès de colère s'il ne venait pas un soir, de la jalousie lorsqu'il rendait visite aux jumeaux. Simon sentait qu'elle avait confondu son rôle et celui d'Otto. De plus, sa culpabilité le reprenait. Il cherchait un moyen de mettre un terme à une liaison qui n'aurait jamais dû commencer. Les événements se précipitèrent. Un soir Otto rentra plus tôt que prévu. Il resta immobile, blême, sur le pas de la porte, puis s'en alla.

– Oh! mon Dieu! qu'allons-nous faire?

Edwina se redressa, horrifiée. Ses yeux bleus étaient trop brillants, ses joues trop roses, ses cheveux trop ternes. Simon l'avait trouvée mignonne autrefois, maintenant il était écœuré. Il enfila son pantalon.

– Allons, Edwina, tu sais que je ne te laisserai pas tomber, dit-il en serrant les dents. Ne sois pas bête.

C'est lui qui était bête, parfaitement piégé.

– Deux petits enfants, gémissait-elle. Comment vais-je m'en sortir?

– Oh, ne t'inquiète pas, tout ira bien. J'irai lui parler.

Il saisit sa chemise.

– Que vas-tu lui dire?

– Je dirai ce qu'il faut. De toute façon, doux Jésus, quel gâchis!

– Tu m'aimes, n'est-ce pas?

– En un sens, oui.

– Vas-tu m'épouser?

– Anna a refusé de m'accorder le divorce, mais cela ne m'empêche pas de m'occuper de toi et... de vivre avec toi.

Sa réaction fut immédiate. Elle se couvrit le visage de ses mains.

– Pauvre, pauvre Otto! As-tu vu son expression? Je ne veux pas le perdre. Me pardonnera-t-il un jour?

– Comment diable pourrais-je le savoir?

Il sortit en claquant la porte.

Simon n'alla pas chercher très loin. Otto était assis sur les marches du porche, la tête dans ses mains.

– Inutile de nous disputer, commença Simon peu fier de lui. Je ne répondrai pas à tes coups. Abordons le problème comme des gens civilisés.

Otto se leva.

– Des gens civilisés ne bavardent pas sur le pas de la porte. Je t'offre un verre, viens.

Ils marchèrent côte à côte en silence. Simon cherchait un moyen de se justifier, c'était difficile.

– C'est étrange, dit Otto, je rentrais à la maison

pour lui dire combien j'étais désolé. Je ne t'ai pas encore annoncé la nouvelle, nous avons récupéré 5 000 livres de nickel. Ce n'est pas si mal. J'ai pensé qu'on pourrait souffler un peu.

Sa voix calme remplissait Simon d'amertume. Il avait envie de pleurer. Pourquoi n'y avait-il pas pensé plus tôt?

Au bar, ils s'assirent sur deux tabourets près du mur et se disputèrent pour payer les consommations. Ils levèrent leur verre en évitant le regard de l'autre.

– Alors, on boit à quoi? dit Otto. Nous sommes des amis de longue date. Tu m'as sauvé la vie une fois. Dieu, quel drôle d'individu! Buvons à cela. Ne sois pas ennuyé pour moi, mon vieux. Edwina a besoin de s'accrocher à quelqu'un et j'étais parti ou du moins elle l'a cru. Je le mérite. Je vais entamer une procédure de divorce et, qui sait, on peut redevenir amis. Ce n'est pas un comportement de civilisés?

– Hé! pas si vite. Tu ne peux effacer cinq années simplement à cause de... à cause d'une défaillance passagère.

– Une défaillance passagère? Qu'appelles-tu passagère? demanda Otto, amusé.

– Deux mois.

– Ce n'est pas bien long. Je l'ai découvert trop tôt.

– Otto, je veux que tu saches que je regrette profondément...

– Tu as vraiment l'air stupide à chercher ainsi tes mots, Simon. Bois.

Il appela le barman et commanda une autre tournée.

Simon cherchait vainement ses mots, aussi but-il d'un trait puis il remit une tournée.

– Tu dois me pardonner ce curieux silence, poursuivit Otto, mais mon éducation ne m'a pas préparé à ce genre d'événement. Devrai-je me battre avec toi à cause d'elle?

– Qui a l'air vraiment ridicule?

– Oui, tu as raison, Simon. Elle n'est pas vraiment Hélène de Troie.

– Ce n'est pas ce que je voulais dire, dit Simon, prenant la défense d'Edwina. Je voulais dire... Oh, grand Dieu, je ne sais plus ce que je voulais dire.

Il fit signe au barman.

– C'est ma tournée.

– Elle t'aime encore, dit Simon après le sixième verre. Au début, elle m'a pris pour confident, elle essayait de sauver ton foutu mariage. Ça semblait ridicule, non? Elle ne parlait que de toi.

– Excuse-moi de sauter à la conclusion, dit Otto, mais ce soir, je suppose que c'est toi qu'elle aime et que tu as hâte de prendre ma place.

– Non.

– En d'autres termes, ce n'était qu'un coup de canif dans le contrat. Moi-même ça m'est arrivé, mais c'est dur d'être de l'autre côté de la barrière.

– En un sens je t'ai aidé.

– Aidé?

Otto éclata de rire.

– J'ai essayé de te le dire une centaine de fois. Bien sûr, le fait que tu te sois conduit comme un salaud envers elle n'excuse pas mes actions.

– Je sais que je suis un salaud, elle me l'a dit tant de fois. T'a-t-elle dit à quel point tu es un salaud, toi?

– Oui, souvent.

– Personne, non, personne ne peut être à l'image de ses espérances. Tu ne sais pas ce que c'est que de rentrer chez soi sans argent et d'avoir à affronter ses yeux bleus tragiques. Allons, buvons, la morosité nous guette.

– C'est ma tournée, dit Simon, faisant signe au barman.

– Pourquoi ça ne va pas entre toi et Anna? Je l'ai aperçue une fois. C'est une femme vraiment étonnante.

– Oui, mais dure et implacable. J'ai autrefois

commis une très grave faute, Anna ne m'a jamais pardonné. Elle est comme ça. Elle ne fait jamais de concession, ne cède jamais.

Il bredouillait. Sans réellement le vouloir, il raconta à Otto l'histoire de Sophie et de son enfant.

– Elle a laissé le bébé mourir parce qu'il aurait été gênant. J'en ai eu la chair de poule quand elle me l'a appris, aussi me suis-je engagé. On voit les choses différemment de loin. Elle ne m'a jamais pardonné l'histoire de Sophie. Je ne lui ai jamais pardonné d'avoir tué l'enfant.

Otto frissonna.

– Edwina et moi, c'était fini avant de venir ici. Ne te méprends pas, c'est une femme très bien. Son père était pasteur dans le Kent. Elle n'a jamais été très passionnée. L'était-elle avec toi ?

– Non. Exactement le contraire.

– Voilà. Bon, mettons les choses au clair. Tu ne désires pas la garder, n'est-ce pas ?

– Non, après tout c'est ta femme.

– Oui mais c'est ta... enfin peu importe. Moi non plus je ne la veux pas, mais l'un de nous doit s'en occuper. On est tous deux dans le même panier.

– Otto, tais-toi pour l'amour de Dieu !

– Je pourrais me retirer avec les honneurs et te laisser diriger l'affaire. Elle est sur pied. Le nickel nous a sauvés.

Simon était crispé. Son tic habituel revenait.

– Quand j'ai dit à Edwina qu'Anna ne m'accordait pas le divorce, elle ne semblait pas prête à vivre dans le péché.

– Non, Edwina n'aimerait pas. Jouons-la à pile ou face, qu'en dis-tu ? Le perdant la prendra.

– D'accord, dit Simon d'un ton lugubre.

– C'est une solution parfaitement équitable.

Otto chercha une pièce dans sa poche.

Simon gagna. Un sentiment de soulagement parcourut son corps, tel un vent humide en période de sécheresse.

Otto semblait stupéfait.

– Rentrons à la maison prendre un verre.

Horrifiée, Edwina vit les deux hommes entrer dans le salon en chancelant, appuyés l'un sur l'autre. Otto prit deux verres, les remplit de whisky. Devant ce spectacle, Edwina eut l'impression d'être une marionnette manipulée et rejetée.

– Petits salauds... petits salauds...

La propriétaire vint frapper à la porte pour se plaindre du bruit.

– Je ne peux dire que je suis désolée, Otto, dit-elle, quelques minutes après le départ de Simon. Tu t'es comporté comme un cochon, mais je t'aime toujours et je suis prête à repartir sur d'autres bases si tu me promets de cesser de boire et de ne pas me jeter ça à la figure le reste de ma vie.

– Je n'en reparlerai jamais, mais n'attends rien de moi avant la fin du renflouage.

Il lui parla alors de sa panique, des anguilles qui se tortillaient, du gouffre dévorant, de la fragilité de son précieux tuyau d'air.

Quand il eut terminé, elle murmura :

– Oh, mon pauvre Otto. Dieu me pardonne, je n'avais pas compris.

Pour la seconde fois ce soir-là, Edwina se trouva dans un lit, jambes et bras enlacés.

39

Le matin suivant, Simon se rendit à Fontainebleu. Il avait décidé d'éviter les adieux. Ils n'avaient plus rien à se dire.

Il se gara au sommet de la colline et jeta un regard

en arrière. Il laissait trop de souvenirs derrière lui : la belle cité lovée au creux des montagnes et la mer, les amis qu'ils s'étaient faits, toutes ses économies, et pire, son seul espoir de traiter Anna en égal.

Tout cela n'avait servi à rien. Il se sentait d'autant plus coupable d'avoir rendu Modderfontein.

Anna, assise dans son bureau, faisait ses comptes. Elle leva les yeux et lui adressa un sourire crispé. Il avait décidé de tout lui raconter sans lui cacher un seul détail. C'était impératif. Comment expliquer autrement l'échec de l'affaire – mais il ne s'attendait pas à l'accès de mauvaise humeur qui s'ensuivit.

– Salaud, hurla-t-elle, le visage tendu, méconnaissable.

Elle saisit un vase et le lui jeta à la figure. Simon resta là, bouche bée. Tout vola en éclats, crayons, verres, livres, cendriers. Simon s'approcha d'elle et la maîtrisa.

– Ça suffit, Anna. L'épouse bafouée théâtrale ne marche pas avec moi. Tu es allée baiser toi aussi, tu ne t'en es pas privée. Qu'ai-je ressenti, moi, quand j'ai découvert que tu avais rejoint Kurt à Bosluis?

Il la secoua et la repoussa avec tant de violence qu'elle vacilla et alla heurter le bureau. Mais elle se retourna, aussi prompte qu'un cobra.

– Imbécile. Tu as tout dilapidé, Modderfontein, notre mariage. Tout ça pour une femme stupide et geignarde. Doux Jésus, elle n'est même pas jolie! Je vous ai vus tous les deux, je sais à quoi elle ressemble. Pourquoi, mais pourquoi as-tu agi ainsi?

– Parce qu'elle avait besoin de moi.

Ses paroles eurent l'effet d'une véritable gifle.

– Arrête, veux-tu? Je vais partir. Peut-être pour l'Australie par le prochain bateau.

– Oui, va-t'en, pourquoi pas? Depuis que je te connais, c'est tout ce que tu sais faire.

Anna se laissa tomber sur une chaise et enfouit son visage dans ses mains. Pourquoi suis-je bouleversée? se demanda-t-elle. Quelle différence de le savoir au Cap ou en Australie? Puis elle pensa aux enfants. Ils l'aimaient tant. Pourquoi seraient-ils privés d'un père?

A la grande surprise de Simon, elle éclata en sanglots.

– Tu es toujours loin, à la pêche à la baleine, en mer, à l'armée, tu n'es jamais là quand on a besoin de toi. Maintenant c'est l'Australie. Simplement parce que tu as peur d'affronter Otto. C'est toi que tu fuis. Quand vas-tu regarder la réalité en face? Pourquoi ne restes-tu pas ici? J'ai besoin de toi et Dieu sait que les enfants aussi ont besoin de toi.

– Tu me veux à tes pieds comme un petit toutou, tu as besoin de quelqu'un qui te suive comme ton ombre.

– C'est faux. Tu es toujours contre moi. Tu me punis parce que je suis riche.

– Peut-être. Si je te demandais de m'accompagner, de vivre avec le peu que je gagnerai, de m'aider à construire une nouvelle vie, viendrais-tu?

– Non, bien sûr que non. Ne sois pas égoïste. Pense combien les enfants vont souffrir. Reste.

– Non.

– Oh! ça m'est égal. Fais ce que tu veux.

Il sortit et alla s'asseoir dans l'herbe. Après tout, elle avait peut-être raison. Il fuyait toujours et il lui en voulait d'être riche. Elle ne manquait pas de bon sens, il fallait le reconnaître.

Il était encore assis dans l'herbe quand Katie revint à bicyclette du village.

– Papa!

Katie se jeta dans les bras de son père.

Plus tard dans la soirée, il mentionna son intention de partir. Son expression changea. Elle sortit. Acker arriva à cet instant. En apprenant la nouvelle, ses yeux lancèrent des éclairs de fureur.

– Où est Katie?

Personne ne savait où elle se trouvait.

C'est Wagter qui la découvrit. Elle s'était recroquevillée dans un fossé au bord du vignoble et s'était recouverte de feuilles.

– Si tu t'en vas, je me tuerai, dit-elle d'un ton mélodramatique.

– Ne sois pas ridicule, dit Simon, essayant d'ôter la terre sur son visage et ses oreilles. C'est une bonne douche qu'il te faut.

Il lui prépara un bain et la savonna.

– Tu as ta mère, ton frère, ton grand-père.

– Grand-père est vieux.

– Ce n'est pas parce qu'il est vieux qu'il n'est pas gentil.

– Toutes les autres petites filles ont un papa et je veux mon papa.

– Je ne pars pas pour toujours. Une année ou deux seulement.

– Pour une petite fille, deux ans c'est l'éternité, dit-elle avec une sagesse bien au delà de son âge.

Il se tourna, éberlué, puis ôta les feuilles de ses cheveux.

Elle gagnait, comme toujours. Comment avait-il pu envisager de partir, avec de si beaux enfants?

Anna alla se coucher tôt. Simon et André restèrent seuls dans le salon.

– Je n'ai pas souvent l'occasion de vous voir, Simon. Je le regrette, dit André, sincère. Qu'est-ce qui vous amène, au milieu de la semaine?

Simon lui dit la vérité.

– Peu importent les circonstances, cela mérite une bonne bouteille, et du meilleur cru.

Il sortit une clé de sa poche et ouvrit un grand placard dans un coin de la pièce.

– Je me suis souvent demandé ce qui était caché là, dit Simon.

– Seulement les meilleures bouteilles.

Il sortit du brandy, l'examina à la lumière et versa le précieux liquide.

– Il date de votre naissance, mon garçon. Vous vous rendez compte!

Simon ne tenait pas à réfléchir. Cela signifiait la richesse, mot qu'il exécrait.

– Je crois que vous pourriez m'aider, lui dit André. J'ai des terrains immenses sur la route de Namaqualand dans un lieu appelé Luembe, à environ soixante-quinze kilomètres au sud-est de Pofadder. Endroit désert, comme vous savez. La propriété est en vente depuis cinq ans, mais il n'y a pas d'acheteurs. L'ennui, c'est qu'il n'y a pas de ferme, pas de pompe à eau. On ne s'est jamais donné la peine d'en chercher. J'aimerais vous intéresser à cette entreprise. Allez-y, dites-moi si on peut y élever des caraculs, c'est-à-dire s'il y a une possibilité de trouver de l'eau. Construisez une ferme. Je mettrai le capital, vous ferez le travail. Plus tard, on vendra et on partagera les bénéfices. C'est une faveur que je sollicite et qui sait, vous pourriez vous constituer un capital. Etes-vous intéressé?

– Si je le suis? Je serais difficile!

A minuit, Anna ne dormait toujours pas. C'était la tempête sous son crâne. Si seulement elle avait le temps, si seulement il leur donnait une chance! Si seulement ils pouvaient parler de leurs problèmes sans s'emporter aussitôt! Elle se sentait terriblement coupable.

Il fallait qu'elle lui parle. Elle se faufila dans le couloir, mais la porte de la chambre de Simon était fermée à clé.

– Laisse-moi entrer.

La porte s'ouvrit. Simon, les cheveux en bataille, était terriblement attirant.

– Pourquoi as-tu verrouillé ta porte?

– Pour des raisons évidentes.

– Tu veux absolument nous laisser à l'écart, pourquoi, Simon?

– Parce que chaque fois que tu veux faire l'amour, j'ai l'impression d'être un étalon. C'est comme une sorte d'obligation; pour gagner mon pain. Ça me met hors de moi.

Effarée, elle s'éloigna.

Elle resta des heures assise devant la fenêtre. Les paroles de Simon résonnaient dans sa tête. Un étalon! Mon Dieu! Une obligation! Ces mots étaient des coups de poignard. Comment un homme pouvait-il parler ainsi à sa femme? A n'importe quelle femme! Quelle cruauté au sein d'un couple. Elle repensa au comportement de Kurt à Bosluis et à la façon dont il l'avait utilisée plus tard pour blesser Madeleine. Mais surtout, elle se rappelait Modderfontein.

Dans sa chambre solitaire, la nuit, le désespoir la glaçait. Désormais, elle ne ferait plus l'amour.

Le vent se levait, un vent froid. C'était l'époque des vendanges, les feuilles tombaient. Anna sentit un je ne sais quoi au fond de son cœur mourir ce soir-là.

Madeleine était habillée, prête à partir. Ses valises étaient faites. Elle pénétra d'un pas mal assuré dans le cabinet du Dr Warring.

– Je suis heureux que vous soyez venue. Je voulais avoir une dernière conversation avec vous.

– Je n'allais pas partir sans vous remercier, non?

– Qu'allez-vous faire, Madeleine?

Elle haussa les épaules.

– Je vais continuer la peinture. Ma mère m'a laissé un petit pécule.

– Et Kurt?

Elle sourit tristement.

– Je verrai.

– Asseyez-vous, détendez-vous. Le café arrive. A-t-on remarqué votre talent artistique exceptionnel à l'école?

– Oui, mais je voulais être chanteuse, j'espérais faire du cinéma; seulement je n'avais pas grand talent.

– Madeleine... vous allez retourner dans le même univers, revoir les mêmes gens. Soyez prête à affronter leur haine, leur cruauté et à les accepter. Rendez-leur la pareille, mais n'essayez pas de vous leurrer.

Elle haussa les épaules.

– J'essaierai, mais ce n'est pas facile d'accepter qu'on ne vous aime pas.

– Moi, je vous aime bien. Il m'est difficile en tant que médecin de vous dire cela. Rappelez-vous seulement que je suis là. Si vous avez envie d'aller au restaurant, au théâtre, ou simplement de parler, je ne serai plus le Dr Warring, mais George.

– Au revoir, George, je vous téléphonerai.

Enthousiaste, remplie de joie, elle dévala l'escalier et faillit tomber dans les bras de Kurt. Il était appuyé contre sa Jaguar, l'air furieux.

– Tu es en retard. On m'a dit dix heures et il est onze heures trente.

– Je suis désolée, Kurt, le Dr Warring désirait me parler. Je ne savais pas qu'ils t'avaient dit dix heures. Je ne pensais pas que tu viendrais.

Il lui lança un regard furieux.

– Ces gens-là n'ont pas la notion du temps. Ils ne survivraient pas cinq minutes dans le monde des affaires. Monte dans la voiture, je suis en retard pour une réunion. Je vais te ramener immédiatement à la maison où se trouve l'infirmière et repartir à la hâte au bureau.

– L'infirmière? Mais Kurt, je n'en ai pas besoin. Je repars de zéro. Je te l'ai dit. Tu es très gentil, mais maintenant je vais mieux.

Il fronça les sourcils et ouvrit la porte de la voiture.

– Tu auras tout loisir de t'occuper de toi quand tu te seras totalement remise. Nous en reparlerons alors.

– Si je n'allais pas mieux, ils ne m'auraient pas laissée partir.

– Allons, Madeleine, ne commençons pas à nous

disputer à peine retrouvés. Tu es surmenée. Tu sais dans quel état tu te mets, je ne veux pas que ça te bouleverse.

Elle fit un pas en arrière, horrifiée.

– Pourquoi as-tu dit cela? Je ne veux pas me disputer. Je disais simplement...

– J'ai entendu ce que tu disais. Allons-nous recommencer nos scènes? Ecoute, Madeleine, lui dit-il comme s'il s'adressait à une enfant, sois gentille, monte dans la voiture.

Il la prit fermement par le bras et la fit rentrer.

Résignée, elle se laissa mener à Constance.

Quelques instants plus tard, elle trouva le courage d'engager de nouveau la conversation.

– Kurt, il faut que nous parlions. Nous ne formons plus un couple depuis longtemps. Je veux être seule, trouver un emploi et recommencer sur de nouvelles bases.

Il se tourna vers elle. Sa froideur la glaça.

– Mettons les choses au clair, Madeleine. Tu as été malade et j'ai l'intention de m'occuper de toi. Il est parfaitement impensable que tu vives seule. Tu te retrouverais en prison dans moins d'une semaine pour vol à l'étalage. Tu ne comprends pas qu'on ne peut tout avoir, et toi, il te faut tout immédiatement.

– Oh!

Elle se pencha en arrière, comprenant enfin que Kurt était décidé à être le « brave gars »; c'est elle qui avait le mauvais rôle, ou tout au moins celui de la folle. Elle sourit.

– Arbores-tu toujours ce sourire, Madeleine? Je crois qu'il est de mon devoir de te mettre en garde. Les gens pourraient jaser, surtout en sachant d'où tu viens.

– Si je souris parfois, les gens pourraient croire que je suis folle, c'est cela?

– Eh bien, toi et moi, nous savons que tu l'es, mais il vaudrait mieux que ça reste entre nous.

C'en était trop. Elle éclata en sanglots.

Ils arrivèrent enfin. Kurt, avec sollicitude, l'aida à sortir de la voiture.

– Mademoiselle! Mademoiselle Philips! Mme Friedland est harassée ce matin. Conduisez-la, je vous prie, dans sa chambre et donnez-lui un sédatif.

Eberluée, Madeleine se laissa mener dans une chambre semblable à celle qu'elle venait de quitter.

– Prenez ceci, madame.

L'infirmière lui tendit une pilule et un verre d'eau.

Madeleine entendit la voiture de Kurt s'éloigner.

– Je vais voir Paul, dit-elle fermement. Si j'ai besoin de vous, je vous appellerai. Merci, mademoiselle.

Paul était dans le jardin. Il avait tellement grandi qu'elle le reconnut à peine.

– Bonjour, Paul.

Le garçon tourna la tête. Il n'y avait sur ses lèvres aucun sourire de bienvenue.

– Oh! Bonjour. Es-tu de retour définitivement?

– Non, je suis venue dire au revoir.

Le soulagement qui se lut sur son visage fut une véritable gifle.

– Où est ma voiture? demanda-t-elle.

– Au garage. Vera s'en est servie.

– Qui est Vera?

– Mon professeur.

– Tu l'aimes?

– Elle n'est pas mal... Elle est très bien, mais je préfère Anna.

– Peux-tu aller chercher les clés de ma voiture pendant que je prépare mes affaires? Je pars maintenant.

Son visage s'éclaira.

– Bien sûr.

Dix minutes plus tard, elle partit pour toujours. Quelle journée splendide! Elle pouvait prendre n'importe quelle direction, aller où bon lui semblait, repartir de zéro, se faire de nouveaux amis. Elle n'avait plus aucune limite. Elle décida de passer par les montagnes. Soudain, pour la première fois de sa vie, elle se sentit libre. Sans même le remarquer, elle se mit à chanter.

40

Juin 1949. Le début de l'hiver. Leurs chambres étaient froides et exposées aux courants d'air. Margaret et Rosemary avaient en permanence le nez qui coulait, mais Edwina ne s'en inquiétait pas. Elle n'avait plus qu'un seul souci : le bien-être d'Otto. Jamais plus ils ne firent allusion à cette fameuse soirée. Edwina tenait les comptes, Otto s'occupait des contrats. Tom, le poseur de lignes qui avait remplacé Simon, s'était avéré excellent contremaître; le lourd fardeau de l'administration reposait sur les épaules d'Otto. Il travaillait tard le soir pour faire les inventaires, commander les pièces détachées et la peinture et organiser les équipes de travail.

Le mois précédent, il avait fait un temps affreux et Otto n'avait pu remonter le nickel. Il lui était pénible de penser à tout ce qui restait au fond de la mer. Jusque-là, ils avaient vendu plus de vingt-six tonnes à 186 livres la tonne, réduisant ainsi leur découvert de plus de 5 000 livres. Quelque part, éparpillée autour de l'épave, se trouvait une fortune. Une grande partie devait reposer sous les débris, à l'intérieur de la cale.

A la fin du mois de juillet, il leur faudrait payer les frais de renflouage, l'équipement et le matériel de construction. Il leur serait facile de couvrir les frais s'ils renflouaient le nickel. Otto avait vainement essayé de trouver un plongeur. Il n'y avait pas d'alternative, il allait devoir replonger dès l'amélioration du temps.

A la première accalmie en cette journée hivernale de juin, Otto partit tôt par un froid matin avec Tom et deux matelots.

La mer était d'huile, grise, trompeuse. Les montagnes étaient obscurcies par les nuages. Un vent du nord-ouest se levait, amenant une fine bruine. Arrivés au-dessus de l'épave, ils se mirent à défaire le matériel de plongée.

Otto n'avait jamais assez chaud.

Edwina lui avait tricoté des cols roulés, des vestes, des collants, des chaussettes. Malgré cela, il avait froid.

Lorsque Tom vissa le scaphandre, les matelots se mirent à tourner la poignée de la pompe; Otto entendit le sifflement familier de l'air à travers la valve, son qui lui était maintenant aussi connu que les battements de son cœur.

Inutile de perdre du temps; plus vite il partirait, plus vite il reviendrait. Il fit à Tom le signal du départ et passa par-dessus bord, se cramponnant fermement aux barreaux de fer de l'échelle. Il atteignit le dernier barreau puis se laissa engloutir au fond de l'abîme.

Il chercha à délimiter le périmètre de l'épave et trouva plusieurs lingots qu'il empila dans les paniers. A une cinquantaine de mètres de l'épave, un brusque courant le souleva et le projeta contre les rochers. Il se cramponna et s'assit quelques secondes dans l'eau qui tourbillonnait. Plusieurs poissons le frôlèrent. S'il n'avait pas été en proie à une frayeur intense, Dieu qu'il aurait apprécié le spectacle!

Il se demandait s'il n'allait pas remonter à la surface, mais le tourbillon cessa, il ne perçut aucun appel urgent sur la corde du bateau. Sans doute n'était-ce qu'une vague isolée. Il s'approcha enfin de l'épave et la regarda, intrigué. La large ouverture béante semblait avoir bougé. Illusion d'optique? Il hésitait encore, mais il finit par se frayer un chemin sur la coque couverte d'anatifes et pénétra dans la cale en se baissant.

Donnant de petits coups de pied pour faire peur aux anguilles et aux crabes, Otto attendit que le fond s'éclaircisse. Au-dessus de sa tête, tout ce qui flottait se pressait contre le flanc supérieur de la coque. Le nickel gisait à ses pieds au milieu des débris. Il fit un pas, le sable s'éleva dans un épais nuage noir.

Il faisait nuit noire au fond de la cale. Muni de la torche, il lui fallut une demi-heure avant d'en faire le tour complet; il y avait assez de nickel pour couvrir leurs dettes.

Il allait se diriger vers l'ouverture lorsque l'épave vibra et glissa sur tribord. Pris de panique, Otto se rendit compte que l'épave n'était pas calée sur les rochers, comme il l'avait imaginé, mais se déplaçait au gré des remous. Pas étonnant que le trou semblât avoir bougé! Si la coque se retournait, sa seule issue serait bloquée! Une seconde plus tard, une autre grosse vague secoua la cale, un épais nuage de sable s'éleva autour de lui, rendant la torche inutile. L'épave oscilla tandis que les vagues, les unes après les autres, venaient s'y fracasser. Il perçut un grincement, un craquement sinistre, de gigantesques objets flottants le firent partir à la renverse. Otto se dégagea. Enfin la cale s'éclaircit; il s'approcha de l'ouverture. Il avait donc raison, le bateau oscillait comme un pendule sur les rochers et la moitié du trou était plaquée contre le fond.

Grace à Dieu, il était à l'heure. Il se faufila par l'ouverture et s'éloigna de l'épave. Il se retourna. La mer était calme. Le sable, les coquillages, les pierres tombaient lentement au fond tels des flocons de neige. Dressée devant lui, se tenait l'énorme coque rouillée. Vision macabre!

– Tu as failli m'avoir, murmura-t-il.

Il remontait vers le bateau lorsqu'il fut arrêté net. Il

se retourna. Le tuyau d'air et la corde étaient restés accrochés à l'intérieur de l'épave. Lançant un juron, il rebroussa chemin. Il saisit le tuyau d'air contre le rocher.

L'approvisionnement d'air cessa immédiatement. Il lui restait quelques secondes. Tout sembla aussitôt se dérouler au ralenti. Il boucha la valve de sortie pour conserver l'air emmagasiné dans sa combinaison, prit son couteau et coupa le tuyau. Seule issue : tirer trois coups secs sur la corde, signal d'urgence, mais la corde était également emmêlée et inutilisable. Le tuyau et la corde coupés, il essaya de remonter, mais il était pris au piège de l'océan, cloué au fond de la mer par sa lourde combinaison et ses bottes. Sa tête bourdonnait, ses mouvements étaient désordonnés, saccadés. Il sentait la pression des tonnes d'eau qui s'abattaient sur lui. C'était pire que tout ce qu'il avait imaginé. Il parvint à ôter l'une de ses bottes. Sa combinaison était déjà imbibée d'eau. Lorsqu'il se baissa pour ôter la seconde, il s'évanouit. Lentement son corps dériva au gré du courant, tourbillonnant autour de l'épave, tandis que la tempête se déchaînait.

Durant les mois pénibles qui suivirent, Edwina, trop fière, n'appela pas Simon. Elle n'avait jamais subvenu à ses besoins et là, anéantie par le chagrin et l'anxiété, elle était incapable de réagir. Tom fit de son mieux. Il finit par trouver un acquéreur qui offrit à Edwina 10 000 livres pour l'affaire et le matériel. Elle accepta. Mais avec le temps ses économies diminuèrent; il y avait des factures à payer, l'emprunt à la banque, les frais de renflouage.

A la fin du mois de septembre, il ne restait à Edwina que 3 000 livres. Elle avait deux filles de six et trois ans à élever, pas d'amis, pas de parents dans ce pays. Elle songea un instant à retourner en Angleterre, mais sa mère était morte. A quoi bon repartir? C'était déjà assez difficile de survivre.

Edwina avait été professeur en Angleterre, mais les écoles locales étaient pourvues. Certaines lui promirent le premier poste vacant de professeur d'anglais. Elle finit par trouver un emploi à la mercerie de la coopérative locale à 32 livres par mois.

Elle fut contrainte de confier les enfants à une domestique, ce qu'elle avait toujours redouté. Un soir, en rentrant, elle trouva la fille ivre morte, affalée par terre, avec Margaret agenouillée près d'elle, lui passant une éponge mouillée sur le visage. Il lui fallut deux jours pour retrouver quelqu'un. Quand elle repartit à son travail, le contremaître la menaça de renvoi. Elle subit la réprimande en silence et passa la journée à s'inquiéter à cause des enfants.

Anna était embarrassée. Elle avait appris par les journaux la mort d'Otto. Simon ne devait pas être au courant. Nul doute qu'il se serait précipité au secours d'Edwina! Quelle attitude adopter? Durant des semaines, elle réfléchit au problème, espérant qu'Edwina finirait simplement par disparaître. Diverses solutions s'offraient à elle. Elle pouvait lui donner de l'argent pour lui permettre de rentrer en Angleterre, mais Simon pourrait la suivre. Anna savait qu'un jour ou l'autre Simon apprendrait la mort d'Otto et accourrait au secours de sa veuve. Non, ce n'était pas une bonne idée. Elle ne pouvait pas non plus la laisser sans le sou, Simon se sentirait obligé de l'entretenir. Une solution s'imposait. Edwina devait subvenir à ses propres besoins et l'endroit le plus sûr, c'était à Stellenbosch. Là, Anna contrôlerait la situation.

Elle mit son idée en pratique.

L'avocat d'Edwina l'informa que le conseil de l'école privée de Stellenbosch qui avait vu l'annonce dans le journal était entré en contact avec lui. Ils avaient un poste de professeur d'anglais. Le salaire n'était pas très important, mais on lui offrait une maison de fonction. Elle en fit la demande et fut acceptée immédiatement. Quand elle apprit que Rosemary pouvait entrer en maternelle et Margaret en C.P., elle versa des larmes de soulagement. Elle devait commencer en janvier mais on lui permettait d'ores et déjà de s'installer dans la maison. Il y avait trois chambres. Edwina n'arrivait pas à croire à son bonheur. Tout l'émerveillait : le plafond, la porte sculptée ancienne, la drôle de cour pavée, devant.

Il n'y avait qu'un ennui : l'école était dans la ville même où habitaient Simon et sa femme; ses enfants allaient fréquenter la même école. Situation intolérable, mais où donc retrouverait-elle une telle opportunité?

– Ce n'est pas l'Angleterre, dit-elle à ses filles, mais pour le moment cela nous conviendra. Quand on aura suffisamment d'économies, on y retournera.

Elle acheta des meubles avec l'argent restant.

Vendredi après-midi. Anna attendait depuis près d'une heure dans la salle d'attente chez le médecin.

– Alors, comment va-t-elle?

Katie était là, indifférente à tout. Depuis des jours, elle traînait dans la maison, malheureuse, de grands cernes sous les yeux. De toute évidence, quelque chose n'allait pas. Anna se préparait au pire.

– Bien, bien, dit le médecin. Elle n'a rien de sérieux; Katie essaie tout simplement d'éviter l'école.

Il devrait savoir que ce sont les vacances, se dit Anna, pensive.

– Je t'ai dit que j'allais très bien. Mais tu ne m'écoutes jamais.

Elle sourit tristement.

– Bon, assieds-toi ici quelques instants, Katie, je désire m'entretenir avec ta mère. Ce ne sera pas long.

Anna suivit le médecin, le cœur serré.

– Je vous confirme qu'elle n'a rien. Elle est tout simplement malheureuse. Avez-vous des problèmes familiaux? Qu'est-ce qui pourrait la bouleverser ainsi?

Elle m'a dit que son père se trouvait dans le Namaqualand. Peut-être a-t-elle le cafard? Est-elle proche de son père?

– Oui... il n'habite pas avec nous, mais il vient fréquemment.

Se penchant en arrière, elle ferma les yeux. Simon leur manquait, elle en était consciente; pourtant il téléphonait deux fois par semaine et venait les voir tous les mois. Elle ne pouvait guère se plaindre de Simon dans ce domaine, c'était un bon père. Elle savait qu'il aimait les enfants et que ceux-ci lui manquaient.

Récemment elle leur avait consacré plus de temps; Koos dirigeait à merveille la ferme d'élevage; André supervisait les achats qu'une équipe faisait à la commission. Quant à Kurt, il n'avait pas besoin d'aide pour mener l'affaire. Pour la première fois, Anna eut du temps devant elle. Elle le prodigua à ses enfants. Peut-être parce que Katie était l'enfant volée, elle se sentait doublement responsable, la comblant de cadeaux et de nouveaux atours. Elle sortait rarement sans elle.

Les après-midi où elle était libre, Anna emmenait les enfants à la piscine ou à la pêche, selon leur désir. Katie devait se partager entre la danse et le piano, la gym, le théâtre et les leçons de chant. Acker préférait s'occuper de la ferme. Comment Katie pouvait-elle être malheureuse? Pourtant quelque chose la tracassait.

Anna ramena Katie. Sur le chemin du retour, elle s'arrêta pour lui acheter un dinghy. Ils pourraient s'en servir sur le barrage, tous deux étaient de bons nageurs.

– Aimerais-tu aller passer quelques jours chez ton père? demanda Anna à Katie dans la voiture.

– Oh non!

Katie ouvrit de grands yeux, horrifiée. Elle jouait toujours la comédie. Il était souvent difficile de savoir à quel moment elle était sincère, mais là, elle semblait réellement bouleversée.

Anna fut intriguée.

Le jour suivant, il ne cessa de pleuvoir. Cela ne posa aucun problème à Acker, il avait toujours mille choses à faire; Katie, elle, errait dans la maison comme une âme en peine. Sa mère lui proposa de chanter et de l'accompagner au piano. Généralement, c'était son activité favorite mais, aujourd'hui, elle ne paraissait pas très enthousiaste. Tous leurs chants préférés y passèrent; Katie chantait par devoir, sans la moindre étincelle.

Soudain elle s'interrompit et éclata en sanglots. Sa mère la conduisit vers le divan et la prit dans ses bras.

– Ecoute, Katie, ça suffit maintenant, je veux savoir ce qui ne va pas. Tu as onze ans. Grand Dieu, tu es presque une adulte, tu n'as plus l'âge de pleurer. Tu sais que tu peux me faire confiance.

– Oncle Kurt divorce parce que tante Madeleine a quitté la maison. Que va-t-il arriver à Paul, maintenant?

– Rien, pourquoi? Paul va vivre avec oncle Kurt. Une gentille gouvernante du nom de Vera a été engagée pour s'occuper de lui.

– Mais si toi tu divorces et si tu épouses Kurt, papa sera-t-il encore mon papa?

– Mais ton papa et moi nous n'allons pas divorcer et il n'est pas question que j'épouse Kurt. Je ne sais pas d'où tu sors cette idée saugrenue...

Elle s'interrompit, ressentant un vague sentiment d'inquiétude. Kurt avait abordé la question du divorce, quelques jours auparavant. Personne d'autre n'était au courant. Comment Katie l'avait-elle découvert?

Kurt était venu le dimanche. Anna dressait une nouvelle jument dans le paddock. Il avait insisté pour lui parler immédiatement. Elle lui avait demandé de le suivre dans l'écurie. Là, d'un air impatient il l'avait regardée brosser l'animal. Elle essayait de se rappeler ses paroles.

Il était furieux parce que Madeleine refusait toujours de revenir avec lui. Il avait découvert qu'elle vivait avec un artiste. Madeleine, mettant en pratique ses talents de peintre, préparait une exposition.

– Je vais être la risée publique. Je demande le divorce. En fait, l'assignation a été lancée. En trois mois, ce sera liquidé. C'est si facile dans ce pays. Maintenant que ton paysan t'a quittée, il n'y a plus d'obstacles.

Il s'était mis à arpenter l'écurie, transmettant sa tension aux chevaux.

– Tu végètes depuis des années, Anna; j'ai atteint un tournant de ma vie, soit tu divorces et tu m'épouses, soit je vends tout et retourne en Allemagne.

Anna cherchait des excuses, rien d'autre que la vérité. Les enfants avaient besoin de Simon, André de sa famille. Elle ne pouvait se permettre un scandale.

Kurt se montrait très persuasif.

– Un scandale! Mon Dieu, Anna, crois-tu que Simon mène une vie de moine? Crois-tu que personne ne soit au courant de sa liaison avec Edwina? Il a une femme à Springbok, en ce moment...

– Arrête, arrête. Ce ne sont pas tes affaires. Je ne veux pas savoir.

– Et Paul? Il a besoin d'une mère, tu l'as dit toi-même.

Kurt avait visé juste.

– Il est toujours le bienvenu ici, dit-elle tristement.

– Regarde la réalité en face, Anna, avant qu'il ne soit trop tard. Simon t'a épousée pour ton argent. Il ne t'a jamais aimée, moi oui. On était heureux avant, on peut l'être de nouveau. Je te donne une semaine pour réfléchir.

Froissé et irrité, il l'avait plaquée contre le mur et embrassée.

– Je n'oublierai jamais les nuits passées ensemble.

– Je n'oublierai jamais Bosluis, lui lança-t-elle à la figure. C'est à cause de toi que Simon est parti.

Sur ce, Kurt, fou de rage, avait tourné les talons. Peut-être le divorce l'affectait-il plus qu'il ne voulait l'admettre, ou peut-être ne supportait-il pas le cap des quarante ans.

Elle ne l'avait pas revu depuis ce dimanche-là; chaque fois que le téléphone sonnait, elle s'attendait à ce que ce soit lui, avec ses exigences, son regard interrogateur; elle en était bouleversée.

Elle courut à l'écurie. Peut-être le grenier? se dit-elle. Grimpant à l'échelle, elle jeta un coup d'œil. Dans un coin, elle aperçut une cabane de paille, des livres, des bonbons, des Coca-Cola, et les jumelles d'André. Quelle horreur! Ils avaient tout entendu.

Ce soir-là, elle leur lut une version d'Hercule pour enfants. L'histoire des travaux traînait en longueur, mais elle voulait arriver à la tapisserie de Pénélope avant qu'ils ne s'endorment.

– Voyez-vous, leur dit-elle d'un ton sérieux, tout le monde voulait épouser Pénélope pendant l'absence d'Ulysse; elle faisait semblant d'accepter, mais en réalité elle attendait le retour d'Ulysse.

C'était peut-être un peu subtil pour des enfants de onze ans.

– Les hommes veulent souvent épouser des femmes réticentes. Bien sûr, il vaut mieux ne pas être grossier et les renvoyer poliment. Je n'ai jamais eu l'idée d'épouser qui que ce soit en dehors de votre père, dit-elle avec douceur.

Acker se tourna vers Katie.

– Je t'ai dit de ne pas en parler à maman, petite idiote.

– Je n'ai rien dit, hurla-t-elle.

– Oui, tu l'as dit. Comme d'habitude.

Il lança un regard pensif vers sa mère. Il l'aimait pour sa fragilité tout comme pour ses vertus. C'était un étrange amour d'adulte.

– Les femmes sont si bêtes, dit-il. Tu n'avais qu'à lui dire : « Kurt, je ne t'aime pas assez pour t'épouser. »

– Crois-tu qu'il va se débarrasser de son affaire?

– Ecoute, maman, c'est son problème, ça ne regarde que lui.

– Tu n'aimes pas beaucoup Kurt, n'est-ce pas?

– C'est vrai.

– As-tu tes raisons?

– Rien que tu puisses comprendre.

Il se tourna et enfouit sa tête sous la couverture.

Anna s'assit et prit la main de Katie jusqu'à ce qu'elle s'endorme.

41

L'Angleterre, ou plutôt « la maison » comme sa mère l'appelait, était devenue pour Margaret une sorte de contrée mythique. Là-bas, dans un château, vivait une reine et tout le monde était en sécurité.

Mais rien n'est plus beau que Stellenbosch, se disait Margaret. Non, rien ne pouvait être plus beau. Elle n'avait rien dit à leur arrivée dans cette ville, mais derrière ses grands yeux gris solennels se cachait un esprit assoiffé de beauté. Margaret était hypersensible, elle aimait tout le monde et croyait être aimée en retour; comme c'était rarement le cas, la vie n'était qu'une suite de traumatismes.

Ce matin, elle était terrifiée. C'était son premier jour d'école. Tendue, elle suivait sa mère qui ne cessait de répéter : « Dépêche-toi, Margaret, je t'en prie, on ne peut se permettre d'être en retard. Mes pauvres chéries, si votre père ne s'était pas noyé, vous n'auriez jamais eu à fréquenter une école pour Afrikanders, mais je te promets que cela ne durera pas, Margaret. Garde la tête haute et n'oublie jamais que tu es anglaise. Ne te laisse intimider par personne ».

C'est ainsi qu'elles eurent droit à avertissements, menaces, promesses, conseils.

L'institutrice s'occupa beaucoup de Margaret, mais en vain. L'enfant passait son temps à la fenêtre, le regard perdu vers les montagnes et le ciel d'un bleu profond. Même la classe était agréable avec son haut plafond, des fleurs à chaque fenêtre, les murs couverts de dessins d'enfants. C'étaient tous des fils de fermiers qui savaient s'occuper des ânes, des chevaux, des chats, des moutons et aider leur père sur les tracteurs. Margaret les aimait tous.

A la récréation, les enfants se précipitaient dans les champs derrière l'école, laissant chaussures et chaussettes sous leur bureau. Margaret, ne voulant pas paraître différente, tentait de ne pas tenir compte des cailloux pointus et des ronces. Elle avait trop mal aux pieds pour jouer au chat perché, aussi les observait-elle de loin, assise avec son sandwich. Un petit chien pitoyable, court sur pattes, traversa le champ et vint poser son museau sur son ventre. C'était un drôle d'animal au long museau, aux oreilles basses. Il avait la queue en bataille, un corps décharné, les côtes saillantes. Elle lui tendit un morceau de fromage. Le chien le lui arracha de la main et l'avala. Cette pauvre bête crève la faim, se dit-elle en lui tendant ses sandwiches. Quand la cloche sonna, le chien qu'elle surnomma Sandy la suivit; les enfants refusèrent de le laisser entrer dans la classe. Il battit en retraite, puis s'accroupit, le regard suppliant. Margaret alla s'asseoir près de lui. Le professeur sortit.

– Viens, Margaret, tu es en retard.

Prise entre la crainte et la détermination, Margaret éclata en sanglots et serra le cou du chien à l'étrangler.

Elle remarqua une ombre qui lui masquait le soleil. Elle aperçut de grands yeux verts rieurs, un visage couvert de taches de rousseur, des dents d'une blancheur éclatante, une chevelure rousse étonnante.

– Pourquoi pleures-tu?

– Je ne veux pas laisser mon chien. Il va se sauver.

– Mais non, il est toujours là. Il n'est pas à toi. Comment t'appelles-tu?

– Margaret.

– Ah! tu es la fille de Mme Tenwick.

– Oui.

– Je t'ai déjà rencontrée, tu étais plus petite, tu as dû oublier. Je m'appelle Acker Smit. Mon père et le tien étaient en affaires.

– Je m'en souviens.

– Que fais-tu avec ce petit chien dégoûtant? Regarde ta robe.

Le chien avait les yeux collés et le corps couvert de protubérances noires brillantes.

– Il est affamé. Je viens de le trouver; je vais le garder.

– Bien sûr il est affamé, c'est un Kaffrique.

– Qu'est-ce qu'un Kaffrique?

– Il vient du village des Noirs. Ils l'ont chassé, personne n'en veut, il va mourir de faim.

– Non, il n'en est pas question, je vais m'en occuper.

– Sais-tu ce que c'est?

Acker saisit l'une des protubérances brillantes et tira très fort. Le chien grimaça. Acker se retrouva avec un insecte hideux dans les mains.

– Regarde.

– Non, je vais les lui enlever.

Trois petites filles apparurent.

– Margaret, dirent-elles en chœur, le professeur te demande de venir immédiatement.

– Ecoute, dit Acker, il ne va pas se sauver, il est là

depuis plusieurs jours. Je vais l'emmener chez moi après l'école et le laver. Ensuite, je te le ramènerai chez ta mère. Tu le veux, c'est sûr?

– Oui.

– Tu le connais? lui demandèrent les petites filles, les yeux écarquillés.

Acker était leur héros. Il était le capitaine des équipes de rugby et de natation. Toutes rêvaient d'avoir Acker pour ami. Elles se rapprochèrent de Margaret.

Margaret se mit à aimer l'école et le paysage environnant avec une passion insolite pour son âge. Elle aimait la chaleur, l'odeur de la terre humide à l'aube lorsque le soleil commençait à poindre, les montagnes, les fleurs sauvages, les vignobles et particulièrement les paysans. Ils semblaient si naturels, si chaleureux.

L'après-midi, au retour de l'école, elle trouva sa mère déterrant le poinsetia qui se trouvait devant la maison, avec l'aide du jardinier de l'école.

– Comment as-tu pu faire une chose pareille, mais comment? Cet arbre, ce bel arbre!

Margaret éclata en sanglots.

Edwina qui adorait ses enfants en fut bouleversée. Elle replongea aussitôt les racines dans la terre et les foula aux pieds.

– Va vite chercher un seau d'eau, ma chérie. Je suis sûre que je ne l'ai pas tué.

Quand les racines furent replantées avec soin, Margaret lui dit :

– Maman, comment as-tu pu gâcher une chose aussi belle?

– Je voulais donner à notre maison un caractère plus anglais. J'ai acheté des rosiers grimpants.

– Mais nous ne sommes pas en Angleterre, maman, cet arbre appartient à ces lieux, un point c'est tout.

Fâchée, elle sortit promener Sandy.

Comment expliquer cette sensation nouvelle d'appartenance?

Deux mois après la rentrée, Edwina reçut une lettre du conseil d'établissement. Un rendez-vous lui était fixé.

Elle s'y rendit. Mme Anna Van Achtenburgh-Smit était la seule représentante du conseil.

Anna effraya Edwina dès le premier instant avec ses grands yeux bleus étincelants à l'image de ses diamants, son extravagante robe de soie, ses ongles longs rouge sang. Elle se leva du vieux divan et accueillit Edwina de façon officielle, au nom de l'école.

– Asseyez-vous, je vous prie. J'espère que vous vous plaisez dans votre maison.

Edwina balbutia quelques remerciements.

– Vous devez vous demander la raison de cet entretien, dit-elle à Edwina. Je voulais vous mettre au courant des principes en usage dans cette école. Voyez-vous, le personnel était formellement opposé à la nomination d'un autre professeur d'anglais. Mlle Joubert, votre collègue, est là depuis longtemps. Peut-être pourriez-vous envisager ensemble certains projets éducatifs? Il n'est pas facile d'être adopté quand on n'a pas réellement besoin de vous. Mais vous pouvez compter sur mon soutien. Virtuellement, je représente le conseil de l'école.

Elle lui adressa un sourire glacial.

– Je ne comprends pas, dit Edwina. Je croyais que le fait de me retrouver dans la même ville que vous était fortuit.

– Allons, allons, vous êtes au courant de la pénurie de postes à l'heure actuelle. Vous aviez trouvé un emploi dans une mercerie et un poste de professeur d'anglais à Londres, je crois, malgré votre manque de qualifications; ici, c'est le seul endroit où j'aie de l'influence. Que pouvais-je faire d'autre?

Elle esquissa de nouveau un sourire glacé.

Edwina frissonna.

– Je ne m'en doutais absolument pas... je ne sais pas quoi dire.

– Oh! ma chère, quelle naïveté! Ce n'est pas étonnant que vous ayez cru toutes les balivernes de Simon.

Edwina se leva en se frottant fébrilement les mains.

– Je ne crois pas que nous devrions aborder le problème...

– Non, asseyez-vous, dit Anna sèchement. Je n'ai pas terminé. Comme nous allons être amenées à collaborer pendant des années, autant être claires.

– Mais nous ne collaborons pas.

– Oh oui! En un certain sens. Je m'occupe beaucoup des activités de l'école. Peut-être ne savez-vous pas que certains membres de ma famille en furent les fondateurs. Elle nous appartient pratiquement, bien que d'autres familles soient représentées au conseil.

Anna se leva. Elle se mit à arpenter la pièce, en proie à une haine intense. Elle ne pouvait s'empêcher de l'imaginer au lit avec Simon.

– Nous avons beaucoup de points communs. Simon nous a toutes deux menées en bateau, la seule différence, c'est que je l'ai épousé. Vous allez sans doute croire que je suis folle, mais je dois avouer que je l'aime toujours malgré toutes ses maîtresses. Jamais je ne lui accorderai le divorce. En fait, il ne me l'a jamais demandé, s'empressa-t-elle d'ajouter.

Elle lança un coup d'œil vers Edwina, immobile, impassible.

– C'est une habitude chez lui de briser le cœur des femmes. Il m'a dit qu'Otto vous avait surpris tous les deux et qu'ils n'avaient pu décider qui vous prendrait en charge, aussi vous ont-ils jouée à pile ou face. Simon a gagné. Ce n'est pas très élégant de sa part de me l'avoir raconté, n'est-ce pas?

Edwina se mit à pleurer, le visage caché dans ses mains.

– En fait, il n'est pas très raffiné.

Edwina leva les yeux.

– J'aimais mon mari, seulement...

– Ne me dites rien, Simon m'a déjà tout appris. Vous aviez besoin de quelqu'un pour s'occuper de vous.

– Pourquoi me révéler tout cela? demanda Edwina au comble du désespoir.

– Je veux seulement mettre les choses au point, je veux que vous sachiez que vous n'aurez aucun problème ici si... Je voulais simplement vous mettre en garde à propos de Simon.

Anna soudain se leva et quitta la pièce dans un frou-frou de soie et de parfum.

Après cette entrevue, Edwina chercha vainement un autre poste.

Dès lors, elle vécut avec l'idée fixe de ramener un jour ses enfants en Angleterre; mais chaque année, son but s'éloignait. Le prix des logements ne cessait de croître en Grande-Bretagne et ses économies diminuaient. En outre, il lui faudrait plus qu'une maison pour repartir de zéro avec deux petites filles. Au moins, à Stellenbosch, elles avaient le minimum vital.

En outre les enfants étaient heureuses. Margaret devenait robuste. Elle parcourait le Veld pieds nus. A onze ans, elle parlait couramment afrikander et se plaisait avec les chevaux dans la ferme. Elle était rarement chez elle sauf pour dormir ou déposer une créature insolite. Elles avaient trois tortues, deux chiens, un galago, plusieurs oiseaux, des scorpions, des criquets et même un pard. Margaret voulait un cheval et Rosemary un piano, mais leur désir était irréalisable. Edwina dut refuser à contrecœur. Elle savait que c'était dur pour les enfants; elles étaient les seules sans voiture, sans un grand jardin, sans chevaux, à ne jamais partir en vacances. Edwina trimait pour payer les leçons de piano de Rosemary et Margaret travaillait aux écuries du village où on lui donnait un enseignement gratuit en contrepartie de son travail.

L'unique problème pour Edwina : « cette femme »! Quand, au bout de deux ans, Edwina demanda une augmentation, le conseil d'établissement refusa pour manque de qualifications et méconnaissance de la langue afrikander. Elle se mit à étudier la nuit. Quand le conseil décida d'organiser des activités pour récupérer des fonds, Edwina écopa d'un surcroît de travail; quand elle demanda un emprunt à la compagnie de construction locale pour l'achat de sa maison, le conseil refusa de vendre. Le conseil, ou Anna, devenait un rempart entravant toutes ses aspirations.

Mais il y avait pire, c'était toujours Anna qui distribuait les prix à la fin de l'année scolaire et Edwina se trouvait généralement désignée pour aller chercher les livres. Que dire de l'amitié d'Acker pour Margaret! Au moins trois fois par an, une invitation arrivait pour Margaret et Rosemary à l'occasion d'une fête ou d'un anniversaire. Edwina devait alors subir l'humiliation de parcourir à pied avec ses filles les trois kilomètres qui les séparaient de Fontainebleu, tandis que les autres familles les dépassaient en voiture. Refusant systématiquement de rester, elle laissait les enfants à la porte et venait les rechercher en fin d'après-midi. Elle aurait aimé interdire à Margaret de jouer avec Acker, mais ne pouvait s'y résoudre. Cette amitié prit fin de façon imprévue.

Se promenant un jour sur un chemin de montagne, Margaret entendit un coup de feu et vit un faucon tomber. Effarée, elle se précipita. Le faucon était tapi dans l'épaisseur d'un buisson, tandis qu'Acker et trois de ses amis essayaient de le faire sortir.

– Il ne faut pas le tuer, hurla-t-elle. Acker, qu'as-tu fait? Je ne t'adresserai plus jamais la parole.

Elle s'assit par terre et éclata en sanglots. Acker repoussa ses amis, saisit le faucon et le laissa tomber sur sa jupe. Elle le prit délicatement, tandis que l'aile abîmée reposait sur son genou.

– Tiens, je te le donne, je m'en moque, dit-il un peu honteux en s'éloignant avec ses amis.

Le mois suivant, elle ne fut pas invitée à l'anniversaire d'Acker.

L'oiseau se remit peu à peu. Pendant quelques semaines, il resta sur un perchoir derrière la radio dans la salle de séjour, dévorant de la viande hachée, jusqu'au jour où le vétérinaire le déclara guéri. Margaret le porta au sommet de la colline d'où il s'envola.

Margaret, par contre, ne se remit pas aussi facilement. Elle devint de plus en plus renfermée, de plus en plus attirée par ses animaux et de moins en moins sociable.

Peu de temps après, André Van Achtenburgh eut une rechute. Comme Anna et Katie se trouvaient à Knysna, Acker demanda à Jacob de les conduire à l'hôpital. André fut emmené directement au service d'urologie.

Acker avait quinze ans mais en paraissait bien plus. Les jeunes infirmières lui faisaient du charme. Il passa la journée au chevet de son grand-père, évoquant leurs plans pour la ferme; quand enfin André s'endormit, il alla chercher Jacob et rentra téléphoner à sa mère.

– Il est mourant, maman, je le sais. Il faut que tu rentres.

Ils se donnèrent rendez-vous à l'hôpital à dix heures; quand ils arrivèrent, André était en salle de réanimation. Ils attendirent une heure, complètement déprimés. Enfin, il fut ramené sur son chariot. Anna fut surprise de son état qui s'était dégradé en quelques jours. Le médecin prit Acker à part.

– J'ai bien peur que ce ne soit mauvais.

Acker acquiesça. Il savait déjà qu'André était mourant.

– Le cancer a bloqué le tube digestif et les reins,

c'est la raison pour laquelle il ne peut avaler. Il mourra bientôt d'insuffisance rénale.

– Vous pouvez enlever la tumeur ou le mettre en dialyse?

– Prolonger la vie dans les zones cancéreuses ne fait qu'accentuer la douleur quand le cancer atteint d'autres organes. Nous essayons de l'éviter.

– Il en a pour combien de temps?

– Cinq jours peut-être?...

Le médecin ennuyé haussa les épaules.

– C'est impossible. Hier, il marchait.

– Mais aujourd'hui, non. Il va tomber dans le coma.

– Peut-on le ramener à la maison? Nous ne voulons pas qu'il meure au milieu d'étrangers.

– Malheureusement, cela ne change rien. Si vous voulez bien m'excuser...

André était encore assis sur son lit, l'air déprimé. Quand il apprit qu'il pourrait rentrer chez lui, son visage s'éclaira.

Tard ce soir-là, Anna éclata en sanglots quand Acker lui fit part du verdict.

– Tu n'avais pas le droit de garder cela pour toi!

– Je savais que tu allais pleurer. Grand-père aurait su la vérité.

Il avait raison. Acker se comportait en homme mûr, responsable. Il était toujours là quand on avait besoin de lui. Elle alla tristement se coucher et pleura toute la nuit. La vie ne serait jamais plus pareille sans son père. Acker resta auprès de son grand-père, témoin de son déclin.

André, intrigué par sa soudaine défaillance, imagina qu'on l'avait empoisonné, puisqu'il mourait d'inanition et qu'on ne lui avait pas prodigué les soins nécessaires.

Il prit la main d'Acker.

– Je ne veux pas rester alité. J'ai peur de m'endormir. Et si je plongeais dans un coma éternel?

Le septième soir, il était très faible.

– Acker, je suis en train de mourir, n'est-ce pas?

Acker détourna le regard.

– Je ne sais pas pourquoi, dit-il sans attendre sa réponse, je ne ressens aucune peine, je me sens un peu bizarre; c'est surtout cette faiblesse qui me gêne.

Il sourit. Quelle tristesse émanait de son visage!

– Ne te décourage pas, grand-père.

– Maintenant, on traite les personnes âgées comme des bébés. On leur ment. Tu sais, Acker, il est inutile de parler, je lis dans ton regard et dans celui de ta mère. C'est curieux, mais je ne me sens pas plus vieux qu'à trente ans. Ma jeunesse me revient en mémoire avec beaucoup plus d'acuité que d'habitude. Oh! Je n'ai pas à me plaindre. Le destin m'a favorisé; pourtant que d'erreurs commises!

Il cligna les yeux et les ferma. Acker crut qu'il dormait, mais André était parfaitement éveillé. Il prit la main d'Acker et la serra avec force.

– Dans ces moments-là, on ne peut s'empêcher de faire le bilan. On n'a rien d'autre à faire, je suppose. J'ai commis une faute grave, mon enfant, et cela m'a perturbé des années.

Acker était suspendu à ses paroles, la gorge nouée. Il aimait son grand-père plus que son père, plus que sa mère même. La pensée de ne plus l'avoir à ses côtés lui était insupportable.

– Vois-tu, Acker, si l'on m'avait écouté il y a bien des années, tu aurais été adopté. Pourtant tu représentes ce que j'ai de plus cher au monde. On s'entend bien, n'est-ce pas? J'étais furieux contre Simon, j'ai tout fait pour empêcher le mariage de ta mère, mais elle était décidée. Lorsque Simon est revenu de la guerre, il avait mûri, il ne voulait pas dépendre de nous. Il ne se plaisait pas ici. Si j'avais agi différemment dès le début, qui sait, peut-être auraient-ils été heureux! C'est curieux, ta mère a toujours été très gentille. Elle n'est pas vraiment dure, ni aussi forte que toi, bien qu'elle veuille donner le change. Il faudra que tu t'occupes d'elle quand je ne serai plus là.

– Ne dis pas cela, grand-père.

– Tu vois, Acker, il ne suffit pas d'être bon, la bonté ne signifie pas l'absence de péché! On n'a de comptes à rendre qu'à soi-même. Sois ferme! Je veux que tu découvres qui tu es, toi, Acker Smit, avant qu'il soit trop tard. Vis ta vie comme tu la sens. Ta mère n'a pas découvert son identité, je souffre de la voir aussi malheureuse.

– Grand-père, pourquoi ne dors-tu pas? Cela te fait plusieurs nuits d'insomnie. Pas étonnant que tu sois épuisé.

– Non. Aide-moi à m'installer sur le fauteuil roulant, Acker. J'ai tout le temps devant moi pour dormir. Pour l'instant, ce que je désire le plus au monde, c'est rester éveillé.

Il insista pour qu'Acker le mène sur le balcon, bien enveloppé dans des couvertures.

– Tu vas attraper froid.

– Crois-tu que cela ait vraiment de l'importance? Maintenant, va-t'en. Va dormir. J'ai envie d'être seul, de regarder les vignes au clair de lune, d'écouter ululer les hiboux, coasser les grenouilles là-bas dans la rivière, d'entendre les feuilles bruire au vent. Ça, c'est la vie, Acker, oui, ça c'est la vie.

Acker, éreinté, dormit jusqu'à l'aube. Il s'éveilla en sueur et, pris de panique, courut vers la chambre de son grand-père. Il était mort. Son cadavre ne lui ressemblait même plus, carapace rigide, figée par le froid dans une position assise.

L'adolescent se jeta sur le lit et versa des torrents de larmes autant sur lui que sur André. Quelques instants plus tard, il appela sa mère et sortit, la laissant seule, face à la mort.

– Oh, mon Dieu! Si seulement je pouvais comprendre! Un jour, moi non plus je ne pourrai plus tendre la main, palper les feuilles et l'écorce des arbres.

Il s'appuya contre un tronc, puis il s'assit dans l'herbe. L'insoluble question de la mort l'obsédait. Il sentait sur ses épaules le poids de l'humanité souffrante, de ceux qui allaient mourir et de ceux qui étaient déjà morts. Si Dieu existait, si l'immortalité existait, alors pourquoi rester dans l'ignorance, ou l'espoir, ou la croyance aveugle? Il aurait certainement mieux valu ne jamais avoir été créé plutôt que d'avoir à affronter la déchéance et la mort. L'homme, c'est une fleur du jardin d'Eden, un bref élan de vie, une lueur évanescente.

– Mon Dieu, murmura-t-il, si seulement je pouvais croire!

Le chagrin ne viendrait que plus tard. Il s'assit tour à tour suppliant et plein de haine. Le soleil se leva, se coucha et vint l'obscurité.

42

Une pluie torrentielle s'abattit sur la région. Simon restait au fond d'un large cratère qu'il avait creusé ces derniers jours avec l'aide de cinq ouvriers. Il n'avait pas plu depuis des mois. La terre était glissante. Il leur faudrait tout recommencer dès que la pluie cesserait de tomber. C'était là son destin, une lutte perpétuelle avec la nature; Dieu sait combien ils avaient besoin de la pluie! Il se pencha et prit une poignée de terre. Avec une pluie régulière, le sol, bien que pierreux, serait fertile. La terre fila entre ses doigts, laissant trois cailloux dans la paume de sa main.

Il allait les jeter lorsque son regard fut attiré par l'un d'eux. Il ressemblait à un débris de verre mais... de la taille d'un petit pois. Un diamant! Impossible! Il n'avait jamais entendu parler de diamants dans le Namaqualand! Pourtant, c'était bien un diamant. Il en était sûr. Il le mit dans sa poche, et jeta un coup d'œil alentour. Personne ne l'avait vu.

Il ramena les ouvriers au campement, se rendit à la coopérative la plus proche pour acheter un grand tamis.

– Alors, on va prospecter? fit le directeur en plaisantant.

– Non, c'est pour la construction.

Quelle situation embarrassante! Fallait-il faire appel aux journaliers grâce auxquels l'examen minutieux de la terre serait accompli beaucoup plus rapidement? Automatiquement, ils parleraient. Il décida de se débrouiller seul. Il resta toute la journée sous une pluie d'été, à tamiser, à examiner le sol, persuadé de ne rien trouver d'autre, mais à la tombée de la nuit, il avait cinq pierres. L'une était aussi grosse que le pouce. Il rentra chez lui trempé et déprimé.

Il était installé au Namaqualand depuis cinq ans. Peu à peu, il s'était mis à aimer ces lieux; c'était un pays implacable, impitoyable où l'ingéniosité et le courage étaient à l'image des difficultés insurmontables auxquelles l'homme était confronté! Dans cet univers viril, Simon avait pansé ses blessures, retrouvé sa fierté après la perte de Modderfontein et surmonté le sentiment de culpabilité qui l'assaillait depuis la mort d'Otto.

La nouvelle de la mort d'André lui était parvenue avec retard, mentionnée sur un vieux journal qui enveloppait un outil. Après une nuit de route, il était arrivé au Cap, avait fait la connaissance des nouveaux propriétaires, s'était rendu sur la tombe d'Otto puis, se sentant coupable et impuissant, était allé à Fontainebleu où les jumeaux avaient été fous de joie de le voir. Il chercha désespérément à retrouver Edwina. Toutes ses enquêtes furent vaines. Mais le lendemain alors que Simon était au téléphone, Acker entra dans son bureau.

– Grand Dieu, papa, c'est tante Edwina que tu

cherches? Elle est professeur dans notre école; elle habite avec ses enfants la maison que maman a achetée au vieux Joubert, près des écuries.

– Ta mère leur a acheté une maison?

Lorsqu'il aborda le sujet avec Anna, elle esquissa un sourire.

– Je ne pouvais pas faire moins en ton absence, chéri.

Simon avait téléphoné à Edwina après l'école, mais elle le pria de ne pas venir, et elle lui avait raccroché au nez. Poussant un soupir de soulagement, il avait emmené les jumeaux passer quelques jours de vacances.

Dès lors, il avait travaillé jour et nuit afin de repartir de zéro. Pour une fois, ses perspectives s'étaient avérées excellentes.

Des jours durant, il cribla le sable, seul sous la pluie. Il se retrouva avec vingt diamants en poche. La mine était riche. Il décida de s'assurer que les Van Achtenburgh possédaient les droits d'exploitation du sous-sol avant que la nouvelle ne se propage, d'offrir à Anna le sac de diamants et de lui laisser le soin de trouver des acquéreurs, tâche plus qu'ennuyeuse.

Février était le mois préféré d'Anna. Fontainebleu était plein de gaieté. La famille, les journaliers, le personnel de cuisine s'affairaient. Chaque jour, des Noirs, des vagabonds et des écoliers venaient de kilomètres à la ronde pour aider à vendanger. Les raisins de qualité supérieure, tels que les Hanepoot et les Waltham Cross, étaient posés délicatement sur des claies recouvertes de papier de soie et emballés pour l'exportation vers l'Europe. Cette année, pourtant, la joie n'y était pas. André était mort.

Anna passait le plus clair de son temps enfermée dans son bureau. C'est là que Simon la trouva.

Il était vêtu d'un pantalon et d'une chemise kaki sales. A trente-huit ans, il avait atteint l'apogée de sa forme physique, avec sa large carrure, sa peau bronzée. Il avait mûri et sa beauté virile était éclatante.

Elle tressaillit en l'apercevant.

– Mon Dieu, que tu as l'air...

Elle allait dire « resplendissant » mais se ravisa.

– ... fatigué. Nous avons essayé de te joindre, où étais-tu?

– J'avais du travail, dit-il évasivement.

– Papa est mort, dit-elle sans le moindre signe d'émotion.

– Oh! Je suis peiné. J'aurais dû être là. Je suis réellement peiné. Je l'aimais bien. Nous avions pris un mauvais départ, mais nous nous entendions bien.

– Je sais. Il t'appréciait. Il me l'a dit avant de mourir. Nous avons eu une année particulièrement bonne, avec le blé et le raisin. Et toi?

Il laissa tomber un sac sur son bureau.

– C'est pour toi, dit-il sans répondre.

– Est-ce un cadeau?

Son visage s'éclaira.

– Non.

– Oh!

Elle se mordit les lèvres.

– Cela t'appartient, puisque ça vient de la ferme. Allons, ouvre-le, dit-il avec une pointe d'impatience.

Elle ouvrit la boîte. Il s'y trouvait une multitude de pierres.

– Des diamants bruts? Tu as bien dit de Luembe?

– Oui.

Elle renversa le sac sur son bureau et les prit dans sa main.

– Cinquante! Je n'arrive pas à le croire. Regarde celui-ci.

Elle saisit le plus gros, celui qu'il avait trouvé le premier jour.

– Il est énorme. Je ne sais même pas si nous avons les droits d'exploitation.

– Oui, ils appartenaient à André. J'ai vérifié. Voilà ce que j'ai fait ces deux derniers jours.

Soudain, elle se mit à crier de joie et se jeta au cou de Simon.

– Riches! Riches! Nous sommes riches!

Il se dégagea.

– Tu veux dire que tu es encore plus riche. Je suis toujours un pauvre type.

Très vite, la nouvelle se propagea à travers le village; Anna Van Achtenburgh-Smit glanait une fortune après la découverte d'un puits de diamants qu'on ramassait à la pelle; on disait aussi qu'elle avait vendu les droits d'exploitation de la mine pour dix millions de livres; ou encore qu'elle possédait maintenant la plus importante mine de diamants d'Afrique. Les esprits s'enflammaient, des rumeurs invraisemblables se propageaient.

En vérité, Anna avait conclu un excellent marché. Elle avait loué les droits d'exploitation contre 10 % du chiffre d'affaires. Sa joie s'évanouit rapidement quand elle eut avec Simon une explication orageuse. Ce fut la dernière. Anna insista pour que Simon ait droit à la moitié des bénéfices de la ferme, selon les termes de leur contrat. Simon rétorqua que le contrat stipulait les moutons caraculs, non les diamants, et refusa. Anna avait l'impression que Simon ne cherchait qu'à la blesser de la façon la plus méprisante. Mais lui n'avait pas eu la vie facile. Pour lui, l'argent non gagné n'était pas gratifiant. Il voulait réussir lui-même. Il accepta finalement la moitié de l'argent de la vente des moutons. Il loua une petite bicoque au village et monta une affaire d'entretien de machines agricoles.

Anna entra dans une colère noire quand elle l'apprit. Comment pouvait-il ainsi se moquer d'elle et des enfants? Elle vivait dans une vaste demeure et lui dans une petite chambre en ville. Leur lutte fut longue et dévastatrice. Simon finit par l'envoyer au diable et repartit.

Que faire d'une fortune? se demanda Anna. Elle fit installer l'air conditionné et le chauffage à Fontainebleu, ajouta une aile à l'école locale, engagea un deuxième professeur, mais tout cela était insignifiant comparé à ses biens.

Elle devint la cible de nombreuses œuvres de bienfaisance. Il ne se passait pas d'après-midi sans qu'on sonnât deux ou trois fois à la porte. Elle finit par engager une secrétaire pour s'occuper de ces désagréments permanents.

Le souvenir de sa première année à Modderfontein, où, seule et sans le sou, elle avait lutté pour survivre, restait gravé dans sa mémoire. Au lieu d'éprouver de la fierté devant sa réussite fulgurante, elle se sentait amère et profondément marquée. Plus les années passaient, plus le traumatisme croissait. Elle n'avait aucune amie, malgré de rares instants d'isolement; elle était sans cesse sollicitée par des comités qui désiraient se procurer des fonds ou lui offraient des titres honorifiques. Pourtant si l'on recherchait son amitié, elle opposait un refus systématique; pour elle, main tendue signifiait supplique. Tôt ou tard, elle découvrait ce qu'ils voulaient. Elle devint de plus en plus méfiante. Pauvre Anna! Sa richesse devenait une prison. Peu à peu, elle mérita sa réputation de femme implacable; elle apprit à user de sa fortune comme d'une arme, la brandissant sans arrêt.

Pour Kurt, Anna était une grande déception. La camaraderie de leur première collaboration dans les affaires avait depuis longtemps disparu. Incapable de supporter son échec avec elle, il ne lui trouvait maintenant que des défauts.

En 1956, Kurt fêta ses quarante-huit ans. Paul avait dix-huit ans, il faisait ses études à l'étranger et Kurt se sentait seul. Il décida de se marier. Mais qui épouser? Il était devenu indépendant. Sa maison ressemblait à un musée, avec des collections de peintures, de sculptures et de tapis. Il repoussait l'idée de voir une inconnue toucher à ses affaires, débarquant avec ses chats et ses plantes, encombrant sa maison de tout son attirail féminin. Ses pensées se tournèrent vers Vera Mankowitz, la première institutrice de Paul. A trente et un ans, elle était encore célibataire, dodue, toujours souriante, obsédée par ses livres et ses études, exigeant peu de la vie et donnant peu en retour. Elle vivait chez lui depuis des années et pas une fois elle ne s'était mêlée de quoi que ce soit; elle n'avait jamais touché, jamais déplacé, ne serait-ce qu'un vase. Sa personnalité ne gênait pas, il était facile d'oublier sa présence. Kurt ne fut pas long à comprendre qu'elle était l'épouse idéale.

Il cessa de poursuivre Anna de ses assiduités et épousa Vera.

Anna se retrouva plus seule encore, elle n'avait que ses enfants; à trente-sept ans, c'était encore une femme étonnante. Aucune ride, les cheveux bruns; une certaine froideur la vieillissait et gâchait sa beauté. Ce n'est qu'avec ses enfants qu'elle était encore chaleureuse et se sentait l'âme d'une femme. Elle les aimait aussi passionnément que lorsqu'ils étaient petits. Quand elle les regardait, son visage s'illuminait, elle paraissait alors beaucoup plus jeune. Elle les gâtait tous les deux. Que pouvait-elle faire d'autre de tout cet argent?

Une seule personne dans la famille savait tirer parti de cette richesse : Katie. Elle arborait sa fortune de façon éhontée, elle ne portait pas deux fois la même tenue, changeait de voiture comme de chauffeur, tous les six mois. Elle donnait des soirées extravagantes et dépensait sans compter. Des rumeurs sur ses exploits se propageaient dans toute la région. Jamais à son avantage!

Cependant, mère et fille étaient inséparables. Acker, lui, arborait une parfaite indifférence à la fois à l'égard de leur fortune et des ambitions d'Anna pour lui. Katie et Anna ne se quittaient jamais; ensemble, elles gagnaient les trophées aux concours hippiques, organisaient les chasses et les bals. Katie était la jeune fille la plus recherchée de la ville. Elle était belle, douée, vive, arrogante et désespérément gâtée. Elle aimait être le point de mire; aux soirées et aux réunions, on lui demandait toujours de chanter, accompagnée au piano par sa mère. Anna n'aimait guère ces représentations en public, mais pour l'amour de sa fille elle cédait. Très vite, mère et fille furent invitées partout. Elles étaient enviées de toutes les femmes de la ville, surtout d'Edwina qui ne pouvait s'empêcher de comparer Katie à ses filles. Katie remportait régulièrement le prix d'anglais, tenait le rôle principal dans les pièces de théâtre jouées à l'école, donnait des concerts. Tout cela ne faisait qu'attiser la colère d'Edwina. Si Katie était vive, intelligente, une merveilleuse actrice, pianiste et chanteuse émérite, elle était aussi trop snob pour adresser la parole à Edwina ou Margaret. Margaret était dégingandée, gauche, les cheveux blonds toujours ébouriffés. Elle avait des difficultés à communiquer et reportait son amour sur les animaux.

Deux catastrophes étaient survenues dans la vie de Margaret : la première fut la découverte de son aversion pour sa mère.

Edwina ne s'était jamais adaptée à l'Afrique du Sud. Elle avait appris suffisamment d'afrikander pour soutenir une conversation mais elle butait sans cesse sur les mots et généralement les femmes parlaient anglais pour lui rendre service. Edwina parlait couramment le français et l'allemand. Cependant, elle se faisait un point d'honneur de ne pas comprendre l'afrikander ou les coutumes locales; son héritage anglais lui donnait un sentiment de supériorité sur le reste des villageois. Ils étaient riches, voyageaient mais elle était anglaise; ils étaient vêtus à la dernière mode, mais ses vêtements étaient de bonne qualité, solides, fabriqués en Angleterre. Elle s'accrochait à son identité britannique comme un naufragé à un radeau.

Edwina se tenait à l'écart des autres femmes, elle n'avait pas d'amies, mais beaucoup de connaissances. Les langues allaient bon train à son sujet dans le village. On la craignait à cause de ses sarcasmes, de ses remarques acerbes sur la fragilité de la nature humaine.

Elle haïssait les hommes et ne risquait certes pas d'être impliquée dans un scandale. Elle avait peu de besoins; son avarice, jointe à un désir forcené d'économiser, devenait obsessionnelle.

Ses filles grandissaient, ce qui lui posait un problème : si elles trouvaient un mari, cela viendrait contrarier ses plans de départ pour l'Angleterre. En 1957, à l'âge de quatorze ans, Margaret ne possédait que deux robes courtes d'écolière, des souliers plats noirs, et portait des socquettes. Elle n'était jamais sortie le soir, allée au restaurant, au théâtre, et n'avait pas de petit ami. Elle n'y prêtait guère attention, mais les limites à sa liberté la contrariaient.

Il se produisit un second événement déterminant dans sa vie : la découverte qu'elle ne serait jamais vétérinaire. Elle souleva le problème de son avenir, un matin, et apprit que sa mère était impatiente de la voir gagner sa vie. Des années d'études étaient hors de question; une année à l'Ecole normale serait envisageable. Il fallait réfléchir. C'était la première fois que Margaret prenait conscience de leur pauvreté et de l'obsession de sa mère pour ses économies. Elle se mit à travailler avec ardeur aux écuries et économisa de l'argent en donnant des leçons d'équitation. Avec le temps, l'avenir serait peut-être moins sombre!

Katie avait un autre problème, car s'adonner du matin au soir à la poursuite effrénée du plaisir est une tâche épuisante et parfois ô combien ennuyeuse! L'indifférence et la lassitude la submergeaient, il lui fallait chercher ailleurs une source d'amusement.

Elle décida d'aller terminer ses études secondaires en Suisse. Après une brève enquête, elle découvrit une école fréquentée par les filles des rois du pétrole et des vedettes de cinéma.

Elle déploya tout son charme pour convaincre sa mère. Ce n'était pas la dépense qui ennuyait Anna, mais l'absence de Katie. Pourtant, elle n'opposa guère de résistance, seul comptait le bonheur des enfants. Après tout, se dit-elle, ce n'était que pour un an ou deux, ensuite elle reviendrait. Acker également devrait tirer le meilleur parti de leur fortune. Elle décida de lui en parler.

Comme toujours, il avait l'allure d'un vagabond.

– Il y a un trou dans ton short, dit-elle, irritée, et regarde ta chemise, elle est toute sale. N'as-tu rien d'autre à mettre?

– Je suppose que oui, dit-il le sourire aux lèvres, mais ça n'a vraiment aucune importance, mère, parce qu'aujourd'hui je travaille à l'écurie.

– Il y a quelque chose qui ne va pas?

– Oui, un petit ennui avec la jument de Katie, ce n'est pas bien grave.

C'était sa réponse habituelle.

– Bon, assieds-toi. Entrez.

Flora frappait à la porte. Handicapée par l'âge, elle se pencha avec difficulté pour poser le plateau sur le bureau.

– Du café?

Acker était pressé et aurait voulu refuser mais sa mère avait prévu cette conversation; elle semblait préoccupée. Il ne laissa rien paraître de son impatience et s'assit.

– Acker, j'ai pensé qu'il était mal de ma part de te laisser perdre ton temps à traînailler sur nos terres, tu étais brillant à l'école.

– On ne peut pas appeler ça traînailler, maman. Je

dirige la propriété et la ferme de Malmesbury et puis il y a Modderfontein, les chais, les caraculs...

– Très bien, mais n'importe quel métayer pourrait te remplacer. J'aimerais que tu ailles faire des études à l'étranger.

Acker poussa un long soupir. C'était donc ça! Il savait que Katie avait harcelé sa mère pour partir dans une école en Suisse; c'était parfait pour une fille, mais lui avait des choses bien plus importantes à régler.

– Je veux que tu t'inscrives en économie. Tu obtiendras un diplôme à l'étranger. Un de ces jours, tu hériteras de la ferme, des diamants, de la moitié de l'affaire de distribution de denrées alimentaires de la Croix du Sud; quatorze compagnies pour toi tout seul. Ce sera difficile, si tu n'as pas les capacités requises.

Acker soupira. Depuis des années, il attendait cette conversation; l'univers de sa mère n'était pas le sien. Sans doute ne se rendait-elle pas compte du fossé qui les séparait. Elle n'était qu'ambition, lui n'en avait aucune. Il s'intéressait à tout autre chose. Il se contentait de la ferme; qu'elle lui appartienne ou non, là n'était pas le problème tant qu'il y vivait, qu'il avait le temps de penser et de mûrir. Mais comment l'expliquer à sa mère sans la blesser? Il se contenta d'une réponse laconique :

– Non, maman, je préfère rester à la maison.

– Acker, réfléchis. Tu seras associé à Paul, et il reçoit la meilleure éducation possible, il est à Cambridge.

Acker soupira.

– Maman, parfois je regrette que nous n'ayons pas le temps de parler. Si tu me connaissais, jamais tu ne me suggérerais de me lancer dans les affaires. Ça ne m'intéresse pas.

Contrariée, Anna se mordit les lèvres.

– Alors, que veux-tu faire?

Les mains posées sur les genoux, Acker avait les yeux fixés au sol. Il ne parlait pas beaucoup, ce qui irritait souvent Anna. Ils ne s'étaient pratiquement pas adressé la parole depuis deux ans, sauf pour aborder les problèmes de la ferme.

– Mon Dieu, que tu as grandi!

Il était aussi grand que Simon, peut-être plus large d'épaules, comme taillé dans un bloc de granit, les traits anguleux, le nez et le menton saillants, de larges mains. Un homme de la terre.

– Acker, tu as des devoirs et des obligations envers ta famille, et tu devras également t'occuper de Katie. Je crois qu'il serait préférable que tu acquières la meilleure éducation possible, mais cela dépend de toi.

Acker se leva et esquissa un sourire. Puis il se pencha et l'embrassa sur la joue.

– Allons, maman, tu perds ton temps. Je suis fermier, un point c'est tout.

Anna savait qu'il ne changerait pas d'avis. Il tenait de son père son obstination et sa fierté.

43

Quand la cloche sonna, Katie eut envie de hurler de dépit. L'école suisse n'était pas du tout ce qu'elle avait imaginé et quoiqu'elle fût choyée et traitée avec respect, elle devait pour la première fois de sa vie se plier à une discipline. Elle ne supportait pas de règles; quand elle désirait skier, c'était l'heure de la lecture; quand il fallait porter une robe du soir, elle souhaitait un pantalon et un pull; sa voiture et son chauffeur lui manquaient, tout comme ses randonnées nocturnes dans la propriété. Elle avait connu la liberté totale et l'avait échangée contre ces restrictions idiotes et la camaraderie de quelques jeunes filles conventionnelles et déplaisantes. Mais ce qu'elle exécrait par-dessus tout, c'était la cloche de l'école; elle réglementait sa vie, sa pensée; des flots de colère la submergeaient.

– Qu'elle soit maudite! dit-elle en donnant un coup de pied dans une chaise.

Elle éprouvait la tentation irrésistible de s'enfuir, de prendre le premier avion qui la ramènerait chez elle; mais comment rentrer au bout de six mois? Elle était bien trop vaniteuse pour admettre l'échec.

On frappa à la porte.

– Entrez.

C'était une femme de service, vêtue d'un uniforme strict bleu marine. Quelle expression austère!

– Excusez-moi, mademoiselle, vous êtes en retard pour votre leçon de musique, M. O'Carrol vous attend.

Tout en grommelant, Katie saisit sa partition, sortit dans le couloir, dévala le vaste escalier de marbre et traversa le hall jusqu'à la salle de musique. Claquant la porte derrière elle, elle jeta sa partition sur le piano.

La rage se lisait dans son regard. Michael leva les yeux et fronça les sourcils. Un séjour en Irlande à gagner sa vie lui ferait du bien, se dit-il. Quelle enfant gâtée! Pour couronner le tout, elle avait une voix extraordinaire, manquant seulement de pratique. Un talent gâché!

– Eh bien, mademoiselle Smit, quelle humeur, ce matin! Je vous suggère de reprendre votre partition et de la reposer plus calmement.

– Allez au diable! dit-elle en rejetant en arrière sa belle chevelure rousse.

Elle le regarda droit dans les yeux. Toutes les élèves étaient follement amoureuses de leur professeur de musique irlandais. Katie le détestait. On disait qu'il était compositeur et qu'il gagnait sa vie en donnant des leçons de musique.

En l'entendant chanter, Michael eut envie de se boucher les oreilles, mais il avait besoin de cet emploi. Après tout, c'était lui le responsable; il s'était chargé de lui donner trois heures de cours par semaine. Quand Katherine Smit était arrivée à l'école, il avait été subjugué par son talent et avait persuadé le secrétaire d'écrire à ses parents pour les informer de ses dons extraordinaires et leur demander la permission de lui faire travailler sa voix. Sa mère avait donné son accord par retour du courrier. C'est là qu'avaient commencé les ennuis. Katie était furieuse. L'horaire des leçons de musique coïncidait avec celui du ski. Il avait tenté de la persuader que sa voix pouvait lui rapporter une fortune tout en faisant la joie d'un vaste public.

– J'ai déjà une fortune et la seule chose qui m'intéresse c'est mon plaisir, les autres je m'en moque.

– Ramassez cette partition, Katherine, et reposez-la doucement.

Katie la prit et la lui envoya à la figure.

– J'en ai assez; finies les leçons de musique!

Elle lui lança un regard méprisant, mais devant son expression elle eut peur et se précipita vers la porte. Trop tard! L'attrapant par le bras, il la plaqua sur une chaise.

– Je vais crier.

S'en donnant à cœur joie, il lui administra une belle fessée.

– Salaud! Vous allez le payer!

Il frappait. Katie se débattait, le mordait.

– Ah oui, vous allez le payer, ça je vous le jure.

A bout de souffle, il la relâcha; elle se releva aussitôt.

– Ah! Ah! la pauvre petite riche a eu ce qu'elle méritait. Pourquoi ne pas avoir appelé à l'aide?

– Je n'en ai pas besoin avec vous. Je vous aurai de toute façon.

– Bien parlé, mademoiselle Smit, vous allez en avoir l'occasion.

Des pas précipités se firent entendre. Quelqu'un approchait.

Une fois sa colère tombée, Michael regretta son acte. Quelle absurdité de perdre son emploi à cause d'une petite peste qu'il détestait! Ils étaient tous deux figés au milieu de la pièce quand la porte s'ouvrit.

C'était le professeur d'anglais que Katie exécrait. Sur son visage ingrat se lisait une pointe de soupçon mêlée de jalousie. Il était facile de deviner ses pensées. Sur le moment, Katie décida de se moquer d'elle. Elle s'arrangerait bien, plus tard, pour le faire renvoyer.

Rougissante, elle arrangea sa jupe et sa blouse et lissa ses cheveux. Puis elle courut ramasser sa partition, consciente des rires des élèves dans le couloir.

Michael effleura le clavier.

– Etes-vous prête?

Pour une fois, sa voix trahissait son manque d'assurance.

Le salaud!

– Oui, chéri, dit-elle doucement.

Elle se mit à chanter.

Anna se languissait de Katie. Quelques mois après le départ de sa fille, elle plongea dans un état dépressif. Elle voyait peu Acker, toujours occupé aux travaux de la ferme. C'était devenu un homme solide, autonome; elle pouvait compter sur lui.

Paul était à Cambridge, Kurt venait rarement à Fontainebleu et Simon vivait toujours dans sa petite chambre en ville. Anna n'était jamais allée lui rendre visite. Fontainebleu semblait plus grand et plus vide que jamais.

Tout commença de façon fortuite mais, au fur et à mesure que les semaines s'écoulaient, Anna porta un intérêt de plus en plus vif aux problèmes de l'école d'agriculture. Elle avait toujours aimé les enfants des paysans. Quand elle s'inquiétait de « ses enfants » comme elle les appelait, sa propre solitude s'envolait. Elle était si absorbée par sa tâche qu'elle n'avait plus le temps de s'occuper d'elle. Elle monta une agence pour trouver du travail aux élèves qui quittaient l'école, puis un club de loisirs dans un hangar désaffecté qu'elle avait acheté et rénové. Les paysans, soupçonneux de nature, oublièrent leur méfiance; elle gagna le surnom de « tatie ». Etre aimée lui était un sentiment inconnu; elle découvrait une chaleur intérieure agréable. Parfois elle oubliait même de prendre des tranquillisants.

Les fermiers se réjouirent du centre de loisirs. Peut-être était-ce un moyen de les éloigner des cafés? Mais l'agence de travail subissait des critiques acerbes car elle encourageait la jeunesse à chercher du travail en dehors des fermes. Anna reçut plusieurs lettres d'injures.

Prise dans l'engrenage, elle se trouva impliquée dans la réforme des prisons et la protection de l'enfance.

Le pas qui conduisait à la politique fut vite franchi. Le député local mourut. Après un long examen de conscience, Anna décida de se présenter aux élections partielles comme candidate indépendante. Elle était connue pour ses opinions libérales.

Très vite, le monde des affaires et les partis de droite se dressèrent contre elle. Elle pénétrait sur un terrain dangereux; les invitations cessèrent d'affluer, sa présence n'était plus requise aux œuvres de bienfaisance et elle était ouvertement rejetée par certaines femmes de fermiers.

Anna était obnubilée par la préparation de sa campagne électorale. Elle avait l'intention de gagner un siège au conseil local aux élections suivantes qui devaient se dérouler neuf mois plus tard. Comme à son habitude, elle faisait des plans précis, y consacrant vingt-quatre heures sur vingt-quatre. Un coup de fil de Vera Friedland la contraria. Celle-ci avait l'intention de lui rendre visite avec Kurt le dimanche suivant.

– Oh oui, dit-elle à contrecœur, je serai ravie de vous voir.

Le week-end fut catastrophique. Anna prit douloureusement conscience de sa solitude. Dans un état de surexcitation dû à l'excès de vin, elle devint cassante et se mit à rire trop fort.

Vera n'avait pas appris les bonnes manières. Après le dîner, elle s'excusa et monta se coucher.

– On ne parle que de nos affaires, cela ennuie Vera.

– Oui. Comment va Paul?

Kurt fronça les sourcils.

– En fait, c'est la raison de notre venue. Paul a quitté Cambridge; il refuse d'y retourner.

Ils se trouvaient dans le salon près d'un bon feu de cheminée qui ne parvenait guère à les réchauffer en cette soirée d'hiver particulièrement froide. Kurt dégustait son cognac en silence. Anna ne disait mot.

– C'est une grande déception pour nous; je ne me suis pas toujours senti très proche de lui, mais Vera lui a consacré sa vie.

– Peut-être ne désire-t-il pas être l'œuvre de Vera?

– Nous avons besoin de ton aide. Tu as une grande influence sur lui; persuade-le de retourner à Cambridge.

– Quelles sont les intentions de Paul?

– Il t'en parlera lui-même, c'est tellement absurde! Il vient déjeuner demain.

Anna était vexée que Paul ne lui ait pas téléphoné. Ils avaient toujours éprouvé de l'affection l'un pour l'autre. Vera avait tenté de l'éloigner de Fontainebleu.

Anna alla se coucher à onze heures. N'arrivant pas à s'endormir, elle se leva une heure plus tard; elle avala deux somnifères et s'endormit profondément jusqu'à l'aube; à six heures, elle s'éveilla avec des maux de tête insupportables.

Paul était en retard pour le déjeuner. Kurt faisait les cent pas dans la cour, jetant parfois un coup d'œil à sa montre, le visage livide de colère. Paul arriva sur sa mobylette; il emballa son moteur dans un bruit assourdissant avant de se garer. Puis il ôta son casque et lança un regard haineux à Kurt.

Anna observait la scène, cachée derrière les rideaux de son bureau. Paul paraissait bien plus que ses dix-huit ans. C'était devenu un homme trapu, brun, l'œil oblique. Anna se sentait responsable bien qu'elle n'y fût pour rien. Après tout, l'échec incombait à Kurt! Mais elle éprouvait le sentiment d'être piégée. Elle sortit à la hâte.

Paul accueillit Anna de façon plutôt impersonnelle.

– Suis-je à l'heure? dit-il comme par défi.

– Quelle que soit l'heure, tu es le bienvenu.

Elle entra dans la salle à manger et sonna pour le déjeuner.

Elle frissonna en contemplant le paysage d'hiver, les branches dénudées du vieux chêne noueux, les vignobles brunâtres et décharnés. La brume obscurcissait les montagnes, flottant au-dessus des vallées.

Paul la rejoignit près de la fenêtre cinq minutes plus tard.

– Ces lieux sont sinistres, ils ont besoin d'animation, d'un centre commercial.

– Ne commence pas, dit Kurt de la porte.

Du premier coup d'œil, Anna se rendit compte qu'il était furieux. Elle se demandait ce qui avait provoqué le drame familial; elle ne fut pas longue à le découvrir.

Au milieu du repas, Paul dit brusquement :

– As-tu fait part de mes plans à tante Anna?

– De tes chimères, tu veux dire? dit Kurt en souriant, non.

– C'est l'heure du déjeuner, s'écria Vera.

– Et alors? dit Paul furieux. Je vous avertis, si vous me barrez la route, je passerai outre.

Il lui lança un regard de défi. Pour la première fois, Anna prit conscience de sa volonté inébranlable. Paul n'était plus un gamin mais un homme implacable, bien décidé à n'en faire qu'à sa tête. Elle se demandait si Vera s'en rendait compte. Inutile de discuter, c'était peine perdue!

– Ce type essaie de me mettre des bâtons dans les roues! dit Paul en faisant un geste agressif à l'encontre de Kurt.

– Comment oses-tu? Ce type, comme tu dis, est ton père, tu ne peux t'adresser à lui de cette façon.

Vera s'exprimait d'une voix inhabituellement aiguë.

– Ne te mêle pas de ça.

Paul tomba dans un silence lugubre.

– Est-ce que tu dors bien la nuit? demanda Paul à brûle-pourpoint.

– Oui.

– Moi non, je rumine, je fais mille projets. Tout est organisé dans ma tête, je sais exactement ce que je veux faire. J'ai besoin simplement d'une aide au départ.

Il se tourna vers Anna.

– Prête-moi l'argent dont j'ai besoin, ça en vaut la peine. Vois-tu, je n'ai pas l'intention d'hériter la fortune familiale ou de diriger l'affaire. Tout appartient à Acker.

On aurait dit un coq de combat.

Anna fut surprise par sa lucidité cynique.

– Paul, j'aimerais te dire une chose, Acker ne veut pas s'occuper de l'affaire, il désire être fermier.

Paul, sans répondre, attaqua son repas goulûment.

Il va avaler sa langue, se dit Anna. Vera ne lui a donc pas appris à se tenir correctement? Elle lui jeta un regard furtif. Vera était rouge de confusion. Elle fixait Paul, comme hypnotisée.

– Oui, c'est trop tôt, dit-elle avec une gaieté feinte; je suis d'accord avec ton père, passe d'abord ton diplôme.

– Je n'ai pas le temps.

– Que veux-tu faire?

– J'ai besoin de 50 000 livres. Si tu ne me les avances pas, je chercherai ailleurs.

– Bon sang, que se passe-t-il? Va-t-on enfin me mettre au courant? fit Anna.

– Il veut acheter une petite boutique. Mon fils, commerçant, sans diplôme! Et sans avenir non plus! L'âge des supermarchés approche; sans connaissances, il n'arrivera jamais à s'en sortir. Il viendra me supplier de le prendre dans mon affaire. Il est complètement fou.

– Peut-être n'est-ce pas un projet insensé? murmura Anna.

– Ce que je veux, dit Paul, c'est acheter des actions dans cinq ou six petits magasins; j'ai mes idées sur le commerce. Je vais me lancer dans la création de sociétés. Une fois la réussite assurée pour les cinq premiers, les autres viendront me supplier de se joindre au groupe. Les achats groupés, voilà l'avenir. Vous puez tellement la richesse, tous autant que vous êtes, que vous ne faites plus attention à l'argent. De toute façon, j'y arriverai, tante Anna, mais avec de l'aide je gagnerai du temps, c'est tout.

– Je ne comprends pas l'urgence.

– Tu ne penses plus sainement.

Il frappa du poing sur la table, les assiettes et les verres s'entrechoquèrent, un verre se renversa, laissant une grande traînée rouge sur la nappe. Anna saisit la salière et saupoudra la tache.

– On croirait que je demande un milliard, grommela Paul. Mon Dieu, Anna, le bracelet que tu portes suffirait largement à m'installer.

Ce bracelet était composé des cinquante premiers diamants trouvés à Luembe. Anna se rappela le jour où Simon le lui avait apporté. Ce n'était guère un souvenir heureux.

Anna l'enleva lentement, allongea la main et le laissa tomber près de l'assiette de Paul.

– Il est à toi.

Paul semblait embarrassé.

– Je parlais de façon allégorique, bien sûr.

Il saisit le bijou comme si c'était un serpent et le lui rendit, mais Anna en souriant se leva de table et s'éloigna.

Kurt se leva, blessé.

– Ne viens pas ramper si tu es fauchée un jour.

Il quitta la pièce.

Vera les observait, à la fois vexée et furieuse. Elle le suivit.

– Accompagne-moi à l'écurie, dit Anna à Paul, j'ai un nouvel étalon que je veux dresser.

C'était un bel animal, mais nerveux; il faisait des écarts et ruait sans raison. Paul admira sa robe d'un noir luisant et la puissance de ses jambes.

– Tu permets que je le monte?

Paul était un superbe cavalier. Anna ne put s'empêcher d'admirer son allure. Pour lui, chaque défi devait être relevé la tête haute et conquis personnellement. Kurt perdait son temps avec lui. Mais de quel droit la mêlaient-ils à cette affaire? Depuis des années, ils l'avaient délibérément éloigné d'elle.

L'étalon se dressa et rua. Le vieux Jan s'approcha en clopinant pour le regarder. A la retraite maintenant, il devenait de plus en plus bizarre; il aimait se promener dans la propriété, vêtu d'un col blanc amidonné, d'une cravate noire et d'un chapeau melon; il avait toujours une canne d'ébène qui avait appartenu à André. Quand les jeunes se moquaient, la canne s'abattait promptement sur leur dos.

– Tiens-lui la tête baissée, cria Jan en agitant sa canne, il est vicieux, la m'am aurait jamais dû l'acheter.

Il s'éloigna en grommelant.

Une heure plus tard, l'étalon trottinait dans le paddock, obéissant aux ordres. Paul avait dompté son agressivité.

Ce n'est qu'au retour, à l'heure du thé, qu'Anna lui dit :

– Paul, j'étais sérieuse, mais il y a une condition.

– Ce que tu ressembles à mon père!

– Si tu échoues, tu reprendras tes cours à l'Université. De plus, quand tu auras ton diplôme, tu rentreras dans l'affaire familiale.

– Grand Dieu! Les gens comme toi ne font pas de cadeau. Je suppose que c'est ainsi que tu es devenue riche.

Anna préféra ne pas relever la grossièreté.

– Qu'est-ce qui te fait croire que Kurt voudra de moi?

– Je suis associée.

Il éclata de rire.

– C'est vrai, tu es sérieuse?

– Bien sûr.

Soudain il passa son bras autour d'elle.

– Tu es belle, c'est du gâchis de rester seule. Tu ressembles à une pièce de musée.

Elle lui lança un regard glacial.

– Ne me regarde pas ainsi. Je t'aime beaucoup, tante Anna. Je serais ravi d'être ton cavalier jusqu'à ce que tu trouves quelqu'un. Accepterais-tu que je mette un terme à tes conneries, ma chère tante?

Quel sale gamin! se dit Anna.

Elle n'avait pas été vraiment ravie de les accueillir pour le week-end; pourtant, à leur départ, la maison sembla deux fois plus vide. Le carillon sonnait tristement chaque quart d'heure; le reste du temps, c'était le silence total.

Anna, fébrile, faisait les cent pas dans le salon. Elle se plongea dans la préparation des affiches électorales.

Elle alla chercher du papier et des crayons dans le bureau et s'assit près du feu.

Votez pour une politique nouvelle avec Anna Van Achtenburgh-Smit. Non! C'était un cliché vu et revu. Elle le barra. *Rejoignez Anna Smit pour des réformes agraires.* Non, décidément, ce n'était pas bien. *Votez pour Anna, ça c'est l'avenir!*

Ils vont se battre comme des fous, pensa-t-elle. Puis elle s'arrêta net. Ces temps-ci, elle s'était mise à parler seule. La solitude me détruit, se dit-elle.

44

Sous la présidence de Conrad Pietersen, un comité fut formé pour essayer de persuader Anna de ne pas se présenter aux élections. La première réunion eut lieu à vingt heures dans les bureaux du *Stellenbosch Star.* Pietersen était le propriétaire du journal, de l'imprimerie et d'une chaîne de magasins d'alimentation.

Six hommes étaient assis autour de la table présidée par Pietersen.

– Une vie exemplaire. Pas le moindre scandale. Rien à exploiter?

Personne n'écoutait.

Pietersen les avait bien choisis. Ils avaient tous le même but : abattre Anna.

Pietersen frappa sur la table.

– Je suggère que nous commencions. Le but de ce comité est de s'assurer qu'Anna Van Achtenburgh-Smit soit battue aux élections ou, mieux encore, battue avant les élections. A votre avis, a-t-elle des chances d'être élue?

Il se tourna vers Joubert.

– Certainement, elle est respectée dans la ville, en fait elle *est* la ville. C'est une institution, pas un être humain. Il n'est pas une organisation qui n'ait bénéficié de ses dons.

– Pour ce qui est de ses idées libérales, l'interrompit Tassetti, il n'y a pas grand-chose à craindre. Personne ne se laissera prendre au piège.

– Attention, ajouta Rose, elle est née sous le signe de la chance; tout ce qu'elle touche tourne à son avantage.

La conversation s'éternisait.

Rose prit la parole.

– En fait, elle va gagner parce qu'elle force l'admiration. Son programme importe peu. La seule façon de battre Anna est de détruire cette admiration. Il faut la salir, la traîner dans la boue.

– Allons, dit Joubert, c'est du sale travail; menons un combat honnête.

– La politique n'est pas propre, dit Pietersen, la seule chose qui compte, c'est de gagner, quels qu'en soient les moyens. Il faut l'abattre avant le début des élections.

– Exact.

– Eh! Eh! dit Breda, salir la réputation d'Anna? D'accord, mais il y a un problème, avez-vous trouvé une faille dans sa vie?

Le silence se fit dans la salle.

– Nous n'en sommes pas encore là, dit Joubert, laissez-moi aller lui parler. Après tout, je connaissais bien sa famille du vivant de son père. J'essaierai de la ramener à la raison.

– Cette putain de femme est un véritable robot, dit Pietersen, pas de cigarettes, pas d'homme, pas de scandale. Juste le travail. Que faire contre elle?

– Il y a toujours quelque chose, commença Tassetti, toujours! En Italie, on dit...

Personne ne tenait à l'écouter.

– Elle a dû avoir des problèmes comme tout le monde, murmura Rose.

– Oui, dit Breda; mais Simon et elle, c'est de

l'histoire ancienne. S'il n'y a rien de particulier dans sa vie, on ne trouvera rien.

– C'est juste, dit Pietersen, mais s'il y a la moindre histoire, Rose la découvrira. C'est un expert. Pendant ce temps, on lancera la campagne en attaquant les bénéfices qu'elle accumule. Les diamants? Elle a une fortune colossale. Ce qu'elle donne aux œuvres de charité n'est qu'une bagatelle comparé à ce qu'elle possède. Démarrez sur ce thème, Rose.

Il tapa sur l'épaule de son rédacteur et but d'un trait.

– Ecrivez quelques éditoriaux; atténuez l'importance de sa générosité.

– Bonne idée. Je n'ai pas besoin de vous rappeler, messieurs, que nous avons la rédaction du *Stellenbosch Star*. Il ne faut négliger aucun détail. Anna est une femme très secrète d'après ce que j'ai entendu dire. Elle pourrait aussi bien décider que la vie publique n'est pas faite pour elle après avoir lu nos commentaires.

– Monsieur Joubert, quel plaisir de vous revoir! Vous avez de la chance, Nella a préparé une tarte au fromage; je crois me rappeler que c'est votre tarte préférée.

Anna accueillit William Joubert avec une certaine appréhension. Il était en retard et elle avait un rendez-vous avec son avocat à cinq heures.

– C'est vrai, ma chère, mais maintenant il me faut faire attention.

Il porta la main à son cœur en grimaçant.

Qu'il paraissait vieux! Anna avait peu vu les Joubert depuis la mort de son père. Sa visite était insolite et parfaitement déplacée. Il avait téléphoné la veille pour dire à Anna que le chai de la famille avait été mis en vente et il désirait lui offrir l'occasion d'acquérir des actions.

Anna le conduisit dans le patio et fit préparer le thé.

– C'est très gentil d'avoir pensé à moi; bien entendu, je serais très heureuse d'acheter quelques actions, ce que vous voudrez.

Ce n'est qu'après le thé que Joubert aborda l'objet de sa visite.

– Je vous ai toujours admirée, Anna; vous avez construit la première école d'agriculture malgré toutes les oppositions et, en toute honnêteté, l'utilité du centre social que vous avez créé ne peut être sous-estimée. Bien sûr, nous sommes en désaccord sur la façon de traiter nos travailleurs noirs. Vous croyez en l'éducation, c'est très bien mais pourquoi les instruire s'ils ne peuvent satisfaire leurs ambitions? Cela n'engendre que du mécontentement.

Il soupira.

– Pourtant, vous avez persévéré dans une voie qui vous semblait juste. Je vous ai toujours admirée en cela. Je suppose qu'il faut marcher avec son temps. De nos jours, le gouvernement dépense une fortune pour l'éducation des Noirs.

Anna ne voulait pas être prise dans cet engrenage. Elle connaissait fort bien les opinions « patriarcales » de Joubert. Il lui avait livré un combat acharné, notamment pour le bureau de l'emploi.

– Anna, je suis venu vous avertir; cette fois, vous commettez une erreur. Vous allez être considérée comme une hors-la-loi parmi vos propres amis et vous aurez quoi en fin de compte? Des ennuis.

– Dites-moi, monsieur Joubert, à quoi faites-vous allusion?

– A votre candidature au Parlement sous l'étiquette libérale; les gens d'ici ne le supporteront pas; tout le monde est contre vous, vous vous en rendez compte, n'est-ce pas?

– Alors il n'y aura aucun problème puisque je ne serai pas élue.

– Certains votent sans savoir pour qui; j'ai cru de mon devoir, par amitié pour feu votre père, de vous avertir. Le parti libéral va être mis au ban. Il est plein de communistes.

– Mais je ne suis inféodée à aucun parti politique, monsieur Joubert. Je me présente en indépendante.

– Avec des tendances libérales.

Anna se mit à rire.

– C'est ce que vous appelez aider les gens?

– Quand les femmes se mêlent de ce qu'elles ne comprennent pas, cela crée toujours des ennuis. Vous ne connaissez rien à la politique, Anna. Vous êtes l'une de ces satanées bien-pensantes et vous êtes seule. Quelle action croyez-vous mener?

– Pensez-vous que j'agis à la légère? Je suis profondément opposée au racisme; je n'ai pas toujours eu la même opinion, celle-ci s'est imposée à moi récemment. Surtout à cause des enfants et de leur avenir. Voyez-vous, je ne peux m'empêcher de contempler ces gosses sales, muets, couverts de poux et de penser que j'aurais pu en choisir un au hasard et l'élever comme s'il était le mien. Qui verrait la différence, en dehors de la couleur bien sûr?

Joubert éclata de rire.

– Anna Van Achtenburgh-Smit au Parlement ne va pas changer un iota à leur environnement familial. Vous perdez votre temps à vous préoccuper du racisme, parce que ce n'est qu'un mythe, une excuse.

– Je serais très étonnée que vos travailleurs pensent comme vous.

– Anna, écoutez-moi.

Joubert se radoucit.

– Il y a bien des années, le parti nationaliste a décidé de mettre un terme au colonialisme. Ce fut un désastre. D'après eux, ils n'avaient qu'une alternative : l'intégration totale ou la séparation radicale. Ils choisirent la seconde solution, « l'apartheid » comme nous l'appelons. Délibérément, ils ont peu à peu accentué le racisme pour maintenir séparés les deux groupes. Ce n'est pas simplement une question raciale, mais une séparation économique, géographique et culturelle. Vous et vos semblables avez une vue trop limitée de la situation. Croyez-vous que cela changerait si tous les Noirs avaient la peau blanche? Pas du tout, je vous assure; vous appelleriez cela une guerre religieuse ou une lutte de classes, ou Dieu sait quoi! Le vrai problème, c'est qu'il y a deux groupes adverses luttant pour survivre dans le même territoire. Pour nous, l'apartheid signifie la survie, c'est la scission du pays. Ecoutez-moi, Anna, n'essayez pas de jouer les intrus parce que, je vous le répète, vous ne connaissez rien au problème.

Il sortit un mouchoir et se moucha vigoureusement.

– Les libéraux veulent leur céder le pays, le leur remettre sur un plateau. Est-ce là votre souhait?

– Allez-vous me laisser parler? Je crois que vous oubliez que ma famille est venue ici plusieurs centaines d'années avant la vôtre, dit-elle d'un ton méprisant. La politique des partis ne m'intéresse pas; il est possible que je n'y comprenne rien, comme vous dites, mais ce que je perçois, ce sont les aspirations humaines. Là où vous parlez de politique, moi je parle de nourriture, là où vous parlez de solution à long terme, moi je parle de salaire minimum; vous désirez accentuer l'apartheid, moi ce que je souhaite, c'est plus de bonheur. Je n'adhère à aucun parti politique et je ne cherche pas la lune. Je me contenterai de petites victoires : l'éducation, de quoi manger pour tous, une chance de s'instruire. Mon Dieu, mais c'est un droit pour tous!

– Gardez cela pour votre campagne électorale.

Joubert se leva. Ils se faisaient face, tels deux coqs de combat, ergots dressés. Puis Joubert éclata de rire, il lui fit une tape amicale sur l'épaule.

– Vous devez comprendre, Anna, que vos chers

Noirs se moquent de la politique de ce pays; ce sont les victimes; ils représentent un groupe minoritaire. Pourquoi ne pas vous contenter des centres et des services sociaux? Du bon sens, ma petite.

– J'ai longuement réfléchi, William, je mets le bon sens de côté, je n'écoute que ma conscience.

Après son départ, furieuse, elle téléphona à son avocat pour annuler le rendez-vous. Le reste de la soirée, elle se lança frénétiquement dans la préparation des affiches pour sa campagne. Qu'ils aillent tous au diable! se dit-elle.

Le vendredi matin, Acker revint de la ferme de Malmesbury. Il trouva Anna dans son bureau, le *Stellenbosch Star* à la main. Elle était blême de colère. « Les salauds! » ne cessait-elle de répéter. Elle leva les yeux et aperçut Acker.

– Bonjour. Regarde ce que ces salauds ont publié!

Il y avait une liste complète des profits faits par Anna, ils étaient multipliés par dix.

– Ces chiffres sont truqués et exagérés. On ne fait jamais de tels bénéfices, encore moins avec les diamants. Je vais leur imposer un rectificatif.

Acker la regarda avec sympathie.

– Tu ne peux les y contraindre. Aimerions-nous vraiment étaler notre fortune au grand jour? Laisse tomber. Mais, dis-moi, maman, qu'est-ce qui a provoqué cette attaque virulente contre toi?... Contre nous.

Elle soupira.

– Oh, Acker! Nous n'avons plus le temps de bavarder; tu es toujours occupé ou loin d'ici. Je me présente aux prochaines élections partielles sous l'étiquette indépendante mais avec des tendances libérales, ce qui est très impopulaire. Voilà leur manière de relever le défi.

– C'est plutôt efficace. Ils ont abattu leurs cartes. Tu

es riche et ils l'ont proclamé. C'est ton seul crime. N'y pense plus.

Il passa son bras autour de son cou.

– Tu dois avoir une idée, Acker?

– Achète un journal rival et rends-leur la pareille.

– Mais, Acker, sais-tu qui est leur candidat? Le vieux major Barrett. Me vois-tu réellement mêlée à une compétition minable avec ce pauvre vieux?

Elle se leva et jeta le journal à la poubelle.

– Peut-être as-tu raison. Parle-moi des propriétés, dit-elle en souriant.

Acker prit la question au sérieux. Il ouvrit sa serviette et bombarda Anna de statistiques dans les moindres détails.

– Seule la volaille pose problème. Il y a tant de poules en batteries que le prix des œufs a fait une chute vertigineuse. Ça ne vaut plus la peine d'élever des poules autrement qu'en batteries.

– Suggères-tu d'arrêter l'opération?

– Oui, le plus tôt sera le mieux. Il faut aussi développer les batteries.

– Fais-le alors.

– Et maintenant, les bonnes nouvelles, dit Acker avec une fausse gaieté. Je viens de passer deux jours avec papa, tu serais stupéfaite de sa réussite.

– Tu as raison, c'est un sujet d'étonnement, dit-elle d'un ton glacial.

– Son service d'entretien vaut une fortune. Pourquoi ne vas-tu pas y jeter un coup d'œil? Tu serais réellement impressionnée.

Elle haussa les épaules.

– Il n'avait pas besoin de se conduire comme un martyr. Nous sommes mariés sous le régime de la communauté, tu le sais. Tout ce que j'ai lui appartient, mais il n'a jamais voulu prendre un centime.

– Un homme a son amour-propre. C'était son anniversaire hier. Il a eu quarante-trois ans.

Anna sentit un reproche dans les paroles de son fils, elle détourna le regard.

– J'avais oublié... As-tu d'autres comptes à me montrer?

– Non.

Il n'avait jamais abandonné l'idée de réconcilier ses parents.

– As-tu des nouvelles de Katie?

– Non, Katie n'écrit jamais, mais j'en ai eu par sa directrice. Elle souhaite que Katie fasse des études sérieuses de chant. Il paraît qu'elle est très douée.

– J'exècre la pensée de la savoir à l'étranger, dit Acker.

– Ne t'inquiète pas. Elle sera de retour aux vacances d'été. Il ne reste plus que huit semaines.

William Rose n'avait qu'une idée en tête : salir Anna. Il avait trois motivations : il haïssait la société qu'elle représentait et tout possesseur de richesses était son ennemi naturel; Anna avait été responsable de son premier blâme au journal; et enfin, s'il réussissait, il recevrait une augmentation substantielle. Ainsi, tel un spéléologue, il décida d'explorer le plus profond du passé d'Anna.

Ses notes de service augmentèrent. Il soudoyait tous les serviteurs.

Pietersen patientait, pressentant anguille sous roche; s'il y avait vraiment quelque chose à découvrir, « Face-de-furet » le découvrirait.

Il sut tous les détails du départ d'Anna, la date de son mariage, de sa grossesse, mais tout cela ne présentait rien de particulier. Quant à Simon, ses péchés passés avaient été pardonnés, surtout après ses exploits de guerre. C'était l'un des hommes les plus célèbres de Malmesbury. De ce côté-là, il ne semblait rien y avoir à exploiter. Mais Rose n'était pas homme à capituler facilement. Il se rendit à Saldanha Bay, réserva une chambre et fit la tournée des bars, le soir, posant mille questions, offrant tournée sur tournée. Il finit par apprendre les rumeurs d'une liaison entre Kurt et Anna pendant la guerre. On pourrait en tirer un bon sujet de plaisanterie mais Rose pressentit autre chose.

Un soir, il alla faire un tour à l'usine baleinière pour glaner quelques renseignements sur Simon. C'est là qu'il rencontra un pêcheur suédois nommé Carl qui connaissait un Noir du nom de Hendrick qui avait cohabité un certain temps avec une Sophie qui proclamait qu'Anna avait assassiné son enfant. Rose fit aussitôt son enquête. Avec le temps, l'histoire était tombée dans l'oubli. Anna avait une réputation sans tache alors que Sophie était une prostituée ivrogne prête à inventer n'importe quoi pour une bouteille et à coucher avec n'importe qui pour une autre.

Néanmoins, Rose eut un coup de sang. Ses cheveux se dressèrent sur la tête.

Il tenait un scoop; en première page, des photos de Sophie pleurant son enfant perdu; il imaginait déjà l'article.

Mais d'abord, il fallait retrouver Sophie.

Il commença à rendre visite aux pêcheurs qui habitaient les bidonvilles autour du lagon. Rien. Sophie avait disparu deux ans auparavant. Personne ne savait où elle se trouvait; pourtant plusieurs d'entre eux l'avaient bien connue. Personne ne savait la cause de son départ, mais on parlait d'une liaison avec le comptable de l'usine.

Deux jours plus tard, Rose coinça ce dernier dans un bar. Il se montra curieusement réticent mais, après une demi-douzaine de verres de brandy, il avoua que Sophie lui avait collé une blennorragie. Maintenant il était guéri mais il lui avait donné une raclée qu'elle n'était pas près d'oublier. Depuis elle avait quitté le district.

– Où a-t-elle pu aller? demanda Rose.

L'homme haussa les épaules. Il s'en moquait pourvu qu'elle ne remette plus les pieds ici.

Rose retourna à Stellenbosch et organisa une réunion du comité.

– Il ne doit pas y avoir beaucoup de vrai là-dedans, grommela Pietersen, mais trouvez la femme et ramenez-la à Stellenbosch. Et... lavez-la d'abord.

Ce n'est guère une tâche facile, se dit Rose le lendemain matin en préparant sa valise.

– Ils nous disent rarement leur véritable nom, lui dit le médecin le lendemain, mais on finit par les connaître de vue; ils reviennent épisodiquement.

Rose se mit à hanter les docks, les cafés et les pubs; il s'aventura même dans le sixième district, sorte de no man's land où voleurs, proxénètes, criminels et gangsters terrorisaient les habitants du coin.

Trois semaines plus tard, il reçut un coup de téléphone d'un employé de la clinique. Sophie se trouvait dans la salle d'attente. Il l'avait reconnue parce qu'elle était toujours ivre quand elle venait.

Rose n'osait pas rentrer. Des femmes étaient entassées dans une pièce. Il y jeta un coup d'œil et faillit défaillir. Sophie était une créature immonde. Elle avait le visage boursouflé et couperosé des alcooliques, une voix rauque. On lui donnait soixante ans, mais si elle était vraiment Sophie Jasmine, elle n'en avait pas plus de trente-cinq.

Rose attendit dehors. Enfin Sophie sortit. Bondissant de sa voiture, il l'interpella :

– Sophie Jasmine?

Il recula devant les relents de transpiration et de vinasse.

– 20 livres, dit-elle, le double pour les Blancs. Si ça se passe dans la voiture, 5 livres de plus.

Rose en eut le frisson.

– Sophie, viens dans la voiture.

– L'argent d'abord, dit-elle d'un air triomphant.

45

C'était la fin novembre. Le Cap connaissait une vague de chaleur depuis deux semaines. Katie rentrée de Genève partit tôt le matin pour la plage de Muizenburg. Elle n'avait qu'un souci : retrouver son teint bronzé; après une année en Suisse, elle était plutôt pâle.

A midi, la chaleur devint insupportable. Pour la troisième fois, elle plongea dans la mer pour se rafraîchir. La plage était bondée; elle partit en crawl un peu au large et se laissa flotter, éprouvant un sentiment de paix et de liberté nouvelle.

Le ciel était bleu; au loin, se dessinaient les montagnes basses teintées de mauve. Des cris joyeux d'enfants jouant sur la plage parvenaient vaguement à ses oreilles, tandis qu'elle s'abandonnait au plaisir de se laisser porter au gré des vagues.

Le souvenir de Genève s'estompait mais elle n'arrivait pas à chasser de son esprit l'image du professeur de musique furieux et son étrange regard embrasé. Elle l'avait fait chasser et avait réussi à se faire renvoyer également après avoir brillamment joué la comédie de l'amour. La directrice l'avait crue. L'Europe et ses vents froids et humides d'hiver devaient appartenir à une autre planète! Lentement, paresseusement, elle se laissa glisser sur le dos, les yeux clos. Quand elle les ouvrit, elle aperçut une nageoire sombre triangulaire à deux mètres d'elle. La nageoire se leva puis disparut sous l'eau.

Un requin!

Effrayée par la proximité d'un danger mortel, elle se débattit. La mort! La plus cruelle des morts était là, sous ses pieds. Elle imaginait le requin surgissant des profondeurs pour l'engloutir.

Elle hurla de terreur. Personne. Elle nagea de toutes ses forces vers le rivage, mais l'aileron surgit de nouveau. Le monstre cauchemardesque approchait à une vitesse vertigineuse, la heurtant de ses nageoires et la projetant à moitié hors de l'eau. Elle avait lu, un jour, que les requins fonçaient sur leurs victimes avant de revenir les tuer.

Elle jeta des coups d'œil désespérés par-dessus son épaule. Fatiguée de nager le crawl, elle fit la brasse; si elle faisait gicler de l'eau, le requin aurait l'impression de voir un poisson en détresse.

– Mon Dieu, mon Dieu, épargnez-moi!

Mais le rivage semblait s'éloigner.

Le requin faisait des cercles à une vingtaine de mètres d'elle, s'apprêtant à bondir. Terrifiée, Katie faisait des mouvements désordonnés, frénétiques. Vu la distance qui la séparait du rivage et la vitesse du monstre qui fonçait sur elle, elle n'avait aucune chance.

Elle hurla de frayeur en voyant le requin surgir hors de l'eau juste devant elle. Prise de panique, elle resta figée, incapable de faire le moindre mouvement. Mais le requin retomba dans l'eau; du sang giclait de tous côtés; un harpon lui traversait la tête. Katie ne cessait de hurler. Tout à coup elle sentit deux puissants tentacules noirs se resserrer autour de sa taille. Elle se débattit frénétiquement. Un plongeur!

Il ôta son masque et s'empressa de lui dire :

– Remue, remue, n'arrête pas, poupée, nage jusqu'au rivage le plus vite possible.

Il la poussa violemment dans cette direction en la tenant d'une main par son bikini; ils nageaient très vite grâce à la pulsion de ses palmes. Quelques instants plus tard, il murmura :

– Je vais jeter un coup d'œil là-dessous; continue, vite, très vite; il y a pas mal de requins aujourd'hui.

Il remit son tube et disparut. Une fois de plus, Katie

se retrouva seule, paralysée par la peur. Si seulement elle pouvait dormir! Oui, il fallait qu'elle dorme, une certaine torpeur l'envahissait. Elle sentit brusquement une main la saisir avec fermeté et la tirer.

– Des requins! hurla-t-elle aux baigneurs en chancelant.

Elle s'évanouit. Son sauveteur la porta jusqu'au rivage.

– Dégagez la plage, elle a été heurtée par un requin mais ce n'est pas vraiment grave. J'ai eu de la chance de le harponner du premier coup. Ces nageuses! Si elles savaient à quoi elles ressemblent d'en bas pour un requin! De la friture! Quelle proie tentante!

Des estivants s'agglutinèrent autour de Katie, murmurant des paroles de sympathie. Le sauveteur sortit du brandy. Katie se redressa. Elle tenait à peine debout tant elle tremblait. Elle avait des égratignures sur tout le corps.

– Ressaisissez-vous, dit sèchement le plongeur; c'est fini, vous êtes sauvée; la prochaine fois, tâchez d'être plus prudente.

Elle frissonna.

– Où est Jacob?

– Qui est Jacob?

– Mon chauffeur.

On le trouva. Katie se dirigea vers la voiture, aidée par quelques estivants.

– Vous ne pouvez partir ainsi, dit-elle; je vous en prie, venez faire la connaissance de ma mère.

– Ecoutez, je n'ai aucune envie qu'on ébruite cette histoire.

– Bon, dites-moi au moins votre nom.

– Anton de Waal, dit-il à contrecœur.

Il l'aida à monter dans la voiture. Katie remarqua ses cheveux blond cendré, ses grands yeux d'un bleu profond, son corps bronzé. En Suisse, on l'aurait pris pour un Dieu mais là, il y en avait des milliers comme lui.

– Je vous dois la vie. Je vous en prie, venez dîner à la maison.

Il lui lança un regard perplexe puis lui sourit.

– D'accord. Dimanche?

Elle acquiesça et lui remit son adresse.

Les journalistes ne furent pas longs à se rendre à Fontainebleu; le récit du sauvetage avait toutes les qualités requises pour faire la une des journaux. Une belle jeune fille sauvée *in extremis*! Le lendemain, elle apprit par les journaux que son sauveteur était l'héritier des propriétés De Waal, compagnie d'exploitation de fruits.

– Il est donc d'une excellente famille, lui dit sa mère. Nous lui ferons honneur, dimanche.

Mais le samedi soir, Katie reçut un coup de téléphone assez sec d'Anton, s'excusant de ne pouvoir venir.

– Bon, dimanche prochain, alors, dit-elle gaiement.

– Non, je suis désolé.

Il raccrocha.

C'était la première fois que Katie essuyait un refus. Jusque-là, Anton ne l'avait que moyennement intéressée, c'était simplement une manière d'exprimer sa gratitude; mais maintenant elle fulminait contre son attitude obstinée. Le mardi, sa décision était prise : elle irait le chercher. Elle enfila une robe bleu et blanc toute simple, appela Jacob et partit pour Elgin.

Les propriétés De Waal s'étendaient sur plusieurs centaines d'hectares et semblaient englober le village. La bâtisse principale était située au fond d'une vallée, vaste manoir dont les portes en chêne massif avaient plus de six mètres de haut. Il y avait une vieille cloche d'esclaves accrochée à l'extérieur. Elle sonna. Un instant plus tard, une jeune servante en uniforme vint ouvrir.

– Je viens voir Anton de Waal, dit Katie.

A l'intérieur, elle put admirer les tableaux anciens et le sol de marbre.

On la conduisit dans une grande pièce qui donnait sur un verger. Une femme entra aussitôt. La mère d'Anton sans doute, à voir ses cheveux blond cendré et ses grands yeux bleu clair. Elle était imposante et avait un accent germanique.

– Comment allez-vous? Je suis Anita de Waal et vous êtes, je crois, la jeune femme qu'Anton a sauvée du requin. Je vous reconnais d'après les photos dans le journal.

Katie lui tendit la main et lui dit qu'elle était venue remercier Anton.

Anita esquissa un sourire.

– Il vérifie les emballages dans le hangar; il est très fâché contre vous, c'est la raison pour laquelle il n'a pas accepté votre invitation. Il hait, tout comme nous, ce genre de publicité. Nous sommes très discrets, voyez-vous. Mais peu importe, accepteriez-vous une tasse de café?

Elle agita une petite clochette. La servante guindée arriva aussitôt.

Katie était fébrile; elle avait hâte de voir Anton, mais il lui fallait d'abord gagner les faveurs de sa redoutable mère. Enfin, celle-ci envoya chercher son fils, son fils unique, aimait-elle préciser.

Anton se montra froid et distant, à la limite de la grossièreté, parfaitement indifférent aux avances de Katie. Après le café, il accepta visiblement de mauvais gré de lui faire faire le tour des vergers.

– Je ne suis pour rien dans ces articles, ma mère a donné une photo à un journaliste le lendemain.

Elle bredouilla quelques mots, espérant qu'il ne remarquerait pas combien elle trouvait ennuyeuse cette promenade au milieu d'étendues monotones de pommiers. Anton accepta son invitation à dîner.

Les semaines suivantes, ils se virent chaque jour.

Peu à peu, Anton tomba amoureux; Katie, elle, l'idolâtrait. C'était un garçon sérieux; il passait le plus clair de son temps à superviser les travaux de la ferme.

Le verger servit donc tout naturellement de décor à leur idylle.

Katie, qui désespérait d'être un jour embrassée, cueillit une pomme et la lui tendit. Elle se pencha vers lui de façon provocante, la pomme en équilibre sur sa main tendue.

– Tu es invité à croquer le fruit défendu.

– Regarde, dit-il en colère, tu as à moitié cassé la branche, tu ne vois pas que tu abîmes l'arbre.

– Tu ne vas pas me faire une histoire pour deux feuilles et une petite brindille, dit-elle en faisant la moue.

– C'est suffisant pour laisser des microbes pénétrer dans la plaie. Si tu veux m'épouser, il faudra que tu apprennes à te montrer moins impulsive.

Elle resta bouche bée, pour une fois incapable de répondre.

Anton la regarda. Il rougit.

– Mes paroles ont dépassé ma pensée.

– Etait-ce une demande en mariage?

Anton se montra soudain distant.

– J'avais l'intention de te faire ma demande le jour de ton anniversaire. Tu auras dix-neuf ans, c'est un âge suffisant pour se fiancer. J'en ai vingt-trois. Nous sommes du même milieu. En fait... eh bien, en fait... j'en ai parlé à ma mère et elle est d'accord.

– Et moi, m'as-tu demandé mon avis?

– Réfléchis, et tu me donneras une réponse le jour où je te le demanderai.

Katie se détourna, furieuse, mais Anton lui saisit le bras.

– Diras-tu oui?

– Tu le sauras le moment venu. Tiens, mords.

Elle lui tendit la pomme; il l'essuya avec soin et la mit dans sa poche.

– J'ai horreur des pommes. Bon alors, acceptes-tu?... C'est une demande en mariage.

– Impossible de me décider avant que tu m'aies embrassée.

Il se pencha vers elle et lui effleura les lèvres. Katie garda les yeux clos. Etait-ce donc cela? Elle sentit de nouveau ses lèvres contre les siennes; il la prit dans ses bras et l'embrassa avec passion. Il lui caressa l'épaule, le cou, les cheveux, plongea la main plus profondément dans son dos. Ses lèvres parcouraient son visage, ses joues, ses lèvres. Sa main découvrit ses seins. Soudain il fut pris d'un désir incontrôlable. La plaquant contre un tronc d'arbre, il pressa son corps musclé contre le sien.

L'écorce lui égratigna le dos; elle détourna les lèvres.

– Et les microbes? Tu abîmes l'arbre, dit-elle, haletante.

– Au diable l'arbre!

Il la serra contre lui. Katie se débattit.

– Oui, oui, je veux t'épouser.

Anna fut bouleversée par l'annonce de leurs fiançailles. Elle n'avait rien à reprocher à Anton. Simon, lui, ne l'aimait pas. L'idée de perdre sa fille aussi vite lui était insupportable. Katie avait dix-huit ans, c'était bien trop tôt pour se marier! Se remémorant sa propre jeunesse rebelle, Anna préféra se montrer extrêmement prudente et ne pas les braquer. Au contraire, elle invita la mère d'Anton à l'insu de leurs enfants. Toutes deux décidèrent d'essayer de repousser le mariage d'au moins un an.

46

Le jour suivant, Anna reçut un appel du *Stellenbosch Star*.

– Ne quittez pas, je vous passe le rédacteur, William Rose, dit la standardiste.

Les nouvelles vont vite, se dit Anna.

– Madame Smit? Bonjour madame, Rose à l'appareil. Pourriez-vous ajouter un petit commentaire à l'article que nous allons publier dans le prochain numéro?

– Bien sûr, dit-elle aimablement. Allez-y.

– Le *Stellenbosch Star* a contribué à aider Sophie Jasmine à retrouver sa fille après dix-huit ans de recherches désespérées.

Anna sous le choc eut le vertige; tout se mit à tourner autour d'elle.

– Il y a dix-huit ans, continua-t-il impitoyablement, Sophie a confié son bébé à une famille de fermiers pour aller chercher du travail. Depuis, elle n'a pas revu sa fille malgré ses recherches incessantes. Le *Star* a interrogé Mme Anna Van Achtenburgh-Smit, qui fut la dernière personne à avoir vu l'enfant. Elle nous a dit...

Anna, suffoquant, lui raccrocha au nez. Elle était pâle, tremblante. Quelle catastrophe! Elle avait cru l'affaire oubliée. Comment avait-il trouvé Sophie? Que lui avait-elle raconté? Quelle erreur d'avoir raccroché! Imbécile! Oh! elle dira qu'ils ont été coupés.

Elle saisit le téléphone. Il lui fallait le temps de se ressaisir. Elle demanda à Flora de lui apporter une tasse de café, et se précipita dans sa chambre, saisit le flacon de tranquillisants et en avala plusieurs. Puis elle retourna dans son bureau, but son café et composa le numéro du journal. On lui passa Rose aussitôt.

– Nous avons été coupés. Je m'attendais à ce que vous rappeliez, dit-elle d'un ton glacial.

– C'était occupé.

– Qui était la mère de l'enfant?

– Sophia Jasmine.

– Sophia? Je ne crois pas... à moins qu'il s'agisse de Sophie, la petite Noire qui travaillait à la ferme de mon mari.

– Oui, c'est ça.

– Eh bien, qu'y a-t-il?

– Je crois qu'elle vous a confié un bébé.

– Certainement pas, je ne l'aurais pas pris. Elle l'a abandonné dans mon grenier sans me le dire et il est mort le lendemain.

Elle s'interrompit, sentant qu'elle avait une voix trop aiguë qui révélait sa nervosité.

– Il y a bien longtemps, je ne me rappelle plus exactement.

– Dix-huit ans, pour être précis.

– Déjà! mon Dieu!

– De quoi est mort le bébé, madame Van Achtenburgh-Smit?

Sa voix avait changé. Il avait un ton cruel maintenant.

– Qui sait? De faim. De pneumonie. De froid. Le médecin m'a dit qu'elle n'avait aucune chance de survie.

– Vous l'avez emmené chez un médecin?

Rose semblait déçu.

– Bien entendu.

Elle lui donna le nom et l'adresse du médecin.

– Je ne sais pas s'il est toujours là, mais je vous suggère de vous adresser à lui pour l'enquête. Quant à Sophie, elle sait très bien où son enfant est enterré. Elle est venue sur sa tombe plusieurs fois.

– Je vois.

Il y eut un long silence.

Puis Rose joua sa dernière carte.

– Savez-vous que Sophie vous accuse d'avoir assassiné son enfant?

Anna éclata de rire.

– Je vous en prie, monsieur Rose, ne me faites pas perdre mon temps, adressez-vous au médecin.

– Une dernière chose, nous aimerions photographier Sophie sur la tombe de sa fille.

– Ne vous gênez pas. Sophie est toujours la bienvenue.

Anna fut satisfaite de cette victoire facile.

Elle se força à reposer doucement le téléphone et sortit au grand air pour que s'estompe l'effet des tranquillisants.

C'était le mois de février, les vendangeurs fourmillaient dans les vignobles; le long des allées, ils se passaient les paniers. La récolte était particulièrement bonne, cette année; les branches ployaient presque sous le poids des grappes.

Lorsque Katie sortit une demi-heure plus tard, elle fut surprise de trouver sa mère assise sur le balcon à ne rien faire.

– Es-tu souffrante, maman?

– Non. Je rêvais.

Plutôt mourir que d'avouer à Katie sa parenté! Si seulement elle pouvait étouffer l'affaire, mais la moindre tentative de sa part inciterait Rose à une enquête plus approfondie. Le mieux était de laisser courir.

Après le départ de Katie, Anna téléphona à Simon pour lui faire part de ce coup de fil.

– Attention, ça pourrait mal tourner, lui dit-elle. Sophie lui dira sans doute qui est le père. Il essaiera de te compromettre.

– Ne t'inquiète pas, je nierai tout. Il n'a aucune preuve, simplement sa parole. Tu en as tenu compte, j'espère?

Etrange comme il lui faisait porter le poids de cette responsabilité. La journée fut longue. A quatre heures, sa décision était prise : elle téléphona au Parlement et leur annonça qu'elle renonçait à sa candidature pour raison de santé; qu'elle avait eu une légère syncope la veille et agissait sur les ordres du médecin.

Dès que la nouvelle se propagea, télégrammes et fleurs affluèrent de toute la province du Cap; les visites se multiplièrent. Anna faisait de son mieux pour paraître malade. Elle avait l'impression d'être un imposteur en acceptant les dons. Le vendredi, au bas de la première page du journal, apparut une photo de Sophie avec un grand titre : *« Une croix de bois : terme de dix-huit ans de recherches »*, suivi d'un article sinistre décrivant comment le bébé, non baptisé et mort sans funérailles, fut enterré sans cérémonie; il y avait également une interview de Sophie disant : *« Si seulement mon petit bébé était vivant aujourd'hui pour me réconforter! Elle était si belle avec sa peau claire et ses cheveux d'un roux éclatant. »* Accolé, se trouvait un petit article annonçant le retrait d'Anna de l'arène politique.

Les fermiers commencèrent à dresser l'oreille.

– Un bébé à la peau claire, aux cheveux roux à Modderfontein. Quel scandale!

Au village, on commença à éviter Simon. Ses amis lui conseillèrent d'aller trouver Rose et de le menacer de poursuites.

– Elle peut inventer n'importe quoi puisque l'enfant est mort, lui dirent-ils.

Simon écrivit à son avocat qui adressa une lettre à Rose, le menaçant de poursuites judiciaires. En guise de réponse, Simon reçut une note brève.

« Vous n'êtes pas le seul roux en Afrique du Sud. Sophie était très connue dans les docks. »

Acker et Katie étaient indignés devant le rapport qui salissait leur père. Ils étaient convaincus qu'Anna s'était retirée du combat politique pour protéger la famille des attaques de Rose; ils savaient très bien qu'elle n'avait pas eu de malaise.

L'affaire sembla s'arrêter là. Rose ne pouvait guère

tirer grand-chose du rapport du médecin. Faire allusion à un meurtre était absurde. Il laissa partir Sophie et Pietersen lui accorda l'augmentation promise. Sophie se dirigea vers le bar le plus proche, heureuse de se retrouver libre.

Deux semaines plus tard, la Mère supérieure de l'orphelinat de Woodstock lut l'article dans la salle d'attente du dentiste. Elle décida dans l'intérêt de la vérité qu'il était de son devoir de faire remarquer au rédacteur que l'enfant n'était pas mort. Elle prit la voiture du couvent et se rendit à Stellenbosch. Sous les yeux ahuris de Rose, elle pénétra dans son bureau sans se faire annoncer. Il bondit de son fauteuil. Si seulement sa secrétaire était plus efficace.

– Ma chère sœur...

– Mère supérieure.

– Ma chère Mère supérieure, ma secrétaire s'occupe de toutes les œuvres de bienfaisance et nous faisons régulièrement des dons à ceux qui défendent des causes qui nous semblent justes.

– J'ai pu lire dans votre journal que vous vous intéressiez à l'une de ces causes qui vous semblent justes, dit-elle sèchement. Sophie Jasmine et sa fille perdue. J'ai vu une photo d'elle, à genoux sur la tombe. Très émouvant, mais pas vraiment exact.

Rose qui au début avait été trop surpris pour réagir eut un coup de sang.

– Je vous en prie, asseyez-vous, dit-il.

Il demanda qu'on lui apporte du café.

– Racontez-moi tout.

Rose se frotta les mains. La Mère supérieure se pencha en arrière, ferma les yeux et raconta pratiquement mot pour mot ce qui s'était passé dix-huit ans auparavant, quand Anna s'était enfuie après avoir arraché le bébé de son berceau.

– En fait, dit la mère, elle était très ennuyée. Elle avait imaginé que notre foyer était bien plus agréable. Malheureusement, les fonds...

– Oui, oui...

– Nous faisons de notre mieux.

Elle se mit alors à parler de l'évolution de la protection de l'enfance au cours des années. Rose l'écouta un moment et la ramena au présent.

– Alors, elle vous a dit qu'elle essaierait de trouver un orphelinat?

– Oui, et c'est ce qu'elle a dû faire. Je ne l'ai plus revue. Je suis sûre que l'enfant est en parfaite santé et certainement mieux sans sa mère.

Sur ces mots, elle sortit.

Le vendredi, le *Stellenbosch Star* lança un scoop qui abasourdit la population : *« Le mystère s'approfondit. La Mère supérieure donne sa version. »* C'était suivi de la prose sentimentale de Rose racontant le récit de la religieuse qui attestait que le bébé n'était pas mort comme Anna l'avait prétendu, ni au bout de trois jours, ni après trois mois.

Anna fut harcelée, pas seulement par le *Stellenbosch Star*, mais par des amis inquiets et des relations avides de nouvelles.

– Le bébé est mort. Il est enterré là-bas, disait-elle à tout le monde. Je ne me rappelle pas exactement où. Après tout, c'est Jan qui a enterré le bébé, pas moi, et il y a si longtemps que je ne me souviens de rien.

Jan était sénile. On ne pouvait rien lui faire dire de sensé. Quand Anna se rendit au concours hippique le samedi suivant, elle trouva ses amis étrangement distants, mais elle fit mine de ne rien remarquer. Pourtant, deux jours plus tard, quand un officier de police arriva à Fontainebleu pour « mettre un terme à ces rumeurs ridicules », Anna fut prise de panique. Elle lui raconta que l'enfant s'était noyé dans le barrage. Il lui demanda pourquoi elle n'avait pas appelé la police pour fouiller le barrage et informer les autorités de la mort de l'enfant, mais Anna ne répondit pas. Elle s'excusa pour ce mensonge et prétendit qu'elle avait seulement supposé que le bébé était tombé dans le barrage. En fait, elle l'avait donné à un couple de fermiers pour qu'ils s'en occupent; elle n'en avait jamais plus entendu parler, jusqu'au jour où le rédacteur avait téléphoné. Une fois l'officier de police parti, Anna s'enferma dans sa chambre.

La réunion suivante du comité de Pietersen fut triomphale. Rose fut félicité. Cette fois, le cousin de Pietersen, Sidney Johnston, premier procureur de Stellenbosch, était là. Ils étaient tous deux associés dans plusieurs affaires.

– Bon, écoutez, tous tant que vous êtes, dites-vous bien qu'on n'a plus rien à craindre d'Anna pour le moment, mais c'est une femme obstinée, dit Pietersen au comité. Elle a quelque chose à cacher; sinon, pourquoi aurait-elle capitulé si vite? Qu'est-ce qui l'empêchera de se représenter aux prochaines élections? Il faut aller jusqu'au bout; avec Johnston ici présent, nous pouvons persuader la police d'ouvrir une enquête pour meurtre; il y aura des retombées sur toute la famille. On en sera débarrassés à tout jamais.

– Non, c'est exagéré, dit Joubert. Elle s'est retirée, c'est ce que nous voulions. Fichons-lui la paix.

– Elle s'est retirée parce qu'elle a quelque chose à cacher, dit Johnston.

– Mais le meurtre? persista Joubert. Il n'y a aucune preuve. Je n'ai jamais rien entendu de plus absurde.

– C'est vrai, dit Johnston, notre but n'est pas de la voir pendre, non? Nous voulons simplement écarter les indépendants. Nous n'avons pas eu un seul libéral dans le district depuis 1938. Tenons-nous-en à cela. Salissez la réputation d'Anna, prouvez que c'est une menteuse, ainsi les libéraux n'auront plus aucune chance.

La réunion fut longue et désordonnée, mais la thèse de Pietersen l'emporta et Johnston lui promit son soutien.

– Je vais avoir une dure bataille à livrer, leur dit Johnston, et j'aurai besoin de la coopération de la presse. J'ai déniché des statistiques sur le nombre d'assassinats d'enfants qui restent impunis; particulièrement ceux qui concernent les enfants qui ne sont pas blancs. Accusez ouvertement la police de laxisme à l'égard des parents indignes. Glissez dans l'article la disparition de l'enfant de Sophie et ajoutez-la à la longue liste des crimes non éclaircis. N'accusez pas Anna du meurtre. Encore mieux, ne mentionnez même pas son nom. Vous comprenez?

Rose l'assura qu'il comprenait parfaitement.

– Vous ne pourriez pas faire pendre un chat avec les preuves que vous avez, dit à Johnston le colonel Ted Prinsloo, chef de district, dix jours plus tard à la fin d'une réunion houleuse.

– Nous savons tous qu'Anna ment, lui dit Johnston. Découvrons la vérité, c'est tout ce que je dis. Avez-vous lu l'article du dernier numéro du *Stellenbosch Star*? Il citait cinquante cas impunis. Cela ne va pas vous faire une excellente réputation.

Le chef de district haussa les épaules.

– Je ne désire absolument pas être mêlé à cette rumeur vieille de dix-huit ans.

Cependant, après trois éditoriaux violents contre la police, le chef de district, à contrecœur, ouvrit une enquête sur l'enfant disparu de Sophie et chargea l'officier de police Jamie Fourie de l'enquête. Fourie était un homme ambitieux et c'était là sa première chance. Il commença par vérifier les certificats de naissance et découvrit que Sophie avait enregistré la naissance de son enfant qu'elle avait appelée Lettie Jasmine, mais il n'y avait pas de certificat de décès. De toute évidence, un enfant manquait. Ensuite, Fourie enregistra les déclarations de Sophie, de la Mère supérieure, d'Anna, de Simon et de Jan. Il eut quelques soupçons à l'égard de ce dernier, car Jan avait, contrairement à ses habitudes, l'esprit très confus. Il prétendait qu'il ne se rappelait de rien.

– Y a tant d'ouvriers à la ferme, ne cessa-t-il de marmonner. Y restaient jamais bien longtemps.

Fourie persévéra. Il était fermement décidé à obtenir une promotion rapide.

47

Le samedi qui suivit le troisième éditorial de Rose sur le laxisme de la police, Anna se rendit aux courses. Elle découvrit que tout le monde l'évitait. Elle partit de bonne heure, mais la foule entoura sa voiture qui avait été barbouillée de peinture rouge. Parmi les insultes, le mot « meurtrière » ressortait en grosses lettres. Très tôt, le dimanche matin, l'officier de police Fourie, suivi de deux commissaires munis de pelles et de pioches, conduisit Sophie sur les lieux de la tombe à Modderfontein où Jan avait prétendu avoir enterré le bébé. Sophie semblait avoir perdu la raison tant elle avait peur. Au milieu de ses gémissements et des grognements de chiens, ils déterrèrent le squelette d'un petit bébé et le transférèrent dans une boîte. Sophie s'évanouit, on dut la conduire dans le fourgon de la police.

Fourie n'eut pas besoin du rapport du médecin légiste pour se rendre compte que le crâne du bébé était fracturé. Le matin suivant, à six heures, des bruits de bottes se firent entendre le long de l'allée de Fontainebleu. Anna fut arrêtée pour meurtre, emmenée au poste de police et inculpée.

– Vous mentez, s'écria-t-elle quand on lui parla du cadavre. Comment auriez-vous pu trouver un squelette alors que le bébé n'est pas enterré là. Vous essayez de me piéger.

Même Fourie fut impressionné par sa sincérité. Elle semblait si déconcertée, furieuse et effrayée.

– Alors, où est l'enfant?

Voilà ce qu'il désirait savoir, mais Anna gardait obstinément le silence. Elle fut libérée sous caution et Kurt engagea Thomas Quinn, le meilleur avocat du pays. Un mois plus tard, un interrogatoire préliminaire eut lieu au tribunal de Stellenbosch. L'interrogatoire fut terminé en moins d'une heure. Le procureur présenta les faits d'un ton détaché. Quinn déclara qu'il réservait sa défense. L'affaire fut transférée à l'Attorney général de Pretoria qui décida que l'Etat engagerait des poursuites. Le procès fut fixé au 13 mai, quatre mois plus tard, à la Cour suprême du Cap.

Durant cette période difficile, la famille d'Anna présenta un front uni; pourtant, tous étaient bouleversés. Simon revint à Fontainebleu et harcela Anna pour tenter de connaître la vérité. Il avait toujours pensé qu'Anna avait laissé le bébé mourir de froid. C'est ce qu'Anna lui avait dit, bien des années auparavant, mais le rapport de la Mère supérieure prouvait que le bébé était vivant et en bonne santé à trois mois. Or, on venait de le découvrir avec une fracture du crâne. Alors, qui l'avait tué? Simon en avait la nausée. De plus, tout cela était si lointain. Certes, il se rappelait clairement le jour où il avait violé Sophie, mais il avait oublié l'horrible frustration sexuelle qui l'avait conduit à un tel acte. Acker savait que sa mère ne tuerait pas délibérément un enfant. Pour la première fois, père et fils furent en désaccord. Acker trouvait les accusations implicites de son père désobligeantes et tous deux s'accrochèrent à plusieurs reprises. En même temps, Acker sentait que sa mère ne faisait confiance à personne pour raconter la vérité et il la harcelait en permanence. Katie n'arrangeait rien avec ses accès de mauvaise humeur quotidiens. A aucun moment, elle n'imagina que sa mère pût blesser un enfant; alors pourquoi se taire? Le silence obstiné d'Anna était embarrassant. Quel scandale! Et tout cela, par la faute de sa mère!

Kurt se démenait. Il fit venir par avion des spécialistes d'Allemagne pour expertise. La date de la mort de l'enfant correspondait à la disparition de Lettie Jasmine. Puis il s'adressa à une agence de détectives privés pour rechercher toute famille ayant travaillé à Modderfontein. Cela s'avéra coûteux et inutile. Sur une suggestion de Quinn, il engagea un psychanalyste en renom pour interroger Jan, mais le médecin ne put lui sortir un seul mot bien qu'il fût convaincu que Jan n'était pas sénile.

– Je ne connais pas les faits, mais la seule chose que je puisse affirmer, c'est qu'ils sont tous deux complices, révéla Quinn à Kurt. Si seulement Anna voulait me dire la vérité, je pourrais mieux la défendre. Je hais les mauvaises surprises, surtout pendant un procès. Dans l'état actuel des faits, son attitude lui vaudra de sérieux ennuis.

Quinn était totalement déconcerté par le manque de coopération de sa cliente. Chaque jour, il menaçait d'abandonner. Anna gardait le silence. Un matin, elle s'effondra.

– Tout le monde croit que j'ai assassiné le bébé, dit-elle en sanglotant. Même mon mari! Même vous! Peu m'importe! J'emporterai mon secret dans la tombe. Nul ne saura où est allée l'enfant, mais je vais vous avouer une chose, je ne sais pas comment ce squelette est arrivé là. Ce n'est pas la fille de Sophie.

Quinn, en excellent psychologue, la crut. Il repartit perplexe. Anna maigrit. Simon se culpabilisait. Il partageait la responsabilité. Il devrait supporter l'épreuve avec elle. La famille souffrait à cause de ce péché qu'il avait autrefois commis : le viol de Sophie, dix-neuf ans auparavant. Le pire, c'est qu'il ne pouvait aider Anna.

Les jours s'écoulèrent; la date du procès approchait, tous voyaient poindre chaque aube nouvelle avec terreur.

Des mains la poussaient, le prêtre priait, la cagoule descendait lentement, elle sentait la corde autour de son cou. Anna, haletante, s'écria :

– Je ne l'ai pas tuée, je le jure, Katie est la fille de Sophie.

Trop tard! elle tombait, tombait...

Elle s'éveilla.

Son rêve n'était que trop réel; il lui fallut quelques secondes pour se rendre compte que ce n'était qu'un cauchemar, et quel cauchemar! En sueur, elle s'assit sur son lit. Aujourd'hui s'ouvrait le procès! Son rêve était-il un avertissement? Elle se leva et ouvrit les rideaux. Le jour se levait derrière les montagnes. Dans moins de quatre heures, elle serait dans le box des accusés. Peut-être avait-elle eu tort de mentir, mais comment faire autrement? Si l'on apprenait que Katie était la fille d'une prostituée noire, cela la briserait à jamais. Sa fille était si fière, si sûre d'elle. Ses fiançailles seraient rompues, sa vie gâchée.

Qu'adviendrait-il si elle choisissait sa propre sécurité aux dépens du bonheur de Katie? Elle serait accusée de kidnapping. De plus, Simon pourrait être jeté en prison pour immoralité. Il n'y avait pas d'issue.

Les minutes s'écoulaient lentement : elle entendit les serviteurs arriver, ouvrir les rideaux, claquer les portes. Il serait tellement plus facile de s'endormir et de ne jamais se réveiller. Elle saisit le flacon de somnifères et le secoua. Il y en avait suffisamment! Non, jamais! se dit-elle.

A sept heures trente, la famille se retrouva dans le hall. Personne n'osait regarder Anna en face.

Anna ressentait une frayeur indicible. Elle s'assit à l'arrière à côté de Simon et Katie devant, à côté d'Acker qui conduisait. Oh! mon Dieu! se dit-elle, et si on m'enfermait dans un endroit sans soleil, sans fleurs!

Comme ils approchaient de la rue principale de Stellenbosch, la voiture s'arrêta aux feux de croisement; un groupe de paysans reconnut Anna et l'insulta; l'un d'eux lança une pierre qui atteignit une vitre. La foule entoura aussitôt la voiture. Katie hurla.

– Tiens-toi tranquille, dit Anna d'un ton sec, tandis qu'une autre pierre atterrissait sur le capot.

La voiture se balança sous la poussée de quelques hommes. L'un des paysans passa la tête à travers la fenêtre. Anna fut effrayée par la haine qui se lisait dans son regard.

Simon ouvrit brusquement la porte, bondit, saisit les deux hommes les plus proches et cogna leurs têtes l'une contre l'autre. Aussitôt, père et fils se retrouvèrent engagés dans le même combat. Ils dépassaient leurs adversaires de la tête et des épaules. Acker saisit les hommes par la chemise, les secoua et les projeta en l'air. Anna ne l'avait jamais vu se battre auparavant. Sans doute ne s'était-il jamais battu. La foule se dispersa très vite.

– Cela m'a défoulé, grommela Acker en faisant démarrer la voiture.

Il était échevelé; l'une de ses manches était déchirée. Simon remit droit son col de chemise.

– Bon travail, dit-il.

– On se croirait à la fête, gémit Katie quand ils approchèrent du tribunal.

Le procès ne devait s'ouvrir qu'une heure plus tard, mais déjà les gens arrivaient en masse. Ils reconnaissaient de nombreux visages familiers.

A huit heures trente, la salle était bondée et la foule s'amassait sur le trottoir. Les Smit étaient assis au premier rang, à côté de Thomas Quinn. Ils étaient pâles et craintifs, Simon avait les yeux baissés, trop gêné pour affronter les regards; ses enfants eux aussi souffraient. Le procès s'ouvrit à neuf heures du matin, le 13 mai 1957, sous la présidence de Cornelius Collins, homme de loi austère. Le procureur était Louis Bester.

De toute évidence, l'avocat de la défense, Quinn, ne voulait aucun réformiste parmi les jurés, car il avait rejeté deux femmes, l'une doyenne de la protection de l'enfance, l'autre, mère adoptive de plusieurs orphelins. Il avait choisi parmi les jurés potentiels ceux de préférence sans enfant. Il concentrerait sa plaidoirie sur le manque de responsabilité d'Anna.

Bester ouvrit les débats. Il fit une description détaillée des faits connus de la supposée tragédie, puis, de façon implacable, requit la peine de mort; son réquisitoire était d'autant plus violent qu'il était dépourvu d'emphase.

– L'instruction dit que Sophie Jasmine avait confié sa fille malade, Lettie Jasmine, à Anna Van Achtenburgh-Smit parce qu'elle sentait que son bébé allait mourir; quand elle revint le chercher, on lui montra une tombe où Lettie était censée être enterrée. Il y avait toutes raisons de croire que l'enfant était mort car le rapport du médecin révélait qu'elle avait peu de chances de survivre. Depuis dix-huit ans, Sophie était convaincue que son bébé était mort de cause naturelle.

» Puis William Rose, rédacteur du *Stellenbosch Star*, avait lancé une campagne pour retrouver l'enfant. Alors, plusieurs faits avaient été relevés; le plus accablant était que l'enfant avait survécu quelque temps puisque la Mère supérieure attestait qu'elle l'avait vue à l'âge de trois mois. Anna Smit avait fait bon nombre de déclarations contradictoires. La police finit par mener une enquête, exhuma le corps et trouva une fracture du crâne. Au lieu de plaider non coupable, l'accusée n'a jamais nié la mort de l'enfant, mais elle se refuse à dire dans quelles circonstances elle est morte; elle se contente de dire qu'elle a disparu. En raison de la déclaration sous serment de la Mère supérieure, celle de Mme Van Achtenburgh-Smit selon laquelle le bébé est mort de froid ou de faim, peu après son abandon, ne peut être retenue.

» Sans l'ombre d'un doute, Anna Smit est coupable de meurtre. Pour éviter que ne soient révélées l'immoralité et l'infidélité de son mari, Mme Van Achtenburgh-Smit décida de supprimer l'enfant. C'est ce que ce procès va tenter de démontrer.

Les jurés écoutèrent attentivement ce procureur sûr de lui au ton méprisant. Il était visible qu'il pensait avoir des preuves irréfutables contre Anna. Quand il eut terminé, Quinn se leva.

– Ma cliente n'est ni cruelle, ni perverse. Elle est connue pour ses bonnes actions à Stellenbosch. Pourtant, elle se trouve aujourd'hui ici, dans le box des accusés, inculpée pour un meurtre datant de dix-huit ans. Quels sont les faits? Une enfant a été abandonnée dans la grange d'Anna. Elle l'a amenée chez son médecin qui a refusé de la garder; ensuite, elle s'est rendue à l'orphelinat de Woodstock. Elle a vainement essayé de lui trouver un foyer parmi les pêcheurs de Saldanha Bay. Que faire d'autre? Vous savez aussi bien que moi qu'il est illégal pour une Blanche d'élever une Noire. Aussi Anna fit-elle ce qu'elle avait de mieux à faire : confier l'enfant à l'un de ses métayers et lui verser une allocation pour la nourriture et les vêtements.

Quinn se tourna vers les jurés.

– ... L'enfant a disparu.

Il haussa les épaules.

– ... Essayer d'en tirer des conclusions est ridicule. Peut-être a-t-elle été abandonnée, elle n'a probablement pas eu de chance. Qui sait? Ceux qui ont pris soin de l'enfant restent introuvables. Or, le squelette d'un bébé a été trouvé. S'agit-il du même, d'un autre? Nul ne le sait, encore moins ma cliente, Anna. Elle avoue qu'elle ne sait pas ce qui lui est arrivé. La rendre responsable d'un meurtre est parfaitement insensé. Anna Van Achtenburgh-Smit a une réputation irréprochable. En fait, l'accusation repose sur la parole d'une ivrogne prostituée. Sans compter la campagne politique insidieuse de la presse locale.

» Ma cliente n'était pas obligée de s'occuper de l'enfant; ce n'était pas la sienne, elle ne l'avait pas prise en charge de son plein gré. Quand l'enfant mourut, accidentellement ou à cause de la négligence des métayers, Anna n'était pas plus responsable que vous et moi quand nous passons devant une jeune vendeuse de journaux tremblant de froid au coin d'une rue et que nous détournons le regard, ou lorsque nous voyons des enfants abandonnés endormis sous des abris d'autobus et que nous rentrons tranquillement dans nos foyers douillets. Si Anna est coupable de meurtre, alors nous sommes tous coupables.

Quinn termina sa plaidoirie avec panache. Le silence régna un instant, puis on perçut quelques murmures. Cette plaidoirie vibrante, était-ce la bonne tactique? Kurt se le demanda. Tapi au fond de la salle, il étudiait la réaction du public. Apparemment, tout le monde se posait la même question : comment l'a-t-elle tuée? L'article du *Stellenbosch Star* était connu de tous; ils étaient persuadés qu'Anna avait délibérément provoqué la mort de l'enfant. Kurt se mordit les lèvres. Il se demandait s'il n'avait pas commis d'erreur en choisissant Quinn.

Le principal témoin de l'accusation était Sophie Jasmine. Elle avait été « gardée à vue », ce qui signifiait qu'on la dessaoulait; elle souffrait donc affreusement du manque d'alcool; les mains tremblantes, elle transpirait abondamment. Des murmures parcoururent la salle quand elle vint à la barre. Le président exigea le silence. Bester alla droit au but.

– Reconnaissez-vous l'homme à qui vous avez attribué la paternité de votre enfant? dit-il en indiquant Simon.

– Oui.

Il y eut une rumeur dans la salle.

– Dites-nous exactement ce qui s'est passé, depuis le début.

Avec beaucoup de difficultés, Sophie expliqua sa longue dévotion à la mère de Simon qui n'avait jamais manqué de lui donner du pain, de la confiture et un verre de lait le soir quand elle rentrait avec ses troupeaux de dindes. A la mort de « Mama », il n'y eut plus de pain et de confiture, mais Jan partageait son maigre repas avec elle le soir. Un jour elle décida d'aller au village chercher du travail et pria son jeune maître de l'accompagner. Elle décrivit le viol avec une telle précision que nul ne douta de ses paroles. Puis Sophie raconta comment elle avait trouvé un emploi de serveuse; elle fut renvoyée quand on vit qu'elle était enceinte. Ensuite, elle avait fait la connaissance d'un homme dans un bar près des docks; il avait accepté de subvenir à ses besoins jusqu'à la naissance de l'enfant, mais en retour, elle avait dû travailler pour lui.

– Sophie, racontez à la Cour ce qui est arrivé quand vous êtes retournée à la ferme avec votre bébé.

– Elle était là.

Sophie montra Anna du doigt.

– L'a pâli en voyant les ch'veux du bébé. J'ai cru qu'elle allait s'évanouir... J'ai laissé l' bébé dans l' grenier pendant qu'elle était au village.

Elle s'interrompit et lança un regard de défi aux jurés.

– Plus tard, quand j' suis allée chercher mon bébé, elle m'a dit qu'il était mort. J'ai cru qu'elle mentait, mais Jan m'a montré la tombe, alors j' suis r'tournée au Cap.

Simon soupira. Il avait honte pour Anna, pour les enfants. Anna était comme une statue, pâle, le regard fixe, les lèvres légèrement serrées. Pour la première fois, il avait l'impression de la comprendre; toute cette dureté, ce calme glacial, ce n'était qu'une façade, il savait qu'Anna mourait de peur. Quinn se leva pour le contre-interrogatoire de Sophie.

– Pourquoi avez-vous laissé votre bébé dans le grenier, Sophie?

Sa voix amicale et ses manières aimables apaisèrent les craintes de Sophie; une partie de son agressivité disparut.

– Y s'rait mort. J'avais pas d' lait, pas d'argent...

Elle avait une voix traînante. Elle lança un regard en coin aux jurés, mais ils restaient impassibles.

– Les Blancs, y sont intelligents, gémit-elle. Y z' ont des médicaments. J' pensais qu'elle la sauv' rait, mais la m'am voulait pas qu' mon bébé vive.

Elle se remit à pousser des gémissements.

Quand elle fut calmée, Quinn lui demanda :

– Vous n'avez pas eu une vie facile, Sophie, n'est-ce pas?

– Oh! non, ça non, avoua-t-elle.

– A combien d'enfants avez-vous donné naissance?

– A un seul.

– Allons, Sophie, j'ai quelques certificats de naissance...

Il saisit son dossier et le parcourut.

– Daniel, Gina...

– Oui, mais y en a eu un qu' j'ai aimé par-dessus tout; euh... en plus du premier, y en a eu trois autres.

– J'ai les registres : vous avez vous-même déclaré quatre enfants.

Sophie sortit un mouchoir sale et s'essuya le visage.

– Quatre? Euh... c'est difficile à s' rappeler.

– Je ne suis pas surpris, Sophie. Il y a si longtemps. Dites-moi, Sophie, sur vos cinq enfants, combien sont encore vivants?

– Seulement deux.

– Ils ont été placés, je crois, dans des familles adoptives dès leur plus jeune âge, n'est-ce pas?

– J' sais pas pourquoi le maître pose toutes ces

questions, y semble connaître les réponses mieux qu' la pauv' Sophie, gémit-elle.

– Sophie, répondez aux questions qu'on vous pose, dit le président d'un ton sévère.

Elle haussa les épaules avec colère.

– A quel âge ont-ils été placés, Sophie?

– J' me rappelle pas. Y z'étaient très jeunes et y a si longtemps.

– Etait-ce à deux mois ou à six mois? persista Quinn.

– Deux mois, dit-elle, furieuse.

– Non, pas exactement, Sophie. Le premier fut placé dans une famille adoptive à un an, après avoir été soigné pour brûlures au second degré dans un hôpital pour enfants et l'autre en bas âge vous a été enlevé sur ordre du tribunal.

– J' me rappelle pas.

– Parlons de Daniel Jasmine, décédé, le seul fils auquel vous ayez donné naissance. A quel âge est-il mort?

– A què'ques mois. L'est tombé.

– Non, c'est faux. Il est mort de pneumonie à un an.

Sophie commençait à s'agiter; Quinn la harcelait.

– Dites-moi, Sophie, c'est plutôt curieux pour une mère de ne plus avoir de lait si tôt après la naissance, surtout une femme aussi forte que vous. Je crois que le bébé avait deux ou trois mois quand vous l'avez abandonné dans le grenier de Mme Van Achtenburgh-Smit?

Bester fit objection. Quinn faisait de Sophie son propre témoin. Il s'acharna sur elle une heure. Quand il eut terminé, pas un seul juré ne croyait la déclaration de Sophie selon laquelle sa fille, Lettie, n'avait que quelques jours quand elle l'abandonna dans le grenier d'Anna.

Sophie s'effondra. De longs sanglots incontrôlés secouaient son corps.

– J'en ai terminé avec ce témoin, Votre Honneur, dit Quinn.

Bester autorisa Sophie à quitter la barre.

Il appela ensuite la Mère supérieure, elle raconta la visite d'Anna. Dans son contre-interrogatoire, Quinn releva le fait que le bébé était bien protégé du froid, emmitouflé dans une couverture.

– En d'autres termes, l'accusée avait amplement l'occasion de laisser le bébé mourir de causes naturelles sans user de violence?

– Je crois qu'elle s'était attachée à l'enfant, dit la Mère supérieure. Elle ne pouvait se résoudre à l'abandonner.

– Vous avez déclaré que l'enfant avait au moins trois mois, poursuivit Quinn. Pourtant, vous dites que le bébé était emmitouflé à cause du vent.

Il s'arrêta et la regarda droit dans les yeux.

– Je peux vous dire une chose, même un médecin n'aurait pu déceler l'âge exact d'un petit bébé bien emmailloté contre le froid.

– J'ai dit environ trois mois, répliqua froidement la Mère supérieure.

– Etes-vous prête à jurer que l'enfant avait plus de deux mois et demi?

– Non, bien sûr que non, comment pourrais-je en être sûre?

– Ou deux mois?

– Certainement plus de deux mois.

Elle avait plus d'assurance maintenant.

– Alors vous avouez que vous situez l'âge de l'enfant entre quatre et même six semaines?

– Ce n'était certainement pas un nouveau-né.

– Ce sera tout.

– Merci, ma Mère, vous pouvez aller vous rasseoir, lui dit Bester.

Bester appela le Dr Ben Whysall. Il avait plus de quatre-vingts ans et était perclus de rhumatismes. On dut l'aider à venir à la barre des témoins. Il semblait souffrir d'une angine de poitrine et avait du mal à respirer; tout le monde retint son souffle.

Il déclara qu'Anna lui avait téléphoné la nuit du 15 février 1939, mais qu'il avait refusé de se rendre à la ferme. Anna était donc venue avec le bébé, l'avait réveillé pour essayer de lui laisser l'enfant; il avait refusé de le garder.

– Il y avait des dizaines de bébés abandonnés à cette époque, expliqua-t-il. Trop de femmes fréquentaient les pêcheurs. Ce n'est pas comme maintenant. Elles abandonnaient leurs bébés dans les fermes. Voyez-vous, j'étais médecin, je ne dirigeais pas une crèche. (Sa voix se brisait.) Par la suite, je ne l'ai jamais revue. Mais un jour je l'ai rencontrée au village et lui ai demandé ce qu'était devenu le bébé. Elle m'a dit qu'elle l'avait emmené à l'hôpital et qu'il y était mort. Je ne fus pas du tout surpris.

Un long murmure inquiétant parcourut la Cour. Anna fixait ses mains accrochées à la barre. Elle évitait le regard des siens.

Quinn se dirigea vers la barre des témoins.

– Pourriez-vous décrire aux jurés l'état du bébé quand Anna vous l'a amené?

– Autant que je puisse m'en souvenir, il était dans un état avancé de déshydratation.

Whysall se tourna vers Anna en fronçant les sourcils.

– Elle a fait tout ce qu'elle a pu. Elle l'avait lavé, habillé de beaux vêtements, enduit d'onguent. C'était horrible à voir, car chaque fois qu'elle le nourrissait, il vomissait. Cela arrive parfois. L'enfant était allergique au lait de vache et aux bouillies de bébés. Anna, je veux dire Mme Van Achtenburgh-Smit, avait tout essayé.

Il se tourna vers les jurés. Ils restaient imperturbables. Dans son contre-interrogatoire, Quinn essaya de démontrer que l'enfant serait resté infirme s'il avait survécu, que le témoignage du médecin sur l'âge du bébé était faux; mais Whysall persistait à dire que le bébé n'avait que quelques jours et n'aurait pu survivre sans être nourri au sein. Sur ce, Quinn capitula et Bester laissa le témoin quitter la barre.

Les jurés ne comprenaient plus rien. Comment le frêle nourrisson émacié était-il devenu la petite fille potelée décrite par la Mère supérieure?

Ensuite Bester appela à la barre William Rose et le conduisit pas à pas à travers le drame qui avait mené au procès. Rose fut très concis; il fit remarquer qu'Anna l'avait délibérément induit en erreur, racontant d'abord une histoire puis une autre; c'est à cause de ses paroles évasives qu'il avait décidé de poursuivre l'enquête.

Le contre-interrogatoire de Rose fut bref. Quinn essaya simplement de suggérer que la campagne du journal avait des motivations politiques.

Après le déjeuner, l'officier de police Fourie vint à la barre et expliqua les versions contradictoires d'Anna et la raison pour laquelle la police avait ouvert une enquête. Bester demanda à Fourie de décrire l'exhumation de l'enfant. Le témoin raconta les faits avec une clarté qui impressionna les jurés. Il y eut des murmures dans la salle, quand il expliqua comment Sophie s'était évanouie lorsqu'elle avait vu le crâne défoncé du bébé.

Ce fut au tour de Quinn. Il demanda à Fourie quelles preuves l'avaient conduit à croire que le squelette de l'enfant était bien celui de Lettie Jasmine.

– Aucune, répondit Fourie. Nous avons simplement exhumé la tombe où Mme Smit avait dit à Sophie que sa fille avait été enterrée dix-huit ans auparavant.

– Tenez-vous Sophie comme un témoin responsable, capable de se rappeler la position exacte d'une tombe anonyme dix-huit ans plus tard, alors qu'elle était dans un état de détresse extrême, et de plus, dans l'obscurité?

– Nous avons trouvé le cadavre, non? répliqua Fourie avec dédain.

Quinn harcela Fourie une heure durant sans toutefois ébranler son calme et son assurance.

Anna semblait éreintée, près de s'évanouir; la famille effondrée la vit partir pour une nuit en prison. La caution avait été refusée; mauvais signe. La longue marche jusqu'à leur voiture, sans leur mère, fut très pénible. Anton vint en courant derrière eux. Il passa son bras autour de Katie et tenta de la réconforter.

– Tout ça pour une petite Noire et une affaire qui date de dix-huit ans! C'est vraiment absurde. Qui ça intéresse? Certainement pas les jurés. De toute façon, il y a trop de Noirs.

– Tais-toi, Anton, lui dit Katie.

Elle avait toujours tenté de cacher à sa famille les points de vue racistes d'Anton, mais au fond d'elle-même elle les partageait.

– Viens dîner.

– Non, je ne peux pas, ma chérie. Je dois ramener maman à la maison. Redresse la tête!

Il l'embrassa sur la joue et repartit en courant.

Simon avait de nouveau son tic. Katie savait que son père n'aimait pas Anton, mais il s'était contenté de mettre en garde sa fille sans lui faire part de ses sentiments.

Katie dîna seule. Acker resta à l'écurie et Simon s'enferma dans sa chambre. Ils étaient tous en proie à une peur intense.

Le tribunal ouvrit à huit heures, le lendemain matin. La salle se remplit rapidement. Anna apparut. De toute évidence, elle n'avait pas fermé l'œil de la nuit. Le visage hagard, les yeux cernés, elle paraissait nerveuse.

Avec optimisme, Bester observa Anna serrant un mouchoir mouillé dans sa main. Elle ferait un piteux témoin pour la défense. Il masquait mal son impatience de la voir à la barre. Avec un peu de chance, elle ne prendrait que dix ans.

Le Dr James Smythe, médecin légiste réputé, fut

cité. Il attesta que la fracture du crâne sur le cadavre aurait pu être provoquée par une chute ou une blessure volontaire. De petite taille, il parlait d'une voix douce; pratiquement personne n'entendit ce qu'il dit. Puis vint le tour de Quinn. Il ne cessait de répéter au médecin de parler plus fort.

– A votre avis, aurait-il été possible que l'enfant ait pu vivre un ou plusieurs jours avec une telle blessure?

– A vrai dire oui, c'est tout à fait possible, cela arrive fréquemment. Sans radio, il est difficile de dire si le cerveau a été endommagé.

– Pourriez-vous, s'il vous plaît, vous lever et répéter ces propos aux jurés? demanda Quinn.

Il lança un coup d'œil de satisfaction aux jurés, mais remarqua que la plupart d'entre eux semblaient déçus.

Katie, assise au premier rang, triturait nerveusement son mouchoir. Anna avait l'air effrayé, elle était près de s'évanouir. Katie, elle aussi, se demandait si Kurt avait fait le bon choix en prenant Quinn comme défenseur. Il n'avait pas réussi à convaincre les jurés de l'innocence de sa mère. Katie, culpabilisée, se rendit compte qu'elle-même pensait qu'Anna avait commis une mauvaise action. De temps à autre, elle se retournait vers Anton. Il commençait à s'inquiéter.

– L'enfant a pu survivre à une telle blessure, peut-être provoquée par la mère. Est-il possible alors qu'Anna ne se soit pas rendu compte de la blessure?

– Oui, c'est tout à fait possible, dit le Dr Smythe.

Tout le monde attendait la déposition d'Anna. Son visage livide exprimait une souffrance pathétique; elle semblait résignée au pire. L'assistance fut déçue quand Bester appela Jan à la barre des témoins.

Personne n'avait pu déterminer le nom de famille de Jan, aussi l'appelait-on Smit. Jan était vieux maintenant; on ignorait son âge exact. On dut l'aider à venir à la barre. Il resta là, debout, se balançant. Il était sobrement vêtu d'un costume gris, d'un col amidonné et d'une cravate noire.

Katie devenait de plus en plus fébrile. La réputation de son père avait été salie, maintenant qu'allait-il arriver à sa mère? Acker posa une main sur son épaule.

– Tout ira bien, Katie.

Mais Katie savait que c'était faux. Elle ne pouvait se départir du sentiment d'une catastrophe imminente.

Quand Bester poussa Jan à donner sa version, le vieil homme hésita et jeta un regard implorant à Anna. Elle lui fit un petit signe de tête pour l'encourager. Il y eut un murmure, l'un des jurés se mit à gribouiller quelques notes sur son calepin.

Quinn soupira. Seuls Anna et Jan connaissaient la vérité. Il ne cacha pas son impatience tandis que Jan racontait comment Sophie avait été élevée à la ferme, comment elle était revenue avec son bébé et l'avait abandonné dans le grenier. La m'am avait pris soin de lui pendant plusieurs jours et, un matin, l'avait trouvé mort dans son berceau. Elle lui avait demandé de l'enterrer. Ce qu'il avait fait. Plus tard, quand Sophie était revenue à la ferme, il lui avait montré la tombe.

Bester se rassit, l'air satisfait.

Quinn s'adressa à Jan d'une voix douce, comme s'il avait affaire à un enfant.

– Jan, vous connaissez Mme Anna Smit depuis longtemps, n'est-ce pas?

– Oui, depuis très, très longtemps.

– Vous rappelez-vous la première fois que vous l'avez vue?

Le visage de Jan s'éclaira, ses yeux brillèrent.

– On aurait dit un ange de la Bible. Elle a nettoyé la ferme et m'a acheté de nouveaux vêtements.

– Vous avez souvent travaillé ensemble, n'est-ce pas?

– Oh! oui. Nous avons construit la ferme d'élevage.

Ah! On travaillait dur en c' temps-là. La m'am et moi, on était toujours ensemble.

– Jan, parlez-nous du jour où Sophie est revenue chercher son bébé?

Jan ferma les yeux, se balançant d'avant en arrière.

– Y a si longtemps, c'est dur de s' rappeler.

Quinn soupira. Il demanda qu'on apporte un verre d'eau au témoin.

– Jan, vous aimez la m'am, n'est-ce pas?

Jan secoua la tête.

– Oui, j'aime la m'am. J' regrette le bon vieux temps. J' la vois pas souvent maint'nant.

– Dites-moi, Jan, elle dirige de nombreuses affaires mais elle s'est toujours bien occupée de vous, n'est-ce pas?

– Oh, oui!

– Vous avez une maison sur la propriété?

– Oui.

– Et une pension?

– Oui.

– Jan, votre m'am a des ennuis. Elle est accusée de meurtre. Vous savez ce que cela signifie?

Jan se mit à marmonner.

– Ici, on pense que la m'am a tué le bébé de Sophie, est-ce vrai, Jan?

Le juge se pencha en avant, le sourcil froncé.

– Je ne comprends pas votre raisonnement. Vous semblez essayer d'incriminer votre cliente, dit-il sèchement.

– Votre Honneur, je veux simplement faire prendre conscience à Jan du sérieux des accusations portées contre ma cliente dans l'espoir d'aider sa mémoire défaillante.

– J'ai dit tout c' que j' savais.

Quinn se tourna vers le président.

– Votre Honneur, pardonnez ma méthode peu orthodoxe, mais je crois qu'on peut persuader le témoin de revenir sur son témoignage et de dire la vérité. Après tout, c'est ce que recherche la Cour.

Le président acquiesça d'un air grave; Anna soudain perdit le contrôle d'elle-même.

– Jan, ne dites rien, je vous en supplie, ne dites rien.

Il y eut un murmure dans la salle. Le président s'écria alors :

– L'accusée doit garder le silence, sinon elle devra quitter l'audience.

Anna lança un regard désespéré à Quinn.

– J'exige...

Elle s'arrêta comme hébétée. Anna donnait l'impression d'être un animal aux abois : les yeux hagards, les mains agrippées à la barre. Elle sortit un mouchoir et s'essuya les yeux. Elle sentit la main d'Acker saisir la sienne.

Quinn s'épongea le front et se tourna vers Jan.

– Pauvre madame Smit, dit-il. Jan, connaissez-vous le châtiment encouru pour meurtre?

Jan paraissait embarrassé. Il posa son regard sur Katie. Pourquoi me regarde-t-il, se demanda Katie, car Jan avait posé sur elle un regard interrogateur.

– Jan, savez-vous ce qui arrivera à votre m'am si vous ne dites pas la vérité à la Cour?

Jan détournait obstinément le regard.

– On l'emmènera en fourgon dans une prison spéciale; là, on lui mettra une corde autour du cou et on la pendra jusqu'à ce que mort s'ensuive.

Katie poussa un cri. Anton passa son bras autour d'elle et jeta un regard furieux à Quinn qui s'était tourné vers la famille comme pour se justifier.

Le président du tribunal protesta contre l'exploitation mélodramatique de Quinn; un murmure parcourut la salle.

Jan s'effondra et enfouit son visage dans ses mains. Quand il leva la tête, ses yeux étaient gonflés de larmes.

– Jan, vous avez menti, n'est-ce pas?

Le vieil homme acquiesça.

– Vous savez exactement ce qui s'est passé, n'est-ce pas?

– Oui.

Un silence total régnait dans la salle. Katie entendait les oiseaux dans les arbres dehors et le tic-tac de l'horloge dans le couloir.

– Qu'est devenue la fille de Sophie, Jan?

– La m'am l'a jamais tuée.

Il hésita et se tourna vers Anna qui l'implorait de ne rien dire, puis vers Katie, Acker et Simon, et lentement son regard revint vers Quinn.

– Elle l'a élevée comme son propre enfant.

Il tendit la main et montra Katie du doigt.

– Il est fou, murmura Katie. Sénile! Pourquoi me montre-t-il du doigt?

– Elle lui a donné le sein pour qu'elle vive. Et puis, elle a plus pu se séparer du bébé; quand l' patron est r'venu, elle lui a dit qu' c'étaient des jumeaux. Elle avait peur qu'y soit furieux. J' l'ai vu l'étaler d'un coup de poing plus d'une fois. Le patron, y l'a jamais soupçonné la vérité et le vieux Jan lui a jamais rien dit.

Il se mit à rire.

Katie se trouva soudain propulsée dans un cauchemar aux proportions gigantesques. Elle! La fille de Sophie? Jamais de la vie! C'était insensé!

– La m'am m'a dit de jamais rien dire, Katie est si gâtée... si...

Il jeta un regard implorant vers Simon.

– La m'am va être furieuse, c'est vrai. C'est qu' la semaine dernière qu'elle m'a fait promettre de rien dire à personne.

Il promena son regard dans la salle; des larmes coulaient le long de ses joues. Puis il fixa les jurés.

– C'est tout de même mieux qu' de voir pendre la m'am, non?

Soudain, il y eut du vacarme dans la salle. Le greffier réclama le silence.

– Silence, messieurs, ou je fais évacuer la salle.

Anna sanglotait.

Katie s'accrocha à Simon.

– Papa, papa, ce n'est pas vrai, n'est-ce pas?

Mais le regard horrifié de Simon allait de Katie à Sophie. Katie se sentit affreusement honteuse.

Comment ne s'étaient-ils pas rendus à l'évidence? Elle avait été aveuglée par sa propre assurance. Elle, le point de mire de tout le voisinage, douée, intelligente, elle, une riche héritière, réduite à l'état de fille de prostituée noire, ivrogne de surcroît? Noire! Elle eut un choc! Katie leva ses mains et les examina comme si c'était la première fois. Cette pâleur crépusculaire, d'où venait-elle? Elle se sentait mise à nu, disséquée. Quelle honte! Elle se tourna et s'accrocha à Anton, mais il la repoussa et se leva. Sur son visage se lisait l'effroi et... de la répugnance!

Anton s'enfuit. Katie vit sa mère s'éloigner en silence, suivie de son fils. Soudain, elle sentit une main sur son épaule, une odeur de vin éventé. Elle se retourna, le cœur battant.

C'était Sophie.

– Ma petite fille.

Acker prit le bras de Katie mais elle le repoussa violemment. Elle prenait conscience de l'ampleur des dégâts, un sentiment de honte intense la submergeait. Elle haletait; soudain, elle se mit à courir frénétiquement vers la sortie.

Le silence une fois rétabli, Anna cessa de sangloter et essuya ses larmes.

– Maintenant vous êtes tous satisfaits? dit-elle.

Quinn se tourna vers Jan qui pleurait doucement, incapable d'affronter le regard d'Anna.

– Jan, savez-vous quel bébé a été enterré dans la tombe?

– Demandez à Sophie. Quand je l'ai vue la fois suivante, elle attendait un autre enfant.

– J'ai terminé, Votre Honneur.

Bester se leva, furieux. Jan était visiblement effondré.

– Jan, je vais lire à la Cour votre déclaration pour le moins bizarre, faite à la police et signée de votre main.

Il lut la déclaration et poursuivit :

– Vous avouez donc que vous avez menti; qu'en fait le bébé a survécu et a été élevé par Mme Van Achtenburgh-Smit qui l'a fait passer pour sa propre fille et que vous avez menti à Sophie en lui montrant une tombe vide?

Jan était accablé, mais personne ne douta de la vérité.

Quand Jan fut remercié, Quinn se leva.

– Votre Honneur, je demande que l'accusation de meurtre contre ma cliente Anna Van Achtenburgh-Smit soit levée.

Cinq minutes plus tard, tout était terminé. Anna, accompagnée de Simon et d'Acker, sortit sous les acclamations.

Le lendemain, Johnston, mauvais perdant, convoqua Sophie au poste de police.

– Vous serez contente d'apprendre, Sophie, que nous nous chargeons de vos intérêts. Nous avons l'intention d'arrêter Mme Van Achtenburgh-Smit pour avoir kidnappé votre fille.

– Comment pouvez-vous dire cela, maître? C'est moi qui lui ai confié mon enfant.

Bester l'observait. Elle était ivre, mais pas idiote.

– Oui, nous sommes d'accord, mais quand vous êtes retournée chercher votre bébé, Anna vous a dit qu'il était mort. C'est un crime de voler un bébé, Sophie. Ne le savez-vous pas?

– Elle l'a pas volé, je laisserai personne accuser la

m'am. J'ai laissé l' bébé pour qu'elle s'en occupe, c'est ce qu'elle a fait.

Deux grosses larmes coulèrent le long de ses joues.

– Sophie, peut-être aimeriez-vous me dire par quel miracle le squelette se trouvait dans la tombe? dit Bester, essayant une autre approche.

– C'est mon bébé. C'était pas ma faute. J'étais ivre, j' suis tombée contre une grue. Mon pau'v bébé! J' l'ai enterré là-bas, pour qu'il soit avec Lettie. J'ai pensé...

– Mais il y a le problème de Simon. Vous aimeriez vous venger de lui, non? C'était un viol? Enfin, peut-être pas, vu votre profession, mais c'était immoral. Ne vous inquiétez pas, Sophie, je veillerai sur vos intérêts.

– Je jure qu' c'est un mensonge. Que Dieu me tue net, si j' fais encore du mal à cette famille. Laissez tomber.

Elle lui lança un regard noir de colère.

– Allons, Sophie. Vous avez causé pas mal d'ennuis avec votre déposition de kidnapping d'enfant et de viol. Si vous ne coopérez pas, je vous enverrai dans un centre de réhabilitation pour alcooliques. C'est dommage qu'on ne vous y ait pas envoyée plus tôt. Ils vous feront faire une cure. Pensez-y, cinq ans sans boire.

Sophie l'observait calmement. Elle savait juger les hommes maintenant; c'était une sorte d'instinct de conservation. Elle voyait qu'il était sincère.

– Vous faites un sale boulot.

Elle tourna les talons et s'en alla.

– Vous ne tiendrez pas cinq jours sans boire! Rappelez-vous, Sophie, si vous avez envie d'un coup d'alcool, venez me voir.

Un torrent d'injures se déversa dans le couloir. Décidément, ces gens-là sont incompréhensibles, se dit-il en allumant une cigarette.

QUATRIÈME PARTIE

48

Avril 1961

C'était l'automne. Les cigognes s'envolèrent tôt cette année-là, signe d'un hiver rude. Chaque jour, Acker les regardait tournoyer au-dessus de sa tête avant de prendre la direction du nord, vers l'Europe. Parfois, il pensait à Katie. Où donc était-elle?

Quatre années s'étaient écoulées depuis le procès. A l'époque, l'affaire avait fait grand bruit et la disparition de Katie avait prolongé les rumeurs, rendant la vie impossible à ses parents et surtout à Anna. Ils avaient tout fait pour la retrouver. Peine perdue. Elle s'était enfuie du tribunal et avait disparu. Anna s'était envolée plus d'une fois vers l'Europe sur de fausses pistes. Après chaque voyage, elle revenait encore plus déprimée. Maintenant elle passait le plus clair de son temps enfermée dans son bureau, rideaux tirés; le téléphone était son unique lien avec le monde extérieur. Les séquelles du procès avaient perturbé leur vie quotidienne pendant un an. Ils avaient reçu des centaines d'appels, de lettres d'insultes ou de louanges. Bon nombre d'amis leur avaient tourné le dos. Simon, en particulier, avait été très critiqué. Jacob passait son temps à effacer les slogans que des malveillants peignaient la nuit sur les murs de Fontainebleu.

La police les avait importunés un certain temps. On avait évoqué l'arrestation de Jan pour parjure et de

Simon pour immoralité; Anna avait violé la loi : elle avait kidnappé et abrité une enfant noire chez elle.

La famille engagea les meilleurs avocats. Ils réussirent à repousser toutes les accusations. Katie fut officiellement déclarée blanche et légalement adoptée. Il avait suffi de prouver qu'elle avait l'aspect d'une Blanche et avait été acceptée comme telle dans cette même communauté.

Ce fut une période traumatisante pour Acker. Il n'avait jamais considéré les êtres en terme de race ou de couleur. Pour lui, ils étaient bons, mauvais, aimables ou détestables. Si seulement il avait été le fils de Sophie à la place de Katie. Au début, il en avait voulu à sa sœur. Elle s'était enfuie, incapable d'affronter une petite communauté sans importance, laissant une mère effondrée, élargissant le fossé qui séparait leurs parents sans même avoir la décence de leur faire savoir où elle était. C'était lâche. Après tout, c'était la fille de Simon et sa demi-sœur et, Dieu en était témoin, elle était la préférée de sa mère.

Mais avec le temps, il comprit la réaction de Katie, sans toutefois parvenir totalement à surmonter son ressentiment. Elle les avait tous rejetés et Anna restait inconsolable.

Parfois Acker se demandait si c'était la disparition de Katie ou les huées qui avaient le plus frappé Anna. Depuis le procès, elle vivait en recluse, refusant même la présence de son mari ou de son fils. Elle avait fait appel à des détectives privés. Les paysans ne savaient plus quelle attitude adopter devant ses colères.

Les fermiers qui avaient assailli sa voiture à coups de pierres furent les premiers à subir sa vengeance. Elle ferma les centres de loisirs et l'agence de travail qu'elle avait financés. Elle voulut fermer l'école d'agriculture, mais elle se heurta violemment à Acker et capitula.

Edwina reçut sa part de châtiment. Acker était au courant, ayant vu les lettres. La demande d'augmentation avait été rejetée. Un jour où Anna semblait de meilleure humeur, Acker avait abordé ce problème; elle avait simplement souri.

– Elle me hait.

– Maman, pour l'amour de Dieu, Edwina ne hait personne.

– Alors, pourquoi se trouvait-elle au premier rang au procès?

Acker perdit son sang-froid, événement rare!

– Ne peux-tu oublier ce procès? C'est toi qui te fais du mal, pas eux; quelle haine! Quelle mesquinerie! Tu es en train de te détruire, tu t'en rends compte, non?

Anna évita Acker plusieurs jours après cet incident.

Chose incompréhensible, malgré son esprit de vengeance, elle avait toujours fermement défendu Jan. Après le procès, il était resté au village trois jours, ivre mort, refusant de parler à quiconque. Le quatrième jour, il était revenu titubant à Fontainebleu, ramasser ses quelques affaires et faire ses adieux, les larmes aux yeux. Anna avait vainement tenté de le retenir. Acker ne comprenait pas l'étrange lien qui unissait sa mère à ce vieil Hottentot ivrogne.

Anna arpentait la pièce plongée dans l'obscurité; elle était tendue, anxieuse. Enfin, le téléphone sonna. C'était Mervyn Morris, son avocat.

– Pourquoi avoir tant attendu?

– Chère madame, les détectives quittent à l'instant mon bureau.

– Il a signé?

– Allons, nous savons tous deux qu'il n'avait pas le choix, mais il a mis du temps, il désirait des garanties pour son personnel et mille autres choses.

– Que vous avez refusées.

– J'ai suivi vos instructions à la lettre. Vous êtes désormais l'unique propriétaire du *Stellenbosch Star*.

– Continuez à suivre mes instructions.

Elle raccrocha.

En moins de vingt minutes, tout le personnel du *Stellenbosch Star* fut renvoyé à l'exception de William Rose, le rédacteur. Il était fou d'inquiétude en composant le numéro qu'on lui avait demandé d'appeler. Nul n'ignorait la nouvelle.

– J'ai l'intention de donner plus d'importance aux faits divers, lui dit Anna froidement, je suivrai la marche des affaires de près. Combien gagnez-vous?

Gêné, il le lui dit.

– Le style de rédacteur qu'il me faut gagnera le triple. Je vous garde à l'essai si vous le désirez.

Il croyait être obligé de démissionner et la voilà qui triplait son salaire! Il valait mieux composer avec cette salope, se dit-il.

– Vous me montrerez vos projets d'éditoriaux par écrit tous les dimanches soir et la mise en pages des grands titres le mercredi soir. Je vous téléphonerai si cela ne convient pas. Oh, Rose, j'ai remarqué que le *Star* n'a pas tenu compte du changement de système monétaire, vous avez seulement augmenté le prix du journal de 5 *cents*. Faites un numéro spécial sur le nouveau système décimal, ses conséquences sur les fermiers et tout le reste.

– Impossible! Le numéro de jeudi est déjà imprimé.

– Avec ce que vous allez gagner, Rose, impossible est un mot à bannir.

Le 1er mai, le temps changea brusquement. Il souffla un vent froid du sud-ouest; la pluie se mit à tomber.

Simon fut débordé de travail. Depuis deux ans, il avait l'exclusivité de l'une des meilleures marques d'outillage agricole américain. Les ventes avaient décuplé, il ne savait plus où donner de la tête. Il y avait une liste d'attente de trois mois et ses quatre ouvriers travaillaient jour et nuit.

Un appel vint de la ferme de Goedgeluk, mais il n'avait aucun ouvrier disponible. C'était un travail urgent; il s'y rendit lui-même. La ferme était située à douze kilomètres de Malmesbury, sur la route de Riekbeek Kasteel; Simon avait rêvé pendant la guerre de cette exploitation de plus de mille deux cents hectares. Elle bordait les flancs d'une petite chaîne de montagnes, plusieurs rivières traversaient les terres. Toutes les fermes du coin étaient prospères. Le regard de Simon brillait de convoitise.

Paul Bosman l'attendait dans la cour. C'était un vieil homme; il paraissait bouleversé.

– Ne vous inquiétez pas, nous allons le remettre en état en un rien de temps, lui dit Simon.

Il lui fallut deux heures.

– C'est un vieux tracteur, vous n'êtes pas au bout de vos peines. Ces terres sont rentables, pourquoi ne pas investir dans un nouveau tracteur?

Bosman haussa les épaules.

– Je vais tout vendre. Ma bru refuse de vivre ici. C'est l'ennui avec les jeunes de nos jours, le travail leur fait peur. Je ne vais guère faire beaucoup de plantations, aussi réparez-le comme vous pouvez, cela sera amplement suffisant. Après, vous viendrez bien manger avec nous.

– Merci, je préfère terminer; je vais aller chercher les pièces qui vous manquent. Inutile de risquer une autre panne.

Quel gâchis! La ferme était l'une des plus fertiles du district, idéale pour le blé et la production laitière. Il y avait un vaste verger irrigué derrière le barrage, la maison était nichée au milieu des arbres sur le flanc de la montagne. S'il pouvait acheter cette propriété, ses ambitions seraient réalisées...

Il revint avec les pièces détachées, répara le tracteur et resta dîner avec la famille. Bosman était effondré à la perspective de vendre la ferme.

– Remarquez, je vais lui laisser quelques mois pour

réfléchir, peut-être Piet changera-t-il d'avis? Sinon, nous mettrons la propriété en vente.

Simon ne put fermer l'œil; il rêvait à Goedgeluk, mais une ferme sans épouse est bien solitaire. Depuis le procès, il n'y avait plus d'espoir de réconciliation avec Anna. Elle ne lui avait pas pardonné d'avoir cru à sa culpabilité.

Pourtant elle semblait avoir changé. Elle n'avait plus cette morgue implacable d'antan; au contraire. N'avait-elle pas risqué la potence pour protéger Katie? En une nuit, les idées préconçues de Simon sur les femmes furent ébranlées. Elle avait été vertueuse, bonne, douce, tendre, affectueuse avec le désir de s'appuyer sur un homme solide; et ensuite une femme dure, méprisante, frigide et suffisante. Maintenant, à ses yeux, Anna était un étrange mélange des deux, mais son amour farouche et sa loyauté indomptable envers ce qu'elle considérait comme son devoir la différenciaient des autres. Il avait fallu vingt ans à Simon pour apprendre à l'aimer telle qu'elle était et c'était trop tard. Elle refusait catégoriquement de lui parler ou de le voir.

Il soupira. Anna vivait selon ses règles, son code. Elle n'avait qu'un but : abattre ceux qui lui avaient fait du mal.

Un mois plus tard, on offrit à Simon une somme substantielle pour son affaire.

– Ne vendez pas, lui conseilla son avocat, vous allez faire fortune.

Mais Simon s'intéressait à la terre, pas à la fortune. Il se rendit à la Land Bank, fit une demande de prêt et retourna à Goedgeluk.

Au printemps, il prit possession de la ferme. Ce jour-là resta gravé dans sa mémoire. Il s'était avancé timidement, lentement, tel un enfant de chœur, car c'était bien une terre sacrée, celle de Dieu et la sienne également, acquise à la sueur de son front. Tous ses rêves, ses espoirs, ses désirs étaient comblés.

– Il est fou, s'écria Anna quand Acker lui apprit la nouvelle. Ton père a toujours eu un comportement insensé. Il avait une mine d'or avec son affaire; il n'aura jamais de tels profits avec la ferme. Ce sera bientôt un va-nu-pieds. Quand Simon acquiert un morceau de terre, il devient son esclave.

– Il n'est pas fou, maman, c'est un fermier.

– Un fermier! Ha! Ha! Un fermier doit savoir rentabiliser sa terre, ton père se saborde.

– Il est préférable de donner plutôt que de prendre, rétorqua gravement Acker. Je vais aller l'aider quelques jours. Pourras-tu te débrouiller seule?

– Bien sûr.

– Bon, tu sais où me trouver si tu as besoin de moi.

Deux jours plus tard, au petit matin, l'étalon primé d'Acker, Palomino, mordit Jacob qui lui donnait à manger et sortit du box en ruant. Quand Jacob essaya de l'attraper, le cheval se cabra et le fit tomber. Jacob se releva et courut chercher de l'aide. Il frappa à la porte d'Anna mais n'obtint aucune réponse.

– Elle est encore en crise, soupira Nella, la cuisinière.

Elle téléphona aux écuries de la ville et leur demanda d'envoyer un palefrenier à Fontainebleu.

Pat MacGregor, propriétaire des écuries, se demandait qui envoyer lorsqu'elle aperçut Margaret qui pansait une jument rétive.

– Vous n'avez rien d'un palefrenier mais peut-être pourriez-vous m'aider? Je n'ai personne sous la main. Je ne sais pas pourquoi les gens gardent des chevaux s'ils ne savent pas s'en occuper.

– Oh! Ils en sont très capables; Acker Smit est un véritable expert, vous le savez aussi bien que moi.

– Oui, mais il n'est jamais là et sa mère est devenue

folle depuis la disparition de sa fille. Elle reste enfermée chez elle et refuse de sortir. C'est la cuisinière qui a téléphoné. Elle dit que l'étalon a mordu un homme mais elle ne veut pas appeler le vétérinaire. Soyez gentille, Margaret, après tout ils vous paieront.

Ce n'était pas une mauvaise idée. Margaret économisait toujours pour d'éventuelles études de vétérinaire.

Quand elle arriva à Fontainebleu, le jardinier la conduisit dans la cuisine où on lui offrit une tasse de café. Jacob errait dans les parages, l'air abattu.

– Il leur faut un homme plus jeune pour s'occuper de l'écurie, lui dit-il. D'habitude le maître et Franz s'occupent de tout, mais nous ne savons pas quand ils reviendront.

– Hé! dit Nella à une servante en posant le café sur un plateau, conduisez la demoiselle au salon.

– Nous attendions un palefrenier, voyez-vous, mademoiselle.

– Permettez-moi de rester ici.

Ils eurent l'air si embarrassés et coupables que Margaret accepta. On la conduisit à l'intérieur de la maison. L'endroit était lugubre, plongé dans l'obscurité; les rideaux étaient tirés, une odeur de poussière et un sentiment de tristesse émanaient des lieux. Ce n'était pas l'image qu'elle avait gardée de Fontainebleu. Margaret but rapidement son café et s'en alla.

A l'écurie, elle découvrit qu'une jument était en chaleur. L'étalon essayait de sauter la barrière qui le séparait du box de la jument. Ça ne va pas être facile, se dit-elle en l'observant. Elle prit une seringue et lui injecta un tranquillisant. Une demi-heure plus tard, il était aussi calme qu'un hongre; elle le mena paître dans un champ.

Elle passa la matinée à nourrir les chevaux et à les entraîner. Elle ne s'était jamais promenée sur les terres de Fontainebleu. Elle fut stupéfaite de l'étendue du domaine et de sa beauté.

A l'heure du déjeuner, on vint la chercher. Elle se trouva assise seule dans la salle à manger vide, sinistre. De minces rais de lumière filtraient à travers les volets, se reflétant sur les lustres et l'argenterie. L'univers de la richesse était étranger à Margaret. Elle éprouva un sentiment de crainte. Si elle devait vivre dans une telle demeure, elle ouvrirait tout grand, laisserait pénétrer le soleil et les rires. Comment une Van Achtenburgh-Smit pouvait-elle s'enfermer ainsi des jours durant?

Margaret était une jeune fille simple et directe. A ses yeux, la névrose était un luxe superflu. Elle ne montrait aucune mansuétude à l'égard des faibles.

Le médecin ordonna un repos de huit jours à Jacob. Comme il n'y avait personne pour s'occuper des écuries, Margaret accepta de venir deux fois par jour jusqu'au retour d'Acker. Quand ce dernier arriva le vendredi, à midi, elle vint à sa rencontre dans la cour et lui dit vertement ce qu'elle pensait sur sa façon de diriger la ferme et particulièrement les écuries.

Acker sourit calmement.

– Ta colère est justifiée; je m'excuse encore une fois pour le faucon.

Elle rougit.

– Il faut que je parte.

– Regardons le bon côté des choses. L'accident de Jacob nous a permis de nous revoir.

Il posa la main sur son épaule. Margaret frissonna.

– Je n'ai pas le temps, je suis désolée.

Elle partit en courant vers la camionnette.

Margaret intriguait Acker. L'enfant gauche d'antan était devenue une jeune fille responsable, solide; nul besoin de tranquillisants, de somnifères! Elle n'était pas vraiment belle avec son visage carré et ses taches de rousseur; mais elle avait de beaux yeux et même au plus profond de sa colère, ils avaient toujours une lueur de gaieté. Il pressentait une nature passionnée. Au fond de lui, il l'aimait et souhaitait s'en faire une amie.

Les dix jours qui suivirent, il lui téléphona fréquemment mais, chaque fois, Margaret refusa de le voir. Un samedi après-midi, il se rendit aux écuries et la trouva donnant des leçons dans le paddock.

Margaret était confuse, mais il était ravi de la voir dans sa tenue de travail. Après cinq heures de leçons, elle était couverte de poussière et de sueur.

– A quelle heure auras-tu fini?

Elle haussa les épaules.

– Quand il n'y aura plus d'élèves.

Elle tourna les talons et l'ignora le reste de l'après-midi; au coucher du soleil, quand elle vint superviser le travail des palefreniers, elle trouva Acker dans l'écurie devant Ponty.

– Que deviens-tu?

– Je me dispute en permanence avec ma mère. Elle veut que je sois institutrice, moi vétérinaire. Je travaille pour faire des économies mais il me faudra des années avant de réunir la somme nécessaire.

– Ce serait l'idéal pour toi.

Il se leva et sortit de l'écurie. Margaret le suivit, frappée par sa douceur. Dans son regard, elle lisait une grande amitié.

– Je suis venu t'inviter à dîner. Ne dis pas non cette fois. Nous étions amis, pourquoi ne pas continuer à l'être?

– Je suis désolée, j'ai un rendez-vous.

Leurs regards se croisèrent. Acker avait l'air si surpris qu'elle explosa.

– Tu ne me crois pas capable d'avoir un rendez-vous?

– Oh, non.

– Acker, je t'en prie, arrête toutes ces absurdités.

– Pourquoi ces absurdités? L'amitié, c'est important.

– Oui, mais entre toi et moi, c'est ridicule. Nous ne sommes plus des gamins. De plus, je travaille le soir et toute la journée, je n'ai pas le temps pour des rendez-vous.

Il finit par céder et rentra chez lui. Margaret déambula tristement dans les rues. Comment accepter une invitation? Elle n'avait pas la moindre robe convenable. Elle n'avait qu'une vieille tenue pour l'école, un pantalon, une tunique, des chaussures à talons plats et des chaussettes blanches. La perspective d'aller dîner avec lui était absurde.

Les jours suivants elle se sentit déprimée, mais pas une fois elle ne regretta sa décision. Elle s'était même mise à se haïr. Chaque soir, quand elle plongeait dans un profond sommeil après une dure journée, elle faisait toujours les mêmes rêves. Elle s'imaginait belle, élancée; Acker la poursuivait, fou de désir, ses rêves se terminaient toujours par un mariage. Au réveil, elle versait des larmes de désespoir sur son oreiller, tout doucement pour que personne n'entende. Quand elle se regardait dans la glace, elle avait le visage bouffi, les yeux gonflés, elle se voyait laide et repoussante.

Elle se réfugia dans le travail.

Le lundi matin, Pat attendait devant le box de Ponty; Margaret eut la gorge serrée en voyant une étrangère s'occuper du cheval.

– Anna n'est pas la seule cinglée à Fontainebleu, lui dit Pat; son fils Acker vient d'acheter Ponty.

Elle jeta un regard entendu à Margaret.

– Dis-moi, Margaret, ce ne sont pas mes affaires mais après tout, je te connais depuis longtemps. Dis-lui d'aller au diable.

Margaret la foudroya du regard, mais Pat poursuivit :

– Acker a tout pour lui, il est beau, riche, intelligent. Il a déjà brisé bien des cœurs dans le coin. Je ne sais pas pourquoi il perd son temps avec toi mais tu finiras par y laisser des plumes. Tous les hommes sont des salauds. Les riches sont les pires.

Elle s'éloigna, laissant Margaret profondément blessée.

49

Anna examinait les rapports des vingt-huit bureaux de recherche de personnes disparues auxquels elle s'était adressée pour Katie. Elle avait dépensé une fortune. Soupirant, elle fit les cent pas dans la pièce. Le bon sens lui disait d'abandonner mais elle savait qu'elle ne s'y résoudrait jamais. Elle considérait l'humanité comme une meute de chiens de chasse, des lâches pris individuellement mais des bêtes féroces et mesquines une fois ensemble. Katie et elle avaient été attaquées par la meute, Katie avait pris peur et s'était enfuie. Sa disparition provoquait une douleur lancinante qui la prenait chaque matin au réveil et la tenaillait jusqu'à ce qu'elle succombe aux effets des barbituriques. Il lui fallait sans cesse augmenter la dose et l'oubli s'avérait de plus en plus difficile.

Elle arpentait toujours la pièce, l'air soucieux mais décidé, lorsqu'on frappa à la porte.

– Laissez-moi tranquille, je suis occupée.

La porte s'ouvrit. Paul entra.

– Laisse-moi tranquille, je ne désire qu'une chose, la paix...

Paul, sans l'écouter, ferma doucement la porte derrière lui.

– Tu auras le temps d'avoir la paix quand tu seras morte, Anna. Pour le moment tu es en vie, bien que parfois ce soit difficile à croire.

Le foudroyant du regard, elle se laissa tomber sur le divan. Pourquoi se sentait-elle plus proche de Paul que d'Acker? Elle comprenait ses névroses, son ambition incontrôlable mais non les préoccupations philosophiques d'Acker.

– Je suppose que tu veux me demander un service puisque tu as pris la peine de te déranger.

– M'offrirais-tu à boire?

– Il est trois heures de l'après-midi.

– Et alors?

– Es-tu devenu un ivrogne?

– En ai-je l'air?

Anna eut un rire sans joie. Elle appela Flora. Ils restèrent quelques minutes, assis l'un en face de l'autre, sans rien dire.

Paul était bel homme, assez massif, sûr de lui, le regard vif, un nez romain. Il y avait chez lui un je ne sais quoi de terriblement attirant.

Paul était attristé par la vision de cette femme éperdue, trop mince et trop pâle, une lueur de haine dans les yeux.

– Tu ne peux continuer ainsi, Anna.

Paul sortit un petit paquet de sa poche et le posa sur la table.

– Ne dis pas que je ne paie jamais mes dettes.

Anna ouvrit la boîte et fut étonnée de voir le bracelet qu'elle lui avait donné dans un accès de mauvaise humeur, des années auparavant.

– Il y a si longtemps! Je croyais que tu l'avais vendu. Cela remonte à quand?

– Février 1956.

– Il me semble qu'il y a cent ans. Tu ne le trouves pas beau?

Elle le mit au poignet.

– C'est la plus belle collection de pierres précieuses de Luembe.

– Il est beau; on l'évalue à 150 000 livres; je l'ai assuré pour toi. La banque y a tenu par mesure de sécurité. Ils m'ont accordé un prêt de 50 000 rands sur cinq ans.

– Félicitations!

Elle tira les rideaux. Son regard était fixé sur l'éclat particulier des pierres au soleil; elle pensait au petit garçon devenu un homme qu'elle admirait. Il avait créé sa société *Aux Meilleurs Prix* et l'avait lancée à grand renfort de publicité. Maintenant, il possédait quinze magasins.

– Tu as ce que tu désirais.

– J'ai l'intention d'aller plus loin. Il me faut convertir les magasins en supermarchés et j'ai peur que mes concurrents ne me devancent.

– Tu aurais dû vendre le bracelet et utiliser l'argent. A combien te revient un supermarché?

– Ça dépend.

– De quoi?

– Du marché que je peux obtenir.

– Je vais t'aider... En retour, je te demanderai quelques faveurs.

– Pour l'amour de Dieu, Anna, tu n'as pas besoin de payer mes faveurs, tu m'as élevé.

Elle ne prêta guère attention à ses paroles.

– Je paie pour ce que je veux et je veux abattre Pietersen en réduisant à néant ses sales petites superettes. Deux supermarchés devraient suffire; je te signerai la caution dont tu auras besoin. Pietersen a dû vendre le *Stellenbosch Star* après la fermeture de ses ateliers d'imprimerie. Il ne lui reste que la chaîne de superettes.

– Peut-être y a-t-il chez moi quelque chose de malsain mais tu es, à mes yeux, une femme belle et désirable. Jouis de la vie au lieu de ruminer tes vendettas. Pour l'amour de Dieu, vis! Participe, Anna, sois enthousiaste pour ce que je fais. Au lieu de me signer une caution, achète des actions. Dans cinq ans, nous aurons fait fortune.

– J'ai trop d'argent et ne sais pas comment le dépenser; mon mari ne veut pas toucher un sou, mon fils est totalement désintéressé, Katie s'est enfuie. A quoi me servirait plus d'argent?

– Très bien, oublie l'argent, pense aux clients. Je vais lancer une opération fantastique : fracasser les prix, casser le coût de la vie, lutter contre l'inflation.

– Je me rappelle un petit garçon qui cachait du pain et des biscuits sous son matelas.

– Oh, Anna, tu as un rare talent pour rabaisser les gens. Je commence à comprendre ton problème. Il y a dix ans, c'était le contraire, mais aujourd'hui, tu t'es surpassée. Félicitations, Anna, et au revoir.

Elle eut un rire triomphal quand il sortit.

– Je signerai de toute façon.

Ce fut sans doute sur le conseil de Pat MacGregor que Margaret dit oui à Acker lorsqu'il lui téléphona. Elle écorna ses précieuses économies et acheta une robe et des chaussures. Le jour suivant, elle regretta son geste car la robe la grossissait. Ridicule! Elle essaya différentes coiffures mais se trouvait toujours ébouriffée. Plus l'heure fatale approchait, plus elle avait peur.

Edwina l'observait d'un air méfiant. Elle avait toujours été sûre que Margaret ne lui causerait aucun ennui; nul garçon ne s'était intéressé à elle; elle était bien trop froide, bien trop réservée. Mais qui donc pouvait l'inviter?

Lorsque à sept heures, elle ouvrit la porte et aperçut Acker, Edwina ne put masquer sa contrariété.

Acker avait une carrure impressionnante. Il dut baisser la tête pour passer le seuil. Il avait des cheveux trop longs et semblait s'être roulé dans le foin. Il ressemblait à Simon. Cette attirance des jeunes gens l'inquiétait.

Margaret sortit de sa chambre, pâle, un peu gauche, le sac bon marché d'Edwina à la main. Acker resta ébahi. Quelle idée de se mettre cette robe à volants!

– Prends ton jean, dépêche-toi; j'ai pensé qu'on

pourrait aller manger un hamburger et retourner à l'écurie, une jument va mettre bas...

Il s'arrêta net, se demandant s'il s'était montré indélicat. Il connaissait bien l'autre Margaret, mais pas cette jeune femme distante. Il lut sa surprise dans son regard.

L'animal mit bas à trois heures du matin. Ils ne quittèrent l'écurie qu'à l'aube. Margaret et Acker avaient travaillé ensemble toute la nuit, pratiquement sans s'adresser la parole; mais ils ressentaient une certaine complicité. Ils se firent du café dans la cuisine puis Acker la raccompagna chez elle.

Edwina attendait dans le salon, assoupie sur un fauteuil. Elle se leva, le visage blême.

– J'étais follement inquiète.

– Maman, je sais ce que tu penses, mais c'est absurde.

– Oui, je te connais suffisamment, mais les gens, que diront-ils?

Elle se tourna vers Acker.

– Vous avez mal agi. Margaret attend un poste d'institutrice, elle ne peut se permettre un scandale.

– Oh, maman! Ne recommence pas.

– Je suis désolé si vous vous êtes inquiétée. La prochaine fois nous vous téléphonerons, dit Acker.

Les semaines qui suivirent, Edwina s'affola devant les visites incessantes d'Acker. C'étaient des rapports étranges. Un jour, Edwina décida de parler à sa fille.

– Si tu as jeté ton dévolu sur Acker, tu fais fausse route, tu te ridiculises. On jase dans le village. Je te l'ai déjà dit, les riches épousent les riches et mets-toi bien dans la tête que sa mère s'opposera catégoriquement à votre mariage. C'est une femme méprisante, elle me déteste, alors oublie-le, ma fille, le plus vite sera le mieux.

– Pour l'amour de Dieu, maman, je ne peux adresser la parole à quelqu'un sans que tu imagines que j'essaie de me caser, dit Margaret en éclatant en sanglots, ce qui ne lui ressemblait pas du tout.

Acker vit les semaines passer dans une sorte de brouillard. Margaret lui posait un problème. Leurs relations devinrent un véritable cauchemar. Acker était obsédé par l'idée du bien et du mal, par le sens profond de l'existence. Agnostique, il méprisait la foi aveugle ou la simple acceptation d'une croyance. Il rejetait la religion dans laquelle il avait été élevé et doutait de l'existence de Dieu. Mais si Dieu n'existait pas, il ne voyait aucune finalité à la vie et, sans y croire maintenant, il entretenait un dialogue permanent avec les esprits; il avait recours à la harangue, au blasphème, à la critique et à l'accusation.

Quand Acker voyait une procession ou un orchestre traverser le village, des larmes embuaient son regard; il éprouvait de la tristesse pour tous ces gens qui, en toute confiance, passaient leur vie à donner une signification à ce qui aboutissait irrémédiablement à une tragédie dénuée de sens. Quand il voyait des enfants, il ne pouvait s'empêcher de penser avec chagrin à leurs déceptions futures; était-il quelqu'un qui pût témoigner de l'existence de Dieu ? Que réservait la vie sinon un bref avant-goût de paradis sur terre avant la mort ? Un faux sentiment d'immortalité ? La vie était une comédie perpétrée par un idiot; ou pire, c'était une réaction chimique; et l'homme, au pinacle de son existence, en était la victime. Ainsi Acker atteignit-il les abîmes les plus profonds de l'esprit humain, luttant contre lui-même et contre Dieu. Il savait au moins une chose : jamais il ne perpétuerait la farce, jamais il n'engendrerait d'enfant, personne ne viendrait partager ses doutes et ses souffrances.

Un matin, Margaret eut un choc.

– J'ai décidé de t'envoyer faire tes études de vétérinaire à l'Université, je paierai ce qu'il faudra, lui annonça sa mère.

Elle fit cette déclaration au petit déjeuner. Margaret resta bouche bée.

– Mais pourquoi, maman? Pourquoi maintenant? Pourquoi pas avant?

– Ne pose pas tant de questions.

Margaret éprouva de la colère. Depuis des années, elle s'opposait au refus catégorique de sa mère; maintenant, pour briser son amitié avec Acker, celle-ci avait comme par hasard trouvé la solution.

– Merci, dit-elle d'un ton glacial.

Pouvait-elle laisser Acker? Ces derniers mois, il s'était forgé entre eux une certaine camaraderie, mais ce n'était que de l'amitié. Pour la première fois, elle prit conscience de sa dépendance vis-à-vis de lui. Et s'il épousait quelqu'un d'autre? Quel néant serait sa vie? Elle décida de lui parler.

Dans l'après-midi, elle lui fit part de l'offre de sa mère. A sa grande surprise, elle vit ses yeux briller de bonheur.

– C'est merveilleux! Tu dois accepter.

Qu'avait-elle donc espéré? Elle n'avait jamais vraiment imaginé qu'il l'épouserait. Elle aurait souhaité que leur amitié fût éternelle.

– Vois-tu, Margaret, notre amitié dure... enfin voilà... je t'aime mais je ne veux pas me marier, je ne veux pas avoir d'enfant.

– A cause de ta mère?

– Non, dit-il surpris. C'est un sujet qu'il m'est difficile d'aborder.

– Je ne t'ai pas demandé de m'épouser, Acker.

Elle éclata en sanglots et, tirant sur les brides, partit au galop vers Fontainebleu.

Acker sentait qu'elle se méprenait sur ses paroles, qu'elle les interprétait comme un signe de rejet, ce qui était faux. Il entreprit donc de la convaincre de sa sincérité. Il lui offrit de lui avancer de l'argent pour son inscription à l'université. Elle refusa catégoriquement. Il essaya même de s'expliquer sur son rejet du mariage, ce fut impossible. Il préféra rôder dans les parages, lui apportant de petits présents, essayant de s'attirer les faveurs de sa famille jusqu'au moment où tous en eurent assez de sa grande carcasse qui remplissait leur minuscule maison, ne leur laissant plus la place de bouger.

50

Durant des semaines, Paul chercha le site idéal pour son premier supermarché. Il opta pour un champ désert, au carrefour de quatre grandes banlieues. Le stade suivant s'avéra plus ardu que prévu.

– Bon, d'accord, vous possédez quinze petites boutiques, et alors? lui dit Jonathan Pinn, P.-D.G. de la société R. & P. Vous voulez construire un supermarché et un centre commercial pour le louer par la suite. Je prends le risque. Avez-vous une idée des sommes à investir? Des milliards!

Jon n'écouta pas les protestations de Paul.

– Jon, si vous n'acceptez pas, un autre le fera et vous serez perdant. Ça se pratique couramment aux Etats-Unis et ça va venir ici.

Paul sortit après un entretien de quatre heures. Il se consola à la pensée que pas une fois Jonathan n'avait dit non.

La semaine suivante, Paul arriva tôt et fut conduit dans le bureau. Là, sur la longue table de conférences, se trouvait une maquette en papier mâché de son projet. Paul se mit à espérer, mais ce ne fut qu'après une heure de lutte que Jon donna son accord.

– Nous sommes prêts à vous appuyer; si nous prenons le risque, nous espérons des bénéfices. Nous monterons les magasins à nos frais et nous vous les louerons à 5 % du chiffre d'affaires.

– 5 %! C'est ridicule! Ne connaissez-vous pas le principe? On ne vend rien à plus de 5 % de majoration sur le prix d'achat. Il faut présenter le maximum de marchandises aux prix les plus bas.

Il plaida sa cause pendant une heure mais en vain.

Il sortit du bureau, le regard embrasé. Il se faisait avoir, il le savait, mais n'avait pas le choix.

51

Midi. Fin novembre. Perché sur sa moissonneuse, Acker sentait la chaleur du soleil sur ses épaules.

Promenant son regard alentour, il éprouvait un immense bonheur; il aimait la terre d'un amour sensuel et intellectuel; il se plaisait à fouler le sol pieds nus; la vue, l'odeur, le contact de la terre étaient source de joie pour lui.

Au loin, il aperçut une petite silhouette qui s'avançait le long du chemin de la ferme. C'était Margaret. Il sourit en la voyant supporter la chaleur de midi pour lui apporter du raisin et du café. Des oiseaux volaient au ras du sol; autour de lui s'étendaient des kilomètres de blés mûrs ondulant sous la brise brûlante de l'été; au delà se profilaient les montagnes. Qu'il aimait ce paysage... et Margaret. Un flot d'amour le submergea au point de le paralyser.

Soudain sa conscience jaillit, le libérant totalement; il était le blé, la terre, les mouches qui bourdonnaient; il était les rochers et les pierres; les oiseaux qui s'abattaient sur le chaume et il était le chaume. Il était la goutte de pluie qui, tombant dans l'océan, devient l'océan; ce n'était plus une simple entité mais une partie d'un tout, se brisant contre les navires, se fracassant sur les rivages rocheux, tourbillonnant pour former doucement des lagons. Il faisait partie de la force vive de l'univers, de Dieu, d'un esprit infini; fontaine d'énergie, cette force irrésistible, c'était l'amour, l'extase!

Margaret était assise en face de lui. Lentement, un sentiment de joie intense naquit en lui; il comprenait qu'il faisait partie intégrante de cette force vive palpitante, de cette énergie présente en chaque homme, en chaque chose.

Dieu était là, partout, en lui, hors de lui.

Il leva les yeux; dans le regard de Margaret, il lut l'anxiété et la tristesse. Il lui prit aussitôt la main.

– Je viens de découvrir, dit-il en riant comme un gamin, que Dieu est amour.

Margaret le regarda, surprise. Rêvait-il?

Il se leva, saisit Margaret et lui demanda :

– Veux-tu m'épouser?

– T'épouser? Tu ne plaisantes pas?

– Veux-tu m'épouser?

– T'épouser? Bien sûr que je veux t'épouser.

Ils restèrent là, tous deux au milieu du champ, à se dévisager avec passion.

Margaret sentit jaillir en elle un désir refoulé depuis longtemps. Elle sentit des frissons parcourir son corps; elle déboutonna son chemisier, le regard fixé sur Acker. Tous deux étaient comme réciproquement hypnotisés.

– Nous aurons des douzaines et des douzaines d'enfants, dit Acker, haletant.

S'abandonnant à sa passion, il desserra sa ceinture, ôta son short et sa chemise. Il luttait contre la tempête qui se déchaînait dans son corps.

– Margaret, Margaret, plus tard nous irons au village signer les papiers, mais maintenant sur ma terre, tu seras mienne et nous passerons ensemble le reste de notre vie.

– Oh oui, murmura-t-elle.

Tout son corps lui faisait mal. Ses cheveux se

dressaient comme électrisés: les cuisses raidies, l'estomac noué, il tremblait. Il mourait d'envie de se jeter sur elle mais il était timide et craignait de l'effaroucher.

Margaret ôta son chemiser, puis sa jupe. Les rêves et les désirs si longtemps refoulés resurgirent.

En la voyant nue au milieu du champ, Acker ressentit un immense bonheur. Qu'elle était belle, solide! Sa peau était douce et blanche, sa poitrine dressée comme une invite. Ses mains cherchaient les siennes. Submergé de désir, il se jeta sur elle.

Ils firent l'amour avec passion, au milieu des rires, des caresses, des baisers. Ils se roulèrent dans l'herbe puis, apaisés, restèrent enlacés, le regard étonné, avant de recommencer.

Un rat des champs trouva le courage de grignoter quelques graines près d'eux, les oiseaux picoraient alentour, un grisbock les effleura et des lièvres s'aventurèrent tout près pour glaner des grains de blé. Le soleil se cacha derrière les montagnes, le crépuscule vint, des pluviers s'abattirent sur le village, leurs cris résonnant dans toute la campagne, puis les chauves-souris se mirent à tournoyer à la recherche de moucherons à la tombée de la nuit.

Acker se redressa.

– J'ai faim.

Leurs vêtements étaient éparpillés dans le champ. Acker passa un bras autour de son cou.

– Peut-être ne saurai-je jamais pourquoi je suis ici, pourquoi ma vie a été créée, mais je sais que j'aimerai tout ce qui vit et toi par-dessus tout. Maintenant, allons annoncer à ta mère que nous nous marierons après-demain.

Ils étaient couverts de poussière.

– Jamais nous n'aurons l'approbation de ta mère, elle déteste la mienne.

– Elle ne peut guère s'y opposer, je parie que tu attends des jumeaux.

La tête posée sur son épaule, elle riait de bonheur. Ils arrivèrent chez Edwina. Margaret fit irruption dans la maison en hurlant :

– Maman, maman, nous allons nous marier après-demain.

Edwina resta pétrifiée. Abasourdie! Son rêve de ramener ses filles en Angleterre s'évanouissait. De plus, les voir unis tous les deux, c'était un véritable coup de poignard. Mais il n'y avait plus rien à faire, son destin était irrémédiablement scellé.

– Je crois que c'est ce que vous avez de mieux à faire, vu votre apparence; allez donc prendre une douche, que vont penser les voisins?

– Aucune importance! dit Acker en riant.

– Pour vous peut-être, mais pour moi, si.

Edwina partit dans sa chambre, referma la porte et éclata en sanglots.

Mon Dieu, quel égoïsme de ma part! Elle sera le point de mire de tout le voisinage. Qui aurait imaginé qu'il l'épouserait?

Après s'être aspergé le visage et s'être poudrée, elle revint au salon.

– Allez, nous allons fêter cela.

Anna réagit vivement :

– La fille de cette femme? Tu veux faire entrer la fille de cette femme dans notre famille? Ton père a eu une liaison avec elle et c'est ce qui a gâché notre vie.

– Mais ça ne me regarde pas, maman. Même maintenant papa serait heureux de revenir, si tu acceptais de faire la moitié du chemin.

– Ne me fais pas de morale, tu ne sais pas ce que c'est que de souffrir.

– C'est vrai, mais où est le rapport? En quoi sommes-nous concernés, Margaret et moi?

– Je ne l'admettrai jamais sous mon toit.

– Alors nous vivrons ailleurs. Il y a une maison sur

l'une des fermes de Malmesbury, je peux m'en accommoder; si tu préfères que je me débrouille seul, je peux trouver du travail.

Anna fut abasourdie. Elle venait de recevoir une gifle; elle fut incapable de répondre ou d'avoir une pensée cohérente. Un flot de jalousie la submergea. Pour la première fois, son fils n'était pas de son côté. Elle l'avait perdu à tout jamais. Elle se sentit rejetée de tous. En proie à une tristesse soudaine, elle faillit pleurer. Elle serait désormais considérée comme une étrangère.

– Je te déshériterai, s'écria-t-elle.

Elle eut aussitôt conscience d'avoir commis une erreur.

Acker lui décocha un regard de mépris et sortit, furieux.

Anna courut derrière lui. C'est le seul être qui lui restait. Elle l'aimait.

– Non, non, amène-la ici s'il le faut; qu'elle dirige la maison, ça lui redonnera de la vie; je m'installerai dans l'aile est.

Acker la regarda avec compassion. Elle haïssait cette expression.

– Ne t'attends pas à ce que j'assiste à ton mariage!

Anna alla s'enfermer dans sa chambre.

Ils se marièrent le dernier samedi de novembre. Seuls Simon, Rosemary et Edwina assistèrent à la cérémonie, simple, rapide. De retour à Fontainebleu, une foule de paysans les accueillirent avec des paniers de fleurs.

– Je les ai complètement oubliés; la tradition veut que nous organisions un grand buffet, dit Acker embarrassé.

Flora et Jacob demandèrent aux journaliers d'apporter des tonneaux de vin et d'allumer un feu, tandis que Margaret faisait timidement ses premiers pas dans Fontainebleu. Se sentirait-elle un jour chez elle? La maison était plongée dans une obscurité sinistre; il en émanait une tristesse pesante.

– Où est Mme Van Achtenburgh-Smit? demanda-t-elle à Flora qui entrait avec des paniers de fleurs.

– Ah! La m'am est seule, enfermée comme toujours dans sa chambre.

Elle poussa un soupir théâtral.

– Viens, dit Acker en prenant Margaret par le bras. Allons la trouver.

Anna était assise dans l'ancienne chambre de ses parents, devenue le salon. C'était une pièce agréable au plafond élevé, avec un grand balcon et un escalier menant aux vignobles; mais elle était sombre, les rideaux ayant été tirés.

– Maman, tu ne vas pas continuer à vivre en recluse, tu aimeras Margaret.

Anna lança un regard froid à la jeune femme.

Un frisson parcourut Acker; il se demanda, pour la première fois, si sa mère avait toute sa raison.

– Il vous faut comprendre une chose : la maison est à vous, l'aile est mon domaine, dit-elle à Margaret en guise d'accueil, ignorant Acker. Respectez mon intimité, je respecterai la vôtre.

Margaret, de son regard gris d'acier, dévisagea sa belle-mère; elle la trouvait arrogante, incapable de pardon ou d'attendrissement.

Il leur faudra du temps avant de s'habituer l'une à l'autre, se dit Acker, qui avait tort...

Néanmoins, l'année qui suivit fut une année de bonheur intense pour le jeune ménage. Margaret prit à cœur la direction de la maison, des écuries, des chais et même des comptes. Elle débordait de joie, le travail qu'elle abattait était colossal. Elle faisait face avec le même enthousiasme à ses activités extérieures; très vite, Fontainebleu connut de nouveau des soirées, des parties de tennis, des bals organisés après la chasse. Margaret était toujours souriante. Fontainebleu renaissait.

Seule Anna n'appréciait pas ce changement. De quel droit Margaret et Acker étaient-ils heureux alors que Katie était privée de sa maison?

Où donc était Katie? Si seulement sa fille était heureuse! Anna sentait que Katie était seule, qu'elle avait peur. Les rires ne faisaient qu'intensifier la rancœur d'Anna; elle se cantonnait dans l'aile est, refusant de participer aux soirées de Margaret.

Les mois s'écoulèrent; Anna sentait croître son sentiment de culpabilité et son chagrin. Mais jamais elle ne céda au désespoir. Un jour, elle le savait, elle retrouverait sa fille.

52

Londres, novembre 1960

Il est peu de spectacles aussi déprimants que la grisaille londonienne et une pluie battante au crépuscule, se dit Michael O'Carrol en quittant le studio d'enregistrement. Il sortait plus tard que d'habitude, déprimé, et son humeur se reflétait sur le visage des piétons pressés.

Quand il avait le temps, il s'offrait une bière au Red Lion avant de repartir à son travail. En cette soirée particulièrement lugubre, il décida de noyer sa peine dans l'alcool. Il s'assit dans un coin. Quelle rude journée! Robin Meakin n'était pas content de sa dernière chanson et ils s'étaient disputés. Quand il était persuadé d'avoir raison et était sûr de la qualité de son œuvre, Michael expédiait l'affaire d'un haussement d'épaules, mais cette fois, sa chanson ne le satisfaisait pas vraiment; c'était d'une platitude!

Et pourquoi!

Il le savait. Il avait été abandonné par l'inspiration.

Soudain les conversations cessèrent. Tout le monde se tourna vers la porte. Une jeune fille s'y tenait; une jeune fille dont les traits étaient gravés en lui depuis plus de cinq ans; mais aujourd'hui, elle était pâle, effrayée. Elle tenait un grand sac et son manteau de fourrure trempé était jeté sur ses épaules. Sa robe mouillée plaquée contre son corps laissait deviner sa poitrine sans soutien-gorge. Elle sentit le regard des hommes se fixer sur elle, ce qui la rendit encore plus nerveuse.

Elle se tourna, hésitante, vers l'aubergiste et lui murmura quelque chose à l'oreille. Le visage de ce dernier refléta d'abord l'incrédulité, puis un plaisir certain.

Michael se leva et se dirigea vers le bar. Il commanda une autre bière, l'oreille tendue.

– Allons, buvez ça avant de commencer, dit l'aubergiste à la jeune fille.

» Vous devriez mettre un imperméable; un manteau de fourrure par ces temps-là n'est pas très indiqué; vous allez attraper la crève.

Il lui tendit un verre de bière.

– Merci, dit-elle timidement.

Elle claquait des dents. Quel air malheureux! Mais quelle beauté! Sa chevelure rousse, ses yeux couleur d'ambre, sa peau d'albâtre, son allure d'aristocrate, on aurait dit une grande dame espagnole d'un tableau de la Renaissance.

Que faisait-elle à Londres? se demanda-t-il.

Elle dit à l'aubergiste qu'elle se sentait mieux et se dirigea vers le piano. Elle chanta tout en s'accompagnant, mais ses chansons étaient mal adaptées à la clientèle, trop sentimentales pour l'atmosphère ambiante. Personne n'écoutait.

Rougissant de honte, elle allait se lever lorsqu'elle sentit une main sur son épaule.

– Quelle affreuse interprétation, mademoiselle Smit.

Elle leva les yeux. Michael refoulait mal le désir qui l'envahissait.

– Vous auriez dû être plus assidue à mes leçons de chant, mademoiselle Smit; ou... puis-je vous appeler Katie?

– Je ne vous connais pas.

– Michael O'Carrol. Oh! Vous n'avez certainement pas oublié votre professeur de chant de Zurich, votre premier amant, ou du moins ce que vous avez dit à la directrice qui a été assez naïve pour vous croire.

– Je m'appelle Veronica Smit. Vous avez fait erreur.

– Erreur? Non, Katie Smit, je reconnaîtrais votre voix entre mille. Katie, que vous arrive-t-il? Je préférerais vous voir d'une humeur exécrable plutôt que dans cet état pitoyable!

– Je vous en prie, laissez-moi, j'ai besoin de ce boulot. Je ferais mieux d'aller les aider.

– Ne vous occupez pas de ce vieux bougre, je le connais bien.

Il se mit au piano et joua du jazz, de la pop music, de vieilles mélodies. Impossible! Ce n'était pas le même homme! A l'école, il ne prétendait connaître que la musique classique.

Les conversations s'apaisèrent et le pub retrouva son calme.

– Allons, dit-il en claquant des doigts.

Autrefois, elle détestait ce geste.

– Vous jouiez très bien *Wiegenlied* de Schubert dans le temps. Si on essayait?

– Non, j'ai du travail au bar.

– Allons, allons.

Il plaqua les premiers accords.

Il y eut quelques applaudissements.

– Si vous désirez que Katie chante, il faut applaudir plus fort. Elle a sa fierté, voyez-vous!

Katie, rougissante, se cacha le visage dans ses mains.

– Katie, un bon conseil, si vous voulez gagner votre repas, chantez, défoulez-vous.

Il joua les premières notes d'accompagnement; elle attaqua la première mesure d'une voix hésitante.

– Grand Dieu! Je ne peux croire que ce soit la même voix. Vous êtes exceptionnellement douée, nul ne peut le nier, mais ce trésor dort.

– Quand vous aurez fini de vous moquer de moi, je pourrai me remettre au travail, dit-elle en se précipitant derrière le bar.

Elle remarqua son rire moqueur et une lueur de compassion dans son regard, ce qui était pire. Parfois, elle souhaitait la mort. C'était son premier soir dans ce bar et, sans nul doute, le dernier.

A l'heure de la fermeture, il était toujours là.

– Dites-lui de partir, dit-elle à l'aubergiste.

– On ferme!

– Je vous attends dehors, dit Michael.

Bon sang! De quel droit s'imaginait-il qu'elle voulait lui parler?

Elle sortit par la porte de service, courut vers le métro et prit le dernier train pour retrouver sa chambre sinistre de Chalk Farm.

Une autre visite à faire à l'agence de l'emploi. Quelle importance! Ça finissait toujours de la même façon. Un homme la regarderait avec des yeux concupiscents, elle se verrait dans ses yeux : une prostituée noire.

Cette idée l'obsédait.

Elle habitait Londres depuis deux ans, refoulant toute nostalgie; mais au fond d'elle-même, elle ressentait un besoin effréné de voir le soleil. La grisaille londonienne était déprimante et sa chambre crasseuse horrible; mais elle ne pouvait guère s'offrir mieux.

C'est pour cette raison qu'elle reprit son travail le

jour suivant; et peut-être aussi à cause d'une promesse de Michael, des années auparavant.

– Laissez-moi faire et, un jour, vous deviendrez une vedette.

Elle savait que c'était ridicule. Les hommes disent n'importe quoi. Elle se sentait épuisée.

Michael se trouvait dans le pub; elle était sûre de l'y trouver; sans doute interpréterait-il sa présence comme une invite. Quand il se pencha pour boire sa troisième bière, elle lui glissa à l'oreille :

– Je ne suis venue que parce que j'ai besoin de travailler.

– J'imagine que ce n'est pas par plaisir. Vous êtes fauchée, n'est-ce pas?

– Oui.

– Et vos riches parents?

– J'ai quitté la maison il y a des années.

Il resta assis dans un coin toute la soirée.

A onze heures, elle prit son manteau et son écharpe puis, un peu hésitante, suivit Michael dans la rue.

Il pleuvait.

– Je hais le froid, dit-elle.

– Ah?

Il la raccompagna en silence jusque chez elle.

– Vous ne pouvez pas rester ici. Prenez vos affaires.

Il héla un taxi; elle le suivit sans même demander où ils allaient. Elle avait l'air d'un chien perdu. Sans doute le suivait-elle simplement par instinct de conservation, pensa-t-il.

Il habitait East Heath Road, une maison confortable, étonnamment grande, au mobilier victorien, avec d'épais rideaux de velours et le chauffage central.

Katie alla s'asseoir par terre, près du radiateur.

– Oh, qu'il fait bon!

La sentant embarrassée, il la laissa et se mit au travail. Il fut si absorbé par l'écriture de sa mélodie qu'il oublia la présence de Katie.

Il ne voyait pas le temps passer quand il travaillait. Soudain l'image de Katherine Van Achtenburgh-Smit, gâtée, perverse, vaniteuse, indifférente à son talent, lui revint en mémoire. Etait-ce bien la même créature qui, reconnaissante, s'était blottie près du radiateur? Il avait tenté de la mettre en garde, bien des années auparavant; le talent doit être partagé avec l'univers.

Il alla la chercher. Elle s'était endormie près du radiateur. Il lui faudrait de l'affection, de la tendresse, des leçons, mais le pire, il faudrait lui accorder du temps, la seule chose qui lui faisait défaut.

En soupirant, il sortit de l'armoire des draps et des couvertures. Le bruit ne la réveilla même pas. Il se pencha et la secoua. Elle ouvrit les yeux.

– Un sommeil aussi profond mérite un vrai lit.

Elle rougit. Il la sentit apeurée, aussi lui tendit-il les draps.

– Faites votre lit, je déteste cela.

La prenant par le bras, il l'aida à se lever et la mena dans la chambre d'ami.

Il revint dix minutes plus tard avec un verre de lait et des biscuits; elle était assise sur le lit, les yeux grands ouverts, le visage déterminé. Elle s'attendait à ce qu'il la viole.

– Pardonnez-moi de ne pas vous séduire, je suis fatigué et, à vrai dire, ce n'est pas mon style. Mais je vais vous apprendre à chanter, simplement pour vous aider à gagner votre vie.

– Pourquoi?

– J'ai horreur des tâches inaccomplies. Ça se passait bien à Genève avant votre fuite.

Il referma la porte.

53

C'était le plein hiver au Cap; des pluies incessantes tombaient en rafales et des fermes étaient inondées. Aussi Acker était-il rarement chez lui. Les ponts et barrages nécessitaient une attention constante. Margaret s'occupait de la maison et supervisait les écuries.

Ce samedi matin, il arriva tard, tout dégoulinant. Elle l'aida à ôter ses bottes.

Il l'étreignit et passa la main sur son ventre. Elle était enceinte de cinq mois.

– Alors, comment vas-tu?

– Très bien, je me sens coupable. Pas de nausées, pas de malaise. Je ne me suis jamais sentie aussi bien. Il faut que je me regarde dans une glace pour me persuader que je suis enceinte.

Acker se frotta les mains en voyant arriver une énorme tarte.

– Flora, avez-vous appelé Madame? demanda Margaret.

– Madame n'a pas faim, mademoiselle Margaret. Elle a mal à la tête, elle veut être seule.

Acker soupira.

– Arrête de t'inquiéter pour ta mère, elle culpabilise tout le monde, c'est un jeu.

– Tu n'es pas juste.

Pourtant, comment la blâmer? Anna passait ses journées enfermée dans sa chambre.

Ils avaient presque fini de déjeuner quand ils distinguèrent une petite silhouette le long de l'allée; les fermiers ne se déplaçaient qu'en voiture.

– Qui est-ce, à ton avis? demanda Margaret.

– Dieu seul le sait. Peut-être quelqu'un qui cherche du travail.

– Par ce temps-là? Impossible.

La silhouette avançait, courbée pour se protéger du vent et de la pluie.

– C'est une Noire, dit Margaret mal à l'aise; c'est curieux.

Ils entendirent sonner à la porte. Un instant plus tard, Jacob entra dans la salle à manger.

– Il y a quelqu'un qui veut voir Mme Anna Van Achtenburgh-Smit.

Il avait l'air embarrassé.

– Mais qui est-ce? demanda Margaret.

– Sophie Jasmine.

– Cette horrible femme!

Margaret se précipita. Sophie, trempée, épuisée, était appuyée contre le mur. Elle tourna un regard vide vers Margaret.

– J'veux voir la m'am.

– Elle est malade, dit Margaret sèchement; si vous voulez de l'argent, demandez à mon mari.

– Non, c'est Anna Smit que j'veux voir. La m'am a quèqu'chose à donner à manger à Sophie?

Margaret appela Jacob.

– Faites-la passer par la porte de derrière et dites à Flora de lui donner un peu de ragoût.

» Je ne l'avais jamais vue; bien sûr, j'ai entendu parler d'elle. Il est impossible de croire qu'elle soit la mère de Katie. Elle est... si horrible!

Acker lui lança un regard réprobateur.

– Pourquoi l'as-tu fait passer par la porte de derrière, elle aurait dû passer par l'intérieur.

– Elle sent mauvais.

– Je vais prévenir maman.

Il se rendit dans l'aile et ouvrit la porte avec une clé spéciale qu'il gardait en cas d'urgence.

– Maman, c'est Acker.

La pièce était plongée dans l'obscurité.

– Maman?

Il frappa à la porte de la chambre d'Anna.

– Va-t'en.

Il ouvrit la porte. Anna était allongée sur le lit, enveloppée dans une vieille robe de chambre.

– Tu as froid! dit-il en lui prenant la main. C'est idiot de rester là à te geler. Pourquoi n'as-tu pas allumé le feu? Je vais le faire.

Elle se leva, furieuse.

– J'ai mal à la tête.

– Sophie est là. Elle désire te voir.

Anna bondit.

– La garce! Elle veut de l'argent, je l'attends depuis cinq ans.

– Je l'ai envoyée à la cuisine pour qu'on lui donne à manger. Acceptes-tu de la voir?

– Oui. Tout va bien... à la ferme?

– Oui.

Que faire pour amadouer sa mère? Il s'éloigna et Sophie fut introduite.

– Que voulez-vous? dit Anna. Vous n'avez pas causé assez d'ennuis? Vous avez cinq ans de retard. Je vous attendais. Oh oui! Je savais que vous viendriez un jour. Vous pensez avoir trouvé une mine d'or, n'est-ce pas? Vous croyez que je vais payer éternellement pour vous empêcher de me faire accuser de kidnapping. Je vous comprends, Sophie, vous et vos semblables, mais c'est trop tard.

Anna haïssait Sophie, non seulement pour ce qu'elle avait fait mais pour ce qu'elle était devenue. Elle remarqua ses traits épaissis par l'alcool, son allure de chien battu. Ce n'était pas l'image qu'elle gardait de Sophie, mais elle l'observait sans la moindre pitié.

– Je suis venue chercher des nouvelles de Katie.

– Comment osez-vous? Vous avez gâché sa vie, fait rompre ses fiançailles; à cause de vous, elle a fui et vous osez me demander comment elle va? Eh bien, je ne peux vous répondre... Peut-être meurt-elle de faim quelque part ou est-elle perdue ou prostituée comme vous. J'ai dépensé une fortune pour essayer de la retrouver. Sale ivrogne, tout est votre faute.

Sophie ne voulait pas comprendre.

– Alors, comment fait-elle sans argent, sans maison?

– Je n'en sais rien.

L'espace d'un instant, les deux femmes connurent la même peur intense, mais seule Sophie percevait la réalité d'un environnement hostile; la longue chute irrémédiable où seule la survie compte. Elle s'affala sur une chaise. Anna sentait son effroi.

– Partez, partez, dit Anna; vous n'obtiendrez rien de moi.

– Je suis venue simplement vous remercier de l'avoir sauvée et si bien élevée.

– Ce n'est pas à vous de me remercier, dit Anna furieuse, vous n'êtes pas sa mère! Vous avez perdu vos droits quand vous l'avez abandonnée. Elle a failli mourir. Il m'a fallu trois semaines pour la ramener à la vie.

Sophie n'écoutait pas; elle divaguait.

– J'ai r'gardé ma Katie au procès; elle a eu beaucoup d' chance; elle avait tout; pour ça j' vous haïssais. J'ai jamais compris, si seulement j'avais su. Plutôt mourir qu' lui faire du mal.

– Vous êtes écœurante; ce n'est pas étonnant que Katie se soit enfuie; elle ne reviendra pas tant que vous serez dans les parages.

– *Ma* fille élevée comme une Blanche! C'était un rêve que j'osais pas imaginer dans ma tête. Libre! Libre de trouver un travail, d'avoir la tête haute. Quand vous la trouverez, dites-lui que Sophie elle est fière; tout ce qu'elle est, moi j'aurais voulu être.

Elle se leva, ouvrit la porte. Un vent froid pénétra dans la pièce. Anna s'approcha de la fenêtre. Sophie s'enfuyait à travers le vignoble. Anna retourna se blottir près du feu.

Il était quatre heures de l'après-midi lorsque Jacob entra en courant dans la maison.

– Où est l' patron? demanda-t-il à Margaret.

Elle appela Acker.

– Que fais-tu dehors par ce temps-là, Jacob?

– C'est Sophie, patron; elle est tombée dans la rivière. Elle a dû s' noyer. Les garçons ont fait une chaîne pour essayer d' la r'trouver. Impossible. L'eau est haute, elle monte d'heure en heure. On fouille encore.

Acker prit une corde et partit en courant. Margaret enfila son caban, des bottes et le suivit.

Acker attacha la corde autour de sa taille et l'autre extrémité à un arbre et s'enfonça dans l'eau, cherchant à tâtons sous le pont et dans le lit de la rivière. Dix minutes plus tard, il réussit avec peine à se hisser hors de l'eau.

– C'est affreux, murmura-t-il, je n'arrivais pas à garder mon équilibre dans l'eau. Elle doit être loin en aval, c'est sans espoir.

Deux groupes allèrent sonder chacun un côté de la rivière, mais une heure plus tard, au crépuscule, les recherches s'avérèrent vaines, et Acker y mit un terme.

Très vite, la rumeur courut que Sophie s'était jetée dans la rivière. Trois adolescents jurèrent qu'ils l'avaient vue sauter; bien plus tard, on retrouva son corps à plus de trois kilomètres de là.

Quand Anna apprit la nouvelle, elle eut un frisson de joie.

Je l'ai tuée! pensa-t-elle avec satisfaction.

Installé dans son agréable bureau lambrissé, le rédacteur du *Stellenbosch Star* fumait son cigare devant une tasse de café. Il lissa sa moustache d'un air satisfait. A sa droite, un interphone lui permettait d'appeler Adèle, sa secrétaire et maîtresse. A sa gauche, une ligne privée : il pouvait ainsi téléphoner à sa jeune femme enceinte. Il appela Adèle qui s'empressa de remplir sa tasse, d'effleurer sa joue de ses lèvres et de disparaître discrètement.

Le rédacteur, les yeux clos, savourait la vie idéale

qui était la sienne depuis qu'Anna Van Achtenburgh-Smit avait acheté le journal. Son salaire avait triplé, ce qui lui avait permis de verser des arrhes pour une Mercedes qui avait plu à sa femme; de choisir une secrétaire qui lui plaisait; et maintenant il avait une splendide villa au sommet d'une colline qui dominait la ville. C'était bien au-dessus de ses moyens et il n'avait pu en payer que dix pour cent prélevés sur ses économies. Les remboursements pour la voiture, l'emprunt, les meubles et les vêtements de sa femme égalaient son salaire, mais il était sûr d'obtenir une augmentation. Anna l'aimait, l'encourageait même à réaliser tous ses caprices.

Quelle vie agréable! Il était heureux. Il appuya sur l'interphone; Adèle entra immédiatement.

– Ferme la porte, dit-il d'un œil concupiscent, nous avons juste le temps avant la réunion.

– Mais, monsieur Rose...

A contrecœur, elle referma la porte et déboutonna son chemisier...

Il avait rendez-vous avec Anna Van Achtenburgh-Smit. En moins d'une seconde, elle détruisit à jamais son univers. Il était renvoyé!

– Mais, madame Van Achtenburgh-Smit, bégaya-t-il, je vous en prie, revenez sur votre décision, ma femme est enceinte, je viens d'acheter une maison, j'ai des engagements, comment vais-je y faire face?

Quand il se rendit compte de l'ampleur du désastre, Anna était déjà presque arrivée à Fontainebleu.

54

Rosemary se regarda dans le miroir. Plus d'une fois, on lui avait dit qu'elle était belle, pourtant elle n'en tirait aucune satisfaction.

A dix-huit ans, elle trouvait sa vie monotone; elle avait horreur de son métier d'institutrice; quant à ses plaisirs, ils étaient inexistants.

C'était tellement injuste! Margaret, sa petite sœur, dont le plus grand plaisir était de nettoyer les écuries, avait décroché le plus beau parti du Cap. Et elle, la beauté de la famille, n'avait pas la moindre perspective d'avenir. Les fils de fermiers qui la courtisaient ne lui plaisaient pas. Ils étaient sympathiques mais pauvres. Très peu pour elle, le fumier et les barattes de lait!

– Es-tu prête, Rosemary?

Sa mère l'interrompit dans ses pensées.

Elles allaient au baptême du fils de Margaret, Otto. Encore une journée fichue! Margaret et Acker roucouleraient devant leur progéniture; tante Anna n'aurait qu'une hâte : se replonger dans son antre; sa mère serait agressive et mal à l'aise, comme toujours en présence d'Anna.

Elle n'avait rien à mettre, mais quelle importance? Elle sortit sa robe en laine blanc et bleu avec un col et des poignets de dentelle.

La foule habituelle se pressait dans l'église, la famille et de nombreux fermiers.

Pour une fois, tante Anna était accompagnée d'un homme. Il était trapu, bien de sa personne, le regard agressif.

La cérémonie dura une demi-heure, puis tout le monde se rendit à Fontainebleu. Acker et Margaret emmenèrent Rosemary.

– Qui accompagne tante Anna?

– Le fils de Kurt, l'associé d'Anna.

– Ils doivent être très riches, dit Rosemary.

– Je ne crois pas que lui le soit, poursuivit Margaret, mais il a la ferme intention de le devenir. Par esprit d'indépendance, il a quitté sa famille et a monté une affaire tout seul. Il dirige la chaîne de magasins *Aux Meilleurs Prix*. On dit qu'Anna l'a aidé.

Le bébé se mit à pleurer, ce qui mit un terme à leur conversation.

La voiture s'arrêta dans la cour. Margaret se retourna.

– Oublie-le, Rosemary, il est juif, il n'épousera qu'une juive.

– Il n'est pas du genre à se marier, ajouta Acker.

– Mais de qui parlez-vous, tous les deux? dit Rosemary, rouge de confusion.

Chaque fois qu'elle promenait son regard parmi les invités, Rosemary trouvait toujours celui de Paul fixé sur elle.

Elle est naturelle, se dit Paul. Se sachant observée, elle se montra plus enjouée. Elle avait également des jambes longues et fines. Il aima cette robe. Il remarqua son regard souvent tourné vers lui, les paupières mi-closes. Il se décida à l'aborder.

– Bonjour, Rosemary, je suis Paul Friedland, nous sommes presque parents.

Elle esquissa un sourire étudié.

– Comment allez-vous? murmura-t-elle.

– Vous êtes mannequin?

– Euh... non... j'enseigne au jardin d'enfants.

– Quand vous souriez, vous êtes belle, mais cette allure de vamp ne vous va pas du tout.

Rosemary fut choquée.

– Je ne voulais pas vous offenser. Je suis à la recherche d'un visage humain, d'un beau visage, mais pas de celui sophistiqué d'un mannequin; je cherche une jeune fille à engager pour publicité. Si je la trouve, ce sera pour un contrat de quinze ans, ce qui signifie qu'elle ne pourra travailler pour personne d'autre. Si vous avez envie de devenir mannequin, oubliez mes paroles.

Il semblait obsédé par ses affaires.

– J'aime beaucoup enseigner, plus tard on verra...

– Pensez-y.

Les projets de Rosemary ne l'intéressaient guère. Il posa la main sur son épaule.

– Si vous êtes intéressée, faites-le-moi savoir. Maintenant, si vous voulez bien m'excuser...

Pour une fois, elle s'était méprise. Il ne voulait que son visage sur des sacs d'oranges ou des produits congelés!

Elle se joignit à un groupe de jeunes, mais ses pensées allaient vers Paul Friedland. Par le biais des affaires, elle pourrait l'amadouer...

Quelle imbécile j'ai été! se dit-elle. Depuis le baptême, trois mois plus tôt, elle n'avait pas revu Paul.

Un photographe était venu chez elle passer deux heures épuisantes à la photographier.

Puis un notaire était venu lui faire signer un contrat. Pendant quinze ans, elle serait à la disposition exclusive de la société. Elle recevrait 150 rands par mois, plus que son salaire d'institutrice.

Rosemary regretta très vite son contrat, car son portrait de maîtresse de maison besogneuse gâchait son image de marque. Pas la moindre lueur sexy dans son regard tourné vers une lessive ou souriant gaiement, entourée d'enfants et présentant des offres spéciales.

Quand elle se plaignit à sa mère, celle-ci lui rétorqua :

– Quelle image! Tu es institutrice et un jour tu te marieras. Quoi de plus naturel que de te voir à la tête d'une famille? Si par contre tu présentais des bikinis ou l'un de ces horribles maquillages...

Rosemary tenta vainement de voir Paul, mais il restait insaisissable, s'abritant derrière ses rendez-vous d'affaires.

55

Pendant des semaines, Rosemary chercha mille prétextes pour réunir la famille. Apprenant que l'anniversaire d'Anna était en février, elle persuada Margaret de se joindre à eux pour le célébrer. Paul ne pouvait guère s'y soustraire.

Empruntant la voiture de Margaret, Rosemary se rendit au Cap acheter une robe vert émeraude. Elle était si provocante avec son grand décolleté dans le dos qu'elle hésita.

Enfin le grand jour arriva. Rosemary n'avait aucune envie de s'embarrasser d'un cavalier, aussi Margaret envoya-t-elle Jacob la chercher.

Les femmes restèrent bouche bée en la voyant entrer; les hommes se retournèrent. En dehors de son allure provocante, la robe faisait ressortir ses grands yeux verts et ses cheveux qu'elle avait teints en noir. Un palefrenier lui dit qu'elle ressemblait à une actrice de cinéma.

Quand Paul arriva, une heure plus tard, il se retrouva près de Rosemary; il avait l'impression de la connaître.

– Eh bien, Paul, vous avez perdu votre langue?

– Rosemary! Grand Dieu! Je ne vous avais pas reconnue. Où est votre tablier? J'espère que vous n'allez pas garder cette couleur de cheveux... vous êtes bien trop mince. Pourquoi ne pas être vous-même? Enfin... Bonsoir.

Sur ce, il s'éloigna.

Rosemary était outrée. Comment pouvait-il la cantonner dans le rôle de bonne petite ménagère, simplement pour coller à l'image stéréotypée qu'il lui fallait pour sa publicité? Elle termina son verre de champagne et s'apprêtait à le suivre quand Margaret la prit à part.

– Quelle robe! C'est trop, Rosemary. Pourquoi tout cela? Tu vas faire scandale; est-ce ce que tu désires?

– J'en ai assez d'être toujours en tablier, entourée de tétines et de détergents, dit-elle en buvant d'un trait une autre flûte de champagne.

– Oh, Rosemary, je t'ai dit de ne pas jeter ton dévolu sur Paul. Il a un ordinateur à la place du cœur.

Le reste de la soirée fut un cauchemar. Rosemary but un nombre considérable de verres de champagne; ne se sentant pas bien, elle sortit et se dirigea en chancelant vers le banc, dans la roseraie. Paul s'y trouvait.

Elle posa une main sur son épaule.

– A quoi pensez-vous?

Il lui sourit. Prenant cela pour une invite, Rosemary s'assit tout près de lui.

– Je pensais que si je faisais moi-même l'empaquetage des lessives en poudre, je pourrais baisser le prix d'au moins 80 centimes par paquet.

– Mon Dieu, vous contemplez la nature, les montagnes et la lune et à quoi vous pensez? A la lessive en poudre!

– Quand je vous regarde, je ne peux m'empêcher d'y songer.

Rosemary était hors d'elle. Cet homme était un monstre cruel et injurieux. Le champagne ne faisait qu'accroître sa déception et sa colère. Elle aurait pu en rire, mais non; elle lui jeta le contenu de son verre à la figure. Il repartit vers la maison en ricanant.

Elle se sentait malheureuse. Soudain elle eut la nausée. Elle tenta vainement de se lever. Elle vomit dans les roses, honteuse de son ivresse, de sa robe, de ses rêves.

Anna qui se promenait dans le jardin, furieuse de

cette mascarade organisée pour son anniversaire, perçut de légers sanglots. Elle approcha doucement.

– Rosemary, que se passe-t-il?

Pourquoi avoir pitié de la jeune fille? Ce n'était que la fille de « cette femme ».

– Laissez-moi seule, laissez-moi seule!

Rosemary n'avait jamais eu auparavant de conversation avec Anna, mais elle avait entendu parler d'elle. Elle frissonna.

– Venez avec moi.

Elle mena la jeune fille jusqu'à sa chambre, fit couler un bain et appela Flora. Elles forcèrent Rosemary à avaler une affreuse potion qui la fit vomir davantage. Elle se sentit faible mais moins ivre. Puis elle s'endormit.

Le matin suivant, elle s'éveilla dans la chambre d'invités. Margaret lui épongeait le visage.

– Quelle honte! A l'avenir, essaie de limiter tes libations. J'ai téléphoné à maman pour lui dire que tu avais une indigestion.

– Merci.

– Anna désire te voir. Ça t'apprendra!

Anna se trouvait dans le paddock où elle dressait un nouvel étalon noir. Rosemary s'appuya sur la balustrade, s'attendant à un sermon.

– Vous vous y prenez mal, ma petite. Pourquoi être sophistiquée si votre patron demande le contraire? Et s'il n'aime que l'intelligence? Ou les tripes? Vous n'aurez jamais Paul en jouant les coquettes.

Anna frappa l'étalon un peu trop fort, il se cabra.

Rosemary avait les joues en feu. Heureusement, Anna était trop occupée pour le remarquer.

Soudain elle se tourna et sourit. C'était la première fois que Rosemary la voyait sourire. Elle fut stupéfaite par sa beauté, par ses beaux yeux d'un bleu profond et ses cheveux tombant sur ses épaules. Quelle bouche sensuelle! Elle devait avoir plus de quarante ans, se dit Rosemary.

– Paul cherche la sécurité de l'amour auprès d'une épouse solide et une associée pour ses affaires. Ah! Ah! Laissez tomber ce rôle de femme fatale, l'enthousiasme et les tripes conviendront mieux. Mais je doute que cela vous soit utile. Suivez mon conseil, trouvez quelqu'un d'autre.

Un lien spécial unissait-il Anna à Paul?

Son regard révéla ses pensées.

– Ne soyez pas stupide, Rosemary. Rentrez chez vous et réfléchissez.

Rosemary attendait avec impatience les vacances. Le premier jour, elle partit pour Stellenbosch et se rendit *Aux Meilleurs Prix*; comme toujours, le magasin était vide; c'était le plus gros échec de Paul. Elle passa la journée à interroger les clients du magasin. Le jour suivant, elle s'attaqua à celui de Belleville; au bout de deux semaines, elle avait fait le tour de tous les magasins de Paul. Furieux, il lui téléphona pour lui annoncer son renvoi et lui intimer l'ordre de cesser de harceler ses clients.

– Vous êtes ridicule, lui dit-elle. Vous ne connaissez pas vos clients, vous ignorez leurs désirs. Seule la baisse des prix vous intéresse. Je les ai tous interrogés à la sortie de vos magasins et le trottoir ne vous appartient pas.

Elle lui raccrocha au nez.

Paul fut intrigué. Qui diable pensait-elle être, cette petite parvenue qui se permettait de lui donner des leçons de marketing? Pourtant, elle n'avait pas complètement tort.

Mais jamais, au grand jamais, il ne lui retéléphonerait.

Pourtant, c'est ce qu'il fit le lendemain.

– Bon, que voulez-vous? lui dit-il.

– Moi rien, mais peut-être désirez-vous connaître le résultat de mon enquête? Nous pourrions dîner ensemble.

– Déjeuner.
– Dîner.
Il y eut un silence pesant.
– Alors samedi prochain, dit-il; c'est impossible avant.
– Attendez, je consulte mon agenda. Je regrette, je suis prise ce jour-là, mais le samedi suivant me convient parfaitement.
Paul raccrocha, interloqué. Cette folle veut coucher avec moi, c'est tout, se dit-il. Mais elle était trop jeune et trop proche de la famille, beaucoup trop proche d'Anna.
– Je l'éviterai comme la peste, dit-il à voix haute.
La secrétaire sursauta. Elle attendait, un bloc-notes à la main.

56

Après un rude hiver, on apprécie le printemps, se dit Katie.
L'air était vif; plusieurs pousses vertes pointaient, la haie était couverte de petites fleurs blanches.
Ivre de bonheur, elle ouvrit les fenêtres et sortit. Puis elle se précipita vers l'école maternelle.
– Comment as-tu trouvé le temps de t'occuper du jardin? lui demanda Michael à son retour, le soir.
Mais au lieu de la réprimander, il contempla les fleurs. Il a l'air de les voir pour la première fois, ou peut-être la dernière, se dit Katie, intriguée. Elle fut parcourue d'un frisson. Pourquoi cette pensée venait-elle troubler son existence paisible?
– Elles sont belles, n'est-ce pas?
– Une vision éphémère du paradis, lui répondit Michael.

Il s'éloigna rapidement. Katie entendit la porte de la salle de musique se refermer.

Il n'était pas malade? Non, bien sûr que non.

Katie n'avait rien fait de la journée, mais quelle importance! Elle avait également dépensé tout l'argent du ménage. Il leur faudrait manger des œufs et des chips pendant une semaine. En riant, elle se rendit à la cuisine.

Plus tard, au cours du dîner, Katie lui demanda :

– Pourquoi fais-tu tout cela pour moi?

Michael leva les yeux, surpris.

– Ah, Katie, j'y ai souvent songé. Ce n'est pas pour manger des œufs et des chips. Je t'assure.

Il se mit à rire.

– Réponds-moi.

Il s'approcha d'elle et lui caressa la joue.

– Peut-être parce que j'ai envie de crier à tous : c'est grâce à moi qu'elle est célèbre.

– Sois sérieux, veux-tu?

– Oh, toujours des questions! Les femmes, c'est comme les enfants. Je te l'ai déjà dit, j'ai horreur des travaux inachevés.

– Dis-moi la vérité.

– En fait, je ne connais pas la réponse. Peut-être est-ce parce que tu représentes la vie.

– Qu'y a-t-il d'autre que la vie?

– Mon Dieu, Katie, arrête de me harceler, veux-tu? Dis-moi, si nous troquions nos informations? Tu me dis pourquoi tu t'es enfuie, et je te donnerai les raisons de mon comportement vis-à-vis de toi.

Elle devint écarlate, se mordit les lèvres et se précipita à la cuisine préparer le thé.

Elle est belle, se dit-il. Si tout avait été différent, il l'aurait épousée. Il se demandait pourquoi elle réagissait ainsi chaque fois qu'il évoquait son passé. Oh, ce n'était pas très difficile de le savoir. Il avait des amis au Cap, professeurs de musique. Il allait leur écrire pour leur demander de faire une enquête.

Les fleurs printanières naissaient, fleurissaient puis mouraient. Katie n'avait plus le cœur de s'en occuper. Quelque chose n'allait pas, mais quoi? Michael était si maigre. Pourquoi s'acharnait-il au travail, ne s'accordant que de rares heures de sommeil, comme s'il ne pouvait se permettre de gaspiller son temps? Une certaine tristesse émanait de lui. Il mangeait à peine. Et pourquoi toutes ces pilules qu'il oubliait régulièrement de prendre?

Un jour, elle porta les pilules chez un pharmacien.

– Mon père est mort, dit-elle en mentant, j'aimerais trier tous ces médicaments, auriez-vous l'amabilité de m'aider?

– Vous pouvez jeter ceux-ci. Votre père est mort d'un cancer, n'est-ce pas?

– Non, d'un infarctus.

– C'est tout aussi bien, parce qu'il était aussi atteint d'un cancer. Vous ne le saviez pas?

– Oui, oui, dit-elle.

Elle était trop bouleversée pour répondre.

– Ceux-ci sont pour la douleur, ceux-là pour la nausée. Je suis désolé pour votre père.

Katie vécut le reste de la journée dans une sorte de brouillard. Elle erra dans les rues. A la tombée de la nuit, elle rentra chez elle, lourde de tristesse.

Non, pas Michael! Non, c'est impossible, lui, si vivant, avec son sens de l'humour, son regard vif, son incroyable créativité! Elle prit soudain conscience de l'amour qu'elle éprouvait pour lui depuis longtemps.

57

Paul et Rosemary dînaient chez Angliotti. Paul était plongé dans l'étude de marché que Rosemary venait de lui apporter. Elle lui suggérait une nouvelle campagne de publicité qui mettait l'accent sur une meilleure hygiène, une qualité supérieure.

– Dites-moi, pourquoi faites-vous cela?

Elle sourit.

– Et si vous me proposiez un autre emploi? Chargée des relations publiques, par exemple? Cela me conviendrait très bien.

– Vraiment?

Il lui saisit la main; elle fut subjuguée par sa force.

– Je veux tout partager avec vous.

Elle regretta ses paroles, à peine prononcées.

– Pourquoi? dit-il, contrarié.

Rosemary se força à sourire.

– Vous n'êtes pas au courant? Vous étiez cité dans *Femina* de la semaine dernière parmi les célibataires les plus recherchés de la région. Vous arrivez en seconde position... mais le premier était si laid!...

Paul était furieux. Il ne lui adressa plus la parole de tout le repas. Mais quand il la ramena chez elle, ce soir-là, il la prit dans ses bras et l'embrassa.

– J'aimerais vous revoir, lui dit-il.

Dès lors, Paul lui rendit souvent visite, mais seulement pour affaires. Il l'invitait à dîner et la présentait avec fierté. Il était toujours d'une correction parfaite. Elle désespérait de gagner son cœur.

– Je ne sais pas pourquoi tu fais tout cela, ne cessait de lui dire Edwina. Après tout, il ne te paie pas d'heures supplémentaires. Tu ferais mieux de travailler.

C'était l'ouverture du dernier supermarché de Paul. Pour la première fois, Rosemary avait été invitée par le directeur et, à sa grande surprise, elle se trouva près de Paul durant toute la bruyante cérémonie d'inauguration.

– Si on allait déjeuner? lui suggéra-t-il.

Il l'emmena dans un petit restaurant sur la plage où ils prirent des langoustes grillées. Puis ils allèrent s'asseoir sur un rocher, observant les pêcheurs qui ramenaient leurs longs filets.

– Vous devez vous demander pourquoi je ne vous ai pas offert d'emploi. Je vous propose un poste important. C'est un projet à long terme; financièrement, c'est très intéressant, mais le travail est astreignant et exige une présence de tous les instants. Je ne vais pas mâcher mes mots. Je ne veux pas que vous vous mépreniez.

Elle était un peu grisée par le vin qu'elle avait bu. Aujourd'hui, sans raison particulière, Paul l'effrayait.

– J'y pense depuis des semaines, poursuivit Paul. Je ne peux m'empêcher de songer à notre dernier entretien. J'ai vingt-six ans. Je vaux une fortune. En fait, mon agence m'a conseillé de me marier. Ils pensent que ce serait bien pour l'image de la famille que nous représentons.

Rosemary avait la tête qui tournait. Etait-ce une demande en mariage? Non, impossible! Si seulement il en venait au fait.

– J'en ai parlé à Anna, poursuivit-il. Elle est tout à fait favorable à cette idée. J'ai cherché la candidate idéale, c'est sur vous que s'est porté mon choix.

– Est-ce...

– Attendez, je veux que vous sachiez qu'il n'y aura jamais d'amour entre nous; je ne peux dire que vous me plaisez. Nous n'aurons pas d'enfant. Je vous offre un marché, un travail difficile, des divertissements, des inaugurations, bref, toutes sortes d'activités mondaines. On formera une bonne équipe; tous deux impitoyables, tous deux ambitieux. Jamais vous ne manquerez d'argent.

Pour la première fois, il plongea son regard dans celui de Rosemary. Aucun amour ne s'y reflétait, seul son humour cynique habituel.

– J'accepte, dit-elle.

Plus tard, une fois mariée, elle tenterait de gagner son amour.

Ils se serrèrent la main.

– N'est-ce pas la tradition de s'embrasser? balbutia-t-elle.

– Rosemary, ne partons pas du mauvais pied.

Le mariage eut lieu à Fontainebleu et fut l'un des grands événements de l'année. Acker accompagna la mariée à l'autel et Margaret s'occupa du banquet.

La cérémonie eut lieu à dix heures du matin. Le magistrat local vint les marier dans la salle de réception qui donnait sur le vignoble.

Paul se montrait courtois mais sec, visiblement mal à l'aise. Quand ils furent déclarés mari et femme, il embrassa Rosemary sur la joue, sans émotion aucune, et se dirigea vers le bar.

La réception commença aussitôt après et dura toute la journée. A minuit, la soirée battait son plein, mais Rosemary et Paul étaient depuis longtemps partis pour l'aéroport afin de s'envoler vers Johannesburg. De là, ils prirent un avion spécial pour Paradise Island.

Pour Rosemary, l'île était exactement à l'image de son nom; des plages de sable blond, l'isolement, des lagons au milieu des récifs de corail, et un hôtel tranquille tenu par un vieux couple de Portugais.

Chaque matin, ils s'éveillaient tôt, allaient plonger dans la mer, parcouraient l'île, revenant affamés pour le petit déjeuner. Puis ils sortaient sur des bateaux à fond transparent, pour explorer les fonds. Ils déjeunaient habituellement de poissons ou de steaks, grillés au barbecue sur la plage, et de salades, accompagnés d'un vin glacé. L'après-midi, ils se reposaient à l'ombre, se réveillaient à quatre heures et se promenaient dans l'île jusqu'au crépuscule. Paul lui apprenait alors à jouer aux cartes ou aux échecs, puis ils allaient dîner de calmars, de langoustes et de fruits de mer. A minuit, somnolant sous l'effet du vin et de la tiédeur de l'air, ils allaient se coucher et dormaient profondément jusqu'au matin.

Pour Rosemary, la seule faille dans des vacances par ailleurs paradisiaques, c'était l'absence de relations sexuelles. Elle était vierge, mais sans être aussi sensuelle que sa sœur, elle savait que « cela » faisait partie du mariage. Edwina n'avait jamais abordé ce problème avec ses filles; Margaret avait l'instinct d'une femme extrêmement sensuelle pour la guider, Rosemary, elle, était plus intellectuelle que portée vers le sexe. Pourtant, elle désirait faire l'amour.

Le cinquième jour de leur lune de miel, elle aborda le problème. Ils étaient assis sur un rocher près de la barrière de corail qu'ils avaient atteint à la nage.

– Es-tu vierge, Paul?

– Non. T'attendais-tu à ce que je le sois? dit-il en fronçant les sourcils.

– Non, mais...

Elle cherchait ses mots; Paul ne lui vint pas en aide.

– Regarde, une nageoire! Il y a plein de requins derrière le récif.

La nageoire disparut. Rosemary frissonna.

– Je suis vierge...

– Bravo!... Allez, viens, il faut partir.

– Non, je t'en prie, Paul, je veux que nous parlions.

– Pourquoi?

– En fait, j'ai peur. Plus tu repousseras cet instant, plus j'aurai peur.

– C'est fini? Cela ne fait pas partie du marché, n'est-ce pas?

– Espères-tu que je resterai vierge toute ma vie? dit-elle en rougissant.

– Non, mais y a-t-il urgence?

– Pas vraiment, dit-elle timidement.

Etait-il impuissant? Cette idée lui vint à l'esprit lorsque, ce soir-là, Paul s'endormit plus tôt que d'habitude. Peut-être était-il homosexuel et s'était-il marié simplement pour avoir une couverture sociale, ou alors il détestait les femmes. Elle ne cessait de s'inquiéter. A minuit, elle se leva, traversa la pièce sur la pointe des pieds et, ôtant sa chemise de nuit, se glissa sous les draps près de lui.

Paul s'éveilla aussitôt; elle s'en rendit compte au changement de rythme de sa respiration mais il fit semblant de dormir. Elle se blottit contre lui. Il ne fit aucun geste pour la repousser. Au comble du bonheur, elle s'endormit.

Une heure plus tard, elle s'éveilla. Paul l'observait.

– C'est pour ce soir, n'est-ce pas? dit-il.

Rosemary, gênée, éclata en sanglots.

– Je t'en prie, je t'en prie, ne pleure pas. Quand j'entends une femme pleurer, j'ai envie de m'enfuir. Bon... va dormir. Je n'agirai jamais contre ton gré. N'aie pas peur.

Le clair de lune filtrait à travers les volets. Paul ferma les rideaux. Devant Rosemary étonnée, il revint près d'elle et dans l'obscurité lui fit l'amour. Pour Paul, c'était un acte sauvage, honteux; Rosemary décela une certaine angoisse chez lui quand il enfouit sa tête sous l'oreiller pour étouffer son plaisir.

Après l'amour, Rosemary se sentit plus seule que jamais. Elle se leva et ouvrit les rideaux. C'était la pleine lune. Elle soupira. Il lui faudrait jouer le rôle de l'épouse comblée. Personne ne saurait l'étendue de sa solitude.

A 1 600 kilomètres de là, Anna elle aussi était troublée par la pleine lune et la chaleur du vent nocturne. Les Noirs chantaient et riaient au delà de la rivière. Margaret et Acker s'étaient retirés tôt, mais une pâle lumière brillait encore à leur fenêtre. L'univers entier semblait vivre d'amour. Pas elle.

Que faisait Simon? Elle l'avait aimé autrefois. Quel souvenir absurde! Cet homme était un nigaud sur qui décidément on ne pouvait pas compter. Depuis le procès, Anna haïssait l'humanité. Bien sûr elle se sentait seule, mais l'alternative était pire.

Pour tuer le temps, elle alla se promener dans les vignobles. Ce serait une bonne année. Puis elle revint s'asseoir sur les marches, appuyée contre le mur.

Elle songea à Katie. Quel amour elle avait éprouvé pour elle. Si seulement elle la savait vivante!

– Je la retrouverai, murmura-t-elle, je ne sais où, je ne sais comment, mais je la retrouverai.

58

Juin 1964

– Il y a une lettre qui vient d'Afrique du Sud. Comment se fait-il qu'on t'écrive de là-bas? Elle est sur la table près de la porte.

Michael saisit l'enveloppe. Elle était épaisse.

– J'ai un ami à l'Université. Il m'adresse probablement l'une de ses compositions. Je la lirai plus tard.

Il fourra l'enveloppe dans sa poche.

– Ah, Katie! Avec ce regard noir et soupçonneux, tu es pire qu'une épouse. Il faut que je te donne des explications maintenant? Allons, arrête.

Les lèvres serrées, elle s'enfuit dans la cuisine; Michael partit dans son bureau et ferma doucement la porte à clé.

Il avait l'enveloppe. Il en sortit plusieurs articles de journaux; avant même de trouver la lettre, son regard fut attiré par un grand titre : *UNE MÈRE À LA RECHERCHE DE SA FILLE DISPARUE*.

Il parcourut le premier paragraphe, jeta un coup d'œil à une photo représentant une Noire dépenaillée.

A la page suivante, une autre photo la montrait agenouillée sur une tombe.

En quoi était-il concerné? Soudain, il aperçut une photo de Katie, la Katie tirée à quatre épingles, posant de façon dédaigneuse et, à ses côtés, un homme de haute taille. Avec précaution, il posa sur la table les coupures de presse et prit la lettre :

Cher Michael,

Ton enquête nous a intrigués, Jenny et moi, car l'affaire Smit a fait grand bruit au Cap en 1957. L'événement s'est produit avant notre arrivée, mais dès que nous avons reçu ta lettre, nous avons mené notre enquête. Nos collègues n'ont été que trop heureux de nous raconter toute l'histoire, sans se priver de l'embellir. Tout est dans les coupures de journaux que nous t'adressons, depuis les premiers soupçons jusqu'à la découverte de l'identité de Katie. Dès la fin du procès, elle s'est enfuie. J'ai téléphoné à son frère qui m'a confirmé que personne ne savait où elle était. J'espère que cela t'aidera. Nous viendrons à Londres à Noël. J'espère qu'on te verra.

Amitiés, Claude.

Bouleversé par cette nouvelle, Michael ne vit pas passer le temps, ni le bruit que Katie faisait intentionnellement pour attirer son attention. C'était donc la raison de son air de chien battu : elle avait honte. Il comprenait maintenant pourquoi elle avait perdu son éclat. Le succès était la dernière chose qu'elle recherchait. Elle désirait une cachette où se terrer, pas une scène où elle serait le point de mire de l'univers. Mais quelle réaction incroyable pour un événement aussi dérisoire!

Le nom de sa mère attira son attention. Sophie Jasmine!

– Katie Jasmine, murmura-t-il, ça sonne mieux que Katie Smit.

Katie martela la porte.

– Pour l'amour de Dieu, Michael, vas-tu venir dîner?

Ce fut une semaine épouvantable pour Katie, car la maladie rongeait Michael. A plusieurs reprises, il s'était éclipsé dans la salle de bains pour avaler des pilules; il essayait désespérément d'être heureux, écrivait fiévreusement de plus en plus de chansons.

Il allait mourir; peut-être pas cette année, mais ses jours étaient comptés. Cette pensée la remplissait de tristesse pour lui et de terreur pour elle-même. Elle l'aimait et ne pourrait vivre sans lui.

Parfois, la nuit, elle restait éveillée et se remémorait les années terribles qu'elle avait traversées avant de le rencontrer.

Sans influence, sans orchestre, elle ferait simplement partie des milliers d'êtres qui voulaient être des stars. Elle se serait contentée de gagner modestement sa vie, mais même cela semblait difficile.

A maintes reprises, elle avait pensé abandonner, apprendre un métier et gagner convenablement sa vie, mais chaque fois, elle se redonnait une chance. Seul le succès lui permettrait de montrer à Anna et à ses anciens amis qu'elle pouvait s'en tirer seule. Sa voix était son unique talent. Michael lui avait donné un nouvel espoir.

Il la faisait travailler avec acharnement et lui payait des leçons supplémentaires, mais il n'avait plus l'enthousiasme d'autrefois.

– Michael, tu m'as dit un jour que tu pouvais faire de moi une star. Le crois-tu toujours?

Michael allait lui répondre par une petite flatterie, mais devant son regard suppliant, il se ravisa :

– A vrai dire, je ne sais plus, Katie. Un bon chanteur n'est pas pour autant une vedette. Pour cela, il faut beaucoup de chance et tu en as manqué ces temps-ci. Et puis, tu as besoin surtout de l'aplomb que tu avais autrefois. Tu as perdu ton assurance. La magie s'est envolée.

– Alors, devons-nous persévérer? Tout ce travail, tous ces ennuis, toutes ces dépenses, est-ce bien utile?

– Ecoute, essayons.

Il avait l'air si triste qu'elle s'en inquiéta.

– Tu as tort sur un point, dit-elle. De la chance, j'en ai. Ne t'ai-je pas rencontré? Je sais que tu m'aimes. Pourquoi ne puis-je gagner ton cœur?

– Je m'intéresse à toi sur un plan purement paternel, mon enfant.

– Non, je ne te crois pas. Tu joues la comédie. Ne suis-je pas désirable?

– Ma chère Katie, si je pensais être l'objet de tes désirs, je frétillerais de joie. Ne t'inquiète pas pour ton sex-appeal, dans ce domaine tu n'as pas d'égale.

– Michael, tu m'agaces.

– Toi aussi, ma chère. Parle-moi plutôt de chansons.

– Je veux qu'on parle de nous.

– Le vin t'est monté à la tête. Demain, tu en seras désolée.

Il alla s'asseoir près du feu et remplit sa pipe.

– Sais-tu l'âge que j'ai?

– Oui.

– J'ai vingt-six ans et je suis vierge. C'est un déshonneur de nos jours, le sais-tu?

– Les points de vue peuvent être différents.

– Michael, y a-t-il quelque chose en moi qui te repousse?

– Oh non! Tu ferais damner un évêque.

– Peut-être as-tu un problème sexuel?

– Grand Dieu, non!

– Alors, je veux que tu couches avec moi, ce soir.

– J'ai peut-être mon mot à dire, Katie; tu es ici pour apprendre à chanter, je suis ton professeur et nous ne pouvons nous permettre ce genre de divertissement. De plus, j'ai une femme en Irlande.

– Arrête tes sornettes; il te faudra trouver quelque chose d'autre, Michael. Je sais que tu m'aimes.

– Katie, il y a une chose que je ne t'ai pas dite. Un de ces jours, je vais partir. Je ne peux me lier. Il ne faut pas m'aimer. Je ne veux pas que tu souffres. Que deviendras-tu quand je serai parti?

– Michael, je sais que tu as un cancer.

Il se raidit; elle perçut un soupir.

– Le monde est plein de veuves éplorées.

– Mieux vaut une veuve éplorée qu'une vieille fille stérile.

Cette nuit-là, il vint la rejoindre. Il la prit dans ses bras, l'étreignit. Ils restèrent ainsi immobiles, heureux de sentir enfin la chaleur de leurs corps mêlés et le bonheur d'être enfin réunis.

– Tu sais que je t'aime, lui dit-il. Tu l'as toujours su. N'est-ce pas suffisant d'être l'un près de l'autre, de travailler ensemble?

– Non! Oh non!

Elle ôta sa chemise de nuit, la jeta par terre, puis lui défit son pyjama et se blottit contre lui.

Il frissonna sous la force de sa passion, plus violente que jamais. Elle était infiniment désirable avec sa peau douce, soyeuse, sa chevelure tombant sur les épaules, son regard empreint de tendresse. Elle était loin la Katie qu'il avait connue en Suisse. Pauvre créature perdue, abandonnée! La compassion jaillit en lui. Elle était dépendante. Il laissa la passion l'emporter sur la raison.

Leur désir triomphant, c'était ça la vie, le reste importait peu. Elle s'abandonna totalement. Il pouvait l'aimer ou la tuer, lui faire l'amour avec douceur ou violence. Elle lui appartenait.

Elle se sentit prise dans le tourbillon de l'amour, dans un océan de plaisir.

Il la posséda avec douceur. Dans ses rêves les plus fous, elle n'avait jamais cru un tel bonheur possible. Elle découvrait son corps, dans une extase presque insoutenable. Dans un sanglot de désir, elle murmura :

– Michael! Oh Michael! Michael, serre-moi, serre-moi fort.

Au matin, encore enlacés, Michael lui dit :

– Cela sera encore plus difficile, Katie. Ta solitude n'en sera que plus grande après. Tu dois travailler avec acharnement, je veux que tu réussisses.

59

En 1962, le premier supermarché de Paul connut un succès éblouissant, mais il savait que rien n'était acquis. Craignant de voir ses concurrents acheter la société Transvaal si prospère avant lui, il fit de très gros emprunts à différentes banques et, dans l'année qui suivit, ouvrit trois supermarchés dans les faubourgs de Johannesburg. A la fin de juin 1964, Paul en possédait neuf; en octobre, *Aux Meilleurs Prix* fut coté en Bourse.

Les marges bénéficiaires étaient si minces qu'il lui fallait vendre toujours davantage. C'était une fuite en avant.

L'affaire prit une extension extraordinaire.

Dans ses relations avec les fournisseurs, Paul excellait.

Il commençait par les amadouer avec autant d'assiduité qu'un courtisan, jusqu'au moment où il serrait la vis. Il laissait une marge si infime à ses fournisseurs qu'ils ne voyaient plus l'utilité de continuer leur entreprise. « Celui qui nourrit le crocodile finit par être mangé à son tour », dit un proverbe africain.

Il agissait de même envers Kurt et Anna.

Un jour, Kurt prit conscience que 75 % de leur production allaient *Aux Meilleurs Prix*. Peu de temps après, Paul fondit sur sa proie et annonça à Kurt, ahuri, qu'il allait réduire le prix de la vente au détail de la volaille de 25 %. Quant aux œufs, lui expliqua-t-il, leur prix avait été surévalué depuis des années. Il ne voyait aucune raison pour que Kurt et Anna fassent plus de 10 % de bénéfices et il avait calculé au centime près ce qu'il leur paierait désormais, sur cette base. Paul retira sa commande et attendit que Kurt accepte ses prix. Père et fils s'affrontaient dans un combat bien plus destructeur que dans le passé.

Kurt se rendit chez Anna, courbé sous le poids du chagrin et de l'embarras; il lui fit le récit de son entrevue avec son fils. A sa grande surprise, Anna sourit puis éclata de rire.

– Vieil imbécile! Ce n'est qu'un enfant. Tu es tellement impliqué sentimentalement que tu ne raisonnes plus clairement. Bats-le sur son propre terrain. Conduis-toi comme si c'était un étranger.

Une semaine plus tard, ils offrirent à Paul des prix encore plus bas, lui disant qu'ils préféraient un chiffre d'affaires plus élevé à des bénéfices en baisse. En retour, Paul devait accepter qu'ils soient son seul fournisseur et lancer une campagne de publicité de six mois en vendant les œufs et la volaille à perte.

Il devait donc s'engager, lui aussi, à ne tirer aucun bénéfice sur ces produits.

Paul fut surpris, mais accepta avec enthousiasme.

Six mois plus tard, Jack Tassetti, le seul concurrent d'Anna, ex-membre du comité de Piertersen, responsable de l'échec politique d'Anna, fit faillite. Anna racheta ses batteries, ses hangars, ses poules et les terres pour une somme modique. Paul, abasourdi, vit le prix des œufs monter de 50 % en un jour. Il fit le tour des fournisseurs, mais personne n'avait une capacité de production suffisante. Ce fut une leçon pour Paul; il se montra, dès lors, plus prudent.

Six mois s'étaient écoulés depuis le mariage de Rosemary; pourtant elle ne connaissait pas mieux Paul que le jour de leur première rencontre. Par consentement tacite, ils offraient l'image d'un couple heureux. En fait, elle voyait rarement Paul, qui passait son temps à travailler.

Habituellement, Paul rentrait à minuit; il lui arrivait alors de faire l'amour furtivement, au cœur de la nuit; Rosemary à moitié endormie n'y prenait aucun plaisir; sa solitude n'en était que plus grande. Elle désirait être aimée, mais son souhait semblait vain. Elle décida de se joindre à une troupe de comédiens amateurs locale et se fit très vite de nouveaux amis. Ce fut une ronde incessante de soirées. Chaque semaine, elle apparaissait dans la presse locale, toujours accompagnée d'un cavalier différent.

Paul la laissait libre. Une seule chose comptait à ses yeux : qu'elle soit là quand il avait besoin d'elle.

Les semaines s'écoulèrent. Pour le premier anniversaire de son mariage, Rosemary reçut des fleurs de sa famille, un coup de téléphone de sa mère et des cartes de plusieurs relations d'affaires, mais rien de Paul. Elle lui téléphona au bureau.

– Chéri, j'ai pensé qu'il serait bon de passer la soirée ensemble à la maison, je préparerai un petit dîner. Pourrais-tu être là à sept heures?

– Et pourquoi donc?

Il semblait agacé d'être interrompu.

– C'est notre anniversaire de mariage, j'ai pensé...

– Pour moi, c'est un jour comme les autres, j'ai autant de travail que d'habitude.

Il raccrocha sèchement.

Rosemary reposa lentement le récepteur. Pourquoi pleurer? Elle était arrivée à ses fins. Mais à quoi sert la richesse quand on est seul?

Elle passa la soirée assise dans le patio qui surplombait la baie. Bien sûr, plusieurs voies s'offraient : prendre un amant, mais pourquoi? Elle aimait Paul. Se contenter de tous les plaisirs que procurait la richesse : le bateau, l'équitation, les amis, de beaux vêtements; elle savait que ce n'était pas suffisant. Tout paraissait dérisoire. Pourtant elle ne capitulait pas. Elle était parvenue au bout de ses ambitions; cette fois, son but c'était l'amour, un ami qui partagerait sa vie.

Elle ne savait pas comment s'attirer l'affection de Paul, mais elle essaierait. Elle intensifia vainement ses efforts.

Elle eut des soupçons. Paul était rarement chez lui. Elle se mit à vérifier ses allées et venues, ce ne fut pas une tâche facile car Paul avait de nombreuses obligations; pourtant, il avait des absences inexplicables, toujours le vendredi soir et le samedi matin. Peut-être avait-il un vice caché, le jeu par exemple?

Avait-il une autre femme dans sa vie? Elle fit appel à un détective privé.

Le rapport arriva deux semaines plus tard; il était bref. Le vendredi, à dix-sept heures trente, Paul se rendait à la synagogue, y restait jusqu'à vingt et une heures, heure à laquelle il rentrait chez lui. Le samedi matin et parfois l'après-midi, il faisait de même. Pour Yom Kippour et autres fêtes juives, il y restait la journée entière, souvent la nuit.

Elle paya les honoraires, un peu honteuse.

Curieux! Paul ne lui avait jamais fait la moindre allusion à sa religion. Pourquoi donc avait-il épousé une goy? Vera avait été bouleversée au mariage par le manque de sentiment religieux de Paul. Pourtant, à l'insu de tous, il gardait sa judéité au tréfonds de son âme. Elle sentait que son secret provenait de son enfance. Elle comprit instinctivement qu'elle ne gagnerait le cœur de Paul qu'en partageant sa religion.

Rosemary avait toujours détesté Vera; elle soupçonnait sa belle-mère d'éprouver les mêmes sentiments à son égard; mais elle trouva le courage d'aller lui demander de l'aide.

La maison de Vera ressemblait à un musée, tant elle

était bourrée d'objets d'art. Rosemary exécrait cet endroit, mais ce jour-là, elle était si obnubilée par son problème qu'elle n'y prêta guère attention en déversant ses ennuis.

– Je ne sais plus quoi faire. Il y a une barrière infranchissable entre nous. Je suis vouée à vivre avec un étranger le reste de ma vie et, pour couronner le tout, je l'aime.

Vera l'observait d'un air froid.

– Ma chère petite, si vous désiriez une liaison sentimentale, vous auriez dû vous l'assurer avant de vous marier. Vous êtes entrée par la petite porte et maintenant vous voulez tout bouleverser.

– Vous ne m'avez jamais aimée, n'est-ce pas?

– Il serait plus précis de dire que je ne vous ai jamais comprise. Paul m'a dit que c'était un mariage de raison. Il avait besoin d'une épouse et vous d'un mari riche.

Rosemary rougit.

– C'est ce que je lui avais dit, il y a bien longtemps. Mais voilà, je l'aime.

– En fait, je crois que vous n'avez aucune chance de gagner son cœur. Après tout, moi non plus je ne suis pas arrivée à le gagner; pourtant, c'était mon métier de m'occuper de gosses comme Paul. Voilà comment j'ai fait la connaissance de mon mari. J'avais été engagée pour aider Paul. Je n'ai réussi ni avec l'un ni avec l'autre. Il aurait pu être le fils de Kurt. Ils se ressemblent tellement... Je vais vous raccompagner, conclut-elle.

La salope! songea Rosemary, sur le chemin du retour.

Soudain, elle freina, fit demi-tour et se dirigea vers Stellenbosch.

Elle arriva à midi. Au lieu d'aller à la rencontre de Margaret, elle contourna la ferme et alla directement dans l'aile est frapper à la porte d'Anna.

Aucune réponse.

Elle fit tourner la poignée. La porte s'ouvrit. Elle trouva Anna seule, dans le salon, assise à son bureau.

– Pourquoi n'avez-vous pas répondu quand j'ai frappé?

– Parce que je travaille.

– Anna, j'ai besoin de votre aide.

– Combien?

– Vous êtes vraiment mesquine, parfois.

– Je suppose que Paul vous a envoyée pour l'affaire des œufs?

– ...

– Non? Très bien. Que voulez-vous?

Rosemary n'était que trop heureuse de déverser ses problèmes.

– Si seulement je pouvais gagner son cœur!

– L'amour mène toujours à la désillusion. Contentez-vous de ce que vous avez. Quant aux enfants, si vous n'en avez pas, ils ne pourront vous décevoir, s'enfuir ou briser votre cœur.

– Vera a un comportement odieux à mon égard.

– Peut-être, mais elle n'a pas toujours été ainsi. La première fois que je l'ai rencontrée, elle n'était que douceur. Elle a changé, et par la faute de Kurt.

Rosemary était furieuse. Tout le monde était indifférent à son problème.

– On dit que vous aimez Paul, mais vous êtes sans cœur comme Vera. A toutes deux, je demande de l'aide et vous êtes trop égoïstes pour en donner.

– Rosemary, lui dit Anna gentiment, je ne sais pas vraiment ce qui est arrivé à Paul avant qu'il n'arrive en Afrique du Sud. Seule Madeleine le sait et elle ne dira rien. Et même si vous parveniez à trouver son secret, en quoi cela vous aiderait-il? Il serait toujours aussi imprévisible.

– Peut-être pourrais-je l'aider si je le comprenais.

Mon Dieu, se dit Anna, harcelée par les souvenirs et la culpabilité. Qu'elle s'en aille vite!

Paul savait où vivait Madeleine; il lui rendait parfois visite, mais Rosemary n'osait lui demander son adresse. Elle préféra se rendre à la galerie où étaient exposés ses tableaux.

En parcourant la galerie, Rosemary eut la nausée. Les œuvres la perturbaient. L'une, en particulier, représentait deux femmes dans un jardin; leur visage n'était qu'un masque qui avait glissé, laissant apparaître une expression de prédateur féroce; l'une d'elles ressemblait à Anna. Les tableaux de Madeleine ne représentaient que les maux les plus horrifiants de l'humanité. Les prix étaient encore plus époustouflants; il n'y avait pas un seul tableau à moins de deux mille rands.

Le marchand s'avança vers elle et lui dit que Madeleine avait épousé un médecin du nom de George Warring et vivait à Bloubergstrand. Rosemary téléphona et fut invitée à prendre le thé le lendemain.

C'était une vieille demeure pleine de coins et de recoins; l'atelier était situé au fond d'un jardin sablonneux. Rosemary fut surprise quand elle aperçut Madeleine. C'était une femme dodue, aux cheveux gris, vêtue d'un sarrau, toute peinturlurée; elle avait un regard vif et une expression joyeuse.

– Vous ne ressemblez pas à vos tableaux, balbutia Rosemary.

– J'essaie de ne pas m'impliquer. Je craindrais de me faire peur.

Elle tendit à Rosemary une tasse de thé.

Rosemary trouva enfin le courage de poser des questions sur l'enfance de Paul.

– Je voudrais tant qu'il me considère comme une épouse. Nous ne nous disputons jamais. Il est toujours poli, mais seule compte, à ses yeux, l'image du couple que nous offrons. Ce n'est qu'une mascarade. Je ne me sens pas désirable et je perds confiance en moi.

– Je me suis toujours sentie responsable de la destinée de Paul, mais il ne m'a jamais aimée. Il est plus heureux sans moi. George, mon mari, m'a aidée à le comprendre. Il dit que je rappelle à Paul son passé qu'il veut, en vain, essayer d'oublier.

» Je vais vous raconter ce que je sais. Ce fut une époque terrible. J'ai été internée au début de la guerre parce que ma mère était juive. Je ne suis en vie aujourd'hui que parce que j'étais jeune et que je fus envoyée dans un camp comme prostituée pour soldats. C'était une situation étrange; vainqueurs et vaincus étaient inextricablement liés dans la même destinée. J'ai pleuré quand les soldats se faisaient tuer; ils avaient partagé leurs dernières rations avec moi.

» A la fin de la guerre, j'ai été libérée par les Russes et internée avec des centaines de réfugiés. C'était une époque troublée; personne n'avait de papiers d'identité; personne ne se connaissait. Un mois après mon arrivée dans ce camp, j'ai entendu dire qu'on projetait de rapatrier les malades vers l'Ouest. Je n'étais pas malade, mais il y avait un jeune garçon sourd-muet. Je le prénommai Paul.

Rosemary était abasourdie.

– Oui, il l'était à cette époque. Il avait été amené au camp par une vieille Polonaise, ancienne servante de ses parents. Elle dit aux gardes du camp qu'elle désirait qu'il aille retrouver les siens. Elle disait qu'il était juif. Son père était médecin, mais les Allemands l'avaient pendu quand ils ont envahi la Pologne. Sa mère avait été violée par les troupes puis pendue aussi. La servante avait trouvé Paul et l'avait caché quatre ans. Jamais il ne prononça une seule parole. Elle ne savait pas qu'il était sourd également. Un peu plus de thé?

– Non, merci.

– Le camp n'était pas vraiment surveillé. Nous

voulions tous rentrer chez nous. Il me fut facile de prétendre que Paul était mon fils. Il était si maigre que je pensais qu'il avait cinq ans; plus tard, je me suis rendu compte qu'il avait au moins deux ans de plus. Je ne vois vraiment pas pourquoi vous pleurez. Il y a si longtemps; Paul s'est remis. Anna l'a aidé beaucoup plus que moi.

– Excusez-moi, mais il faut que je parte. J'aimerais revenir une autre fois; je suis bouleversée.

Elle sortit par la porte du jardin et erra le long des dunes pendant une heure, luttant contre la tempête de sable.

Paul se souvenait-il? Peut-être pas. Mais tout était si latent. Rosemary comprenait maintenant pourquoi il exécrait l'agression sexuelle. Elle se rappelait sa réaction devant ses larmes, il n'avait qu'une envie : fuir. De quel droit pouvait-elle exiger ce qu'il ne pouvait donner?

Quand Paul rentra dîner, le vendredi, deux chandeliers, posés sur la table, illuminaient la pièce; mais il ne remarqua rien.

– Paul, lui dit brusquement Rosemary, je vais devenir juive.

– On ne devient pas juif, dit-il, furieux, on l'est ou on ne l'est pas et tu ne l'es pas.

– Ce n'est pas vrai, je connais une femme qui s'est convertie et moi je vais en faire autant.

– Oublie tout ça. Une goy convertie n'appartient à aucune communauté.

Il se leva de table brusquement et alla s'enfermer dans son bureau. Rosemary ne le vit pas le reste de la soirée.

Le lundi suivant, Rosemary téléphona à l'Association juive. On lui indiqua un rabbin qui s'occupait des nouveaux convertis. Enfin, elle eut la certitude que son acte les rapprocherait.

60

Nancy Meredith était une personnalité du show-business célèbre des deux côtés de l'Atlantique pour son ascension sociale vertigineuse. Elle dirigeait un programme de variétés à la télévision. Elle était à la fois brillante et chaleureuse. Michael comptait sur elle pour l'aider.

Dans son studio surchauffé, en ce matin glacial de novembre, Nancy était assise devant la glace; elle s'impatientait tandis que son coiffeur lui faisait une mise en plis. Son pianiste, Duke, jouait une nouvelle chanson. Il ne semblait pas satisfait du rythme. Ike Cherbar, son agent de publicité, buvait une tasse de café.

Nancy bondit vers Michael et vint l'embrasser.

– Ah! Ah! Voici le célèbre compositeur. Félicitations, chéri. *Soirées d'Automne* était en tête du hit-parade hier.

– Oui. Grand Dieu, quel froid il fait dehors!

– C'est vrai.

Elle remarqua son visage amaigri.

– Que vient faire ici un célèbre compositeur, si tôt par un matin aussi froid? Ce n'est pas pour me vendre une chanson, puisque j'ai lancé tes deux dernières. Tu sais que je les prendrai toutes.

– Il y a autre chose que je veux que tu lances. Mais je ne suis pas venu les mains vides.

– Bon, réchauffe-toi d'abord, pour l'amour de Dieu.

Elle lui versa une tasse de café noir.

Le pianiste attaqua un air, attendant le verdict de Nancy.

Elle se pencha sur le piano et chantonna la nouvelle chanson.

– C'est de qui? demanda Michael.

Elle haussa les épaules.

– Peu importe, s'écria Ike, qu'en pensez-vous?

– Charmante. Elle accroche, dit Michael. Elle devrait marcher. Prenez-la.

– Vous en êtes sûr?

– Absolument.

– D'accord, Ike, nous allons la prendre.

Michael fouilla dans sa serviette, sortit sa partition et la lui tendit.

– Tiens, tu me diras ce que tu en penses.

Elle était impressionnée. Il s'en rendait compte à la façon dont elle chantonnait.

– Je suppose que ton prix a augmenté depuis que je t'ai rendu célèbre.

– Ce serait vrai si je venais pour affaires, mais c'est un cadeau; en retour, je te demanderai une faveur.

– Un cadeau? Ne me fais pas rire. Allons? Des droits exclusifs, Michael.

– Serais-je assez idiot pour t'offrir autre chose? C'est ainsi, ma chérie. Je veux que tu lances une chanteuse. Je suis son imprésario.

Ike se mit à rire.

– Vous êtes un célèbre compositeur et maintenant vous voulez devenir imprésario. Faites-moi rire!

– C'est un peu spécial, dit Michael.

Nancy éprouva une pointe de jalousie. De toute évidence, cette fille menait Michael par le bout du nez.

– Tu veux que je lance une chanteuse dans mon show en contrepartie de cette partition? demanda-t-elle, incrédule.

– Oui.

– Tu sais combien tu pourrais gagner avec cette composition?

– Oui.

– Tu es tombé sur une sacrée garce.

– Non. Elle est merveilleuse. Et puis elle a un talent

fou. J'aurais préféré qu'elle en bave au début, mais ce serait trop long et je suis pressé.

– Si elle est aussi douée que tu le dis, elle parviendra au sommet de toute façon, Michael.

– Allons, Nancy, tu sais combien c'est dur. Cela pourrait prendre des années. Elle n'a pas ton assurance et ton allant. Un coup de pouce de ta part ferait toute la différence.

– Oh, Michael, je ne peux lancer n'importe qui dans mon show. Amène-la.

– J'ai apporté un enregistrement.

Ses mains tremblaient. Il se sentait ridicule d'être aussi tendu.

Nancy retourna vers son coiffeur qui commençait à perdre patience. Il la coiffa tandis que la voix de Katie, accompagnée au piano par Michael, emplissait la pièce.

– Soyez raisonnable, Henri; je ne peux aller sous le casque tout de suite, laissez-moi écouter.

La chanson était courte, triste. La voix également était empreinte d'une certaine tristesse. C'était une voix superbe mais qui manquait d'assurance. Il lui fallait travailler.

– Michael, elle a une belle voix, mais il lui manque le principal.

– Ça va venir.

– Ah bon, et quand?

– Donne-moi six mois.

– Très bien, allons-y pour six mois.

Le visage de Michael s'éclaira.

– Marché conclu.

– D'accord.

– Merci.

Il l'embrassa et partit.

61

Novembre au Cap est le mois des moissons. Cette année-là, la nature avait été généreuse. La récolte avait été abondante.

En mai, la pluie avait inondé la terre, jour après jour, la pénétrant au plus profond de ses entrailles.

En juin, le blé avait levé; des averses quasi quotidiennes arrosaient les champs et le blé poussait avec force et vigueur. Il ne manquait plus que le soleil d'été pour mûrir le grain. La nature tint ses promesses. Jour après jour, le blé mûrit et ondula sous une légère brise.

Les fermiers étaient souriants. Ils n'avaient jamais connu d'année aussi prospère.

Simon éprouvait un sentiment de gratitude et de bien-être.

Sa terre! Plutôt mourir que d'en céder la moindre parcelle. Il en était complice. Le fermier et sa terre! Quelle étrange symbiose! Sans elle, il n'était rien.

62

Aux Meilleurs Prix était à son apogée. Les clients accouraient par milliers. Grâce à des campagnes publicitaires coûteuses, Paul était souvent à la une de tous les journaux.

Mais le groupe avait pris trop d'extension en un minimum de temps, sans avoir ses arrières assurés.

La société R. & P. était une source d'ennuis, elle engloutissait 5 % du chiffre d'affaires. Paul savait que ce n'était pas lui qui faisait des bénéfices. La société voulait lancer une succursale à Johannesburg; c'était également le souhait de Paul. Jon prétendait avoir trouvé le site idéal pour un hypermarché et le narguait chaque jour.

Paul s'envola vers Johannesburg pour examiner l'emplacement. Il était parfait; au nœud de cinq grands faubourgs.

Après quelques jours d'hésitation, il annula son vol de retour pour visiter les environs, à la recherche d'un autre site pour monter une affaire seul.

Deux jours plus tard, il trouva un champ bien situé, offrant un meilleur accès à l'autoroute et plus d'espace pour le parking.

Durant le vol de retour, il ne pensa qu'à son nouveau centre commercial. Il y aurait vingt-quatre boutiques; ce serait l'hypermarché le plus grand de la région. Il décida de l'appeler *Southways.*

Quand Jon apprit que Paul déclinait son offre, il éclata de rire.

– Vous feriez mieux de vous en tenir à ce que vous connaissez.

Paul se rendit vite compte que *Southways* serait un véritable pari. Le coût final était de 5 millions de rands, somme plus importante que prévu. Mais l'architecte lui fit remarquer qu'une fois achevé, *Southways* vaudrait au moins 8 millions et ne ferait que prendre de la valeur avec le temps.

Il lui fallut dix jours avant de prendre sa décision. Il eut un entretien d'une heure avec Léonard Kingsley, son banquier.

– 5 millions de rands, mon cher Paul, ce sera difficile. Jusqu'ici, nous vous avons toujours soutenu. Moi, le premier, j'ai toujours admiré votre prudence à rester dans un domaine où vous excelliez.

Il s'interrompit, puis raccompagna Paul à la porte, en esquissant un sourire gêné.

Pendant dix jours, Paul fit le tour des banques, plaidant naïvement sa cause. A sa grande surprise, ce fut la Banque d'Afrique du Sud, institution très traditionnelle, qui accepta. Elle lui avait déjà accordé un prêt pour le premier supermarché. Bon présage!

– C'est un prêt personnel de cinq ans renouvelable. Une condition : vous donnerez vos biens personnels en garantie. Je ne vous ennuierai pas avec les détails. On vous prépare le contrat. Dès que vous l'aurez signé, nous libérerons les fonds.

Paul signa et remit la caution en main propre le lendemain.

La tension de Paul se traduisait par l'irritabilité. Il n'aimait pas partager ses problèmes. Ignorant la cause de sa mauvaise humeur, Rosemary pensait que son mariage battait de l'aile. Paul était distant, tout ce qu'elle disait ou faisait semblait l'ennuyer. Elle décida de se convertir le plus vite possible.

63

Katie redoutait cette épreuve depuis des mois; maintenant elle était imminente. Tremblante, elle tenait la main de Michael.

Quand Michael lui avait annoncé qu'elle ferait ses débuts dans le show de Nancy Meredith, elle avait essayé de paraître heureuse. Ce n'était que dans six mois et, en six mois, tant de choses pouvaient se produire. Mais le temps s'était écoulé. Impossible de se maîtriser! Nancy présentait son show avant de lancer sa dernière découverte. Quelle imposture! Pourquoi avoir fait perdre son temps et son argent à Michael pour des leçons de chant, alors que son seul désir était de rester cachée, à l'abri des regards. Seule concession accordée par Nancy, un nom de scène : Vera Rose.

Michael se demandait s'il agissait bien. Katie était pâle, crispée. Soudain, il éprouva une certaine inquiétude. Si elle ne réussissait pas maintenant, elle ne réussirait jamais. Il savait qu'elle avait une voix superbe. Il l'avait entendue un jour qu'elle le croyait au studio. Si seulement elle chantait comme ça, ce soir!

Michael lui pressa la main. Il remarqua que Nancy paraissait tendue, elle aussi. Cela ne lui ressemblait pas. A dire vrai les deux jeunes femmes s'étaient rencontrées pour les répétitions et ne s'aimaient guère.

– Mesdames et messieurs, j'ai le plaisir, ce soir, de vous présenter une dernière découverte d'Afrique du Sud, une jeune chanteuse qui, j'en suis sûre, va connaître un succès fulgurant. Vera Rose, je le prédis, sera bientôt numéro un au hit-parade!

Michael observa Katie; elle avançait comme un automate. Elle semblait avoir du mal à mettre un pied devant l'autre. Elle s'arrêta devant le micro, tel un oiseau avant son envol.

– Numéro un au hit-parade!

Katie eut un frisson. Mille souvenirs soudain l'assaillirent : l'époque sinistre juste après le procès où elle s'était cachée dans une chambre délabrée à Johannesburg; où chaque matin, elle évitait les kiosques à journaux, le regard, malgré elle, attiré par les grands titres : *Une jeune Noire abandonnée s'enfuit de chez sa famille adoptive blanche*; et *Le secret d'un membre de la Jet Set révélé.*

Nancy la poussait désespérément du pied. Que dire? Soudain, Katie s'enhardit :

Bonsoir, mesdames et messieurs, je vais vous chanter une nouvelle chanson écrite pour moi par Michael O'Carrol, Pluie de printemps. *C'est une chanson que j'aime et que, j'espère, vous aimerez également.*

Elle tenta de chanter, mais seul un couac sortit.

Nancy vint à sa rescousse.

– Elle est un peu timide, mais quand vous entendrez

sa voix... Elle va vous interpréter une chanson toute nouvelle, écrite par Michael O'Carrol. Rappelez-vous ses *Soirées d'automne* et *A jamais perdu.*

Elle attendit que les applaudissements se calment, saisissant l'occasion de lui murmurer :

– Pour l'amour de Dieu, ressaisissez-vous.

Tout sourire, elle annonça *Pluie de printemps.*

Nancy eut droit à d'autres applaudissements et l'orchestre joua les premiers accords.

Katie dévisageait les regards fixés sur elle. Hostiles! Moqueurs! Oh! Dieu! que faisait-elle donc là? Soudain, il y eut un éclat de rire dans le public. L'orchestre entama les premiers accords pour la troisième fois, Katie se retrouva au procès, face à tous ces visages inquisiteurs. Une expression d'horreur se dessina sur son visage; quand elle entendit les rires, la honte s'abattit sur elle. Soudain elle se mit à courir, à fuir la salle, Michael, Nancy. Elle s'enfuit du théâtre, et, indifférente à la pluie, se lança dans sa course éperdue.

Michael attendit deux heures dans la loge. Après la représentation, il tenta de s'excuser auprès de Nancy.

– Michael, tu es un imbécile. Une belle voix ne suffit pas, il faut des tripes pour arriver au sommet. Katie en manque et tu ne peux rien pour elle. Pourquoi ne l'épouses-tu pas? Tu es amoureux.

– Ce n'est pas aussi simple, dit-il en partant.

C'était le mois d'avril le plus froid qu'il ait connu, les fleurs n'étaient pas encore en boutons. Michael se dirigea vers le pub le plus proche.

Il commanda une bière et s'assit dans le coin, obnubilé par ses problèmes. L'épouser? Ce serait un péché! Elle serait veuve quelques mois seulement après son mariage. Elle aurait un cercueil à la place d'un berceau; sans compter des visites hebdomadaires au cimetière.

Il songea à la maison de ses parents. C'était une ferme douillette en pierre taillée; six enfants animaient chaleureusement les soirées d'hiver. Ils s'asseyaient pendant des heures autour du feu, discutant des éternels problèmes de l'Irlande ou, pour changer, de poésie ou de musique, tandis que sa mère abandonnait parfois sa couture pour se joindre à eux. Avec le temps, ses parents avaient vieilli. Maintenant, les enfants ayant tous brillamment réussi, ils vivaient des jours paisibles, en harmonie avec l'univers.

Michael quitta le pub, à l'heure de fermeture. Il prit le dernier métro et rentra chez lui. L'appartement était vide, Katie s'était envolée. Il trouva un mot sur la cheminée :

Cher Michael, je pars. Merci pour tout. Je suis désolée de te laisser tomber. Amitiés. Katie.

Michael, aux cent coups, passa la nuit à téléphoner dans les auberges de jeunesse et les hôtels modestes du voisinage. A l'aube, il partit à la recherche de Katie.

Depuis des heures, toutes ces lumières qui se mouvaient l'intriguaient. Il se rendit compte que c'était le soleil qui, à travers les branches, venait se refléter sur le plafond.

Il perçut un bruissement tout près de lui. Il se retourna. Une infirmière!

– Bienvenue au royaume des vivants, lui dit-elle, je vais aller chercher un médecin.

Le médecin aux cheveux grisonnants arborait un sourire optimiste de circonstance.

– Ah! vous voilà enfin revenu parmi nous. L'espace d'un instant, j'ai cru qu'on allait vous perdre.

Michael haussa les épaules.

– Maintenant ou plus tard, il n'y a pas grande différence.

Le sourire s'estompa.

– Il y a une jeune femme qui vous attend là, depuis deux jours. Je crois qu'elle ne serait pas d'accord avec vous. C'est une très belle femme! Je suppose que votre métier en attire pas mal. Il en est venu une autre. Nancy Meredith. C'est curieux que vous la connaissiez. Bon, je vous envoie Katie. Elle vous fera plus de bien que n'importe quel médicament.

Si seulement je n'étais pas aussi fatigué... se dit-il. Puis il s'endormit profondément.

Quand il s'éveilla, il se sentit mieux. Katie avait sa main dans la sienne.

– Comment as-tu appris que j'étais là?

– La célébrité, que veux-tu! C'était dans les journaux. Tu t'es évanoui à Camden Town. Mais que faisais-tu à Camden Town en pleine nuit?

– Je te cherchais.

– Michael, je suis désolée, franchement désolée. J'avais l'impression d'être une ratée, un tel fardeau pour toi. Tous ces visages! J'ai revécu le procès. Excuse-moi, tu ne sais pas de quoi je parle.

– Oh, oui, mademoiselle Jasmine. C'est un joli nom.

– Depuis combien de temps le sais-tu?

– Depuis des mois. La lettre épaisse qui t'avait tant intriguée contenait des coupures de journaux. Quelle idiote tu es! Toutes ces histoires à cause de tes antécédents. Cela me paraît tellement dérisoire. Il est temps que tu cesses de fuir. Et puis j'ai décidé de te faire encore changer de nom. Que dirais-tu de Katie Jasmine O'Carrol?

– Michael, ne te moque pas de moi.

– Je suis sérieux, mais il faudra que tu attendes que j'aie retrouvé mes forces.

Ils se marièrent en mai et Michael prit des vacances, les premières en cinq ans, pour emmener Katie en voyage de noces à Corfou. Ils passèrent deux brèves semaines dans une villa située au flanc d'une montagne sur une plage isolée.

Michael recouvra peu à peu ses forces avec le soleil et les longues promenades le long de la plage. Il était étonné de la confiance retrouvée de Katie. Une cérémonie de mariage de trois minutes et un livret de famille en poche lui avaient apporté plus que deux ans d'attentions et d'efforts. Elle avait un sens de la respectabilité très bourgeois. Maintenant, elle était gaie, épanouie; elle chantait à longueur de journée, débordant de joie.

– Pourquoi es-tu si distant aujourd'hui? lui demanda Katie.

Plein de regrets, il ne parvenait pas à détacher son regard des vaguelettes qui venaient mourir sur le sable blond.

– Je ne veux pas partir. Nous reviendrons dans un an, pour nos dernières vacances.

Il ferma ses yeux gonflés de chagrin, repoussant l'image de Katie, choquée, les yeux écarquillés, la bouche ouverte en un cri silencieux.

– Que puis-je faire? Pour l'amour de Dieu, dis-moi ce que je peux faire?

Les paupières closes, il secoua la tête.

– J'ai pris une décision, lui dit-elle gaiement au moment où l'avion atterrissait à Heathrow. Je serai chanteuse; je n'ai plus peur. Je veux que tu sois fier de moi.

– Mais je suis fier de toi. Je voulais que tu réussisses pour des raisons purement égoïstes.

– Quelles que soient tes raisons ou les miennes d'ailleurs, j'y arriverai, je te le promets.

Elle soupira. Dans son lit, un an plus tard, faisant le bilan, elle se disait qu'elle n'avait pas tenu sa promesse. Michael avait connu un succès triomphal, elle n'était qu'au bas de l'échelle.

On était en 1966, époque où seuls Newcastle et Liverpool rivalisaient avec Londres. C'était l'apogée des Beatles à la Caverne; les Animals présentaient leur propre version de rythm' n' blues. Katie chantait des blues et de la pop music sur des rythmes de jazz.

Tout le mois de février, elle avait travaillé dans des

clubs de Tyneside et des discothèques avec les Cobras, un groupe de chanteurs noirs. Après l'échec de leur premier disque, ils se séparèrent.

Elle s'était réjouie de revenir à Londres.

Depuis lors, elle était apparue avec plusieurs groupes américains de chanteurs de blues.

Tous les soirs, tandis que Michael était accaparé par son travail, elle passait dans un club ou une discothèque de Londres. Elle avait maigri à cause de la vie difficile qu'elle menait et de son angoisse pour Michael. En mai, on lui avait proposé un contrat avec un groupe en vogue pour une tournée dans le Nord, mais elle avait refusé pour ne pas laisser Michael seul.

Allongée dans son lit, elle se culpabilisait. La veille, ils s'étaient disputés tous les deux pour la première fois depuis leur mariage; il était allé dormir sur le divan. Michael lui avait composé plus d'une douzaine de chansons. Katie prétendait qu'elles méritaient une meilleure interprète. Nancy pouvait les propulser au sommet de la gloire en un soir. Michael l'avait traitée d'égoïste, désirant le succès pour elle seule. En fait, c'était vrai.

Elle entendit le bruit de ses pas derrière la porte. Un instant plus tard, il entra avec le plateau du petit déjeuner.

– Oh! Michael, tu aurais dû patienter, je l'aurais préparé.

Katie fut frappée par son air hagard. Cela lui arrivait parfois. A son réveil, elle le trouvait immobile, livide, amaigri. Elle le poussait du coude pour s'assurer qu'il était bien vivant.

– Michael, es-tu allé chez le médecin faire des examens récemment?

– Oui.

– Que t'a-t-il dit?

– Un an...

– Mon Dieu! Comment peuvent-ils affirmer une

telle chose? Ils se sont déjà trompés. Ils peuvent encore se tromper. Qu'ils soient maudits! Un an?

– Bien sûr qu'ils se trompent. Prenons tout de même des vacances tant que c'est possible.

– Oui, tu as raison.

– D'abord, mettons les choses au clair. Je tiens à ce que ma musique soit jouée, mais à une seule condition : que ce soit toi qui l'interprètes.

– Mais Michael... Je vais te servir le café... il n'est pas dans tes habitudes de faire du chantage.

– Je suis sérieux.

Elle posa une main sur son épaule.

– Et si je les gâche? Si elles font un four à cause de moi? Ces chansons sont si belles. Ce sont les meilleures que tu aies composées.

– C'est là mon souhait. Elles ont été écrites pour toi.

Kevin O'Neal dirigeait le meilleur studio d'enregistrement de Londres selon Michael, mais aucun des groupes qui travaillaient avec lui ne pouvait interpréter ses chansons. C'étaient des ballades sentimentales, d'une qualité éthérée.

Kevin créa un nouveau groupe pour l'enregistrement et engagea un pianiste et un guitariste classiques.

Tous les musiciens parlaient le même langage, comprenaient parfaitement la musique de Michael et étaient totalement voués à la même cause, aussi les répétitions se firent-elles dans une atmosphère de joie. Katie, sentant que ce serait la dernière fois qu'elle travaillerait avec Michael, mettait tout son cœur à l'ouvrage. La couverture de l'album les représentait tous deux sur un fond de ciel gris, de mer, de sable blond; deux silhouettes dans le lointain. Il en émanait un sentiment de solitude et de fatalité. Le titre était celui de l'une des chansons, *Senteurs de jasmin*.

L'album sortit au début de septembre, le jour où Michael et Katie s'envolèrent pour Corfou.

Ils revinrent deux semaines plus tard. L'album était en tête du hit-parade. Jasmine O'Carrol était devenue célèbre. Un courrier abondant les attendait. Ils ouvrirent une bouteille de champagne et parcoururent les lettres, tout en répondant aux coups de téléphone incessants. Tous les amis londoniens de Michael étaient ravis du succès de Jasmine.

Le mois de septembre était particulièrement froid, surtout après Corfou. Katie alluma le chauffage central, tandis que Michael lisait les articles de presse envoyés par son agence. Le *New Musical Times* était particulièrement élogieux. « C'est le plus bel album de l'année, le numéro un le plus extraordinaire jamais enregistré. » D'autres journaux partageaient le même enthousiasme.

Une chaîne de télévision américaine proposait de filmer Katie dans l'interprétation de sa chanson la plus célèbre, *Jamais plus*, accompagnée de tout un orchestre; il y avait également un petit mot de Nancy Meredith invitant « Jasmine » à repasser dans l'un de ses shows télévisés!

Katie ouvrit une autre lettre.

– Ike Cherbar veut être mon agent. Qu'en penses-tu?

– Ne le lâche pas, dit Michael. C'est l'agent de Nancy. Le meilleur.

– Il veut m'emmener en tournée en Europe pour lancer l'album 33 tours.

Elle mit la lettre de côté, l'air soucieux.

– Quel air sombre!

– Non... C'est parce que... Je veux rester auprès de toi, je ne veux pas te quitter.

Michael ferma les yeux. Il se rappelait les vacances dans les moindres détails. L'expression heureuse de Katie, le matin, à la plage; il la revoyait allongée sur le sable, somnolente, sexy, et le soir, les yeux embués, accrochée à son bras. Il se rappelait également ces matins secrets où elle se penchait sur lui, cherchant à voir s'il respirait, puis inquiète, le secouait. Un matin, un jour...

Oh non! Pas de longues promenades, attendant le glas de la solitude. Il lui fallait travailler, être plongée dans une ronde infernale. Michael sourit, écartant l'idée de la mort. Elle saisirait l'offre de Nancy.

64

Assis à son bureau dès l'aube, Paul avait le regard fixé sur les titres des journaux : *Le plus important entrepreneur de Johannesburg dépose son bilan*, suivi de : *Douze entrepreneurs font faillite cette année tandis que les contrôles fiscaux se multiplient.* Ses craintes se confirmaient. Neppe, l'entrepreneur de *Southways* faisait partie du lot.

Paul était sous le choc; il se rappelait le soir où, deux mois auparavant, Neppe était venu de Johannesburg le voir.

Paul avait été surpris. Le petit homme joyeux d'antan était l'ombre de lui-même. Il lui avait tout expliqué. S'il n'obtenait pas un prêt immédiat d'au moins un million, il ne pourrait achever *Southways*. C'était la faillite.

A l'époque, Paul n'avait rien compris!

– Je vous poursuivrai pour rupture de contrat!

– Vous gagnerez, lui avait-il répondu, mais je serai mis en faillite; en quoi cela vous aidera-t-il?

Paul avait fait de rapides calculs. Il pouvait s'adresser à un autre entrepreneur, mais que de temps perdu! Un retard de six mois lui coûterait 120 000 rands d'intérêts et les nouveaux entrepreneurs monteraient les prix d'au moins un demi-million. Les prix n'avaient cessé de grimper ces deux dernières années. Pire encore, il perdrait sa course contre R. & P. avec leur nouvel hypermarché. Il savait que le premier centre ouvert obtiendrait le marché.

– Je n'ai pas les liquidités, avait-il dit, mais si je me portais garant pour un emprunt... de combien auriez-vous besoin pour garantir l'achèvement de *Southways* à temps?

Il avait signé, se portant garant pour un million de rands. Maintenant Paul, assis à son bureau, avait un sourire amer. L'opération était délicate. C'était seulement une question de temps; la banque de Neppe allait lui demander de rembourser un million. Dix ans auparavant, il serait arrivé à réunir la somme. Aujourd'hui c'était hors de question, à moins de vendre le reste de ses actions. Le paiement des intérêts lui brisait pratiquement les reins.

Les jours suivants, Paul tenta de raisonner calmement. La banque de Neppe exigea le remboursement de l'emprunt d'un million de rands qu'il avait sollicité. Paul s'envola pour Johannesburg; son but était de gagner du temps, mais il ne put obtenir qu'un délai de douze mois au taux du marché.

Quand il revint au Cap, la réalité s'imposa brutalement; le paiement des intérêts arrivait à échéance; à cela s'ajoutait le million de Neppe, 15 000 rands et 80 000 rands pour le premier remboursement.

Paul essayait encore de trouver de l'argent quand un autre coup du sort le frappa sous la forme d'une lettre exprès.

Intrigué, il l'ouvrit. Il blêmit en lisant un bref rapport. Un ingénieur avait découvert un affaissement de terrain dû à une vieille mine d'or désaffectée. Il fallait démolir les commerces périphériques pour refaire les fondations. Paul parcourut d'un seul trait les détails techniques... un million de rands et six mois supplémentaires étaient nécessaires pour achever son projet.

Septembre !

Désespéré, Paul retourna à la Banque d'Afrique du Sud demander un autre prêt d'un million et demi de rands, plus un million pour payer l'emprunt de Neppe.

– Il me faut l'argent sinon *Southways* ne sera jamais achevé, dit-il au directeur. Les intérêts sur les quatre millions que j'ai déjà perçus, avec le remboursement de l'emprunt de Neppe, vont me mener à la faillite.

Le directeur de la banque put lui accorder un prêt personnel de deux millions et demi de rands à 10 %. Le vendredi soir, il téléphona à Paul chez lui.

– J'ai pensé que vous aimeriez apprendre la bonne nouvelle, au lieu de vous morfondre tout le week-end.

Paul ne savait pas s'il devait se réjouir. Il lui faudrait payer 6 % sur cinq millions de rands, et 10 % sur deux millions et demi. Il faisait fébrilement ses calculs tout en écoutant Rosemary. A lui seul, le paiement des intérêts s'élèverait à plus d'un demi-million de rands par an. Comment réunir une telle somme ? Si seulement il pouvait survivre jusqu'à l'achèvement de *Southways*...

65

La crise économique toucha l'homme de la rue ; les clients se raréfièrent. Le chiffre d'affaires de *Aux Meilleurs Prix* tomba de 10 %. Tout l'argent disponible servit à payer les fournisseurs.

Paul ne cessait de diminuer ses prix, mais il fallait se rendre à l'évidence : *Southways* n'était pas un échec, c'était un cauchemar.

En septembre 1967, le remboursement du troisième tiers des intérêts arriva à échéance. Paul avait l'impression d'être un poisson pris au piège; à chaque mouvement, les mailles du filet se resserraient. Jamais il ne s'en sortirait.

Il vendit furtivement ses actions. Au début, il se montra prudent, mais au fur et à mesure que leur cote chutait, la banque augmentait sa pression. Paul se mit à vendre frénétiquement.

« Le président-directeur général de Aux Meilleurs Prix *brade ses actions »*, tel était le grand titre des journaux; dans la presse du soir, Paul put lire : *« Un empire s'écroule. »* Il était pris dans un tourbillon infernal. Les fournisseurs demandaient un paiement comptant; certains interrompirent leurs livraisons; les actionnaires se précipitèrent à la Bourse pour vendre. Paul ne put faire face à l'échéance suivante, et en décembre la Banque d'Afrique du Sud réussit à mettre *Aux Meilleurs Prix* en liquidation judiciaire et Paul en faillite.

Il était incapable d'affronter la défaite. Sans son affaire, il n'était rien. Il songea au suicide mais en repoussa l'idée. A quoi bon? Il n'éprouvait pas cette haine effrénée de soi qui mène à l'autodestruction.

Un matin, il fit sa valise et abandonna Rosemary. Il trouva un logement modeste et laissa sa femme aux prises avec la liquidation de leurs avoirs personnels.

Rosemary subit stoïquement la perte de sa maison, de sa voiture et de ses bijoux, mais la perte de Paul la toucha profondément. Margaret insista pour qu'elle vienne vivre avec elle à Fontainebleu jusqu'à ce que Paul recouvre ses esprits.

Paul dépensa ses derniers sous en un billet de train pour Johannesburg. Il trouva un emploi de vendeur de voitures d'occasion, ce qui était, à son avis, une bonne façon de rencontrer des gens qu'il connaissait.

Quelques semaines plus tard, Rosemary emprunta

de l'argent à Margaret et s'envola pour Johannesburg. Elle supplia Paul de revenir. On aurait dit un étranger.

Il ne désirait pas divorcer; non, il ne la haïssait pas; non, il n'y avait personne d'autre; oui, il avait besoin d'être seul. Si elle voulait divorcer, il ne s'y opposerait pas. Il ne lui posa aucune question sur sa vie, ses nouvelles habitudes.

Rosemary retourna au Cap, passa ses examens et se convertit au judaïsme. Elle souhaitait ardemment se marier à la synagogue, mais elle n'avait plus de mari. Elle reprit donc son poste d'institutrice à l'école locale.

66

Cinq jours après le dépôt de bilan du groupe *Aux Meilleurs Prix,* Anna reçut une lettre recommandée. Margaret signa et demanda à Flora de la lui porter.

L'enveloppe portait le cachet de la Banque d'Afrique du Sud. Anna fut étonnée, elle n'avait aucun rapport avec cette banque. Elle l'ouvrit. Après avoir parcouru les premières lignes, elle s'effondra sur une chaise.

– C'est insensé! murmura-t-elle.

Elle s'était portée garante pour la société, or *Aux Meilleurs Prix* devait à la banque 8 millions de rands.

– Je n'ai jamais signé! Ils disent n'importe quoi!

Elle téléphona immédiatement à son avocat Mervyn Morris qui accepta de faire une enquête.

Anna décida de ne pas en parler à la famille. Ce ne devait être qu'une fausse alerte; inutile de les inquiéter.

Le lendemain après-midi, elle se rendit chez son

avocat, plutôt confiante. Elle découvrit bien vite que l'affaire ne prenait pas bonne tournure.

– Ce matin, la banque m'a adressé une copie de l'aval que vous avez signé en juillet 1961. Vous vous rappelez ceci ?

Il lui tendit une feuille de papier.

Anna saisit le document et se rappela aussitôt le jour où Paul était venu lui rendre le bracelet de diamants. Elle l'avait justement au poignet. Elle tritura nerveusement les pierres.

– Je... euh... oui, je m'en souviens.

– Ce n'est pas un faux, enfin... peut-être? lui demanda Mervyn avec une lueur d'espoir.

– Non, mais bon Dieu, il y a six ans de cela. C'était pour couvrir le lancement d'un nouveau supermarché. 50 000 rands. L'argent devait être remboursé en cinq ans.

– Quel dommage que vous n'ayez pas limité votre caution à cette somme-là ! Paul a effectivement remboursé le découvert en temps voulu, mais en 1964, il a emprunté 5 000 000 de rands pour construire *Southways*; et en 1966, encore 1 500 000 pour achever son projet.

– Mais on ne s'attend tout de même pas à ce que je couvre ces énormes emprunts contractés il y a six ans. 8 millions de rands! Ils ne peuvent m'obliger...

Anna se sentit défaillir. Ses mains tremblaient; elle posa le document sur le bureau.

– Si, et c'est ce qu'ils font. Il n'y a aucune issue, Anna. Vous n'êtes pas la première à vous être laissé prendre. Je suppose que votre aval a joué dans leur décision d'accorder un prêt à Paul. Je me demande s'il s'en est souvenu.

– Il m'en aurait parlé, dit-elle, prenant aussitôt sa défense.

– La situation n'est peut-être pas aussi désespérée. Il faut étudier la position financière de sa compagnie. Attendons la suite.

Il regarda Anna partir tristement. Il savait, sans l'ombre d'un doute, qu'elle était ruinée.

Anna rentra chez elle et ne souffla mot à personne. Elle espérait qu'un événement imprévu viendrait la sauver.

Quelques jours plus tard, elle reçut une lettre exigeant le paiement de 8 millions de rands sous quatorze jours. Elle téléphona immédiatement à son avocat; elle était si bouleversée qu'elle pouvait à peine parler.

– Où croient-ils que je vais trouver l'argent? C'est impossible! Je suis ruinée, totalement ruinée!

L'avocat tenta de l'apaiser.

– Ils ne vous demandent pas de payer, Anna, ce qu'ils veulent, c'est un ordre du tribunal qui leur permette de nommer un syndic pour liquider vos biens. J'ai déjà parlé au liquidateur; il espère que la compagnie pourra payer un dividende de seulement 50 *cents* par rand. C'est là, je le crains, la procédure.

Durant trois semaines, Anna garda stoïquement le silence; elle savait bien que le sort en était jeté... pour elle... et pour les autres. Ruinés! Ils étaient tous ruinés! le fruit de toute une vie anéanti! Pire, Fontainebleu, son héritage et celui d'Acker y passeraient! Ils se retrouveraient sans le sou, à cause de sa négligence. C'était surtout le tort causé à sa famille qui la hantait. Si seulement elle pouvait sauver Fontainebleu! Elle se levait la nuit pour compter fébrilement ses avoirs. Chaque fois, elle trouvait un résultat différent, mais jamais il n'atteignait 8 millions. Ses pauvres enfants! Comme ils allaient la mépriser!

Chaque matin, elle envisageait de se confier à Acker, mais chaque fois elle reculait l'instant fatidique.

La veille de sa comparution, au pied du mur, elle décida de parler à sa famille. Impossible de reculer, ils l'apprendraient par les journaux le lendemain ou les rumeurs du village. Elle demanda à Margaret de téléphoner à Kurt et à Simon.

Vera et Kurt arrivèrent à huit heures précises. Vera lui avait apporté une plante qu'elle posa sur la table ancienne du salon. Soudain l'ampleur du désastre s'abattit sur elle. Dans quelques semaines, cette table et tout ce qui se trouvait dans la maison ne lui appartiendraient plus : les chevaux, les vignobles, les cochons et tout le beau cheptel que sa famille avait mis trois générations à constituer.

– Mon Dieu, aidez-moi, murmura-t-elle.

Simon était en retard. Vera était agressive, ce qui irritait Kurt comme toujours. Il lui faisait une remarque désobligeante quand elle osait prendre une noix ou un bonbon. Depuis son mariage, elle vivait chichement. Kurt avait vieilli. Anna fit un rapide calcul; incroyable! Il allait avoir soixante ans. Margaret arborait un sourire satisfait mais n'avait rien à dire. Quand à Acker, s'il ne parlait pas des problèmes de la ferme, il n'avait aucune conversation. Ce soir-là, Anna éprouva à leur égard un sentiment proche de la haine. Elle prit un ton cassant. Simon arriva avec une demi-heure de retard. A cinquante-trois ans, il était d'une beauté provocante.

– Les reproches sont notés, à l'avenir je tâcherai d'être à l'heure.

C'était un mauvais départ.

Le silence régna quelques instants. Anna ne savait comment aborder le problème.

Comme si elle comprenait sa difficulté, Margaret se leva et alla remplir les verres. Elle versa une bière à Simon.

– Je vous ai demandé de venir tous à cause d'un événement... survenu il y a six ans... mais qui a des retombées maintenant... Oh, mon Dieu... nous sommes tous ruinés, tous autant que nous sommes, et tout cela à cause de ma stupidité.

Anna fit un effort surhumain pour se contrôler.

– Il y a six ans, je me suis portée caution dans une affaire pour un découvert de 50 000 rands, mais la compagnie vient de faire faillite et la banque me demande de payer 8 millions de rands... C'est vraiment absurde. La somme est bien plus importante que tout ce que je possède. Il n'y a pas d'issue, j'ai vu mon avocat, l'affaire se plaide demain.

Il régna soudain un silence de mort.

– Je crois qu'il est inutile de vous dire à tous combien je suis désolée et ce que cela signifie pour moi et pour vous tous. Une catastrophe...

– Demain? dit Kurt.

– Je n'en crois pas un mot, dit Vera de sa voix aiguë. Vous n'allez tout de même pas nous dire que vous avez signé une procuration en blanc sans vous préoccuper des conséquences?

– C'est pourtant vrai.

– Impossible! C'est de la folie! Mais nous ne sommes pas vraiment concernés, n'est-ce pas, Kurt?

– Vera, tais-toi. Demain, c'est bien ça? Pourquoi ne pas m'avoir prévenu plus tôt?

– J'avais trop honte.

– C'est Paul, n'est-ce pas?

– Quelle importance? Ce n'était pas intentionnel.

– Quelle importance? Tu es folle! C'est mon fils, non? On est dans le même sac, Anna.

– Mais j'ai signé, toi non.

Rosemary se mit à sangloter; Margaret passa un bras autour de ses épaules.

– Ce n'est pas ta faute, ma chérie; pourquoi ne vas-tu pas te coucher?

Rosemary insista pour rester. Elle gémissait.

– Nous vous avons tous ruinés!

– Grand Dieu, on dirait une mauvaise pièce de théâtre, dit Kurt, furieux. Allons-nous cesser d'endosser chacun à notre tour la responsabilité? Venons-en aux faits.

Il s'épongea le visage.

– Je t'avais dit de ne pas te porter garante pour lui. Ce garçon est dépourvu de sentiments; il n'est pas fini; il commet des actes invraisemblables... Et puis cette soif insatiable de pouvoir... Jamais satisfait... Ne t'avais-je pas prévenue?

– Je ne veux pas entendre une seule parole contre Paul. Il ne m'a pas demandé de signer, c'est moi qui ai insisté.

– Vous l'avez toujours détesté, lança Rosemary à Kurt; vous ne l'avez jamais accepté. Il a fait de son mieux.

– De son mieux? hurla Kurt; mais il a perdu 8 millions, ruiné quatre familles.

– Mais en quoi sommes-nous concernés, Kurt? gémissait Vera.

– Tais-toi.

Kurt se tourna vers Anna.

– Tu es une imbécile. Tu aurais dû venir me voir immédiatement, me donner une chance de nous organiser, il aurait suffi de quelques jours.

– Mais, maman, l'interrompit Acker, pourquoi as-tu insisté pour signer?

– Parce que je voulais ruiner Pietersen.

Acker s'éloigna en soupirant. Si seulement il trouvait les mots qu'il fallait, si seulement il pouvait aider sa mère. Les pensées! Les pensées créatives, puissantes, dangereuses étaient comme la puissance atomique utilisée par des enfants. Anna n'avait utilisé sa créativité que pour la revanche et la destruction. Tout cela pour aboutir à quoi? A son propre anéantissement.

– Deux vies gâchées à cause de ton orgueil! C'est un phénomène de compensation, voilà ce que c'est! Parce que tu es incapable de donner, incapable d'être une épouse; tu joues avec la puissance et l'argent. Maintenant, Anna, tu t'es cassé les dents et nous allons tous payer.

Simon, qui avait assisté à la scène sans dire mot, traversa la pièce, saisit Kurt par la cravate et le secoua.

Le visage de Kurt s'empourpra. Tout semblait se dérouler au ralenti; Anna avait l'air hypnotisée. Simon assena un coup de poing à Kurt qui perdit l'équilibre et se cogna la tête contre la table. Puis il s'affala sur le tapis.

Il y eut un bref moment d'incrédulité.

– Ça c'est pour Bosluis, Kurt, dit Simon, pour la guerre, pour toutes les putains de fois que tu t'es tapé Anna. J'attends cet instant depuis des années.

Il se sentit comme allégé et éclata de rire.

Vera, agenouillée près de Kurt, essuyait son visage ensanglanté.

– Brute, sale brute, vous pouvez être fier de vous.

Kurt la repoussa, se redressa et s'avança vers Simon; mais Vera s'accrocha à lui. Il finit par éclater de rire, lui aussi.

– Tu as vingt ans de retard, Simon.

Kurt fit un signe à Anna; elle l'accompagna jusqu'à la porte tout en s'excusant.

– Moi aussi je suis désolé, Anna. Nous allons perdre un maximum; néanmoins, je ferai de mon mieux. Demain matin, je ferai évaluer l'affaire, au prix le plus bas évidemment; ensuite, je ferai une offre pour tes actions. Je tâcherai de gagner du temps. Nous hypothéquerons le bâtiment, nous vendrons l'usine, la laiterie et les poules... De toute façon, l'élevage de poules n'est plus rentable...

Il s'interrompit pour faire un calcul rapide. Il lui faudrait un an pour réunir la somme.

– ... Notre situation dépend de ce qu'on peut en tirer. L'affaire vaut trois millions, j'en offrirai un.

Il allait lui confier qu'il tenterait de conserver ses actions, ce qui leur permettrait plus tard de remettre l'affaire sur pied, mais il préféra se taire. Qu'elle connaisse les affres de la souffrance à son tour! Elle n'avait même pas tenté d'arrêter Simon. C'est lui qu'elle avait toujours aimé. Il se rappela leur première nuit d'amour dans cette étrange petite ferme, où elle avait joui en criant « Simon, Simon ». Il ne lui avait jamais pardonné.

Vera klaxonnait avec impatience. Soudain, Kurt saisit Anna par les épaules.

– C'est avec moi que tu aurais dû faire ta vie, Anna. Au revoir et bonne chance. Je te laisse à ton homme de Néanderthal.

Il l'embrassa sur la joue.

Anna, ébahie, regardait la voiture s'éloigner lorsqu'elle entendit des pas derrière elle. Elle se retourna. C'était Simon. Il passa un bras autour de son cou.

– Tu n'as pas besoin de lui, ne prête pas attention à ses paroles. Viens voir les gosses, ils sont inquiets.

Pour la première fois de sa vie, Anna le suivit docilement.

– Vous allez perdre votre maison.

– Ce n'est pas la mienne, dit Margaret sèchement. Je n'ai jamais considéré cette maison comme telle. Je ne veux pas vous blesser, Anna, mais je ne suis restée ici que pour vous tenir compagnie.

– Oui, dit Acker, nous sommes restés pour toi, maman. Nous ne voulions pas que tu sois seule, vois-tu.

Margaret, immobile, avait les yeux fixés sur Anna. Elle se leva brusquement et remplit le verre de Simon.

– Parfois j'ai l'impression de devenir folle, ici. Tout vous appartient. Je veux une maison à moi. J'ai toujours rêvé d'aller vivre à Malmesbury dans l'une des fermes d'Acker.

– Une de nos fermes, corrigea-t-il.

Simon parut surpris.

Anna se rappela soudain le testament de sa mère. Dieu soit loué! pensa-t-elle avec soulagement, quelque chose serait au moins sauvé. Elle se tourna vers Simon.

– Je ne pense pas t'avoir dit... il y a si longtemps que j'en ai à peine souvenance... maman ne m'a jamais pardonné d'avoir quitté la maison. Elle a partagé ses biens équitablement entre nos enfants. Acker s'est occupé des fermes. J'avais oublié qu'ils ne faisaient pas partie de la communauté de biens...

Elle avait la voix traînante.

– Il y a toujours Goedgeluk, leur dit Simon. Il y a suffisamment de place pour nous tous, là-bas.

– Maman, ne te méprends pas, dit Acker d'un air embarrassé; je suis bouleversé par tout ce qui t'arrive et je sais l'importance que tu attaches à la richesse, mais moi, vois-tu, être fermier me suffit. Un bout de terre, ma femme, des enfants, je n'attends rien d'autre de la vie. Margaret pense de même.

Il lui lança un regard comme pour l'encourager à parler.

Margaret, d'une voix hésitante, murmura :

– Anna, je veux que vous sachiez que vous aurez toujours votre place chez nous.

– Merci.

La fortune d'Anna n'avait pas gâché Acker comme il l'avait craint. Simon sourit. C'était un garçon solide. Quel imbécile d'avoir laissé ses enfants grandir loin de lui! Enfin, bientôt ils seraient tous réunis et avec un peu de chance, Anna viendrait leur rendre visite.

Simon ouvrit le placard et dit :

– Buvons à l'avenir! Tout n'est pas aussi sombre. N'est-ce pas, Acker?

C'était la première fois qu'Anna le voyait agir ainsi. Il ne s'était jamais senti chez lui dans cette maison. Elle comprit ce qu'il avait en tête. Comment lui rappeler qu'ils étaient mariés sous le régime de la communauté de biens?

– Ce n'est pas la première fois qu'on traverse une épreuve, dit Simon. Anna, nous ne sommes plus des enfants; je ne sais pas ce qu'il en est pour toi, mais moi, j'ai appris pas mal de choses ces dernières années. Si je perds ma ferme, je repartirai de zéro. Toutes ces années, je m'en suis voulu d'avoir vendu Modderfontein. Mon père et mon grand-père ont essayé d'y subsister. Je me suis souvent demandé... maintenant, je suppose que cela n'a plus grande importance...

– J'ai oublié de te dire... j'ai acheté Modderfontein. Je voulais garder cette bonne vieille ferme pour nos enfants. Il m'était impossible de la voir confiée à des inconnus. Mais elle va partir avec le reste, je présume.

Elle cacha son visage dans ses mains. Quel air désespéré! se dit Simon. Il avait envie de la réconforter mais ne savait pas par où commencer.

Il lui tendit les mains comme une offrande; c'était un geste étrangement humble. Anna en fut gênée.

– Tu as toujours ta place auprès de moi, je veux que tu le saches, dit Simon.

Anna lui lança un regard furieux.

Simon remarqua son expression.

– Si tu me veux, tu sais où me trouver.

Acker commençait à comprendre pourquoi ses parents s'étaient séparés. La réussite financière de sa mère avait effrayé son père qui s'était éloigné d'elle. Maintenant qu'elle connaissait l'échec, il pouvait l'affronter; comment Anna réagirait-elle? Sa personnalité, sa puissance et son assurance dépendaient de son argent.

Après le départ de Simon, Anna se sentit incapable d'entretenir une conversation. Elle alla se coucher, mais ce fut une longue nuit d'effroi. Elle plongea dans un sommeil agité, elle se retrouva à la vente aux enchères; tandis que Fontainebleu et tous ses biens étaient acquis par des inconnus, elle essayait de se rappeler tous les détails. Dans son rêve, elle savait qu'une fois dépossédée, elle cesserait d'exister.

Elle se réveilla, suant de terreur; si seulement elle pouvait sauver Fontainebleu; une fois de plus, elle prit son carnet et refit ses calculs.

Anna ne réussit pas à conserver Fontainebleu. Dans les mois qui suivirent, la banque vendit aux enchères

Bosluis puis Luembe. La compagnie minière de diamants paya une somme record de 2 millions de rands pour 10 % de bénéfices que faisait Anna; Fontainebleu fut acheté en bloc, vignobles, cheptel, écuries, meubles anciens et tout ce qui se trouvait sur la propriété. Les heureux acquéreurs furent les Joubert qui avaient toujours convoité ce domaine. La banque accepta l'offre de Kurt d'un million de rands payable en deux ans, plus l'intérêt sur l'argent en suspens; les bijoux d'Anna rapportèrent 250 000 rands; la vente se transforma en une espèce de carnaval et la moitié du village participa aux enchères.

Quel désastre! De nouveaux patrons pour ses employés; Jacob et Flora en larmes; le cheptel primé de Landrace expédié au marché comme du vulgaire bétail; la chêneraie rasée pour faire place à des vignes avant même le départ d'Anna; les chiens vendus séparément; l'école de Fontainebleu fermée; les drames individuels qu'Anna avait provoqués semblaient infinis et elle en souffrait. Lena et Jan allèrent vivre sur la ferme d'Acker, mais la belle jument Palomino que Margaret aimait tant était d'un prix trop élevé, ils durent s'en séparer.

Kurt s'affairait du matin au soir; il liquidait la plupart de leurs biens.

Un matin de mars, Acker et Margaret allèrent s'installer temporairement dans leur ferme de Malmesbury. Une dernière fois, Acker insista pour que sa mère les accompagne, mais elle refusa catégoriquement.

– Je ne suis pas une enfant, Acker, je suis parfaitement capable de me prendre en charge. Je reste ici jusqu'au dernier moment pour m'occuper de la propriété; ensuite, je prendrai une décision quant à l'endroit où je vivrai.

Elle s'enferma dans sa chambre et condamna sa porte.

67

La catastrophe prit fin brusquement, un matin du mois de mai 1968. Le liquidateur téléphona à l'avocat d'Anna. La banque avait réussi à récupérer en totalité les 8 millions de rands. Anna était priée de quitter les lieux.

– Que nous reste-t-il? demanda Anna à Mervyn.

– Ça pourrait être pire. Vous avez réussi à garder Modderfontein et bien sûr votre mari a sa ferme qui a été mise en vente en dernier, selon votre désir.

Il ne resta pas grand-chose à Anna : une camionnette, ses vêtements, quelques bijoux et affaires personnelles. Abasourdie, elle suivit Morris.

Devant la mine défaite d'Anna, Mervyn Morris ne s'attarda guère.

Anna errait tristement tandis que Nella emballait ses dernières affaires et les mettait à l'arrière de la camionnette.

Une heure plus tard, Anna emprunta l'allée de Fontainebleu pour la dernière fois.

Elle traversa Malmesbury, prit la route de Riekbeek Kasteel jusqu'aux montagnes d'où elle apercevait au loin la ferme de Simon, Goedgeluk. A cinq kilomètres de là, se trouvait la ferme d'Acker; plus de deux mille cinq cents hectares de terre à blé. Grâce à Dieu, ils avaient survécu.

Elle retourna au village et prit la route de Saldanha Bay.

Une heure plus tard, le paysage changea totalement : un sol sablonneux, des maisons de plus en plus pauvres, des moutons décharnés. Depuis combien de temps n'avait-elle pas emprunté cette route? Dix ans peut-être!

Elle ne pouvait s'empêcher de penser au premier jour où elle avait débarqué à Modderfontein.

D'amères pensées l'assaillirent. Le travail de toute une vie anéanti; l'héritage de sa famille dilapidé. Elle avait quarante-neuf ans. Il lui restait 350 rands.

Pourtant, elle refusait de capituler. Au village, elle s'arrêta devant le magasin principal et y entra. Quelle surprise de voir la fille d'Olivier assise à la caisse. Elle avait grossi et avait l'air d'un gros crapaud roux. Se trouvait-elle là depuis trente ans? Son mari, pâle, épuisé, portait des sacs dans le hangar jouxtant le magasin. Ç'aurait pu être Kurt.

Il lui faudrait désormais vivre de la terre. Pour la première fois, elle songeait à l'avenir, à sa survie. Ces derniers temps, elle s'était préoccupée du passé; de tout ce qu'elle perdait, et surtout des moyens de financer les recherches de Katie. Elle commençait à perdre l'espoir de retrouver sa fille. Elle avait l'impression d'avoir gâché sa vie.

Depuis des années, Anna refoulait ses émotions. Les actes mesquins de vengeance qu'elle avait entrepris étaient la conséquence d'une promesse qu'elle s'était faite au procès. Elle n'en avait retiré ni haine, ni satisfaction.

Elle était furieuse contre la banque, le liquidateur, Paul, elle-même à cause de sa négligence et, plus que tout, contre le destin qui lui avait assené un tel coup. Elle avait les mains tremblantes, les yeux embués, elle avait envie de frapper quelqu'un. Elle serrait les dents. Mais quand elle parvint au portail de la ferme et vit la grande pancarte « A Vendre », elle fondit en larmes et sa colère éclata. Elle avait vu le liquidateur et ses deux assistants placer des pancartes partout sur tout ce qu'elle possédait, tout ce qu'elle aimait.

Modderfontein n'était pas à vendre. Non, plus maintenant. La dette était réglée jusqu'au dernier centime.

Elle freina brusquement, bondit de la camionnette et s'acharna sur la pancarte. Haletant de rage, Anna saisit un bâton et cogna de toutes ses forces.

– Salaud! Salaud! dit-elle en sanglotant.

Elle se jeta sur la pancarte de toutes ses forces et la mit en pièces.

Tremblante, elle se rendit en voiture jusqu'à la maison. Après s'être remise de ses émotions, elle contempla le paysage. Tout était à l'abandon. Elle gara sa voiture dans la cour. En ouvrant la porte, elle eut l'impression de faire un retour dans le passé.

Un chien accourut. Jamais elle n'aurait un autre Wagter! Il lui lança un regard morne, la tête penchée. Devant ses gémissements, elle le caressa. Depuis combien de temps n'avait-elle pas caressé de chien?

Sur le mur de la cuisine, à un madrier de bois, pendaient des clés, chacune soigneusement étiquetée.

Elle prit celle de l'office et ouvrit lentement la porte. C'est là qu'elle entreposait ses poussins. Il y avait des rangées d'étagères pleines de linge et d'ustensiles de cuisine, tous intacts mais couverts de poussière.

Le vieux Jan lui manquerait pour allumer le poêle.

Elle se retrouvait seule; désormais, sa vie s'écoulerait ainsi jusqu'à sa mort. Elle fit sortir le chien et verrouilla la porte, puis se précipita dans la chambre et se jeta sur le matelas. Là, elle revécut les dernières semaines écoulées et la vente de Fontainebleu.

Elle avait l'impression étrange d'être aux prises avec des forces inconnues, de ne plus contrôler sa destinée, elle percevait les mêmes bruits, les mêmes odeurs que trente années auparavant. Un flot de souvenirs l'assaillit. Elle avait bouclé la boucle, revenant à son lieu de départ, comme un être perdu dans le désert.

Elle analysa le passé; c'est à Modderfontein, qu'elle avait perdu la joie à tout jamais, étouffé la passion et l'amour, appris à n'avoir confiance en personne. Une pensée fulgurante bouleversa son esprit : rejeter la joie et l'amour, c'était rejeter Dieu.

Elle entendit un agneau bêler sur les collines.

Impossible! Il n'y avait plus un seul mouton à Modderfontein. Elle les avait vendus bien des années auparavant. Pourtant, c'était bien un agneau qui appelait. Qu'était donc devenu Hansi? Elle se souvint qu'elle l'avait assassiné parce qu'il était toujours en travers de sa route. Elle fut prise de remords.

Les aboiements du chien la sortirent de sa léthargie. C'était l'aube. Depuis combien de temps le chien était-il resté sans nourriture?

Elle décida de l'appeler Wagter. Ils partirent tous deux explorer la ferme.

Comment avait-elle pu trouver cet endroit affreux? Bien sûr, il était improductif, sablonneux, battu par les vents, mais il en émanait une beauté sauvage insolite. Du haut de la colline, elle distinguait le lagon et à travers une brèche dans les collines, la mer. Les hauteurs étaient auréolées d'une étrange lueur rosée, la brume s'attardait dans la vallée.

Au lever du soleil, la ferme se mit à revivre. Une file de dindes sortit d'un bosquet d'eucalyptus et se dirigea vers les collines.

Stupéfiant! Deux dindes, sans doute oubliées mais fécondées, avaient donné le jour à ce troupeau. Des dindonneaux sautillaient dans l'herbe; çà et là poussaient du blé, des lupins, de la luzerne et de l'avoine, séquelles du bon vieux temps.

En contrebas, elle aperçut le barrage; il semblait avoir grandi; des babouins descendaient des collines pour patauger au bord de l'eau. Deux grisbocks l'effleurèrent, des hérons surgirent du ravin.

Une réserve naturelle d'animaux s'était créée; elle décida de la laisser en l'état.

L'agneau n'était donc pas perdu. Anna vit un petit troupeau de moutons s'avancer des collines; l'agneau sortit du ravin.

Le troupeau, une vingtaine de têtes, avait dû se cacher dans les ravins quand on avait rassemblé les moutons quelques années auparavant. Maintenant ils menaient une existence idyllique, avec de verdoyants pâturages et de l'eau en abondance.

Ce spectacle la rendit nostalgique. Elle se leva et reprit le chemin de la ferme. Quand elle atteignit la dernière colline, un nuage de poussière s'élevait sur le chemin menant à la ferme.

C'était Simon. Son cœur se mit à battre, le sang lui monta au visage.

– Mon Dieu, tu étais donc là! Acker et moi étions fous d'inquiétude. Pourquoi n'as-tu pas répondu au téléphone?

Il avait l'air soulagé et heureux de la voir.

– Ça n'a pas sonné. Pas étonnant, regarde! Les fils sont arrachés... Je suis désolée de ne pouvoir t'offrir de café, j'ai oublié d'acheter un réchaud.

– Je vais t'allumer le feu, lui dit-il.

Il fit le tour de la maison et ouvrit les volets. Anna avait quitté Fontainebleu depuis cinq jours et ses affaires n'étaient même pas déballées.

Ils dînèrent d'œufs au plat qu'il prépara.

– Anna, reviens avec moi.

– Nous avons trente ans de retard, dit-elle tristement, je ne veux pas de ta pitié. Je suis bien ici. Comment pourrions-nous repartir de zéro? Que de blessures, de confusion, de manque de confiance! Nous nous sommes détruits.

– Oublie le passé.

– Ce n'est pas facile.

– Tu te trompes.

Anna le regarda d'un air grave. Ils ne s'étaient jamais parlé avec autant de sincérité en trente ans.

– Je suis désolée, Simon. C'est la tempête sous mon crâne.

– Veux-tu vraiment rester seule?

– Oui.

68

La famille se réunit un soir pour prendre une décision. Anna les préoccupait. Elle passait son temps à errer dans Modderfontein, à dessiner des oiseaux, des paysages, refusant toute visite.

C'était une nuit particulièrement froide; ils étaient blottis autour de la cheminée chez Acker; tous s'inquiétaient de la santé d'Anna à l'approche de l'hiver.

– Maman a besoin d'aide, elle devient bizarre.

Margaret exprimait à haute voix ce que tous pensaient.

– Elle est bizarre depuis des années, dit Acker, depuis que Katie s'est enfuie. On aurait dû l'aider à ce moment-là.

– Elle a besoin d'un psychiatre, dit Simon d'un ton sinistre, mais elle s'y refuse.

– Ce qui lui manque, c'est le bonheur; elle ne s'est jamais remise du procès et du départ de ma sœur. Tout le monde était contre elle, elle ne peut l'oublier.

Il jeta un regard suppliant à Margaret.

– Nous devons essayer de la persuader de vivre avec nous.

Simon rentra chez lui, effrayé et triste; même le retour dans sa ferme ne parvenait pas à le rendre heureux.

Il y avait un courrier important pour Anna mais comme elle n'ouvrait plus les lettres, il était inutile de les lui remettre. Il les jeta sur la table de la salle à manger puis, après avoir enfilé sa robe de chambre, se versa une tasse de chocolat et parcourut les lettres.

En dehors de quelques factures, il y avait des publicités d'agences de recherche de personnes disparues.

– Quand on pense à tout l'argent qu'elle a dépensé pour rien, grommela Simon.

La dernière lettre venait d'Amérique. Simon l'ouvrit avec fébrilité et lut l'en-tête : *Donavan Launderettes Inc...*

Chère madame,

Récemment, j'ai lu votre annonce dans la rubrique d'avis de recherche du journal local et la description de votre fille disparue m'a rappelé une infirmière qui a travaillé dans un hôpital de la région où j'ai été opéré de l'appendicite il y a quatre mois. Elle devait avoir une vingtaine d'années et prétendait s'appeler Katie Smit. Elle m'a dit qu'elle venait d'Afrique du Sud et qu'elle allait partir dans un autre hôpital à Los Angeles. Nous avons souvent bavardé ensemble et je suis convaincu qu'il s'agit de votre fille. Malheureusement je ne peux m'occuper de votre affaire mais je peux vous mettre en contact avec une excellente agence de Los Angeles à laquelle je me suis adressé plusieurs fois.

Suivait l'adresse; la lettre était signée par le Dr Hal Donavan.

Il semble sincère, se dit Simon. Après tout, il ne demandait pas d'argent.

– Je vais écrire dès ce soir, dit Margaret quand Simon lui téléphona. Ne dis rien à Anna tant que nous n'aurons rien de positif. Elle a eu suffisamment de déceptions ces temps-ci.

Ils furent très heureux de se rendre utiles.

– C'est drôle, dit Acker à Margaret, je ne peux imaginer Katie infirmière. Ce n'est pas son style. Je suppose que les gens peuvent changer, qu'en penses-tu?

– Je ne l'ai jamais vraiment connue, murmura Margaret somnolente.

– C'est la faute de Simon, si Anna est bizarre.

– Pourquoi?

– Il est trop mou avec elle. Il devrait la ramener de force à la ferme et la violer si nécessaire.

– Tu préconises le viol comme thérapeutique universelle? Mmm... dit-elle en se blottissant contre lui.

Deux semaines plus tard, Simon reçut une réponse de l'agence de Los Angeles. L'auteur de la lettre, un certain Hank Lawson qui se disait directeur, déclarait qu'il avait mené une enquête et découvert que Mlle Katie Smit avait été infirmière dans un hôpital de la région pendant quatre mois mais en était partie cinq mois plus tôt pour s'installer à son compte à Vancouver. Les recherches exigeraient une avance de cinq mille dollars.

Simon avait cinquante mille rands à la banque. Il demanda une autorisation de transfert et put, cinq jours plus tard, expédier l'argent. Il attendit fébrilement la réponse, se demandant comment annoncer la nouvelle à Anna.

Chaque chose en son temps, se dit-il, car il était inquiet pour sa femme. Elle était si amaigrie et si bizarre! Elle passait son temps à vagabonder dans Modderfontein. Elle mangeait à peine et n'allumait même pas le poêle. Comment survivrait-elle à un hiver rigoureux?

Acker avait raison. Anna n'avait besoin que d'une chose : le bonheur. Si seulement ils pouvaient retrouver Katie! Mais les semaines passèrent. Aucun rapport ne leur parvint. Simon devenait de plus en plus nerveux. Il se décida à enquêter auprès du consul d'Afrique du Sud. La réponse fut brève. Il n'existait aucune trace de l'agence; elle avait probablement fait faillite, si toutefois elle avait existé.

Simon était furieux.

Il passa plusieurs jours à se lamenter. Puis, soudain, sa décision fut prise.

Goedgeluk fut vendue aux enchères. Quand il eut reçu 40 000 rands, il fit ses bagages et partit précipitamment, laissant la responsabilité de la ferme à Acker jusqu'à l'arrivée des nouveaux propriétaires.

Comme d'habitude, il n'y avait aucune trace d'Anna. Modderfontein était désert. Les poules picoraient dans la cour. Simon partit sur les collines et la trouva, assise, le regard fixé sur les vagues qui venaient mourir sur les rochers. Des pluviers se posaient sur le sable au bord de l'eau à la recherche de coquillages abandonnés par la marée; à quelques mètres du rivage, un phoque s'agitait dans les brisants.

Il resta un instant à l'observer. Elle sentit sa présence, se retourna et lui sourit. Simon frissonna. Quelle pâleur! Pourtant, à quarante-neuf ans, elle était encore belle avec ses yeux d'un bleu profond. Il l'aimait ainsi, les cheveux tombant sur les épaules.

– Pourquoi ce regard?

– Tu as l'air de te trouver bien à Modderfontein. Tu as rajeuni!

– Nous allons être expropriés.

– Tu plaisantes?

– Non, je suis sûre que tu as entendu parler de la construction d'une voie ferrée dans les champs de minerai qui s'étendent jusqu'à Saldanha Bay, on doit agrandir le port. Il leur faudra Modderfontein, dit-elle, la gorge serrée. Ces derniers temps, je m'étais tant attachée à ces lieux.

– Oh, ils n'ont pas une grande valeur.

– Au contraire; en dédommagement, nous recevrons une somme assez conséquente pour acheter une ferme ailleurs.

– Mon Dieu, dit Simon en riant, cette vieille ferme nous aura tout de même servi à quelque chose!

– Viens t'asseoir près de moi, dit Anna. Regarde.

Simon aperçut des ombres noires surgir de l'eau : des baleines!

– Il y en a tout un banc; j'en ai compté huit.

Simon lui prit la main.
– Tu n'as même pas de manteau, rentrons à la maison.
– Ne t'inquiète donc pas, Simon. Je vais très bien, j'apprends de nouveau à vivre. Je vais avoir cinquante ans; j'ai toujours pensé que c'était très vieux, mais ces derniers temps, je me sens plus jeune que jamais. C'est insensé, n'est-ce pas?
– Non, tu as effectivement l'air plus jeune; si seulement tu n'étais pas si maigre et si pâle!
– Hier, il est arrivé un événement merveilleux; j'ai entendu craquer des feuilles sèches sous mes pas. Cela ne m'était pas arrivé depuis mon adolescence. Quelle joie de percevoir ce craquement si spécial! Ensuite, j'ai ramassé des pommes de pin pour un feu. J'avais oublié le sens du bonheur.
Elle esquissa un sourire.
Elle redevenait la jeune fille timide dont l'image était gravée dans sa mémoire.
Le sourire d'Anna s'évanouit lorsqu'ils atteignirent Modderfontein et qu'elle vit les valises de Simon dans le salon.
– J'ai vendu la ferme.
Il lui montra la lettre de Hal Donavan.
Anna pressentait l'escroquerie. Elle en avait tellement l'expérience.
– Tu as vendu la ferme pour suivre cette piste?
– Oui.
Anna lui lança un regard compatissant. Se séparer de sa terre avait dû être un véritable calvaire.
– Pourquoi, Simon, dis-moi pourquoi?
– Parce que... Oh, et puis merde! Anna, ne me demande pas pourquoi; parce que Katie a disparu, que tu vas devenir folle ici. Si je ne retrouve pas Katie, c'est toi que j'aurai retrouvée.
Il se cacha le visage dans ses mains.
– Je crois que tu as raison.

Elle l'observa en silence, refoulant le désir de se jeter dans ses bras.

– Je vais préparer le dîner, dit-il.

69

Pour Paul, la réhabilitation fut longue et douloureuse. Au début, il ne vit pas le temps passer. Il subsistait. Le matin, il se levait, se douchait, se rendait à son travail, il vendait des voitures d'occasion. Le soir, il achetait un hot dog au café du coin, lisait le journal, retournait dans sa chambre et s'endormait.

Petit à petit, il se remettait. Un jour, il décida de prendre un nouveau départ. Mais comment? Il n'allait pas se relancer dans les supermarchés. Cette seule pensée lui donnait la nausée. L'immobilier! Oui, l'immobilier! Johannesburg était en pleine expansion.

A la fin du mois, lorsqu'il reçut son salaire, il investit tout son argent dans une société de construction et, au grand étonnement de son employeur, lui annonça qu'il le quittait. Il était devenu expert en matière de vente de voitures d'occasion mais il n'y prenait aucun plaisir. Il se rendit en ville et fit imprimer des cartes : *Paul Friedland, agent immobilier.*

En un rien de temps, les affaires se multiplièrent. Paul travaillait du matin au soir.

Il lui fallait retourner au Cap. Il acheta une voiture d'occasion à son ex-employeur et s'y rendit.

Paul arriva à la ferme d'Acker un soir à neuf heures. Acker fut trop surpris pour lui faire un accueil chaleureux. Sa colère à son égard s'était depuis longtemps évanouie; pourtant, il se sentait mal à l'aise, conscient de l'effort surhumain qu'avait dû faire Paul pour affronter la famille.

– Rosemary est dans le salon avec Margaret, dit-il, essayant de sourire.

» Elles ont reçu une lettre de leur mère particulièrement amusante.

Des éclats de rire fusaient dans la pièce voisine.

– Entre, dit Acker à Paul qui hésitait sur le pas de la porte.

– Merci. Où est Anna? Je suis allé à Modderfontein... j'ai pensé qu'elle était là.

– Elle est partie avec Simon à la recherche de Katie.

– Attends un instant, j'ai peur tout à coup, je préfère attendre ici.

Acker, souriant, lui donna une tape sur l'épaule et le laissa.

– Pourquoi ces éclats de rire? demanda-t-il à Margaret.

– C'est maman. Une lettre pleine de nostalgie. Ecoute.

L'Angleterre n'est pas du tout telle qu'elle était gravée dans mon souvenir. Il y a tellement de monde, la circulation est si intense! J'ai peur de traverser la rue. Ici, ils mènent une vie difficile, comparée à la nôtre.

– Tu remarques que l'Angleterre n'est plus « notre pays », dit Margaret en souriant à Acker. Ecoute :

Le soleil et même Stellenbosch me manquent; je crois que je me suis détachée de l'Angleterre. J'attends avec impatience l'heure de mon retour.

– Quel dommage! dit Rosemary. Toutes ces années à rêver à ce « retour au pays »! C'est amusant, mais triste aussi.

– Qui a frappé? demanda Margaret.

– Paul.

Rosemary resta figée.

– *Mon* Paul?

– Oui.

Elle se précipita dans le couloir.

– Il ne devrait pas venir ici, dit Margaret d'un air pincé. Il va lui briser le cœur quand il repartira. Cet homme est un monstre.

– Il n'a pas dû faire tout ce trajet pour rien.

– Je suis venu te chercher, dit Paul calmement, en refermant la porte.

Elle le regarda froidement.

– Comme ça, simplement?

– Je ne veux pas... te supplier de venir... je pensais que peut-être...

Qu'avait-il cru? Qu'elle sauterait de joie? Rosemary semblait avoir changé. Elle avait une force de caractère qu'il n'avait jamais soupçonnée.

Le visage de Paul s'assombrit. Rosemary était désespérée.

– Ne te méprends pas, dit-elle, je t'aime; il n'y aura probablement personne d'autre dans ma vie, mais vivre avec toi comme avant, non merci. Il n'y avait aucune joie, aucune intimité. Je combinais simplement les fonctions d'amante et de maîtresse de maison.

– Qu'y a-t-il d'autre?

Rosemary s'emporta violemment, mais lorsqu'elle leva les yeux vers lui, il souriait. Quand l'avait-elle vu rire pour la dernière fois? Elle était désarçonnée.

– Oublions le passé, dit Paul.

A quoi bon discuter? Il se le demandait. Pourquoi ne pas rentrer directement à Johannesburg? Sans doute parce que récemment il n'avait pensé qu'à elle; tout ce qu'il avait fait, c'était pour elle. Il ressentit une impression de bien-être. Il fallait attendre qu'elle se calme.

– Sais-tu où le bât blesse?

– Je suis sûr que je vais le savoir.

– Tu n'es pas assez juif pour moi. Que sais-tu de la religion? Tu es censé être un fervent pratiquant et tu ignores probablement que le judaïsme rejette l'ascétisme. Bonté divine, les gens semblent croire que le malheur est une vertu. Chez toi, c'est pire! Le bonheur est un vice. Tu te culpabilises chaque fois que tu es heureux. Le Talmud dit que ne pas participer aux joies légitimes de l'existence est une offense contre Dieu. Crois-tu que notre vie sexuelle ait été une réussite? Que j'y aie pris du plaisir? Tu faisais l'amour comme un voleur. A la sauvette. Au plus profond de la nuit... Et puis au diable tout cela!

– Oui, au diable tout cela! dit-il en ôtant ses chaussures.

Il se leva et commença à se dévêtir.

– Doux Jésus!

– Allons, Rosemary, ne gâche pas tout maintenant; tu ne te défendais pas si mal!

– Peu m'importe si tu te moques de moi, dit-elle en sanglotant, je ne suis pas la femme facile que tu crois. Je ne reviendrai avec toi qu'à une condition : que tu partages tout, tes affaires, ta religion, ta vie.

– Je viens de monter une agence immobilière.

Avec un sourire forcé, il ôta sa chemise.

– Je ne peux me permettre de prendre une secrétaire, aussi suis-je venu te chercher. Nous nous marierons à la synagogue à côté de chez nous; la date est fixée; quant à l'amour, je suis tout excité. Ne dis rien, déshabille-toi, je crois qu'on va pouvoir résoudre nos problèmes.

Elle le regarda, les yeux écarquillés, la bouche ouverte. Paul était transformé. Infiniment plus désirable, mais néanmoins un étranger. Soudain, elle se sentit timide.

70

Anna rêvait. Les étranges bruits nocturnes d'une ville inconnue se mêlaient à ses craintes. *Elle était seule dans la grisaille de l'aube, perdue dans les rues de Los Angeles. Elle entendit le pas feutré et le grognement sourd d'une bête sauvage sur ses pas. Jetant un coup d'œil, elle vit un léopard, dont l'haleine fumait dans le froid matinal. Elle savait qu'il était descendu des collines de Modderfontein pour lui indiquer le chemin, mais, effrayée, elle s'enfuit. La bête lui lança un regard hargneux et disparut dans la brume. Des gens hurlaient. Elle hésita jusqu'au moment où elle entendit des coups de feu. Alors, elle courut de plus belle. « Ne tirez pas, ne tirez pas! » s'écria-t-elle. Mais la bête gisait, mortellement atteinte. Quand elle se pencha, elle reconnut Simon.*

Elle se réveilla en sueur, terrorisée, et se précipita vers la porte de communication. Elle s'arrêta un instant. Allait-elle franchir le pas qui la conduirait de la sécurité de l'indépendance à la peur de la tendresse? La hantise de l'amour. Voilà où elle en était à cinquante ans! Elle retourna dans sa chambre. Incapable de fermer l'œil, elle songea aux six semaines qui venaient de s'écouler.

Ils étaient arrivés un matin à Los Angeles. Avant de descendre à l'hôtel, ils s'étaient rendus directement en taxi à l'agence du détective. Immeubles minables côtoyant de petites boutiques. Il n'y avait jamais eu d'agence dans cet immeuble selon le concierge, encore moins de Hank Lawson.

Refusant d'accepter la défaite, ils avaient misé tous leurs espoirs sur la première lettre. Ils passèrent les jours suivants à visiter les hôpitaux et les cliniques du district. Ce fut une tâche bien plus ingrate qu'ils ne l'avaient imaginé; à la fin du second jour, ils se partagèrent le travail. Ils ne se retrouvaient qu'au dîner.

Quand ils arrivèrent en Floride, trois semaines plus tard, ils découvrirent que Hal Donavan n'existait pas non plus. Ils n'en furent pas surpris.

Dès lors, Anna observa Simon, pour la première fois confronté à la réalité. On lui avait extorqué cinq mille rands, il avait vendu sa ferme et Katie n'était toujours pas retrouvée. Il se renfermait chaque jour davantage; elle, au contraire, se rapprochait de lui. Si seulement il faisait le premier pas; de son côté, il espérait aussi. Elle avait été incapable de lui montrer la moindre lueur d'affection. Ils avaient passé six semaines ensemble comme des compagnons de voyage, partageant les repas, les corvées et les déceptions. Ils passaient des heures à parler du paysage et des gens qu'ils rencontraient, disant n'importe quoi pour rompre le silence, en vain. Anna commençait à comprendre Simon. Il était hypersensible, comme elle; il craignait de donner de peur d'être blessé.

Quand ils se furent assurés que Katie n'avait jamais travaillé en Floride, ils retournèrent à Los Angeles et Simon passa la semaine à assiéger la poste. Les enquêtes avaient révélé que le correspondant, à la poste restante où il avait expédié l'argent, n'avait pas changé d'adresse ces douze derniers mois.

Allongée sur son lit, Anna songeait à Simon.

Tout à coup, elle repoussa les draps et les couvertures et se rendit dans sa chambre. Elle était vide. Le lit était défait.

Anna eut un instant de panique. Elle s'habilla et demanda à la réception qu'on lui appelle un taxi.

Simon avait froid. Il était épuisé à force d'arpenter les couloirs de la poste. Hal Donavan finirait bien par venir chercher le courrier qu'il lui avait adressé quelques jours auparavant.

Le voyage avait été un fiasco. Pourtant, tout n'était

pas négatif. Anna changeait. Elle commençait à éprouver des sentiments humains qui se reflétaient sur son visage; elle avait retrouvé son habitude curieusement puérile de se mordre les lèvres quand elle était déçue et son enthousiasme à la découverte de nouveaux sites.

Le bruit de hauts talons dans le couloir le fit sursauter. C'était Anna.

– Mon Dieu, Simon, j'étais si inquiète! dit-elle en se précipitant vers lui.

– Tout va bien, mais que fais-tu là?... Il n'est pas venu.

– Partons, dit-elle embarrassée.

Anna l'entendit la première. Des pas feutrés. Elle pressa le bras de Simon.

– Partons.

Simon la repoussa.

– Non, attends.

Il sortit de sa poche des lettres et des clés et s'éloigna lentement comme s'il venait de retirer son courrier.

Un petit homme, l'air sournois, s'approcha. Ce n'est pas lui, se dit Simon. Ses longs cheveux bouclés, ses lèvres charnues et ses grands yeux marron lui donnaient un aspect de chérubin, en contraste avec ses grosses lunettes, son costume gris et sa cravate noire. Pourtant, il se dirigeait vers la boîte. Il l'ouvrit. Il n'y avait qu'une lettre que Simon reconnut. Le chérubin esquissa un sourire béat, ouvrit la lettre, empocha le chèque et jeta le reste.

– Crétin, murmura-t-il.

Simon s'avança, l'air menaçant. L'homme était coincé.

– Hank Lawson, ou bien Hal Donavan? Vous avez deviné mon nom, je crois : crétin.

L'expression du chérubin se figea pour laisser place à la terreur. Il essaya de fuir. Simon le saisit par la cravate. Il le secoua légèrement.

– Vous n'allez tout de même pas me frapper!

Simon lui ôta ses lunettes et les piétina.

– Vous n'allez pas frapper un homme sans défense, un homme qui ne voit rien?

Il cligna des yeux.

Simon lui décocha un coup de poing presque à contrecœur et, le saisissant par le collet, l'envoya valdinguer.

S'appuyant contre le mur, il soupira. Quel coup de théâtre! La revanche, c'est pour les faibles, se dit-il, c'est un ersatz du succès. On aurait pu passer une semaine si agréable!

– Attention! Il est armé! s'écria Anna.

Simon n'eut que le temps de la pousser de côté. Un coup de feu retentit.

– Il vient vers nous, murmura Anna.

– Grand Dieu, pourquoi es-tu venue?

Il avança la tête et recula aussitôt; un autre coup de feu retentit.

– Anna, baisse-toi, couche-toi. Il est fou de rage mais il ne voit rien sans ses lunettes, ne t'inquiète pas.

Tapi derrière la rangée de boîtes, prêt à bondir, à l'affût du moindre bruit de pas, il essaya d'évaluer la distance.

– Simon, il faut que tu saches, je t'aime; j'étais venue te le dire mais ta chambre était vide.

– Tais-toi, Anna, ne bouge pas.

– Simon, est-ce que tu m'aimes?

– Reste tranquille.

– Tu ne peux donc pas dire oui?

– Ce n'est pas le moment. Tu as le don de choisir le mauvais moment. Cela résume l'histoire de notre vie.

– Ne me rends pas responsable de tout, tu as toujours accepté la défaite trop facilement.

– Avec toi peut-être, mais pas avec ce type-là. Il approche.

Simon bondit. Un coup partit au moment même où il se précipitait vers le pseudo-détective. Il le saisit aux jambes, le déséquilibrant. Ils tombèrent tous deux à la renverse. Simon cogna avec force la tête de son adversaire contre le sol.

– C'est bon, tu peux te relever, lui dit-il en se saisissant de son revolver.

Anna se précipita vers lui.

– Tu es blessé! Oh, Simon, tu saignes!

– Appelle la police, dépêche-toi, j'ai affreusement mal.

Il s'évanouit.

Quand Simon reprit connaissance, il faisait grand jour. Il ouvrit les yeux. Il avait des maux de tête effroyables; son épaule pesait une tonne.

Il se trouvait dans un hôpital. Il essaya de se redresser, Anna aussitôt se pencha vers lui; dans son regard se lisait l'inquiétude.

– Tout va bien; c'est une blessure superficielle, tu seras rétabli très vite.

Simon ressentit une étrange sensation, comme s'il était détaché de ce monde. Il reprenait confiance en l'avenir. Je suis un fermier sans ferme, qu'importe, se disait-il, je repartirai de zéro. Je suis un mari sans épouse mais elle va me revenir. Je suis un père qui a perdu sa fille, mais je la retrouverai. Désormais, je créerai un univers nouveau et cette femme en fera partie.

Il plongea son regard dans celui d'Anna.

– Tu m'avais posé une question, n'est-ce pas?

Il lui prit la main.

– Je t'aime, dit-elle, rougissante comme une adolescente.

– Ça fait un mal de chien, j'espère qu'ils vont m'enlever tout ça.

– J'ai très envie de rentrer à la maison.

– Impossible. On doit faire une déposition. La police nous préviendra.

Elle se pencha vers lui et l'embrassa.

– Que ce soit pour nous des vacances, des vacances ensemble; après tout, on n'est pas mal ici, on se croirait chez nous.

71

Ils revenaient d'Hollywood dans une circulation dense, après une journée de tourisme. La radio hurlait. Ils étaient tous deux épuisés.

Simon avait insisté pour prendre le volant, bien qu'il ne fût pas encore totalement rétabli. Anna somnolait lorsque au milieu des grésillements et des parasites de la radio, elle perçut une voix familière. L'espace d'un instant, elle tressaillit et saisit le bras de Simon. La voiture fit une embardée.

Simon surpris parvint à redresser la voiture de justesse. Des voitures klaxonnaient. Un conducteur, à sa droite, se pencha à la vitre et l'insulta.

– C'est Katie! Simon, c'est Katie!

– Qu'est-ce qui te prend, Anna?

– C'est Katie! C'est Katie! Tu ne l'entends pas? Quitte l'autoroute, je t'en prie, Simon.

– Calme-toi, Anna.

Il mit le clignotant et prit la sortie suivante; puis il s'arrêta sur le bas-côté. La chanson se terminait. Anna était bouleversée.

– Vous venez d'entendre la belle voix de Jasmine O'Carrol dans l'un des extraits de son dernier album : *Jasmine, toujours Jasmine.* Le titre? *Je t'aime.* Jasmine fera sa première apparition en Amérique, la semaine prochaine, au Cesar Palace. Elle sera accompagnée par son mari, Michael O'Carrol qui compose toutes ses chansons. Souvenez-vous de *Soirées d'au-*

tomne qui fut numéro un au hit-parade, dix semaines de suite. Bienvenue en Amérique, Jasmine O'Carrol.

Anna éteignit la radio et éclata en sanglots.

Simon passa son bras autour de ses épaules.

– Ne pleure pas, mon amour, un de ces jours, elle reviendra à la maison ou bien elle écrira, tu verras.

– Mais c'est elle, je te dis que c'est elle, ma Katie.

Anna erra des jours et des jours. Etait-ce le fait d'avoir retrouvé Katie ou la redécouverte de l'amour auprès de Simon? C'était le passage brutal de la dépression au bonheur. Elle avait perdu l'habitude d'être heureuse, il lui fallait du temps pour s'adapter. Du bonheur, de la douleur ou du chagrin, on ne pouvait avoir que des impressions fugitives. Du moins en était-il ainsi pour elle. En prenant son bain ou en se promenant, une joie soudaine vibrait en elle; elle avait alors envie de chanter ou de rire.

Elle était heureuse, donc tout le monde devait l'être autour d'elle. Quelle ne fut pas sa surprise un soir, en rentrant à l'hôtel, de remarquer l'air soucieux de Simon qui feignait de lire tranquillement son journal.

– As-tu mal?

– Quoi?

– Ton épaule?

Il fronça les sourcils.

– Non, non, je n'y pensais même pas.

Comme il ressemblait à son fils!

– A quoi pensais-tu alors?

– A rien... à rien...

Anna, intriguée par la tristesse qui se lisait sur son visage, savait qu'il mentait.

– Regarde, dit Simon pour tenter de détourner l'attention d'Anna, voilà un article sur le dernier disque de Katie. Les publicitaires travaillent sans relâche pour le spectacle. C'est le quatrième article en deux jours.

Anna s'assit près de lui et passa son bras autour de son cou.

– Hum... dit-elle, après l'avoir lu.

Elle regarda Simon et comprit soudain ce qui n'allait pas.

– Quand nous aurons vu Katie, nous repartirons chez nous, lui dit-elle.

– Tu as raison, j'ai le mal du pays; j'ai hâte de rentrer. Dans cinq ans, j'aurai de nouveau une ferme. Il me reste encore un petit capital.

Il jeta un coup d'œil par la fenêtre; le brouillard était dense; il frissonna.

– Quel froid! Chez nous, c'est l'époque de la moisson. En ce moment, je parie que tu pourrais faire frire un œuf sur la moissonneuse.

– Nous serons vite de retour.

– Mais pas à Goedgeluk. Jamais on ne retrouvera une telle ferme! Enfin... j'aurai eu une bonne récolte dans ma vie. La meilleure! Ça me suffit.

– Simon, tu as une autre sorte de moisson qui t'attend...

Il avait toujours le regard fixé à la fenêtre.

– A nous deux, on peut gagner assez d'argent pour s'offrir une nouvelle ferme. Repartons de zéro, cette fois tous les deux.

Simon la regarda longuement. Puis, la prenant par la main, il l'attira vers lui.

– D'accord.

Soudain, Anna se blottit contre lui, attirée par ses grands yeux verts, son corps bronzé; le souvenir de leur première rencontre à Modderfontein resurgit.

Simon se pencha et l'embrassa.

– Depuis longtemps, je fais le même rêve; j'aimerais qu'il se réalise. Il me hantait pendant la guerre. Tu vas rire. Je m'imagine assis sur le tracteur en plein soleil, tu traverses les champs pour m'apporter de la citronnade.

– Oui? Désormais, il en sera ainsi.

Elle l'étreignit, tout en songeant à la lettre de Kurt, reçue le matin même. De nouveau, ses affaires la préoccupaient, mais cette fois, elle prendrait le temps de préparer de la citronnade.

Il y aurait un temps pour le travail, un temps pour l'amour.

Elle sentait qu'elle touchait à l'essentiel.

Elle se leva, se dirigea vers la salle de bains et se regarda dans la glace. A mon âge, dans un pays étranger, j'ai redécouvert les vraies valeurs humaines, se dit-elle. Elle avait quelques rides, quelques cheveux blancs; la jeune fille au sourire timide et à la gracieuse silhouette avait disparu, mais le miroir lui renvoyait une image nouvelle qu'enfin elle aimait.

On frappa à la porte.

– J'y vais, dit Simon.

Anna se contemplait toujours dans le miroir. J'ai peut-être changé, mais les autres aussi!

Elle songea à Paul qui, malgré sa faillite, avait découvert qu'il était encore quelqu'un; à Acker, faisant la paix avec Dieu; à Katie, née dans le malheur et devenue célèbre; à Simon, découvrant qu'en fait c'est lui qui donnait; à son propre échec transformé en joie, en bonheur, en passion.

Elle entra dans la chambre. Simon lui tendit un verre.

– A ta santé!

– A la vie qui nous attend!

Il l'observa, intrigué.

– A la vie!

Ce soir-là, ils firent l'amour avec tendresse et avec fougue. Simon avait toujours le bras en écharpe; Anna se recroquevilla contre lui, le couvrant de baisers.

Elle se sentait en paix avec l'univers. Je redoutais la douleur, se dit-elle, et je vivais dans un monde sans joie, je redoutais les blessures et je vivais dans un monde sans amour; j'ai forgé un carcan, je fus ma propre prisonnière.

Elle s'endormit, blottie contre Simon.

Littérature

extrait du catalogue

Cette collection est d'abord marquée par sa diversité : classiques, grands romans contemporains ou même des livres d'auteurs réputés plus difficiles, comme Borges, Soupault, Goes. En fait, c'est tout le roman qui est proposé ici, Henri Troyat, Bernard Clavel, Guy des Cars, Alain Robbe-Grillet, mais aussi des écrivains étrangers tels que Moravia, Colleen McCullough ou Konsalik.

Les classiques tels que Stendhal, Maupassant, Flaubert, Zola, Balzac, etc. sont publiés en texte intégral au prix le plus bas de toute l'édition. Chaque volume est complété par un cahier photos illustrant la biographie de l'auteur.

AKÉ LOBA	Kocoumbo, l'étudiant noir 1511***
ALLEY Robert	La mort aux enchères 1461**
ANDREWS Virginia C.	Fleurs captives :
	- Fleurs captives 1165****
	- Pétales au vent 1237****
	- Bouquet d'épines 1350****
	- Les racines du passé 1818****
	Ma douce Audrina 1578****
APOLLINAIRE Guillaume	Les onze mille verges 704*
	Les exploits d'un jeune don Juan 875*
AUEL Jean M.	Ayla, l'enfant de la terre 1383****
AVRIL Nicole	Monsieur de Lyon 1049***
	La disgrâce 1344***
	Jeanne 1879***
	L'été de la Saint-Valentin 2038**
BACH Richard	Jonathan Livingston le goéland 1562* illustré
BALZAC Honoré de	Le père Goriot 1988**
BARBER Noël	Tanamera 1804**** & 1805****
BAUDELAIRE Charles	Les fleurs du mal 1939**
BAUM Frank L.	Le magicien d'Oz 1652**
BELMONT Véra	Rouge Baiser 2014***
BORGES & BIOY CASARES	Nouveaux contes de Bustos Domecq 1908***
BORY Jean-Louis	Mon village à l'heure allemande 81***
BOVE Emmanuel	Mes amis 1973***
BRADFORD Sarah	Grace 2002****

BREILLAT Catherine	Police 2021**
BRENNAN Peter	Razorback 1834****
BRISKIN Jacqueline	Les sentiers de l'aube 1399**** & 1400****
BROCHIER Jean-Jacques	Odette Genonceau 1111*
	Villa Marguerite 1556**
BURON Nicole de	Vas-y maman 1031**
	Dix-jours-de-rêve 1481***
CALDWELL Erskine	Le bâtard 1757**
CARS Guy des	La brute 47***
	Le château de la juive 97****
	La tricheuse 125***
	L'impure 173****
	La corruptrice 229***
	La demoiselle d'Opéra 246***
	Les filles de joie 265***
	La dame du cirque 295**
	Cette étrange tendresse 303***
	La cathédrale de haine 322***
	L'officier sans nom 331**
	Les sept femmes 347****
	La maudite 361***
	L'habitude d'amour 376**
	Sang d'Afrique 399** & 400**
	Le Grand Monde 447**** & 448****
	La révoltée 492****
	Amour de ma vie 516***
	Le faussaire 548****
	La vipère 615****
	L'entremetteuse 639****
	Une certaine dame 696****
	L'insolence de sa beauté 736***
	L'amour s'en va-t-en guerre 765**
	Le donneur 809**
	J'ose 858**
	De cape et de plume 926*** & 927***
	Le mage et le pendule 990*
	Le mage et les lignes de la main... et la bonne aventure... et la graphologie 1094****
	La justicière 1163**
	La vie secrète de Dorothée Gindt 1236**
	La femme qui en savait trop 1293**

Guy des Cars (suite)	*Le château du clown 1357★★★★*
	La femme sans frontières 1518★★★
	Le boulevard des illusions 1710★★★
	Les reines de cœur 1783★★★
	La coupable 1880★★★
	L'envoûteuse 2016★★★★★
CARS Jean des	*Sleeping Story 832★★★★*
	Haussmann, la gloire du 2nd Empire 1055★★★★
	Louis II de Bavière 1633★★★
	Elisabeth d'Autriche (Sissi) 1692★★★★
CASTELOT André	*Les battements de cœur de l'histoire 1620★★★★*
	Belles et tragiques amours de l'histoire-1 1956★★★★
CASTILLO Michel del	*Les Louves de l'Escurial 1725★★★★*
CASTRIES Duc de	*La Pompadour 1651★★★★*
	Madame Récamier 1835★★★★
CATO Nancy	*L'Australienne 1969★★★★ & 1970★★★★*
CESBRON Gilbert	*Chiens perdus sans collier 6★★*
	C'est Mozart qu'on assassine 379★★★
	La ville couronnée d'épines 979★★
	Huit paroles pour l'éternité 1377★★★★
CHARDIGNY Louis	*Les maréchaux de Napoléon 1621★★★★*
CHASTENET Geneviève	*Marie-Louise 2024★★★★★*
CHAVELET Élisabeth & DANNE Jacques de	*Avenue Foch 1949★★★*
CHOUCHON Lionel	*Le papanoïaque 1540★★*
CHOW CHING LIE	*Le palanquin des larmes 859★★★*
	Concerto du fleuve Jaune 1202★★★
CLANCIER Georges-Emmanuel	*Le pain noir 651★★★*
CLAVEL Bernard	*Le tonnerre de Dieu 290★*
	Le voyage du père 300★
	L'Espagnol 309★★★★
	Malataverne 324★
	L'hercule sur la place 333★★★
	Le tambour du bief 457★★
	Le massacre des innocents 474★
	L'espion aux yeux verts 499★★★
	La grande patience :
	1 - La maison des autres 522★★★★
	2 - Celui qui voulait voir la mer 523★★★★
	3 - Le cœur des vivants 524★★★★
	4 - Les fruits de l'hiver 525★★★★

DOS PASSOS John	*Les trois femmes de Jed Morris 1867***
DUTOURD Jean	*Henri ou l'éducation nationale 1679****
ESCARPIT Robert	*Les voyages d'Hazembat 1881*****
EXMELIN A.O.	*Histoire des Frères de la côte 1695*****
FERRIÈRE Jean-Pierre	*Jamais plus comme avant 1241****
	*Le diable ne fait pas crédit 1339***
FEUILLÈRE Edwige	*Moi, la Clairon 1802***
FIELDING Joy	*La femme piégée 1750****
FLAUBERT Gustave	*Madame Bovary 103****
FLEISCHER Leonore	*Annie 1397****
	*A bout de souffle/made in USA 1478***
	*Staying Alive 1494****
FRANCIS Richard	*Révolution 1947****
FRANCOS Ania	*Sauve-toi, Lola ! 1678*****
	*Il était des femmes dans la Résistance... 1836*****
FRISON-ROCHE	*La peau de bison 715***
	*La vallée sans hommes 775****
	*Carnets sahariens 866****
	*Premier de cordée 936****
	*La grande crevasse 951****
	*Retour à la montagne 960****
	*La piste oubliée 1054****
	*La Montagne aux Écritures 1064****
	*Le rendez-vous d'Essendilène 1078****
	*Le rapt 1181*****
	*Djebel Amour 1225*****
	*La dernière migration 1243*****
	*Peuples chasseurs de l'Arctique 1327*****
	*Les montagnards de la nuit 1442*****
	*Le versant du soleil 1451**** & 1452*****
	*Nahanni 1579****
GALLO Max	*La baie des Anges :*
	*1 - La baie des Anges 860*****
	*2 - Le palais des Fêtes 861*****
	*3 - La promenade des Anglais 862*****
GEDGE Pauline	*La dame du Nil 1223*** & 1224****
	*Les seigneurs de la lande 1345**** & 1346*****
GERBER Alain	*Une rumeur d'éléphant 1948******
GOES Albrecht	*Jusqu'à l'aube 1940****

GRAY Martin	*Le livre de la vie* 839★★
	Les forces de la vie 840★★
	Le nouveau livre 1295★★★
GRÉGOIRE Menie	*Tournelune* 1654★★★
GROULT Flora	*Maxime ou la déchirure* 518★★
	Un seul ennui, les jours raccourcissent 897★★
	Ni tout à fait la même, ni tout à fait une autre 1174★★★
	Une vie n'est pas assez 1450★★★
	Mémoires de moi 1567★★
	Le passé infini 1801★★
GUERDAN René	*François Ier* 1852★★★★ (août 86)
GURGAND Marguerite	*Les demoiselles de Beaumoreau* 1282★★★
GUTCHEON Beth	*Une si longue attente* 1670★★★★
HALÉVY Ludovic	*L'abbé Constantin* 1928★★
HALEY Alex	*Racines* 968★★★★ & 969★★★★
HAYDEN Torey L.	*L'enfant qui ne pleurait pas* 1606★★★
	Kevin le révolté 1711★★★★
HAYS Lee	*Il était une fois en Amérique* 1698★★★
HÉBRARD Frédérique	*Un mari, c'est un mari* 823★★
	La vie reprendra au printemps 1131★★
	La chambre de Goethe 1398★★★
	Un visage 1505★★
	La Citoyenne 2003★★★
HIRSCHFELD	*Voir RAINTREE*
ISHERWOOD Christopher	*Adieu à Berlin (Cabaret)* 1213★★★
IVOI Paul d'	*La Diane de l'archipel* 1404★★★★
	La capitaine Nilia 1405★★★★
	Les semeurs de glace 1418★★★★
	Corsaire Triplex 1444★★★★
	Docteur Mystère 1458★★★★
	Cigale en Chine 1471★★★★
	Les cinq sous de Lavarède 1512★★★★
	L'aéroplane fantôme 1527★★★★
	La course au radium 1544★★★★
	Les dompteurs de l'or 1596★★★★
JACOB Yves	*Mandrin, le voleur d'impôts* 1694★★★
JAGGER Brenda	*Les chemins de Maison Haute* 1436★★★★ & 1437★★★★
	Le silex et la rose 1604★★★★ & 1605★★★★

JEAN-CHARLES	La foire aux cancres 1669**
	Le rire en herbe 1730**
	La foire aux cancres continue 1773**
	Tous des cancres 1909**
JONG Erica	Le complexe d'Icare 816****
	Fanny Troussecottes 1358**** & 1359****
JYL Laurence	Coup de cœur 1524**
KAYE M.M.	Pavillons lointains 1307**** & 1308****
	Zanzibar 1551*** & 1552***
KENDALL Paul Murray	Mon frère Chilpéric 1786****
KEUN Irmgard	Gilgi, jeune fille des années 30 1403**
	La jeune fille en soie artificielle 1607***
KOESTLER Arthur	Spartacus 1744****
KONSALIK Heinz G.	Amours sur le Don 497****
	Brûlant comme le vent des steppes 549****
	La passion du Dr Bergh 578***
	Docteur Erika Werner 610***
	Mourir sous les palmes 655***
	Aimer sous les palmes 686**
	Deux heures pour s'aimer 755**
	L'or du Zephyrus 817**
	Les damnés de la taïga 939****
	L'homme qui oublia son passé 978**
	L'amour est le plus fort 1030***
	La caravane des sables 1084***
	Une nuit de magie noire 1130**
	Le médecin de la tsarine 1185**
	Amour cosaque 1294***
	Natalia 1382***
	Double jeu 1388****
	Le mystère des Sept Palmiers 1464***
	La malédiction des émeraudes 1565***
	L'héritière 1653**
	Amour en Camargue 1709***
	Il ne resta qu'une voile rouge 1758****
	Bataillons de femmes 1907*****
	Le gentleman 2025***
KRANTZ Judith	Princesse Daisy 1211**** & 1212****
LAFFONT Patrice	Les visiteurs de l'été 1728***
LAKER Rosalind	Mademoiselle Louise 1591*** & 1592***
LEEKLEY John	Les Bleus et les Gris 1742***

2028
★★★★★★

Impression Brodard et Taupin à La Flèche (Sarthe)
le 10 juin 1986
1938-5 Dépôt légal juin 1986. ISBN 2 - 277 - 22028 - 0
Imprimé en France
Editions J'ai lu
27, rue Cassette, 75006 Paris
diffusion France et étranger : Flammarion